KB180617

한국 여성문학 자료집 **3**

해방기 여성 단편소설 Ⅱ

한국 여성문학 자료집 ❸

해방기 여성 단편소설 Ⅱ

구명숙·이병순·김진희·엄미옥 편

역락

서문

해방과 전쟁기 여성문학의 탐색과 복원

『한국 여성문학 자료집』(전3권)은 숙명여대 한국어문화연구소에서 한국 연구재단의 지원을 받아 '해방 이후 1960년대까지 한국 여성문학 수집·정리'(KRF-2009-322-A00074)라는 프로젝트를 진행하며 얻은 연구의 결과물이다. 그동안 이 시기 여성문학은 1920, 30년대나 1970, 80년대의 여성문학에 비해 학계의 주목을 받지 못하였다. 이 시기 여성문학 작품이 조명받지 못한 이유는 여성들이 분단과 전쟁, 그리고 산업화와 군사주의라는 남성적 질서 속에서 가부장 이데올로기에 종속되어 왔기 때문이다. 뿐만 아니라 이산과 피난 등 사회적 혼란으로 인해 작품들이 여러 곳에 산재되어 있고 이를 체계적으로 수집·정리할 인적·물적 자원이 빈약했기 때문이다. 따라서 해방에서 전쟁에 이르는 동안 우리 민족의 삶을 문학적으로 형상화한 여성문학 작품들에 대한 수집과 정리, 그리고 문학적 평가들은 매우 미흡한 편이다.

해방은 벅찬 환희와 기쁨으로 시작했지만 다양한 기대와 욕망들이 상충되어 끝내 전쟁으로까지 이어지게 되었다. 해방기 현실의 시공간 속에는 민족과 민족어의 해방, 민족의 대이동, 이념과 이념의 반목과 대립 등이 횡행하였고, 이는 결국 민족간의 전쟁을 불러일으켰으며 그 전쟁의 상처는 여전히 현재진행형이다. 따라서 해방과 전쟁이라는 8년간의 한국 현대사는 격동과 전환의 시기로서 오늘의 직접적인 전사(前史)이자 원형으로 기억되어야 한다.

역사적 격동기를 온몸으로 살았던 사람들의 삶의 기록을 복원하는 것은 시급하고도 중요한 일이다. 특히 해방과 전쟁 등 사회적 혼란기에 가족의 생명과 보호를 책임져야 했던 여성들의 눈으로 본 당대 현실의 풍경은 거시적인 역사의 흐름 속에 누락된 일상적 삶의 디테일을 고스란히 증명해 줄 것이다. 이것이 바로 우리가 이 시기 여성문학에 주목하는 이유이다.

　본 연구팀은 1차적으로 '해방과 전쟁, 그리고 여성문학'이라는 주제로 여성작가들의 작품을 수집·정리하여 『한국 여성문학 자료집』을 출간하고자 한다. 이 시기 여성문학은 일제 강점기부터 활동해 온 구세대 문인들과 해방기에 새로 등단한 신세대 문인들이 함께 작품활동을 전개하며 풍성한 결실을 맺고 있다. 이 작품들을 통해 우리는 해방과 전쟁 등 격동과 전환기 여성문인들의 삶을 재구성할 수 있게 되었다. 그들의 눈을 통해 본 한국 현대사의 면면들을 기억하고 복원하여 집대성하는 것은 여성문학의 총체적 맥락을 파악하고 한국현대문학사를 새로 쓰는 데에 귀중한 토대를 제공하게 될 것이다.

　목록의 확정과 작품 수집을 위해 연구팀은 국내외 정보 D/B 네트워크 자료를 검색하고, 신문 및 잡지 자료를 꼼꼼히 살펴보았으며, 『한국현대문인대사전』(권영민), 『한국여성문인사전』(숙명여대 한국어문화연구소) 등의 문학사전을 참고로 전집류와 단행본들을 모두 확인하였다. 또 국립중앙도서관, 국회도서관은 물론 각 대학 도서관을 샅샅이 뒤져 자료를 확보하였다. 그럼에도 불구하고 누락되었거나 소장처가 불분명한 자료들은 대구, 부산의 대학 도서관, 신문사, 고서점 등을 직접 현지조사(field work)하여 구득하였다. 이를 다시 시기별, 장르별, 작가별로 분류하여 목록화하였으며, 이 과정을 통해 소장처를 분명히 밝히고 누락된 작가와 작품을 복원하여 서지정보를 명확히 확정지었다.

자료를 찾는 과정에서 오래된 자료들은 분실, 낙장, 훼손 등 보존 상태가 매우 불량하였고, 종조 편집과 국한문 혼용으로 인해 판독에 어려움을 겪었다. 이런 과정을 통해 얻은 자료들은 시의 경우 해방에서 전쟁까지 8년간 발표된 작품들을 한데 모아 작가별, 시기별로 정리하였고, 소설의 경우 방대한 분량으로 인해 해방기에 발표된 단편만을 대상으로 묶었다.

『한국 여성문학 자료집』 1권인 『해방 이후부터 전쟁까지 한국 여성 시』에는 김경희, 김남조, 김일순, 노영란, 노천명, 모윤숙, 손소희, 오란숙, 이경희, 이명자, 이봉순, 이숭자, 이영도, 임옥인, 조애실, 지하련, 최귀동, 최현옥, 함혜련, 홍윤숙 등 총 20명의 시 308편이 수록되었다. 자료집 2권과 3권은 『해방기 여성 단편소설 Ⅰ, Ⅱ』로서 여기에는 강신재, 김말봉, 박화성, 손소희, 윤금숙, 이선희, 임옥인, 장덕조, 조경희, 지하련, 최정희, 한무숙 등 총 12명의 소설 84편이 수록되었다. 이외에 2012년에는 해방 이후부터 1960년대 말까지 여성문인들의 모든 작품 목록을 체계적으로 정리한 목록집을 출간할 예정이다. 앞으로도 계속 이어질 우리 연구팀의 후속 연구와 그 결과물에 여러 연구자들의 따뜻한 관심과 질정을 기다리며, 혹시 있을지 모르는 오류들은 그때그때 반드시 수정해 나갈 것을 약속한다.

이 시기 여성문인들의 작품을 집대성하여 자료집으로 출간하는 일은 많은 사람들의 도움으로 가능했다. 우선 한국연구재단의 지원이 없었다면 이 연구는 애초에 시작조차 할 수 없었을 것이다. 또 작품의 게재를 허락해준 작가와 유족들께도 머리 숙여 감사의 인사를 전한다. 그리고 세 권에 실린 모든 작품들을 꼼꼼히 읽고 해설을 써주신 김재홍 교수(경희대), 김경수 교수(서강대), 권성우 교수(숙명여대)와 연구 진행 과정에 격려와 조언을 아끼지 않은 공동연구원 김종회 교수(경희대), 이덕화 교수(평택대), 이재복 교수(한양대)의 후의에도 감사드린다. 또 1년 반이 넘는 시간 동안 서로 격려하고 단합하며 성실하게 이 지난한 작업을 수행해준 이현정, 김지혜, 김춘희, 김은정, 김영민, 박윤영, 권미나, 김유민 등 모든 연구원들의 노력에 진심으로 고마움을 전한다. 아울러 흔쾌히 자료집 출간을 허락해준 역락출판사의 이대현 사장님과 권분옥 편집자께도 감사드린다.

2011년 3월
연구책임자 구명숙
책임연구원 이병순, 김진희, 엄미옥

차례

차례

해방기 여성 단편소설 I

일러두기

1. 이 책에 실린 작품은 해방(1945년 8월 15일) 이후부터 한국전쟁(1950년 6월 25일) 전까지 발표된 여성 작가들의 단편소설들이다. 본문 텍스트는 최초 발표지를 저본으로 삼고, 원전을 구득하지 못한 경우 단행본에 실린 작품을 입력하였다. 작품의 출처는 작품 끝에 표기하였다.
2. 원문을 최대한 그대로 입력하되 띄어쓰기와 종결어미의 경우 현대식 표기로 바꾼다.
   예) -읍니다→ -습니다.
   단, 의미를 파악하기 어려운 단어는 알기 쉽게 주석을 단다. 이때 주석은 각주의 형태로 해당 페이지 하단에 작성한다. 문단 배열은 원문 그대로 따른다.
3. 한자는 한글로 표기하되, 한글만으로 의미가 모호한 경우에는 한자를 병기한다.
4. 오자나 탈자는 바로잡는다.
6. 판독이 불가능한 경우 ■, 누락된 글자는 □로 표기한다.
7. 대화를 표기하는 「 」혹은 『 』은 모두 " "로 바꾼다. 대화 속 단어는 원문 그대로, 대화 밖의 단어는 현대식 표기로 한다.
8. 외래어는 원문 그대로 표기한다.
9. 이 책에 실린 작품들은 모두 작가와 작가의 유족에게 작품 게재 동의를 받았음을 밝힌다. 단, 임옥인과 윤금숙의 경우는 유족을 찾지 못해 우선 게재하고, 이후 유족을 찾게 되면 저작권법에 의거하여 관례대로 해결할 것이다.

임옥인 ● ● ●

임옥인(1915~1995)

- 1939년 일본 나라여자고등사범학교 문과 졸업
- 1940년 「고영」, 「후처기」가 ≪문장≫ 11월호에 추천되어 등단
- 주요 경력 — 창덕여자고등학교 교사(1946), 「월남전후」로 자유문학상 수상(1947), ≪부인경향≫ 편집장(1950), 한국여류문학상(1968), 크리스찬 문학가협회 초대회장(1969), 건국대학교 여자대학장 겸 가정대학장(1970), 한국여류문학인회 회장(1972), 대한민국예술원상(1982) 등
- 대표작 — 「후처기」(1940), 「풍선기」(1947), 「나그네」(1948), 『월남전후』(1957), 『일상의 모험』(1972), 『젊은 설계도』(1973), 『나의 이력서』(1985) 등 다수

풍선기(風船記)

식전에 과로하면 오늘 하로뿐 아니라 지독한 피로 때문에 며칠이고 괴로워해야 할 것을 알면서도 하는 수 없다. 창문이 히즈무레 밝아 남산 모습이 더듬어 보이는 시각에 나는 병실을 떠났다. 뷘 보재기 두어 개와 자루와 그런 것들을 들주머니에 넣어 가지고 밤새 비에 젖은 거리ㅅ김에 나섰다. 쓰레기를 뒤지는 거지와 비료차를 몇 번 만나면서, S숙소 가까운 청계천ㅅ 다리를 건넜다.

요 사이의 굳은비에 청계천도 많이 불었다. 그리고 좀 맑아졌다. 그 이름과 같이 좀더 맑았음! 이 시내ㅅ가에 사는 사람들이 훨신 다행할 노릇일지 모른다. 첫재, 나부터도 이 아침에 뷘 보재기를 가지고 이 시내에 면한, 내가 싫어하는 개보다도 더 꺼림직한 몇 사람과 애인보다 차라리 나은 윤이 사는 S숙소에 이삿짐 가지러 가는 수고를 덜런지도 모를 일이다.

청계천은 흐린 시내였다. 더러운 시내였다.

황금빛 아츰 해빛이 그렇게 요란히 퍼부어 오는 날에도 시내는 더러운 시내였다. 맑은 시내ㅅ가에서 힌 빨래 헹기던 고향 마을에 대한 향수가 각별한 것도 그 때문인지도 모르겠다.

하여튼 서글푼 마음으로 옮아 왔던 집을 오늘 나오는 것이었다.

"어디로 이사하세요?"

"가는 데가 어데요?"

"좀 압시다!"

비짜루를 든 여자 청년 단원들, 치솔을 입에 문 여학생, 빨래를 수도ㅅ가에서 헹기던 아낙들.

"좋은 데루 옮긴답니다. 남산 아래 커다란 이층집, 뻬드 놓인 방으루⋯⋯."

실없은 사람 모양 여러 말을 느러놓았다.

너절부레한 부엌 세간들, 헌 고리짝이며 책 상자며 항아리, 바께쯔! 흡사 주인의 생애를 광고하는 이 짐들을 열 세 세대 팔십 여 명의 둘러보는 속에 옮겨야 하는 것이다.

"M의사에게 짐을 가져간다구 말이나 했어요?"

윤의 얼굴이 더 애상적이다.

"그런 표정을 짓지 말어요."

화를 내는 것이 나으면 나었지 제발 수심 낀 표정은 보기가 싫어, 나는 슬퍼서보다 화나면 일도 더 잘 되고 늘 긴장할 수가 있어, 적어도 오늘 아침 이삿짐을 날르는 동안만이라도 나는 와락와락 성을 내고 서슬을 피우고 건들건들 없는 힘이라도 허세를 부려서라도 이 견딜 수 없던 분위기 속에서 완전히 해방되고 싶어서이다.

"병원에요? 머 괜찮을 거얘요"

그래도 윤을 쳐다보는 내 시선은 부드러웠는지 모른다. 아무럼 으때.

나는 달구지 짐꾼에게 책궤를 들어주면서 이렇게 중얼거렸다.

"아아니, 그 화분은 우리 꺼얘요"

"머이 어째?"

나는 집어 들었던 화분을 말하는 사람에게 던질 뻔했다.

"엉터리! 거짓말쟁이 얼간."

대체 네가 나를 얏보구 하는 수작이구나. 저기 윤이 서서 나를 지켜보는 데두⋯⋯.

막내딸로 길려 난 근성이라서 그런지, 제법 서슬이 푸르다가도 마음속으로 윤에게 애원하는 것이었다. 편역을 들어줘요―라구. 그러나 아니다. 나는 오늘 아침만은 절로 제 생활을 지탱할 수 있다는 힘을, 누가 무에래도 염연히[1] 서서 받을 줄 아는 기세가 보이고 싶으다.

"바보! 어려서! 꼭 소녀야."

내가 어리다는 것은 꼭 이런 경우에도 말 한마디 못하고,

"우리 화분이요!"

하면, 그러면 그런가 부다 하고 내놓을 상 싶은 그런 성격을 윤이가 내게 대해 하는 말인지도 모른다. 그러나 될 말이냐?

"왜 이래. 으째서 당신네 화분이란 말요?"

나도 놀라게 큰소리를 질렀다. 왼 마당 안이 울렸다.

"우리가 안방 리 선생님네 이사하실 때 갖인 걸요, 뭐!"

싱글벙글 웃는 것이냐? 젊은데 늙은 것 같구, 늙은데 젊은 것 같은 여자 청년 두령.

"아아니, 머시 으째?"

"이것 봐요. 이 쌀 항아리, 뚝배기, 불가래, 그리고 이 화분 세 개를 내가 갖인 것 아니구 머요? 응, 아아니, 참, 달라면 그저 달라지 왜 생먹어요?"

"선생님두! 우리 껀데."

또 까닭 모를 파동이 이쪽으로 퍼져 오는 표정이다.

"내 그 큰 화분, 국화 말이야. 어듸로 끌구 가기도 싫으니 두고 가지. 허지만 필요한 땐 갖어갈 테야!"

"보관룔 내세야 해요."

둘러섰던 사람들은 모다 까르르 우서 댄다.

이러는 동안에 짐은 대문 밖 달구지 위에 실려졌다.

"내 아까 들었던 바오래긴 어쨋나? 고리짝을 동여얄 텐데……."

---

1) 욕심이 없이 마음이 흔들리지 아니하게.

윤이 서고 있는 대청마루에 올라서며 중얼거렸다. 윤은 나를 보고,

"대체 소화불량과 정신병과 무슨 상관이 있나?"

이렇게 말했다. 짐을 도와주는 사람이 곁에 서서 있는데도 뒷마루에서 윤이 집어다 주는 바오래기를 받아서, 두 겹을 해 가지고 가운데를 한 자쯤 거리를 두고 두 번 매듭을 지었다. 가로 허리를 찔끈 동여 길이로 매듭진 데를 댕겨서 힘을 주니 바오래기는 네모진다.

"제법인데."

내가 거의 광적으로 없는 힘과 서슬을 피워 이렇게 짐을 동이노라 애쓰건만 윤은 그 애상적인 얼골에 애정과 슬픔만을 풍기면서도 손 하나 까딱 아니한다. 아니, 못하는 것이다. 움푹 들어간 눈이 구태어 바라보기를 피하는 내 시선에 애소(哀訴)한다.

지금은 윤의 방이 된 예진엣 나의 방. 벽에 걸린 그림과 싸올린 책들과 소위 내 세간은 지금 이 방에서 떠나는 것이다.

윤은 불끼도 없는 아랫묵에 가 엎더지듯 쓸어진다. 벼개에 머리를 부비며 응응 하고 앓음 소리를 내인다. 나는 용기와 힘이 꺾일 것이 두려워 보고도 못 본 체 수선스레 짐만 꾸린다.

"마지막이다. 적어도 마지막일 께다."

나는 내가 윤의 환상을 안고 가는 것은 무방하되, 소위 입원환자인 나보다도 더 볼꼴 없는 약한 체질과 자기의 진정에 쓸어져 일어설 힘조차 없는 듯한 윤에게 내 흔적을 남기고 싶지 않은 것이다.

사실 그리운 마당 안이고, 또 그만큼 시끄러운 이 마당 안이었다.

윤과 내가 밤을 새어 가며 P신문을 창간호부터 꾸려오던 일, 기사 취재와 공장 가는 일과 식사까지도, 이성이라기보담 나는 누이와 같은 심정에서 그의 피로와 슬픔과 주림을 생리로써 느끼고 내 힘껏 정성을 다한 것이 아니냐?

내가 병원으로 오게 되던 때 윤에게 내 방을 내주었다. 직장 가까운 데

서 그 몸이 덜 피곤하라고.

어머니와 안해와 어린애들. 많은 짐이 그 방에 찼었다. 내 짐이 놓인 채로.

"칼도마가 없어서. 된장이 없어서……."

입원실에서 백 번을 혼자 뇌어 봤대야 그것들이 내 병실까지 걸어오는 법은 없었다. 옷이며 책이며 바느질 상자며 이것저것 아쉽다. 그런 때마다 해뜨기 전 이른 아침이나 해진 밤을 택해, 청계천 다리를 건너, 짐 가지러 가곤 하였다. 그것도 한두 번이지, 기름병 때문에 갔다가도 바가지나 접시 만을 들고 오는 건망쫑! 무슨 청승인가, 꼭두새벽 아니면 밤중에 짐 가지러 댕기니, 나는 직감으로서 이런 말과 표정을 듣고 읽고 병실 속에서 자취하는 청승을 더 모멸 당하는 것 같아, 나는 오늘 아츰에 이 용단을 낸 것이다. 게다가 나는 몇 달 동안은 직장에 나갈 수가 없는 건강이다. 어디 공기 좋은 시골이나 해안에나 그런 데 가서 쉬어야 좀더 부지할 모양이니, 공적으로나 사적으로나 그렇게 유기적으로 돕고 도움 받고 울고 울어 주어 많은 시기와 증오, 호기심으로 보아지던 둘의 사이를, 고의적으로가 아니라 이런 기회에 흔적 없이 씻어 버리는 것도 편리한 처세랄까, 약한 사람들의 상식에 대한 응대라 할까 그런 것에서 나는 자꾸 기운을 내어서 짐을 꾸리는 것이었다.

그렇게 피곤하면서도 병실에 오면 물을 들어다 주고 불을 지펴 주고 장을 봐다 주고. 바로 어제 저녁 때에도 그는 피곤에 젖은 얼골로 가슴 하나 새파란 파를 안고 병실에 들어섰다.

"그 파 안구 들어오는 양이 멋인데, 맘에 들어……."

활발한 Y여대 학생이, 유리창을 닦아 주면서 내 귀에 속삭였다.

그러나 고맙고 감격하는 대신 나는 늘 속으로 울고 있는 것이었다. 윤이 내게 대범하고 그 성격이 좀 더 냉정하였던들! 나는 무슨 빚[負債] 없이 그를 대했을 것이다.

부엌 세간을 꺼내는 것을 거들어 주면서 애기 업은, 젊고 아름다운 윤의 안해는 눈물을 흘린다. 왜 우는지, 내 꼴이 가엾어서 우는지, 방을 점영한 것이 미안해서 그러는지 일체 감상적인 것에는 눈 감아 버리고 싶은 시간이다.

지난 이른 봄 이월, 나는 이 S합숙소에 전재민의 꼴 없는 짐을 싣고 비교적 오래 있을 작정으로 옮아 왔든 것이다. 이층 사무실, 불끼 없는 냉방에서 몇일을 지내다가 그 건넛방 여 사무원과 동숙하다가 이 안방으로 옮긴 지 이제 석 달째. 셋방으로 굴러 댕기면서 어디 조촐한 데를 만나면 쓰자고 별르던 도배종이도 다 발르고, 제법 안정을 얻어 보리라던 이 방이었다. 그러되 나는 병이 나서 입원해야 했고 또 여러 달 걸릴 모양이니, 당장 방을 내야 하는, 직장이 먼 윤에게 첫째 일을 위해서 내 방을 제공했음이 무에 그리 잘못된 점이냐 말이다.

"친하다 못해 방까지 내 줬어……."

"아주 팟쇼야. 제 맘대루……."

"아아니, 잘 왔지 잘 왔어. 부인 오길 잘 했지 머요. 독신 여자가 남의 남자와 그렇게 친해서야……."

여자 모인 곳에 화제는 있는 일 없는 일 무르익어 갈 무렵이다.

"아유! 내 한 번 가 본 담서, 으쩌나."

그들이 암만 수선을 떨었대야 윤의 찌프린 얼골에서 받는 진실에 비기랴? 전국을 대표한 부인 단체인 만큼 인테리, 유산 계급이 많으면 많을사록 남의 머리 빗은 모양까지 시비하는 터라 나는 질색스러운 속에 나와 윤을 시기하고 시비하고 헐지 못해 애쓰는 불쾌한 분위기를 극히 자연스럽게 떠날 수가 있는 것이다.

병실에 짐을 옮겨 놓고 마치 옛날 살림할 때 남편을 따라 고생을 고생인 줄 모르고 세간을 치이고 닥다질하고, 어듸 가든지 다문 하로를 살아도 살음직하게 꾸미는 습성을 또 되푸리해 보는 것이었다.

고리짝과 책상과 찬장과 이것은 이렇게 놓고 저것은 저렇게 놓고, 그림도 걸고, 바줄도 매고, 손수건이라도 빨아서 너는 데가 있어야지, 아까 청년단원과 쌈하면서까지 가지고 온 적은 화분 두 개는 란간에 내놓고……. 그렇지, 또 비가 오는군. 화병에 철쭉도 비를 맞혀야. 밀가루와 쌀 항아리와 그런 것들은 저쪽 구석에 놓고 잘 훔치고. 뻬드도 위치를 바꾸고……. 거울 앞에 비에 이슬 맺힌 화병을 들여놓자 곱게 비치누만. 책상에 수놓은, 크로-쓰도 펴 보자.

"머 좋습니다. 완쾌하실 때까지 오래 계세요. 그렇잖아도 이 병원은 남산을 낀 비교적 좋은 위치에 있는 조용한 곳이라 특히 문화인의 정양에 유의하도록 경영해 보렵니다."

윤의 친구인 유망한 청년 평논가 니씨는 내 서걸픈 이삿짐도 당장은 싫어 아니할 모양이니 위선 당하다.

S숙소와 P신문사와 인연을 끊고, 지금 나는 병풍같이 둘러진 남산을 바라보며,

"석냥이나 한 곽 사 올껄!" 하는 Y여대 학생의 방문을 받고 있다.

조곰 있다가 신문사 급사가 편지를 가지고 왔다. 윤에게서이다.

'나는 오늘부터 형의 병실에 문안 갈 힘도 잃었습니다. 어째 그렇게 드세어졌습니까? 무슨 힘이 그렇게 나서 짐을 꾸려 가지구. 나는 형이 더할 나위 없이 약할 때 없는 힘이라도 억지로 낼 수가 있었던 것입니다. 나보다 더 슬프고 약한 존재를 위해선 언제나 강하고 대담할 수가 있었던 것입니다. 그렇다고 형의 건강해지는 것을 기뻐하지 않는다는 이치는 아닙니다. 형의 흔적, 곧 생애를 풍기던 짐들이 내 방에서 없어졌을 때, 나는 발버둥치도록 서운해집니다. 마치 마누라가 아이를 데리고 보따리를 싸 가지고 나간 것 같은 공허감입니다. 그러나 형은 내 세계를 멀리 하셨음이 구원도 아니오, 절망도 아닌 것을 곧 깨달으실 것입니다. 나는 일주일 이내에 P외꽈에서 수술 받게 될 것입니다. 또 다리에 골막염이 생겨서요.'

나는 윤의 생활권 내에서 벗어나려는 자유도 없음을 또 깨닫는 것이 었다.

눈을 감으니 피곤이 왼 몸에 녹아 흐른다. 그보다도 짜릿짜릿한 슬픔과 걱정이 왼 몸에 스며든다.

나는 급사에게 회답도 못 써 주었다.

밤이 오는 것이 걱정스럽다. 내겐 짐 가지러 가는 구실도 없고, 윤이 내 게로 오는 건강의 자유도 없는 것이다.

달빛 밝던 이 몇일 동안 창으로 나려다보던, 윤과 집에 도라가던 모양이 눈에 선연하다.

밤이 이슥해서 부엉이는 더 처량히 울어대고 애써 꾸며 본 병실이 어째 더 어색하다.

―≪대조≫ 2권2호, 1947. 4.

떠나는 날

성적 일람표를 다 꾸미고 난 신철숙(申徹淑)은 텅 빈 교실 한쪽 구석에 우둑허니 그냥 남아 있었다.

'이 교실도 오늘이 마즈막이로구나' 생각하니 공연히 가슴이 설레었다.

"선생님, 다 됐거던 빨리 건너오세요." 사 학년 학생 둘이 와서 이렇게 말했다.

"다른 선생님들도 다 오셨니?"

"네, 다 모였어요. 응접실에."

철숙은 일람표를 옆에 끼고 응접실 문을 열었다. 응접실 안에는 교장 이하 이십여 명의 교원들이 둘러앉아 있었다.

겨울 동안 수도도 얼어붙고 쓸 일도 별로 없어 아주 내어 버린 듯 먼지가 뿌옇게 앉아 있던 응접실이 딴판으로 깨끗하게 닦아지고 말끔히 정돈된 위에 난롯불까지 훈훈하게 피워져 있었다.

"늦어서 미안합니다."

철숙은 인사를 하고 빈 자리에 가 앉았다. 빈 자리란 것이 공교럽게도 바로 현수가 앉아 있는 곁이였다. 공교럽게가 아니라 그들은 일부러 그렇게 마련해 둔 것인지도 모른다고 철숙은 속으로 생각하며 곁눈질로 현수의 얼굴을 한 번 흘끗 훔쳐보았다. 현수(鉉洙)는 무슨 못마땅한 일이나 있는 듯이 시무룩한 채 아무런 표정도 없이 우둑허니 앉아 있었다.

'저이가 무슨 성날 일이 있는가?'

철숙은 혼자 속으로 이렇게 생각하며 최만진(崔萬鎭) 쪽으로 시선을 옮겼다. 최만진 역시 철숙과 시선을 마주치지 않으려는 듯이 외면을 하고 있었다.

"에크, 일등 신 선생님 반이구랴!"

"평균 구십삼 점······. 심술이 나는데."

"최고인 모양이지."

지금껏 머리를 맞대인 채 석차를 고르고 있던 여러 교원은 이렇게 모다 한마디씩 하였다.

"구십삼 점이나 되어요?"

최만진도 좀 의외라는 듯이 그러나 별반 악의도 품지 않은 얼굴로 이렇게 물었다.

"아마 담임 선생님이 점수를 구걸하신 게지."

물리 선생이 웃는 얼굴로 철숙을 바라보며 반롱쪼로 이렇게 말했다.

"그렇거나 무슨 까닭이 있겠지요."

영어 선생도 한마디 하였다. 그러나 이런 경우에 의례 한마디 하는 현수는 끝까지 입을 담은 채 잠자코만 있었다. 그와 동시에 최만진이 이날따라 웬일인지 별반 가시 돋친 비방을 가하지 않고 있는 것도 이상한 일이었다.

김현수와 최만진, 그렇다. 그들은 혹은 남극과 북극과 같이 딴 세상에 속한 사람들이 아닐는지도 몰랐다. 철숙과 현수와의 사이에 맺어진 남다른 호의란 것도 또한 철숙과 만진과의 사이에 맺어진 남다른 악의란 것도 모다 일시적 감정, 지나가는 착오······ 사라지면 그만 흔적도 없을 그들의 마음속에 우연히 일어났던 물거품이었던 겐지도 몰랐다.

작년 구월 중순이었으니까 벌써 반년 전의 일이었다. 운동화를 신고 다니는 철숙더러 현수가 구두주걱을 좀 빌려 달라고 했다.

"구두 주걱이 없어요?"

"잊어 먹은 모양이야."

현수는 머리를 긁적긁적 긁었다.

이튿날 철숙은 자수 실을 사러 거리에 나갔다가 마침 눈에 뜨인 구두주걱 한 개를 사다 현수에게 주었다. 그들이 최만진에게 오해를 받기 시작한 것은 여기서부터 시작되었던 것이었다. 철숙이 현수에게 구두주걱 한 개 주는 것을 보게 된 뒤부터의 최만진은 잠시도 그들을 감시하기에 쉼이 없었다.

현수는 그림을 그리고 철숙은 자수가 전문이라 두 사람은 가끔 자기들의 전공에 대하야 이야기를 걸닐 때가 많았다.

특히 작년 늦은 가을 '해방 기념 미술전남회'에 출품하야 각 방면으로 절찬을 받았던 철숙의 <새날>이란 동양 자수로 말하면 현수에게서 받은 회화적 암시가 여간 많지 않았던 것이다. 뿐만 아니라 그 색채의 구도에 있어서든 직접 현수의 조언도 없지 않아 있었던 것이다. 이러한 관계로 해서 철숙은 자주 현수의 회화실에 있을 때가 많았다.

"홍, 신 선생은 김 선생과 꽤 관계가 농후해진 모양이지."

최만진은 교장 앞에서 가끔 이런 말을 던저 보곤 했던 것이었다.

"관계가 농후하다니요?"

교장이 못마땅한 듯이 물으면,

"아이들 사이에 여간 말성이 많지 않아요? 좀 감시할 필요가 있지 않을까요?"

최만진의 아이들 사이에 말성이 많다는 말에는 교장도 찔끔하는 모양이었다.

"네에. 아이들 사이에까지 말성이 있어요?"

"그럼요. 주의하셔야지, 꽤―니."

최만진은 득의만만한 모양이었다.

철숙은 최만진의 이러한 비루한 태도가 미우면 미울수록 점점 더 반발적으로 현수와의 거리가 단축되는 것만 같았다.

한번은 현수와 철숙이 같은 양화점에 다 함께 구두를 맞후었는데 이것을 소사를 시켜 한꺼번에 찾아오자고 현수가 철숙에게 말했다. 철숙도 별반 양심에 거슬림이 없는지라 그러라고 했다. 그것이 또 최만진에게 걸렸던 것이다. 걸렸다기보다는 현수가 최만진을 도로 걸었던 것인지도 몰랐다. 그 점이 현수의 특이한 성질이었다. 그는 누가 자기를 오해하거나 미워하거나 하면 그것을 못 견디게 안타까워하기는커녕 도로 재미가 나는 듯 일부러 더 오해 받기를 꾸미고 미움을 떨어 주는 것이었다. 그가 소사를 시켜 그들 두 사람의 구두를 한꺼번에 으젓이 찾아오게 한 데도 그의 그러한 말하자면 악취미가 들어 있었다. 그 지음의 그들과 최만진의 사이라 최만진이 그것을 보고 말성을 꾸미지 않을 리 없다는 것도 번연히 알면서 그러한 작난을 꾸미며 최만진이 의기양양해 하는 꼴을 현수는 시치미 뚝 따고 바라보는 것으로 일종의 향락을 삼는 위인이기도 하였다.

"선생님, 너무 하시어."

하고 철숙이 혹 눈을 흘기면 현수는 떫디떫은 얼굴로 담배 연기를 푸 불며 외면을 해 버리곤 하는 것이었다.

최만진은 최만진대로 다들이 함께 구두를 맞후어서 함께 찾아온 사실을 발견했다는 것이 못 견디게 즐거웠던 모양이었다. 그는 평소 암만해도 그의 말을 전적으로 신임한다기보다는 오히려 철숙의 편을 드는 편이기까지 하던 교장을 이제는 충분히 설복시킬 만한 생생한 증거가 생겼다고 혼자서 잔뜩 즐기워하는 듯하였다.

"홍, 둘이 구두를 같이 지었어. 멋쟁인데⋯⋯."

그는 여러 교원들 앞에서 처음 롱담 비슷한 어조로 이렇게 말했다. 그러나 현수, 철숙, 그리고 그 두 사람과 특별히 친한 교원이 없는 데서는 더 로골적으로,

"미술 선생이 이번에 그림이 팔린 모양이지."

하고 여러 사람들의 눈치를 슬금슬금 살펴보기도 하였다. 그리하여 이 사

건은 여기서 끄치지 않았다. 바로 그 다음 번 일요일 날이었다. 현수가 혼자서 자기의 회화실에 나와 일을 하고 있었는데 그가 나와 있는 줄은 모르는 소사가 그 윗층인 재봉실에서 재봉 침을 꺼내다가 당직 직원과 현수와 두 사람에게 발각이 되었던 것이다. 처음 그것을 발견한 것은 물론 그날이 당직이었던 물리 선생이었으나 나중 현수도 어쨌든 당직 직원과 함께 그의 비행을 인정한 사람의 하나임엔 틀림이 없었던 터이라 학교를 쫓겨나게 된 소사는 이들 두 사람에 대하여 여러 가지 황당한 데마를 텃떠려 놓았다. 특히 소사가 현수를 더 원망스럽게 생각했던 것은 아니지만 물리 선생으로 말하면 평소로 워낙 얌전하고 착실한 사람이라 여간해서 데맛 감이 될 만한 작은 흠도 과히 없었던 관계도 있고 해서 소사의 악질 데마는 오히려 현수에게만 집중된 듯하였다. 그 악질 데마란 것이 곧 현수와 철숙과의 관계를 말한 것이다. 소사의 말에 의하면 철숙과 현수와의 사이에는 가지가지 추행이 많았다. 현수의 회화실은 철숙과의 간음실로쯤 되었다. 례의 구두 이애기도 물론 끼워 넣었다. 게다가 이런 이애기를 학생들 앞에서 대고 선전을 하였다.

본시 현수와 철숙 두 사람의 인격을 믿는 학생들은 처음부터 최만진이나 소사의 그런 선전을 고지 들으려 하지 않았으나 그들 두 사람이 아닌 게 아니라 비슷한 빛갈의 새 구두를 함께 신고 다니는 데는 다소 의심이 들기도 하는 모양이었다. 일부의 학생들 사이에는 최만진과 소사의 말이 노상 거짓말은 아니리라고 생각하는 학생들도 있는 모양이었다.

철숙은 역시 용기가 꺾이었다. 처음엔 자기의 양심만을 표준하고 남이야 뭐라고 오해를 하던 말던 제 맘속에 꺼리낌이 없는 이상 주저할 것이 없다고 생각했으나 일이 이만치 되고 보니 사람이란 역시 처세가 참말 힘든 것이고나 하였다. 철숙은 구두를 집에 벗어 두고 다시 옛날의 운동화를 신고 학교에 나다니기 시작하였다.

"신 선생한테는 미안하게 됐습니다."

현수는 철숙에게 이렇게 인사를 하였다. 철숙은 깜짝 놀랐다. 어쩌면 현수까지가 이렇게 신경을 쓰는가 하였다.

"아니애요. 그 소사가 멀쩡한 바보든 게죠."

철숙은 서글픈 우슴을 띠우며 이렇게 말했다. 그러나 사태는 철숙이 생각했던 것보다는 의외로 악화되어 있었다.

이런 선생을 두었다가는 학생 전체의 풍기 문제를 이르킬 뿐 아니라 결국은 학교의 존폐 문제까지도 이르키지 않으리라고 누가 보장하겠냐고 최만진은 교장에게 시비를 걸듯이 대어들었다. 교장도 딱 성이 가시는 모양이었다. 최만진이 이렇게 밤낮 풍기 문제를 떠들어, 소사가 또 있는 말 없는 말 아이들에게 선전을 해 놓아 아모리 현수와 철숙의 인격을 믿는다고는 하나 여간 성이 가시고 불쾌하지가 않었다.

하로는 교장이 철숙을 불러서,

"신 선생, 요즘 도무지 듣기 싫은 말성이 도는데 대관절 어떻게 된 영문이요?"

하고 좀 퉁명스럽게 물었다. 철숙도 갑자기 아니꼬운 생각이 왈칵 들었다.

"글쎄요. 모르긴 저도 선생님과 마찬가지애요."

철숙은 입가에 분명히 조소를 띠우며 이렇게 말했다.

"나도 신 선생의 인격을 의심하거나 절대로 그런 건 아닙니다. 이 점만은 오해하지 마시요. 그러나 교내에서 특히 학생들에게까지 말성이 돈다니 책임상 가만있을 수도 없고 해서 한마디 물어 보는 겁니다."

교장의 음성엔 진실이 울리었다. 그러자 바로 한순간 전까지도 철숙의 입가에 떠돌고 있던 조소는 갑자기 흔적도 없이 살아지고 난데없는 설음이 확 끼쳐 올랐다.

"선생님, 미안합니다. 저는 실상 아……."

철숙은 목이 메여 말끝도 맺지 못한 채 그냥 교장실을 나오고 말았다. 어려서 부모를 여의고 오늘날까지 삼촌 시하에서 자라난 철숙은 특별히 삼촌 내외가 그에게 박정한 것도 아니었으나 어쩐지 늘 허전하고 안타까운 외로움 속에서만 살아온 듯하였다. 그는 언젠가 현수의 화실에서 이런 말을 했더니 현수는 입가에 그 사람을 비꼬는 듯한 쓸쓸한 우숨을 띠우며,

"그건 결혼하면 없어집니다, 속히 결혼하시죠" 하였다.

"김 선생님은 왜 그러세요, 왜? 사람을 너무나 비꼬고 그렇게 안 하신답니다."

철숙이 조금 호되게 대어들었더니 현수는 화필을 놓고 의자에 가 앉으며 조용히 권연에 불을 붙여 물었다.

"저보다, 선생님은 그럼 웨 결혼 안 허세요?"

조곰 뒤 철숙이 이렇게 물었다.

"아아, 이건 톡톡히 닥달을 받게 되는 걸. 제발 좀 용서하십쇼."

현수는 또 롱담으로 돌려 버렸다.

철숙은 현수 자신의 입으로 그의 과거 이야기를 들은 일은 없었다. 여러 사람의 이야기를 종합해 보면 그는 올해 설흔다섯 살이고 스물다섯 살 때, 그러니까 한 십 년 전에 얼굴도 아름답고 두뇌도 명석한 어느 여성과 약혼을 했다가 바로 그 이듬해 그 여성이 죽어 버리매 그 길로 오늘날까지 이렇게 홀로 살아오는 것이었다.

본래 고독 속에 자라난 철숙이요 또 일쯕이 그가 열일곱 살 때— 사랑해서는 아니 될 사람—, 그의 사촌 형부에게 남몰래 가슴을 앓아도 온 그는 현수의 그러한 애달픈 과거가 남의 일 같지만 않았고 더구나 그러한 과거를 한마디도 입 밖에 내려 하지 않고 모든 것을 작난과 롱담으로만 돌리려는 듯이 싱긋벙긋하고 있는 것이 얄밉다기보다는 눈물겨웁게 생각되곤 하였다. 자기가 만약 여자의 몸이 아니라면 혹은 현수가 만약 남자의 몸이 아니라면 같이 술이라도 마시고 실컷 울어 봤으면 싶기도 하였다. 철숙의 이러한 감정을 연애라고 규정한다면 철숙도 구태여 이것을 부인하고 싶지는 않았으나 요컨대 그것은 철숙의 일방적 감정에 끄치는 것인지도 몰랐고

더구나 최만진과 같이 그들이 같은 양화점에서 구두를 함께 지었다는 사실을 가지고서 현수의 그림이 팔린 모양이라는 등 하여 가지가지 말썽을 꾸며 내고 하는 데는 더 견딜 수 없다고 생각하였다. 그들 사이에 만약 그러한 연애적 감정이 털끝만치도 없다고 하면 최만진이나 소사 같은 따위들이 무슨 말썽을 어떻게 꾸며 내더라도 그것을 일소에 붙인 채 현수처럼 "흥, 흥" 하고 콧방구나 뀌어 주면 그만일는지도 몰랐고 또 그와 반대로 그러한 연애적 감정이란 것이 두 사람 사이에 함께 있고 또 있을 수 있는 일 같았으면 남들의 비방에 대항해 가면서라도 가는 데까지 가 본달수도 있었으나 이도 저도 아닌 처지에 놓인 철숙에게는 그저 못 견디게 외롭고 설어울 더구나 철숙으로 하여금 잠시도 유예할 수 없게 한 것은 근일에 와서 가속도로 변화를 일으키고 있는 현수에 대한 그의 감정이었다. 만약 이러한 감정을 더 지속시켰다가는 얼마 가지 않아서 자기의 힘으로는 헤어날 수 없을 만한 괴로움 속에 빠져 버리리라 하였다. 무엇보다도 철숙을 가장 전율케 한 것은 그것이 그의 일방적 감정에 그친다는 사실이었다.

'나는 이곳을 떠나야 한다.'

그는 몇 번이나 자기 자신에게 타일르듯이 이렇게 말하곤 하였다. 멀리 멀리, 되도록 울능도나 제주도 같은 먼 섬으로나 가 보았으면 하였을 때 마침 통영에서 문화 학원을 경영한다는 옛날의 동창인 경숙(慶淑)이란 아이 생각이 났다. 손이 모자라서 바빠 죽겠노라고 혹 옛날의 동무 가운데서 응원을 와 줄 사람은 없겠느냐고 경숙으로부터 바로 한 열흘 전에도 편지가 왔던 것이었다.

철숙은 경숙에게 우선 전보를 쳤다.

"응원군이 간다. 며칠만 더 기둘러라." 그리고 또 편지도 써서 부쳤다.

경숙에게 편지를 띠운 그날 철숙은 교장에게 사표를 내었다. 교장은 깜짝 놀란 얼골로 무슨 이유냐고 하였다. 몸이 좀 쇠약하다고 했더니 그러나 그것을 고지듣지 않았다. 정말 이유를 들려주지 않으면 자기는 사표를 받을 수 없다고까지 하였다. 거기서 엉겁결에 철숙은 실상은 자수 연구를 가겠노라고 돌려 맞추었더니 교장은 정 그렇다면 이제 학기말도 다 되고 했으니 며칠만 더 참어 달라고 간청하였다. 철숙도 그것까지 거부할 수는 없다고 해서 그렇겠노라 했던 것이고 그리하여 드디어 오늘의 이 학기말은 왔던 것이었다.

성적 사정이 끝나자 뒤이어 철숙의 송별회가 그 자리에서 시작되었다.

"신 선생, 이쪽으로 오시죠"

교장이 자기 곁 자리를 가르킨다.

"어서 주빈석으로 가십시오."

다른 교원들도 모두들 권한다.

철숙은 극히 평담한 마음으로 냅킨 밑에 자기 이름을 써 놓은 교장 곁엣 자리에 가 앉았다. 그리하여 남녀 직원들을 한꺼번에 바라볼 수 있게 되자 문득 나는 이제 이곳을 영원히 떠나는 사람이로고나 하는 생각이 또 한 번 그의 가슴을 뭉쿨하게 하였다.

교장이 자리에서 일어났다.

"신 선생은 해방 직후부터 이 학교에 오셔서 맡은 일, 안 맡은 일 수고 많이 하셨습니다. 떠나보내고 싶쟎은 것이 인정이나 신 선생이 전공하시는 연구를 위해서는 그의 소원대로 보내드리는 것이 도리일 것 같아 이 자리를 베풀게 되었습니다. 특히 여선생 여러분들 중에는 개인적으로도 정이 많이 들어 감개무량하실 줄 압니다."

교장의 이러한 판에 박은 듯한 인사말에도 철숙은 공연히 가슴이 두근거리고 눈언저리가 뜨거워 오는 듯하였다.

이번엔 또 신철숙이 답사를 해야 한다는 것이었다. 철숙은 처음 웃는 얼굴을 지어 보이며 뭐 별로 드릴 말씀이 없다고 했더니 그래도 그런 법이 없는 게라고 여러 사람들이 모두 한마디 해 달라고들 해서 철숙도 드디어 그냥 앉아 있을 수는 없게 되었다.

"여러분, 잡수시면서 간단한 저의 인사를 들어 주십시오."

철숙은 용기를 내어 좌우를 둘러보았다.

"저는 오늘 제가 떠나는 이 자리에 감개무량한 바가 있습니다……."

철숙은 겨우 이 한마디에 그만 말이 맥혀 버렸다. 그는 머리를 숙였다. 가슴에 무엇이 뭉쳐 올라온다. 그는 넘어가지 않는 침을 한 번 꿀꺽 생키고 나서,

"건국을 위해서 일하시는 여러분들의 건강을 빕니다."

또 말이 맥혀 버렸다. 앞에 놓인 음식 그릇들이 뒤범벅이 되어 보이도록 그의 눈물이 가득 고여 버렸다.

그는 그만 자리에 앉아 버렸다. 평소엔 달변이란 정평까지 있는 철숙이 이 자리에서 어쩌면 이다지도 참혹하게 말이 맥혀 버리는지 우선 자기 자신이 알 수가 없는 것 같았다.

일동은 요리를 먹기 시작하였다. 남직원들을 위하여는 술도 몇 병 나와 있었다. 그들은 서로서로 술잔에 술을 따라 주며 제각금 하고 싶은 이야기들을 끄집어내기 시작하였다. 처음 물리 선생이 이것은 철숙의 송별회니까 그런 의미에서 자수 이야기를 먼저 끄집어냈던 것이 화제가 되어 그들은 모조리 철숙과 자수에 대한 이야기를 떠들썩하게 내어 벌리는 것이었다. 그리하야 약주가 몇 잔씩 돌아갈수록 그들은 다토아 철숙의 자수 예찬에 여렴이 없는 듯하였다.

"신 선생의 <새날>이란 자수는 전번의 미술전람회에서만 뛰어난 작품이 아니라 지금까지 우리들이 보아 온 모든 자수 작품들 가운데에서도 최고의 예술품이었습니다."

하고 벌서 술이 얼근해진 영어 선생이 떠들어 대었다. 여러 선생들이 이에 호응하였다.

"신 선생께서는 그 방면으로 나가시면 대성하실 거야."

어느덧 눈가가 발긋발긋해진 최만진까지 그들의 예찬에 장단을 맞추고

있었다. 더구나 철숙이 속으로 놀란 것은 최만진의 그러한 말이 그냥 입에만 발린 외교적 말씨가 아니라 진정에서 울려나오는 듯한 그 표정이었다. 바로 사흘 전이다. 교장과 교무 주임이 철숙의 사표를 수리할 것이냐 말것이냐 하는 최후적 논의가 있었을 때 교무 주임으로부터 한 번 더 당자를불러 만류를 시켜 보자, 지금 그만한 선생을 내보낸다는 것은 학교로서도여간한 손실이 아니니 우리는 최선을 다해서 만류를 시켜 보자고 하자 이것을 들은 최만진은 저더러 말참견을 하라는 것도 아닌데 차마 그냥 듣고있을 수가 없다는 듯이,

"그것은 박 선생께서 교내 사정을 충분히 모르시는 말씀이올시다. 아예그만두시는 게 좋을 것 같습니다. 신 선생으로 말하면 교장 선생님의 말씀과 같이 본래 자수가 전공이니 당자의 연구를 위해서도 떠나보내 주는 것이 좋고 또 기실 학생들 사이에도 별반 신망이 없습니다."

이런 말을 하드라는 것을 그때 그 자리에 없었던 철숙에게 물리 선생이들려주었다. 철숙은 이미 나가기로 결심을 했고 그러므로 그들이 만류한다고 주저앉아 버릴 생각은 호리2)도 없었지만, 그렇지만 이왕 나가는 사람에게 그렇게 끝까지 가시를 박어 줄 이유는 무엇이란 말인가 하고 철숙은 최만진이 곁에 있으면 그 얼굴에 침이라도 뱉어 주고 싶도록 그가 괘씸코 얄미웁게 생각되었던 것이었다. 그 최만진이 약주 몇 잔에 어쩌면 저렇게도쉽사리 마음의 가시가 다 살어져 버릴 수 있을까고 철숙은 어이없는 생각으로 최만진의 얼굴을 몇 번 훔쳐보았으나 최만진은 그 발긋발긋해진 얼굴에 의미 없는 미소를 띠운 채 철숙의 시선을 피하려는 듯 일부러 외면을하고 있었다.

"지금까지 우리들의 관렴으로는 자수라고 하면 일종의 여기로바께 생각하지 않았고 그것이 본격적 예술이 될 수 있다는 것을 인식하지 못하는 경

---

2) 자나 저울눈의 호(毫)와 이(釐). 매우 적은 분량을 비유적으로 이르는 말.

향이 있었는데 그 점에 있어서 신 선생은 일개 선구자라고도 볼 수 있습니다."

"좌우간 신 선생 같은 이가 그 방면으로 더 연구해 주신다는 것은 고마운 일이야."

"신 선생의 자수의 특질은 그 광선과 음영이 선명한 데 있다고 보는데 이 점에 있어서 <새날>은 가장 성공한 작품이라고 보았습니다."

그들은 모조리 철숙과 자수와를 관련시켜서 한마디씩 지꺼리지 않으면 안 될 듯이나 생각하는 듯하였다.

"자수? 홍, 자수와는 이별일 껄."

현수도 어느듯 술이 얼근해서 지꺼리려대고 있었다. 남직원들은 거진 다 술이 거나해진 듯하였다.

"김 선생, 그게 무슨 말씀이요? 자수 연구를 위해 떠나시는 이에게 자수와는 이별이라니?"

물리 선생이 현수에게 이렇게 힐난을 하자,

"자수와 우리들이 이별이란 말이지."

영어 선생은 받았다.

"윤 선생은 또 왜 하필 우리들이라고 해요? 김 선생이 이별인데."

영어 선생 곁에 앉았던 장 선생이 또 이렇게 받았다.

그들이 한창 이렇게 주고받고 힐난을 하고 있을 때 최만진이 철숙의 곁에 왔다.

"신 선생님."

하고 그는 친밀한 음성으로 이렇게 불렀다.

"오해하시지 마십시오."

그는 다시 컵에 사이다를 따루어서 철숙에게 주며,

"부디 성공해 주십시오. 나는 진정으로 선생님에게 그것만 희망합니다."

이런 말을 건넸다.

철숙은 무엇이 어찌 된 셈판인지 갈피를 잡을 수 없었다. 이것이 혹시 꿈속이나 아닌가 하는 생각이 들었다.

"자수를 전공하는 사람들이 모여서 자수 연구소를 만들 필요가 있을 꺼야."

국사 선생이 역시 자수 이야기를 계속하고 있었다.

"네. 고맙습니다."

철숙은 꿈에서나 깨는 듯한 얼굴로 최만진을 바라보며 이렇게 대답을 하고 있었다.

현수는 멸시하는 듯한 눈으로 최만진을 흘낏흘낏 흘겨보아 가며 곁에 앉은 영어 선생과 어느 친구 이야기를 하고 있었다.

"박 군은 요새도 그렇게 마작을 하는가? 그리고 그 부인은 역시 쏘프래노를 하고?"

"왜, 박 군 부인의 쏘프래노를 듣고 싶은가?"

한쪽에서는 역시 자수 이야기가 계속되고 있었다.

"자수에는 동양 자수가 물논 좋지만 불란서 자수도 실용적인 데가 있어서 좋던데……."

"웬걸, 너무 담박하잖아?"

그들의 이야기는 뒤범벅이 되어서 완전히 잡음으로 화하고 말았다.

철숙은 그 자리에 앉아 있기가 괴로웠다. 그는 자리에서 일어났다.

"그럼 저는 먼저 실례하겠습니다."

이렇게 한마디 인사를 남기고는 서슴지 않고 응접실 문을 열고 나와 버렸다. 밖에는 눈보라가 치는데 여학생 몇이 그를 기둘르고 있었다.

"선생님."

먼저 철숙을 발견한 학생이 이렇게 불으자 그들은 한꺼번에 철숙의 곁으로 우우 몰려와 그를 가운데 에워쌓고는 돌연히 모다가 울기 시작하였다.

철숙도 손수건으로 눈물을 닦았다. 가슴이 저린 듯 목이 메인다.

"공부 잘해라."

철숙은 겨우 이 한마디를 남기고는 그들로부터 떠나려 했다.

"선생님하고,"

또 한 학생이 이렇게 불렀다.

"앞으로 선생님 뵐야면……."

다른 학생이 역시 눈물 섞인 목소리로 이렇게 물었다.

철숙은 또 한 번 가슴이 뻐근해졌다. 차마 그 아이들에게 자기가 통영으로 간다는 말을 일러 주고 싶지는 않았다.

"그건 쉬 알게 되겠지. 내 편지할 테야."

철숙은 달아나다시피 운동장을 향해 걸어가고 있었다. 그가 막 어두운 교문 밖을 나설 때 뒤에서 현수의 부르는 소리가 들리었다.

"신 선생……."

"……."

"신 선생……."

"……."

그러나 그는 발을 멈추지 않았다. 이제 모든 것은 끝난 것 같았다. 떠나는 날이래서 주고받는 인사, 위로, 격려 그런 것이 이미 최만진과 김현수가 다른 것이 무어랴 싶었다. 미워했거나 사모했거나 이제 영원히 떠나가는 자기에게는 모다가 마찬가지 물거품이 아니냐고. 그가 한길에서 좁은 골목으로 꺾어 들어섰을 때 눈보라는 어느덧 함박눈으로 되어 펑펑 내리고 현수의 목소리는 꿈속에서와 같이 아련히 들려오는 것이었다.

"신 선생― 신 선생!"(1947. 4)

―≪문화≫ 1권2호, 1947. 7.

이슬과 같이*

상(上)

　장작을 미처 리야카에서 부릴 겨를도 없이 나는 부엌문을 다급히 열어 재꼈다.

　'올케가 간밤에 무사했나? 그렇지 않으면?'

　"으앙, 으앙."

　아아, 참말 이런 끔찍한 일도 있는가?

　나는 허겁지겁 다 떨어진 장지문을 열었다.

　"이게 웬일이오? 어느 때쯤? 기맥혀라."

　"벌써 건너 왔수? 고단해 어쩌시우?"

　"고단한 건 둘째구. 끔찍해라, 이것 봐, 무에야? 계집애구먼."

　해여진 방석 우에다 헌 치마폭에 돌돌 감아 누인 어린 생명! 때 묻은 저고리로 머리도 가려는 줬으나 이 한대 같은 냉방에 떨어진 지 몇 시간이나 됐는가? 울음도 제대로 못 울고, 때때로 으앙 으앙 하는 소리는 새파랗게 질린 입술에서 앓음 소리처럼 새어 나왔다.

　"대체 몇 시간이나 됐수?"

---

* 이 작품은 ≪부인≫ 2권6~7호에 수록되었으나 원본을 구하기 어려워, 국립중앙도서관 소장 MF자료를 대상으로 입력했다. 그러나 MF자료 상태가 한 줄씩 누락된 경우가 있음을 밝힌다.

"아아, 밤중이던걸. 그래두 아직 살았구면. 웬걸, 살았으려나 했더니."

오빠가 일어나 무릎을 가리고 앉으며 이렇게 말했다.

산모는 웅크린 채 연방 담요 끝만 잡아당기며 입술이 새파랗게 덜덜 떨고만 있었다.

산모는,

"어젯밤 열 시쯤 됐으까, 전등이 와야죠. 오라버니가 또 앉은걸음으로 왼 집안을 뒤집다시피 해서 책상 서랍에서 겨우 초 끄태기를 찾아냈으니 말이지. 죽으라 (이하 한 줄 누락) 벽에야 덮어 준 걸."

"에구, 끔찍해라. 에구에구."

나는 벽장을 열고 내 옷상자 속에서 빨간 필루 된 융을 꺼내 애기를 덮어 주었다. 코가 당실하고 얼굴이 예쁘다. 나는 마치 내 뱃속에서 낳아 놓은 것 같은 강한 애착을 어린 생명에게서 느낀다. 웅크리고 누웠는 산모와 애기를 위해 지금 다리 건너서 끌고 온 장작을 지펴 방을 따숩게 할 양으로 밖으로 뛰어나온다.

을씨년스런 부엌 마룻장을 들고 불을 지폈다. 바람기도 없는데 아궁에선 유난히 연기가 쏟아져 나온다. 부채로 부치고, 입으로 불고하여 겨우 불이 제 곬3)으로 들어간다. 어젯밤 솥은 대강 올려놓고 매질해 놓은 부뚜막의 흙은 더 갈라졌다. 갈라진 틈으로 연기가 가늘게 새어 나온다.

"어서 방이 곧 따수해졌음! 어서."

나는 다시 방으로 들어왔다. 깨어진 유리창, 떨어진 장지만 너덜너덜 드리운 천정, 싸늘한 아침 공기가 왼 방안에 찼다. 헐린 벽 틈으로 허공이 내다보인다. (이하 한 줄 누락)양, 애기도 쌔근쌔근 숨소리가 들린다.

나는 애기 늑골 위에 내 뺨을 가까이 가져갔다. 어쩌면 요렇게 묘하게 생겼을까? 금방 뱃속에서 나온 애가 어쩌면 요렇게 때 벗은 모양일까? 당

---

3) 한쪽으로 트여나가는 방향이나 길.

실한 코, 선명한 입술, 감은 두 눈이 기름하다. 붉은 얼굴에 무에 좁쌀같이 내돋은 피부, 그것조차 사랑스럽다. 나는 왈칵 끌어안고 싶어진다. 고 포시시 내돋은 잔털하며, 요 생명은 한 다리 먼 나 이외의 오빠 내외의 분신이 아니라, 내 목숨을 불어 넣은 나의 분신인 것 같다. 숨결마다 나는 같이 숨 쉬며 바라보는 것이었다. 이 애는 뱃속에 있을 때부터 내가 가질 것으로 작정하였다. 사내면 오빠 네가 그냥 기르고, 계집애면 내가 기를 것으로 약속하고 있었던 것이다. 마침 계집애니 물론 내 것이다.

그래서 그러함인지 이 어린 생명을 들여다 보면 한이 없이 사랑스럽고 불쌍해진다. 그리고 간밤에 낳아 놓고 죽으라고 발가벗긴 채 냉돌에 내려 두었다는 올케가 원망스러워진다.

그야 맨 계집애만 넷째다. 열두 살을 위로 여덟 살, 여섯 살, 그 아래로 낳던 사내는 돌을 지나 잃고 지금 이 애기인 것이다. 물론 다른 애들도 나를 잘 따르지만 나는 요런 어린 것을 받아 기르고 싶었던 것이다. 자라 가며 얼마나 변해 갈지 모르나 동글한 얼굴이 첫째 마음에 든다. 마치 주문한 물건이 제 몸에나 마음에 꼭 맞는 듯한 쾌감과 안심을 느끼는 것이었다.

깨어진 유리창을 헌 잡지를 뜯어서 바르고 뚫어진 벽 틈에 헌 걸레를 쑤셔 막았다. 불을 잔뜩 지폈더니 따수워 난다. 산모와 애기는 좀 살이를 펴는 듯 마냥 잔다.

미역국을 끓이고 산모에게 밥을 권했더니 이마에 땀을 흘리며 국물을 홀홀 마신다. 역시 순산이었다.

올케는 해산 때마다 곁에 사람이 없는 것이 좋다고 하였다. 진통 중에 누가 있으면 힘을 줄 수가 없다고 한다. 어젯밤엔 곁에 오빠가 있었지만 초 끄태기를 찾은 것이 더 조산역이었지 두 아랫다리를 자르고 앉아 있는 이로서 물론 거들어 줄 일이 없으리라.

올케가 애기를 낳을 때마다 이렇게 조용히 낳는단 것, 비교적 순산인 것은 곧 그의 참을성 많은 지긋한 성격과 건강에서 오는 것이리라.

산모의 투명한 피부 솜솜 내돋힌 땀방울, 거슴츠레한 눈 모습은 어느 때보다도 아름답게 보였다. 산실에 풍기는 더운 냄새가 싫지 않다.

오빠는 앉아서 창밖을 바라며 궐련을 피운다. 나는 애기 얼굴 가까이 몸을 구부리고 그 얼굴을 지켜본다.

"어서 어머니에게 알려야지."

다리 건너 공습을 당해 끊어진 집에서 흙 무데기 속을 뒤적이며 깨어진 그릇 부스레기를 헤쳐 파시며 리야카를 끌고 다시 돌아갈 나를 기다리실 어머니에게 어서 가야지 하면서도 나는 어느 때까지나 산실에 파묻혀 있고 싶었다.

산모와 애기가 나란히 누운 산실의 분위기 속에, 창밖을 물끄러미 바라보며 담배 연기를 뿜는 오빠의 모양, 그의 얼굴에도 자족한 빛이 떠오른다. 이렇게 성하던 한쪽 다리를 병으로 마저 잘 (이하 한 줄 누락) 된 오빠다. 덥수룩한 머리에 절망한 듯한 그, 마라톤 선수요 단오 명절 씨름 대회에 황소까지 받던 그, 그가 삼 년 동안 한쪽씩 한쪽씩 두 아랫다리를 다 자르고 앉아 있는 것이다. 괄괄한 성질에 남한테 지기를 싫어하던 그가 이런 불구가 된 것이다. 그는 낮이고 밤이고 잘 눕지도 않고 이불로 무르팍을 가리고는 무거운 상반신을 지탱할 수 없어 뒤로 자빠지려는 아랫도리를 베개로 누르고 몸을 좌우로 흔들며 앉아 있는 것이었다. 늘 정신을 채려 보려고 머리를 흔들며 눈을 껌뻑껌뻑 해 본다. 잠들면 그의 얼굴엔 깊은 오뇌의 빛이 서린다. 우람한 상반신에 비하여 하반신의 허전한 모양은 보는 사람으로 하여금 그저 기막히게 할 뿐이다.

그런 오빠지만, 지금 갑산 고모님 댁으로 피란을 보낸 제 조카아이들 앞에서는 세상에 없는 자애스러운 아버지 노릇을 한다. 지금 여기 눕혀 놓은 갓난 애기도 죽었으려니 생각했다고 말로는 그러지만, 계집애일지언정 순산한 것만이 대견하다는 듯이,

"방이 더워지니까 제법 자는군 그래" 한다.

‘이 낙(樂)으로 살아가는구나.’

나는 오빠를 바라보며 마음속으로 가만히 외쳐 보았다.

그리고 마지막까지 내가 자기 아기의 엄마가 되기를 그렇게 원하던 세상 떠난 그이의 일이 못 견디게 생각난다. 순간 내 가슴은 오그라지는 듯 구슬퍼진다. 금방 눈물이 쏟아질 것만 같다. 나는 다시 아기의 뺨 가까이 내 얼굴을 갖다 대인다. 그리고 그 숨결에 내 괴롬을 잠재우려고 애써 본다.

세상 떠난 그이와의 사이에 결혼한 지 일곱 해가 되도록 아기가 없는 일은! 운명적으로 환경에 대하여 두 사람의 사이를 자랑스러운 것을 못 만들었을 뿐 아니라 두 사람의 사이에 어떤 공간을 남겨 놓은 것이었다. 가장 가정적이요 치밀한 애정 세계에서 살던 둘이는 서로를 아끼고 사랑하는 이외에, 나는 그를 나의 아기의 아빠로 그는 나를 그의 아기의 엄마로 만들고 싶은 소원은 자연한 소원이라면 소원이었을 것이다. (이하 한 줄 누락) 려서 약을 대려 먹고 더운 방에서 땀을 내노라고 드러누웠을 때 일이다. 문을 첩첩이 닫고 병풍을 두른 속에서 두꺼운 이불을 몇 채 씩 덮고 머리까지 가리우고 땀을 흠씬 내는데 그는 이런 말을 하였다.

“꼭 이 방은 산실 같구려. 무슨 냄새가 물씬물씬 나는 게 싫잖은데……. 당신은 꼭 산모 같구. 어디 봅시다.”

그는 내 얼굴을 황홀한 듯이 들여다본다. 그러다간 내 뺨에 얼굴을 대이고 코를 벌룽거리며 냄새를 맡는다.

“당신의 이 투명해진 피부며 물씬한 냄새가 꼭 산모 같아. 응, 애 하나 낳으라구.”

그리고 보드라운 손수건으로 얼굴에 땀을 닦아 주는 것이었다. 그는 밖으로 나가 버렸다.

나는 눈을 사르르 감았다. 참말 나는 해산하고 이렇게 누웠던 것이라면 얼마나 좋으랴 싶었다. 나는 그에게 얼마나 더 떳떳하고, 이 생활이 얼마나 더 만족하랴 싶었다.

내가 잠이 들었다가 눈을 떴을 때, 그는 서서 나와 또 다른 (이하 한 줄 누락) 이 웃고 있었다.

"하아, 참말 아일 낳았구나."

그는 장난꾸러기처럼 웃어 댔다. 나는 옆을 돌아다보았다. 내 옆에는 마치 애기 모양으로 누운 것이 있었다. 만져 보니 베게다. 나는 웃음을 못 참는 대신 가슴에 눈물이 왈칵 고인다. 그리고 그이의 장난이 진정한 소원의 표시라고 생각할 때 내 가슴은 날카로운 칼로 어여[4]내는 것 같았다. 기가 막혔다.

나는 그의 팔에 매달려 몹시 울었다.

"애 하나 낳으께. 네, 내 꼭 낳아 볼께요" 하고 응석을 부리면서도 그냥 서러워서 자꾸만 울었다. 그는 내가 너무 느껴 우는 바람에 당황한 듯이

"왜 이래? 농담인데두. 난 당 (한 줄 보이지 않음), 바보" 하고 눈물을 닦아 주는 것이었다.

나는 산실에 불을 더 지펴 놓고 리야카를 끌고 어머니 계신 무너진 집터에로 달렸다.

"어서 어머니께 알려 드려야지" 중얼거리며, 뻐근한 팔인데두 열심히 달리는 것이었다.

다리 가까운 데로 걸어가는데 저쪽에서 젊은 쏘련병이 나를 향(이하 한 줄 누락)고 맨발에 수건을 쓴 채 머리를 푹 수그리고 그냥 지나가려니까, "마담! 마담!" 하면서 뒤에 돌아와 리야카를 밀어 준다. 그 결에 쉽게 언덕진 길을 돌아 다리에 올라설 수가 있었다.

오늘이 벌써 나흘째다. 이렇게 혼자 리야카를 끌고 이삿짐 나른 지가. 달구치면 알맞은 놈이 없다고 약질인 내가, 조끔만 일을 해도 으레 열이 나서 며칠 씩 드러누워야 하던 내가, 막상 일하고 보니 고역도 견딜 수 있

---

4) '에여'의 북한어.

는 것이 첫 시험인 것 같았다.

이래서 사람은 사는 것이리라. 약이니 주사니 영양이니 안정이니 이렇게 위해 주고 보호해 줄 때엔 줄창 앓더니, 그가 세상 떠나고 단 하나인 친정 오빠가 불구가 되고 늙으신 어머니와 여러 아이들을 데리고 고생하는 올케와 이런 틈에 살게 된 뒤부터는 꽤 튼튼해 갔다.

"믿을 곳이 없으니 그런 게지."

어머니는 내 건강해진 모양을 기뻐하시면서도 그 얼굴에 슬픈 표정을 짓는 것이었다.

나는 더 원기를 내었다.

이런 이 난리통에 나는 거의 놀랄 만큼 내 힘에 벅찬 일들을 해 오는 것이었다.

8월 13일에 어린 조카아이들 셋을 데리고 이곳서 사백 리 밖 갑산(甲山)에 피란을 갔다. 해방 직후 불과 17일 되던 날, 쏘련 정찰기를 일본병이 기관총으로 시꺼려 놓아서 한 시간 이내에 비행기 십여 대를 끌고 와서 역 부근을 공폭하여 이 지경이 된 것이다. 곧 다리를 사이에 놓고 역 부근 일대가 결단이 난 것이다. 그리고 우리 친정집은 바로 그 구내였든 것이다. 크고 작은 건물들이 모다 허물어지고 사람과 짐승이 수없이 죽었다.

이런 속에 늙으신 어머니와 기신이 성치 못한 오빠와 오늘 낳을지 내일 낳을지 모르는 막달인 올케를 두고 간 나는 며칠 전 새벽에 이 폐허에 당도하여 십 리 밖에 피란해서 목숨들만 간신히 부지한 이 대식구들을 다시 만나게 된 것만이 천행이었다. 친정집이 무너지고 세간이 깨어지고 말 못하게 되어도 다만 다시 얼굴이라도 바라볼 수 있는 것만이 실로 요행이었다. 더군다나 (이하 한 줄 누락) 아직 무사했다는 것은 아무리 생각해도 큰 기쁨이 아닐 수 없었다. 바로 건넛집에 살던 젊은 내외도 몇 집 건너 콩나물 장수하던 집 아이들 오뉘도 죽지 않았는가? 노랗게 폭사한 시체를 팔과 다리가 각각 흩어져 그것을 주워 모아 리야카에 싣고 다니는 일도 수두룩

했다. 소와 말이 밸이 빠져 구데기가 욱씬거리고.

아무것도 하시지 말고 가만히 드러누워 계시라고 하고 장작을 신고 물 건너 오빠 내외가 먼저 가서 묵는, 얻어 놓은 일본 집에 부리워 놓고 오는 새 어머니는 누워 계시기는커녕 어떻게 옮겨다 놓았는지 다리 부러진 책상 이며 항아리며 숯섬,5) 베개, 함지박 요강, 보따리, 이런 너저부레한 세간들 을 어여 디딜 데 없는 뜨락 한 귀퉁이에 몰아 놓느라구 여념이 없으셨다.

"어머니, 낳서요. 계집애 참 이뻐요. 코가 오똑한 게."

"에구, 저런 끔찍해라. 추워서 어쩌누?"

어머니는 눈물이 글썽글썽해지시면서 내 대답을 기대리실 틈 (이하 한 줄 누락)던 사기 그릇을 광우리에 담아 이고 허겁지겁 건너가신다. 나는 그 뒷모양을 바라보며,

"어머니 키는 줄어 드셨다"

고 혼자 중얼거렸다.

어머니가 주워 모은 너저부레한 세간을 리야카에 싣고 한숨 쉬는데,

"일쯕 일어났구면."

명선 언니가 여전히 기운 없이 걸어 나온다.

"오늘은 그만두시잖고. 참, 언니. 애기 낳았다우. 계집애야. 이뻐요."

나는 기뻐서 못 견디겠다는 듯이 이렇게 말했다.

"그래? 인젠 좋겠구만, 소일 가음이 생겨서. 왜 낳기 전부터 자기가 가진 다구 그랬지. 사내더면 안 될 뻔했지?"

명선 언니는 다행하다는 듯이 덧니를 가리느라고 윗입술을 이죽거렸다. (이하 한 줄 누락) 그 모양을 보고 속으로 다시금 놀란다.

'어쩌면 저기가 저다지도 못 쓰게 되었나?'

---

5) 숯을 담는 섬.

그리고 내 머리엔 어저께 쏘련 장교와 의기당당한 모양으로 자동차를 타고 성진 쪽으로 달리던 이 고장 군위원장 가음이 되리라고 사람들이 말하는 서훈필이란 사람의 기름기 도는 얼굴이 떠오르는 것이었다.

명선 언니는 내가 어렸을 적 이 고을에서 제일 얌전하고 똑똑하고 인물까지 예쁜 여학생으로 이름이 있었다. 계집애들을 공부시키면 집안이 절단이라고 하던 완고한 노인들도 명선이 같은 여학생 (이하 한 줄 누락) 방하다고 했다. 그러던 명선이가 이 고장에서 백 리 떨어진 S읍 여학교 졸업반 때 사회주의자인 서훈필과 연애 관계에 빠져 처녀로 아이를 낳게 된 것이었다. 파탄 중첩, 그는 처녀로서 한 번 잘못되자 다시 솟아날 길이 없었다. 한편 서훈필은 왜정 아래 감옥으로 끌려 다녔고 둘의 사이는 소문나기까지 피로우면서도 달콤한 것이었는지 모르나 훈필이가 결국 명선을 아내로 맞는 일 외에 딴 형식으로라도 명선을 책임질 만한 인격이 아니었다는 데 문제는 있었다. 명선은 미덥지 못하고 뻔뻔스러운 것이 남성이라는 남성관을 가지고 일생을 걸어오게 되었다. 그래서 그러함인지 그 다음에 만나는 사나이도 그 다음에 만나는 사나이도, 즉 이십 년 동안에 여덟 번이나 신 남편(?)과 만났다 헤어지곤 하였다.

K읍에 명물 명선. 타락한 여성 명선. 남성을 수없이 갈아도 늘 오막살이에서 헌옷을 ■■입고 굶주리고 사는 초라한 명선이었다. 주변이 없다 할까? 남들은 방탕한 계집으로 취급하건만, 방 (한 줄 보이지 않음) 사내를 호려서 물질을 구한다는 일! 이런 일이 전연 없었다. 오히려 만났던 사나이마다 그 없는 살림을 축을 내는 것뿐이었다. 그는 오히려 바른 남성만 만났더면 현모양처 가음이라고 생각케 하는 점이 많았다.

절조 없는 더러운 여성뿐만 아니라 거지나 매한가지인 그의 가난을 사람들은 못지않게 업신여겼다. 한편 서훈필은 해방 전에는 제법 왜인들과 어울려서 괜찮게 번드르 살았고, 지금은 더군다나 그의 세상인 듯이 호기가 당당한 듯싶었다. 나는 어려서부터 이 명선의 생애에 대해 깊은 의혹을 품었었다. 그 의혹은 내가 장성하는 동안 곧 알려졌다. 그리고 그에게 깊은 동정도 품게 되었다.

이런 인간적인 무엇이 연령의 차이는 많을지언정 그와 나와의 사이를 가깝게 하였다.

공습 당한 뒤에 사람들은 정신이 뒤집혀 자기 일도 수습 못하는데 누가 남의 일을 거들어 주랴? 명선이가 피란했던 곳에서 자기의 짐도 못 날라 온 채 이렇게 날마다 나를 도와주는 일은 ■■■ 누구보다도 그를 동경해 왔다는 것만으로도 고마움에 대한 설명이 되는 것이 아니다. 과부가 과부의 설움을 안다고, 불행한 사람만이 진정한 불행을 아는 것이 사실일 것이다.

내가 남편이 있고 물질이 흔하고 사회적으로도 한 떳떳한 여인이었을 때는 우리 문전에 오기를 꺼리던 그가, 남편을 잃고 소생도 없는 채 친정에 돌아와 있다가 세간 전부를 공습 당하고 폐물이 된 이삿짐을 날라야 되는데 대해 그 없는 힘이라도 내게 보태 준다는 일은 눈물이 나도록 고마웠다.

돌아간 그이의 사진을 놓고 그가 좋아하던 골동품 화병에 산소에서 꺾어 온 들국화를 꽂아 놓은 채 온갖 세간과 책과 의복이 소담스레 놓여 있던 그 방을 떠나 황망히 조카들을 데리고 갑산으로 떠났던 것이다. 와 보니 바로 내 방 곁에 폭탄이 떨어졌는지라, 몇 권 책이 길바닥에 흩어진 것을 못 봤더면 내 방인 것도 모를 뻔했다.

"차라리 잘 됐다."

아아, 나는 어떻게 절망하여 속으로 중얼거렸다. 내 살아 온 자취를 애기하는 내가 그렇게 애착을 가지던 그 많은 세간에 대해서 너무 애석한 나머지 이렇게 절망하여 속으로 중얼거리는 것이었다. 잃을 바엔 차라리 모든 것을……

그러나 내 맘 속엔 또 하나의 촛불 같은 희망이 있었고 위안이 있었던 것이었다.

하(下)

어머니와 오빠와 올케가 무사했다는 일 중에 제일 기쁜 것은 올케가 무사히 해산할 수 있다는 일이었다. 그리고 지금 순산한 것이다. 내가 받아 기르겠다고 예약한 갓난 애기. 나는 그것이 뱃속에 있을 때부터 태모의 건강에 대해 여간 걱정이 아니었다. 콩떡과 알밤만으로 영양부족이 될 생각을 하니 기가 막혔다. 다행히 가냘픈 체격이지만 건강한 탓으로 태아에게도 관계찮았던 모양이다.

해방되기 전, 나는 앞으로 긴 세월을 어떻게 살아갈까? 무엇에 애착을 붙이냐가 문제였다. 무엇에나 열중하지 않으면 못 배기는 나. 나는 오로지 지낸 날을 슬픔 속에 회상하는 것만으로 도저히 생명을 지탱할 수가 없었다.

마침 올케가 태기가 있어 나는 거기에 일루의 희망을 갖고 있은 것이었다.

명선 언니가 고르는 짐 속에 옛날 그이가 첫 봉급 받은 기념으로 사 주던 아담한 빼비 — 단스의 부서진 조각이 실렸거나 말거나 생명 보험과 예금이 무효가 됐다거나 간난 어린 생명에게로 쏠리는 내 감정은 비상한 것이었다.

그 전날 같으면 다리를 건너는 동안에 몇 차례씩 리야카를 멈추고 돌아서 한참씩 쉬고 있으련만 나는 단숨에 달리는 것이었다.

'어서 가 봤음, 어서 고 숨소리를 들었음!'

애기 낳은 이튿날 명선 언니에게 조반을 권하고 나는 밥 먹을 생각도 잊고 애기를 디려다 보았다. 쌕쌕하고 자 대다 이마를 찡기고 울기 시작한다.

"어쩌나……. 젖을 먹여얄텐데……. 인가가 있어야지."

어머니는 걱정이시다.

"왜 엄마 젖으루 안 되나요"

"애두. 첫 젖은 다른 사람의 것을 먹여야 쓴단다. 아직 제 어미 것은 돌아서지두 않았겠구⋯⋯."

나는 여학교 육아 시간에 얻어들은 소리가 있는지라 그냥 엄마젖을 먹이자고 우겼으나 어머니는 굳이 안 들으신다.

"누구더러 와 먹여 달래겠니? 어디 문안 뉘 집에든지 가 볼 밖에. 안고 가야지. 누가 이 판국에 와 주겠니?"

나는 어쩔 줄을 모르고 우는 애기만 바라보았다. 그 얼굴을 찡길 때마다 나도 함께 찡겨지는 것이었다. 첫 젖을 산모의 것을 못 먹인다는 문제 외에 산모의 젖은 아직 들어서지 않은 것이었다.

"우리 산으로 들어갑시다. 내가 아는 데 좀 말해 보께⋯⋯."

명선 언니는 이렇게 말하고 벌써 일어서는 것이었다.

아직 첫 저고리도 해 못 입힌 채 헝겊에 둘둘 만 것을 나는 일으켜 푹 안았다. 세상에 나온 지 이틀 밖에 안 되는 것을 이렇게 다루는 것이 위태롭고 아까운 생각이 들어 눈물이 솟았다. 그러나 디려다 볼 때보담도 달라 이렇게 막상 안고 보니 따뜻한 혈맥이 통하는 듯 더욱 고 어린 생명은 나의 분신인 것 같았다.

할 수 있는 대로 깨끗한 것으로 몸을 가리워 폭 싸안고 명선 언니의 뒤를 따라 조심조심 걸어갔다. 조금이라도 바람을 쏘일까 혹 무슨 탈이라도 아니 날까 나는 절로 조마조마하였다. 더군다나 배가 고파 입을 움찔움찔 하는 게 더 불쌍해 보였다.

이 K읍 다리 이쪽은 물론 공습은 아니 당했지만 집집이 피란들을 갔다 왔고 갔다 오는 새 도적들을 맞아서 물건이 제대로 있는 집이 없었다. 잃어진 재봉침과 돗자리와 축음기와 옷과 무엇무엇, 길 가는 사람들 특히 부인네는 자기들의 잃어진 물건의 이름을 마치 미친 사람 모양으로 주워대며 지나가고 지나오는 것이었다. 그리고 한참 걷노라니까 재봉침 실을 길게 길게 늘여서 ■간 데를 모르게 해놓은 것도 있었다. 앞에 가던 명선 언니는 그 재봉침 실을 당기었다. 그는 길을 가다가 ■한 게 ■■ 한 개라도 보면 그저 지나는 법이 없었다.

(이하 한 줄 누락)명 짓는 까닭도 여기에 있다.

그 실을 당기는 곁에 어디선가 사람이 나타났다.

"건 왜 그래요. 도로 놔요" 하고 화를 낸다. 자세히 보니 내가 아는 사람이었다.

"웬일이세요? 이건 무엡니까?"

베 감투를 쓴 그는 시무룩해서 이렇게 대답했다.

"난리 통에 형님이 돌아가셨어요. 아직 시체도 못 찾은 걸요. 초혼하느라구 이런답니다."

나는 깜짝 놀랐다.

이 사람의 형님이라면 오빠의 친구인 상길 씨가 아닌가? 다리 이쪽에선 제일 큰 백화점을 경영하고 있고 바로 내가 조카아이들을 데리고 떠나던 날 정거장에서 만났었는데⋯⋯. 어쩐지 몹시 얼굴이 어두워 뵈고 얼빠진 사람 같더니, 죽었구나.

나는 울상이 되었다.

"따라만 와요, 글쎄."

나는 얼굴까지 덮어 혹 그새 숨이 막히지나 않았나 애기 얼굴 쪽에 귀를 기울이고 여러 번 돌에 앞부리를 걷어차며 명선 언니를 마치 구세주나 되는 것처럼 따라갔다.

허나 이러한 난리판에 남의 젖을 얻기란 우리 예상과 같지 않았다.

몇 번인가 헛걸음을 친 나는 이번에도 명선 언니가 골목 안으로 달음질쳐 들어가는 것을 좇기보다 기다리려는 마음에서 두어 걸음 골목 안 담 모퉁이를 들어가 언뜻 어린 것을 들여다보았다. 울지는 않으나 분연히 무엇을 찾는 꼴로 입을 연신 벌리고 두리번거린다.

실로 무심히 그리고 엉겁결에 나의 손은 남의 것을 다루듯 나의 저고리

섶을 벌리고 주위를 저어하며 나 자신의 젖을 꺼냈다.

젖이 어떻게 해서 액체를 뿜는 것인지 내 딴엔 알 수 없어 다만 애기를 낳고 키워 본 일 없는 소녀만도 못한 나의 본능에서 턱없이 쓰레기통에 의지하여 애기에게 젖꼭지를 물려주며 막연히 기다리는 것이었다.

애기는 탐스럽게 빨아들인다. 나는 전에 꿈속에서처럼 내가 어머니가 되어 애기에게 젖을 빨리면 얼마나 즐거울까, 그런 감격을 상상해 본 일이 있다.

'그 상상하던 감각을 나는 자격도 없이 엉겁결에 이렇게 체험하는구나. 누가 오면 어쩌나? 아이, 부끄러워.'

말랑말랑한 입속에서 젖꼭지는 내뿜는 것 없이 애기의 비위만 상해 놓는 것이다. 연방 꼴깍꼴깍 삼키는 소리. 참말 내게서 이 어린것에게 주는 생명수가 콸콸 쏟아질 수 있다면! 즐거운 관능 속에 나는 여기서도 여자로서의 비애를 느끼는 것이었다. 마치 애기에게 죄나 짓는 것처럼 온몸의 피가 안타까움으로 뜨거워 난다. 간지럽고 유쾌하고.

'여인은 모든 슬픔과 억울함을 어머니가 됨으로써 이기고 견딜 수가 있는 것이구나.'

나는 이 몇 분 동안에 번개같이 이때까지 체험하지 못한 인생의 중요한 부분을 발견하는 것이었다.

나는 이렇게 며칠을 애기를 안고 젖 구걸을 다녔다. 그러나 생모의 젖은 좀체로 돌아서지 않았다. 애기는 원체 보채는 편은 아니었다. 젖만 흐뭇하게 먹으면 몇 시간이고 그냥 잤다. 밤을 자고 나면 움쭉움쭉 커 가는 것 같았다. 그러나 배고파 올 때마다 내 가슴은 어여내는 듯 아팠다. 또 그럴 때마다 나는 싸안고 첫번 명선 언니와 갔던 회령집 순돌 엄마한테로 달려가곤 하였다. 나는 무에나 있는 대로 손에 잡히는 대로 들고 다녔다.

"아이고, 있는 젖을 노나 먹이는 걸요."

돌이 채 안 되는 순돌이를 젖을 물렸다가도 내려놓고 즐겨 우리 애기에게 빨리곤 하였다.

남의 젖일망정 얻어먹기에 자리잡은 것 같던 사날 뒤, 제 엄마의 젖도 제법 돌아섰는데 애기는 돌연히 보채는 아이로 변했다.

배가 고파 울다가도 젖만 물리면 벌써 아늑히 반눈 감고 세차게 빨아 먹다가 잠들어 주던 애기가 입술에 대니까 더 요란한 울음을 터뜨려 나는 어찌할 바를 몰랐다.

순돌 엄마도 그때까지는 절대적인 무기와도 같은 젖을 할 일 없이 제쳐놓고 연해 머리를 기웃거렸다.

하룻밤을 내쳐 울고 다시 날이 밝은 다음에야 나는 애기의 입속에 무엇인지 증후가 나타난 것을 발견했다.

열도 어느 틈에 올랐는지 발가벗은 몸을 내 살에 대어 보니까 불을 다치는 것 같았다. 거의 무의식적으로 애기를 떨쳐 안은 나는 아침 해를 향해서 마을로 달음질쳐 갔다.

애기를 다루는 솜씨라든지 '××'이라는 병명으로 대번에 진단해 놓고 거침없이 애기의 입안에서 작은 가시와 같은 것들을 손쉽게 뽑아내 주는 의사에게 나는 몇 번이나 살려 달라는 말을 했는지 몰랐다.

다시 사흘 뒤 두 번째 진찰을 받고 더 큰 가시를 뽑고, 이번에는 내 눈으로 보아도 난감하고 애처로울 만큼 혓바닥과 입천장과 이빨이 날 생각도 않은 연붉은 잇몸까지 헌데가 난 것처럼 부어올랐다.

그렇지 않아도 파리 소리가 어른의 비행기 소리보다 더 시끄러울 애기는 자꾸 놀래고 소스라쳐 울고 나중에는 목이 쉬어 흡사 곁에 있는 나에게 조심하는 것처럼 속으로 울었다.

그예 난 지 열흘 만에 애기는 영영 잠들고 말았다.

숨이 끊기는 것을 역력히 알던 (이하 한 줄 누락) 어떻게든 고것을 손대려 하지 않았다.

다만 눈 감고 몸 하나 까딱을 않고 있음으로써 내 생명과 육신의 한 부분이 가만히 축나없어지는 것을 바래 줄 따름이었다.

날이 희끄무레 밝을 때까지 아무도 거동이 없었다. 애기의 숨이 끊어진
지 이미 몇 시간 지난 것도 누구나 다 알고 있었다. 어머니와 오빠와 올케
와 그리고 내 곁에 명선 언니와 다들 알고 있었건만 고대로 숨이 끊어진
고대로 놔두고 싶었던 것이다.

그 티도 때도 없는 무명(無明) 무색(無色)의 어린 생명이 아무 자취 없이
스러진 모양— 나는 그것의 숨이 끊어지는 순간까지 함께 숨쉬며 생명의
투쟁은 어리거나 어른이거나 마찬가지로 못되고 고된 것임을 느꼈다.

올케는 날이 밝자 일어나 앉아 이틀째 누비던 첫 저고리를 꾸미고 있었
다. 저고리 고름을 접어 달면서 연신 눈물을 닦았다. 원체 솜씨가 꼼꼼한지
라 솜을 폭신하게 두어 솜솜 누빈 알따란 흰 무명 저고리는 앙증스럽다.
내가 미리 준비했던 빼비—복이나 있었드면— 나는 다시 난리통에 잃어버
린 옷가지 생각이 난다.

입던 옷을 뜯은 새빨간 명주로 겹치마를 지어 누비저고리에 받쳐 입혔
다. 얼굴을 가리었던 헝겊을 들고 보니 이미 얼굴은 약품에 담근 것처럼
샛노랗다. 마치 며칠 전에 폭격을 당해 죽은 시체와 빛깔이 같다. 그러나
어른의 시체에 비하기엔 너무나 이것은 또 깨끗한 죽음이요 또 아름답기까
지 하다. 얼굴에 약솜을 얇게 펴서 덮으면서 나는 마지막으로 뺨을 비볐다.
아아, 그 배고파 찡기던 얼굴— 젖을 물리면 꼴딱꼴딱 탐스럽게 빨던 입
술— 내 가슴엔 애기에게서 받은 감각이 아직도 생생히 남아 있거늘 지금
은 아무 표정이 없이 그대로 묵묵한 이 얼굴을 마지막으로 헝겊으로 동이
려 할 때 애처롭고 쓰라리기만 하였다. 그러되 내 눈에선 웬일인지 한 방
울의 눈물조차 솟지 않았다. 깨끗한 죽음에 대해 내가 우는 것은 아기를
모독하는 것 같았다.

"팔자 궂은 년이기루……."

애기는 내가 가진다고 이름 지어서 간 것이나 아닌가? 팔자 사나운 내가 낳지도 않은 애기를 소유하다니……. 나는 덜컥 이런 생각을 하고 가슴이 섬찍하다. 그렇다. 꼭 그런지 모르겠다. 나는 갑자기 오빠 내외에게 대해 부끄럽다. 미안하다.

그렇다고 나는 이런 말을 입 밖에 낼 수는 없다.

"어서 내다 묻어야지."

오빠는 보기 싫다는 듯이 말했다.

"관이 있어야지. 어디 궤짝이 없나. 손질해 보게."

명선 언니는 광 속으로 나가려 든다.

"가만 계세요. 내 가져 오게" 하고 나는 기름한 잔 헝겊 조각들을 모아 넣은 궤짝을 옆엣 방에 갖다 처박은 생각이 나서 그것을 꺼내왔다.

"아이구, 그냥 거적에 싸서 묻으렴."

어머니는 더 다루는 것이 보기 싫어서 이렇게 말씀하셨다. 그러나 올케 만은 가만히 있었다. 인제 다섯째 낳는 애기지만 아직 수줍어하고 그리고 아이들에게 관해선 무에나 어머니에게만 믿고 있던 터라 지금도 그 심중엔 관 속에 알뜰히 넣어서 묻었으면 하면서도 조금도 의사를 발표하지 않는다.

빨강 치마 흰 저고리에 두건을 싼 어린 시체— 그것은 마치 인형 같았다. 관 밑에 베 홑이불을 깔고 나는 이 꼿꼿한 인형을 안아 그 속에 넣었다. 길이가 꼭 맞는다. 덮었던 빨간 융이며 베개며 있는 대로 관속에 채워 넣고는 뚜껑을 덮었다. 내 손으로 못을 쿵쿵 박고 명선 언니가 거들었다.

명선 언니는,

"한 열흘 동안에 애기는 사람이 겪어야 할 온갖 것을 다 겪었네요!"
한다.

"그렇죠."

나는 깊은 한숨을 내뿜었다. 어젯밤부터 젖이 불어서 자꾸 짜내 버리는 올케는 벽에 기대 앉았다가 젖을 짠 보시기를 땅에 엎질렀다.

애기는— 제 엄마나 내 애정 속에 산 것, 젖이 없이 고생한 것, 나서 찬 방에 내던졌던 일, 병이 들어 그 몹시 앓던 모양! 이러하여 죽어 버린 과정은 꼭 지리한 일생을 가진 한 사람의 겪은 그것과 무엇이 다르랴?

이 일본 집자리가 원래 보통 집이 아니다. 서본원사(西本願寺)란 절인데 나종 나는 여기서 수없는 해골 바가지를 처치해야 됐던 것이다. 어머니와 올케는 치를 떨며 무서워했으나 나와 오빠는 차라리 지저분한 다른 일본 집보다는 치우면 훨씬 깨끗하고 넓고 부근에 인가가 드문 것을 다행으로 알고 딴 곳에도 빈 집이 있을 것임에도 불구하고 극력 우기어 이 집을 택했다. 그러나 어머니와 올케는 을씨년스런 속에서 입 밖에 내어 표시는 아니 하나 미상불 께름하던 차에 이 지경이 되고 보니,

"집 탓이야, 집 탓."

하고 관을 메고 나오는 뒤에서 나를 칭원하는 것만 같아 나도 실상,

"이놈의 집."

하고 투덜거려지는 심사였다.

내 뒤에 명선 언니가 삽을 들고 따랐다. 올케는 부성부성한 눈으로 대문 밖까지 쫓아 나왔다.

"얼른 댕겨들 오세요. 시장하실 텐데."

모나리자의 쓸쓸한 미소를 연상케 하는 얼굴—.

대문 앞에 넓게 동서로 뚫린 길을 서쪽으로 경사진 언덕을 올라서면 큰 개울이 하얀 돌짬을 흘러내려 간다. 어렸을 적부터 목욕도 하고 빨래도 빨던 낯익은 개울—. 맑은 아침 공기에 더 한층 속까지 깨끗해 보인다. 위에 서야 똥오줌을 버리거나 불결한 것을 빨거나 그대로 맑게만 흐른다. 며칠 동안 애기의 똥 기저귀만 다루던 나는,

"오늘부터는 그것도 다 했구나."

하고 처량해진다. 사랑하는 대상을 위하여 바치는 즐거운 수고. 내게는 그

즐거운 수고를 감당해 가는 특전이 없어졌다.

멀리 길쥬(吉州) 평야가 질펀한 곳 바라보아도 바라보아도 끝없는 파란 곡식 천지— 기장과 조는 누렇게 이삭이 여물고 풋콩도 한창이다.

멀리 앞산엔 흰 구름이 날고 서쪽 하늘 가까이 보랏빛 칼산[劍山]이 그림같이 솟아 있다. 개울 옆 동둑을 둘이는 묵묵히 자꾸 걸어간다. 이슬이 젖은 풀잎에 발을 적시면서 자꾸 걸었다. 한참 걷노라니까 파란 물속을 헤치고 연보랏빛 나팔꽃들이 눈에 띄었다.

경사를 타고 동둑을 넘으려는 듯이 위로 솟구쳐 오르려는 모양이긴 했으나 그것은 애처롭게도 사소한 존재였다. 그러나 내 눈에 활짝 와 닿는 그 하늘거리는 꽃—.

내가 어린것을 맡아 기르려다 죽였고 그 일이 당장에는 나의 몸과 마음에 자그마한 틈도 허락지 않는 최대의 사건인 것만 같이, 사람들의 눈에는 걸리지도 않을 흔하다기보다도 하치하다기보다도 역시 너무도 그악한 풀잎에 끼어 관심을 살래야 살 수 없는 서러운 넝쿨에 마지못해 매어 달린 연약한 꽃들이기에 유독 나의 눈에는 확대된 듯 그저 지나치지 못하게 하는 것인지도 몰랐다.

나는 소중하게 부디 안았던 작은 관을 한편에 돌려 끼고 얄궂게 동둑 아래로 거꾸로 엎드리며 하나둘 나팔꽃을 뜯기 시작했다.

"그건 뭘 해요?"

삽을 들고 앞서 가던 명선 언니도 구태여 캐려 하지 않고 나의 일을 도왔다.

워낙 무성한 잡초들을 헤쳐 보면 얼마든지 있는 나팔꽃 그것쯤이야 뜯는 바에 부족을 느낄 것이랴— 싶어 둘이는 또 그것이 큰 일가음이나 되는 것처럼 한 아름이나 뜯었다.

"이걸루 관을……."

새끼로 이리 얽고 저리 얽은 작은 궤짝엔 그래서 더욱 꽃을 엮을 자리가 편했다.

"행결 외롬이 가신 것 같잖우?"

둘이는 이때까지 굳은 듯이 딱딱했다. 얼굴에 서로 미소를 띠었다.

"우리 아무데나 평지에 묻어 줍시다. 저 조밭 귀때기든지⋯⋯."

그러나 그 근처에서 어물거리던 늙은 농부가 이내 우리의 눈치를 안 듯
이 곁을 대서며,

"거, 이왕 산에 갖다 묻지 않으려거든 저 건너편에 있는 과목밭에다 묻
으슈-."

"거긴 괜찮을까요?"

"아, 뭐 거기라면 상관없죠. 원래 일본 사람네 건데 그 댐에두 이번 공습
통에 죽은 숱한 송장들을 갖다 묻은 자죽이 그 가시 철망 밖으루 드문드문
하지 않습니까?"

나는 명선 언니를 마주보았다. 그도 끄덕였다.

둘은 길을 찾을 것 없이 풀 바람에 아랫다리들을 극질리며 대뜸 건너편
과수원이 있는 데로 향했다. 거기 토질은 보기와는 달라 곁에 널려 있는
돌각 담만 헤치면 약간의 메뿌리가 얽히어 있고 그것을 삽으로 찍으면 그
아래는 오히려 연삽한 모래였다.

석자 길이는 파 가지고 밑바닥에 풀을 한 아름 뜯어서 넣고 나팔꽃으로
얽은 관을 내렸다. 명선 언니와 나는 서로 약속도 없이 합장하고 눈을 감
았다. 몇 순간이 흘렀는가?

조고만 흙무덤이 이룩되었다. 없는 힘들에 한줌이라도 더 떠서 보태고
보태고 제법 무덤은 무덤이었다. 가장자리에 돌을 날라다 삥 둘러놓고 들
철쭉과 이름도 모를 꽃뿌리를 옮겨 주고 우리는 풀섶에 앉아 하염없이 먼
산을 바라보았다. 바로 건너편에 전신주가 서 있는 곳 올라서면 K읍이 한
눈에 보이는 높은 산 소나무 그늘에 바윗돌이 놓여 있는 그곳에 그이의 무
덤이 있는 것이다.

참외 장수가 외망태기를 짊어지고 지나간다. 우리는 그 뒤를 따랐다. 거죽이 파란 점으로 알룩달룩한 개구리참외 속을 쪼개니 새빨갛다. 우리는 둘이 손에 들 만큼 샀다. (이하 한줄 누락)

참외 장수는 한 개 더 집어 주며 이렇게 말했다.

무덤 변두리를 파고 묘하게 생긴 꼭지 달린 참외를 묻는데 저쪽 사과 밭에서 사내애들이 우루루 몰려나온다. 손에는 물론 양복주머니마다 불쑥 불룩 쑤셔 넣고.

"어, 그 사과 좀 두고 가거라. 애기에게 주게시리—"

명선 언니는 두세 아이가 두리번거리며 무덤을 내려 보는 새 이렇게 말했다. 아이들은 사과 여러 개를 주었다.

제일 이쁜 것으로 두 개, 그것도 묻어 주고 나는 다시 그이의 무덤이 있는 쪽을 바라보며 우두커니 서 있었다.

명선 언니는 마치 내 헌데를 다루듯 어루만지는 듯한 음성으로,

"우리 인젠 내려가까?"

나는 그의 말에 기계적으로 발을 내딛었다.

그제 아침 이슬에 축축이 젖었던 맨발이 차츰 퍼지는 햇살에 말라 얼룩이 지고 마을은 어느덧 늦조반 때라 걷히기 시작한 조반 연기가 부우연 구름이 내려앉은 것처럼 나의 발 아래 벌판과 같이 깔렸다.(1947. 6. 15.)

—《부인》 2권6~7호, 1947. 9~11.

약속(約束)

"아유! 웬일야? 그러잖아두……."

본정 입구 휘황한 전등불 아래 번득이는 K부인의 금테 안경은 내겐 흡사 헤트으라잇과 같았다. 꼬리가 쭉 째져 올라간 눈이 그 속에서 까닭모를 미소를 짓는다.

"아이구……."

나는 소리를 지를 번했다. 손가락이 으깨지는 것 같아서다.

'남자 손이면 이럴까?'

아귀 센 손 안에서 내 손꾸락은 참말 바서지는 것 같다.

"무에 이다지나 반가워서……."

나는 또 이렇게 혼잣말을 뇌인다. 그 곁에 그의 남편 P씨는 한 거름 물러서서 두 사람을 지켜본다. 왕방울처럼 툭 삐어져 나온 그의 부인의 표정을 따라 불빛에 휘번뜩인다.

"내 앓는단 소문 듣구 둘이 갈야댔지."

"고맙소. 살아 왔구만. 얼마나 고생하셨수?"

위선 나도 외면치레로라도 이런 말을 하는 것이었다. 그리고 또

"그래두 과히 상하잖았어" 하고 유난히 짙게 화장한 그의 얼굴을 바라보았다. 순간,

'아아, 이건 역시 만나고 싶잖은 인종의 하나로구나…….'

했다. 병적이라면 그만일런지 모르나 애틋이 묻고 싶은 말을 묻지 않은 내

심정도 어지간하다.

"여보, 내 이번 가면 당신 어머닐 꼭 모셔다 드리께. 그러지두 못함 옷이라두 좀 갖다 주께. 무에 필요해요. 응 그래, 외투 두루마기, 겨울치마 두엇, 저고리, 신발? 그래그래, 꼭 그러께."

여섯 달 전이다. 내 숙소에 와서 무릎을 쓰다듬으며 그가 수다를 떨던 것은—.

"그 대신 이봐. 내 돈 좀 맡길게. 꼭 주선해 줘야 해. 광목 얼마를 당금 객실 홋이불이 없다우……."

그는 여관집 안주인이었다. 돈 ××을 내 앞에 내놓으며 내가 다니는 S회사에서 얼마 전에 배급 받은 광목을 안다는 듯이 K부인은 이렇게 육박하는 것이었다.

"그럼 내가 배급 탄 거라도 드리께. 이 돈 우리 어머니한테 갖다 디리구. 그러구 말야. 고무신 두 켤레와 운동화 한 켤레만 우리 집에 전해 줘요."

내 눈에는 닳아 밀어진 신발들을 신은 어머니와 올케와 조카 아이들이 떠오른다.

"돈은 내 가서 빚 받을 것 있으니 거기서 디리기루 하구, 신발은 못 가져간대! 빼긴다누만……."

바람이 몹시 찬 날이었다.

나는 그를 구세주나 되는 것처럼 그에게 어머니와 돈과 옷을 부탁했던 것이었다. 그의 뒤를 바라보면서 나는 또 삼팔선을 눈앞에 그려 놓고 울었다. 스무 날만이면 꼭 도라오마던 사내같이 건장한 그 지난번엔 경대와 재봉 침까지 무사히 넘겨온 그다. 나는 그의 장담을 믿기로 했다.

배급 쌀을 모아 두고 세간을 사 모으고.

어머니와 함께 사는 날을 기대렸고 옷가지 나오면 전재민의 꼴을 좀 벗어 보리라 별렀다.

스무 날, 한 달, 두 달 열흘이 지난 어느 날 그의 집을 찾았다. 이어 닷

새에 한 번식 찾는 일이 몇 차례를 거듭했었었나? 안방 아랫묵에 P씨는 머리를 싸매고 신음하고 있었다.

"오다 부쨉혀서 고향까지 호송됐다는군. 에이 고약해, 이놈으 세상. 물건도 물건이지만 사람이 백여내까 원. 그 겁겁한 성미에……."

P씨는 울상이다. 그리고 사흘 지난 뒤에 사람을 시켜 전곡(全谷) 어느 집에 맡겨 놨다는 고리짝 아홉 개를 무사히 찾아왔다. 열두 짝을 가지고 떠났다가 압수당했는데 보안서에 취조 받으러 들어갔다 나오면서 슬금슬금 저도 들고 사람도 시켜서 빼내 온 것이 아홉 개였다던가.

어머니는 아예 떠나지도 않으셨다고.

K부인은 풍만 떨고 정작 떠나는 날에 준비해 놓고 기대리시는 어머니를 버렸다는 말을 얼마 후에 들었지만, 나는 나대로 K부인의 고생보다도 어머니는 떠나시지 않은 것을 다행으로 여겼다. 다만 고리짝 아홉 개 중에 내 옷이 꼭 들어 있지 않을까― 잃어버린 세 개 중에 혹시 내 옷이 들었다면 어쩌나 조바심쳐서 우선 본인이 없는 데서라도 짐을 열어 내 옷을 찾아보았으면― 해도 P씨는 그대로 거절이었다.

"그러게 싸다……."

나는 속으로 혀를 내밀었다. 그리고 K부인이 가자마자 ××원 어치를 광목을 퍽 헐까로 주선해 준 일이 분하기까지 한 것이었다.

"그 욕심쟁이가 누구를 덕 보여? 옷을 갖다 주다니, 어머니를 모셔오다니, 어림두 없지. 그리기 육 개월 언도를 받았지……."

고향서 온 먼 친척 되는 할머니의 말씀이다. 우선 어머니도 옷도 K부인이 내게 말한 대로는 아모것도 이행치 않았다는데 다행을 느낀 터였다.

"내 찾아가께……."

그들 부부는 서로 안탓갑게 그리워하다가 반년 만에 맞나서 그런지 꽤 바쁜 모양으로 나란히 서서 내게 마지막 인사를 하였다.

늘 머리를 싸매고 앓던 P씨도 딴사람모양 그의 거름은 가벼워 보였다.

자기 딴엔 제법 하이카라인 시골 기생을 연상케 하는 K부인은 그 큰 궁둥이를 어지롭게 휘저으며 걸어가고 있었다.

사람이면 그래도 한마디 언급했으리라. 어머니나 옷에 대해서. 나는 불쾌를 거듭하였다.

그 후 일주일 만에 K부인은 또 나를 찾아왔다.

"참 나 없는 동안에 갖다 준 그런 광목 얼마만 더 주선해 주구려."
하고 돈을 내미는 것이다. 나는 어이가 없어 그 손을 탁 치고 싶은 증오보다도 "그러마"고 또 없는 선심을 씀으로써 나중엔 여하튼 당장이나마 그러는 것으로 무슨 복수나 되는 것처럼 아는 나의 근성을 이번만은 안 된다고 억제하면서, 그의 두껍고 푸른 입술과 도깨비같이 짙은 화장을 한 얼굴을 싫것 바라보아 주는 것이었다.

─《백민》 3권6호, 1947. 10/11.

팔월(八月)*

형사들이 일어를 지꺼리며, 곡식들을 조사하는 P역에서 내리기는, 해가 환건령 위에 겨우 한 발쯤 남아 있을 무렵이었다. 준호는 땀이 밴 굵은 삼베 노오타이 깃을 바로 잡았다. 행여 낯익은 사람들의 얼굴에나 마조칠가, 흘끔 둘러보고는, 밀짚 벙거지를 푹 눌러 쓰고 집으로 가는 길에 접어들었다.

집들이 띠엄띠엄 있는 마을을 지나고, 물레방아 도는 개울다리를 건너서, 철길을 끼고 한참 걷다가, 길가 포푸라나무 그늘 아래 있는, 넓직한 돌 위에 걸터앉았다. 준호는 앞가슴을 헤치고, 벗어든, 밀짚벙거지로, 펄럭펄럭 부채질해서 땀을 디린다. 이마에 푹 젖어 덮인 머리칼을 뒤로 쓸어 넘기며, 후우 한숨을 내쉬였다. 우울한 눈초리를 들어, 퍼어렇게 자란 조밭을 바라보았다.

'우리 밭엣 조두 저만치 자랐을 테지.'

준호는 속으로 중얼거렸다.

그는 권연 한 대를 피어 물고 탐내어 빨았다. 빈속이 후련히 저려 들었다.

'이런 습성, 이런 자극까지 버려얄 텐데……'

---

* 「팔월(八月)」은 1948년 5월 ≪새살림≫에 발표되었다. 그러나 현재 이 잡지가 소재불명인 관계로, 부득이 소설집 『후처기(後妻記)』(여원사, 1957)에 수록된 작품을 입력했다.

고, 속으로 중얼거린다.

집을 떠날 적엔 입은 그대로였다가, 돌아올 적엔, 입었던 것마저 벗어 던지고, 오는 것이 언제나 보는 준호의 꼴이었다.

"두 벌 옷도 가지지 말고, 전대도 가지지 말라."

바이블에 쓰여 있는 말을 생각하면서도,

"사람도 못 믿는데, 보이지 않는 하나님을 어떻게 믿어?"

하는 어머니의 말을 따라서가 아니라 소위, 종교니, 내세니 하는 관념은 준호의 염두엔 없었다. 그렇지만, 사람들은 자기를 기독교 신자냐고 물어보는 것이다.

"그렇지 않구서야 원 제 해 있는 거 남 다 주구, 원 저렇게 남에게 극진할 수가 있나?"

서울 하숙집 아주머니의 말이었다. 그럴 때마다 준호는 쓰게 웃었다. 자기는 어떤 신념 때문에 남을 도와주는 것이 아니라, 그러지 않고는 견딜 수 없어서 그러는 것이다. 그렇다면 자기의 성품은, 그리스도의 성품과 통하는 것일까?

준호는 인류의 구속이라는 문제를 멀고 광대하게 생각할 것이 아니라, 자신 속에 어떻게 그것을 발견하느냐가 문제인 것 같았다.

담배꽁초를 발로 부벼 껐다.

몇 달 혹은 몇 해 만에 집을 찾아들고 한 달이나, 반달쯤 묵어서는, 다시 구름처럼 떠나가는 그였다.

준호의 걸음은 무거웠다. 집이 가차워지면 질수록 이전보다 걸음은 더 무거워졌다. 할 수만 있으면 되돌아가고 싶었다. 어둡기를 기다려 이대로 마을을 다시 빠져 나가고도 싶었다.

하기야 한시도 떠나기 싫던 어머니의 곁이었다. 그러기에 소학교도 삼학 년에서 중도 퇴학을 하고, 어머니를 모시고 오직 생계를 돕기에만 주력한 것이 아니었던가? 객지로 떠돌아 다니느라고 아버지도 없는 집에서 저 혼자 읽고 쓰며, 농사의 틈을 타서 공부한 것이 아니었나?

준호는 P역에서 늘찬 오릿길을 늑정을 부리면서, 터벅터벅 걸어갔다. 지는 햇살을 등지고 동쪽으로 동쪽으로 걸어갔다. 산과 산 사이 돌 틈을 흘러내리는 개울을 끼고 거슬러 올라갔다.

담배가갯집 모텡이에 이는 연자[石馬]엔 소가 돌고 있었다. 낯익은 아낙이 소와 함께 돌면서 삐여져 흐르는 나달을 쓸어 모아 넣고 있었다.

준호는 짓는 개를 피하고, 밭과 밭 사이에 뚫린 오솔길을 지나고, 기찻길을 건너서 집으로 올라가는 강파른 언덕길에 이르렀다. 지난번 집을 떠나갈 때에는 이 길이 눈으로 덮이어, 미끄러지며 내려갔는데⋯⋯. 그것이 어제와 같이 생생한데, 벌써 반년도 넘었는가. 선뜻 "아버지 나 이쁜 양복과 구두 사다 줘" 하던 선애의 모습이 나타난다. 아버지나 어머니, 누구보다도 먼저 고 귀여운 것이 눈앞에 나타난다.

그러나 준호의 몸은 겨우 살을 가리었을 뿐, 가진 것이라고는 아무것도 없었다.

좋던 궂던 세상에 좋은 소식이 올 때까진, 그냥 처백혀 있으리라 결심한다. 그러나 언제는 떠나고 싶어 떠났던 길인가? 그는 혼자 중얼거려도 본다.

하두 못살게 구니, 그 알냥한 가정에나마 몸을 담지 못하고, 떠난 것이 아니었던가? 그새도 집에서는, 순사가 올 때마다 닭을 잡는다 국수를 눌른다 얼마나 야단이었을가, 나 하나 때문에 왼 집안은 불안에 싸여 있는 것이다.

호젓한 길에 들어서자 준호는 마음을 놓고, 밀짚벙거지를 벗어 들었다. 바람이 선들, 아가위 넝쿨 사이로 지나간다. 그는 이마엣 땀을 주먹으로 닦았다.

황철나무, 백화나무, 단풍나무 욱어진 산 아래, 선반 같은 밭이 아담히 보이고, 산중턱 돌 틈으로는 도랑물이 돌돌돌 흐르고, 커다란 바위가 놓인 곳에는 뽀얗게 샘이 고여 있는 데에, 준호의 집은 외따로 댕그마니, 서 있는 것이다. 건너다보면, 늠늠한 환건령 산허리에, 숲이 욱어지고, 그 아래 기슭에는 밭을 갈고, 띄엄띄엄 집들이 있다. 꽤 먼 거리지만 밥 짓는 아낙네의 손에 박아지를 든 모양이며 개가 꼬리치는 것까지 보이는 것이다. 준호는 곡식밭에 둘러싸여 꼭대기만 보이는 자기 집 지붕을 멀리 바라보았다. 밭을 갈고 씨를 뿌려 이만큼 가꾸노라고 아버지는 혼자서 얼마나 애를 썼을가, 생각하면 가슴이 미여지는 것 같았다. 일생 병약한 어머니는, 자기를 기다려 얼마나 애타며 그리고 아내는?

준호는 입안에 고인 쓴 침을 급히 생켜 버렸다. 이 아내는 오기 전에 있던 모든 좋은 것을 다 뺏어 버린 존재였기 때문이다.

"어떻든 안 보는 수만 있다면……."

준호의 발은 강파른 언덕을 다아 올라 터밭 한구텡이에 서 있는 돌배나무 밑에 일으러서는 무거워지는 듯했다.

"그러나……."

준호는 어떻게든, 반가운 심정을 만들어 보려고 애썼다. 선애라도 조로로 딸아 나오면……. 그러니까, 가슴이 좀 뛰는 것이었다.

저 지붕 끝만 보이는, 곡식에 둘러싸인, 적은 초가 내 집에는 나를 반기고 나를 위해 주는 식구들로 소복이 차 있는 것이 아닌가?

준호는 걸음을 빨리했다. 한 시각이라도 속히 반가운 식구들을 만나고 싶어졌다.

해가 지고 먼뎃 사람이 잘 보이지 않을 만한 시각이었다. 준호는 점점 사잇길이 곡식밭에 덮여, 없어라도 질 듯한 안타까움을 느끼면서 앞을 바라보았다. 문득 물동이 같은 것이 얼른거리며, 움직여 이쪽으로 온다. 아내겠지. 준호는 몇 시각 전까지 긴장했던 흥분이 탁 풀리고 절망에 가까운 심정을 느끼는 것이었다.

'숨자. 이런 데서 아내를 먼저 만나는 일이란…… 싫다.'

준호는 무의식 중에 배나무 뒤에 숨어 버렸다. 분홍치마에, 허주레한 행주치마를 두른 아내가 돌배나무 서 있는 왼쪽 언덕길을 걸어, 샘가로 총총히 가는 것이다. 빈 동이를 외따로 이고, 뒤뚱거리며 걷다가 "나오는구먼" 이런 말소리에 발을 멈춘다.

샘 뒤에서 가만한, 그러나 굵게 들려 나온 목소리였다. 나무들이 흔들리고 덮수룩한, 어떤 사나이의 머리가 움직였다.

준호는 눈을 크게 떴다. 그러나 어름어름 움직이며, 속삭이다가 두 사람은 숨박꼭질하듯 없어지질 않는가? 이어 조잇대가 흔들린다.

그동안이 얼마만한 시간이었는지 준호에겐 짐작이 안 갔다.

준호는 등신처럼 돌배나무에 기대서서, 어이없는 한숨을 내어 뿜었다. 그러다가 갑짝이 격렬한 분통이 터져, 주먹으로 돌배나무를 갈겼다. 그 서슬에 우수수하고, 몇 발자욱 내어 덧는 준호의 머리를, 진짜 돌 같이 설익은 돌배들이 때리는 것이다.

"아유, 선애 아버지."

한참 만에 아내의 목소리가 뒤에서 들렸다. 준호는 말없이 물동이 인 아내의 뒤를 따랐다. 아무 일도 모른다는 듯이…….

아내는 궁뎅이를 내저으며 먼저 집으로 들어간다. 그리고는 사뭇 떠들어대는 모양이다. 준호는 큰 기침을 한 번 하고 범연한 자기 자세를 꾸미고 돌각담을 지나 소를 매어 놓은, 뜰에 들어섰다.

"아버지!" 하고 선애가 그제서야 조르르 나와 매여 달렸다.

"아이 애비 인제 오니?" 울음 섞인 어머니 목소리도 이어 들렸다.

"몸 성히 있다 왔니?"

아버지의 굵고 부드러운 음성이다.

아내는 금방 길어 온 물동이에서 냉수 한 그릇을 준호에게 가져왔다. 눈을 나려깔고 내민 그 손은 약간 후둘거리는 듯하다.

준호는 식구들과 한참 떠들다가 휙 밖으로 나와 버렸다.

보름을 나흘 앞둔 상현달이 잠잠한 주위를 휘밝게 비치고 있었다. 집 뒤 삼밭 옆을 돌아 황철나무 우거진 산 밑으로 가면, 사람이 열쯤 모여 앉아도 넉넉함직한 바위가 있다. 준호는 그리로 갔다. 십년 내 정이 든 바위다. 그는 바위에 손을 대어 보았다. 아직도 훈훈하게 더워 있다. 그는 그 위에 벌렁 자빠져서 두 손을 깍지 끼어 뒷통수에 받치고, 끝없는 하늘을 바라보았다.

바람이 시원히 지나간다. 그대로 사방은 고요하고, 평화스러운 것 같다. 준호는 행결 마음이 갈앉는 것 같다.

부정한 아내, 게다가 싫은 아내……

준호는 질투나 분노나마 철저하지 못한 것은, 아내를 사랑하지 않는 까닭이라 하였다. 그러나 그게 설마 그럴 수가 있나? 작자는? 연자깐집 철근일가? 담배가개집 머슴일가? 그러나 더 규명도 말고 관심도 말리라.

이때까지 오직 불상한 생각으로 이어 오던, 부부 관계를 이러고 보면 무엇으로써, 이끌고 나갈 것인가? 선애의 어미로, 혹은 유모였다고 생각하고, 또 혹은 밥 짓는 식모라고나 생각할가?

아내와 헤어져 있는 동안 자긴들 아내에게 떳떳할 것은 조금도 없었다. 서울에 있는 숙경의 사건만 하드라도! 그러나 이미 정신적으로는 자기가 숙경의 것인지 몰라도, 숙경의 육체를 엿본 일은 없었다. 등신 같은 것이라도 아내가 있으니, 하는 양심에서……

그날 밤 준호는 밤새 한 잠도 이루지 못했다. 그저 드르렁 드르렁 코만 고는 아내 곁에서 아이를 부둥켜안고, 고 볼따구니에 수없이 입도 맞추었다가, 이 일 저 일 부질없이 공상도 하다가, 발끈 아내를 증오도 하다가, 하면서 밤을 새웠다. 아내에게서 정결조차 없어지고 보니, 그것은 하나의

고깃덩어리로밖에 느껴지지 않았다. 아득한 데서 숙경이 비웃는 것도 같
았다.

어머니는 닭을 잡고, 찰밥을 짓고 국수를 눌르노라고 며누리를 달달 볶
는다.

"에그, 저 솜씨 좀 봐. 저것도 일이라구……. 시원치두 못하다. 좀 험즉
이 못해? 인내라. 그 칼을 인내라."

닭의 배를 갈르고 있는 며누리를 보고, 이렇게 성화였다.

"썩 못 찢어?"

아내는 디듬방아에 찹쌀 대낄 것을 가지고, 방앗간으로 내려갔다. 부엌
에 달린 방앗채다. 꽤 무거운 방앗채를 키 작은 아내는 매달리다싶이 디디
는 것이었다. 그럴 때마다 아무렇게나 찔른 비녀가, 빠진 뒤로 머리칼이,
흔들흔들 뒷등에서 놀았다.

"얼른 찧구, 낭구 디려와."

어머니는 또 성화를 하면 분주히 칼을 놀린다. 살진 암탉 뱃속에는 샛노
란 알이 포도처럼 엉켜 있다.

키로 까분 찹쌀을 물에 당그고 아내는 낫을 가지고, 밖으로 나갔다. 열
어제낀 뒷문으로 바라보려니, 아내는 바윗돌 위에 베어 놓은, 가랑나무를
끌고, 내려와서는 뜰 한 구석에 아무렇게나 딩구는, 나무토막 위에서 아직
물이 팅팅한 것을 도끼로 찍는 것이었다.

준호는 선애를 안았다가 마루에 내려놓고 아내에게서 도끼를 뺏어 들었
다. 아내는 자기가 패겠노라고 굳이 도끼를 아니 놓으랴 했다. 아내는 툭툭
토막을 내인 나무를 한 아름 안고 들어가 불소시개도 없는 것을, 가진 애
를 써 가며 용케 불을 지핀다.

아내는 아침밥이 끝난 후엔 큰 자배기 하나로 당겄던 콩을 맷에 갈았다.
땀을 뚝뚝 떨어트리며, 아내는 한마디 말도 없이 일한다. 점심 때 지나서는

하들하들한 뜨거운 두부를 먹을 수가 있었다.

"꼬락서니두 참…… 그 왜 빨아 대린 모시적삼은 어쨌누? 제 꼴두 저렇구 제 서방 걸울 줄두 모르구 쯧쯧쯧……."

어머니는 말끝마다 톡톡 쏘아부치고, 며느리를 업신여긴다. 그럴 때마다 아내는 그 멀건 눈을 치떠서 시어머니 얼굴을 바라보고는 말이 없었다.

"짝이 맞아야 살지. 저 늠늠한 내 아들에 그 절구통 같은 게 당해요?"

어머니는 단 하나인 외아들의 색씨, 자기에겐 외며느리가, 외모로나 재주로나 마음에 드는 데라곤 없는 것이 성화였다. 어머니에겐 준호가 아내를 보고도 못 본 체 한 번 따귀라도 갈기는 법 없이 순탄하게 구는 것이 오히려 못맛당했다. 무엇보다 아내의 영리한 데 없는 점이 답답하다. 본시 어느 해 단옷날 그네 터에서 그 삼단 같이 치렁치렁한 검은 머리채만이 좋아서 이왕 혼인할 바엔 그런 데면 괜찮다고 어머니에게 대답해 버린 것이 화단이었다.

날이 갈수록 마음이 멀어만 지는 것을 어쩔 수 없었다.

"바람이나 나 줬으면……."

못된 생각인 줄 알면서도, 준호는 어떻게든 아내에게서 해방을 당하고 싶었다. 그 마음에 민족의 해방을 염원함과 같이…….

그러나 한 아이의 아버지란 생각을 하면 이미 아내를 떼어 버릴 재간이 없을 것 같았다. 더욱이 어머니가 아내를 들볶고, 꾸짖고 업신여기고 가진 학대를 자기 앞에서 삼가지 않을 수록 도리어 아내가 불상하고, 눈물겹기도 하다.

게다가 아내는 맹목적으로 준호를 따랐다. 그런 걸 보면 준호는 더욱 잔인할 수가 없었다.

"아들만 못 낳아 보렴. 당장에 검정소를 거꾸로 태워 보내지."

그러던 어머니기도 했다.

선애가 다섯 살. 그러나 준호는 이번 일로 다시는 아내 곁으로 가지 않기로 작정했다. 아니 다시 아내를 아내라고 생각하기조차 역쫑이 치밀었다. 쫓아? 그것도 못할 일이었다. 준호의 인생관으로는…….

"음행한 연고 없이 아내를 버리면……."

그리스도께서도 이혼을 죄악시했지만 음행한 아내에게 대해서만은 할 수 없다는 뜻일 게다.

준호의 집은 패전이 가까운 일제 말엽 지독한 물자난 속에서도, 자급자족하기에 충분했고, 그 집의 위치는 옛말에나 나오는 낙원일 수도 있었다. 그러나 준호는 징용을 피해 다녀야 했고, 또 각지에 널려 있는 동지들과 더불어 오는 세상을 위해, 투쟁해야 했다. 아내 한 사람을 건사하지 못하면서, 무슨 동지애니 민족애니, 떠들랴 싶기도 했다. '불쌍한 사람', 준호의 가슴에 아내란 그런 인상으로 새겨져 있었던 것이다.

그런 인상을 뿌리채 뽑아 버린 아내의 추행!

어느 아침이었다. 아버지가 앞터 밭에서 김을 매는 뒤를 따라 준호는 오이, 호박 넝쿨이 어울어진 채마밭 기슭에 호미를 놓고, 삼베 잠뱅이를 걷어 붙였다.

요 몇일 동안에 몇 달치 일을 해내야 한다. 가라지를 솎우고, 풀을 뽑아 흙을 돋우며, 이랑 속에서 숨이 막혔다. 스걱스걱 조잇대의 마찰 소리가 한낮의 고요한 공기 속에 수없이 일었다. 이랑에서 이랑으로 해가 한 나절이 되자, 아버지와 준호의 손자죽은 그리도 답답스럽던 밭 속을 시원히 걷우어 놓았다.

준호는 한 이랑을 매고는 기슭에 가서 의례히 담배를 피어 물고 쉬든, 아버지를 바라보며, 해마다 그 분의 기력이 못해 가는 것이 슬펐다.

준호는 담배나 한 목음 피우려고, 밭머리, 산기슭에 나왔다. 그늘을 찾아 조금 언덕진 곳으로 올라갔다. 산딸기와 다래와 같은 열매며, 가지각색의 산나물들이 많이 깔려 있었다. 그는 황철나무 그늘, 바위에 걸터앉았다. 적삼 주머니에서 권연 한 대를 꺼내, 부싯돌을 그어 댔다. 연기가 그의 앞에서 얼굴을 가렸다. 준호는 가슴이 터지게 울기라도 했으면 싶었다.

"당신 가시는 데라면 어디라도 따라가요!"

숙경은 이렇게 졸라댔던 것이다.

"무슨 어린애 같은 소릴!"

그리고 어두운 차창에서 손을 내어밀어, 숙경의 손을 으스러져라고 쥐고 흔들었다.

준호는 다 탄 담배꽁초를 흙발로 문질르고, 웬일인지 전에 없이 가슴이 설레임을 깨달았다. 모든 것에서 해방 당하고 싶은, 부르짖음을 억눌을 수가 없었다. 자기가 밟고 있는 지축이 울리는 것 같고, 그냥 이대로 견딜 수 없을 것만 같았다.

"내가 또 공상에 빠졌구나. 오늘 내가 할 일은 이 조이밭을 김매는 것이야."

그는 다시 밭이랑에 숨었다.

해가 지기 전에 손을 댄 것이나마 다 매고저 부즈런히 손을 놀렸다.

"아버지 점심, 아버지!"

선애는 밭 속에 숨어진 준호를 찾아 밭머리에서, 째앵쨍 소리를 질렀다.

빨래를 한 함박 담아 이고 아내는 개울로 내려가고, 어머니는 뜰악에서, 삼베실을 날고 있었다. 칠석 전에 열새베 한 필을 짜서 영감과 아들의 여름 사리를 지을 참이라 했다.

점심 후부터 준호는 단숨에 손을 대었던 밭을 끝장을 낼 참으로, 땀을 뻘뻘 흘렸다.

자기가 떠날지언정 아내 같은 인간을 집에서 내어쫓기란 못할 것이라고, 결심하고 있던 준호의 심정은 다시금 쓰디쓰게 흐렸다. 아내가 머리에 잘 꽂던 반달 모양의 둥근 얼레빗이, 뭉개어진 밭이랑에, 떨어져 있고, 담배꽁초도 흙 속에 히뜩 보인다. 그것은 준호가 돌아오던 저녁 샘가에서 얼마

멀지 않은, 돌배나무에 기대서서, 바라보던 바로 그 위치에……

준호는 벌떡 밭이랑에서 빠져 나왔다. 강파른 비탈길을 미끄러져 내려갔다. 빗과 꽁초를 보니, 새 결심이 생기는 것이었다.

달이 깔리는 산등성이에 한 포기, 두 포기, 혹은 무데기로, 하늘하늘 은방울꽃(초롱꽃)이, 이슬을 받으려고, 떨고 있었다.

그날 밤 준호는, 어린 솔가지를 부여잡고 산 속에서, 잠이 들었다. 그리고 이튿날 아침, 터벅터벅 P역으로 행했다. 때마침 멀리 역 쪽에서, 조국의 해방을 부르짖는 만세 소리가 들려왔다.

—『후처기(後妻記)』, 여원사, 1957.

오빠

고향에 도라가기가 끔찍하였다. 동무들과 모여서 놀다가도 연희(蓮姬)는 불현듯 끓어오르는 생각으로 인하여 즐거울 수가 없었다.

남편과 살림을 하며 각처로 돌아다닌 십 년 동안에도 그 생각은 늘상 연희를 괴롭게 하였다.

"그새 죽지나 않았는지……."

오빠는 꼭 죽었을 것만 같았다. 그새 살어 있다 해도 연희가 마츰 집으로 가는 몇일 동안에 오빠는 꼭 자살을 할 것 같은 불길한 생각이 들었다.

오빠는 다리 두 개가 다 없었다. 발가락이 썩어나는 데서 시작되여 한편 회목을 잘르면 그만이려니 했었다.

이렇게 어이없이 된 오빠가 겨우 비관을 치르고 어떻게든 살어볼까 할 지음에 또 썩기 시작하였다. 무릎 밑을 바싹 잘렀드니 이번에는 잔뜩 믿었던 성한 다리가 또 썩었다.

연희는 번히 드려다보이는 말인 대로 의족을 대면 별로 부자유하지 않은 것이라고 위로할 밖엔 없었다.

지금은 모다 무릎 우를 짤러 낸 채 몇 해 동안 무사한 것을 보아 더는 썩지 않음직하였다. 의사인 남편도 오빠에겐 원망의 대상밖에 더 되어 주지 못했다.

오랜 세월을 두고 다른 생각을 가질 수 없이 연달어 병고에 시달릴 때에는 또 몰랐다. 그 후 앉은뱅이가 되고 나니까 오빠의 슬픔은 당해 낼 수 없이 심각해졌다. 정말 곁에서 보는 사람들도 살아 무얼 할 것인가 하는 오빠의 말을 물리쳐 줄 아모런 여지가 없었다.

무슨 약인지 남몰래 먹고 기절했을 때에도 어머니는 도라앉아서 까짓 죽었으면 다행이지 하고 목메어 말했다.

어린것을 등에 업은 채 남편의 몸을 싸안고 당장 미칠 것 같은 올케의 모양은 참아 볼 수가 없었다.

그러면서 연명되어 온 오빠였다.

연희는 자기의 존재가 오빠에게 커다란 자극을 주는 것을 어찌할 수 없었다.

학생 시절엔 잔뜩 별렀다가 방학이 되기가 바쁘게 달려가면 오빠는 우선 연희의 손을 부뜰고 울었다.

연희는 자기가 먼저 눈물을 흘린 죄로 가뜩이나 서른 오빠를 울게 만든 것이라고 스스로 책하면서도 오히려 그 오빠만 보면 느껴 울었다.

어쩌다 몇일식 늦게 고향엘 오거나 한 학기를 내처 안 왔다가 그 다음 학기에 와 보면 오빠는 날마다 그것을 가지고 감정을 싸어 두었든 듯이 와락 성을 내며 계집애가 바람이 나도 푼수가 있지, 그래 일 년 동안이나 집엘 안 오는 법이 어디 있느냐고 책망을 퍼부었다.

연희는 얼떨떨하면서도 우선 전과 같이 울었다.

울고 나서는 속이 후련하여 오빠를 빤―히 바라보곤 하였다. 어머니, 올케 둘밖에 없는 집안에 그들이 모르는 사실을 오빠만이 아는 것이 무서웠다. 연희는 비밀을 알 까닭이라고는 없으려니 해도 광대뼈가 두드러지고 엑쓰광선을 대하는 것같이 눈을 부라리는 데는 고개가 숙었다.

연희는 또 자기가 아는 어떤 남자와도 달르게 아모리 화를 내고 아모리 사나운 말을 할 때에도 오빠의 눈과 얼골은 진정 애처롭기만, 진정 거역할 수 없기만 하였다.

그렇던 오빠가 어느 해 여름에는 경찰서에 호출장을 받고 갔었다는 소문을 멀리 일본서 듣고 놀랜 적이 있었다.

그때는 전문학교를 나와서 남편을 따라다니던 때라 연희는 임의로 고향에 나올 수 있었다. 와서 보니 오빠는 연희가 울어도 빙그레 웃고 어쩐지 얼굴도 그다지 창백하지가 않았다.

저녁엔 리야―카― 같은 것을 타고,

"야, 오늘은 연희가 좀 밀어 다오."

산보를 나가자고 했다. 연희는 전혀 새로운 사실에 또 울었다. 울었지만 웬일인지 기뻤다. 별 수 없이 방 속에 배켜서 한숨과 더불어 말러 가고 있을 줄로 여겼던 오빠가 밖앝구경을 할 수 있게 되었다는 것이 우선 꿈과 같은 사실이기 때문이었다.

연희는 자꾸만 돌을 차고 엎더질 뻔하면서도 기를 써 리야―카―를 밀었다. 둘은 동구 밖 언덕 밑에 이르렀다. 거기서 쉬었다.

오빠는 비관 끝에 끊었던 담배를 넌짓이 끄내서 붙여 물고 저번에 경찰서에 부뜰려 갔던 이야기를 설명하였다.

"하필 아모도 없는 날 책을 보다가 호구 조사를 온 왜 순사놈에게 걸리지 않었니?"

"책을?"

연희는 의아한 눈으로 반문하였다.

"그 왜 있지 않니. 그전에 보던 좌익 서적들. 그 중에서 자본론을 끄내다가 한창 보는데 따악 들켰단 말이다."

곁에 사람이 없고 보니 혼자 무심히 쩔쩔매다가 그만 책을 빼앗기고 잇은날 호출을 받고 갔던 것이라 했다.

"그래 어떻게 됐수?"

"뭐, 그 자식들은 별 수 있가디? 몽둥바리 앉은뱅이를. 하하! 고작 함구령이드군."

오빠는 통쾌하게 웃었다.

그해 가을에 남편이 일본 살림을 걷어치우고 고향으로 돌아오는데 따라 소위 시집으로 갔다가 연희는 시집을 나와 버렸다.

"거 봐라. 경망한 허영의 대까란 늘 그런 것이다."

오빠는 오히려 예기했던 일이 당연히 실현되었다는 듯이 하는 말이었다.

그동안 오빠는 놀랠 만큼 냉정하여졌고, 모든 사물에 대한 관찰과 해석이 전과는 판이한 어엿한 남자가 되었음을 느꼈다.

연희는 공연히 아는 척했다가는 부끄러움을 당했다.

더욱이 문학이 어쩌니 시가 어쩌니 하다가 나위 없이 경을 친 데는 연희는 그만 어찌할 바를 몰랐다. 조선의 조곰 이름난 작가들을 가지고 그 이상 없는 것으로 알고 날뛰던 연희에게 오빠는 놀랍게도 발작크니 스탄달─이니 트류게넵으니 체호프니 이루 헤아릴 수 없는 세계적 문호들의 이름만이 아니라 한다하는 작품들까지 드러내서 이야기하는데는 씨름이 안 되었다. 뿐인가, 오빠는 그새 철학을 연구하고 있었다.

데칼─트, 헤─겔, 칸─트 할 것 없이 제법 연희로서는 뒤척여 볼 염도 못 냈던 많은 서적을 제법 체계적으로 읽고 회의하며 있는 것이 있다.

"하맣드면 나는 죽을 뻔했다."

언덕을 채색하는 저녁노을을 바라보며 오빠는 이런 말을 했다.

"나는 무더운 날이라든지 흐린 날, 내 다리 짧은 그르턱들이 근질근질하고 불쾌할 때, 전 같으면 무슨 수로든지 그것을 잊으려고 각가지로 허망한 궁리를 할 것이다. 어떤 날은 저 불쌍한 네 올케를 후려갈기기도 하고 애꿎은 어머니를 들볶고……. 그리고 결국은 언제나 죽는다고, 죽어야 한다고 지랄을 했다. 주검이 모든 것을 승리하고 초극하는 데 유일무이한 첩경이오 나 같은 인간에게 부여된 오즉 하나 최고 최상의 방도요 무기라고 했다. 그러나 지금 나는 그렇게 대단히 알었던 주검에 순종하지 않은 것을 기뻐하지 않니? 나는 시방이라면 버젓이 나의 다리 짧은 자죽을 드려다볼 수가 있다. 설사 진물이 흐르는 한이 있드라도 나는 소름이 끼치는 두려움과 근심에 차느니보담 무척 커다란 생각 즉 회의에 잠긴다. 생각은 곧 내가 살아 있다는 것을 가장 바로 증명하고 인식케 하는 노릇이 아니겠니?"

오빠의 론리는 이렇듯 장황하였다.

연희는 도리어 가장 비참하고 동정받아야 할 인간의 위치가 자기 자신의 것임을 통감하고 묵묵하였다.

그 이듬해 공습이 있어 그들은 K읍을 떠나 부산으로 피난하였다.

일본이 패망하고 그들이 다시 해방된 고향에 도라왔을 때에는 그들의 집은 흔적도 없이 불타 버린 뒤여서 그들은 다시 피란 가 있던 절깐이나마 놓치지 않으려고 다시 산꼴로 갔다.

연희는 차라리 죽고 싶었다.

"야, 우리는 가는 곳마다 우리의 운명에 대해서 감사할 여지가 있구나."

반대로 오빠는 하로아츰 이렇게 부로짖었다. 우연히 올케가 채마밭을 이루다가 돌 틈에서 책 궤짝을 하나 발견하였다.

대개 불도에 관한 서적들이었다.

오빠는 초인간적 정력으로 불경을 읽기 시작하였다.

그렇게 빨리 읽었으되 오빠는 거반 다아 기억할 수 있는 것이었다.

연희는 줄곧 이성이라는 것에 몸과 마음을 한 부분씩 떼어서 올가매 놓고 그 남어지 부분을 가지고도 한 가지 일에 전념하지 못한 것을 깨닫고 부끄러웠다. 무슨 직업을 가져 보았을 경우에도 그는 되지 않게 여러 가지 참견을 하였다. 문학에 드러서도 그는 자기를 망칠 수 있는 자체 내에서 굼틀거리는 많은 요소를 놓고 이 장단 저 장단에 함부로 춤을 추었다.

시 한 구절 변변히 못 쓰는 자기가 그 창피하고 설익은 것을 시라고 떠메고 다니며, 호라를 불어 주는 특수한 인간들과 사회로만 찾어다니며 기뻐하려 하였다. 뿐만 아니라 소설가도 되고 평론가도 되고 심지어는 사교를 편지로 하는 여자가 되었던 것을 낯 뜨겁게 인식하였다.

이미 참을성 없이 그는 석 달도 못 견디고 부녀동맹 간부가 되어 입에 발린 몇 마디 말을 가지고 책상을 두들기며 많은 사람들의 웃자리에서 떠버린 사실에 대하여 점차로 반성하지 않으면 안 되게 되었다.

"너 요새 다니는 데가 어디냐?"

오빠의 눈은 화경같이 번득였다. 어느 날 저녁 오빠는 그의 안해와 더부러 전에 연희가 밀고 갔던 언덕 밑으로 가서 몇 시간인지를 이야기한 다음 안해는 이튿날부터 임고리 장사를 하기로 결심하였다. 그것은 전문학교 출신인 연희에게는 견딜 수 없는 모욕감을 던져 주기도 했으나 나중에는 커다란 교훈으로 변하였다. 연희는 하맣드면 두 번째 사려없이 바람이 날 뻔한 것 외에 아모런 소득이 없는 계제에서 주춤하였다.

새로 구각을 떨치고 나서서 핏대를 돋우며 떠드러 대는 연희 따위 백 명의 이론보다 올케 하나의 실천과 용단이 얼마나 훌륭하고 비싼 것인가를 비교하면서부터는 연희는 자기의 입은 옷과 발르는 화장품이 다 부끄러웠다.

치맛자락에 불이 붙는 것 같은 난통에도 본능적으로 부더안고 안절부절을 못한 사치한 세간들과 옷 궤짝, 일용품들 때문에 남들까지 고생을 시킨 일들이 한꺼번에 연희를 비웃는 것 같았다.

창졸간에 마딱드린 해방과 뒤이어 일어난 혁명이란 것이 차차 냉정을 회복하게 되고 보니 그런 범위를 벗어나지 못한 것이었다.

토지만이 재산이 아닐 것이었다. 상마루 우에 너러놓은 것만이 세간이 아닐 것이었다.

"오빠."

한 사날 집안에 백혀 있던 연희는 조용한 기회에 오빠의 곁으로 갔다.

"오빠, 정말 인제 비관 겉은 거 하지 마우?"

"오냐, 난 벌서 그전에 그런 말을 하지 않드냐?"

그러나 연희는 여태껏 그것도 하잘 턱없는 오빠의 언제 어떻게 나타날런지 모르는 임시적 허세가 아닌가 하는 의심을 지어버리지 못하고 있었다.

"왜 넌 그렇게 내가 참혹하게만 뵈니?"

"아니, 그런 건 아니지만."

연희는 눈물이 글성해졌다. 설령 연희가 오빠와 같이 버젓하다 하드라도 모—든 이웃 사람들이 그렇게 보아 주지 않았다. 마을에서는 어디꺼지나 오빠는 영원히 몽둥발이 앉은뱅이 처참한 병신이었다.

"그런 게 아니라 오빠, 난 혹시 오빨 떠나게 될까봐 그래요."

연희는 물론 자기의 사정이 그렇기도 했지만 그보다도 그 경우에 둘러대기에 알맞은 말을 택하여 이렇게 말해 보았다.

"아 그럼 떠나야지. 전과 달라 난 도리어 널 보는 때마다 불상하고 딱하고 슬퍼서 견딜 수가 없다. 마치 너만 없다면 얼마든지 용감할 수 있는 내 속이 너로 인해서 고만 의기를 잃게 되는 것 같이……."

"그래요?"

"응. 난 지금 너뿐 아니라 저 모—든 겉으로 건전한 사람들이 거반 다아 가엾은 것이다. 반대로 반면에 그 허울 속에서 별반 마음이 병들지 않은 사람들이라고는 없는……."

"?"

연희는 언뜻 무슨 뜻인지를 몰랐다.

"연희야."

"네?"

"너 이남으루 갈려구 그러지?"

연희는 또 대답할 말이 없었다.

"으레 그럴 시기에 이르렀겠지? 그러나 내 걱정은 조금두 말어. 난 좀 잔인한 말이지만 네 올케가 어떻게든 밥만 벌어 대는 동안 얼마든지 행복될 수 있다. 뭐 나도 올 여름에는 내 손으로 흙을 주무르고 낟알을 가꾸고 일을 할 수 있을 꺼다. 역시 다른 사람들보다 오히려 만족한 기분으루."

과연 오빠의 얼굴은 화기에 넘쳤다. 평화스러웠다.

연희는 그 오빠가 밭고랑에 앉아서 토막 같은 아랫도리를 끌며 김을 매는 모양을 상상하고는 아무래도 범연할 수가 없었다.

다만 연희가 떠나기로 작정하는 일에 오빠는 무릇 등을 떠밀듯 커다란 힘을 보태 주었고 이번에는 아무리 먼 데로 가서 살드래도 오빠 때문에 걱정을 하지 않아도 된다는 자신을 가지기에 힘썼다.

그뿐 아니라 이후에는 반대로 먼 곳에서 모든 것을 초월하고 달관하고 무한한 식능과 견해를 지닌 오빠가 있어 주는 데 대하여 의지해도 될 것 같은 그런 생각을 가지게 되는 것이었다.

그러나 저 오빠가 아모리 마음을 도사려도 불시에 예측 못했던 슬픔과 절망이 조숫물처럼 닥쳐오면 어쩔 것인가?

사람은 입버릇처럼 무엇을 한다고 연신 떠드는 사람이 가장 못하는 사람이라는 말이 있었다. 오빠는 전에 밤낮없이 죽는다, 죽는다 할 때는 못 죽은 것이었다. 이제 죽을 염려는 조금도 없다고 너무도 태연한 데는 잘못 죽을 수 있는 것의 전조가 아닐까?

연희는 두루 불안을 안고 어물거리는 사이에 몇 달이 지냈다.

몸이 아프다는 핑계도 그 이상 지탱할 수 없었다. 만약에 기왕에 나가던 일을 유야무야로 폐기해 버린다면 모든 전예에 비추어 어떠한 수난이 올 것인지 몰랐다. 할 일 없이 읍내에 다녀서 저물게 도라오려니까 해 저믄 감자 밭에서 무엇이 꾸물거리고 있었다.

"오빠―."

연희는 이내 오빠인 것을 직각적으로 알았다.

오빠는 팔까지 짐승 모양으로 밭두둑을 짚어야 하는 것이었다.

가까히 가 보니 그래도 몇 말이나 될 감자를 혼자 캐어 놓고 삼치를 끌고 기어 다니며 주어 모으는 참이었다.

"야, 옷 바릴라. 넌 가만 있거라."

팔을 걷을 새도 없이 기어드러 거들뜨는 연희에게 오빠는 아모렇지도 않은 듯이 만류하였다.

그날 밤 연희는 마지막 밤을 채 밝기 전에 첫 닭이 울면 떠나기로 하였다. 마츰 낮에 동행을 약속해 놓은 것이다.

그날 밤은 연희는 오빠에게보다 불쌍한 올케와 지꺼렸다. 여지없이 피로에 잠긴 올케였지만 날이 밝기도 전에 연희가 떠난다는 말에 펄쩍 뛰어 윗몸을 일으켰다. 처음 연희는 오빠는 그만하다 치드라도 은연중 올케는 연희의 떠나는 것을 이렇게 섭섭해 하고 불안해 하는 것인가 했다. 그러나 올케는 오빠보다도 씩씩하였다.

오즉 연희를 동정하고 근심하는 데 지나지 않았다.

그 시집과 그 남편 그 사회에서 올케는 바랄 것이 하나도 없으면서 오빠에게 대한 정성과 애정은 무한한 것이었다.

"형님! 나 떠나거든 그 내 고리짝이랑 상자랑 다 뜯어 보구. 불쾌한 대루 입을 것들은 입구 바꿀 것들은 바꾸어다가 살림에 보태 쓰라구요."

연희는 겨우 이런 말을 하였다.

"아응, 그게 무슨 말이야요. 누이에겐 얼마나 소중한 세간들이라구……."

여러 가지를 해석할 수 있는 말. 연희는 운명과 같이 복잡한 내용으로 얽힌 말이었다. 그중에서 바로 드러배키는 것은 가장 서러운 것이어서 연희는 엎드려 울 뻔하는 것을 애써 참았다.

"이담에라두 누이 어디 가서 잡구 살게 되거든 내 아모런 모험을 해서라두 날러다 주께. 공연히 아까운 세간들 헤칠 생각을랑 꿈에두 말라구요. 그 속에 누이의 지나온 세상이 드러 있는데……."

홋적삼 하나도 진솔이라고는 없는 올케는 실로 든든한 마음의 소유자였다.

한참 만에 연희는 결론 삼어,

"형님, 나두 전에 꼭 그런 생각으로 살아왔어요. 해도 그런 생각으루 사는 동안은 꼭 그렇게밖엔 더 살 수가 없었어요. 어쩨 새로운 일을 해 볼라면 자꾸만 허위, 가식, 그러구 한편에서는 지저분한 소문이나 나구. 전에 부부 생활이란 것이 통 그렇게 허술하게 세간을 건사하다가 만 것 같아요. 그래서 난 요즘 여러 가지로 생각을 달리하게 됐어요. 그 공산주의라는 것도 여기 모양으로 분주한 세상에서보다 여기서 밤낮 원수처럼 멸시하고 저주하고 원망하고 그러는 다른 고장엘 가서 차라리 배와 볼까 해요."

올케가 견디다 견디다 먼저 잠드러 버린 것은 서운하기보다 다행하였다.

오빠도 낮에 일을 해서 그런지 그 애처로운 얼골을 약간 찡그리고 코를 골며 깊이 잠드렀다. 그러나 그 얼골엔 평화가 깃드렀다.

연희도 한 잠 드렀다가 깨이는 대로 아모런 차림도 없는 채 마을 나려가는 때와 다름없이 출발하여 서울로 가리라 했다.

─《백민》4권5호, 1948. 10.

나그네

　여간해서 은숙에겐 그런 감흥이 오는 것이 아니었다. 주먹을 불끈 쥐고 허공에 무슨 장벽이라도 있어 그것을 부시기라도 할 듯이 이를 악물고 막 휘둘렀다.

　"두고 보자. 두고 보아라."

　그는 누구를 향해 이렇게 부르짖는지 그 자신도 모르는 것이었다.

　발부리마다 마음 조각이 흩어지는 듯이 느껴져서 거름마다 입술을 깨물었다.

　응당 집 없는 사람이오 전재민이오 그리고 외로운 사람이기 까닭이었다.

　여름밤도 그에겐 오히려 긴− 것이었다.

　인제 버레 소리가 요란하고, 반소매 브라우스론 견디기 어려운 새벽과 밤공기이다.

　은숙은 철의 뒤를 따르면서,

　"아이, 내 스웨−타를 어쨌을까요? 분명히 손에 걸치고 다녔었는데……."

　"또 그렇지 뭐. 들고 댕기던 걸 않 잃어버린 예가 있어?"

　그리고 또 씩 웃기까지 하며,

　"바보!"

　철의 얼굴은 이 며칠 사이에 더 파리해진 것 같았다.

　'서늘한 바람이 떨어지기 전에 무슨 준비가 있어야지…….'

　철은 은숙에게 바보라고 농쪼로 말하면서도 속으로는 이렇게 중얼거렸다.

'내가 떠나기 전에 그리고 가을이 깊어지기 전에.'

좁은 세상이 왼통 쓸쓸하게만 마련인 슬프고 외로운 사람을 위해 자기가 모험을 해서 삼팔선을 넘어가기 전에 어떻게든 해 주고 싶었다.

집이라거나, 부모나 형제, 살틀한 동무 그리고 또 애인이라거나 통 있어야 할 것이 하나도 없는 은숙에게 철 자기 자신은, 그 모든 것을 합친 대명사의 역할을 다해 주노라는 진심이면서도, 전차 값이나 찻(茶)값까지 더 많이 은숙의 불쌍한 호주머니에서 울어나오게 하는 때를 생각하고 터문이 없었다.

"아이 추워……."

은숙은 철이 곁에 바싹 다가서면서 무심코 이렇게 말했다.

"추워?"

철의 음성은 약간 떨렸다.

'벌써…….'

은숙도 철도 그렇게 속으로 외었다.

둘의 주머니 속에는 서로 다 털허 모으면 간단한 저녁과 차 마실 것은 있었다. 그래서 그런지 은숙은 편하고 기쁜 듯하였다.

어떻게 답답하고 억울하고 고달픈 생활이라도 이번 저녁만은 곁에 철이 있어 주고 저녁 값이 있고 또 자유로 거러 다닐 수 있다는 사실에 대해서만은 무한 즐거웠다.

아무 외과 병원이라고 써 부친 병원 건너편 중국 요릿집 이층에 둘은 앉았다.

손 구루마에 실고 다니며 팔던 방물장수들과 조고만 광우리에 담아 놓고 실과를 팔던 여편네들까지 부스스 자리를 밀며 집을 찾아 가는 것이 나려다보였다.

"낼 아침 세계일보, 국제신문, 평화일보 나왔습니다."

신문 장수 아이들의 웨치는 소리도 들렸다.

가로수 푸라타나쓰의 잎이 한 잎 두 잎 서글프게 게절의 서곡(序曲)을 고한다.

은숙은 물끄러미 집만 나려다보다가 시선을 돌려 철을 바라보았다.

철은 곁에 은숙이 있거나 말거나 신문만을 읽고 있었다.

그러자 "기대리셨습니다" 하고 뽀이가 물만두 두 그릇을 앞에 갖다 놓았다.

먹은 둥 만 둥 이런 분량으로선 몇 그릇을 먹어야 배가 부를지 몰랐다.

"가시지요."

은숙은 층게로 먼저 뛰어나려와 자기가 만두 값을 치렀다.

한창 정전 시간이었다. 길거리에 벌려 놓은 장사치들은 저마다 초 아니면 카—바이트로 불을 밝히고 고객을 불으는 것이었다.

"쓰거운 담배도 못 피워 슬프구나" 하는 어느 시인의 읊은 시구를 심심 푸리로보다도 담배가 없어 입에 쓴 기가 돌면 늘 외이는 것이 철의 버릇인 것을 은숙은 잘 안다.

은숙은 담배 장수 앞에 섰다. 그리고 끄덕끄덕 곁에 사람이야 있거나 말거나 걸어가는 철을 위해 담배 한 갑을 샀다.

은숙은 철이 중국집에서 담배가 없어서 재터리에서 꽁초를 찾다가 말던 것을 기억한 것이었다.

'나그내……'

촛불이 깜빡이는 조고마한 다방 문 어구에는 이런 간판이 붙어 있었다.

정전된 시간이 오히려 다행이었다. 다방 분위기는 촛불이어서 더 좋았다. 좁은 스페이쓰에나마 각가지로 꾸며 놓은 품이 다방의 성격을 잘 살렸다. 벽에 걸어 놓은 몇 개의 그림들과 구석구석에 놓인 장식 탁자 우에는 서양 인형도 있고 조선 인형도 있었다. 지금 한창인 분홍빛 국화를 곶은 화병이 너머 많으리만큼 여러 군데 놓여 있고 차를 나르는 아가씨의 몸매도 날신하고 음성도 부드러웠다. 한편 구석에 힌 양복을 입은 젊은 남자와 새깜안 드레쓰를 입은 여인이 소곤소곤 속삭이고 있었다.

통행금지 전 한 시간! 그러니까 열 시에는 가야지 하면서 은숙은 그 열 시가 가까워 오는 것이 걱정이 아니라 가을이 깊어 겨울이 올 것과 그리고 철이가 부모처자를 다리러 이북으로 가는 일이었다.

오늘도 은숙은 발이 닳도록 방을 구하러 댕겼다. 될 듯 될 듯하다가도 다 않 되었다. 개중에는 먼 친척도 있었다. 친지의 집도 교섭해 보았다. 그러나 은숙은 길거리에 나딩구는 조약돌과 같은 자기의 또 하나의 영상을 자기 자신으로 짖밟아 버릴 수는 없었다.

여관업이 아니라 밀매업을 해서 돈을 벌어드리는 따위의 위인을 찾아 방이 뷔였으니 빌리라고 해도 그들과 은숙은 하등 상관이 없을 족속이었다.

수가 틀리면 신문에 기사를 내고 또 인생의 암흙면을 속속들이 후벼 파서 그려 내이려는 은숙의 작품 행동을 그들이 알 배도 아니면서 다만 혼잔데 왜 궁하게 사는 것이며 잇속 없는 상대와는 교섭을 아니 갖는 것이 상책이라는 장사치의 심뽀에서 나온 것이었다.

"좀 더 기대려 보세요. 내 다른 데 구해 드릴께⋯⋯."

여관 마담은 어젯밤 자기네 영업을 위해 교제한다면서 어떤 남자들과 연극 구경을 가노라면서 이렇게 말하였다.

신발에 못이 돋은 탓도 있었지만 실로 전차 값도 떨어진 서울 거리를 헤매고 나면 은숙은 그만 발에서 피가 흐르고 풀이 죽는 것이었다.

그러다가도 괜히 악에 바쳐서 주먹을 불끈 쥐고 허공에 휘둘렀다.

무엇이나 부시고 싶은, 무엇이나 덤비고 싶은 그런 충동을 느끼는 것이었다.

'두고 보자.'

무엇을 두고 보자는 것인고? 은숙 자신도 모를 일이었다. 그러나 그는 두고 보자는 것이었다.

촛불 깜빡이는 다방에 철이와 마조앉아서 은숙은 웬일인지 가슴이 터질 것만 같았다.

기가 매켜 그런 것만도 아니었다.

쾌니 부풀어 오르는 가슴이었다.

가난하고 외로운 것이 그다지나 또 다른 면에 있어서 마음 든든하고 풍부한 일인지도 모른다. 그리고 철은 멀리 있거나 가까이 있거나 시간과 공간 문제를 떠난 인물인 것을 깨닫는다.

"내가 갔다가 다시 올 수 있으리라고는 믿지 마시오. 허나 예 있으나 게 가나 마찬가지로 넉이십시오."

철은 덮수룩한 수염을 쓰다드므며 이렇게 말했다.

"괜찮습니다. 난 인제 정말 살아갈 수 있을 것 같습니다. 세상은 모다 순리로만 사는 것이 아니라는 것을 깨달았기 때문이애요. 난 아직도 이 하늘 아래 완전한 인생의 거지가 되기에는 시기도 자격도 멀었어요. 어서 그 걸핏하면 이러나는 감상벽을 이겨나야지, 정말 구태여 구속을 마련하기 위해 허덕일 필요는 없는 것 같애요. 내 가슴은 오히려 역설과 같이 부푸러 오르는 것이 아닙니까?"

은숙은 다방 안을 휘휘 둘러보았다.

철이의 말과 같이 어쨌던 즐겁게도 여길 수 있는 인생이었다.

축음기에선 탕고의 멜로디가 흘러나왔다.

은숙은 철을 붓안고 춤을 추어도 좋을 것 같았고 그가 피어 문 담배를 빼앗아 입에 갖다 대어도 될 것 같았다.

그러다간 굉장히 큰소리로 울어 버릴 것 같은 환상에 사로잡히는 것이었다.

둘은 다방에서 나와 어두운 행길을 거렀다.

막전차도 이미 지나간 지 오래다.

밤길은 끝이 없이 계속될 것 같았다.

둘은 말이 없이 걸어갔다.

은숙의 앞에서 마치 물속을 걸어가듯이 처벅처벅 걸어가던 철은 어두운 거릿길 저쪽에 빠히 보이는 불빛을 따라 가까이 갔다.

요새 길마다 골목마다 흔해 빠진 양품 장수의 구멍가갠가. 아니면 밤거리에 우슴을 파는 선술집인가?

은숙은 유난히 밝은 그 장명등 같은 빛에 빨려가는 듯하는 철의 뒤를 따랐다.

그 구멍가게는 학용품점이었다.

실□나 양품 상점보다는 고객이 드믄 그런 학용품점이었다.

철은 닷자곳자로 묵직한 노트를 두 권 사들였다.

"고맙습니다."

중늙은이나 되는 상점 주인이 뒤에서 이 말을 하자 철은 들었던 노트를 은숙에게 주었다.

"내가 떠나기 전에 밥공기라도 사 드리랬더니, 이걸 보니까 이게 더 마음이 당깁니다. 해방 전 몇 해 일을 생각하면 그 시절 땐 값이야 여하튼 질에 있어서도 선화지로 만든 공책이나 있었나요? 정말 가랑닢에 쓰게 되나 했죠"

은숙은 여태 학용품점에서 처다본 철의 얼굴과 핸드백을 얹어서 아름 안은 빳빳한 노트의 촉감에 간지럽다는 듯이 말이 없었다.

"하숙이니 셋방이니 하는 것은 다 틀린 모양입니까?"

바른편으로 굽으러지는 길목에서 철은 다시 어둠과 적막을 깨트렸다.

"네. 꽤니 한 달이나 헤맨 셈이 되구 말았어요"

실상 은숙은 차라리 어느 공책이나 대합실 결석에라도 찾아다니며 됐건 글렀건 원고나 썼든들 마음이나 편했을 것. 공연히 자기의 인생만 축나고 만 것을 깨닫고 새삼스레 화가 치밀었다.

"까짓거 여관에 계시두룩 합시다. 나 있는 여관에라두 잘 말해서 하숙처럼 정해서 있두룩 내가 가면 방두 나는 걸요"

"웬걸요. 안 해요"

"그 편이 나을찌도 모릅니다. 사람은 어떻든 의식주가 문제요. 아무리 위대한 정운6)이래도 그 담에 있을 수 있는 노릇이 아니겠어요? 은숙 씨의 먹고 사는 방도를 그런 데서 잡아 보는 것도 의미가 있을 겁니다."

"허지만 제 수입으론……."

"뭘 어떻게 산들 공으로 지낸 예가 있습니까? 오히려 비싼 밥 먹거니 하고 먼 데서 절약하게 되죠. 가령 한 주일에 몇 번씩은 출입하는 찻집만 하드래도 은숙 씨 거처가 이르키는 불안정 때문이 아닙니까? 게다가 여관이 좋은 것은 우리가 나그내라는 점에서입니다. 어떤 외로움도 불편도 잠시 머무는 나그내라고 생각하면 훨씬 견딜 수 있잖습니까? 늘 지나가다 머물은 심경을 가지고 사는 게죠. 허허……."

은숙도 소리 없이 따라 웃었다. 웃음 끝엔 애쓰다싶이 하는 구원 못 받을 감상과는 다른 것 같은 눈물이 숨여 나는 것을 어둠 속에서 주먹으로 닦았다.

듣고 보면 그럴 듯한 의견이었고 이왕 그럴 수밖에 없는 사정에서 볼 때 철의 제안은 오히려 적당한 것이기도 했다.

저 앞에서 인기척이 났다.

바라보니 어제 문방구 가게와 같이 폭은 좁으나 행길을 화안하게 빛외인 전등불이 보였다.

불을 찾아가는 사람들 모양 그들이 거기까지 이르기 전에 작은 구멍가게는 깜빡 어두어졌다.

"벌서 열한 시도 지났는가?"

철이가 혼잣말하듯 중얼거렸다.

"그랬나 봐요. 모두 문을 닫는 걸 보니."

또 그만한 거리를 두고 앞에 불빛들이 있었다. 그러나 하나씩 둘씩 덧문을 닫고 소등하고 해서 밤거리는 아조 무연한 벌판과 같이 어둡기만 하였다.

―≪부인≫ 3권5호, 1948. 12.

---

6) 임금이나 나라의 운명.

십릿길

아무리 먼 데서라도 그것이 자기 집인 것을 표시해 주는 우물가와 싸리바제 밖에 울타리 양 삥 둘러 심은 포푸라나무가 이 새파랗게 잎이 버러지려 한다.

어느 봄날 아침이었다. 을순이가 우물가에서 놀고 있노라니까 아버지는 한 아름이나 되는 나무가지를 안고 안에서 나오며,

"여보, 이것 좀 거들우."

하고 물을 푸는 어머니에게 말하였다. 어머니는 새까만 반들반들한 질동이에 물을 잔뜩 퍼 이고 집으로 들어갔다가 이내 나와 아버지를 거들었다.

우물가에는 대여섯 평이나 되는 마치 논같이 질벅질벅한 땅이 있었다. 아버지는 안았던 나무가지를 커다란 돌 우에 놓고 옷소매를 올려 걷었다. 그리고 어머니가 챙기는 대로 하나하나 젖은 땅속에 그것을 띄엄띄엄 꽂아 가는 것이었다. 그러고 나서 울타리에 삥 둘러 심겼다. 그 나무가지들은 파릇파릇 눈 튼 포푸라나무 가지였던 것이다.

을순은 바재굽 돌 우에 서서 그렇게 아버지와 어머니가 심그던 포푸라가 이제 제법 키가 커서 잎이 버러지는 것을 바라보았다. 드믄드믄 집들이 널려 있는 을순이네 마을에서는 이 포푸라가 뽑은 듯이 자람에 따라 가장 쉬운 집의 표요, 동네의 표가 된 것이었다.

누엿이 넓게 트인 일터 밭에는 보리 싹이 파랗게 내솟고 그 너머 높은 언덕에는 아지랑이 엉긴 속을 여러 가지 나무들이 그림같이 아련히 비치었다.

해가 동쪽 하늘에 붉은 노을을 삼키며 환히 떠오를 때 을순은 저도 모르게,

"나도 어서 저 남쪽 어머니와 오빠 계신 데로 갔으면……."

하고 중얼거렸다.

"인제 한 학기만 참으면……."

을순은 괘니 가슴이 부풀어 오르는 것 같았다.

그는 돌 우에서 성큼 내리뛰어 집으로 달려 들어갔다.

"너 왜 상기 그러구 있니. 자, 어따 점심. 이건 해룡의 꺼구……."

할머니는 백지에 싼 시루떡 두 꾸러미를 을순에게 주었다.

"해룡 오빠 오늘 못 갈지도 몰라요. 어저께도 아파서 미리 온 걸요."

그러나 점심 꾸러미만은 둘의 것을 받아 책보에 쌌다. 그리고 일부러 큰 소리로,

"할머니, 나 오늘 금숙이하구 나물 캐러 가게시리 보구니와 칼을 주세 요" 말했다.

"이년, 왜 집에 붙어 있쟎구 돌아댕겨? 널더러 누가 내물 캐어 오랬어?"

몸이 으쓱해지도록 무서웠으나 을순은 웃는 낯으로,

"노할아버지……. 나 저녁때까지 많이많이 캐 갖고 오께요오."

할머니에게는 눈짓으로 인사를 하고 책보와 나물 보구니를 들고 얼른 집 을 나섰다.

'범 할아버지'를 어떻든 오늘 아침만은 또 이렇게라도 모면한 것이다. 오빠와 을순이를 공부시키는 문제를 놓고 노할아버지와 아버지는 서로 의 견이 맞지 않아 옥신각신하다가 아버지는 그대로 돈을 버러가지고 자식들 공부시키겠다고 어디론가 가 버리고, 어머니는 읍으로 오빠가 중학교에 입 학하게 되자 그리로 따라간 것이었다. 그렇게 된 화풀이를 노할아버지는 집에 남은 할머니와 을순에게 하는 것이었다.

"계집애 학교에만 가면 종아리를 분질를 테야……."

몹시 떼가 사나운 동네 아이들도 '무꼴집 범 할아버지'가 온다면 울음을 뚝 끈치곤 하였다.

을순은 졸업반에 와서 학교를 그만두기란 죽기보다 더 슬픈 노릇이었다.

학교는 뒷개울과 돌짝밭과 잔디 길을 지나 남대천이란 큰 시내를 건너 신작로를 주욱 걸어가 또 염수께 개울을 건너 거릿길7)을 지나 성 안에 있는 큰 집이었다. 벅찬 십 리였다. 오빠 장춘이와 해룡이와 늘 셋이서 같이 다녔다.

노할아버지가 학교를 그만두라고 호령할 때 그것을 거역할 아무 사람도 없었다. 한 번 호령을 할라치면 큰 기와집이 쩌엉쩡 울리고 왼 동네가 떠나갈 듯하였다.

안 단기는 척하고 두 달째 단기는 십릿길. 을순은 그동안 가슴이 바짝바짝 조여들게 안타까웠다. 어떤 때는 뒤뜰에 나와 앵도나무를 부디 안고 몹시 운 때도 있었다.

외가로 간다고도 하고, 빨래하러 간다고도 하고, 혹은 나물 캐러 간다고도, 그렇게 거짓말을 꾸며 가며 며칠에 한 번식은 의례히 결석하지 않을 수 없으면서 근근 학교에 단기는 것이었다.

을순은 주먹을 부르쥐고 마악 뛰었다. 한참 뛰고 나니 식은땀이 왼몸이 젖도록 내솟았다. 이마에선 김이 무럭무럭 나고 두 뺨은 빨갛게 닳았다.

"야, 을순이 오누나……"

해룡이는 옳은손을 모자에 올려붙이는 시늉을 하며 인사했다.

"아이 오빠, 난 또 못 온다고"

을순은 해룡의 곁으로 다가가서 무거워 보이는 책가방을 당기었다.

"괜찮아."

그렇게 대답하면서도 해룡은 을순이 하는 대로 내버려 두었다. 해룡의 얼굴은 핏기라곤 없이 창백해 보이고, 눈이 몹시 맥없이 보였다. 걷다가도 한참씩 우뚝 서고, 섰다가는 걷고 또 가다가 우뚝 멈춰 서서 가슴을 지긋이 누르고 새파란 입술을 발발 떨었다.

---

7) 건물들이 줄지어 서 있는 도시의 길을 이르는 북한어.

"인제 내가 없어두 이 다리 건늘 수 있지? 자, 건너 봐 어서."

"왜 돌다리를 건너두 될 텐데. 싫어 난……."

"아냐, 시험해 보란 말야."

을순은 해룡의 앞에서 철교 우에 섰다. 몇 길이나 되는 남대천 위에 놓인 높디높은 철교이다. 비가 몹시 오거나 눈이 많이 쌓인 때면, 저 아래 보이는 돌다리는 흘러 내려가거나 파묻히거나 해서 이 철교를 건너야만 했다.

을순은 일학년 때부터 이 철교를 건느는 일이 제일 걱정이었다. 뜀박질, 줄뛰기 같은 운동은 곧잘 하면서도 높은 데 오르는 일만은 질색이었다. 이 철교를 처음 건늘 때에는 오빠 장춘이가 뒤에 서고 앞에서 해룡이가 새끼를 느려 을순은 그것을 붙잡고, 내려다보면 시퍼런 물이 꿈틀거리며 흘러가는 남대천을 아슬아슬 몸살이 나도록 무서워하면서 건넜다.

"애두, 바보구나……."

오빠가 거의 다 건너온 것을 알고 뒤에서 콱 등덜미를 밀면 금방 떨어져 죽기나 할 것처럼 빽 소리를 지르며 해룡이가 느린 새끼를 휘감아 쥐곤 하였다.

그렇게 남들은 아무렇지도 않게 건느는 철교를 을순은 커 갈수록 도무지 자신이 없었다. 머나먼 십릿길에 비나 바람이 그리고 눈보라가 싫고 무서운 것이 아니라, 실로 그 철교 건느는 일이었다. 급장이요 또 운동선수인 오빠는 아침 학교에 갈 때, 돌아올 때에 일일이 을순을 데리고 다닐 수는 없었다. 오빠와 한 반이던 해룡이를 많이 따라다니게 되었다. 해룡은 공부에 있어서는 장춘이한테 질 배 없었지만, 육학년까지 다니는 동안에 몸이 약해서 다니다 말고 다니다 말고 하여 결국 삼 년이나 늦게 되어 을순이와 한 반이 된 것이었다.

"자, 앞서 건너 봐. 혼자라두 건너나 봐아."

해룡은 을순에게서 책가방을 받아 들고 칼을 담은 나물 보구니까지 달라고 하였다.

"난 몰라. 안 건널 테야……."

을순은 고개를 살래살래 흔들었다. 문득 집 쪽을 돌아다보니 뽑은 듯한 포푸라가 눈에 띄었다. 그리고 읍 쪽을 바라보면 빽빽한 집들이 보랏빛 속에 그림같이 아득히 먼 것 같았다. 이 철교는 학교와 집과 사이의 꼭 절반 되는 거리에 있을 것이었다.

을순은 생전 처음 혼자 철교에 올라 건느기로 하였다. 눈이 핑핑 돌아가는 것 같고, ─한 바람이 물쌀을 뿜고 올리 밀었다. 아랫다리가 후들후들 떨리고 몸이 거북하였다.

"자, 용타. 그렇게 자. 썩썩 건느자."

해룡은 을순의 뒤에서 그렇게 격려했다. 다 건느고 난 을순은 온몸이 흠씬 젖은 것을 느꼈다.

"을순아, 너 나 없어두 이렇게 혼자 다닐 수 있지? 다른 애들은 되려 널 놀려 대구 못살게 구니까, 조심해."

"난 몰라……."

그날 저녁때 을순이는 학교를 파해서 집으로 돌아오는 길에 노할아버지에게 보일 나물 때문에 걱정이 되어 장마당에 들렀다. 장마당은 학교에서 오리 길을 나오는 중간이었다. 문들레, 냉이, 소라지. 대개 가까운 데서 쉽게 캘 수 있는 것들을 보구니 하나로 사서 담았다. 그리고 불이낳게 집을 향해 걸었다. 새까만 치마에 연분홍 저고리, 자주빛 운동화를 신고, 머리는 가즈런히 단발하여 타박타박 걸을 때마다 새까만 머리털이 탑수룩이 흔들렸다. 조금 더 늦으면 노할아버지한테 벼락을 맞는 것이다.

그보다는 할머니가 집에서 배겨 낼 수 없는 것이다. 그는 아침에 해룡의 앞에서 혼자 건너 보던 높은 철교를 올려다보며 왼쪽 신작로에 통한 돌다리를 건너뛰고, 낮으막한 나무다리를 건너마을을 향하였다. 자기 ■ 우물가 키 큰 포푸라나무가 마치 을순이를 부르는 것 같이 멀리서 손짓하는 것 같았다. 을순의 눈이 그 포푸라를 바라보며 걷는 동안, 그 중간에서 무에 자기를 향하여 손을 흔드는 것이 있었다.

"해룡 오빠다."

을순이는 마악 뛰어갔다.

"천천히 오려마."

해룡은 돌짝 밭에서 허리를 굽히고 무얼 하고 있다가 땀을 뚝뚝 흘리며 달려오는 을순을 보고 이렇게 말했다.

을순이가 해룡의 곁으로 닥아갔을 때 거기는 냉이, 문들레 같은 나물이 그드윽히 캐어 있었다.

"어따, 그 보구니에 더 넣려마."

그리고

"참, 점심 떡 잘 먹었다구 할머니께 여쭤……."

해룡이와 을순은 뒷개울을 건너 버들나무 많이 느러선 오솔길에서 헤어졌다.

봄이 가고, 여름이 오고, 그리고 가을 추수하는 때가 되었다.

멀리 H읍으로 오빠를 공부시키러 가신 어머니는 얼마나 고생하시는지, 쌀 값, 나무 값이 비싸고 집도 귀하고 인심도 야박하다던데 하고 을순은 혼자 생각하였다. 자기도 국민학교를 졸업만 하면 어떻게던 거기로 갈 참이었다. 사나운 노할아버지한테 육십이 넘도록 모진 시집살이를 못 면하는 할머니, 자기조차 떠나 버리면 할머니가 불상하다고 생각하였다. 그러나 어떻게던 고학이라도 해서 공부는 꼭 해야만 쓴다. 오빠한테서도 그렇게 편지가 오고 또 을순의 공부하는 것을 그렇게 대견해 하던 아버지 생각도 난다. 오빠한테는 편지가 왔다는 소식도 들었다. 어디선가 그 아버지에게서 할아버지 몰래 나달이나 팔어 주시는 할머니의 도움만으로는 국민학교 비용도 기가 막히게 옹색하였다. 가을 추수 때면 을순은 콩 이삭, 조 이삭, 벼 이삭, 보리 추수 때면 보리 이삭을 해마다 부즈런히 주웠다. 을순이 주운 것은 할머니가 따로 혹은 집엣 나달을 더 보태서 장에 가지고 가서 팔아다가 강아지나 돼지 새끼나 그런 것도 사 길르고, 혹 닭도 치는 때가 있

었다. 할머니는 그렇게 몇 배, 몇십 배 느려서 을순의 옷과 신발과 그 밖엣
용돈을 챙겼다.

"내 을순이, 내 을순이."

학교에서 돌아오거나 빨래터에서 혹은 나물 캐러 갔다가 돌아오면 할머
니는 을순이를 부디 안고 늘 이렇게 반겼했다. 할머니는 젊어서 혼자 나고
을순의 아버지를 외아들로 두었을 뿐이었다.

다락에는 엿과 과실이 늘 을순을 위해 준비해 있었다. 명절이면 색다른
옷과 장난감도 사 주기를 할머니는 잊지 않았다.

"할머니, 난 엄마랑 오빠한테 갈 테야요. 방학에 할머니 뵈러 올께요."

을순이는 눈물을 삼켜가며 그렇게 말했을 때,

"오냐, 내 을순아, 내 을순아. 널 못 보구 어찌 산단 말이냐?"

할머니의 좀 붉으레한 눈 가장자리는 담방 찔끔찔끔 젖어 온다.

해룡이 학교를 아주 그만두고 몸져 누웠다는 지도 여러 달이 되었다. 을
순이더러 철교를 건너 보라던 바로 사흘 뒤부터의 일이었다.

그래도 아침과 저녁 을순이가 학교에 가고 올 때를 짐작해서 뒷개울까지
나와 서성거리는 때도 있었다. 을순의 '이삭 줍는 일'을 돕노라고 어떤 때
면 꽤 많은 이삭을 보자기채 내어 미는 수도 있었다. 이번 이삭은 직접 H
읍으로 갈 을순의 여비가 될 것이었다.

어느 따뜻한 공일날 을순은 추수가 끝나 앞 뒷뜰이 횡하니 비이고 쓸쓸
해 보이는데, 놓인 소가 먹이를 찾아 헤매는 터밭에서 조 이삭을 줍고 있
노라니까,

"애, 을순아, 해룡이 죽었다는구나!"

할머니는 연신 눈물을 닦으며,

"끔찍한 일두 있지, 끔찍한 일두 있지, 손주 마째비루 여겼더니 에구 끔
찍해라……."

을순은 아무 말도 못하고 이삭을 줍던 손을 멈추고 우두커니 횡한 드을

저 너머 끝없이 먼 하늘을 처다보며 중얼거렸다.

"난 몰라, 난 몰라……."

K읍 쪽으로 뚫린 흰 신작로가 우불구불 보이고, 그 저쪽에는 철교가 붉으레 보이는 것이었다.

"새끼로 나를 이끌어 주던 해룡 오빠ㅡ"

할머니가 집안으로 들어간 다음 을순은 밭이랑에 엎디어 흑흑 느끼려니까 문득 눈앞에 해룡이 나타나서 "애, 을순아 일어나. 기차 시간 늦는다"는 바람에 눈을 번쩍 뜨니, 그의 곁에는 아무도 없고 다만 한없이 비인 들이 쌀쌀한 바람만 몰아올 뿐이었다.

몇 주일 후에 을순은 고향 정거장에서 기차를 탔다. 차가 '뚜우ㅡ' 하고 떠난 몇 분 후에 우둥우둥 철교 우를 지나 신작로 옆 뚝 찻길을 남으로 남으로 달리는데, 포푸라나무 밑에서 손짓하는 할머니의 서 계신 모양이 아스랑게 바라보였다.

해룡의 무덤이 있는 언덕은 유난히 휑뎅그레해 보였다.

을순은 그렇게 무섭던 노할아버지도 용돈까지 내 주며,

"방학엔 모두들 내려오너라."

하고 목메어 하던 모양이 가슴 아팠다.

"고향, 고향!"

을순은 멀어져 가는 고향의 하늘과 땅을 향해 뒷걸음질칠 것 같은데, 어머니와 오빠와 새 학교 생각을 하면,

"어서 어서……."

하고 여덟 시간만이면 간다는 H읍의 보지 못한 모양을 '얼마나 큰 읍일까?' 하고 궁리하다가 보따리를 베구 어느 겨를에 잠이 솔ㅡ히 들어 버렸다.

창에는 지는 햇빛이 누엿누엿 드리우고 있었다.

ㅡ《소년》 제12호, 1949. 7.

서울역*

궂은비는 멎을 줄을 몰랐다.

우산은 받았으나 구멍 뚫린 데로 빗물이 철철 목덜미에 흘러내렸다.

오버슈쓰 속에도 물이 즐벅즐벅 했다. 분비는 전차 속에 오르니 맡이 메주를 쏜 좁은 방안과 같이 답답하고 시끄무레한 냄새가 났다. 손잡이는 잡으나마나 쓸어질 염려는 없었다.

콩나물 모양 빽빽이 들어찬 전차 속에서 나는 무의식적으로 창밖만 내어다 보았다.

비에 젖은 아침 거리가 차창에 활동사진처럼 나타났다 스러진다.

상점, 길, 전차, 자동차, 사람, 과일, 왼갓 것이 꼬리를 이어 눈에 비쳤다.

그리고 그것들이 내 눈에는 다 무의미하였다.

산다는 사실에 대하여 나는 모든 흥미를 잃어버린 사람과 같이 얼빠진 꼴을 하고 있었다. 마음속에 명멸하는 슬픈 영상들……

나는 저 살려고 애쓰는 모든 사람들이 지금 내 마음에 떠올으는 인상과 삿갈리는 것을 느꼈다.

집에서 웨치며 떠드는 장사치들의 쇠해진 목소리에서도 길바닥에 한우큼씩이나 되는 사탕이니 떡이니 사과니 그런 것들을 놓고 파는 고달픈 여

---

* 「서울역」은 1949년 7월 ≪민주경찰≫에 발표되었다. 그러나 현재 이 잡지가 소재불명인 관계로, 부득이 소설집 『후처기(後妻記)』(여원사, 1957)에 수록된 작품을 입력했다.

인네의 모습에서 나는 지금 나로 하여금 얼빠지게 한 몹쓸 슬픔의 대상인
나의 어머니의 환영을 느끼는 것이었다.

"담배 사세요, 담배."

"다이야징이나 다이야징, 고약."

이렇게 웨치는 아이들의 음성에선,

"사과 호로쇼— 사과 예에도."

하며 고향 정거장에서 지나가고 지나오는 사람들에게 애걸하다싶이 하고
있지나 않을가 싶은 귀엽고 불상한 어린 조카들의 모습이 떠올르는 것이
었다.

사실 나는 이 며칠 동안 통곡을 참어 오는 것이다.

내게 남은 제일 서러운 날.

내게서 모든 것을 다 빼앗은 내 인생에 대해서도 나는 이 세상에 아직
어머님이 생존해 계시다는 유일한 은혜 때문에 연명해 온 것이나 다름이
없었다.

어머니를 떠나온 지 삼 년이 되었다.

"일주일이면 다녀오께요!"

나는 실상 어떤 모험을 해서라도 어머니의 곁으로 다시 가리라 하였다.

벌서 해방 전부터 콩가루 떡으로 연명해 가는 고향이었다.

서울 와서 배급 쌀을 타게 되자 나는 수수나 보리, 밀 같은 잡곡이 밀려
도 집식구들 때문에,

"이거라두 이거라두"

하고 아수운 생각이 들었다. 더군다나 하얀 쌀밥을 대할 때마다 치아도 성
치 못하신 어머님 생각 때문에 목이 안 메인 때가 없었다.

"콩가루 떡이문 상이라우. 지금이야 어디 그거나 있나? 멀─건 껍질도
안 베낀 수수죽물에 소곰을 두어 마시고들 지내는 걸."

우리 집 소식을 가지고 온 건넛집 복순 엄마가 이렇게 말한 지도 일 년 이 되었다. 그 후 나는 어머니만이라도 모셔 올리려고 고향으로 가는 사람마 다 부뜰고 좀 모시고 와 달라고 애걸하였다.

그러나 그 후 얼마 동안은 소식조차 몰랐었다.

나는 얼마나 고향에 가고 싶었는지 모른다.

그리고 어머님이 얼마나 보구 싶었는지 모른다. 오빠와 올케와 귀여운 조카들이 있는 그 집 칼산[劍山]으로부터 흘러내리는 맑은 시내가 바로 우 리 집 옆을 흘렀다. 그 언덕에는 봄과 여름이면 이름도 모를 고운 꽃들이 어울어져 피었고 흰 조악돌이 깔린 시냇가에는 큼직큼직한 빨래돌들과 파 랗게 보드러운 잔디가 많이 담요를 펴놓은 듯이 깔려 있었다.

"곧 댕겨오너라. 오늘부터 내사 마음 놓을 시각이 있겠니?"

병신자식일수록 더 불상하다는 격으로 어머니는,

"제 식구가 하나도 없는 가엾은 것."

하시며 의롭게 된 나를 참아 떠내보내기 애처로워 하시는 것이었다.

내가 허수레한 몸뻬에 륙삭 하나를 메고 고향 정거장 푸랩홈에서 손을 저을 때 어머니는 맨 끝엣 조카의 손목을 놓으시고 옷고름으로 눈물을 닦 았다.

나의 시야도 뒤범벅이 된 채 발차와 함께 어머니의 모습을 잃어버렸다.

내가 서울역 마즌편에 있는 이 회사에 취직한 지도 거의 반년이 되었다.

내가 일 보는 이층 사무실에서 마주 건너다보면 정거장 큰 시계가 바로 보이므로 삼팔선을 넘다가 시계를 잃어버린 내게는 퍽 편리한 노릇이었다.

그 다음엔 한눈에 나려다볼 수 있는 서울역의 광경이 내게 날마다 시시 마다 살아 움직이는 인간의 모든 생활 상태를 그대로 보여 주었다. 떠나고 오고 팔고 사고 웃으며 울며 아우성치는 혼잡한 소리 속에 나는 오늘날 이 나라의 모습과 이야기를 여실히 보고 느끼는 것 같았다. 골돌히 무엇을 쓰다가도 또 혹 잡지의 교정을 보다가도 피곤한 눈을 돌려 정거장 쪽을 나려다보면 거기는 나 자신 이상으로 그리고 나와 똑같은 생활의 신음을 가진 사람들이 우글우글 끓는 것 같았다.

지게 진 사람들, 무엇을 광우리에다 인 여인네들, 륙삭을 멘 사람, 담배와 실과 파는 사람들의 무리는 그대로 동대문이나 남대문 시장에 못지않게 득실거렸다. 들들들 바퀴를 굴리면서 역마차도 끊일 새 없이 지나간다.

삼천리, 용마, 강산, 백마, 남원, 청구……. 마차마다 이름도 가지각색이다. 그런데 왜 저 마차들은 저다지나 운치가 없어 보이는 것일까?

아무렇게나 나뭇판자로 궤짝집을 맨들고 정원 십이인이라면서 사람은 잔득 싣고 외짝말이 허덕거리며 가게 한다. 좀더 기분 좋은 마차였든들 나는 점심값을 주려서라도 저런 마차를 타고 숙소로 돌아갈 것인데…….

나려다보면,

"담배 사세요, 담배."

하는 소녀들의 음성이 들려온다. 열두어 살쯤 되었을까? 나는 이런 소녀들의 모양에 왜 좀더 마비가 되지 못하는지 모르겠다.

전차에서 내려 얼마 아니 걸어오다가 회사 뒤에 큰 절간짜리 같은 낡은 건물이 있는데 그 지붕 아래서는 내가 일즉 나가는 날이면 그때까지 코를 골며 자는 집 없는 사람들이 있었고 때로는 젊은 여인과 계집애들도 거적을 들치고 일어나는 것을 본 일이 있다.

그런 것을 보면 늘 이층에서 정거장 광경을 내려다보며 느끼는 해방이니 삼팔선이니 고향이니 어머니와 조카들이니 하는 연상과 그리고 거의 방랑생활에 가까운 내 사는 일이 두루 연결이 되어 고구마 한 개도 못 먹고 나오는 아침이 예사인 가슴이 더 섬찍섬찍 하였다.

나는 맥없이 분비는 전차 속에서 비 오는 신산한 창밖을 물끄러미 내여다보고 선 채 답답하고 쓰리고 허전하고 슬픈 생각이 정도를 지나쳐 감각

없는 사람처럼 되어 있음을 순간순간 정신이 들 적마다 느끼는 것이었다.

그것이 바루 사흘 전 일이었다.

"내 중대한 소식을 전할 께 있어……."

먼─ 일가집 아저씨 뻘 되는 이가 내 회사에 찾아와서 이렇게 말했다.

"무슨, 무슨 소식인데요? 네, 어머니가, 어머니가, 흑……."

벌서 서울에 있는 내게 짐을 갖다 준다고 고리짝을 추려 놓으셨다가 떠나시기 전날 중풍을 맞아 인사불성이 되고 그 후 겨우 일어는 났으되 반신불수로 말씀도 바로 못 하신다는 소식을 알고 있던 터라 나는 이렇게 겁을 먹고 재처 물을 수밖에 없었다.

사실 몇 달 전에 꿈을 꾸었는데 비바람 치는 흙물이 여울저 흐르는 강가에 머리를 산산히 풀어헤치고 지향 없이 어데론가 떠나 버리겠노라고 고함을 치시던 어머니의 모습이며 바루 한 열흘 전에는 또 다른 이러한 꿈을 꾸었었다.

어느 조용하고 정갈한 산속에 번듯한 산당이 있었는데, 그 산당 속에는 십오 년 전에 자살한 큰 오빠가 돌아가시던 때의 젊은 모습이 그대로 있었고 어머니는 설거지를 하시노라고 독엣물을 박아지로 푹푹 퍼내고 계셨다. 그 박아지 소리는 지금 이 시각에도 내 귀에 들리는 것 같다.

나는 그 꿈까지 꾸고 나서는 의례히 어머니는 이 세상 사람이 아닌 것으로 치부하고 있었다. 애써 고향에서 온 사람들과 거래를 끊고 일부러 소식을 피해 오듯 해 온 것이었다.

"아니 좀 가만있어……."

아저씨는 회사 옆 대중식당에서 나한테 장국밥 한 그릇을 사주면서 이렇게 말했다.

내가 장국밥을 다 먹기를 기다려 물을 마신 다음,

"놀라지 말어. 헐 수 있는가. 환갑 지난 분이니 의례히 그러려니 해야지?"

"예? 어머니가 정말?"

나는 가장 무서운 순간이 이제는 박두했구나 하고 절체절명의 비명과 같이 부르짖었다. 그러나 굉장히 고함이라도 친 듯한 내 소리는 목구멍에서 더 나오지 못하는 것 같았다.

나는 순간 또 세상이 노래지고 허전해지고 일 분 전의 내 생명과는 굉장히 달라진 나를 발견하는 것이었다.

"벌서 소식이야 한 달 전에 가지고 왔네. 허지만 자네를 염여하는 이 선생도 조 국장도 몸이 약한데 괜히 알리지 말기루, 삼팔선이 터지지 않는 한 그만두기로 하자는 것이었는데, 사람의 마음이 어디 그런가? 내가 편히 잠두 못 잘 형편이어서……."

이렇게 말하면서도 아저씨는 무슨 병으로 어떻게 언제 돌아가셨다는 것은 자기도 모르노라 했다. 나도 그것까지는 알 필요가 없다고 생각했다.

"몸조심 하라이."

담뱃불을 구두발로 비벼 끄더니 식당 문을 열고 나갔다.

나는 그 뒤를 따라 어머니의 죽음에 대해 더 물을 용기도 힘도 없었다.

"굶어 돌아가셨지요 굶어서, 굶어서……."

큰소리를 지르면서 떡이니 빵이니 사탕이니 과일이니 그리고 김이 물씬물씬 나는 밥과 국을 끓여 놓고 파는 앞을 허둥거리며,

"어머니는 굶어서 앓다가 굶어서 돌아가셨죠"

하고 벌서 꽤 많이 걸어가 가로수 밑에 서서 서울역 쪽으로 길을 가로 건느랴는 아저씨한테 쫓아가서 어깨를 붙잡고 되는 대로 흔들고 막 꼬집어 떼듯 했다.

"생각할 꺼 있나? 글세 생각하면 뭘해." 무심한 듯이 가 버리는 아저씨의 뒤를 나는 미친 사람 모양 넋 없이 바라보았다. 나는 이 정거장 잡도 속에서 한바탕 통곡이라도 하고 싶었다. 내 통곡은 모든 잡음을 끄고 서울 장안을 구슬프게 울려 놓을 것 같았다.

이 세상에 다시 없을 절망, 슬픔. 그런 절규를 나는 가까수로 생켰다. 실

상 나는 통곡할래야 할 수도 없으면서 다만 통곡과 함께 나를 어떻게 현실 속에 잠재울 수 없는가가 문제였다.

얼마 안 있으면 추석이다. 그 추석을 빙자해 가지고 나는 과일이나 사 가지고 어느 임자 없는 무덤에나 가서 싫것 울 것인지도 몰랐다. 알뜰한 사람은 다 뺏어가는 하늘을 향해 나는 나의 애통을 삼갈 필요는 없으리라 고 생각하면서도 여전히 전차를 타고 아무 일도 없었던 사람 모양 회사에 나오는 지 사흘 째 되는 아침인 것이다. 전차에서 내려 즐벅거리는 오버 슈―스를 끄을고 실비로 변한 빗속을 걸어 회사 가까히로 갔다.

그러자 난데없는 울음소리다.

아마 지난밤에 억울한 죽음이라도 난 게지 하고 나는 그쪽에 귀를 기우 렸다.

몇이나 모여서 통곡하는지 그 소리는 몹시 청승맞고 처절하였다. 내 가 슴은 섬찍하고 못 견디게 구슬펐다. 저런 속에라도 휩쓸려 한바탕 마음껏 울어 봤으면 싶었다. 눈물이 핑 돌고 코허리가 시큰시큰 하였다. 침도 못 생키게 목이 메었다.

"어떤 원통한 죽음인지?"

그러자 사람들이 와그르르 모여든다. 울음소리는 회사에 일쭉 나가는 아 침이면 의례히 볼 수 있던 지붕 밑에서 자던 사람들 쪽에서 나는 것이었다.

"사람 죽었나?"

"아냐, 조고만 애가 울어!"

"어쨌대, 매 맞았나? 물건 잃어버렸나?"

"그렇잖으면 이거 당했어?"

그중 장난꾸레기로 생긴 젊은 노동자인 듯한 사나이가 눈을 꿈뻑 감고 음탕한 웃음을 지었다.

나는 사람들의 지꺼리는 말에서 상사가 난 것이 아니오, 그와는 다른 이 유로 소녀가 우는 것을 알았지만 또다시 그 울음소리를 분간할래야 그것은 한 사람이 우는 소리가 아니오 여럿이 울되 지극히 원통한 울음이라는 느낌은 적지않이 괴로웠다. 그 속에서도 거적을 덮고 아직도 자는 사람들도 있는 모양이고 사람들이 떼를 지어 우루루 모여 가던 안엣 사람들은 그것을 막았다.

"속상해……."

나는 혼자 중얼거리며 헌 우산을 집어 들고 사무실로 올라갔다.

사무실에는 아직 국장도 사장도 사원도 아니 나왔다.

급사가 마른 걸레로 책상을 훔치고 있었다. 나는 손가방을 책상에 내동댕이친 채 복도에 나와 열어제낀 창으로 늘 하는 버릇대로 들끓는 정거장을 나려다보았다.

실비도 멎히고 아침 햇살이 붉으레 구름 속에서 퍼져 나온다. 전차, 자동차, 마차가 끊일 새 없이 왕래하고 사람들은 우글우글 뒤끓었다.

정거장을 바라볼 때마다 늘 느끼던 향수. 언제나 삼팔선이 터져서 기차를 타고 고향에 가나? 누구보다도 어머니를 언제 뵈오랴? 타향이라도 어머니만 곁에 계시면 고향일 것 같았다. 그렇더니 그렇게 가고 싶던 고향이더니 한 줌 흙이 되어 버린 어머니의 무덤을 찾을 일이란 내 시야에 비치던 그래도 광명 같은 것, 히망 같은 것 그런 것들을 여지없이 뺏어가는 일이었다.

나라가 바로 서고 삼팔선이 트이고 식량이 풍부해지고 그렇게 된다한들 하늘과 같은 어머니를 잃은 내 가슴은 더 쓰리고 후회로 가득찰 것을 어쩔까? 나는 생전 잘 먹지도 입지도 못할 것 같은 심정이다. 나는 어머니 이상으로 헐벗고 굶주리고 애쓰고 해야 이 무겁고 고되게 슬픈 자기 짐의 빚을 갚아 댈 것 같다. 그렇지만 어머니는,

"내가 어디서 죽든 글루 인해 애쓸 것은 없다. 아여 생각지두 말어라. 세상 시름 잊었거니 하구 마음 턱 놓구 살어라."

내가 혹 어디 타향에 갔다가 그새 어머니가 돌아가시면 생전 그 고생하

시던 일을 어떻게 가슴 아파 견디겠냐고 하면 그렇게 말씀하시었다.

지금도 내 맘속에 무한히 다정한 그런 음성이 들려오는 것만 같다.

"아예 속상하지 마라. 꽝꽝 먹구 일하구 몸을 축내지 말어라" 하시는 것 같다.

나는 이러는 동안에 몇 시간 전에 드른 울음소리도 잊어버렸다.

힌 옷 입은 백성이라더니 이렇게 군중이 모인 곳을 나려다보면 알 일이다. 때가 묻어 누르스럼하든지 거므스름하든지 바탕은 힌 것임에 틀림없었다. 그런 단조한 복색 속에 빨강 노랑 연두 남빛 같은 원색에 가까운 계집 아이들의 옷 빛갈이 섞여 겨우 그 단조함을 깨트렸다.

"아이고 오오, 아이고 오오."

아까 울음소리이다. 그 울음소리는 바로 내가 섰는 사무실 아랫층에서 나는 것이다.

나는 거의 무의식적으로 층층계를 나려서 뒷대문을 나섰다. 뒷대문에서 바로 보이는 지붕 아래가 아까 울음소리가 나던 곳이요 거기는 아직도 거적 속에는 엉둥이를 내놓고 자는 사나이들이 있었다. 그것들을 힐끗 바라 보고 나는 그 태산이 무너지는 것 같은 울음소리를 찾아 행길에 나섰다. 참말 그 울음소리는 한 소녀의 것이었다.

열두어 살 났으까 말았으까 목소리와 같이 거세게 생긴 아이였다. 헙수 룩한 때 묻은 분홍 바탕에 잘디잔 남빛 꽃무니를 놓은 원피쓰를 입고 결 나쁜 누런 머리가 헝크러졌고 깜아짭짤한 얼굴에는 눈물로 때꾹이 여러 갈래 흘러내렸다. 적은 체격도 아닌데 마치 아이에게 어른의 얼굴을 얹어 놓은 것같이 얼굴 생김생김이 것늙어까지 보인다. 유난히 큰 코와 두터운 입술, 울어서 퉁퉁 부은 눈, 그 내뽑는 통곡, 모여 서서 구경하던 사람들 은 흥미가 없다는 듯이 멀어 가고 아이 업은 할머니가 그 소녀를 달내고 있었다.

소녀의 울음은 여전하였다.

곁에서 들으니 더 가슴을 무너지게 하는 울음소리다.

이런 아이의 어데서 저런 통곡이 터져 나올까?

이 세상 것을 다 잃어버리고 혼도 몸도 여지없이 짓밟힌 자의 울음도 저렇지는 못할 것이다.

"애야 그만 울어라. 눈물을 닦고 어서 가봐……."

아이 업은 노파는 소녀의 어깨를 두들겼다.

"왜 이렇게 운대요?"

나는 노파에게 물었다.

"글세요. 말허니 알겠어요 그저 울기만 하니……. 밤에 자기는 저기서 자죠, 얘가……."

하며 거적을 펴고 자는 사람들 쪽을 가르쳤다. 그리고 우는 까닭은 노파도 모른다고 하였다.

소녀는 조금 소리를 낮추다가 흙흙 느끼면서 땅에 주저앉는다. 발에 걸친 것도 없이 맨발에 흙투성이다. 나는 소녀가 조심성 없이 마즌편에서 소녀의 아랫몸을 훑어보았다.

혹시 속옷은 벗고 있지나 않은가 하고…….

그러나 찢어도 안진 굵은 베 속바지도 입고 있었다.

다행…….

나는 혼자 예측하고, 혼자 판단하고, 그리고 또 이렇게 중얼거렸다.

"애가요! 팔던 물건을 잃어버렸나 봐요!"

소녀의 또래나 됨즉한 게집아이가 내게 이렇게 말했다.

"그래? 팔든 물건을……."

나는 오히려 다행으로 역이며 무에라 말할 번하다가 입을 다물고 어름어름하였다.

그리고,

"하많드면……"

하고 속으로 중얼거렸다. 아직도 거적 속에서 엉뎅이들을 내 놓은 채 자는
지 자는 척하는지 모를 사나이들과 내가 유심히 여겨본 소녀의 베 속바지
와 그리고 팔 물건을 잃었다고 일러 준 다른 게집 아이의 말과 모든 점을
종합해서 다행으로 여기지 않을 수 없었다.

허나 집 없고 부모 없는 소녀의 일이라 나는 또 이 소녀의 다른 운명에
대한 불안이 없을 수 없었다.

소녀에게도 얼마든지 덮씌어질 수 있는 여러 가지 불행과 비애 가운데서
도 물건을 잃었다는 (기껏해야 양담배 몇 곽) 그 일이 가장 수월하고 그래
도 다행한 일이 아니겠는가 싶었다.

보상할 수 있는 일시적 불행이 아니겠는가 싶었다.

그러나 소녀의 슬퍼하는 모양과 울음소리는 역시 그 소녀가 당한 일 중
에는 가장 크고 기막힌 일임에 틀림없을 것이다.

나는 울래야 울 자리도 겨를도 도대체 없다는 것이 당하다면 그렇게 내
속에 뭉켜 있는 슬픔이야 어떻든 무심히 손을 넣고 뒤저 본 포켙으에는 행
여 소녀를 마음만으로라도 위로할 수 있는 단 백 원의 돈도 없는 것이었다.

나는 열적은 웃음으로 손을 부비며 제법 울음소리를 끊고 흑흑 느끼기만
하던 소녀를 바라보았다. 소녀는 머리를 몇 번 좌우로 흔들더니 훌쩍 일어
서자 누가 불으기나 하는 것처럼 정거장 쪽으로 뛰엄뛰엄 걸어갔다.

—『후처기(後妻記)』, 여원사, 1957

작약(芍藥)*

둘이고 셋이고 새로 연줄연줄 알게 되면 될수록 하나같이 선생님은 정말 다정하고 말 잘하고 인상적이라고 했다.

그러한 선생님인 정구가 유독 혜란에게는 그렇지가 않았다.

그럴 리가 없다고 그건 말이 안 된다고 혜란은 머리를 설레설레 흔들며 자기에게도 선생님은 항상 부드럽고 조용한 음성으로 얘기하고 그윽한 미소를 지은 얼굴로 대해 주었고 헤어져서 생각하면 살틀히 보살펴 주는 심정을 느낄 수 있는 눈치와 자태를 그려 낼 수 있는 것이언만 혜란은 언제나 정구가 다른 학생들에게 대하는 것만큼은 못하게 자기를 대해 주는 것이라고만 혼자 생각하는 것이었다.

새카만 머리를 굽실 안으로 삐잉 지져 돌리고 검정 치마에 하얀 저고리 검정 구두에 누런 가죽 가방을 든 혜란은 맵시 있는 여학생이었다.

어글어글하게 빛나는 두 눈이 젖은 빛을 띠고 수심에 잠긴다.

"그럴 리가 없다."

한동안씩 별러 없는 짬을 내서 아모도 모르게 찾아갔다가 뜻밖에도 자기와 가장 가까운 동무인 탄실이라든지 옥봉이라든지 그런 여학생들이 앞질어 정구의 방에 와 있는 것을 보면 혜란은 그만 얼굴이 밝－애져서 인삿말

* 이 작품은 ≪대조≫(1949. 7)에 게재되었으나, 소장처 미상인 관계로 『현역작가 10인 단편소설집』(일한도서출판사, 1949)에 실린 텍스트를 대상으로 하여 입력하였다.

도 변변히 못하고 할일없이 발치에 오무리고 앉았다가 시름없이 돌아와 버리기가 일수였다.

혜란은 텅 비이는 마음에 이내 조수처럼 밀려오는 그리움을 안고 또 머리를 살래살래 흔들었다.

"그럴 리가 없다"고.

요행 혼자 갔다가 정구도 혼자 있을 때 단둘이 마조앉아서 이야기를 한댓자 무료하고 섭섭하기는 일반이었다. 오히려 돌아오는 길엔 가슴 하나로 눈물이 고인 것 같은 마음을 눌을 수가 없었다.

혜란은 차라리 정구를 찾아가지 않으리라고, 생전 만나지 않았으면 그만이 아니냐고 스스로 다짐하기까지 했다.

그러나 혜란의 발길은 그러한 감정이 일면 일수록 정구의 하숙집을 향해 또박또박 걸어가고 있는 것이었다. 정구의 처소로 걸어갈 때의 혜란의 발걸음은 마치 율동유희할 때의 앞으로 내어 딛는 포즈와도 같았다. 가볍게 톡톡 구두발을 앞으로 앞으로 걸어차며 새카만 눈을 깜박거렸다.

어떤 날 밤에는 아무리 문을 열어제친 방안이라 해도 비좁은 단간방에 불이 꺼진 채 남자 하나와 여자 하나와의 지꺼리는 말소리가 새어 나오기도 했다.

혜란은 무심히 그 앞까지 다다랐던 발길을 그만 주체할 수 없이 마음이 화끈거려서 조심조심 골목 안을 돌아 나왔다.

어두운 골목길에 방울방울 눈물 자죽을 뿌리는 때도 있었다.

"어둡다―."

혜란은 골목 안에서 부르짖는 것이었다.

남자는 언제나 그들이 지극한 존대로써 받들어 오는 선생님 정구였고 여자는 가다가 탄실일 때와 옥봉일 때와 대중이 없었다.

물론 그들 셋이 한꺼번에 모여서 왁자해 떠들고 웃어 대는 날도 있었다.

그런 때일사록 혜란은 도무지 그들과 같이 섭슬려 즐겁게 이야기할 수가 없었다. 마음은 늘 딴 세상에 가 있는 것만 같았다.

하나씩인 경우에도 그들은 태연하게 환담을 하고 드문드문 그들이 지어 온 시(詩)라든지 감상문 같은 것을 주저없이 내어 놓고 유창하게 읽어 내고 하는 것이었다.

혜란도 당치않게 체육과에 다니기는 하면서도 시를 짓고 시를 공부하는 여학생이었다.

선생님이라고 깍듯이 그들이 불르기는 하지만 직접 그들이 글을 배웠다거나 월사금을 받힌 일이 있는 사제지간은 아니었다.

그러한 정구를 처음 만난 것은 물론 혜란이었다.

탄실이도 옥봉이도 따져 보면 모다 혜란을 통해서 정구를 만났고 혜란을 따라서 선생님이라 대접하기 비롯한 것이었다.

다행히 탄실이와 옥봉은 문과에 적을 둔 학생들이었다.

그들에게 대면 혜란은 훨신 정구를 알고 친하게 된 지 오랜 사이라고 할 것이다.

정구는 평론가였으나 혜란이네 학교 그 많은 교수들 가운에 기이하게도 문과니 의과니 가사과니 다 제쳐놓고 꼭 한 사람 혜란의 담임인 체육과 노처녀 키다리 선생 한 사람과 친구 간이었다.

키가 전교에서 남녀 교수를 통해 으뜸 크고 체중 많은 여교수를 학생들은 의례 키다리 선생이라고 불렀다.

사실인즉 그 체육 선생과 말할 수 없이 친하던 여자와 정구가 일찌기 연애를 했다고 언젠가 혜란의 담임 선생 곧 키다리 선생은 일러 준 일이 있었다.

체육 선생의 형용을 빌면 그 여자는 흰 목련꽃처럼 청초하고 아름다웠다한다. 정구와의 사이는 지극히 순조로 진행되었으나 애석하게도 약혼을 하고 결혼을 바라보는 시기에 죽었다고 했다.

그 이후로는 정구는 퍽 우울한 사나이가 되었고 좀처럼 여자들과 사괴지

는 않는다고 이런 말을 할 때의 체육 선생은,

"그래도 나와는 각별한걸."

그런 눈치였다.

여자로 태어나서 자랑을 삼을 만한 아모것도 없는 키다리 선생, 몸이 튼튼하고 원반을 잘 던지고 건장한 노처녀라는 것밖에 없는 그는 은근히 정구를 사모하고 있는 모양이었다.

그러나 정구는 늘 태연했고 조곰도 딴 눈치가 없었다. 정구를 대할 때의 체육 선생은 얼굴 전체가 애교로 변하며 그 큰 몸의 어디서 그런 소리가 나는가 싶게 목소리는 간드러졌다.

혜란은 그 담임 선생의 집에서 처음으로 정구와 인사를 했다.

이미 삼 년 전 일이었다.

차츰차츰 여교수와 함께 정구의 하숙을 찾아간 것이 다달이 서너 번씩은 되었다.

정구는 한두 번 체육선생의 심부름으로 찾아갔던 혜란에게 언제든지 혼자 놀러 와도 좋다고 했다.

그 말을 고대하고 있었다는 듯이 혜란은 노는 날이면 의례 정구를 찾아갔다.

없는 돈에 그래도 갈 쩍마다 정구가 즐겨 하는 과일이라든지 과자 같은 것을 조곰씩이나마 들고 가면 정구는 웨 번번히 그런 것을 사 오느냐고 걱정과 사양을 얼버무려 딱한 표정을 짓고 자기는 자기대로 혜란을 위해서 혜란이 잘 먹는 이웃집 중국 만두를 주문해다 주었다.

그러나 앉았다가 돌아오는 길이면, '섭섭하다―'는 생각이 늘 혜란의 가슴 하나로 안겨 들었다.

이태 후인 작년 가을에 정면으로 대어 들듯이 정구에게 결혼에 대한 교섭 비슷한 말을 비치드니 체육 선생 노처녀는 다른 남자와 결혼을 했다.

상대는 몇 해 전에 상처를 한 오십객의 의학 박사라든가, 그는 부끄러운 기색이라고는 조금도 없이 그의 제자들인 혜란의 학급에서 광고를 하듯 떠들었다.

정구에게도 마치 시비나 걸듯이 자기는 드디어 결혼을 하기로 작정을 했노라고 하하 웃으며 짖거렸다. 그 하하 우슴소리는 체관한 사람의 그것이라고 혜란은 속으로 끄덕였다.

그 후 혜란은 웬일인지 자기가 갑짜기 외로워진 것 같았다.

정구를 찾어가는 일도 알 수 없이 저어되고 주위가 관심되었다.

윤기 나는 검은 머리, 그것을 이마에서부터 쓸어 넘길 때면 넓고 흰 이마가 반가운 듯이 나타났다.

영롱한 눈들, 오뚝한 코, 도톰한 입술, 정구의 모든 용모를 혜란은 자기가 보고 익혀 온 것이기보다 담임선생 체육 교수가 갈데없이 그런 것이라고 설명해 준 것같이 혼자 속으로 생각는 것이었다.

그리고 그러한 용모의 정구가 '어째서 이러냐?'고 자기 마음에 와 닿는 환상은 안으면 슬어지는 안개 속과도 같았다.

몇 십 분 걸리면 당장 만날 수도 있는 정구가 왜 그리 멀리 생각되는지 몰랐다. 붙잡어도 붙잡어도 자꼬 그만한 거리를 두고 자기를 애닲게 하는 존재—.

"선생님."

하고 혜란은 또 그렇게 불러 본다.

그립다고 생각할수록 정구는 아득히 멀리 멀리 있는 사람 같았다.

전에 없이 혜란은 정구가 슬프도록 그리웠다.

혼자서 무시로 놀러 갈 수 있던 지난 일이 부럽고 떨리리만큼 생각과 느낌과 가슴속의 파동이 미묘하게 물결친다.

혜란은 크던 작던 어떤 이유 없이는 정구의 하숙에 발을 드려 놓지 못했다.

혜란이는 여학교 동창들인 문과인 탄실이와 옥봉이를 끌어넣었다.

그들 두 여학생은 성격에 있어서나 얼골 생김새에 있어서나 다들 미운 것은 아니지만 혜란의 용모에 비길 것이 못 되었다.

걸걸하고 활발함이 사내 같은 탄실이, 여물고 똑똑한 옥봉이였다.

만 이 년 동안은 어름어름 상종해서 겨우 그만큼 친숙해진 정구를 탄실이들은 소개를 시켜 놓기가 바쁘게 서너 번 만나자 벌써 혜란이보다 훨씬 허물을 덮어 버리고 다 같이 "선생님" 하면서도 유난히 친했다. 그들이 모여 앉아 놀 때면 거기는 아모 무거운 공기가 떠돌지 않았다. 우슴으로 꽃이 피고 즐겁기들만 한 것같이 보였다.

다 제 길이 있다더니 정구도 평소에 그렇게 위엄을 가지고 있던 것을 어느 틈엔지 벗어 버린 듯 곧잘 두 여학생과 만나서는 농담까지 했다.

"키다리 선생 별명을 탄실이도 들어얄껄……."

"아이, 싫여요. 누가 선생 노릇 한댔어요?"

"그럼 여류 시인이 될 테야?"

"것두 싫여요. 전 암것두 안 될 테야요."

"그럼 밥이나 먹지."

"하하……."

모두들 즐겁게 웃었다.

한 겨우내 그들의 발자최는 서로 경쟁하는 사람들 모양으로 멀고 가깝고를 가리지 않고 왕십리 구석진 정구의 처소를 오락가락했다.

나무마다 싹이 트고 봉오리 터지라는 바람이 씨잉씽 불었다.

정구는 웬일인지 겨울바람보다도 그 훈훈한 기운이 오히려 싫었다. 해마다 봄을 타는 까닭이었다. 환절기가 되면 사지가 노곤하고 어깨가 쑤시고 기운이 풀린다. 사람마다 기다리는 봄이 정구에겐 공포의 씨즌이었다.

생리적으로 타격이 오기 전에 정구는 벌써 심리적으로 엄습해 오는 불안을 이길 수 없이 된다.

별 수 없이 사월도 중순, 사람마다 봄차림을 하고 거리가 명랑해지던 때,

정구는 드디어 입원을 하게 되었다.

정구의 병이 무슨 병인지는 혜란이가 벌써 그전부터 알고 있었다.

그것은 펫병이었다.

그전에 혼자 못 견디게 사랑을 하다가 시집을 가고 만 혜란의 체육 선생에게서 드른 말이었다.

노처녀는 처음에 자기가 목숨이라도 안겨 주고 싶은 애인에게야 펫병인들 어떠냐고 풍을 떨었고 딴 곳으로 시집을 가면서는 그예 정구는 펫병쟁이라고 혜란이더러 조심하라고 했다.

혜란은 언제나 병색이 들어나고 그로 인해 애처로운 심정을 안겨 주던 정구가 그럼으로써 더 자기 마음을 당기는 것 같았다.

정구가 더 버틸 수 없이 되어 입원을 승락한 날, 그날은 마침 시험을 끝낸 이튿날이라 눈물이 글성해서 혜란이가 환자인 정구의 이부자리를 꾸리고 머리에 이어 자동차에 실었다.

외투로 턱을 싸고 그 위에 담요를 덮어 씌워도 정구는 오들오들 떨었다.

혜란은 자동차 속에서,

"지금 이 차가 어디로 달리느냐?"고, 병원이 아니라 더 무서운 아득한 데로 몰고 가는 것이나 아니냐고 그런 생각으로 떨렸다.

정구의 병실은 하필 북향이었다. 두꺼운 벽으로 막히고 북쪽에 중창이 있는 어둠침침한 방이었다.

병원 소제부가 소독수로 훔치고 닦고 걸레질한 뒤에 수많은 환자들이 들락날락했을 불결한 얼룩진 침대 요 위에 혜란은 정구의 자리를 깔고 담요를 씨우고 덜덜 떠는 정구를 그 위에 눕혔다. 이불을 덮고 또 그 위에 담요와 외투를 걸쳤다.

정구의 입술은 새파랗게 질렸다. 자동차로 그만한 거리라도 움지긴 것이 안 되었나 보다고 혜란은 생각하였다.

혜란은 구석에 비뚜루 놓인 조고만한 찬짱을 바로잡아 놓고 이부자리와 함께 가지고 온 세면도구를 그 밑에 정돈해 놓았다.

정구는 눈을 뜨지 못하고 신음했다.

몇일 지낸 뒤 탄실이, 옥봉이도 소문을 듣고 달려왔다.

그들은 카네숀이니 수선화니 하는 값 비싼 꽃들을 한 아름씩 사 들고 왔다.

침침하던 방안이 활짝 생기를 얻은 듯 밝고 찬란해졌다.

그러나 정구는 봄내 다만 쿨럭거리는 목과 가슴을 이겨내기에 아모 생각도 없이 이불 속에서 오슬오슬 떨며 그리다간 번렬이 나서 머리를 내밀고 흔들며 신음했다.

병원 창밖에서 꽃이 피고 잎이 벌어지고 비와 바람과 구름이 무수한 변화 속에 활동하는 사이에 봄이 다 가고 여름도 삼복이 지났을 무렵이었다.

정구는 처음으로 여학생들과 마조 앉아 그들이 지은 시를 읽고 이야기하고 즐거운 듯이 짖거리다가 문병객들이 돌아간 뒤 살몃이 잠들었다.

혜란은 방안을 휘휘 둘러보았다.

둘러보아야 답답하기만 하였다.

혼자 집으로 가는 체하고 병원 밖으로 나가서 시간을 보내며 거리를 배회하던 혜란은 겨우 백 원 남은 돈으로 제일 헐한 작약을 샀다.

같은 작약이래도 싱싱한 것은 한 가지에 백 원이나 하는 것을 혜란은 무슨 요량에서인지 까딱하면 살려 볼 길이 없게 된 시들시들한 꽃가지 셋을 샀다.

진종일 지게 위에서 팔다 남은 마지막 것이었다.

신문지로 싸서 들어도 밤톨만큼씩한 작약 봉오리들이 잔뜩 맥이 빠진 목아지를 아무렇게나 비틀거리며 아래로 무겁게 숙으러졌다.

병실에 들어서자 혜란은 벼개에서 떨어진 채 색색 자고 있는 정구의 이마에 소슬소슬 배어난 땀방울을 손수건으로 닦아 주었다.

그리고 무심히 정구의 얼골을 안아 벼개 위에 눕히며 혜란은 사뿐 정구의 볼에 입을 대었다.

순간 놀란 듯이 눈을 뜬 정구는 한참 동안이나 의심쩍은 얼굴로 혜란을 쳐다보더니 버럭 소리를 지르며,

"혜란이, 너 다시는 이 방에 들어오지 마라."

하고 벌떡 일어나서 문을 가르켰다.

혜란은 엉겁결에 복도로 나왔다.

정구의 눈은 무섭게 번뜩였다.

연해 침대 밑에 있던 신발을 던지고 그래도 혜란의 옷자락이 보이니까 부저깔을 마구 내어 던졌다. 그리고 다시 침대에 비쓸거리며 쓸어졌다.

"선생님두……."

울어도 사정을 해도 안 되었다.

정구는 덮어 놓고 영영 가라앉을 것 같지 않은 성을 내서 혜란을 눈앞에서 없어지라는 것이었다.

"가. 어서 눈에 보이지 마라."

신음하듯 다시 부르짖었다.

혜란은 어찌할 도리가 없었다.

혜란은 가슴이 두군거리고 눈앞이 캄캄해서 마구 허쩐거리는 발걸음으로 신작로에 나섰다.

석양 노을이 남산 위에 퍼지고 있었다.

모시적삼 소매로 기어드는 바람이 산뜻하다.

"퇴원을 하면 전지(轉地) 요양을 해야지. 통영이나 진주 같은 데나 가 볼까?"

정구가 언젠가 자기 앞에서 혼잣말하듯 그런 일이 있는 것을 혜란은 문득 생각한다. 그리고,

"그저 나어만 주세요. 어떻든 나어만……."

정구에게 애원의 소리를 보내며 경황없이 발을 떼었다.

"작약은 어찌되었을까?"

집으로 돌아와서 혜란은 자리에 들어누어 끊임없이 흐르는 눈물을 닦으려니까 갑짜기 낮을 쟁그리고 고민하는 정구의 얼골을 하늘거리며 싸안는 작약 잎사귀들이 머리에 떠올랐다.

혜란은 도저히 그대로 잠들 수 없었다. 머리통을 바위에라도 부디쳐 바사 버리고 싶은 심정이었다.

"탄실이한테 가 봐야지."

그는 입속으로 중얼거리며 다시 거리로 나왔다.

탄실이가 혜란 대신 병원에 갔을 때는 어느듯 밤 열 시가 가까웠는데 정구는 병실 문을 꼭 잠그고 자는지 암만 두드려야 열어 주지를 않았다.

이튿날 탄실이가 옥봉이를 데리고 두 여학생이 다시 가 보니까 정구는 말쑥하게 면도를 하고 세수를 하고 혼자 열심으로 작약의 꽃가지들을 만지고 있었다.

연분홍이 두 송이, 더 짙은 것이 한 송이었다.

작약 꽃가지들은 그 전날 혜란이가 샀을 때보다 더 잎이 늘어지고 줄기들이 맥풀 없이 꾸불거렸다.

"이걸 살리는 길이 없을까?"

정구는 여념이 없이 꽃병에다가 이리 끼우고 저리 끼우고 다른 꽃들과 섞어서 꽂아 보기로 하고 책장 귀탱이 벽으로 기대 세워 보기도 하는 것이었다.

탄실이와 옥봉이는 작약을 누가 사 온 건지, 정구가 웨 하필 눅거리 판에서 주서 온 풀끼 없는 작약가지들을 붙들고 안타까워하는 것인지 몰랐다.

몇일 지낸 뒤 정구는 피를 몹시 토했다. 의사도 마지막이라고 누가 친척이나 있으면 죽기 전에 유언이라도 들어 두어야 한다고 했다.

정구는 자기가 몇일 몇 시간을 더 견딜런지 모르면서도 자꾸 작약을 바라보고 곁으로 갖다 달라고 했다.

꽃가지 끝으머리를 불에 그슬리기도 하고 소독저로 버티어 실로 탱탱 감기도 하고 천신만고 끝에 작약은 철없는 아이와도 같이 도로 살아났다.

정구의 눈은 창 모서리에 놓인 작약 위에 머믈어 떠날 줄을 몰랐다.

"혜란일 좀 불러 줘요. 혜란이가 보구 싶어서……."

그는 애원하듯 이렇게 부르짖었다.

체육 교수였던 키다리 여인도 달려오고 탄실이, 옥봉이 그리고 몇몇 친구가 둘러앉은 속에서 정구는,

"혜란은 어디? 어디 갔어?"

손을 허공에 내 휘저으며 다시 부르짖었다.

혜란이 실신한 사람모양 침식을 잃고 설어워 하다가 달려왔을 때는 정구는 이미 감은 눈을 다시 열지 못했다. 얼골은 석고와 같이 희다가 어둡고 검은 빛으로 변했다.

정구의 머리맡에서 모든 사연을 다 안다는 듯이 반쯤씩 벌어진 작약송이들이 놀랍게 생기를 띠고 있었다.

—『현역작가10인단편소설집』, 일한도서출판사, 1949.

무(無)에의 호소(呼訴)

철순은 번쩍 눈을 떴다.

곁에서 이리저리 딩굴던 영주는 어느 틈엔가 노인의 이불 속으로 굴러가 그의 팔을 베고 드렁드렁 코를 골고 있었다. 노인의 검버섯이 내돋은 흐므라진 얼골은 주름에 싸여 자는지, 깨어서도 눈을 안 뜨는지 가만히 있었다.

철순은 갑째기 가슴이 허전하여 영주를 끄으러 오려다 말고 노인과 영주를 바라보았다. 노인과 자기 사이에 있는 영주. 그 영주가 잠결에라도 노인의 쪽으로 굴러가서 팔을 베고 아모 구김살 없이 잠자는 모양이 역시 철순에게도 흐뭇한 노릇이었다.

열여덟 살이나 된 딸아이가 도모지 철이 없었다. 아직도 엄마의 젖을 만지면서야 잠이 들었고 노인의 품속으로 굴러가며 자는 것이었다. 철순은 영주가 어서 커서 시집을 가서 아이를 많이 낳아 그것을 받아 기름으로 영주를 잃은 값으로 삼으려고 마음먹은 지 오래다. 그러나 그런 시기보다는 언제까지나 언제까지나 영주는 자기의 가슴에서 애기와 같이 엄마만 알고 자라는 천진한 소녀이기를 바란다.

차차 문창이 밝아 온다.

괘종이 여섯 시를 쳤다. 철순은 노인과 영주가 깰세라 가만히 옷을 주어 입고 부엌문을 조심스레 열었다. 영주의 점심 반찬은 계란과 무장아찌와 오이나물을 준비할 참이었다.

"내가 좋아선 안 돼. 우리 영주가 좋아야지. 나는 이미 영주 아버지에게 받친 몸이야, 기위[8] 받친 몸이니 그의 자식 영주를 잘 기르는 것이 내 임무야. 혼자 살자니 친정 식구조차 믿을 수 없이 재산을 해칠랴 하고 남 보기에 위신이 안 서고. 그러나 젊은 서방을 얻어? 아냐, 우리 영주가 설움 받을꺼라. 그저 우리 영주에게 잘 해 주구 재산 지켜 주구 내게 등신처럼이라도 남편이라고 되 주면 그만이다."

그런 넋두리가 참말이 되어 버린 것이었다. 남도 어디서부터 조선 심삽도를 동네와 같이 주름잡으면서 환포(換布) 장수하는 행상인 노인에게 어떤 객주집 여주인을 통해 철순은 자기편에서 먼저 구혼했던 것이었다.

"우리 영주만 좋게 해 준다면 당신 밥 해 주구 옷 해 주구 그렇겠수다."

그러나 남자는 그때 이미 환갑을 지난 늙은이였다. 그런 젊고 예쁘고 돈 있는 미망인이 괘니 해보는 소릴 꺼라고 고지 듣기는커녕 크게 너털우슴을 웃고 나서,

"내게사 곰보나 눈병신이나 늙수구레한 여인이면 족하지 원 될 말이오?"

"고향에 댁네만 없다믄 또 말씀과 같이 쓸 자식이 정말 없고 딸 자식 둘 뿐이라면 제겐……."

새카만 숫 많은 눈섭이 영리해 보이는 어글어글한 눈 위에 선명하고 말할 때의 입은 무슨 꽃봉오리가 열렸다 오므렸다 하는 것 같았다.

노인은 어리둥절한 속에 철순이와 부부의 의를 맺었다. 이래 열세 해의 세월이 흘러온 것이었다.

영주는 다섯 살이었다.

철순에겐 그 애를 고운 옷으로 인형처럼 꾸미는 것이 유일한 일이었다. 즐거움이오 자랑이었다.

곱게 꾸며 가지고 친정에 있으면서 가끔 소풍거리로 H읍에서 기차를 타고 몇 시간씩 걸리는 친척집에 잘 다녔다. 다니면서 바누질을 해 주고 세

---

8) 이미.

월을 보내는 것이었다.

기찻간에서 얼굴이 귀엽고 곱게 채린 영주를 손님들은 가만두지 않고 말을 건네고 머리를 쓰다듬었다.

"너 몇 살이지? 이름은 뭐고?"

영주는 입을 나불나불 움지겼다.

재롱을 부려 가며 야무지게 대답하면 손님들은 영주의 새까만 다박머리를 쓸어 주었다.

"아버지는 무슨 일 하시지?"

철순은 모르는 척 외면하고 창밖을 내다보고 있었다.

"아버지 안 게서요 아버지 죽었어요."

"아이구머니나."

무심한 척 밖앝만 바라보고 앉았던 철순은 영주의 속임 없는 재까림에 자기의 정체가 폭로되는 것이 무섭고 싫었다.

"그래?"

영주를 안고 쓰다듬던 끼끗하게 생긴 젊은 신사는 호기심에 찬 눈으로 철순의 아래위를 훑어본다. 철순의 가슴은 두근거리고 얼굴이 새빩앟게 달아 온다.

기차를 타고 여행하는 때마다 의례껏 당하는 일이었다.

"계집애를 이번에사 가만두리?"

철순은 혼자 중얼거리며 집에 돌아가 영주에게 고 모양으로 다시 재까리지 못하게시리 단단히 버릇을 가르키리라고 생각하며 울상이 되기도 했다.

철순은 집에 도라와 영주의 입을 틀어쥐고 가위로 빈다고 덤볐다.

"다시 그럴래? 응, 요년 고론 아가리질! 아버지 죽고 없단 말 다시 해?"

된 다짐에 머리를 끄덕이며 다시는 안 그런다고 한댔자 또 어린아이는 곧 천진하게 잊어버리고 그렇게 싫어하는 일을 어머니에게 하는 것이었다.

"네 넌이 날 과부라고 광고해 주는 거지 뭐냐?"

철순은 영주에게 온갖 사랑과 분풀이와 서름과 계획을 걸고 사는 것이었다. 그대로 있다간 남편의 유산은 친정 오래비들게 다 먹힐 뿐 아니라 답답해서 하는 노릇인데도 일가친척들은 철순을 침모모양 불러선 바느질을 시키는 것이었다.

돈과 정역과 세월이 아모 보람과 낙이 없이 소모되는 일이 안타까웠다.

"이러다간 우리 영줄 공부도 못 시키겠어……."

그러고 지금 노인을 만난 지 열세 해의 세월이 흘러간 것이었다.

그들은 해방 직전에 서울에 올라왔다. 친정과도 멀리 떠러지고 또 옛날 살던 시집 식구들과도 다시 얼골을 마주치고 싶지 않아서였다. 서울에 오기까지도 물론 옛날 시집 근처에서는 떠려져 살았었다.

일생 방랑해 온 늙은이는 어디나 이사를 간다면 그런 일은 더욱 좋다고 하였다.

철순은 서른여섯 살의 나이를 먹어 오는 동안 어떤 것이 부부의 애정인지 세상 모르고 지났다.

부잣집 맏며누리로 시집을 간 다음 달부터 소위 서방은 외도질이었고 일년에 몇 번 명절이나 제사 때에나 집에 납뜨어 사실 영주를 낳게 된 것도 꿈인 것같이 그에겐 남편의 자최가 흐미했고 시집간 지 오 년 만에 남편이 병을 앓아 죽었을 때에도 어이가 없다는 생각뿐 슬프다거나 원통한 생각조차 없이 어리둥절했었다.

시아버지도 시동생들도 한 뿐사로 바람을 피워서 크디 크다란 기와집에 생과부들만 모여서 떡이나 국수 같은 음식을 번다스럽게 해 먹거나 옷치장을 하는 것이 그들의 유일한 소일꺼리였다. 겨울이면 각방에 불을 때기 귀찮아서 안방에 모여서 법석이었다.

남편이 죽은 때에는 어찌어찌 동서들도 세간을 다 나가고 시어머니도 둘째 아들을 따라갔고 그래서 가을밤 나뭇잎이 우수수 떨어지면 덩그런 집에서 아기와 함께 하늘도 땅도 집도 밭도 못 믿을 것 같은 심사가 되어 꾸려 신고 친정으로 왔던 것이었다.

내음새 맡기를 누구보다도 예민히 하는 철순이는 누구의 방에서나 조곰만 냄새가 나도 역하여 발을 드려놓을 수가 없었다. 곁에 집에서 볏짚을 때는지 종이를 태우는지 취각9)이 남 유달리 예민한 그였다.

늙은이를 남편으로 맞은 철순에겐 이 예민한 취각이 큰 두통거리였다. 노인은 다른 사람에 비하여 깨끗하고 정갈했으나 나이에서 오는 쇠약은 숨길 수가 없었다.

늙은이는 철순의 주장과 희망과 같이 그야말로 순전한 등신이었다. 철순이가 얘기하면 듣고 의논하면 받았다.

부부라기보다는 상담역이라고 함이 옳을 것이다.

"나야 늙은이 덕 보기란 다 틀린 일 아뉴? 그저 해만 끼치지 마슈."

노인에게 하는 말이었다.

"임자 맘대루 하구레."

담배도 안 피우는 노인은 불 안 땐 찬 온돌에 쭈그리고 앉아서 사절패니 삼각산패니 하는 화토패를 떼어 보는 것이 큰 낙인 상 싶었다.

철순은 벽장문을 열고 두꺼운 방석을 꺼내 노인에게 밀어 놓으며 넋두리였다.

"늙은이 말 들은 내가 잘못이지. 내가 미친년이지. 글쎄 생돈 이십만 원을 어디 가 건저 보겠수? 에이구, 망한 년의 팔자. 지난해엔 장작 값은 왜 그리 쌌겠나? 갯값이었지 글쎄. 노인두 에이구, 노인두 앞을 내다 못 보구 내 돈 생돈을 글쎄……."

철순은 그러기 시작하면 늙은이의 멱살이라도 잡아 흔들어야 견딜 것 같았다.

그러나 노인은 조는 듯 깜뜰깜뜰 머리를 흔들며 그저 화투만 만진다.

---

9) '후각(嗅覺)'의 북한어.

"글쎄 이 늙은이 날 못살게 구노라구 날 망하게 하구…… 어이구 어이구."

끝내 철순의 주먹은 늙은이의 눈앞 방바닥을 탕 때렸다.

"미쳤나 원……."

노인은 여전히 국화와 국화 흙살과 흙살 표를 맞추어 척척 떼어 가린다.

"밤낮 화토만 하문 돈 생기갔수? 밥 생기갔수?"

철순은 좀 과했다는 듯이 말소리를 낮추었다. 갑자기 노인이 가엾은 생각도 든다. 그저 죽여 줍시사 — 하고 군들군들10) 조는 모양을 하고 밤이나 낮이나 쥐죽은 듯이 자기 주장이 없이 살아가는 노인이다.

"글쎄, 임자 속 낸들 몰루? 할 수 있남, 일이 틀어질 때야."

노인은 화토를 가려서 솜씨 있게 쳐 종이곽에 넣는다. 빨안 비단 헝겊으로 목아지를 잘룩 맨 괭이새끼가 골골하며 노인의 무릎에 와 앉는다. 노인은 그것의 두 귀를 눌러 쓸어 준다.

"나비야, 나비야."

노인은 괭이의 뺨을 수염에 갖다 비빈다. 따뜻하고 보드라운 감각이 노인의 피부를 통해 느껴졌다.

"글세 손님을 몇 사람 쳐서야 어디 수지가 맞겠어요? 아이 학비는 점점 많아지구 옷가지두 좀 해 줘야잖우?"

"글쎄 말이야. 너무 속상하지 마우. 내 다신 간섭하지 않을게. 지난 겨울만 해두 내가 귀신이 씌었지. 꼭 이가 남을 것 같았단 말야. 흥, 그저 생돈 이십만 원을…… 임자 그 때문에 몸이 축나구…… 허, 더 생각지 말라이까."

노인은 현관에 놓인 신짝을 들쳐 검은 운동화를 꺼냈다. 조끼 주머니에서 헌 신문지를 꺼내 그것을 쌌다. 노인은 간다온다 소리 없이 사라졌다.

---

10) 매달려 있거나 떠 있는 것이 이리저리 자꾸 흔들리는 모양.

철순은 영주의 운동복을 대림질해 놓고 시장으로 갈 준비를 했다. 2층 팔조와 육조 방에 손님 다섯을 하숙시키는지라 날마다 장을 봐야 했다.

옥색 모시 치마에 하얀 모시 적삼을 받쳐 입고 치마 색보다 짙은 옥색 고무신 옥비녀를 찔르고 장보구니를 들었다. 그의 거름거리는 몸맵시와 같이 얌전하였다. 거를 때마다 사각사각 옷이 스치는 소리가 났다.

철순의 나드리라고는 노인을 만나 가지고는 장을 보러 댕기는 외에 별로 없었다. 부인네끼리 게를 무어서 한 달에 한 번 이 집에서 저 집으로 순번으로 다니며 먹고 노는 모임이 있건만 철순은 늘 무슨 핑게로 휠 자기 집에 모여드는 것만은 막았다. 아주 가까운 사람을 빼놓고는 철순의 남편이 칠십을 훨신 넘은 노인이라고는 아모도 몰랐다.

아내에게는 남편이 노리개요, 남편에겐 아내가 노리개라던가? 동무들은 자기네 남편 자랑, 집 자랑, 아이들 자랑으로 앞이 보이지 않는 모양이든데 ― 하고 철순은, 오늘이 될찌 내일이 될찌 등신 같은 영감이나마 세상을 뜨는 날이면 또 두 번 과부는 정해 놓은 이치가 아니랴고 그러면서도 아까와 같이 불쌍하게 해골 같은 영감을 달달 볶은 것이 죄스럽기도 하다. 그는 영감을 위해선 생선 한 마리, 고기 한 근 별로 사는 법 없는 자기의 습성 속에서도 얼마 안 가서 되게 후회할 것 같은 두려움이 볼쑥 내민다.

"이거나 사서 삶아 주자."

홍합과 양배추를 샀다. 영주나 손님들을 위해서보다도 순전히 늙은이를 위해서였다. 노인은 끼니때면 이가 빠져서 국물밖엔 김치나 딱딱한 음식은 못 먹는다. 철순은 불현듯 속으로 올 가을에는 무를 삶아서 김치를 당거 주리라 별렀다.

철순이가 장을 보는 동안에 늙은이는 헌 운동화를 싸들고 붐비는 전차를 타고 성동역에 내렸다. 둘째 딸의 집으로 가는 길이었다.

집에서 딸의 집까지는 전차를 타고도 걷는데 한 시간이 남아 걸렸다. 외손주들이 하라버지가 오신다고 달려 나와 주렁주렁 매어 달렸다. 종이에 싸서 든 것이 마치 먹을 것이나 되는 것처럼 아이들은 외하라버지의 손만 쳐다보았다.

"엄만 어디 갔니?"

"빨래하려 갔에유."

그중 큰놈이 대답하였다.

"오늘 구두 깁는 사람이 왜 없니? 너의 집 문 앞의 사람 말이야."

"오늘요 왔다 드러갔어요. 낼 아침 또 나올 껄요. 왜요, 하라버지?"

"집을 모르니?"

"알아요. 지가 알아요."

여덟 살 나는 계집애가 대답했다.

노인은 계집애를 앞을 세우고 구두 고치는 사람을 찾아가서 운동화 수선을 부탁했다. 그것은 헌겁은 성성하고 고무 밑바닥이 다 달은 영주의 것이었다. 집 가까운 데 있는 구두 고치는 사람들은 눈이 높아서 그런지 이런 것은 암만 애걸하다싶이 여러 번 부탁을 해도 손질을 아니 해 주었다. 노인은 이 딸의 집 판자 밑에 앉아 여름이나 겨울이나 이태나 두고 일하는 사람과는 낯이 익었고 웬만한 무리한 청이라도 드러줄 것을 믿었기 때문이었다.

한 시간도 더 노인은 구두쟁이 움막집 뜨락 돌 위에 웅크리고 앉아 운동화 꿰매는 것을 지켜보다가 수선비를 이백 원도 더 줄 것을, "먼 데를 찾아오셨으니 백 원만 내시죠" 해서 꼬깃꼬깃 쪽기 주머니에 접어 넣었던 백 원을 끄내 주고 일어섰다.

"아버지두 궁상이셔, 그러신다구 그 계집애 그런 줄이나 안답니까?"

마흔을 바라보는 둘째 딸은 말끝마다 아버지는 젊은 계모와 다리고 온 계집애에게 서름과 학대만 받으며 말이 없는 것이라 했다.

"별소릴 말어라. 내게사 영주밖에 살틀한 사람이 있니? 제 에미가 날 욱박질러두 개가 내 편역11)이지. 열여덟 살이 되도록 꼭 애기 같구나……."

"살틀두 하갔수 애기 같기두 하갔수? 무에 단 데가 있어서……."

딸은 어쩌다가 아버지의 집이라기보다는 계모의 집에 왔다간 아버지의 그 집에 있어서의 부자연한 위치를 느끼고는,

"어서 노인네가 하로라도 속히 도라가 주셨으면. 이 꼴 저 꼴 안 보게시리……."

속으로 중얼거리는 것이었다.

영주가 암만 "아버지, 아버지" 하고 따러도 그것은 지어서 하는 수작이요 젊은 계모가 톡톡 쏘아부치고 학대하는 것은 진심이리라 생각했다.

딸은 저녁상에 생선도 지저 놓고 만문한12) 것이라야 저깔을 드는 것을 아는 때문에 집에서 짠 진짜 참기름을 푹 쳐서 근대나물도 무쳐 놓았다. 밤이 이슥해서 네 아이를 재워 놓고 딸은 엿을 깨어 노인에게 권한다. 복숭아며 자두며 노인은 다 먹는 척하면서 족기 주머니에도 넣고 신을 싼 보재기에다가도 쏶서 넣었다.

날이 밝기를 기대렸다. 영주가 학교에 가기 전에 집으로 가고 싶어서였다. 또 자기에게 권하는 것을 몰래 가지고 가는 줄을 알면 딸과 사위가 야단이리라.

문창이 푸르자마자 노인은 일어나 첫 전차를 탔다. 전차에서 내려서 허둥지둥 그의 발길은 향방 없이 집 골목을 더듬고 있었다. 칠월 아침이건만 구겨진 모시 두루마기가 막대기 같은 그의 몸을 어설피 싸서 싸늘해 보였다.

"응, 아버지 어디 갔댔수? 아버지."

영주는 잠결에 눈을 반쯤 뜨고 잠에 취한 목소리로 어리광을 부리며 매어 달렸다. 노인의 얼골은 금방 왼통 우슴이 되어 토실토실한 영주의 팔을

---

11) '역성'의 북한어.
12) '만만하다'의 북한어.

껴안았다.

"자, 눈 떠라. 이것 봐, 이것 먹어……."

"아아니, 저 늙은이가 미쳤나? 원 식전 새벽에 딸네 집에 갔댔으문 꿍무니 붙이고 잠이나 자구 아침이나 자시구 올 꺼이지 원. 꼭두새벽에 그, 나 원 참."

그러면서도 철순은 노인이 종이 꾸러미를 끄르는 것을 보고 가슴이 쩌릿해진다.

'그저 영주라문 입안의 꺼라두 빼 먹이지. 늙은이두.'

하고 속으로 중얼거리다가,

"아 그 엿, 복숭아, 참외 다 사 주며 영줄 갖다 주랍디까?"

"어젯밤 애들 재워 놓고 날 먹으라구 사다 주는 걸 먹는 척하구 영줄 갖다 줄라구 집어 가지구 왔지……."

"끌끌, 오죽 미워하겠나, 딸이……. 늙은이가 환장을 했다구. 딸에게 미움 살 거야 있수. 이 늙은이……."

영주는 이불 속에서 엿이니 복숭아니 참외니 하는 노인의 선물을 응석을 부리며 받아 놓고 무엇보다도 운동화가 멀정하게 고쳐진 것이 좋아서 어쩔 줄을 몰랐다.

"아버지, 더 주무셔요. 고단하시죠?"

그러고는 영주는 자기의 베었던 벼개를 밀어 놓았다.

철순은 다시 자는 척 눈을 감았다. 그의 머릿속에는 십여 년 전 일이 또 활동사진 필름 모양으로 돌아간다.

"에구머니나, 저 버선을 그리 크게 해서 이러나 디드문 어떻거나요?"

영주의 아버지인 남편의 죽은 초상 때였다. 이웃에 사는 평양 할머니가 죽은 사람의 것이라고 버선을 커다랗게 지은 것을 보고 철순이가 엉겁결에 부르짖은 말이었다.

"네래 되게 혼났구나. 죽은 사람이 어둫게 버선을 쪘겠노?"

속옷이고 여름옷이고 버선이고 동정 단 것이고 할 것 없이 첫 번에 그냥 입는 법 없이 쪽쪽 찢거나 틀거나 해야 성수가 풀리던 남편이었고, 얼굴만 번주군—히 잘나 가지고 밖에 나가면 말 잘하고 마음 잘 쓰는 행세꾼이라 하지만 기생 외도를 하다가 어쩌다 손님처럼 집에 들면 밥이 되다 질다, 옷이 널으다 솔다, 색시가 구저분하게[13] 하구 있다는 등 잔소리로 사지를 못 펴게 하였다. 그런 일이 몸서리치게 기억에 남아 입관하기 전인지라 평양 할머니가 크게 지은 버선이 맞지 않는다고 죽은 남편이 벌떡 일어나 빡빡 찢을 것만 같이 느껴진 것이었다. 입관하고 못을 꽝꽝 박는 걸 보고야,

"오, 인제 일은 됐구나."

하고 안심했었다.

남편이 살았을 적 그렇게 진저리나는 속에서 어떻게든,

"이 시집 살잖음 그만이지."

하고 줄곧 어디로든 뜰 생각만 했다.

"누구든지 이 집에서 빼내만 준다면 아모 데고 따라가 공부라두 하겠다."

곱게 곱게 단장하고 집 앞 큰 우물가 담장에 기대서서 지나가고 지나오는 사내들의 주의를 끌랴 해도,

"기생이야?" 그러고는 다시 쳐다보는 사내들이 있어도,

"아냐. 저 새댁 ××씨 부인이야……."

"어이쿠……."

이런 말이 떠러지자 다시 쳐다보는 사람도 없었다. 남편은 집에 들면 연약한 여자를 들볶는 폭군이라도 밖에 나가면 그다지나 영웅이었던가? 자기를 던저 보리라 해도 남편의 서슬에 주워 가는 사람도 없었느니라고 생각한다.

"다시는 속지 않으리라, 상판대기 번주군한 사내한테는. 갓 쓰고 땀내

---

13) 더럽고 지저분하게.

나는 영감에게 속을지언정……."

철순은 노인이 참말 영주를 낳은 아버지가 되고 자기는 계모나 되는 것 같은 위치에 설 때를 종종 느낀다. 그는 눈을 감고 이런 세월이건 말건 오래 더 변동이 없이 흘러 주기를 바란다.

'노인이 죽고 영주가 시집을 가고? 그리고 또 뒤에 남는 자기와 자기의 문제는?'

점점 날씨가 더워 간다.

낮이면 파리떼가 모여들고 밤이 되면 모기가 유난히 앵앵거린다. 철순의 세간 중에는 그 진절머리 나는 옛날의 기억을 그대로 남게 하는 것들이 많았다. 옷은 물론 여름에 쓰는 옥색 모시 방장은 영주의 아버지의 술 냄새가 아직도 풍기는 것 같은 것이었지만 소풍이라도 해 둬야 하는 때문에 어느 날 밤에 철순은 노인의 곁에 요강을 갖다 놓고 빨안 선을 두른 옥색 모시 방장을 넓은 안방 하나로 쳤다.

영주는 노인과 철순의 사이를 들들 엎드려 구을며 책을 보다가 잠들고 노인도 새우처럼 꼬부리고 잠들었다.

철순은 오래 잠이 들지 못했다.

문창으로 달빛이 교교하게 비치었다. 삼십 평생의 일이 하로 일 같이 역역히 나타나는 것이었다.

그는 영주를 끄러다가 붙안았다. 부드러운 육체가 한 아름 안겨 들었다. 그는 인생을 헡산 것 같고 청춘을 불살러 버린 것 같은 탄식을 느꼈다. 오래야만 맛이 아닐 것이었다. 한 달이 일 년에, 일 년이 삼 년이나 백 년의 공허한 세월을 메꿀 수 있는 소위 행복한 생활을 할 수 있다면……. 그렇다. 자기가 영주를 더리고 친정에 있으며 마음의 곱비를 부짭을 길 없어 기차를 타고 친척집으로 다닐 때 영주 때문에 두 번이나 말을 건네게 되었던 그 깨끗한 신사는 다정하고 믿음직했었다. 자기는 영주만을 위해 산다고 이렇게 남에게 들을 소리 안 들을 소리를 다 들으면서 살아간다.

"저 여잔 아마 젊어선 기생이었지. 그래서 늙은 서방 얻었지 뭐……."

노인은 이미 송장이었다.

철순이가 잠결에 코로 드려마신 악취―는. 그것은 분명히 오줌 냄새였다. 철순은 눈을 편쩍 떴다. 달빛 어린 창문에 허수아비 같은 그림자를 움지기면서 노인은 쏟아진 요강을 더듬고 있었다. 하룻밤에도 꼭 젖메기 애기와 같이 여러 차례 소변을 보는 노인이었다.

"이거 원, 젠―장. 뵈와야지 정."

노인은 무안한 듯이 젖은 요와 방장을 거머쥐었다.

"허이구― 이년의 팔자에 무슨 방장이겠나. 소풍이나 좀 할랬더니……. 원, 끌끌."

걸레로 훔치고 선 자리로 밤중에 모기장을 그냥 걷었다. 목욕통에 나가 철석철석 쥐여 씻쳐 마루에 걸치고 연성 두덜대었다.

영감은 쭈그리고 이러나 앉았다가 괭이를 안고 두러눕는다. 괭이는 날카로운 발톱을 죽이고 말랑말랑한 애기의 것과 같은 발을 노인의 앞가슴에 대었다. 영주는 들들 구울어 노인의 이불 속으로 기어가서 노인의 어깨를 쓸어안는다. 철순은 다시 잠이 들 양으로 눈을 감는다.

철순이 모르게 노인은 영주에게 용돈을 잘 주는 모양이었다.

"계집앨 버린대두 그래요."

"압따, 내게 웬 돈 있어? 언제 내가 영줄 돈을 줬남?"

노인은 늘 그렇게 변명하는 것이었다.

밥상에 마조 앉으면 영주는,

"엄만 왜 만문한 반찬을 안 해 놓수? 아버지 잘 못 씹으시는 줄 아시면서……."

"계집애두, 너나 척척 돈을 벌어 디려 놓렴. 웬 돈으루 이것저것 해 놓는단 말야?"

영주는 계란 같은 점심 반찬은 장아찌 같은 것으로 바꿔 놓고 어머니 몰래 노인의 입에 쓸어 넣고 학교에 가는 때가 있었다.

해방 전에 철원으로 소개(疏開)해 나려가는 통에 가회동에 있던 큰 기와 집 한 채를 헐값으로 처분하고 세간도 큰 것은 대강 축내고 해방 통에 지금 적산 이층 가옥을 그것도 철순이 자기의 이름으로 접수한 것이었다. 이북에서 넘어온 오빠들, 외사촌 할 것 없이 이태 동안이나 한 집에서 들끓다가 최근에 겨우 내보내고 회사원 셋, 교원 모두 다섯 사람의 하숙을 하는 참이었다.

노인이 좀 젊었을 때 같으면 해물 장수나 그 흔한 양품 장수라도 할 것이지만, 뛰는 놈 위에 나는 놈이 있다고 속기 싫고 속이기가 싫어서 다시 장사할 생각도 안 난다.

철순은 깨끗하고 조용하고 할 수만 있으면 마음속에 한 떨기 꽃이 피어 있는 것처럼 즐거워 보고 싶다. 지난 겨울에 장작 장사하느라고 애쓰고 미쩐 생각만 해도 진저리가 난다.

유월도 그믐끼가 되었다. 단체에서들은 궐기 대회를 하고 시가 행진을 했다.

영주네 학교의 행진도 있었다. 노인은 오후 두 시라야 미국 대사관 앞으로 지나간다는 영주를 기대려 아침부터 가로수 그늘에서 지나가고 지나오는 자동차의 몬지를 먹고 서 있었다.

영주는 자기 학교 중간 대열에 서서 거러가며 시선만 돌려 가로수 그늘을 바라보았다. 노인의 시력은 꽤 좋은 편이어서 영주네 학교 교기와 교복을 얼는 골라내고 영주의 시선까지도 흘리지 않고 받았다.

노인은 입을 오물오물하면서 무어라 중얼거렸다. 그 얼굴은 왼통 우슴이었다. 그러나 웬일인지 그 우슴은 슬펐다.

영주는 대열 속에 섞여 지나가면서 노인은 의례 아침부터 섯는 것을 느꼈다.

지난 겨울 제일 추운 날이었다. 영주는 학교에서 소제하고 동무들과 교실에 남아서 얘기하다 늦게 집으로 도라오는 길에 동대문 어귀에 오들오들 떨며 섰는 노인을 발견한 것이었다.

"원, 무슨 사고가 생긴 게지. 그겨야 이렇게 늦을라구⋯⋯."

집에서 철순이가 아모리 만류해도 노인은 영주를 맞으려 떠난 것이었다. 동대문 어구에 두 시간이나 떨고 서서 기대려서 데리고 왔었다. 한겨울에도 그런 일은 한두 번이 아니었다.

여름방학을 앞두고 영주는 시험 준비에 골몰했다. 오래 가믄 탓으로 전등불은 더 오지 않아서 촛불을 켜고 공부했다. 영주의 학교 성적은 중 이상이었고 그림이나 수예 같은 기능과에 더 능하였다.

일주일 동안의 시험을 겨우 이틀을 치르고 나서 영주는 앓아 두러눕게 되었다. 어림쭝을 하고 오후엔 신열이 나고 식미를 전혀 잃었다.

"웬만이 하지 그깟 시험은 잘 못 침 어뗘?"

노인은 영주에게 어름 벼개를 베어 주고 찬물로 머리를 시켜주며 곁을 떠나지 않다가 한약 스무 첩을 지어 왔다. 새벽에 일어나 손수 숯을 피워 정성스레 대려 먹였다. 영주는 헛소리로 시험 못 치는 걱정을 했다. 그럴 때마다 노인은,

"오냐오냐, 괜찮다."

입을 우물거리면서 어쩔 줄을 몰랐다. 철순은 아모 말도 못하고 속으로 걱정이었다. 병시중은 노인에게 그냥 마껴버리고 곁에서 지켜만 보았다. 어려서부터 앓아서 어미 속을 태운 적은 없는 아인데 웬일일까 하고 걱정이었다.

철순은 영주가 학교에서 낙제를 해도 몸만 성했으면 좋을 것 같았고 영주가 원하는 일이라면 무엇이나 들어줄 것 같았다. 온몸이 확확 달아 불덩이 같은 것을 만져 보면서,

"네 병이 내게로 홀싹 옮구 네가 일어나 쳤으면 좋겠다."

하고 중얼거렸다.

영주는 그렇게 엿새를 앓더니 깨끗이 나았다. 그러나 열은 내렸지마는 의사는 가슴이 좀 약하니까 어느 해변이나 공기 좋은 절간 같은 데로 데리고 가서 한 달쯤 정양을 시키는 것이 좋겠다고 말했다.

"아버지!"

영주는 누워서 어머니보다도 노인을 더 많이 찾았다.

"왜 그래?"

철순이 먼저 대답했다.

무슨 청이든 노인에게 하면 별로 마다는 법이 없었고 어머니에게 하면 곧 드러주는 일이라도 첫마디에 대답하는 법이 없었다.

철순은 영주가 앓는 동안 노인의 앞에서도 많이 수구러지는 자기를 느꼈다. 철순이가 깨닫기 전에 벌써 영주는 그런 눈치를 먼저 알아챘다.

사학년에 겨우 진급이 된다는 소식을 동무에게서 듣고 영주는 한 달 반의 방학도 유달리 즐거울 것 같았다.

"나허구 아버지허구 절루 가요? 거기 가서 손수 밥해 먹구 산으루 댕기며 놀구 물에서 작난두 하구……."

"네 맘대루 해. 몸 튼튼할 궁리만 하구……."

영주는 자기의 귀를 의심했다.

노인의 앞에서는 맛난 음식도 맛없게 굴던 어머니가 당장에 승낙이었다. 노인은 또 입을 오물오물하면서 괭이를 쓰다듬었다. 괭이는 노인의 무릎에 살짝 기여올랐다.

한 달 동안 절에서 지낼 노인과 영주의 비용으로 철순은 별로 아낄 것이 없노라는 듯이 노인에게 두둑한 전대를 채워 주었다.

"먹구 싶다건 애끼지 말구 멕이라구요……."

노인에겐 아니해도 될 부탁까지 하면서 굴비니 뱅어포니 과자니 그런 음식물을 준비하는 것이었다.

"엄마두 같이 갔다 오세요"

영주는 의례 함께 절까지 가 줄줄 알면서도 응석 삼아 어머니에게 이렇게 말했다.

"가구 말구……."

××절은 서울에서 팔십 리 떨어진 곳에 있었다.

사흘 뒤에 세 식구는 그리로 갈 참이었다.

한여름 내 가물어 오이가 써서 오이지도 못 담그는 메마른 일기가 계속되더니 저녁때엔 제법 가랑비로 변하여 집웅이 흠뻑 젖도록 내리고 있었다.

이층에서 바라보이는 건넌집 기왔고랑에서 빗물이 줄기줄기 흐르고 있었다.

몬지투성이던 거릿 길이 왼통 젖고 나무들이 파아랗게 생기를 띠었다. 참새가 젖은 나래를 푸드득거리며 처마에 앉았다가 후루루 날아가 버린다.

철순은 단데 없이 살아온 지나온 세상을 꿈속처럼 헤아려 본다. 몸부림이라도 치고 싶은 거센 물결에 뛰어들어 본 적도 없이 부자연한 생활에서 또 하나의 더 부자연한 생활에 냉담한 자세를 헐드리지 않고 나이를 먹어 가는 자기를 깨다렀다. 영주도 자기의 것이라고 하기엔 이제는 커 가는 아이였으며 노인을 두고도 피를 이기는 인정을 수긍하지 않을 수 없었다.

"모든 것은 이대로 그저 그렇고 그렇게……."

비 오는 거리를 나려다보는 철순의 시야는 저도 모르게 흐려진다.

"아버지,"

"오－냐."

영주는 노인과 도란도란 지꺼리고 있었다.

—≪문예≫ 1권2호, 1949. 9.

꽃과 오이와 딸기

    응주(應珠)는 일곱 시가 지나서야 기계 교정(機械校正)을 보던 종이를 둘둘 말아 들고 가로세로 줄이 죽죽 비낀 무명 사무복을 걸친 채 인쇄 공장에서 길에 나섰다.

    오가는 사람들과 전차, 자동차, 츄럭 할 것 없이 아물거리기만 하는 듯 시야는 엉벙하게 희미했다.

    귓속이 재앵, 머리가 떼엥, 아직도 공장의 기계 도는 여운을 끄을고 나왔음인가?

    그는 숨을 '후유―' 내뿜었다. 상점 앞 물 뿌려진 거리 길을 터덜터덜 자꼬 걸었다.

    지나가는 여인네 중에는 산뜻한 은조사나 레이쓰 깨끼저고리나 더 열븐 것을 철을 찾아 입었건만 응주는 사무복 밑에 줄이 죽죽 간 무명 겹저고리를 입고 있었다.

    이따금 바람이 더운 흙몬지를 몰아 왔다.

    잔뜩 허기가 돈다. 숙소까지는 오십 분 이상, 이런 거름거리로 걷자면 한 시간도 더 걸릴 것 같았다. 무엇 사먹지 않아도 들주머니 속에 단 백 원이라도 들어 있으면 그것만으로 마음이 든든하여,

    '좀 더 가서……'

하고는 몇 거름 더 빨리 걷는 것이었다.

    기차 후미끼리를 지나 언덕길을 거러, 그리고 '쿵쿵 제분소'니 '딸딸 양

복점'이니 하는 집들이 빽빽이 드러선 길에 접어들었다.

한참 걷노라면 거기로부터는 앞이 화안히 트여 보이는 넓은 길이 있었다.

해빛을 받으며 출근했다가 또 그 해빛을 받으며 도라가는 것이었다.

벌서 유월도 되기 전에 응주의 얼골은 오지항아리처럼 깜맣게 반들반들 윤이 났다.

어떠튼 허둥지둥 신이 난 것처럼 다급한 거름거리 출근했다가는 어깨를 척 느러트리고 도라가는 것이었다.

밥을 지어 먹고 벤또를 싸 들고, 그리고 신선한 공기 속을 누구보다도 먼저 걷는 아침 길 위에서는 하로라는 것이 늘 히망 같은 것으로 속이는 것같이 긴장케 하는 것이며 정역도 소모하기 전이라 아침이면 눈은 또록또록하게 행결 반짝였다.

응주는 길을 걷다가 정 못 채이면 날계란이라도 한 알 드리켜거나 어름물이라도 마시지 않으면 촌보를 옮기지 못할 때가 있다. 하다못해 캬라멜 한 개라도 입에 넣어야 겨우 거름을 지탱하게 되는 때가 있는 것이다.

그런 때에 들주머니 속에 벤또만이 절그렁절그렁 들려져 있고 단 백 원도 없을 때면 어느 나무 그늘에서 나무에 기대어 기댄다는 것보다는 나무를 쓸어안고 서서 눈을 감고 현기쯩을 참어야 했다.

유난히 시력을 몹시 쓴 날이다. 그는 허깃쯩과 피곤을 견딜 길이 없었다.

전차 길을 지나서부터는 골목길이 시작되고 그 골목에는 떡, 과일, 사탕, 엿 같은 음식물이며 냉면집이라고 몇 집 건너식 유난히 큰 간판도 부터 있다.

파아란 생추, 마늘들.

그리고 응주는 자기도 모르게 환성을 지를 만큼 놀라운 것이 야채점에 나타난 것을 발견했다.

"오이 그리고 딸기……."

응주는 눈물이 핑그르 돌고 가슴이 저리는 것 같이 느꼈다.

자줏빛 칠한 나무 벤또가 눈에 나타나고 그리고 오이와 딸기와 삶은 계란과 생추 잎과 고추장 이런 것들을 그 속에 색색으로 담아서…….

그것은 어느덧 마음속으로 '식(植)'의 하숙집으로 가져가는 것들이었다.

"오백 원은 있어야……."

응주는 단 백 원이 든 들주머니를 만저 보았다. 빈 벤또가 '절그렁' 소리를 내었다.

그는 요기할 생각도 금세 없어져 버린다. 그리고 더욱 발걸음은 힘이 없었다. 무릎이 와들와들 떨리고 허리가 자꼬 앞으로 굽어지는 것 같았다. 응주는 한번 치마 위로 허리를 쓸어 본다. 입 안에 침이 고이고 배에서는 쪼록 쪼록 소리가 났다.

응주는 식을 두고 그것이 사랑하는 것일까, 그리고 즐거움이라곤 털끝만 치도 없는 둘의 사이가 어쩌면 그것이 연애라는 것일까?

'가난한 사람들'

떠쓰트옆으쓰키—의 작품을 좋아하는 때문만이 아니라 차라리 그런 제목이 없었던들 그 제목은 식과 응주가 써야 하는 생활기가 아니랴 싶었다. 몇 배 더 가난하고 몇 배 사랑하는 문제를 놓고 절망적인 두 사람이 아닌가.

'서한(書翰)의 사람들'

식의 시작으로 응주의 시작으로 식의 답으로 마치 쇠사슬을 엮어 나가듯이 그들의 운명을 아무 숨김없이 아모 데로 아무것에도 누구에게도 자기네의 감정을 삼가고 짓눌리움이 없이 얽어 나가던 노—트는 둘이 만나서, 그것도 비 오는 휴일 같은 때에 함께 읽고 듣고 하노라면 그대로 통곡이 되어,

"이런 잔인한 짓 우리 그만둡시다."

하는 식의 제의에,

"그래두요. 난 이것만이 재산인데, 생명인데, 자랑인데."

하고 응주는 노—트를 마치 식이 금세 아궁이에라도 쓰러 넣듯이 빼앗어 가슴에 안고 그 부피에 더 오열하는 것이었다.

응주는 자기가 사는 이유를 그것은 또 식을 사랑한다는 이유와 같지만 그 이유를 한 가닥 줄기찬 슬픔과 주림 때문이라 하였다.

식이 응주를 사랑한다—는.

도모지 그것은 상식 세계에서는 상상도 할 수 없는 악형과 같은 괴롬으로 대치되는 일이 어찌해서 사랑한다는 것인지 몰랐다.

줄곳 일해도 일해도 굶주리려 하는 것이며 줄곳 식을 뼛속이 앓게 사랑해야 응주는 안 사랑하는 것보다 더 큰 공허와 저주를 안게 되는 것은 모를 일이었다.

해도 응주는 줄창 일하고 굶주리고 그리고 식을 사랑해야 했다.

맥없이 걷는 길 우에 식의 영상이 나타나면 응주는 자꼬 목이 메었다. 입 안에 고인 춤도 목으로 넘어 안 간다.

"오이와 딸기……."

응주는 또 입 안으로 웅얼웅얼했다.

늘 몸에 열이 있어서 겨울에도 곳잘 어름이나 찬 음식을 먹고 싶어 하는 식이었다.

바로 며칠 전에 만났을 때엔 오이가 없었다.

응주는 속으로 오이가 나기만 하면 얼마를 비싸도 사리라 했다.

기를 쓰고 특근도 하는 것이었다.

그러나 그리는 오이가 없었다.

응주는 터덜터덜 자꼬 걸었다.

어느 틈에 자기가 배고픈 생각도 그만 잊어 버렸다. 그러고 오이 생각만 하면서 걷는 것이었다.

잍은날 응주는 공장에서 어느 학술 잡지의 기계 교정을 보다가 꽃 파는 아이에게서 짙은 분홍빛 석죽화 화분 한 개를 샀다.

"네? 아주머니, 오십 원만 더 주세요. 그래야 점심 한 그릇 되잖아요?"

"너 점심 먹으려구 이걸 파니?"

열너덧 살 돼 보이는 사내아이는 흙 묻은 손으로 테이블 가장자리를 건드리면서 응주의 얼굴을 빠안히 쳐다보며 고개를 끄덕였다.

"나 돈은 없어. 백 원뿐야……."

응주는 벤또를 아이 앞에 불쑥 내어밀며,

"어따 백 원만 받고 이것 먹어. 자 예 앉아서……."

아이는 의아한 표정으로 우두머니 그냥 섰다.

"이 녀석아, 남의 점심을 뺏셔 먹어?"

건너편 테이불에 앉은 사무원이 꽃 파는 아이를 놀렸다.

아이는 얼는 백 원만 집어 가지고 나가 버렸다.

응주는 훌쩍 꽃을 사 버린 것이었다.

좀처럼 웃지 않는 식도 꽃을 보면 얼굴이 펴이는 것을 응주는 잘 알고 있다.

오이와 딸기를 어쩌게 이래 한 시각도 잊지 않으면서 몇일 채 푸성귀도 안 사먹고 지녀 온 백 원으로 화분을 훌쩍 사 버린 것이었다.

식이가 좋아하는 것은 늘 응주의 마음에 끊길 새 없는 제목으로 되어 있었다.

화분을 바라보며 목이 메이게 벤또밥을 먹었다.

할 수만 있으면 화분과 함께 어쩌게 나무 벤또에 가지각색으로 담으리라던 공상대로 오늘은 꼭 그런 것을 보내야만 하리라고 별렀다.

'특근요'도 금명간에 생길 예정이 아니었던가?

그러나 또 일주일 연기라고 아까 서무계장은 이르고 밖으로 나가지 않았는가?

응주는 마음이 어수선해지며 활짜가 꼬불꼬불 눈이 어리벙벙했다. 머리를 앞으로 끄떡끄떡 흔들다가 솔히 책상에 엎드려 잠이 들었다.

"이봐……. 뭘 해요? 낮잠은─"

식이 반(半) 즈봉에 노─타이 맵시도 전에 없이 경쾌하게 벙글벙글 웃고서 있었다.

"시간 없어?"

"왜요? 일곱 시까지만 인제 십 분만 더……."

"저녁이나 같이 먹으려구 원고를 팔았지……."

"관두세요. 난 가야 돼. 몸이 좀 아파서……."

"그래? 그럼 이걸루……."

웅주의 앞에 놓인 석죽화 화분을 슬쩍 건드려보고 식은 돈을 웅주 앞에 놓고 나가려 한다.

웅주는 섭섭한 생각을 억눌으며,

"기대리세요. 저녁 때 좋은 선물이 갈 테니……."

"웬? 선물이……."

웅주는 갑째기 힘이 솟았다.

누구의 돈이든 간에 식의 좋아하는 것을 자기 손으로 색색이 사서 보낼 수 있다는 사실만으로 웅주는 전에 없이 가벼운 발거름으로 숙소를 향해 걸어갔다.

길을 거르며,

"단오가 며칠 남었나? 스므날?"

웅주는 속으로 웅얼거렸다. 그리고 곧 가슴을 짖눌릴 것 같은 무거운 생각에 머리가 뗑─했다.

그는 오이와 딸기 있는 가게로 갔다. 그리고 이런 마음씨의 표현도 단오까지의 일이라고 슬펐다.

식은 단오를 지내고는 시골서 이사를 온다는 처자를 위해 웅주의 모르는 수고를 하고 있는 것이었다.

생추 잎 위에 소곰물에 당겼던 딸기를 놓고 오이를 두 개, 그 옆에 삶은 게란을 기리로 반을 쪼개 겻드리고 고추장을 담아 뚜껑을 덮었다. 웅주는 지난 일요일에 빨아 대렸던 흰 불란사 치마를 못에서 벳겨 입고 마지막이 될지도 모르는 식의 하숙으로 찾아갈 준비를 하고 있었다.(1949. 5. 30.)

─《영문》, 1949. 11. 1.

여인행로(女人行路)

어디든지 따라갈 테라고 그렇게 벼르든 은경이었다.

그것은 벌써 준을 사랑하는 날부터 작정된 마음이었다.

그들이 어린 시절에는 동무처럼, 철이 들어서는 남매처럼 그러다가 전문학교 시절엔 극히 자연스러운 경로를 밟아 사랑하는 사람들이 되어 버린 것이었다.

스물세 살씩 먹은 동갑인 은경과 준은 서로 얼굴을 이쁘게 꾸민다든지 옷매무새를 곱게 하여 상대방의 눈에 들려는 노력은 아니 해도 좋았다.

빤안히 속까지 다 알고 그런 다음에 연인들이 된 두 사람은 마치 일생의 고락을 함께하며 걸어온 늙은 부부와 같이 이해가 깊고 정이 두터웠다.

"산같이 따뜻하고 큰 것."

은경은 준을 이렇게 표현했다.

"하늘같이 푸르고 높은 것."

준은 은경을 이렇게 형용하였다.

같은 옷을 이틀을 계속해서 못 입고 방 세간의 위치를 한주일 이상 그대로 못 두는, 생활의 변화를 좋아하는 은경으로선 마치 나기 전부터의 동무이거나 한 것 같은 준만을 꾸준히 사랑한다는 일은 일종 경이에 가까웠다.

그는 외부의 변화를 좋아하면 할수록 준에게 대한 깊고 두터운 감정이 더욱 강해 갔다.

"내가 만일 태평양 가운데 있는 외로운 섬에 가게 되면 어떡헐 테야?"

"싱겁긴. 왜 그런 걸 다아 물어? 빠안히 알면서 심술궂게. 악취미야."

어느 석양이었다. 둘이는 나무 그늘에 앉아 새빨간 저녁노을을 구경하면서 이렇게 묻고 대답한 것이었다.

'어디든지 따라갈 테야…….'

은경은 이런 마음의 준비는 새삼스럽게 아니 해도 좋았고 준에게 이렇게 노골적으로 말 아니 해도 좋았다.

결혼한 지 삼 년째 되던 봄이었다.

준은 그가 연구하는 식물 표본을 얻기 위해 그가 사숙하는 K교수를 따라 P섬으로 가게 되었다. 일주일 만에 도라온다는 것이었다.

단 둘이만 살던 가정이 주인이 없어지자 허전하기 짝이 없다. 집안을 말끔히 치우고 책을 보거나 바느질을 하다가 밤이 되어 호젓이 혼자 자리에 누우면 무서웁도록 고적한 것―은경은 이때까지 경험도 못해 본 공포를 느낀다.

누가 드러와서 찔러 죽일까봐서 그런 것이 아니라, 또는 도적놈이 물건을 훔칠까봐서 그런 것이 아니라 그저 큰 공허, 큰 무서움이 가슴에 안겨지는 것이었다.

'방정맞은 생각…….'

은경은 준이가 아주 도라오지 않는 경우를 잠깐 몽상한 것이었다. 그리고 소름이 끼쳤다.

남편의 몸때가 묻은 속적삼을 얼굴에 부비며 냄새를 맡고, 양말을 실로 떠가며 정성스레 기워 가며 읽던 책과 식물 표본을 뒤채이며…….

일주일이 일 년도 더 되는 것 같았다. 뱃속의 태동을 느끼기 시작한 것도 한 달이 넘었다.

은경은 참말로 영혼도 육신도 완전한 준의 것임을 더욱 속 깊이 느끼는 것이었다.

하얀 까—제로 애기의 속옷을 짓고, 꽃 모양을 수놓아 이불을 만들고, 마치 장난감 같은 베개를 만들어 남편이 도라오면 보이리라고 별렀다.

남편의 마음이 변하는 경우 그리고 혹 병이 나거나 죽거나 그런 방정맞은 생각은 하기도 싫었다. 도저히 있을 수 없는 일이고 또 있어서는 안 될 것이었다.

설사 부부간의 애정이 식어도 그 밖에 남는 것—즉 남매와 같이 다정스런 것—그것은 속일 수 없이 영원히 남을 감정이었다.

애기를 가지고 결혼한 지 여러 해가 되면 될수록 아내 된 사람의 불안은 점점 커 가는 것일까? 남 같으면 벌써 칠 년 동안이란 연애를 계속 못했을 것이요, 결혼한 지 삼 년이나 지났으면 소위 권태기라는 것도 올 만한 때이다. 그러나 준의 사랑은 측량할 길도 없는 것 같았다.

진실한 것—뜨거운 것—도무지 변동 없는 마음인 것 같았다. 턱 믿어지고 부드럽고. 그러나 그렇게 믿어지면 질수록

"이런 상태가 영원히 계속이 되랴나?"

잠에서 깨어 곁에서 깨끗하고 평화스런 얼굴에 순편한 숨을 쉬는 남편의 얼굴을 드려다보며 중얼거리는 때도 있었다.

남편은 일주일 만에 무사히 돌아왔다. 남쪽 강한 햇빛에 검은 얼굴이 마치 딴사람 같았다. 검붉고 윤기 돌고 눈이 더 빛나고 그리고 팔도 다리도 퍽은 굵어진 것 같았다.

"그새 얼마나 적적했어? 자, 이거 선물이야" 하고 남편은 새빨간 산호 부로—찌를 은경의 부라우스 깃에 꽂아 주었다.

"내 것아, 내 귀여운 것아."

벌써 한 생명의 집 지은 커다란 어머니를 준은 소녀나 다루는 것처럼 쓰다듬었다.

"우리 그 섬으루 가지 응. 참 경치 좋아. 바닷물 빛이 새파란 미역색, 그 위에 □ 갈매기가 날고 하늘이 시원히 트이고 햇볕이 무쌍히 강렬하고 면

수평선이 꿈 같단 말야. 배를 타고 조곰만 나오면 천년도 더 되었을 늙은 송백이 빽빽이 둘리고 이름도 모를 꽃들과 풀과 새 소리와 나는 그 속을 헤치며 식물을 연구할 수가 있어. 은경은 내 곁을 따라 댕기는 적은 새가 될 수 있고……."

적은 새라는 바람에 은경은 남편의 가슴에 숨어 버린다.

"좁쌀알만한 것이! 덩치 큰 듯해도 꼭 내 가슴에선 좁쌀알만 하거든."

이렇게 둘이 정답게 얘기하는데 은경의 동무 수연이가 멋진 양장을 하고 찾아왔다. 하늘빛 바탕 싸렝에 여러 가지 꽃 모양이 박힌 원피―쓰, ―레쓰 하프 코트에 레―쓰 검정 장갑, 손에 든 핸드백과 구두며 화장이며 어디 한 푼도 틈이 없는 차림차림이다.

"올드 미쓰가 의좋은 내외를 찾아오기란 싱거운데……." 하고 수연은 웃음소리조차 세련된 것 같았다.

"얘가 아주 양재를 연구하더니 혼자 뻐기는구나. 아주 멋쟁인데……."

은경은 몇 번 만났으면서도 먼저 말을 건네는 법 없는 남편을 친구의 앞에서 절절 매는 심정으로 옆구리를 꼬집으면서 수연을 향해 이렇게 말했더니 그제서야 준은

"참 오래간만입니다. 서울서 여름날 나시렵니까? 원 더워서……."

"글쎄올시다. 먼지투성인 서울을 잠깐이라도 떠날 수만 있다면야! 오즉 좋겠습니까?"

지리지 장마가 끝나고 하늘이 건듯 트인 어느 날이었다. 준과 은경은 마치 피서나 가는 것 모양 간단한 행장으로 P항구로 이사를 떠났다. 역두에는 준이와 같은 연구생 여러 사람과 K교수가 나와서 준의 연구의 성공을 위하여, "박 군 만세! 박 군 만세!" 하며 격려하여 주었고 수연도, "내 한 번 꼭 가께!" 뽑은 듯한 몸매로 오래 역두에 서서 손수건을 흔들었다.

P항구로 이사 간 둘이는 마치 세상을 잊어버린 한 쌍의 새와 같았다. 별

장식으로 나무 사이에 지은 간략한 주택이 그들의 보금자리였고 날이 밝으면 준은 등산복을 입고 채집 상자와 스켓취뻑을 메고 사무 수풀을 더듬어 높은 뫼까지 다녀오곤 하였다.

은경은 산기슭까지 따라갔다가는 숨이 가빠서 딴 길을 돌아 바닷가 뻰취에 앉아서 종일을 보내는 일도 있었다. 푸른 물결 위에 흰 거품을 토하는 파도, 그 위에 나는 갈매기. 바라보아도 바라보아도 끝없는 바다. 출렁출렁 흰 돛단배 조는 듯 한낮의 바람을 맞으러 나가는 양이 꿈속과 같다.

무엇을 영원한 것을 그저 이런 아기자기한 인간적인 것만이 아닌 저 자연을 통해 한없는 기쁨 같은 것, 절대적인 안심이라든가 의뢰라든가 그런 것에 기대고 싶은 심사로 몇 시간씩 보내는 일도 있었다. 끝없이 푸른 하늘과 유유한 구름발을 살필 때 '아아' 하고 은경은 마음껏 소리 지르고 싶은 갑갑한 충동을 느끼는 때도 있었다.

아름다운 자연과 남편의 깊은 애정과 자기의 뱃속에 태동하는 아기와 그리고 취미에 맞는 작은 집과 신선한 생선과 야채며 해변에서 입으라고 지어 보낸 수연의 선물인 삐취 드레스며 이만하면 국토가 안전치 못한 슬픔, 큰 슬픔을 제하고는 은경은 행복할 것이었다.

서울역을 떠날 때 느끼던 가슴을 무거운 돌로 누른 듯하던 땀내와 먼지와 헐벗고 굶주린 비참한 군상이 머리에 떠오를 때,

"아아, 나는 이래서 ■■■?"

그는 자연을 통해 절대적인 것을 향해 부르짖던 심사로 바닷가에 슬픔을 이 젊은 헌 □□ ■■■■ ■■■■ 조개를 줍는 여인들을 바라보며 ■■ ■■게 외치고 싶어진다.

그는 뻰취에서 일어섰다. 정신나간 사람 모양 두루 서성거렸다. 숲을 통해 오는 바람이 향기롭고 그 바람에는 남편의 입김이 섞여 있는 것도 같다. 지저귀는 도요새며 엎치락뒤치락하는 물결 소리, 은경은 무엇을 생각해야 하며 무엇을 해야 하는가? ■■ 깜짝 놀란다.

저녁 준비—.

그가 좋아하는 생선 도미회와 쑥갓나물, 덴푸라이라에 두부찌개, 싱싱한 오이와 감자와 당근을 섞어 야채 사라다…… 이렇게 중얼거리며 장바구니를 들고 인가 있는 마을로 걸어가는 것이었다.

그것이 바로 삼 년 전 일이었다. 해방 직전의 일이었다.

세 살 먹은 봉아를 업고 서울역에서 "담배 사셔요, 담배……" 하고 땀배인 베적삼에 수건을 들고 외치는 젊은 아낙이 "아아니, 웬일야? 웬일……" 자동차에서 내려 홈으로 들어가던 수연에게 들킨 것이었다.

"저이가 서방님이야?"

은경은 수연이와 함께 탔던 건강해 보이는 신사의 뒷모양을 힐끔 바라보며 쓸쓸하게 웃었다.

"우린 지금 인천 가는 길야. 한데 어떻게 지내. 끔찍해라……"

수연은 침이 뜬 봉아의 뺨을 쓰다듬었다.

"할 수 있어? 어떻게든 사는 거지. 살아야지 그럼. 살아야 되고 말고……" 하면서 명함을 꺼내 주었다.

명함엔 어느 무역회사 중역 아무개라고 씌어 있었다. 수연의 남편의 것이었다.

"윤 선생님[14]도 야속하시지. 아유, 그해 ■■에 그저……"

그리고 총총히 갈라졌다.

어디든지 따라갈 테라구 그렇게 벼르던 은경이였다. 그러나 남편은 갔을지라도 목마른 생명이 자기의 등 뒤에서 숨쉬고 있는 것이다.

---

[14] 앞에서는 은경의 남편 준이 "박 군"으로 불리고 있으나, 이 장면에서 수연은 그를 "윤 선생님"으로 지칭하고 있다. 작가가 인물의 성(姓)을 착각한 탓으로 짐작된다.

"여자는 아이가 있으면 어떤 경우에도 ■■■■받는다."

남편이 공무를 띠고 삼팔선을 넘다가 총살당한 후 그는 처음이자 마지막인 애기엄마가 된 것이었다.

수연의 뒤를 바라보며 지낸 날들이 활동사진 모양으로 나타난다.

그 푸른 바다와 하늘과 적은 집앞 나무향기와 남편과, 모든 것이 충만하기에 오히려 서럽던 아름다운 추억……

은경은 ■■하고 지나오는 사람이 아물거리는 곳을 물끄러미 바라보았다. 온몸이 땀으로 젖은 것과는 달리 마음은 오들오들 떨렸다.

광막한 인생의 황야 같았다.

어디를 가야 누구에게 기대야 할지 모르는 자신을 느끼는 것이었다.

얼마를 살아 봐야 옛날과 같은 아늑한 날을 맞아들까 하는 것이었다.

간 것은 간 것이었다.

틀림없이 영원히 간 것이었다.

다시 어떻게 할 수 없는 것이었다.

그렇게 생각하면 ■■앞에 갑자기 커다란 바위로 가로막힌 것 같았다. 가냘픈 팔힘으로는 어떻게 해볼 수도 없는 거대한 장해물이 앞을 가로막는 것이었다.

갔으되 함께 있으며 없어도 귀에 익은 말소리하며 동막 속에 어른대는 영상! 그리고 지금 등 뒤에서 숨쉬고 있는 생명의 감각은! 그것은 분명히 남편이 현재도 살아 있다는 증거인 지도 모른다고 각오해 본다.

"담배 사셔요, 담배."

은경은 그렇게 또 외쳤다.

모다 꿈속이 아닌 그대로 살아 움직이는 정실이었다.

—《주간서울》 제66호, 1949. 12.

샘물*

짐 실은 마차를 가지고 나를 데리러 온다는 그 남자 중학교 교장이 병원 문 앞에 다다를 때까지, 갈까 말까 하는 망서림에서 병실 하나로 짐을 흩으린 채 나는 침대 위에서 혼자 딩굴었다.

해가 누엿이 서쪽으로 기우러질 무렵에야 굵은 삼베 속적삼 바람으로 때 묻은 흰 양복 웃저고리를 팔에 걸친 채 땀을 뻘뻘 흘리며 나타나서,

"늦어서 미안합니다. 차부가 아, 점심 먹으러 가더니 와야죠. 잔뜩 막걸리에 취해 가지구 돌아왔군요!"

교장은 주먹으로 땀방울을 닦으면서 이렇게 말했다.

나는 비좁은 병실 한구석에 놓인 동그란 나무 의자에 그를 앉게 하고,

"글세올시다. 너머 늦었는걸요. 또 병도 아직 시원찮구요……."

할 수만 있으면 가기가 싫었다.

"아, 병이야 가서서 고치시죠. 윗병이라는데 그러시다면 좋은 수가 있습니다. 학교 뒤에 샘물 말씀이죠. 그것만 장복하시면 틀림없이 나으실 겝니다."

"샘물요?"

"암요. 낫구 말구요. 뭐 오서서 정양하시는 셈만 치구 하루에 두어 시간

---

* 『페미니즘 문학과 소설비평 : 현대 편』(한국문학연구회 편, 한길사, 1997) 수록 연보에 따르면, 「샘물」은 1949년 ≪중학생≫에 처음 발표되었다. 그러나 현재 이 잡지가 소재불명인 관계로, 여기서는 『아름다운 시절』(기독교 아동문화사, 1955)에 수록된 작품을 입력했다.

씩 작문이나 가르쳐 주시죠”

“첫째, 암만 해방 후이라구 해두 젊은 여선생이 남학생들을 가르친다는 건, 더구나 병약한 제가…… 도무지 자신이 없습니다.”

이렇게 교장과 주거니 받거니 그 남자 중학교에 가는 문제를 놓고 섬쩍해 하는데도 술이 얼근히 취해 얼굴이 홍당무 같이 붉은 차부는,

“아아, 해는 지는데 어쩌실 작정이세요?”

하고 소리를 지르며 복도에서 재촉한다.

나는 이런 경우에 더 생각하기도 망서리기도 귀찮아서 되는 대로 짐을 꾸려 싣게 하고 떠날 준비를 했다.

전차로 성동역까지, 거기서 뻐스를 타고 세 시간 반 걸리는 시골로 가는 것이다. 어느 절에서 경영하는 신설 남자 중학교에 작문 선생으로 부임하게 된 것이다. 아직 이학년까지만 있고 모두 네 학급에 학생 수는 이백 명, 교원은 서기를 합쳐서 여섯이라던가. 스물다섯 살 나는 애기 아버지 노릇을 하는 굵은 학생도 있다는 것이다.

석 달 동안을 병원에서 답답스레 지내다가 뻐스 안에서 바라보는 시골 풍경이 지옥히 내 마음을 위로했다. 그러나 험한 돌짝길에 지독한 깨소링 냄새 뻐스 속에서 이리 볶이고 저리 볶이고 나니 오장이 뒤집어지는듯 거북했다.

뻐스에서 내려서 어둑어둑한 절로 통한 길을 나는 교장의 뒤를 따라 걸었다. 신발을 벗고 두 번이나 개울을 건너 언덕길을 넘어 누우런 벼이삭이 머리 숙으린 논길을 지났다. 좀 높은 곳에 덩그렇게 웅대하게 앉아 있는 절간. 그것이 곧 학교였다.

어수선하였다.

나는 마치 귀양살이 온 듯 서글펐다.

“선생님, 인제 오셔요…….”

새까만 정복을 입은 열대여섯 나는 소년이 뛰어나와 교장의 손가방을 받

아 들었다.

"오시누라 수고하셨습니다."

소년은 내 손가방도 받아 들었다.

그날 밤 소년은 내 방으로 정해진 정자같이 외따른 방 마루에 걸터앉아 램프 호야를 입김으로 눅혀서 정하게 닦아 켜 주고 갔다.

이튿날이었다.

"어유, 어쩌실래요? 갑갑하여서……. 더군다나 혼자 오셔서……. 사내들은 장기나 바둑도 두고 술 추념도 하지만 여선생님이야 그런 낙이나 있으시겠어요?"

큰 법당에서 한참 떨어져 있는 내 방에서 돌층계 하나를 내려가면 큰 아름드리 느티나무가 있는 집, 밥 짓는 중년 여인은 나를 동정하여 이렇게 말했다.

"뭘요, 괜찮습니다. 조용한 게 좋아서 왔으니까요"

나는 우선 짐을 부리우고 학교 사환 아이가 덮어 주는 따뜻한 온돌방에서 편히 쉬일 수 있는 것만이 큰 다행이었다.

그러나 신임 인사를 하고 난 이튿날부터 칠십리 돌짝길을 뻐스에 멀미하면서 시달려 와서 그런지, 수토가 갑자기 바뀌어서 그런지 소화불량과 신열에 머리를 못들고 몇일이고 그렇게 앓아 드러누어 있었다. 어느 날 석양이었다.

"선생님."

조심스러운 목소리가 났다.

"소년이구나."

이름은 알 턱도 없었으나 목소리는 이내 직감되는 소년의 것이었다. 교장방에 기숙하는 이 학년 학생이라던가? 내가 오던 날 저녁에 램프 호야를 닦아 주던……. 겨우 머리를 들고 비스듬이 연 장지문 틈으로, 나는 소년의 얼굴을 바라보았다. 그리고 창백한 얼굴에 수기를 띈 맑은 눈동자와 마조

쳤다. 소년의 가슴에는 타는 듯 새빨간 열매 달린 나무가지가 그득히 안겨져 있다.

"개울가에 나갔다 꺾어 온 거예요."

내 눈은 반가움에 번쩍 뜨이는 듯싶었다.

"아이, 무슨 열맨데. 고와라!"

내 가난한 세간 중에는 그래도 값나가는 골동품 화병에 이 열매를 받아 꽂았다. 침울하던 방이 갑자기 환해지는듯 싶었다. 소년은 내 하는 양을 유심히 지켜보고 있었다.

"선생님, 뭐 주전자나 병이 없으세요? 약물 떠다 드리께요."

"아이, 미안해서 어쩌나?"

"뭘요. 전 이런 일이라면 참 즐겁습니다."

나는 소년에게 대두병을 빨간 고추로 마개를 해서 주었다.

고춧잎, 깻잎 장아찌와 무, 콩나물 등 이런 것만이 오른 밥상에 마조앉으면 통 식욕이 없었다. 고기나 생선, 계란 따위의 분량 적고 양분 있는 음식이 내 위에는 알맞은 것이라고 그런 생각을 하면 더욱 수깔 들 생각이 없었다.

"선생님, 이 물은 암만 마셔도 배탈 않 나요. 그리고 음식이 잘 내린답니다."

대두병 하나로 가득 떠다 준 소위 약수를 보시기에 따르며 좀 억지로라도 식욕을 도꾸리라 별른다. 아닌 게 아니라 샘물 즉 약수는 싱거운 그냥 물이 아니라 참말 단 것이었다. 물이 이렇게 달 수가 있나? 탄산이 많이 섞여야 즉 찌르르해야만 약수로 알던 나는 '약수는 약순지?' 하면서도 보통 물맛이 아닌데, 그래서 식욕이 난 것인지 소년이 갖다 준 붉은 열매에 기분이 좋아서 그랬는지 밥은 제법 먹을 수가 있었다.

새벽종이 뎅뎅 울어 가슴을 허비고 산을 넘어 들로 퍼져 사라진 뒤 문창이 푸르고 찬 기운이 한층 방안에 스며들 제면 반짝 전등불빛 같은 빛갈이

무척 그리운 것이었다. 그렇지만 어이하나. 석유 냄새엔 골치가 아프니 등
잔에 불 켤 수는 없는 일. 차라리 어두운 속에서 벌레 소리나 들으며 내 마
음을 읽는 수밖에. 그보다도 어서 날이 밝아 주었으면 소년이 안내해 준다
는 샘물터로 가리라고 단단히 별르는 것이었다.

소년은 물병을 받아 들고,

"앞을 서세요."

하고 옆에 비켜선다. 잘 아는 사람이 앞을 서래도 마치 수집은 소녀처럼
눈을 내리깔고 내가 앞에 서기만 기대린다. 고개를 갸웃하고 검은 양복이
그의 파란 실오래기처럼 내돈은 핏줄 엉킨 창백한 얼굴에 대조되어 더 인
상을 선명케 한다. 남학생인데 어쩌면 그다지 조용하고 얌전한가, 수집고
아름다운가, 영롱한 두 눈이 총명 그것인 듯한 표정. 어딘가 모르게 산 속
깊이 잠든 호수를 연상케 하는 명상적인 데가 있다. 어떻게 보면 한쪽 어
깨가 올라가고 목이 빗두러진 듯한 일종 기형에 가까운 자세다. 그러기로
하필 이 소년이 겨우 신임 인사를 마친 내게 특별한 수고를 애끼지 않음은
무슨 까닭일까? 벌서 영리하고 병약해 보이는 이 소년은 내게서 어리대는
내 생애의 어두운 그림자를 읽어 보았음인가?

웅대한 법당 뒤를 돌아 언덕길에 올라섰다.

풀섶에 깃드린 이슬 방울이 발뿌리에 선뜩하다. 이름도 모를 보랏빛, 노
랑, 분홍 가지각색의 가을꽃. 맑은 공기를 통해 선명히 풍겨 오는 나무 향
기, 풀 냄새, 털끝만한 몬지도 가리지 않은 그것들의 색조, 언덕에 올라 멀
리 바라보면 운악산 봉우리가 뽑은 듯 솟아 있고 그 앞으로 빽빽한 원시림
둘러쌓였다. 이 산속에만 있다는 골낙새의 울음, 탁목새며 다람쥐며 이런
것들을 보고 들으면서 꽤 강파른 고개를 단숨에 올라오고 보니 숨이 턱턱
막힌다. 어떻게 숨이 가쁜지 뒤를 돌아보고,

"날 좀 붙잡어 줘……."

나는 조심스레 옆에 와 서는 소년의 어깨를 부뜰었다. 소년은 새파래진

입술에 잔물결처럼 미소를 띠운다. 그리고 고개를 왼편으로 돌리더니 몹시 기침을 한다. 소년의 이마엔 땀방울이 수없이 맺혔다. 나는 속으로,

'가슴 앓는 소년이구나. 그런 타잎으로 생겼드라니.'

"머얼리서들도 와서 자면서 치료한답니다. 이것 보세요. 치성한 자릴……."

샘물은 힘들게 올라온 만큼 또 내려서서 늙은 소나무가 벼랑을 향해 뿌리채 뻗은 옳은편 바윗돌 밑에 드려다봐야 보이는 곳에 골뚝 고여 있다.

"알찬 샘."

나는 어느 책에서도 말로도 듣지 못한 새 말을 이 샘을 보는 순간 웨치는 것이었다. 극히 적은 샘이다. 투명한 샘속엔 십 전짜리 백통 돈이 몇 개 있다. 병을 낫게 해 달라는 염원의 상증이다. 저 뿌리채 뻗은 소나무 가지에도 헝겊 오래기를 매어 달고 돌 위에는 가랑잎을 펴고 얼마 오래잖은 밥덩이가 놓여 있다. 나도 그렇다 해서 그런 것이 아니라 유리병에 첫잔을 뜨면서 무척 경건한 마음이었다.

샘물터 다시 저편 고개 쪽으로 나무숲을 헤치고 개울을 향해 내려간다. 흰 조약돌이 새알처럼 하얗게 씻겨 내리는 투명하게 맑은 개울 돌다리를 건너 뛰어, 평평한 길을 한참 가면 무르익은 조와 수수밭을 지나 어둑어둑한 밀림 속에 화안히 뚫린 것은 능(陵)에 가는 길이다. 그 길을 돌아 아까 올 때의 반대 방향으로 돌아 돌아 걷노라면 다시 집까지 오고 만다.

싱싱한 나무 향기와 꽃과 맑은 공기와 그리고 이만큼 한 운동과 또 약수가 효과를 내서 그런지, 식욕이 겨우 돌아서고 소화불량이 퍽 나아졌다. 아니, 끼니때를 기다리기 어려운 만큼 시장끼가 도는 때도 있었다.

"선생님, 혈색이 퍽 좋아지셨습니다."

볕에 끌어서 검어진 안색이 건강해 보였는지 교장은 충심으로 반가워하는 모양이요 나는 교단에 서서 제법 유쾌하게 떠드는 시간도 가질 수가 있었다.

이학년 둘째 반에 들어가면 내게 빨간 열매를 따다 주고 꽃을 꺾어다 주고 약수터로 같이 다니며 산보해 주는 소년은 앞으로부터 세 번째 줄에 역시 고개를 갸우둥하고 까닭 모를 미소 같은 파동을 짓고 걸상에 걸터앉아 있는 것이었다. 하마트면 수업 중에라도 산보 다니던 즐거움을 얘기할 번 했다.

소년은 '가을밤'이란 문제로 혹은 '새벽'이라든지 이런 제목으로 작문을 지어서 부끄러운 듯이 보아 달라고 가져오군 하였다. 보매 소년은 내 추측이 어김이 없었다. 벌서 병약한 생리에서 울어나는 애련한 감상과 인제 겨우 인생의 공허에 대해 눈 뜨고 허위대는 그런 시기에 이르고 있는 것이었다.

선생님! 전 막 울고 싶습니다. 저 버레 소리는 내 소립니다. 내 소리가 머릿속에서 빠져 나가 저렇게 울어대는 게 아닌지 모릅니다. 저 하늘에서 혼자 반짝거리는 별은 무얼 잃어버리고 찾지 못해서 울고 싶은 저의 눈입니다. 선생님! 선생님은 어디서 오셨나요. 전 자꾸만 바람과 구름을 타고 온다는 어떤 이야기에 나오는 선녀가 꼭 선생님 같아요. 그러구 선생님이 눈을 마주 보면 눈물이 날려고 그래요.

그 속에 제가 보고싶은 꿈 이야기가 들어찬 것 같아요.

선생님! 전 선생님을 위해 무에나 시중 들구 싶어요. 선생님을 위해선 얼마든지 땀을 흘리고 피라도 흘렸으면 좋을 것 같아요.

선생님! 선생님 마음속으로 저를 불러 주십시오. 저는 어디선지 그걸 듣구 대답할 거예요. 무덤 속에서라두 대답할 거예요.

소년의 글 지은 노오트 속에는 이런 편지가 끼어 있었다.

'어쩌면 저렇게 같은 길을 찾아오는 소년인지 몰라……'

나는 내 소녀 시절을 회상하고 소년의 마음을 마치 투명한 거울속을 디려다보는 것 같이 잘 읽을 수 있는 듯했다. 그런 소년에게 나란 존재는 그가 가진 서러운 운명을 더 서럽게 만드는 것이나 아닐까?

나는 소년의 노오트와 편지를 읽으며 아모데서도 느끼지 못하던 위로와 더부러 구슬퍼지는 마음을 어이할 수가 없었다.

'평범하게, 평범하게.'

나는 소년의 글씨 옆에 붉은 잉크로 이렇게 적어 주었다.

내가 혹 늦게 일어나거나 가다가 몸을 이르킬 수 없이 앓아 두러눕게 되는 때면 소년은 혼자서 샘물을 떠다 주곤 하였다. 그리고 내 발치 와 무릎을 꿇고 머리를 숙이고 한참식 앉았다가는 나갔다. 그러나 내 건강은 좀 나어지는 셈이었다. 첫째, 마음이 가라앉고 오직 건강만을 조심하는 탓일까? 몇 시간씩 떠들고 목이 마르면 소년이 떠다 주는 샘물에 목을 축이었다.

그 후 두어 주일 지난 토요일 소년은 내가 반가워하는 것이 도리어 미안하다는 듯이,

"집엘 좀 다녀오겠어요."

조심도 조심이려니와 그도 몹시 딱한듯이 어물어물 하는 말이었다.

대개 토요일 오후면 학생들은 물론 교사들도 멀지 않은 곳에 고향이 있는 이는 그리로 가고 아주 먼뎃 사람이면 서울로라도 들어갔다가 일요일 오후에나 월요일 아침에 돌아오는 것이 습관이므로 실상 토요일이 되면 무섭도록 쓸쓸하고 적막한 것이었다.

"몇 주일 동안 통 집엘 안 갔지?"

나는 끄덕이며 소년을 마주보았다.

"네. 한 학기 동안 내내 안 가두 되지만 웬일인지 자꾸만 몸이 힘들어서요……."

"몸이?"

내가 그렇게 반문하자 소년의 시선은 애원하는 듯 나를 바라보았다. 금방 눈물이 굴러 떠러질 것 같았다.

"선생님……. 전 가기 싫어요."

나는 할 말이 없었다. 나는 가슴이 답답한 채 소년의 어깨에 손을 얹었다.

소년은 내 소맷자락을 떨리는 자기 손으로 부짭았다가 얼굴에 대고 눈물을 닦았다. 온몸을 화들화들 떨면서 우름을 끊치지 않었다.

"울지 마……. 응……."

나는 일찍 이렇게 부드러운 음성을 내인 적이 있는가. 소년은 울음을 멈추고 머리를 가로 흔들면서 울지 않겠다는 표시를 했다.

"아서. 남자란 씩씩해야지. 병만 고칠 생각을 해요. 자, 어서."

나는 소년을 앞으로 떠밀었다.

"선생님, 절 늘 불러 주세요. 그럼 전……."

무덤속에서라도 대답하겠다는 말이다. 아버지도 어머니도 있다는 말을 했다.

그래도 소년은 한창 응석을 부릴 나이건만 건강이 견디어 준다면 오래도록 집 생각을 안 할 것을 하면서 갔다.

이튿날은 새벽부터 시작된 비가 거의 계속해서 하로를 쏟아졌다. 늦어도 등교해야 되는 월요일은 찌프린 하늘이 시간을 대종할 수 없는데 왁짜해 떠들며 학생들이 모여 왔다. 그러나 나의 관심을 차지한 소년은 해질 때까지 나타나지 않았다.

"웬일일까?"

가뜩이나 상상 많은 나의 심정은 애쓰다 드는 새벽잠도 설 깨이게 했다. 발치엔 아직도 소년이 길어다 준 물이 옥색 유리병속에 고요히 담겨 있었다. 빨간 열매 달린 나무가지도 화병에 그냥 꽂혀 있다. 다시 사흘이 지나도 한 주일이 지나도 소년은 나를 찾아오지 않았다.

나는 이제는 소년을 잊기 위해서 노력하지 않으면 안 되는 때문에 더욱 그가 머리속을 휘젓는 것 같았다. 샘물을 길어오는 일도, 산보도 혼자 하고 몸도 시름시름 앓는 날이 많건만 그래도 좀 나어가는 형편이긴 했다.

그러기를 한 달 만에 소년이 죽었다는 무섭고 서러운 소식을 들었다. 항상 그럴 것 같은 예상은 했건만 너무도 놀라고 슬펐다.

"여 선생님껜 얼마나 신셀졌는지 그냥……."

소년의 어머니는 목이 메어 말을 맺지 못했다. 나도 처음 보는 여인을 붙들고 울었다.

밤이 되어 무섭도록 고요해지고 오직 벌레 소리만이 찌르릉 찌르릉 들려올 때, 그것이 자기의 목 메인 소리라고 하던 소년의 말과 글이 새삼스럽게 나의 가슴을 허비는 것 같았다. 하늘에는 수없는 별들이 총총하였다.

소년의 눈동자는 어느 것으로 땅 위에 비치는지 나는 왼몸에 이슬이 차겁게 휘감기는 것도 잊고 법당 뒤를 걸어 좁은 산길에 발을 옮겨 놓는 것이었다.

그것은 소년과 나와의 산보하던 길로 벌서 한 습관이 되어 버린 나의 발걸음인 것이다.

"선생님, 절 불러 주세요. 어디서든지 그걸 듣고 대답하겠습니다."

'난수……'

나는 속으로 소년의 이름을 불러 보았다.

'네에……' 하고 소년의 대답 소리가 □어 끄을려 가는 것만 같았다.

그때에 "뎅뎅" 종각 쪽에서 종소리가 울렸다.

—『아름다운 시절』, 기독교 아동문화사, 1955.

일주일간(一週日間)

K역이 가까워오자 염숙은 안절부절을 못했다. 옷을 매만지기도 하고 곁에 놓았던 트렁크를 열었다 닫았다 하기도 하며 수선을 떨었다. 마른편의 정난의 남편 철수도 앉은 자세를 고치며 엉거주춤 일어서려 한다. 그러나 정난이만은 까딱 안 하고 그냥 앉아 있었다.

"인제 다 왔군요. 내리셔야죠."

염숙이 애수한 듯이 철수를 바라본다. 철수도 그런 것 같았다. 중절모를 매만지며 어색한 듯 얼굴에 복잡한 파동을 일으킨다.

"그럼……."

철수는 입을 다물고 심호흡을 한다. 차가 정거했다. 철수는 몸이 천근이나 되는 듯이 일어나 그러나 총총히 나가고 염숙이 그 뒤를 따랐다. 정난은 그래도 가만히 있었다. 조곰만 움직이면 당장에 자기도 모르게 자기 몸에서 이상한 광태가 벌어질 것만 같아 그냥 깜짝 않고 앉아 있었다. 차가 미끄러질 때 획획 지나가는 밖앝의 물체 속에 모자를 흔드는 남편의 모습이 얼듯 보였다. 한참 만에야 염숙이 울음을 참는 듯한 표정으로 자리에 돌아온다. 그동안 새로 탄 젊은 남자 손님이 정난의 곁에 염숙의 자리를 점영한 것도 몰랐다.

할 수 없이 염숙은 철수가 앉았던 자리에 펄석 앉는다. 정난은 무에라고 말을 건네야 할 텐데 도모지 입이 떠러지지 않았다. 염숙도 그러한 것 같았다. 둘은 말 없는 속에 D항으로 달리는 것이었다.

정난은 어서 몇 시간 만에 빨리빨리 이 지루한 수속이 지나가기를 바랐다. 곧 염숙에게서 해방 당하고 싶었다. 염숙이 눈앞에 있는 동안엔 아모래도 자기에겐 털끝만한 마음의 자유도 없는 것 같았다. 자기를 꼭꼭 얽매어 꼼짝을 못 하게 하고 염숙 자신은 얼마든지 자유롭게 흐늘거리는 것만 같았다.

오늘따라 염숙의 얼골이나 몸매는 유난히 예쁘고 세련된 것 같았다. 그리고 아까 철수와 지껄일 때의 목소리는 어느 때보다도 더 음악적인 것 같았다.

D항에 내려서 거기서 배를 타고 세 시간 동안 바다를 건너면 염숙의 집이 있었고 정난의네 내외도 그곳에서 살다가 S읍(해안선이 고운 바닷가였다)으로 이사를 온 것이었다. 하도 경치가 좋고 해산물이 풍부하여 혼자 보고 먹기가 아까워 양재 학원에서 친했던 염숙에게 편지를 해서 청했던 것인데, 왔다가 일주일 만에 돌아가는 길이었다. 염숙도 자미나니까 일주일 예정을 늘여서 보름 동안 묵기로 했었는데 어저께 낮에 어머니한테서 갑자기 전보가 와서 황망히 내려가는 참이었다.

실상 말한다면 정난은 동무가 다녀가는 서운함에 못 견딜 노릇이었다. D항이 가까우면 가까워질사록 정난과 염숙은 손을 마주 잡고 울고불고 야단일 것이었다. 둘이는 그렇게 친한 사이었다. 그러나 무엇이 이다지 되게 둘의 사이를 가로막는지 모를 일이었다. 정난의 속은 뻔하였지만 염숙은 왼통 모를 일이었다.

염숙은 정난의네 가정을 떠나가는 것이 서운한 것보다도 정난이와 천진스럽게 떠들지 못하는 것이 슬펐다. 처음 한 사날은 정난은 너무 수선을 떨어서 골치가 아플 지경이 아니었던가? 바닷가로 데리고 간다, 생선을 사 온다, 꽃을 꺾어온다, 남편을 졸라서 카메라 사진을 밝는다 법석이 아니었던가? 옷감을 끊어주고 신발을 사 준다, 그에서 더한 대우가 있을 것인가? 그러던 정난이가 며칠째 말이 없었다. 그 농도는 날마다 시간마다 더해 가서 지금 이별하는 마당에선 정난은 염숙의 앞에 돌과 같이 굳어 버린 사람

이 되었다. 그런 대로 염숙은 배에 오르며,

"잘 있어. 좀 같이 건너오구. 내 기대릴게!"

염숙은 정난의 손을 붙잡았다. 눈물을 참노라고 애쓰는 모양이었다. 눈 가장자리가 빨개지고 코와 입 언저리를 실룩거린다. 정난은,

"응, 잘 가. 응."

겨우 이렇게 말했다. 염숙의 스마―트한 뒷모양을 얼빠진 사람 모양 바라보았다.

고동이 울었다. 오색 테잎을 배에 던지는 젊은 남녀들도 있었다. 이미 서로 붙잡고 섰던 테잎들은 하늘하늘 물결치다가 육지에 선 사람의 손에서 빠져 배엣사람들을 따라 물 위에 젖어간다.

염숙은 손수건을 흔들었다. 정난은 차마 손이 들어지지 않았다. 무엇에 꼭 결박당한 것 같았다. 배가 멀어 감에 따라 염숙은 흔들던 손수건을 얼굴에 갓다 대인다. 멀어져 가는 속에서도 염숙의 오열을 알 수가 있었다. 남편과 정난이 이사 올 때에도 명랑하게 보내 주던 염숙이가, 눈물은 여자의 무기라고 경멸하던 염숙이가 이 마당에선 왜 우는 것인가?

배는 아주 멀어졌다. 손수건을 흔들다간 얼굴에 가져다가 느껴 울던 모양도 깜―앟게 보이지 않고 선체는 수평선 저쪽에 사라져 버렸다.

염숙이 보이지 않게 되자 정난은 그 자리에 얼어붙은 사람모양 움직일 수가 없었다. 그대로 그 자리에 펄석 주저앉아 버렸다. 사람들은 벌써 다들 헤어진 뒤였다. 하늘이 무너지고 자기가 밟은 땅도 꺼져 정난은 왼몸이 땅속에 묻힌 채 염숙의 몸을 담은 바닷물이 왼통 뒤집혀 씌워질 것만 같은 착각을 느끼는 것이었다. 참말 모든 것은 가 버린 것이 아닌가? 모든 소망과 사랑과 믿음을 송두리채 뽑아간 괴물이 바로 염숙이가 아닌가? 남편을 두고 지녀 오던 그 벅찬 자랑을 뿌리째 뽑아 간 악마가 바로 염숙이가 아닌가? 그것도 눈 깜짝할 사이에……

정난은 오수수 사람들이 다 흩어진 모래벌판에 몸을 던지듯 주저앉은 채

왼몸이 매시시 힘이 없고 모래 틈으로 새어 버릴 것만 같았다. 오슬오슬 떨려 오고 눈앞이 캄캄했다. 저 푸른 하늘도 바다도 다 바로 보이지 않고 다만 온갖 것이 절망 속에 어둡기만 하였다. 몸을 가눌 아무 힘도 낼 수가 없었다.

'이럴 수가 있나, 이럴 수가 있어?'

아모리 되푸리해서 생각해 봐야 모를 일이었다. 그러나 남편도 염숙이도 환장한 것만은 사실인 것 같았다. 암만 앞과 뒤를 찬찬히 재어 봤대야 별 수 없이 남편은 염숙에게 반한 것이고 염숙은 남편에게 미친 것만은 사실이었다. 그게 왜 정난이 잘못 본 데서 일어나는 착각일까 보냐—고 정난은 머리를 살래살래 흔들었다. 기가 마킨 노릇이었다.

정난은 며칠 전 비가 몹시 휘뿌리던 날, 자전차로 점심 먹으러 회사에서 돌아온 남편이 마침 염숙이 집에 없는 것을 보고,

"바다에 갔어웅, 바다에? 내 가서 대리구 오지."

그러면서 부엌에서 감자를 쓸고 있는 정난이를 본체만체하고 나간 것이 아닌가? 밥상을 다 채려 놓고도 한참 기둘려서야 그들은 도란도란 얘기를 하며 돌아온 것이 아니었는가? 남편은 벙글거리고 염숙은 수줍고 명랑한 웃음을 얼굴 하나로 함박꽃처럼 퍼뜨리며 돌아온 것이 아닌가?

그뿐인가. 어느 석양에 정난이 한 가게에 간 틈에 둘이는 정난의 수폭(繡巾)에 마조 붙어 그림 위에 연필로 장난도 하고 바늘을 뽑고 야단이다가 정난이 방문을 여니까 염숙은 얼골이 새빩해 남편의 코끝에서 물러난 것이 아니었던가? 정난은 그때붙어 염숙은 남편에게 대해서 보통이 아니라는 걸 감득(感得)하고 만 것이었다. 그래도 두고 보자고 참으려니까 밤에 가운데 누운 정난을 제쳐 놓고 둘이는 하두 많은 이야기를 주고받어서 이루 기억할 수도 없었다.

전 같으면 둘만 사는 살림에 남자건 여자건 손님이 오면 노골적이다싶이 싫은 태도를 표시하던 남편이 유독 이번만은 실로 이상한 노릇이 아닐 수

없었다.

"호호호…… 호호호……."

참말 염숙의 말소리, 더욱이 그 웃음소리는 그대로 음악적이었다. 자초에 정난이 염숙이를 좋아하게 된 동기도 이 간드러진 웃음과 말소리 때문이었다. 그렇지 않고서야 그 길게 째어진 부석부석하게 눈꼬리가 올라 달아 맨 검은 눈이며 매부리코를 누가 사나워서도 좋아할까 보냐고 했다. 알맞게 엷은 입술에서 새여 나오는 말소리는 얼골을 쳐다보지 않고 드르면 사람을 유쾌하게 자즈러지게 구는 매력이 있었다. 남편도 이 웃음소리가 기분 좋은 모양으로 늘 벙긋이 웃었다. 정난은 그런 남편의 미소는 곁에 정난이 있음을 무시하고 제멋대로 자기 세계에만 도취해 있는 것 같은 것을 느끼고 화가 났다.

어느 날 낮이었다. 남편은 일부러 핑게를 대고 회사에서 일쯕 조퇴를 했는지 오전만 하고 일쯕 돌아왔다. 그 전엔 정난이가 그렇게 졸라도 안 가던 산보를 제법 카메라까지 메고 나서며,

"자, 저 우리 거지 호텔 있는 데로 가십시다. 게가 경치가 좋지요."

"거지 호텔? 재미있는데요―"

염숙은 율동의 자세로 남편을 따라나섰다. 정난은 나중 무거운 마음으로 스프링코―트를 팔에 걸치고 따라나섰다.

쌀쌀한 바닷바람이 일 때마다 앞에 나란히 걸어가는 남편과 염숙의 옷자락이 춤추듯 펄럭였다.

천 년도 더 묵었으리라 싶은 굵은 노송이 하늘이 보이지 않을 만큼 늠름히 들어선 사잇길을 통해 바다는 푸르다 못해 검붉게 빛나는 것이었다. 사박사박 남편과 염숙은 무슨 얘기가 그리도 많은지 바다를 오른편에 끼고도 그 바다를 한 번 바라보는 법 없이 도란도란 얘기하며 걷고 있었다. 정난의 발길은 점점 맥없이 뒤떨어지고 말았다. 더 걸을 수 없이 그 모래벌판에 펄석 주저앉아 버릴 것만 같았다.

갈매기가 히끗히끗 날아가고 멀리 고깃배가 몇 채 보였다. 이 길은 가도 가도 끝없는 해안선으로 풍경이 더 이를 데 없이 아름다운 곳이었다. 염숙은 이곳 그 선명하고 아름답고 조용한 풍경이 무척 마음에 들었고 남편이 출근한 다음에는 집안을 치이고 늘 혼자 이 해변에 나와 바다를 바라보곤 하였다. 바다를 바라보며 엎치락 뒤치락 하는 물결소리를 들으면 조곰도 외롭지가 않았다. 그대로 그 자리에 앉은 채 다시 인생이던 기역이 없이 되어도 한 될 것이 없을 것 같았다. 그러나 그러한 반면에 정난은 늘 남편과 함께 거느리고 싶었고 얘기하고 싶고 그것은 아마 따져 말한다면 남편과 완전히 다 하나가 되는 소원이기도 했지만, 그를 사랑해도 사랑해도 늘 비는(空) 것 같은 허전함을 어찌 하는 수가 없었다.

더욱이 남편과 나란히 걸으며 도란도란 얘기하는 것, 얘기 안 하더라도 그 뒤에 서서 그림자라도 따르는 것이 무척 행복할 것 같았다. 그러나 남편은 참으로 무뚝뚝한 맛없는 사람 같은 데가 있었다. 언제 한 번 자발적으로 산보 가자고 유도해 본 일도, 명화나 음악 구경은 물논 어쩌다가 정난의 동무가 오면 정난이 면구하리만큼 애교가 없었다. 그러나 속사람인즉 그와 반대였다.

정난이 생각하기에도 그렇게 참되고 정열적일 수 있으랴 싶게 결혼한 지 사년 철이 되도록 더 뜨겁고 성실하기만 한 것 같았다. 정난은 태산같이 믿고 있었다. 다만 한 가지 너머 사교성이 없는 것, 사랑하는 아내를 놓고도 여자 앞에서 떳떳이 구는 것이 아니라 늘 수줍은 태도, 그것은 어떤 때엔 아내를 무시하는 태도로 나오는 것이었다. 어디로든 가치 데불고 다니지 않는 습성이 그 한 가지 증거였다. 정난은 그들이 힘들게 만난 때문에도 좀더 떳떳하게 인생을 즐기고 싶었고 자랑하고 싶었던 것이다. 정난이 어려서부터의 약혼한 사람을 배반하고 남편과 연애를 해서 결혼하기까지에는 남이 알게 모르게 사랑을 위한 괴롬과 투쟁이 없을 수 없었다. 어떤 때면 자살해 버린다고 야단도 쳤다. 그런 필사적인 항쟁이 있었기 때문에 결혼이 성취되었던 것이다.

그렇게 만난 남편이……. 세상에 버젓이 자랑하고 싶은 남편이 형식에 있어서는 전혀 구식 부부보다도 더 맹숭맹숭하였다. 애정을 늘 반대로 표시하는 것이며 어떤 때에는 잔인하리만큼 냉담한 것 같았다.

가령 손님 앞에서 아내가 만든 요리를 나무랜다든지 맛있게 먹으리라고 밥상에 마조 앉으면 음식 투정을 부리는 것 등 그러면서도 밖에 나가 음식을 안 먹는 만큼 아내가 만든 것이라야 입에 맞는 것이라 했다. 의복 손질이나 방 장치에 있어서도 그러했고 정난이 곱게 화장하고 옷매무시를 하면 얄밉다고 흉을 보고 그대로 수수하게 하고 있으면 촌 여자라고 놀려 댔다. 정난은 그러면 그런 대로 못 듣는 척할 수가 없었다. 어떻든 마음에 든다고 할 때까지는 이래도 보고 저래도 보는 것이었다.

한이 없이 피곤한 것 같았다. 그래도 그럼으로서 둘만의 단조한 생활이 안으로는 상당한 변화를 거느리고 실쯩은커녕 더 재미나게 살아가는 것이기도 했다.

"제발 당신, 이번에 염숙이 오면 좀 상냥하게 굴어요. 그 앤 참 세련된 아이라우. 괜히 싱겁게 굴었단 숭 잡혀요. 내가 얼마나 우리 가정생활을 자랑했는데! 그래요 네, 좀 능란해지란 말야요."

정난은 염숙의 오겠다는 전보를 받고 너무 좋아서 껑충껑충 뛰기라도 할 듯했다. 그리고 남편에게 이렇게 부탁한 것이었다.

남편은 묵묵히 정난의 좋아하는 양만 바라보다가,

"그럼 한번 기술을 발휘해 볼까! 놀라지 말라구……."

하던 것이었다.

한참 멍청하니 주저앉은 대로 이 생각 저 생각에 잠겨 있으랴니까,

"호호호……."

조용하고 맑은 주위에 간드러진 웃음소리, 그것은 저 앞에 남편의 어깨에 매어달리다싶이 걸어가는 염숙의 것이었다.

정난은 되게 얻어맞은 듯 어리둥절했다. 갑째기 하늘이 꺼지고 바다가 뒤집어지고 넘쳐나고 모다 자연부터가 질서를 잃은 듯 느껴지는 것이었다.

"호호호……."

그 웃음소리는 다시 들렸다.

견딜 수 없는 것이었다. 그렇게 아름답던 염숙의 웃음소리는 무슨 요귀의 그것과 같이 정난을 한끗 비웃는 것 같았다.

정난은 펄떡 일어났다. 도저히 그대로 견딜 수가 없었다. 쫓어가서 요정15)을 내고야 말리라고 별렀다. 그러나 다음 순간 정난은 또 힘없이 그들의 뒤를 따를 뿐이었다.

"아유, 다다미 다섯 장은 깔리겠네요. 저 거적때기, 냄비, 뚝배기……. 거진 어딜 갔을까요?"

"어디 활동하려 간 게죠. 다른 바위와 달라 여기는 거지 호텔이라기보담 먼 길가는 나그네의 묵어가는 여인숙이라고나 할까요? 그리 초라하지 않은 사람들이 배낭을 메고 드나들 때가 있으니까요!"

"그럼 오늘 밤 저두 여기 와서 잘까요?"

"마음대로!"

"호호호……."

남편과 염숙의 대화는 명랑하게 전개되었다.

"정난이 으때? 나 정난이 푸대접함 여기 와서 잘 테야."

"그러려마. 누가 말리니?"

셋은 겨우 어울럿다. 그 큰 바위에 햇볕이 빨려드러 따뜻한 위에 셋은 등을 대고 발을 마음끗 앞으로 내미는 자세로 섰노라니까 저쪽에서 웬 남자 하나이 터덜터덜하고 걸어온다.

"김 군이군. 사진을 좀 찍어 달랬더니……."

---

15) 결판을 내어 끝마침.

남편은 즐거운 듯이 바라보며 어깨에 멘 카메라를 글른다.

같은 회사의 젊은 사원 김은 카메라를 받아 케이스에서 꺼냈다. 남편은 다시 받아 뚜껑을 열고 핀트를 맞춘다.

"자, 염숙 씨, 조곰 앞으로 다가서시구 당신은 좀 이쪽으로 나와……."

남편의 일동일정은 모두 염숙의 중심이요 완전히 아내인 자기를 무시하는 것이라고 정난은 오한이 일도록 또 오싹 불쾌해지는 것이었다.

남편은 핀트를 맞춰서 김에게 맡기고 마구 달려와서 자기 곁에가 아니라 염숙의 곁에 바싹 대어서서 포즈를 잡는 것이 아닌가? 야속하였다. 아마 자기가 없었던들 둘이는 어깨를 붙들고 섰는지 모르겠다고 정난은 속으로 생각하는 것이었다.

"자, 찍겠습니다. 가만─요."

김이 그렇게 주의를 주는 것도 귓결로 듣고 정난은 카메라의 렌즈를 넘어 그 푸른 바다 저쪽에 아득한 하늘을 정신없이 바라보는 그대로 까닭도 안 하고 있었다. 잘칵하고 샷터─를 눌렀을 때 남편과 염숙은 끼득끼득 웃고 있었다.

정난은 자꾸 눈물이 솟는 것을 억제하면서 언제까지나 언제까지나 그대로 서서 있었다.

"너 왜 그러니, 몸이 아퍼?"

염숙은 아무 구김살 없이 이렇게 물었다. 정난은 남편과 염숙이 자기에게 아무 말도 건네지 않으면 화가 났다가도 이렇게 물으면 가만 제멋대로 내버려 두지 않는다고 또 부아가 났다.

정난은 이런 일들을 생생히 그려 보며 모래만 파헷치고 앉아 있었다. 그 염숙이가 남편을 떠나간 것이매 오히려 시원할 것이었으나 정난은 자기도 모르는 야릇한 현기증과 같은 분위기 속에서 헤어날 길이 없었다.

"인제 나두 그만 어디로고 가 버릴 테야! 아니면 저 바다에 풍덩……."

정난은 가슴이 쩌엉 하고 눈물이 핑그르 돌더니 그대로 모래 위에 쓸어

졌다. 자꾸 흐느껴 울었다. 그 오열은 언제 멎을 것 같지 않았다. 실로 정
난 자신은 남편을 안 이후로는 자기 자신이 살아온 것이 아니라 남편에게
대한 의지와 사랑으로 몸을 가누어 오다가 그것이 없어진 것 같은 때 정난
은 김빠진 고무풍선 같은 자신을 발견하는 것이었다.

"그이가 그럴 수가 있나? 또 염숙이, 그렇게 영리한 동무 염숙이가 내
남편을 뺏을 수가 있을까? 모를 일이다……."

그는 또 엎드린 채 몇일 전 달밤을 회상해 본다. 저녁 후에 달빛이 훤―
히 밝던 때 셋이는 좀더 먼 언덕길을 걸으며 해안을 구비쳐 돌았다. 언덕
길을 한참 걷노라면 또 해안에 가까운 높은 바위 우에 다닫게 되는데 셋은
거기 머물러 바다에 뜬 달을 구경하였다.

"염숙 씨는 무에든 보시면 새로운 감격에 그냥 마구 딴 사람이 돼 버리
는 것 같습니다."

도대체 왜 낮도 아닌 밤에, 더군다나 달빛어린 남의 여자의 얼굴을 그렇
게 유심히 바라보는 것이며, 일찍 저이가 내 얼굴도 저렇게는 바라본 일이
없는데…….

'아이구, 얄구저라 미워라.'

정난은 얽은 바위에 손바닥을 비벼 대며 그냥 원통했다. 분하고 억울하
기만 했다.

'까짓 연놈의 앞에서 내 이 바위를 안고 저기 풍덩 빠져 버릴까 부다.
그럼 연놈은 꺄득꺄득 웃으며 어쩌면 포옹하는 꼴을 내가 보구 죽을지도
몰라. 아이, 저 검푸른 물 속 도대체 저긴 왜 저리도 무서워 보이는가?'

정난은 나무가지를 휘여 잡고 콧노래를 불고 섰는 염숙과 남편을 번갈
아 보며 이를 뽀드득 뽀드득 가는 것이었다.

그것은 모다 일주일 동안에 된 일들이었다. 그러나 오오랜 악몽과 같은 현
실이었다. 그리고 오늘 아침 염숙이 떠나는 길을 위하여 남편은 회사를 반날
쉬기까지 하며 K역같이 기차를 같이 타고 왔다가 간 것이었다. 아내의 친구

에게, 더욱이 전에는 정난이가 손님 앞에서 면구스러울 만큼 무뚝뚝하던 그가……. 하나에서 열까지, 열에서 백까지 이건 틀림없는 애정의 배신행위가 아니고 무에랴? 정난은 흐느껴 울며 또 이를 뽀드득뽀드득 갈았다.

전 같으면 남편이 좋아하는 반찬거리, 굴이나 털궤16) 같은 것을 사 들고 갈 것이지만 정난은 가까수로 다시 기차를 타고 마치 사랑하는 사람이 죽어 떠난 것 같은 집에 와서 그냥 몸저 누웠다. 울음은 그칠 줄을 몰랐다. 암만 억제하려 해도 그러면 그럴사록 더 격격 흐느껴만 지는데 대문이 삐꺽하고 열리자 구둣발소리가 뚜벅뚜벅, 아아 그것은 몇 십 년 동안이나 잃어 버렸던 것 같은 소리인데 방문이 드윽 열리는 것이 아닌가?

"왜, 아퍼? 왜, 왜 이래, 열나? 응, 왜?"

남편은 허겁지겁 아내의 이마를 짚어 본다, 가슴을 만져 본다, 뺨에 뺨을 대어 본다, 눈물을 닦아 준다, 법석이다.

"놔ㅡ둬요 놔ㅡ둬요 무슨 상관 있길래 무슨 상관이……. 왜 따라 못 가구 못난이, 더런! 아이구, 엉엉!"

정난은 꼭 미친 것 같았다. 남편은,

"가만있자!"

눈을 끔벅끔벅하며 어안이 벙벙해서 벌린 입을 못 다문다.

"왜 염숙 씨와 싸웠어! 싸우고 헤어졌어? 왜 그래 응, 글쎄!"

정난은 남편의 가슴을 쥐어트드며 옷을 찢으며 그냥 광태만 부린다. 기가 매킨 말들이 연발한다. 남편은 그때그때 말을 하려다 말고 세찬 바람결을 안은 사람처럼 흑흑 느끼기까지 했다.

"어이구 이 사람아, 이 어린애야, 이 천진한 거야."

정난은 어느 때보다도 더 뜨거운 남편의 가슴에 안겨 있었다. 보채던 애기가 어머니의 품을 만난 듯 조곰 진정이 되는 것 같았다.

---

16) '게'의 경기, 황해 방언.

"글쎄 염숙 씨의 편지를 받구 나한테 뭐랬어? 좀 상냥하게 굴라구 당신이 면구스러울 테니 마음껏 친절히 해 주라고 신신 부탁을 하잖았어? 그리구 난 당신한테 뭐라구 대답을 했는데. 내가 그러지 않았어? 그럼 한번 기술을 발휘해 볼까구. 그러구 당신은 놀라지 말라구 그러지 않았어? 꼬박 일주일을 내 딴엔 징역살이를 한 셈인데! 인제 한시름 놓았다구 오늘은 아주 가벼운 발걸음으로 집으로 왔는데 글쎄 당신이 이렇게 야단이구면. 난 그럼 훌륭한 배우 역을 한 셈이지? 마치 염숙 씨에게 홀딱 반한 것처럼 보였으니! 그야 내 성격에 아내 이외의 여성의 비위를 맞춘다는 일은 숫총각과 같이 수집은 생각이 들던데……. 그래서 아마 당신 보기에는 얼골이 붉었다 식었다 하니까 마음이 혹해서 그랬나 했군. 나는 지난 일주일 동안에 당신의 비위를 맞추노라고, 당신을 더 사랑하느라구 그런 된 역할을 했는데 그래, 그 상이 이거요?"

남편은 정난의 열에 뜬 뺨을 두 손으로 싸안는다. 정난은 애기처럼 흑흑 아직도 느끼며

원망스런 눈초리로 남편의 얼골을 뚫어지라고 쏘아보며,

"그러면 그렇겠지. 그러나 기술로는 너머나 능란한데, 감쪽같은데……."

하고 감탄하였다.

"난 오늘 당신이 나를 얼마나 칭찬해 줄까구 그랬어……."

남편은 끝까지 천진하다. 권연을 피어 물고 팔을 짚고 다리를 길게 편다. 눈을 끔벅끔벅 하며 가끔 싱글벙글 웃기까지 한다.

정난은 잍은날 아침부터 그전보다 더 활기에 필 것같이 명랑한 얼굴이 되었다.

한 주일 동안에 무겁게 나러 덮였던 구름이 활짝 걷히고 밖앝과 같이 가정은 왼통 봄기운으로 충만하였다. 염숙이 다녀가기 전에는 정성껏 대접해 보내리라고 별렀건만 무슨 귀신이 씨였던지 남편과 염숙은 마치 연애하는 사이로밖에 보이지 않아서 그렇게 괴로워했고 남편을 원망하고 염숙을 미

위한 것을 생각하면 정난은 또 가슴이 확확 달아 오는 것이었다. 남편과는 이미 종이 한 장의 틈사리도 없이 자기 맘이 누그러졌지만 바다 건너 울고 떠난 동무에게야 무엇으로 사죄가 되랴 싶었다.

"내가 미친년이지. 남편과 동무가 대견했던 것만큼……."

그렇게 중얼거리면서도 역시 몹시 앓고 난 사람처럼 가슴이 아리고 저린 것 같았다.

"그렇기로 그렇게 능란할 수가 있을까?"

역시 남편과 염숙은 인간적으로 몹시 상통하는 데가 있다고 생각했다.

몇일 후에 염숙에게서 길다란 편지가 왔다. 편지와 함께 가벼운 소포 한 개가 다다렀다. 우선 떨리는 가슴으로 편지 피봉부터 뜯었다. 나실나실[17] 한 가늘게 흐른 순한 글의 궁체, 그것은 염숙의 날씬하고 세련된 몸매와 음악적인 음성을 듣는 것 같이 여실하게 염숙을 보여주는 것 같았다.

"정난이 어떻게나 잘 놀고 인상이 깊었던지 돌아와서 꿈에까지 그 바닷가를 자꼬 헤매는 것이 아닌가? 거지 호텔의 하로는 참 멋이 있었어. 너는 무척 행복한 여자요 또 너의 남편 되신 이도 그만큼 행복한 것을 보고 나는 다만 기쁘고 그리고 부럽기만 했단다. 그야 나도 사랑하는 사람과 약혼이 거진 돼 가니까 결혼하면 너의 가정에 지지 않게 행복되리라고는 믿지만. 내가 결혼 전에 자유스러운 몸일 때에 그 경치 좋은 곳의 스윗 홈을 방문하기란 아마 마지막 같아서 배가 움직이니 갑째기 자주 눈물이 흘러서 손수건으로 씻고 주먹으로 닦고 하는 것을 너도 보았지! 너두 퍽 힘없이 나를 바라보더구나. 정난이, 난 이번에 너와는 이미 내 몸이나 다름없이 친숙하기 때문에 더 접근해도 그만 멀어져도 그만일 것 같아 얘기도 주고받지 않았다. 그 대신 전혀 미지의 사람이던 이 선생과는 급속도로 친해졌다.

---

17) 짧고 연한 풀이나 털 따위가 늘어져 가볍게 자꾸 흔들리는 모양.

나는 의식적으로 그렇게 하였다. 혹 그것이 네 기분을 상한 것이나 아니었는지 모르겠다. 나도 결혼을 앞두고 남자라는 걸 좀 더 자유스런 입장에서 알고 싶었고, 나는 이미 약혼자가 있다는 것과 너와 극친하다는 조건 밑에서 조곰도 구김살 없이 사괴인 것 같다. 아마 이 선생께서는 내 태도에서 나를 남자를 많이 사괴어 본 말괄량이로 아셨는지 모르겠다. 역시 그런 분이라면 나도 안심하고 결혼도 할 것 같다.

너는 충분히 행복하다. 나도 네게 지지 않도록 나의 행복을 전취하련다. 참, 이 선생님이 회사 일이 바쁘실 텐데 K역까지 바려 주셔서 어떻게나 미안한지 모르겠다. 어머니께서 갑째기 전보를 쳐서 오라구 한 건 다름이 아니야. 참 어머니도 기우(杞憂)셔. 글쎄, 내가 너의 스윗 홈에 일주일 이상 묵는 건 부부의 애정에 이상을 이르키기 쉽다나. 글쎄, 너와 너의 남편 같은 사이를 일개 내가 무에길래 흔들어 놓을 염려가 있단 말이냐? 참 난 네게 우정이 없더라도 그런 재준 없을 것 같아. '우리 아내가 염숙 씨가 오시면 잘 써비스해 달라구 간청이었는데 어디 나야 본래 이런 걸요……. 허허……' 하며 이 선생이 너털웃음을 웃으시더구나. 아이구, 무뚝뚝함 대수냐? 원체 좋은 양반이니까 난 아무래도 괜찮아. 그런데 내가 떠나기 전엔 네가 어디 아픈 사람같이 몹시 불유쾌한 얼굴이든데 이건 아마 내 기우인지 모르겠다. 지금은 내가 있어서 방해가 되던 애정을 만끽하고 너는 살이 더 포동포동 쪘는지 모르겠구나. 소포 속의 넥타이가 이 선생님께 맞을는지. 비교적 수수하고 서늘한 색과 모양으로 그 인물과 바다 풍경에 두루 조화될 것 같아. 하늘색 와이샤츠와 곁드려 보낸다. 웃고 받아라. 그리고 그뤤-포프링에 검은 점이 있는 천 다섯 마로 원피-쓰든 조선치마든 네 얼굴에 맞을 것 같아 보낸다. 어서 귀여운 아가도 하나 낳으렴. 내가 이쁜 베비-복을 만들어 보내께. 그럼 이만 주린다. 염숙."

—《신천지》 5권1호, 1950. 1.

젊은 아내들

"너 왜 그렇게 말렀니? 아주 말이 아니구나."

철애는 이 몇 달 동안에 바싹 여위고 기름기가 없어진 정숙의 얼굴을 바라보며 걱정했다.

"웬 일야? 행복하지?"

철애는 재쳐 물었다.

셋은 다방 한구석에 자리를 잡았다. 철애의 남편 정씨는 모자를 쓴 채 담배를 부쳐 몰고 차 석 잔을 주문했다.

정숙의 머리엔 언젠가 길을 함께 걸으며 철애가 무심코 하던 얘기가 생생히 떠올랐다.

"사랑이 기름이야. 살림하는 여자는 얼굴을 보면 알아. 남편에게 사랑을 받는지 못 받는지! 얼굴이 말하고 눈이 얘기하거든. 내외간에 불화하면 아내의 얼굴에서 빛이 걷힌진단 말야……."

정숙은 그것이 곧 자기를 두고 한 말같이만 느껴졌다. 참말 자기 얼굴에선 빛이 걷히고 기름이 말라서 어둡고 거친 인상만을 주는 상 싶었다. 그러기에 저렇게 철애가 바라보는 것이다. 불쌍해, 못 견디겠다는 표정이 아닌가? 어느 사이에 정숙은 남에게 동정을 받아야 할 처지가 되었는가하고 서글펐다.

그렇다고 철애도 뚱뚱한 편은 아니었다. 좀 체질이 섬약한 그는 눈에 띠이게 목이 가늘었다. 그러나 그렇게 보아서 그런지 밝고 명랑하고 윤끼가 도는 얼굴이다. 그 눈은 산사람의 것이요 행복한 사람의 것이라고 정숙은 생각하였다.

"어쩌면 저렇게 남편의 앞에서 천진한 표정을 지을 수 있을까?"

정숙은 황홀한 듯이 철애를 바라보았다.

"너 무슨 일 있구나."

남의 마음을 꿰뚫러보는 듯이 철애는 다시 육박해 온다. 정숙은 어쩔까 말까 하면서 몹시 망서렸다. 철애의 남편만 아니라면 자기의 심정을 얘기해 버리고 싶었다. 그럼으로써 이 답답하고 억울하고 못마땅하고 짓눌린 감정이 조금이라도 펴질 것도 같았다.

'그러나……'

곁에 철애의 남편은 차를 마시며 아내를 바라보고 있었다. 남성 앞에서 자기 얘기를 함부로 꺼낼 것이 못 된다고 생각이 들자 정숙은 입 가장자리에 서글픈 미소를 띠었다.

철애는 끊일 사이 없이 입을 놀렸다. 언제나 그렇지만 둥글고 청청한 목소리가 좀 빨은 어조에 잇달아 쏟아져 나왔다.

"아유, 오늘 아침엔 회색 양말을 못 찾아서 밤색 양복을 입구 나오셨어. 지금 신은 건 밤색 양말이거든……. 양말과 양복색이 같은 거래야 돼, 난 그런 데까지 신경을 쓴다누."

정씨는 자세를 고치며 잔기침을 한다. 듬뿍 자리가 차는 체격이다. 뚱뚱하고 키도 알맞게 컸다. 금테 안경이 커다란 얼굴에 번득인다. 회색빛 모자 밑으로 좀 큰 듯한 눈망울이 가끔 아내를 마치 애기 바라보듯 한다.

"잘못 걸렸구나! 정 선생님이……."

정숙은 낮은 소리로 철애에게 속삭였다.

"그러게 말이죠, 아주 열다섯 달 동안 쫓차다닌 기생에게서도 코빵을 맞구요, 허허……."

정씨는 호걸웃음을 웃었다.

"난 그렇게 생각해 남편이 바람나는 건 말이야……."

철애의 얘기ㅅ보는 터졌다. 무려 한 시간 반을 쉬지 않고 지꺼렸다. 오래간만에 정숙은 웃어 보았다.

'어쩌면! 어쩌면!'

정숙은 속으로 그렇게 감탄하면서 이 철애는 어쩌면 자기 속을 디려다보고 설교하는 건지도 모른다고 생각했다. 그러나 아몰던 자기와는 너머나 거리가 먼 사람같이 느껴졌다. 그 사는 전술에 있어서다.

"아―주 난 기생이라고 경멸이라니요. 천만에, 천만에요 나는 기생의 세계를 모르느니만큼 퍽 순결하게 생각하구 있에요. 또 기생은 예술가라구 생각하구요. 춤추고 노래 부르고 얘기하고 재밋게 놀고, 남자들을 위로해 주고 기쁘게 해 주는 것, 얼마나 고마운 일입니까? 앞으론 자주 놀러덜 오셔요. 우리는 다 같은 여자이니만큼 곧 통할 수 있잖아요? 그리고 넛짓이 그 예쁘장한 기생의 손목을 잡았었지. 기생은 금방 그가 가진 독특한 경계와 무장을 해제하고 내게 반가운 얼굴을 하는 것 아냐?"

철애는 남편 정씨를 따른다는 기생이 동무와 둘이서 자동차로 집까지 쫓차왔을 때의 일을 이렇게 얘기하는 것이었다.

"그때 나는 열이 나서 아쩠지만 머리를 쓰다듬고 얼는 화장하고 옷을 갈아입구 점잖을 뺏단다. 아―주 한바탕 연극을 부렸지. 난 동무나 선배나 남편한테는 애기같이 굴지만 그런 땐 좀 위엄을 부려야 한단 말야. 그래서 말이야!"

철애는 차 한 목음을 디리켜고 나서,

"나는 할 수 있는 대루 내 남편을 많은 여성이 좋아하기를 바라. 왜? 다 따르지만 나만의 소유인 까닭에?"

"까부린다."

정씨가 빙긋이 웃으며 한마디 던졌다.

"당신이 내 남편을 사랑해주시니 고맙습니다. 나는 얼마나 기쁜지 모르

겠습니다. 내 남편을 좋아하는 당신은 어쩌면 나와 퍽 공통성이 있는지도
모릅니다. 조곰도 뭘하게 생각마시고 자주 놀러 오셔요."

신선로니 잡채니 불고기니 가진 요리로 우대해 보냈다는 것이었다.

"내 동무가 그저 정 선생님을 좀 사모하는 정도구요. 조곰도 염여마
셔요."

정씨를 좋아한다는 기생의 동무가 미안해서 하는 말이었다 한다.

"앞으로 내 남편을 저바리지 마시고 많이 사랑해 주십시오."

"제─길헐, 그래서 그 예쁜 기생은 그 뒤부터는 아주 나를 경의원지한단
말야. 허허!"

정씨는 또 너털웃음을 웃었다.

"그렇지만 그런 태도가 자연스럽게 나와? 자기를 속이는 제스차─지 머!
난 그런 흉내는 꿈에도 못해. 그런 장면이면 말은커녕……."

정숙은 자기의 얘기를 꺼낼까 말까 망서렸다. 어쩔 수 없는 남편과 기생
의 문제를 얘기할까 말까 망서리는데,

"그것이 최상책이지 뭐야? 그런 여자들께 악감을 사봐. 당장 역효과를
내 지 않나? 또 도대체 질투를 노골적으로 표시한다는 건 그 상대에게 지
위를 주는 것이 되거든. 나와 동등한 상대를 만들고 만단 말야. 난 내 자존
심을 위해서 하는 노릇이야!"

그렇게 함으로써 자기의 자존을 지키고 지위를 견지하는 것이 된다는 철
애의 설은 마땅히 그럴 것이라고 정숙은 긍정은 했다. 그러나 도저히 자기
는 흉내도 못 낼 일이었다.

깊은 관계가 있든 없든 도대체 남편이 자기 이외의 여성과 길을 함께 걷
는다든지 식사를 하든지 자동차를 탄다는 일은 정숙은 상상만 해도 오장이
뒤집힐 것 같았다.

그런 자기에게 그 꼴은 또 뭐든가 말이다.

'참 기가 매켜서…….'

남편과 죽자 살자 열열히 사랑하던 끝의 결혼이고 보매 연애결혼이었다는 자부심에서라도 그건 용서할 수 없는 노릇이었다.

'그래, 기생이 내 남편의 입에 밥을 퍼 넣는다는 말 듣고 어느 썩은 년이 있어서 그걸 참느냔 말이야!'

정숙은 크게 소리를 지를 번 했다. 입안으로 중얼거린 소리였다.

남편이 친구의 아버지의 환갑잔치에 기생을 불러서 잘 노는 판에 정숙의 딸이 심부름을 간 일이 있었다.

"엄마, 아버지 입에 어떤 기생이 밥을 퍼 넣어!"

그 다름으로 얼마 안 되는 거리였지만 신발도 짝째기로 끌고 가서 숱한 사람들을 헤치고 들어서 남편을 쥐어틋고 기생의 머리채를 끌고 뺨을 때리는 등 갖은 추태를 부린 것이었다.

'개 같은 년, 갈보년, 남의 사내하구…….'

그래도 정숙은 남편의 친구들 간에 현부인이라고 칭찬까지 받고 있던 터였다.

그의 위신도 남편의 위신도 순간에 땅에 떨어지고 만 것이었다.

이어 기생은 흩으러진 머리를 쓰다듬어 올리며 야무지게 배알았다.

"잘 구경했다. 자 저 현숙한 남의 아내 구경들 좀 하셔요. 기생과 세상의 현부인이 어디 달은가 저 여자의 모양을 좀 단단히 보아들 두셔요!"

정숙은 그날 이후 남편에게서 깨끗이 절교를 당한 것이었다. 정숙의 남편으로선 실로 아내가 바람이 난 이상으로 창피하고 분한 노릇이었다. 물론 그 기생과는 깊은 관계가 있는 것도 아니었다. 아내는 일 때문에 늦게 들어간 자기한태 박아지를 긁고 길에서 아는 여인과 말을 건네기만 해도 야단이었다. 집안에서는 암만 박아지를 긁어도 그것은 한 애교로도 보이고 아내가 자기에게 대한 애정의 극진함을 나타내는 것이기도 하여 오히려 만족한 때도 있었다. 그렇게 무흠(無欠)하다고만 믿었던 아내의 소행이라 이상한 반발과 또 기생의 복수심으로 해서 야릇한 관계를 맺어 버리고만 것이다. 이때부터 정숙의 가정은 거치러졌다.

"물론 관대하면서도 세심한 주의와 관찰을 게을리 해서는 안 돼. 내 전신경이 남편의 손톱 발톱에까지 퍼지고 눈섭 한 대의 움직임에도 무심하지는 않아. 그렇게 경계하면서 한편으론……."

슬쩍 정씨 쪽을 바라본다.

마침 정씨는 다른 손님에게로 자리를 옮긴 뒤였다.

"하로는 말이야. 애기가 열이 나서 병원에 다녀오는 길에 낯익은 자동차가 지나간단 말야. 저이가 글세……. 나는 악을 쓰며 스톱을 시켰지. 찻 속에는 저이와 어떤 미인이 나란히 앉아 있겠지. (철애는 앞에 놓인 찻잔을 두 손으로 달각 소리를 내어 모아 놓으며 남편과 어떤 여자의 앉았던 양을 형용한다.) 여자는 반사적으로 가운데는 비우고 옆으로 가서 앉겠지. 난 올라탔지. 남편의 탄 자동차에 자리가 비었으니 탈 수밖에. 가운데 버젓이 앉았었지. 셋은 아모 말도 없었어. 나는 아주 태연했었지. 그리고 그 여자는 종노에서 내리고 둘이 타고 왔지. 이튿날 아침엔 다 잊어버리고 말았는데 나중 어떻게 되어 동무들이 알구는 팔을 부르걷고 그 여인한테 테로하러 간다고 야단이겠지."

그날 밤 함께 탔던 여인은 어느 다방 매담이었다. 정씨의 친구 K씨와의 연애 사건을 카무플라쥬하기 위해 일부러 정씨를 가운데 끄러넣어 그날 밤도 사실은 셋이 탄 것이었는데 철애에게 띠었을 때에는 이미 K씨가 동대문에서 내린 뒤의 일이었다.

정숙은 벌떡 일어섰다. 갑째기 무슨 결심이라도 한 듯이…….

"좀더 앉았다 가지?"

정씨는 어느 틈엔가 어떤 여자와 마조 앉아 있었다. 철애는 그쪽을 슬쩍 보고 한쪽 눈을 쭝긋해 보이며 정숙의 옷소매를 부뜰었다.

"바로 저 여자야 그날 밤의……."

"그래?"

정숙은 일어서서 나와 버렸다. 흐리터분하던 하늘에는 눈이 부실부실 흩날리기 시작한다.

정숙은 자꾸 서글퍼졌다.

벌써 얼마나 멀어진 내외가 돼 버렸는가? 남남끼리 모인 부부인 경우에는 단 한 번의 실수가 빼지 못할 못이 되어 버릴 수도 있는 것이다.

눈이 휘리뿌리는 길을 걸으며 눈물이 글썽 글썽해진다.

'당신한텐 내가 누구보다 알뜰하지?'

좋던 날의 남편의 말이 새삼스럽게 생각나며 길에서나 어디서 오늘 안으로 남편을 만나게만 되면 다시 한 번 어깨에 매여달려 어리광 부리고 싶어진다.

'그립다!'

정숙은 어느 날 따뜻한 아랫묵 보료 밑에 발을 드리밀고 벽장문에 그려진 밤[栗] 그림을 물끄럼이 바라보며 속으로 웨쳤다. 군밤을 좋아하는 남편은 언제나 밤에 집에 돌아올 때면 외투 주머니 하나로 군밤을 사 가지고 왔었다.

"내 얘기 하나 할까?"

그는 코끝을 벌룸거리며 씩 웃고 나서 얘기하던 것이었다.

"군밤을 보면 늘 연상되는 일이 있단 말야! 에헴"

큰 기침을 하고 나서 빠안히 쳐다보는 아내의 코끝을 손톱으로 튀긴다.

"이담에 내가 미워져서 죽이고 싶거든 밤 한 말만 사다가 먹여 봐. 죽지 않나?"

"무슨 소리셔요? 아이 참!"

정숙은 샐쭉해서 돌아앉았다.

남편은 두 손으로 돌아앉은 정숙의 갸름한 두 뺨을 뒤에서부터 싸안으며 얘기했다.

"옛날에 말이지, 고부간에 대단히 불화한 가정이 있었대. 시어머니는 눈만 뜨면 잔소리, 그래 며느리는 참아도 참아도 분통이 터져 못 견디겠단 말이야. 시어머니는 그야말로 며느리 발뒤꿈치 휜 것까지 미울 정도였지. 그래서 한번은 신랑이 멀리 집을 떠나간 후 어떤 의사한테 가서 시어머니 죽일 약을 구해 달라고 졸랐다나. 의사의 대답이 걸작이지! '건 어렵지 않습니다. 그렇게 잔소리만 하는 시어머니는 처치해야 되구 말구요. 자, 내 말씀대루만 하셔요. 틀림없이 죽을 겁니다. 이렇게 하십시오. 밤 한 말만 사서 삶든지 굽든지 생으루든지 시어머니의 비위에 맞도록 대접해 보셔요. 즉효죠. 즉효야!' 그러더라는 거야. 그래, 며느리는 수가 났다고 꼭 그대루 했을 것 아냐? 아아, 그랬더니 시어머니의 거칠고 사납던 얼굴은 보오얗게 살이 오르고 보기 좋게 되더래. 우리 며느리 같은 효부가 없다고 칭찬만 하고. 글세, 새는 아궁이처럼 싸홈이 끊일 사이 없던 가정이 신랑이 돌아올 때에는 낙원같이 화평하게 지내더래! 어때? 이담에 내가 미워 죽이고 싶건 말이야! 아하하!"

그런 얘기가 지금 이 시각에 바로 정숙의 귓가에서 들려오는 것만 같다.

"그래!"

정숙은 곰곰히 생각해 본다. 며칠 전 다방에서 들은 철애의 얘기와 남편 의 하던 말……. 결국 정숙 자신은 애정에 주리고 있는 것이 아니라 생활 기술이 부족한 것 같았다. 다른 사람이면 얼마든지 행복할 수 있는 처지에 서 행복할 줄 모르는 바보가 아닌가.

정숙은 벽장문에 기대어 앉았다가 왼 몸이 노곤해 오며 잠이 들었다.

멀리서 가까히서 남편의 다정스런 음성이 들려오는 것 같았다. 그의 손 길이 뺨에 와 닿는 듯 선뜻 눈을 떴으나 거기는 아모도 없었다.

"결국 현부인을 만드는 것은 그의 남편이고 좋은 남편을 만드는 것은 그 의 아내에게 달렸다."

언젠가 남편은 그렇게도 말하던 것이었다.

"그래, 참……."

정숙은 자리를 차고 벌떡 일어난다. 못에 걸린 남편의 바지저고리가 마치 남편인 듯 와락 그리워진다. 정숙은 그 바지저고리를 부둥켜 안아 본다. 남편의 체취가 새삼스럽다.

"그렇지만, 그렇지만……."

그 언젠가 쥐어 트든 기생과 깊은 관계가 있는 것이라고만 느껴지는 남편은 인제 자기만의 것이 아니요, 이미 더러워진 것이 아니냐?

그렇게 생각되자 또 당장 춤을 배앝고 갈기갈기 찢어놓구만 싶다. 집에 드는 날이라곤 별로 없지 않은가? 또 모르는 사람들 앞에서는 아내가 없다고 한다지. "아아 분해, 아이 미워" 하고 발버둥이 쳐진다.

"엄마! 엄마!"

딸 영이가 유치원에서 돌아오며 웨친다.

"저, 나 아버지 만났어. 저기 그 아파―트 앞에서."

"응, 아파―트 앞에서? 그, 그럼 그년허구?"

정숙은 또 왼 몸의 피가 곤두서는 것을 느낀다. 와들와들 떨려서 견딜 수가 없다.

"당장! 당장!"

입에 거품을 물면서 야단이었다.

"엄마 왜 그래? 무서. 무서, 엄마!"

영이는 엄마의 팔에 매어달려 애원한다.

정숙은 울고 지랄하고 싶은 데다 영의 목소리를 들으니 더욱 못 견딜 지경이었다.

"영아, 영아, 너 나 죽어두 혼자, 혼자……."

정숙은 기절할 듯 서름이 복받친다.

왈칵 어린 딸을 끌어안더니,

"이년아! 왜 쓸데없이 그따우 소릴……."

바로 그때였다.

"애, 영아!"

그것은 며칠 전 다방에서 만난 철애의 목소리였다.

"아아니, 어디 아퍼?"

철애는 방에 들어섰다. 들어서는 길로 정숙을 덥석 끌어안는다.

"이 쑥아! 죄 될 짓을……. 왜 이러구 있어?"

정숙은 눈물 콧물 섞어가며 넋두리였다. 철애는 시치미를 따악 떼고 그대로 앉아 듣더니,

"그럼 그렇게 벌어졌다면 이혼이래두 해야지. 애정 없는 가정생활을 어떻게 해?"

정숙은 이혼이란 말을 듣더니 또 우름보를 터트린다.

"그이는 말야. 밤을, 군밤을 좋아했어!"

'옳지, 됐구나' 하고 철애는 정숙의 손목을 굳게 잡았다.

"내 좀 얘기할게. 요전 내 얘기 들었지. 아주 나 겉음 넌 죽었겠구나. 그만 일을 가지구 히스테리―를 부리고 야단이니. 참 너의 남편두 무던해. 아마 둘도 없을 거야. 벌서 남 같으면 아마 너 쫓겨났을 거다. 자기는 친구의 아파―트에서 집 없고 가족 없는 불상한 독신자처럼 묵으면서 회사에 다닌다잖어? 애, 너만 거칠어진 줄 알았더니 네 남편은 더하더라. 내 오늘 기별을 듣고 당장 달려오는 참인데!"

"흐흑, 흐흑……. 그래, 영의 아버지가 아파―트에? 그래 친구와 같이? 아님 기생하구지?"

정숙은 겨우 제정신이 든 듯 머리를 쓰다듬으며 눈에 빛을 띤다.

참애정의 끄나풀을 겨우 잡은 것 같은 안도감에서 오는 히망, 정숙은 힛죽 입 가장가리에 미소까지 띠우며,

"내가 하기야 너무했지!"

"저런 인제 알았구나. 너 아주 남편 망신을 톡톡히 시켰다지. 여니 남편 같음 어림두 없다, 어림두 없어. 당장 쫓겨나지 않나?"

"그래두 그 후엔 그년허구……."

"얘, 새빨간 거짓말이래. 친구 보구 그러시는데, 그 기생의 떼에 못이기는 척하구 몇 번 만나긴 했어두 아주 깨끗한 사이래."

정숙은 제발 그러했기를 바라면서 철애의 입술만 쳐다보았다.

"애정에도 조절이 있어야 하고 기술이 있어야 하거든. 그렇다고 순진하지 말란 말이 아니야."

"애정에도 기술?"

정숙은 가슴속으로 되뇌었다.

"자, 깨끗이 몸차림을 하고 우리 같이 가 보자구. 친구들하구 그러시는데 네가 마음으로 사과하면 원체 애정 있던 부부였으니까 여부가 있겠느냐고. 자, 어서."

철애는 어리멍청해서 앉아 있는 정숙의 어깨를 흔들었다. 순간 정숙의 눈은 반가움으로 빛났다. 그리고 방맹이질하는 가슴을 진정해 가면서 떠듬떠듬 중얼거렸다.

"그이는 그럴 꺼야. 원체 연애하던 시절에도 그렇게 진실했으니까. 거짓말이라곤 못하는 성미니까ㅡ. 내가 너무했지 내가 미친년이었지!"

정숙은 세수를 한다, 화장을 한다, 옷장에서 제일 화려한 옷을 끄내다가 열적어 그만두고 옥색 유ㅡ동치마에 흰 옥양목 저고리를 받쳐 입고 장보구니를 들고 철애를 따라 나섰다.

다리가 불불 떨리고 가슴이 울멍울멍해서 걸음이 잘 내키지 않았다.

부끄러움이 앞선다. 미안하기도 하다. 한편 남편이 야속하기도 하다. 그러나 역시 반가움에 떨린다.

섣달 해는 지기가 무섭게 폭 어두어졌다. 시장에 들러 이것저것 사는 동안에 왼 하늘이 훠언히 트이더니 열흘 넘은 상현달이 찬 하늘에 걸렸다. 달은 찼(滿)다가는 둥글고 둥글었다가는 찬(滿)다. 사람의 애정도 찼다가는 여즈러지고 여즈러졌다가는 다시 차는가 보다고 정숙은 하늘을 바라보며 그렇게 생각하는 것이었다.

"아니, 저이가 왜?"

철애는 종종걸음으로 길을 건너간다. 곁에 따라 걷던 정숙이야 있거나 말거나 언젠가 다방에서 만난 바로 그 듬직해 보이는 남편의 어깨를 막우 흔들며 뭐라고 떠든다.

"얘, 바루 그 아파—트 저기 아냐? 인제 내 역활은 끝났으니까! 자, 여기서!"

철애는 일부러 보라는 듯이 남편의 옆에 바싹 붙어 서서 뒤도 돌아 안 보고 가 버린다.

정숙은 군밤이 잔뜩 들어찬 장바구니를 들고 그 아파—트 앞에 서서 수집은 처녀처럼 누구 나오기만 기대렸다.

이층 유리창에 남편의 그림자가 비쳐 뵌다.

"여보, 여보."

가슴 속으로만 외우치며 그러면서도 문 안에 들어서지 못하는 정숙.

두 어깨에 상현의 맑은 달만이 춤추고 있었다.

—《부인경향》 1권1~2호, 1950. 1/2.

낙과(落果)

남을 속여도 나야 속일 수 있느냐. 나는 몇 해를 허위의 깝질 속에 나를 거느려 왔느냐? 영낙없이 아모도 없는 방에서 거울에 마조앉으면 새어 나오는 넋두리, 그만 무슨 징조인지 모르겠다—고 현주는 얼골을 닦던 타올을 무릎 위에 놓고 정신없이 거울 속을 디려다본다.

"살결도 금방 처 놓은 인절미, 삶은 계란 깝줄을 베껴 놓은 것 같으이……."

그런 형용이 모자라서 옛날 이야기책에 나오는 투로 돋아오는 달이니 무에니 하고들 많은 허물을 가린다는 얼골 히던 일도 옛말이 되고 말었다. 저 반뜻한 넓은 이마에 하나둘식 생겨난 기미며 눈 가장자리의 주름쌀, 볼따구니의 검은 티, 누루데데한 살결—. 그 눈을 두고 수없는 묘사와 더운 포옹을 받던 기억이 금방 어제 같은데 어디 보자, 단단히 마주 보자— 하고 현주는 검은 눈을 크게 떴다. 말할 수 없는 피곤과 권태와 짓눌린 슬픔이 서리었다.

몇일 전이었다. 소위 남편(그는 늘 오가라고 생각해 오는 것이지만)이 와이샤쓰를 입을 때에 넥타이를 챙기노라니까,

"왜 그 좋은 화장품에 이 꼴이람. 헐 수 없군, 헐 수 없어……."

무에 할 수 없다는 건지 현주는 못 알아듣는 것이 아니다.

"차라리 빨리 늙기나 했으면. 어서 이 힌 살결이 깜앟게 되고 주름쌀이라도 조글조글 잽혔으면!"

하던 시절이 있었다. 그런가 하면 또 생생한 소리가 있어,

"난 당신이 나이를 먹어 갈수록 그 늙수구레한 모양을 더 좋아할 것 같아. 길을 가다가도 늙은 여인을 보면 당신도 이담에 늙으면 저럴까─ 싶으면서 벌서 몇 십 년 앞엣일도 생각한단 말야!"

늙었다고, 왜 이 모양이냐고 눈앞에서 비웃는 오가와, 꿈에도 잊지 못하는 옛사람의 거리는 그동안에 흘러간 세월보다도 아득한 것이었다.

타올로 닦고 밥 바리만큼 한 콜드크림을 옳은손 식지 하나로 푹 찍어 왼손바닥에 옮겼다. 옳은 손바닥으로 문질러 얼굴로 가져갔다. 매끈한 감각과 물씬 풍기는 향기 속에 라선형으로 뺨 위에 양손을 움직이며 맛싸─지를 하고 께스로 닦고 화장수를 바르고─.

그러다가 갑째기 손을 뚝 멈추고 또 거울 속을 어이없이 디려다보고 앉았다. 화장이란 누구를 보이기 위해 한다는 것보다 자기 자신이 유쾌하랴고 하는 것이고, 더 이쁘랴는 것보다는 추하지 말려고 하는 노릇이라면 현주는 미친 사람처럼 이런 시간 위에 마치 무슨 보이지 않는 포승에 걸린 사람 모양 이런 필요까지는 없지 않으냐─고 생각이 다시 번뜩 머리를 슷치자, ■니싱크림을 찍어 바르고 파우더─를 ■─에 묻혔다.

"나같이 일생을 속고 속아 사는 년이……. 정신적 불구가, 정신적 기갈 병자가 화장을 해서 늙어 가는 허물이나 꾸며 가리우면 뭣 하나?"

눈썹을 그리는데 다 된 얼굴에 눈물 그득 고인다. 거울 속은 뒤덤벅이 되었다. 그는 안갯속 같은 몇 순간을 숨쉬고 끔벅 눈을 감았다 떴다. 뚝뚝 하고 장판 위에 그것은 마치 지난새벽에 지붕 위에 뚝뚝 떨어지던 빗방울 소리 같다고 느끼는 것이었다.

언제나 조용한 이야기며 의논이며 부끄러움을 가릴 줄 모르는 거울 앞이다. 일쪽이 남의 앞에서 거울에 대한 적이 없다. 거울은 호면 같은 조용함에 그 맑은 눈으로 자기를 꿰뚫고 있는 것이다. 앞은 상처에 간장을 바르는 듯한 쓸아린 감각이 쩌릿하고 지나가는가 하면, 깊이 모를 두터운 위

무의 손길이 전신을 쓰다듬는 것 같기도 하다.

밖에 나가면 거리마다 골목마다 걸레보다도 더 처참한 것을 살도 못 가리우게 둘르고 굶주려 헤매는 거지무리와 땅에서 잠을 자는─ 그다지나 학대를 받아야 하는 생명들에 비하면 이건 무슨 수로 이다지 많은 세간과 큰 집과 좋은 옷과 돈은 물 쓰듯 흥청망청하는 팔자란 말인가?

다 귀치않다.

왼 우주를 안겨 줘도 소용이 없다.

생명의 등불이 꺼져 버린 캄캄한 동굴 안에 내 육체는 갇혀 있고나─고 현주는 그 앓음이 너머나 노골화하는 자신을 깨닫는다.

"가리라, 가리라, 꼭 가고야 말리라."

여지껏 부르짖어 온 부르짖음을 다시 부르짖어 본다.

"엄마─ 이봐요. 저 인천 아즈머니 오셔요."

어린것은 왼 집안에 가득 차도록 째앵 울리는 목소리로 어느 틈엔가 엄마의 등에 매달린다.

"응?"

현주는 꿈에서 깬 사람처럼 어안이 벙벙했다. 어느 것이 꿈이고 어느 것이 현실인가. 모다 꿈이냐, 모두 현실이냐?

"아유! 웬일이셔?"

어린 향이가 아즈머니라고 하는 내객은 다름아닌 흰 세비로 양복에 단발을 갈라부친 남장의 미인 허성이였다. 십 년 내, 현주의 가슴을 섬찟하게 하고 뛰게하는 마치 운명의 열쇠를 가진 여인이었다.

"반가운 소식을!"

허성은 사내 모양으로 아랫묵에 무릎을 둥글하니 펴고 앉아 두 손을 넓적다리 밑에 깔었다.

현주는 벌서부터 가슴이 설레었다. 무슨 말을 어떻게 해야 좋을지 몰랐다. 허성이가 아모리 반가운 소식을 가져왔더라도 현주 자신이 무슨 말이든 잘못하면 그 소식은 무효가 될 것만 같았다.

"난 참!"

현주는 다시 입성[18]뿐 아니라 얼굴까지도 고운 사내 같은 희성의 입을 쳐다보았다.

"아즈머니, 아즈머니!"

향이는 희성의 무릎 위에 냉큼 올라앉으며 희성의 턱이며 뺨이며 자꾸 어루만졌다. 밖에 나갔던 주인이 오래간만에 돌아온 것을 마지한 강아지와 같이 향이는 희성의 살을 핥기라도 할 것 같다.

희성과 현주의 사이의 대화는 이 향의 하는 짓에 그만 침묵해지고 말았다.

현주는 왼 몸의 피가 무슨 독소에 흐린 것 같은 앞음을 느낀다.

"애가 왜 이래, 버릇없이!"

겨우 현주는 향이를 희성에게서 떼어 냈다. 희성은 사내 모양으로 너털 웃음을 웃었다.

"향아, 너 좀 밖에 나갔다 오련? 사과 사 오까?"

현주는 빨리 희성에게서 한마디 향이까지도 없이 무슨 말이든 오봇 듣고 가 싶었다.

현주의 눈은 애원하였다.

"가르켜 디리지 말어야지."

현주의 눈에는 눈물이 글썽했다.

"언니?"

"응?"

"갈 테요? 안 갈 테요?"

"그럼 오셨나요? 혼자서!"

---

18) '옷'을 속되게 이르는 말.

"혼자고 말고. 밑천이 혼잔 걸!"

"아아니, 그럼?"

"아이 낳겠다구 자궁 수술하다 죽었대. 불상해요. 그 사람이야 죄가 있수?"

"어쩌나!"

현주는 머릿속에 피가 뱅뱅 도는 것 같았다. 무엇이라 할까, 원수가 있어서 죽어 달라고 밤낮없이 빌다가 그 원수가 죽은 순간에 그 원수는 다만 아모 죄 없는 어린양 같은 희생물이었던 것을 깨닫는 때의 야릇한 놀람, 미안함 슬픔, 또 일방 느끼는 다행인 것같이도 생각되었다.

희성이가 다녀간 후 현주는 자리를 깔고 두러누웠다. 그냥 어디로 휙 나갈 수도 없고 바느질이나 집안일을 보살필 수도 없고 그저 굴 속을 달리는 기차 소리 같은 굉음이 울렁울컥 들리는 것 같이만 느꼈다. 너머나 아득한 세월이었고, 너머나 잔인한 날들이었다.

"어떻게?"

그렇게 반문하면서 천정을 쳐다 보았다. 넓은 집안이 무덤 속같이 어둡고 답답하였다.

꼽박 열두 해나, 그러니까 향이가 뱃속에 들어 두 달 만에 오가의 집으로 자기 발과 마음이 내켜서 온 것이 아니라 억지로 끄을려 왔던 것이었다. 오가의 고향은 ××도, 고향엔 오래 앓는 본마누라와 소생도 있었다.

"쓸 데 있니, 좀 있으면 다 네 해 될텐데⋯⋯."

칠대나 물려받은 가장지물을 팔고 타향으로 거지꼴이 돼서 떠나야 하는 아버지는 오가의 호의로 인해 그가 하다가 쫄딱 망한 포목상을 다시 하게 되었을 뿐 아니라, 밭이며 집이며를 무난히 건지게 됐던 것이었다. 한창 장사가 잘될 때에 여학교를 졸업한 현주는 어린 남동생밖에 없는 터라, 외지로 유학을 가겠다고 졸라 보면 그다지 마다하는 아버지도 아니었다. 동경 어느 전문학교 가사과에 입학하여 삼학년 재학중에 여름방학에 나왔다가 못 간 지 이태나 되어 버렸다.

현주는 무슨 전설에 나오는 심청의 재판 같은 이야기나 이 일을 단마디에 거절하기란 기가 매킨 사정이 그물처럼 얼켜 있었다.

돈에 몸을 팔다싶이 해서 시집을 가는 건 둘째로 얼마나 여러 가지 비극을 내포하고 우름을 ■져야 하는지 몰랐다.

"삼 년만 더 기대려 줘요, 삼 년만. 내가 학교를 나오면 어떻게든 될 일 아뉴?"

그렇게 말 아니하더라도 철성의 앞에서는 어린애같이 수그러지는 현주였다.

온─몸, 온 영혼을 바치고도 부족할 것 같은 철성에게 대한 치열한 사랑 속에 이건 무슨 악착한 운명의 작난인가?

오가는 끔찍히 사랑하노라 했다. 이루 헤일 수 없이 다루던 수많은 화류계 계집과 달라 처음 다루는 인텔리 여자를 어떻게 하면 완전한 소유를 만들까고 가진 애를 썼다. 그러면 그럴사록 현주는 역동적으로 오가가 싫기만 했다.

오가의 안해로 시집온 지 여러 날이 되도록 현주는 그 몸을 굳게 닫힌 성문 안과 같이 지켰다. 그리고 뒷산에 올라가 죽어 버릴 작정이었다. 낙엽이 서리에 젖어 깔린 새벽이었다. 밧줄에 목을 매어 소나무 가지에 디룽디룽 매어 달렸다가 들켜서 자살 미수가 되었던 반달 후에,

"에라, 죽을 은혜도 없고나."

아아, 지옥이란 이런 것인가? 이런 밤이 지옥이 아니고 무에랴고 부르짖으면서 오가에게 몸을 내어 맡긴 것이었다.

자기의 핏줄을 따라간다는 자연에서 오는 이치일까? 향이는 어쩌면 히성이를 그다지나 따르는 것일까?

"엄만 뭘 그러우, 어서 가자니까!"

"얘 그래두."

현주는 그 아귀다툼 판국에서도 봇다리 속에 한 가지라도 더 쑤셔 넣고 싶었다.

"남의 집을 망쳐 놓은 년, 이 집에 들어와 자식을 낳었니? 남의 씨를 기른 것만 해도 분해 죽겠는데. 뭐, 빼어 가지고까지 나가? 도적년, 홰냥년, 미친년!"

오가의 어머니와 누이의 악담이었다.

'몬지까지라도 톡톡 털어 놓겠다.'

현주는 향에게 부끄러워 이렇게 혼잣말 했다. 그것들 때문에 열두 해나 감옥 속에서 산 것 같이 지내다가 또한 헌신짝과 같이 버려야 하는 재물ー.

현주는 향의 손목을 부잡고 기차를 탔다. 조곰 전까지 그 지옥 속 같은 데를 빠져 나오기만 하면 시원할 것 같더니 어쩐 일인지 머리가 청명하게 비이고 얼이 빠진 것 같아 정신을 차릴 수가 없었다.

기적 소리가 났다. 향이는 차창을 내다보며 멀리를 향해 무어라 지꺼린다. 심부름하던 향의 나이 또래의 계집애가 가시넝쿨 쪽에서 손을 흔들며 옷고름으로 눈물을 닦고 있었다. 향의 눈에도 눈물이 글성, 다박머리를 되게 흔든다. 기차는 미끄러진다. 고동을 뽑으며 푹푹 찍찍, 푹푹 찍찍, 연기를 뒤로 토하며 철성에게로 가까이 가까이 달리는 것이다.

"개 같은 년, 내 첩이 과분하지. 남의 새끼를 배어 가지고 들어왔던 날도 적년. 인제 네 사내를 찾아간다지. 훑어 먹던 죽사발, 야, 이 더런 년!"

오가는 그렇게 최후 발악을 하며 머리채를 끌고 발길로 차고 코피를 터쳐 놓던 것이었다.

"아이, 지끗지끗해. 아이, 지끗지끗해."

현주는 향의 머리를 쓰다듬으며 눈물을 거두었다.

"이런 세상도 있는가?"

익어 가는 논과 밭이 푸른 산과 강물 줄기에 조화되어 번득이고 하늘은 수심을 걷은 사람은 눈동자같이 맑게 개었다.

지난 밤까지도 오늘의 용기를 의심한 현주였다. 오가의 집에 미련이 있었다기보다, 깨어진 그릇이 옛 애인을 찾아간다는 뻔뻔스러움을 무엇으로 가리랴 싶었다.

"현주 씨, 향의 엄마, 아니 내 아기의 엄마, 당신의 주저하는 심정을 나는 당신 자신보다 더 잘 압니다. 그러나 모든 책임은 내게 있었다는 것, 내가 죽엄으로써 우리의 사랑을 지키지 않았다는 것과 가난했다는 허물에 이 비극의 핵심이 있는 것이외다. 운명의 신이 어떻게 점지하였던지 우리는 우리 사랑에 장애되는 모든 사슬을 끊고 인제야말로 우리 자신에 충실할 때는 왔습니다. 언젠가 (그것은 바로 오래지 않은 어제 그제같이 느낍니다만) 당신이 나이 들어 늙을수록, 내 사랑은 더욱 깊어질 것 같다고 하는 기억이 있거니와 참말입니다. 나는 며칠 전에 근 칠팔 년 만에 당신을 만났을 때 나의 옛날의 말은 그대로를 증명해 주는 것이라 생각했습니다. 짓밟혀도 썩지 않고 괴로움 속에서도 뭇질러 안 지는 영원한 힘— 현주 씨, 괴로움에 씻겨 오히려 영혼의 등불을 빛이는 나의 마돈나! 환경을 놓고 따질 때 나 역시 마음에 없는 여자와 결혼 생활을 한 것이 아니라, 에렌께— 여사의 설을 빌 것도 없이 간통죄를 지어 오나 다름이 없었습니다. 불쌍한 죄 없는 여인이었습니다. 사람이란 착하고 악하고의 문제가 아니드군요. 어린 양같이 착하고 깨끗하고 아름답다고 생각은 했으면서도 진정 못 먹을 음식과 같더군요. 그 여인(죽은 아내를 나는 아내라고 생각해 본적이 없습니다. 나는 다만 내 집에 동거하는 여인으로만 생각했을 뿐)은 내 곁에 가차이 있으면 있을사록 아득히 먼 세계에 놓인 차돌같이 생각되더군요. 참말 양심코 고백하거니와 나는 한 번도 그 여인에게 마음의 포옹을 주어 본 일이 없습니다. 그것은 유곽에 가서 밤을 밝히는 때보다도 더 부끄럽고 불유쾌한 이튿날을 가져왔습니다. 꼬짓꼬짓 말으다가 애기를 가져 보겠다고 자궁 수술을 하고 어떻게 뇌막염으로 변하더니 죽어 버리든군요. 작년 팔월 중순, 그러니깐 일 년을 지냈읍니다. 불쌍한 여인이었읍니다. 그러나 나는 한시름 놓고 나는 나의 공허를 더욱 입증이나 하려고, 남쪽 하늘을 찾아왔읍니다. 진정코 말할 수 있거니와 나는 그 여인과 십 년을 남아 지냈으되 나는 마음의 동정이었다는 것— 만일 당신도 나와 같이 오가와의 사이를 얘기할 수 있다면 당신 역시 나의 마음의 아내임에 틀림이 없을 것 아뇨? 왜 그리 흐느껴 울었소? 나는 당신의 검은 머리털을 쓰다듬으며 이렇게 중얼거린 것 아뇨? '이 머리털이 하얀 백발이 됐단 들 하얀 백발이 됐단들!' 당신이 내 무릎을 베고 울던 양을 향에게 들켰어도 향은 쌩긋 웃지 않습디까? 아이는 나를 운명의 예감으로 알아맞추는 듯, 나를 왜 그렇게 따르든지요? 오시겠다구요? 누가 오라 가라 할 사람이 있어요. 제 이의 운명의 문은 열렸읍니다. 이 바다가 바라보이는 조용한 엷은 널쪼각 단칸방이라도 이것은 나의 애트리에로도 당신의 손꼽작난에도 넉넉하잖아요? 무엇 아모것도 들고 오지 마시오. 때가 묻은 기억을 일부러 끄을고 다닐 필요는 없는 것입니다. 빈 몸, 빈주먹으로 건설해 가는 것, 창조하는 것, 나는 비인 캔봐스 위에 우주를 묘사하는 것 아닙니까? 당신은 가난하고 보잘것없는 살림이라도 손꼽작난하듯 즐거이 할 수 있는 것 아닙니까? 저 바다, 저 구름, 아아 저 하늘, 아득한 수평선 위에 서러운 꿈이 아름답게 퍼져 가는 산 진실을 창조합시다. 나는 참말 괴롭도록 유열을 느낍니다. 모든 장애물을 통해 운명의 시련을 통해서는 우리는 참말 완전히 우리 서로의 것들이 될 수 있었던 것입니다. 잊지 마십시요. ×일 오후 ×시 ×분, 그 차를 나는 히성이와 어깨를 나란히 해서 나의 당신과 나의 향이를 기대릴 것입니다."

눈물에 번진 철성의 편지를 꺼내어 수없이 읽어 보았다. ××간이 이렇게도 더딘가. 마치 알지 못하는 곳으로 알지 못하는 사람을 찾아가는 것도 같다.

철성이와 히성이는 손을 들었다.

현주는 향의 손목을 이끌고 개찰구로 나왔다. 철성은 눈을 한 번 크게 뜨고 웃음을 짓고, 희성이는 현주를 붓안았다.

현주는 목이 메어 아모 말도 못하고 묵묵히 그들의 뒤를 따랐다.

일행이 탄 택시는 평평한 길을 한참 달리다가 왼쪽으로 굽으러져 올리받이[19]를 몰았다. 별장 지대 같은 높은 곳에 깨끗한 양옥들이 이 군데 저 군데 있는 틈을 지나 송림이 욱어진 공원 속에 철성의 처소가 있었다. 앞이 트여 송림을 거쳐 바다가 보이고 뒤에는 산으로 둘린 아늑하고 정갈한 곳이었다.

멀리 바라보면 저녁 노을이 바다 위에 붉게 아물거리고, 한 척 두 척 어선이 움직이는 것이 바라보였다.

"아이 좋아!"

현주는 풀숲을 달리고 있었다. 희성은 남장을 한 채 부엌 쪽에서 그릇 소리를 내고 있었다.

사흘 되던 날 희성은 들가방을 들고 나섰다.

"오빠, 언니, 안녕히. 향아, 잘 있거라. 어디를 가나 마음을 놓겠어요. 재밋게 재밋게 깨가 쏟아지게 사셔요. 나두 인젠 치마폭을 둘를 때가 오나 봐요. 오빠네를 보니까 난두 고집을 버리구 싶어져요. 자 갑니다. 가요."

철성이네 식구들은 행복을 찾아 간다는 희성이를 말릴 수가 없었다. 해방 전에 약혼했다가 어느 고아원에 가서 조선 역사를 가르킨 것을 단서로 남장을 하고 각지로 돌아다니며 불온한 사상을 선전한다 하여 여덟 달을 복역한 일이 있다. 그동안에 약혼한 남자는 희성의 짐을 팔아먹고 차입 한 번 안 했던 것이었다. 물론 징용이 무서워 시골로 산골로 피신해 다닌 것이로되, 희성은 형무소 속에서 사람이 그립고 배가 고프고 몸이 괴로울 때

---

19) 비탈져 오르막이 진 곳.

면 미칠 것만 같았다. 이를 갈고 또 갈았다. 그것은 일제의 압제를 저주하는 것보다 더 원통함을 안겨 주는 인정의 배신이었다. 뼈를 갈아 먹어도 시원찮을 것 같았다.

"두고 보자, 두고 봐."

그가 복막염이 되어 보석으로 감옥을 나오던 날, 눈이 휘둥그래 애인이 서고 있었다. 히성은 기운이 없어 잡아 뜯지는 못 했지만 그 당장에 이유 여하를 불문하고 준거(峻拒)하여 버렸다.

"더런 자식, 화녕질하다 부쨉혔어두 그렇지는 못 하겠다."

그 후 히성은 남자란 남자는 다 마찬가지로 저주의 대상이었다. 눈에 차는 사나히가 있었드라면 연애나 결혼을 거부할 성격도 아니었다. 누구보다도 여성답게 여성의 생활을 설계해 나갔을 그였다. 그러나 그는 되게 머리를 흔들었다.

"단연코, 단연코, 함께 겨뤄 보리라."

그는 자기 입술이 피나도록 깨물었다. 애인이 사람을 통하여 혹은 편지로 그렇게 애걸을 하여 와도 용기 없는 사나히는 썩은 생선보다도 못하다 느꼈다. 그는 애써 자기 속에 있는 여성적인 성격과 취미를 죽이고 몸페상용(作業服常用)에 다행을 느끼고 이래 남복(男服)으로 외모부터 무장하고 지내는 터였다.

"당신이 나를 다시 돌보지 않아도 좋습니다. 나는 내 마음을 지켜 복역 중에 당신께 섭섭하게 해 드린 갚음을 해야겠읍니다. 두고 보아 주십시오"

그런 편지를 보내온 지 삼 년이 되도록 들뜬 소문 없이, 자기를 위해 근신한다는 것이었다. 히성은 돌아섰다.

오붓한 세 식구를 남기고 역으로 향하는 것이었다. 애인은 서울에서 어떤 학원을 경영하고 있는 것이었다.

바락 식으로 지은 외롱집.

철와 지붕에는 팥색을, 사방 두레는 하늘색으로 펭키칠한 어느 정자를 연상케 하는 애트리에는 그대로 철성이네 세 식구의 보금자리였다. 아침저녁으로 음악이 흘러나왔다. 송림 속에 바람과 함께 퍼져서 사라졌다. 안에서 새여 나오는 명랑한 웃음소리에 산보 다니던 사람들이 발을 뚝 멈추고 엿듣기도 하였다.

향이 학교에 가고 철성이 캔봐스를 메고 바닷가로 사생(寫生)을 나간 사이에 현주는 그 오붓한 자기네의 보금자리를 치우고 장식하고, 날마다 조고마한 변화라도 이르키노라 애썼다. 흙색 벽지 위에 이 군데 저 군데 남편의 풍경화와 라체상이 걸려 있고 송이채 달아 맨 잣이며 밤나무 가지며 꼬아리며, 화병대(花瓶台)는 우불주불한 자연목을 버힌[20] 것이었다.

점심때가 되면 남편의 그림 그리는 장소에까지 점심을 날랐다. 남편은 더없이 유쾌하다는 듯이 빙그레 입 가장자리에 미소를 띠우며,

"그전 한달치 일을 하루에 해 버릴 것 같아."

하였다. 현주는 치마폭을 거두고 남편의 곁에 앉아 밥 먹기를 기다렸다.

"여보오!"

"응?"

현주는 괜히 그렇게 불렀으나 할 말은 없다. 달큰한 어리광이었다. 삼십평생 처음으로 전 신경을 흐뭇하게 펴 보는 만족에서 오는 유열,

"당신 십 년은 젊어졌수. 꼭 그때 같아, 십 년도 더 되는 세월을 하루로 주름잡은 것 같단 말야! 허허."

철성은 호걸웃음을 웃었다.

현주도 따라 웃었다. 웃을 때에 눈 가장자리에 주름이 잡히나 조심스러웠다.

현주는 매일 아침 남편이 일어나기 전에 향의 손목을 이끌고 내리받이

---

20) '베다'의 옛말.

길을 걸어 정거장 부근 기차 선로를 가로질러 선창께로 갔다.

벌써 먼저 갔던 사람들은 궤²¹⁾나 생선을 새끼에 꿰어 가지고 올라들 온다.

요새는 다른 생물보다 궤가 한창이었다. 서울서보다 얼마나 신선하고 싼가. 이 한 가지만으로도 현주는 산 보람을 느끼는 것 같았다. 현주는 살이 폭폭 찌는 것 같았다. 그런 끔찍한 세상도 있었나 하다가도 이렇게 손바닥에 구슬을 굴리는 듯한 부드러운 인생도 있나 싶었다.

거울 속에 비쳐 보는 자기 얼굴은, 분명히 생기로 씻겨져 있음을 느꼈다. 눈을 한 번 크게 뜨고 웃음을 지었다. 남편은 단잠에서 깨었다.

"향인 어딜 갔어, 향아!"

한아름 들국화를 안은 향이가 들어왔다.

— ≪백민≫ 제20호(6권1호), 1950. 2.

---

21) '게'의 방언.

장덕조 ●●●

장덕조(1914~2003)

- 1935년 이화여전 영문과 중퇴
- 1932년 「저회」가 ≪제일선≫ 8월호에 추천되어 등단
- 주요 경력―≪개벽≫사 기자(1932), ≪영남일보≫ 문화부장(1950), 육군 종군작가단 (1951), ≪대구매일신문≫ 문화부장 겸 논설위원(1951), 통일주체국민회의 대의원 역임 (1976) 등
- 대표작―『은하수』(1937), 「함성」(1947), 「저회」(1949), 「삼십년」(1950), 『여인상』(1951), 『다정도 병이련가』(1954), 『벽오동 심은 뜻은』(1963), 『이조의 여인들』(1968) 외 다수

●●●

함성(喊聲)

어떻게 걸어 집까지 왔는지도 모른다.

손바닥만한 툇ㅅ마루 끝에 이고 왔든 앞치마 뭉치를 나려놓으니, "꿀!" 하고 외마디 돼지색기 우는 소리가 났다.

종이는 다 떨어지고 앙상하게 형용만 남은 미닫이가 월컥덜컥 열리며,

"점순이 떠났소"

춘삼이 얼골이 쓰윽 내민다.

그 말에는 대답도 않고 점순 어멈은 그대로 횅허니 부엌으로 들어가드니, 풍풍 독의 물을 퍼서 솥에 부었다.

눈물에 부은 눈을 남편에게 보이고 십지 않은 까닭이었다. 계속하여,

"이거 웬 돼야지색기여."

하는 남편의 당황한 목소리가 들려왔다.

그 소리를 듣고 쿵쿵쿵 달려와 드려다보는 듯한 색기들의 기척도 났다.

"으야, 돼지다 돼지 봐라" 하는 큰놈의 소리.

"이봐, 대가리 끝꺼지 구정물이 묻었네. 체, 더러" 하는 적은놈.

"무쩌, 아이 무쩌" 하는 꼬마 소리.

그러나 점순 어멈은 사뭇 벙어리가 된 듯 검불나무를 끌어댕겨 솥 밑에 불만 짚인다.

어느새 나려왔는지 춘삼이의 근심스런 얼골이 부엌을 드려다보고 있었다.

"웬 돼야지여, 돼야지가."

그의 찌푸렸든 얼골은 완연히 공포의 표정으로 변하였다.

지난 봄 일이 생각난 모양이다.

양식은 말할 것도 없고 우거지도, 소나무 껍질도, 씨감자까지 떠러졌을 때다.

주리다 못한 색기들이 벌레며 나비며 그런 것을 잡어먹고 돌아댕기는 것을 보자 점순 어멈은 환장이 됐는지 덥허놓고 구장네 닭을 훔처 왔다.

춘삼이가 들에서 돌아왔을 때 안해는 서슴지도 않고 자식들 입에 닭국을 퍼 먹이고 있었다.

좁은 마을이라 당장에 소문은 퍼졌다. 물론 말성이 많았다.

그때 춘삼이는 일부러 구장 집까지 찾아가서 비두발괄[22] 손이 발이 되도록 빌었으나 범행 당자인 점순 어멈은 고개도 돌리지 안았다.

그뿐이랴. 그 후에도 그 같은 일은 몇 번인가 되푸리되였다.

원체 소심하든 춘삼이의 간은 이 안해 때문에 아주 콩알만 해졌다.

동리 사람 둘만 모여 선 곳에도 그는 낯을 들고 지나가지를 못했다.

그 대신 뼈가 휘이도록 마을 일을 도왔다.

면소 일, 구장집 일, 작업반의 일.

그러나 안해는 이 같은 남편을 언제나 마음속으로 경멸하고 비웃었다.

그 약하고 비굴한 성미를 발을 굴으며 안타까워하는 것이다.

새벽부터 일손을 놓지 못한 남편이 어두워서야 기진해 들어오면 안해는 도로혀 장다짐을 해 가며 소리소리 지르는 일도 있었다.

"어유 암만 동네방네 아첨해 봐. 누가 도둑년 서방 아니라능가."

그럴 때에도 남편은 말 한마디 하지 안는다.

억울한 듯이 입술을 깨물고 그저 한숨만 쉬였다.

그러나 이 같은 점순 어멈의 도벽도 오래 가지는 안았다.

---

22) '비대발괄'의 북한어. 억울한 사정을 하소연하면서 간절히 청하여 빎.

보릿고개를 넘어서며 공출하고 남은 감자가 여기저기 허터지고 새끼들의 주렸든 눈알이 바로 백히자, 그의 손버릇도 씨는 듯 없어졌다.

제일 먼첨 숨을 돌린 것은 춘삼이었다. 그렇든 것이 하필 오늘 맛딸 점순이가 징용을 맞아 떠나간다는 오늘 안해는 다시 환장을 했단 말인가ー.

춘삼이의 주름 잡힌 이마 우에는 공포의 그림자가 더욱 깊허졌다.

그는 지금 방향도 알지 못하고 껄려간 딸의 안부보다 돼지색기 출처가 더 급한 것이다.

아궁이를 들여다보고 앉아 불만 짚이는 점순 어멈도 이 같은 남편의 마음을 잘 안다. 갑자기 남편이 가엽서졌다.

"이거 훔쳐온 거 아니라우. 자동차ㅅ간에서 도라오는데 방학리 고개에서 줏은 거라우."

그것은 정말이었다.

점순 어멈은 오늘 아침에 딸이 떠나는 것을 배웅하러 읍내까지 갔다.

하긴 점순 아범도 같이 갈 것이나 두루맥이도 없고, 모자도 없다고 주저하는 것이 미워 싸홈 끝에 어멈만이 가게 된 것이다.

손에 손에 '히노마루' 그린 깃발을 든 구장과 면소 사람들에게 끌리어 이 어구에서 떠나는 두 처녀는 이십 리 길을 걸어 읍내까지, 거기서 다시 뻐스로 도청이 있는 C까지 나가야 하는 것이다.

C에서는 도내에서 결정된 처녀가 모두 함께 모여 기차로 곧 부산으로 향해 가게 되여 있었다.

읍내에서 뻐쓰를 타려는 소녀도 오륙명이나 되었다.

배웅 나온 부모 친척들의 아우성과 '히노마루'를 그린 기ㅅ빨과 덜거덕거리는 순사의 칼 소리와.ー 점순 어멈은 딸의 손을 꼭 쥐고 뻐스 곁에 서 있었으나 분함인지 슲음인지 다만 혼란한 마음으로 머리가 앗질해지며 가슴이 찢어지는 것 같았다.

몸이 부들부들 떨렸다.

눈이 충혈이 되고 가만있어도 이가 득득 갈리는 게 제 귀에도 들렸다.

열에 띤 사람처럼 것잡을래야 것잡을 수가 없었든 것이다.

저편에서 몇 번이나 눈짓을 하든 이웃 사는 옥분네가 그예 가까이 왔다.

"점순 엄마는 먼첨 들어가우" 하는 것이다.

남 보기에도 거조가 심상하지 않았든 모양이다.

점순네는 약간 반항하는 표정이었으나 딸의 손을 한 번 더 꼭 쥐여 주고는 말없이 뻐스 옆을 비켜났다.

무슨 말을 하려고 입을 열기만 한다면 며칠 전부터 참고 참았든 포백이 터지고야 말 것 같았기 때문이다.

그는 주저하는 듯 엄지 발가락이 비쭉 내민 고무신 끝을 한참이나 바라보고 섯다가 갑자기 두어 번 발을 굴으드니 성큼성큼 걸어가기 시작했다.

놀란 딸이 어미를 부르며 딸아갔으나 그는 입술을 꼭 깨문 채 그저 뒤도 도라보지 않고 뛰어갔다.

방학리 언덕길까지 왔을 때이다.

문득 고개를 쳐드는 눈에 C로 향하여 달려가는 뻐스가 보였다.

더 버틸 수가 없었다. 그 자리에 털석 주저앉았다.

"점순아, 내 점순아."

눈물이 쏘내기같이 쏟아진다.

"이년아, 이년아. 그렇게도 주리드니 이제 쌀 추수 다 해놓고 너 혼자 떠나느냐."

말라 가는 풀닢을 쥐여뜯으며 한참이나 울었다.

뻐스는 산모퉁이를 돌아간다.

견델 수가 없었다.

몸부림을 쳐 보아도 시원치가 않고 어떻게 했으면 좋을지 알 수가 없었다.

나중에는 치마를 훌렁 것고 매렵지도 않은 오줌을 쉬엄쉬엄 억지로 누었다.

그때였다.

눈앞 개굴창 속에서 꿀꿀 하는 돼지색기 소리가 들려왔다.

놀나 일어나니 한창 포동포동 기름살 오르려는 돼지색기가 한 마리 대가리 끝까지 구정물을 뒤집어쓰고 애원하듯 이편을 처다보는 것이다. 돌아보니 저만큼 일인 병정의 한 떼가 흙 파는 작업을 하고 있고 그 주위를 귀쫑곳한 개 한 마리 빙빙 돌고 있을 뿐 아무도 보는 사람은 없었다. 더 생각할 여유도 없다.

와락 달겨들며 그대로 끌어내어 앞치마를 버서 뒤집어씨웠다.

버둥거리는 놈을 치마끈을 졸라매기도 바뿌게 머리에 이었다.

전송을 마치고 자동차 간에서 돌아오는 마을ㅅ사람헌테 들키지 안으려면 가장 빠른 거름으로 달려와야 했든 것이다.

그는 어떻게 집까지 왔는지 몰은다.

물론 돼지 임자가 누군지는 알고 있었다.

그러나 분명 훔친 것은 아니다.

방학리 고개에서 돼지를 치는 집은 한 집박게 없었다.

그러나 그 집에는 돼지색기가 수십 마리나 되였고 직히는 사람도 많었다.

울타리를 빠져나온 돼지색기가 개굴창에 처백히도록 몰느고 있다는 것은 확실히 그들의 불찰이었다.

"홍, 잡년눔들. 그래두 날 도둑년이라구 싶거든 제발 그러라지. 발가벗겨 장터에 끌어내다 놓구 주릿대를 앵겨 봐. 누가 눈이나 껌벅하나."

점순네는 입을 삐죽이 내밀드니 불타는 아궁이 속에다 손가락으로 코를 팡 풀었다.

"어이 잡년눔들. 난린지 뭔지는 괜히 꾸며 가지구. 헐벗어, 주려, 어이어이, 지긋지긋헌 고생 가진 고생 다해, 이제 자식꺼정 내줬으니 제 놈들 배때기가 불으겠지."

그의 울분은 그예 뼈속까지 매치고 사모친 곳으로 차자들고야 만다.

"아, 그래 내가 천하지하에 무서울 게 어딧서? 웅, 이렇게까지 된 내가 하늘아래 무서울 게 그래 어딧서?"

어미 악쓰는 소리에 색기들이 우루루 부엌으로 몰려들어 왔다.

"엄마 우리두 돼지 길러? 길을려구 엄마 사왔지."

작은놈이 뭇는다.

"돼질 길러? 사람들두 처먹을 게 없는데 돼지 멕일 게 어딨서?"

그는 젖을 파고들려는 꼬마를 사납게 밀어 던지며 부지깽이를 콱! 집고 벌덕 일어섰다.

"잡아먹는다. 지금 곧 잡아. 잡아먹어."

남편은 어이없다는 듯이 이뚱 누렇게 앉은 뻐드렁이를 드러낸 채 입을 헤 벌이고 서 있다.

허리까지 푹 파무친 안즌뱅이 솥에서는 이내 물이 끌었다.

한 손에는 뚝백이, 한 손에는 색기를 들고 점순네는 부엌을 나왔다.

곧 색기로 돼지 다리를 얽었다.

뒤ㅅ곁으로 도라갈 것도 없이 울타리 옆에다 쓰러트렸다.

그리고는 낫을 집어다 서슴지 않고 돼지 목을 푹 짜르드니 잿빠르게 뚝백이를 가져다 대인다.

낫은 점점 깊이 들어갔다.

"꽥꽥꽥꽥" 온 동내를 뒤엎을 듯한 고함 소리가 차차 "낄− 낄−" 길게 끌니며 뚝백이에는 김 무럭무럭 나는 선지가 어느새 그득해졌다.

그래도 돼지는 좀체로 죽지 않는다.

긴장된 시간이 지나갔다.

점순네는 돼지 목에서 낫을 수욱 뽑드니 흙바닥에 두어 번 쓰윽쓰윽 문질러 풀밭에다 풀석 던진다.

눌르고 있든 무릅을 느추자 그는 비로소 한숨을 후우 내쉬며 치마ㅅ자락을 털고 일어낫다.

한 덩어리가 되어 넋을 잃고 드러다보든 색기들도 함께 숨을 훅 뿜는다.

점순네는 커다래진 눈으로 색기들을 좍 둘러보드니 아직도 목숨이 붙었는지 찢어진 목구녕을 실룩실룩 움지기는 돼지 뒤ㅅ다리를 움켜들고 부엌으로 들어갔다.

뜨거운 물에 굴려 털을 벗기려는 것이다.

부엌문에는 아즉도 남편이 달팽이처럼 붙어 서서 이 놀라운 광경을 바라보고 있었다.

점점 밤이 깊어 가는 대로 바람이 일어나기 시작했다.

어미 치마를 버서서 미닫이를 가린 단간방에는 돼지고기에 압산같이 불러 오는 배를 안고 색기들이 이리저리 잠들어 있었다.

이불도 없이 요도 없이 다만 못통[釘筒]을 뒤엎어 놓은 듯 길게 짧게 뻐치고 누운 색기들 틈에서 춘삼이 내외는 언제까지나 화로ㅅ가에 마주앉아 있었다.

바람이 펄럭, 미닫이에 친 치마자락을 날리고 방 안 공기가 갑자기 싸늘해졌다.

"점순이년, 워디꺼지 가슬까."

불ㅅ숙 남편이 입을 연다.

"워디꺼지라니. 워디꺼지 갓다문 우리가 짐작이나 헐까."

점순네는 툭명스레 대답하며 낯을 돌렸다.

"망헌년, 그 년이야 이제 죽은 자식이지 어디 산 자식일까."

질화로의 화루불은 아물아물 꺼지려 한다. 남편이 살살 불수까락으로 검불재를 헤쳤다.

연소 불완전한 검정재가 뭉게뭉게 소사올은다.

"어이, 참, 대체 당신은 헐 줄 아는 게 뭐란 말이유."

안해는 혀를 끌끌 차며 남편의 손에서 와락 불수까락을 빼앗었다.

푹푹 재를 파내니 새빨안 불씨가 불쑥 나온다.

엉거주춤 앉아서 후후 불었다.

시껌은 재에 점점 빩안 불씨가 댕겨 가며 쪽 떠러진 화로 안이 금세 환해진다.

아무 표정도 없이 퍼져 가는 화로ㅅ불을 바라보고 앉아 있던 춘삼이의 눈에서 갑자기 한 방울 눈물이 뚝 떠러졌다.

"잘못했어. 그때 제비 뽑는달 때, 끝내 못허겠다구 버티었더면 됐을 걸."

그는 혼잣말처럼 중얼거리는 것이다.

안해의 고개가 번쩍 들렸다.

눈이 번들번들 빛난다.

"어이, 바보 바보. 소 잃구 외양깐 고치네. 벌벌 떨며 도장 찍은 적은 원제구 찔끔찔끔 후회허는 건 또 원제여. 참 기맥혀."

"그래두 그땐 그렇지 못했어. 헹펜이 말이여."

하긴 생각하면 그 원통하고 절통한 말을 어찌 다 할 것인가.

무능한 남편도 미웠지만 구장 놈, 면서기ㅅ놈 모다 죽일 놈들이었다.

정신대니 징용이니 해 가지고 이편은 생사를 걸고 있는 일을 첫재, 제비로 작정해 보낸다는 것도 통탄할 일이지만, 그 제비라는 것조차 속을 알 수 없었다.

면소 이층에서 동네 계집애들 이름을 쓴 쪽지를 맨들어 놓고 서기 중의 한 놈이 집었드니 하필 점순이와 또 하나, 역시 가난한 작인의 딸인 준례가 짚였다는 것이다.

물론 아무도 그 자리에서 보았다는 사람은 없었다.

가는 곳은 일본 분산현(富山縣), 출발은 모레.

그런 법이 어딧느냐고 머리를 푸러 헤치고 펄펄 뛰는 점순 어멈과 집안의 명예라고 입에 침이 없이 추켜올리는 순사 면소ㅅ놈들 앞에서 그때 춘삼이는 할 쑤 없이 허락하는 도장을 눌렀든 것이다.

그리고 몇일 동안 이 집안은 완전히 수라장이 되었다.

구장은 말할 것 없고 한번 드려다보던 일도 없든 주재소 순사까지 기미를 떠보려는지 곳잘 기웃거리러 왔다.

점순네는 사뭇 실신한 사람 같았다.

밥 먹을 것도 잊고 색기들 돌보아 줄 짓도 잊어 버렸다. 악을 쓰며 남편에게 대들지 않으면 골돌하게 무엇을 궁리하고 있었다.

이 억울한 사정을 호소할 도리를 생각하는 모양이었다.

물론 몇 번이나 주재소와 면소를 찾아댕기며 사정도 해보고 두 손을 모아 빌어도 보았다.

그러나 모다 허사였다.

C시에는 군청도 도청도 있다.

그렇나 군수나 도지사 역시 모다 한패요 같은 놈들일 것이다.

하늘 아래 아무 곳도 자기 원한을 하소할 곳 없는 것을 깨달았을 때 그는 그만 정신이 아득해졌다.

게다가 출발까지의 날짜가 넘우 바뻣다.

이 같은 것이 모다 계획적인 그들의 수단인 줄도 모르고 혼자 허덕어리다 가슴을 쥐어뜯다 이 가난하고 무지한 어미는 그예 오늘 딸을 빼앗기고 말았든 것이다.

"모두 팔자지. 자식두 팔자에 없는 자식이든게지."

춘삼이는 길게 한숨을 쉬였다.

그렇나 그 한숨 소리가 끝나기도 전에 그의 우둔한 얼골에는 완연히 노염의 빛이 나타나기 시작했다.

"그렇지만 놈들두 너무 심해. 없는 눔이라구 넘우들 넘우들……."

착하고 순한 그는 좀체 노하는 일이 없었지만 한 번 노염이 나면 성난 황소처럼 씨근씨근 풀어질 줄을 몰랐다.

"이구(二區)에 있든 밭두 도둑놈들이 감쪽같이 속여 뺏구ー"

일껀 붉엏게 피어난 화로ㅅ불을 춘삼이는 부수까락으로 콱! 콱! 찔렀다.

제사 공장 기지에 편입되어 송두리째 빼앗긴 그 밭 이야기만 나오면 그의 몸은 떨리고 마음은 찢어질 듯이 아프다.

기름지든 그 밭, 감자도 김장 배추도 그리 잘 되든 밭!

C시에 있든 제사 공장이 이 방학리 이구에 소개(疏開)를 해 나온 것은 지난해 여름이었으나 그보담 앞서 오월 경부터 한참 밑이 들여는 감자 밭을 파헤치고 공장과 부속 건물의 공사가 시작되었다.

물론 반대가 일어났다.

더군다나 그 밭만이 온 식구의 생명줄인 춘삼이네는 기가 맥혔으나 모든 것은 울며 겨자먹기였다.

대지(代地)와 그 밖에 충분한 배상을 주겠다는 관계자의 말에 무력한 농민들은 물러설 수밖에 없었다.

춘삼이네 생명줄을 짓밟고 처음 보게 굉대한 건물은 세워졌다.

그러나 그들이 약속하든 배상과 토지 대금은 낱아나지 않았다.

땅을 빼앗기고 눈이 뒤집혀 돌아댕기는 농민들의 손에 쥐여진 것은 공정 가격으로 따졌다는 쥐꼬리만 한 땅값과 땅을 헌납의 형식으로 받았다는 감사장뿐이었다.

속임수가 뼈에 슴였다.

그렇나 결국 어찌하는 수가 없었다.

이렇게 하여 춘삼이는 빈농의 끄트리로 아주 전락하고 말앗든 것이다.

억울하고 비참한 잇해 동안이었다.

그러치만 그 잇해 동안에 마을이 받은 타격은 그것만이 아니었다.

온 동네 허리 빳빳한 사람은 남녀를 물논하고 모조리 이 공장으로 껄여 들어갔다.

소학교까지 오륙학년은 휴학을 하고 이 공장 안에서 일을 해야 했다.

게다가 놀납게 인심이 사나워졌다.

원래 넉넉한 마을이 아니매 풍부할 것은 없었지만 공장이 생기자 사람들은 서로 반목하고 서로 으르렁거렸다.

바로 이웃 간에서도 음식 한 가지 갈나 먹으려 들지 않았다.

파 한 뿌리, 옥수수 한 대까지 공장의 일인 관리인이나 그 '옥상'23)들에게 가저다 팔거나 그들이 풍부하게 가지고 있는 옷감과 바꾸어들 왔다.

'구루무'가 들어오고 양은 냄비가 번덕이었다.

돈을 가져 보지 못했든 마을 사람들의 손에 돈이 돌아댕기기 시작하니 사람들의 마음은 더욱 치사하고 간악해졌다.

진채24)를 해도 서로 부르는 법이 없었다.

떡을 해 먹으려면 이웃 모르게 밤중에 찌어 문을 닫고 먹었다.

그리고는 완연히 풍기가 어지러워졌다.

그렇나 이 풍기를 문란케 한 시초는 마을 사람들이 아니다.

공장을 경비한다고 흘러들어온 일인 병정의 한 떼였다.

그들은 어데서 들어왔는지 모다 병정 모자만은 쓰고 있었으나 정작 군장(軍裝)을 한 자는 몇 밖에 없었다.

대개는 헝겁신에 잠뱅이를 걸치고 삽과 괭이를 메고 다니는 것이다.

그자들은 예사로 공장 계집애들의 손목을 잡아껄었고 사타리25)에 수건만 찬 채 길ㅅ가에 나왔고 사람들이 보는 데에서도 태평천하로 오즘을 갈겼다.

어둑한 여름 저녁, 옷을 버슨 왜병정이 손에 자루를 몰고 불쑥 안마당에 들어와 소풍하는 젊은 안악들을 놀라게 하는 일도 있었다.

쌀을 쓸어 달라는 것이다.

날이 갈수록 마을의 풍속은 해이해졌다.

무더운 저녁에는 전에 보지 못하든 '유까다'가 나오고 듣지 못했든 이상

---

23) 남의 아내의 높임말. 부인, 아주머니.
24) 음력 정월 대보름날, 여름에 더위를 이겨 내기 위하여 먹는 묵은 나물.
25) '사타구니'의 경남 방언.

한 일본 노래가 청년들의 입에 오르내렸다.

거리에는 술집이 생기고 떡 가개가 날아났다.

술집에는 분 하얗게 바른 색시들이 나와 앉고 계집들로 인한 싸홈이 편 쌈이 되어 며칠씩 계속하는 일도 있었다.

공장에서 파해 도라오는 계집애들이 방학리 숲 속에서 사내들과 노닥거 린다는 소문이 들어왔을 때 춘삼이 내외는 색을 잃었다.

왜정 시초에 토지회사 동척(東拓)26)이 생기고 아편이 물같이 흘러들어 와 조선 농민을 마춰식히듯 방학리에 생긴 공장은 아편보담 더 두려운 그 들의 습관을 이식해 왔던 것이다.

생활의 불안, 마음의 불안. 그러나 잇해 동안의 그 같은 고민도 점순이 가 옆에 있을 동안은 오히려 나었다.

점순네 푸념처럼 유기 뺏겨, 밭 뺏겨, 자식마자 떠나보내고 나니 오슬한 단간방은 그냥 텅 뷔인 듯 잠 안 오는 눈에 □윈 안해의 모양조차 오늘은 유난히 늙은 것 같다.

또 다시 바람이 이는지 머언 숲의 나무ㅅ가지 우수수 소리를 낸다.

"자까."

분함에 떨리는 몸을 진정하려 남편이 몸을 움지겼을 때다.

걸지도 안은 사립짝이 왈카닥 소리를 내드니 마당에 들어서는 사람 기척 이 났다.

계속하여 미닫이가 열리며 쳐 노흔 치마자락이 휠렁 걷어졌다.

낮에 헤어진 옥분 어멈의 새파래진 얼골이 등잔불 아래 나타난다.

"아즉 안들 잤구랴."

그의 입술은 자줏빛으로 변했고 목소리가 꺽꺽 목구녕에 걸렸다.

"왜 그ㅅ류."

---

26) '동양 척식 주식회사'를 줄여 이르는 말.

방 안에서 두 사람은 한꺼번에 놀란 소리를 질렀다.

옥분 어멈은 기어들어 오듯이 방 안으로 드러와 풀썩 앉으며 "점순이가 아" 한다.

"점순이가?"

"점순이가 달아났다우."

일어서려든 점순 어멈은 넋을 잃고 그 자리에 털석 주저앉았다.

"어떻거문 좋아. C꺼지 따라갓든 구장이 지금 막 돌아왔다는데, C시 정거장에서 점순이가 없어졌드라구 그러드래."

옥분 어멈은 입술이 떨려 더 말을 못한다.

"그걸 워떠키 알았다우?"

춘삼이의 목소리도 맥혔다.

"지금 우리 옥분 오래비가 읍내에서 돌아오는데 넘어오는 구장허구 같이 왔데여. 아주 동네 망신이라구 펄펄 뛰드래."

옥분 어멈은 제가 먼첨 꺼이꺼이 울기 시작한다.

그리고는 저 혼자 울며 울며 푸념이었다.

"망헌년, 다라나기는 웨 달아나? 징용 피해 다라나는 녀석들 경치는 것두 못 봤든가."

더 주고받을 말도 없었다.

이 같은 옥분네의 푸념은 동시에 춘삼의 푸념이었다. 그는 딸이 가엾고 불상할수록 그 사려 없는 행동이 미웠다.

그는 빈농의 아들이오, 저도 빈농이었다.

춘삼이는 오늘날까지 저 이상의 권력자에게 반항해 본 일이 없다.

그 농노적인 본성은 어떠한 억압, 불합리에도 참고 체념하는 것이다.

분한 일을 당할 때마다 극성스런 안해가 아무리 펄펄 뛰어도 그는 언제나,

"팔자지."

하고 더 여러 말을 하지 않았다.

그의 오십 생애를 억눌으고 있는 어둠의 생활은 그렇게도 무겁고 깊었든 것이다.

그 대신 이편 실수는 두 손을 모아 빌어야 할 줄 알었고 묵묵히 보상을 해야 할 줄로 녁였다.

그의 매듭지고 굵은 손까락은 남에게 빌기 위해서와 일하기 위해서 생긴 것이었다.

그러나 오늘 옥분네가 가지고 온 사건은 넘우나 중대하고 놀라웠다.

그전처럼 빌고 돌아댕기거나 사정을 해서 보상될 성질의 일이 아니었다.

그는 옥분네 푸념 소리가 아니드라도 징용을 피해 달아난 사람과 그 집안이 당하는 혹형을 너무나 잘 알고 있었다.

그는 정작 오늘 아츰에 딸을 떠나보내자 이제는 시련도 웬만히 끝났으려니 했다.

그렇든 것이 가도 가도 태산이라드니 한없는 고난의 생활을 바라보며 다만 암담할 뿐이었다.

춘삼이는 팔ㅅ장을 끼고 말없이 고개를 푹 숙이고 있었다.

그 고개만 잠깐 쳐든다면 곧 온 세상이 혼돈하고 뒤집혀지고 좁은 천정까지 문허져 나려올 것 같었다.

모든 것이 어둠이었다. 절망이었다.

저의 두 억개로는 질 수 없는 무거운 짐이었다.

그는 눈을 꼭 감고 낀 팔짱 안에 더욱 고개를 파묻었다.

다시 아무도 입을 여는 사람은 없었다.

무거운 침묵 속에 옥분 어멈의 느끼는 소리가 들린다.

그렇나 점순 어멈은 결코 그렇지가 않았다. 놀란 가슴이 진정되자 그의 눈은 빛나기 시작했다.

그의 입ㅅ가에는 점차로 웃음까지 떠돌았다.

"정말 달아나 버렸대여?"

한참 후 그는 똑똑한 목소리로 물었다.

남은 두 사람은 뜻하지 않고 고개를 들어 마주보았다.

넘우나 의외의 일이었기 때문이다.

"그래, 정녕 잽히진 않았겠지?"

그리고는,

"다른 기집애들은 워쩻대여?"

하며 오히려 반색하는 어조로 묻는 것이다.

옥분 어멈은 연해 어리둥절한 채,

"모두 떠났대여. 차 시간이 있으닝께 점순이만 냉겨 놓구."

하고 아들이 전하던 대로 대답은 했으나 갑자기 형용할 수 없는 분노가 와락 치밀어 소리를 지른다.

"글쎄, 망한 년 어떻기 뒷ㅅ일을 수습할려구 그랴. 그래 지가 다라나문 잽히지, 안 잽히고 백일라나뻬."

"잽히든 말든 걱정 말우."

점순 어멈은 그예 홍분이 되어 부르짖었다.

"아, 이년. 아즉 조선 천지에만 있거라. 다신 안 보낸다, 내가 안 보내."

점순 어멈의 두 뺨이 푸들푸들 떨었다.

그는 갑자기 불쑥 일어서드니 가슴을 내밀고 남편과 옥분 어멈과 쓰러져 자는 자식들을 돌아보았다.

"안 보낸다, 안 보내. 금옥 겉은 내 자식이다. 내 눈에 흙이 들어가기 전엔 다시 아무 눔도 못 데려가."

옥분네는 놀라 그 모양을 처다보았다.

그리고는 무안한 듯 아즉 눈물 지지한 제 눈을 훔쳤으나,

"암, 안 보내야지."

하는 그 말과는 딴판으로 지극히 애매한 표정을 하고 있었다.

날이 밝자 점순 어멈은 곧 나드리할 차비를 채리었다.

C로 가려는 것이다.

C시 골목골목 집집을 기웃거려 찾으면 다라난 딸을 만날 수 있으리라.

딸만 찾으면 그만이었다.

지난 여름 친정엘 댕기러 나려왔던 서울댁 말을 들으면 서울은 아즉도 징용이니 정신대니 하는 소리가 이 시골만큼은 심하지들 않다 한다.

설령 심하다 하드라도 원체 대처라 쌀표만 빼고 처백혀 있으면 그 지긋지긋한 성화를 면할 수도 있을 것이라 했다.

점순 어멈은 그것을 생각하는 것이다.

C에서 서울까지 물론 기차를 타려는 것이 아니다.

딸을 찾아 데리고 가는 길이면 북으로 일백 팔십 리 서울 길은 육로로도 완연했다.

그렇나 이 같은 점순 어멈의 계획도 구경은 허사였다.

뻐쓰를 타려고 나선 읍내 정류장에서 그는 더 기맥힌 소식을 들었다.

점순이는 어젯밤 늦게 C에서 순사 손에 잽혀 오늘 아츰 차로 벌써 이 읍내 주재소까지 이송이 되어 와 있다는 것이다.

"다른 애들이 죄다 떠나 버렸으니 혼자 뒤쫓아 보낼 수도 없고 다음 차례끼지 데려다 가둬 둔대요."

그 말을 전하는 뻐쓰 운전수는 예사롭게 말했으나 점순 어멈은 하늘이 노래질 뿐이었다.

그는 곧 주재소로 달여가 딸을 맞나보고 싶었다.

그렇나 면소로 주재소로 댕기며 울고 호소하는 것이 얼마나 어리석고 허무한 일이든가는 너무나 잘 알고 있었다.

"못난 년, 못난 년, 하로ㅅ밤도 못 지내서 잽히고 말았어."

그는 슯으디 슯은 눈으로 우뚝한 주재소 집웅을 한 번 쳐다보고 발ㅅ길을 돌렸다.

그렇나 당최 거름이 걸녀지지 않는다. 마음이 무거웠다.

기를 쓰고 빠져나오려면 더욱 깊이 빠져들어 가는 진흙구뎅이 같은 생활이 싫었다.

방학리 고개까지 왔을 때는 더 발을 떼어 놓을 수가 없었다.

그는 어저께와는 다른 슬픔을 안고 숲 속으로 걸어 들어갔다.

마른 풀밭을 골나 고요히 주저앉았다. 쓸쓸하고 외로웠다.

어저께의 괴롬이 송곳으로 찌르는 따가운 슬픔이라면 오늘의 그것은 명주실로 목을 조이는 그러한 슬픔이었다.

그는 두 무릎을 안고 나무 등걸에 기대여 앉아 눈물빛 나는 눈으로 헛되이 먼 하늘을 바라보고 있었다.

그렇나 눈에 들어오는 것은 없다. 마음에 떠오르는 아무 생각도 없었다.

얼마나 긴 시간을 그러고 있었는지 모른다.

드디어 황혼이 숲을 덮기 시작했다.

구름이 붉게 물들고 푸르든 하늘에도 붉은 빛이 슴여 나갔다.

나무와 나뭇가지 사이로 바라보이는 옅은 산맥도 어느새 자줏빛이었다.

그렇나 그의 눈에는 종내 눈물이 마르지 않고 그 마음도 한결같이 공허했다.

그 공허한 마음을 안고 점순 어멈은 숲 속에서 이대로 밤을 밝히고 싶었다.

주재소 유치장에서 앉아 이 밤을 밝힐 그 딸처럼-.

"아아, 불쌍한 내 색기들!"

점순 어멈이 무릎을 안고 있든 손을 풀어 앞은 머리를 짚었을 때였다.

고요하든 숲 속에 많은 사람들의 발소리와 이야기 소리가 흘러들어 왔다.

점순 어멈은 한 손으로 이마를 짚은 채 고개를 기웃거려 그 편을 바라보았다.

작업을 마치고 돌아가는 듯한 일본 병정의 한 떼였다.

앞에 선 자는 총을 메고 사슬에 맨 개를 들고 있었다.

뒤에 행렬을 짓고 따라오는 자들은 모다 괭이와 삽을 메고 있었다.

갑자기 앞에 선 자가 뒤를 돌아보며 무어라 짓거리드니 즐겁게 웃었다.

그리고는 곧 엎데여 개 목에 맨 사슬을 푸는 것이다.

"앗!" 점순 어멈은 손가락으로 땅을 할퀴었다.

주인의 손을 떠난 사나운 개는 점순 어멈의 옆을 빠져나가 쏜살같이 돼지 치는 집 울타리를 향해 달려갓든 것이다.

놈들이 작란을 하는 모양이었다. 그렇지 않으면 길 잘든 개를 식혀 돼지를 훔쳐 오려는 것인지도 모른다.

모든 것이 석연(釋然)했다.

어저깨 개굴창에 빠졌든 돼지색기도 이 개한테 쫓겼는 상 싶었다.

점순 어멈은 어느새 벌덕 일어서 있었다.

두 손을 들고 소리를 지르며 개가 달려간 방향을 향하여 따라가고 있었다.

그렇나 점순 어멈이 돼지 치는 집 가까히 왔을 때 이리같이 사나운 개는 벌서 돼지울과 울 사이를 뛰여 오르며 뛰어 오르며 으르렁대고 있었다.

놀란 돼지들의 비명과 포호성이 저녁 빛 속에 처참했다.

손에 막대기를 든 사람들이 아우성을 치며 달려 나왔다.

그렇나 때는 늦었다.

이리 같은 개가 네 발을 처들고 다시 한 번 높이 뛰었다.

그러자 놀라운 광경은 낱아났든 것이다.

보(洑)를 터친 홍수처럼 돼지 울타리를 넘어트리고 나온 돼지 떼가 밀치며 부디치며 아우성치며 우뢰같이 돌진해 나왔다.

무서운 기세였다.

그 앞에는 노한 세파ー트도 없었다.

음흉한 일본병도 보이지 않았다.

손에 손에 막대기를 든 사람들도 그저 망연할 뿐이었다.

다만 어미, 색기, 수십 마리의 돼지 떼는 검은 한 덩어리가 되어 풀을 뭇

지르고 점순 어멈을 떼밀치고 도도한 대하처럼 범람해 나온 것이다.

아아, 누가 돼지를 우둔한 짐승이라 했든고, 약한 짐승이라 했든고―. 점순 어멈은 밀려 쓰러진 채로 경이의 눈을 들어 그 모양을 둘러보았다.

그러고는 어적게 그렇게도 쉽사리 자기 손에 잽혀 죽은 돼지색기를 생각했다.

'같은 짐승이면서도 한 번은 내게 지고 한 번은 내게 이기고, 어찌 된 셈일까.'

갑자기 떠오른 이 같은 의문은 점순 어멈의 가슴을 뜨끔하게 찔렀다.

그는 얼른 일어나서 머리를 쓰다듬었다.

'어찌 된 셈일까.'

갑자기 번개같이 타오르는 생각이 점순 어멈의 머릿속을 비치었다.

힘이다.

그것은 힘이었다.

많은 것이 한데 뭉친, 그렇다. 약하나마 많은 것이 한데 굳게 뭉친 단결의 힘이었든 것이다.

그의 얼굴에는 피스기가 뻐쳤다.

점순 어멈은 여태 젖어 있든 공허한 의식에서 확연히 깨어나며 마음껏 큰소리로 부르짖고 싶었다.

"울고 빌며 댕길 때 누가 불상타고 하드냐!"

그는 목에 피스대를 세우며 목청껏 외쳤다.

"제 힘으로 살아야 한다."

먼 산울림이 얇으막한 저녁 하늘을 지나 되돌아왔다.

"제 힘으로 살아야 한다."

이날 저녁, 옥분 어멈 집에는 동네 마누라들이 대부분 몰여들었다.

점순 어멈의 청으로 점순이를 다리러 갈 의논을 하자는 것이다. 애국반이요 상회요 해서 모이는 것은 그래도 제법 훈련이 되어 있었다.

점순이가 다라나다 붓잡혀 왔다는 것은 벌서 마을 안에 소문이 퍼저 있었기 때문에 호기심 많은 축이 제일 먼첨 찾아왔다.

숭 잘 보고 욕 잘하는 사람들도 찾아왔다.

"날이 추워지니 이거라두 꿰여야."

하며 노닥노닥 깁든 버선을 들고 온 사람도 있었다.

그래도 오지 않는 사람은 몇 번이든지 부르러 갔다.

역시 좁은 집이라 방에서 넘처난 사람들은 마루에 화로ㅅ불을 끼고 앉아 있었다.

저이 집에는 낮에 두 번이나 순사가 다녀갔다는 말을 듣자 점순 어멈은 일부러 제 집을 피하여 제일 친한 이웃인 이 집을 택한 것이었다.

"점순이두 가엽지만 점순 어머니가 아주 미치게 됐어유. 참 불상해유."

사람들이 대강 모이자 옥분 어멈이 먼저 우는소리를 짰다.

"보낼 제는 헐 수 없이 보냈지만 그게 글세, 읍내 주재소꺼정 와서 있다니께 말만 들어두 사람 환장헐 노릇 아니겠에유."

"암, 왜 안 그래."

음담 잘하기로 유명한 복돌 할멈이 담배ㅅ불 부치든 입을 오물거리며 대ㅅ구를 한다.

"지집 생각나는 사내 맘허구 자식 생각나는 에미 맘허구야 모두 마찬가지지."

여기저기서 우슴소리가 일어났다.

그 우슴소리가 그들의 사이를 막고 있든 장벽을 터트렸다.

"어떻게 했으문 좋것서유."

참다못해 점순 어멈이 나았았다.

"구장님헌테 말해서 빼내오는 수밖에 없것지."

심술궂게 생긴 중년 여인이 빡빡 얽은 얼골을 쳐들며 말했다.

"그렇잖어. 어떻거다니 우리가 어떻기여. 점순네가 진작 구장댁엘 가서 사정을 해봐야지."

"싫소"

점순네는 무릎을 세우며 눈을 흘겼다.

"구장도 면장도 다 귀찮소 그 사람네들 원체 우리 사정 들어주었습디까."

그리고는 배ㅅ속에서 짜내는 듯 처량한 목소리로 부르짖는 것이다.

"오늘은 남의 일이지만 내일은 곧 내게 닥쳐 올 일이 아녀. 부디 남의 일이라 생각들 말구 들어주시유."

그 소리가 가장 깊이 사람들의 심금을 울렸다.

우슴소리가 멈췄다.

세상에 자식 없는 사람이 어디 있으랴.

오늘은 남의 일이지만 미구에 자기들 우에도 닥쳐올 시련이었다.

"옳아, 옳아."

하는 사람들의 얼골에는 갑자기 진집한 표정이 낱아나기 시작했다.

그들은 눈을 모으고 목소리를 가다듬어 의론을 하는 것이다.

다소의 호기심과 남의 불행을 기뻐하는 심리로 따라왔든 사람들의 마음도 동정과 진정한 근심으로 찼다.

"아무튼 점순이를 찾아와야지, 뒤ㅅ일은 지 어머이가 어떻게 하든. 그렇지 안소."

"암, 다 자란 지집애를……."

한 번 마음이 내키기만 하면 이 빈농의 안악들은 무슨 일에든지 줄기차고 적극적이었다.

"어떻게 찾아와?"

사내겉이 건장한 삼봉이네가 묻는다.

"어쩌긴. 우리 모두 몰려가서 야료²⁷⁾를 쳐 보까."

복돌 할멈이 팔을 부르걷어 보였다.

"야료를 쳐서 안 되거든 달겨들어 그까짓 순사 놈들 ××를 잡아 낙궈 버리지."

"××를 잡아 낙구기꺼지 누가 가만히들 있다둥가베."

"그러니 사생결단 아냐."

삼봉 할멈이 소리를 질넜다.

그들은 모다 떡을 할 때 대문을 걸고 먹든 일을 잊은 것 같았다.

동네 무슨 일이 있을 때마다 서로 반목하고 아웅거리든 일도 잊어버렸다. 그리고 그것은 이 마을에 공장이 들어온 후 처음 보는 광경이었다.

이 같은 광경을 바라보며 점순네는 뜨거운 눈물이 숨여 올라 눈시울이 무거웠다.

이상한 일이었다.

낮에 방학리 고개에서 본 돼지 떼의 돌격은 그로 하여금 진정한 생활 참다운 '힘'이란 것을 생각하게 해 주었다.

인간의 생활이란 무엇이며 옳음이란 또한 어떤 것이며 장님의 눈 같은 그 어둠의 생활 속에도 아즉 한줄기 광명의 길이 있다는 것을 알았을 때 여태 경험하지 못한 희열에 가슴이 콱! 맥히고 말았든 것이다.

40년, 자기 자신의 의사를 잃은 채 억압에서 억압으로 질곡의 생애를 보내 온 그에게 이 같은 발견은 결코 예사일이 아니었다.

놀나운 비약이요 두 손을 모으고 울으러보는 려명의 빛이었든 것이다.

그는 집에 돌아오는 길로 벌벌 떨고 있는 남편은 거들떠보지도 않고 옥분네게 부탁하여 이 회합을 열었다.

점순 어멈은 결코 개굴창에 빠져서 애원하는 눈으로 쳐다보던 그 돼지 색기가 되고 싶지 않았다.

약한 자 빌붙으려는 자는 죽임을 당한다. 그러나 돌진하는 자, 힘을 발휘

---

27) 까닭 없이 트집을 잡고 함부로 떠들어 댐.

하는 자는 승리하지 않드냐-. 그는 다시 과거를 되푸리하지 않으려 한다.

새 생활, 새 희망의 빛에 빛외여 볼 때 그의 모든 과거는 어둠이요 굴욕이요 주림이요 모든 무지였다.

'제 힘으로 살자 이기며 살아가자.' 이 같은 점순 어멈의 새로운 의욕은 막연하나마 그대로 좌중에 반영되고 말았다.

그들에게는 아무 지도자도 없었다.

통제 능력도 없었다.

그러나 과부 설움은 과부가 안다.

짓눌리고 짓눌린 고무공처럼 반발하지 않고는 못 백일 공통된 환경이 그들을 단결하게 했든 것이다.

공출, 보국대, 징용, 감금, 나날이 심해 가는 그 면면한 원한을 그들은 생각한다.

해방 전의 조선은 휘발유였다. 인화하는 사람만 있으면 누구나 비상한 힘으로 폭발할 것이었다.

"죽드라도 악이나 한 번 쓰고 죽자."

누가 이렇게 말한다.

"죽기는 왜. 살아두 떳떳허게 살지."

점순 어멈은 드리댔다.

그것은 몇 달 전까지도 닭 도둑이라고 몰리우든 그 점순네가 아니었다.

그는 임이 깊은 신념과 큰 자각을 가진 선동자였다.

"죽긴 웨, 우리는 살 테니 복통 터지건 그놈들 저이나 죽으라지."

그 소리는 회스불처럼 사람들의 가슴을 빛외었다.

모두 힘을 느끼고 광명을 느끼었다.

흥분이 된 가난한 여인들은 그대로 주재소를 찾아가 점순이를 찾아오자고들 떠들었다.

내일까지 기다릴 것도 없이 달도 있고 하니 이 밤길을 걸어 읍내로 몰여

가자고 주장하는 적극파도 있었다.

여기저기서 큰소리가 나고 신이 난 여인들의 얼골이 어두운 등잔 아래 붉게 타올랐다.

결국은 내일 백주에 떼를 지어 나가다가 제지를 당하든지 하는 것보다 오늘 밤 안으로 읍내에 도착되어 있다가 내일 아츰 일즉 주재소로 몰여가 자는 의견이 일치가 되었다.

모다 털고들 일어서서 신을 신었다.

"그놈 나까무랑가 하는 놈, 그놈 ××은 내가 잡아 나꿔야."

삼봉이네 말에,

"무슨 원한이 있길래. 왜놈 서방 할려다 낭패 본 게로구면."

복돌 할멈이 입에 거품을 물고 턱을 까불어 보였다.

새로 우슴이 터지고 모다들 마음이 즐거웠다.

괜히 큰소리를 질러 기세를 올리는 사람도 있었다.

아무도 빠지겠다고는 하지 않았다.

남편의 성미가 호랭이 같아 평소 숨도 맘대로 못 쉬는 느티나무집 마누라까지 오늘만은 영감이 코딱지 같았다.

제일 젊은 원선네가 잠깐,

"아이들 자능가 보구 왔으면ㅡ"

했다가 기승한[28] 복돌 할멈에게,

"이 화냥년의 게집, 정녕 너 아이들 보구 올려구 그러냐. 서방눔 못 잊어 서 만져 보고 올려구 그러지."

하는 호통을 듣고 귀밑까지 빩애져서 낯을 가리었을 뿐 쌀쌀한 바람에도 춥다는 사람조차 없었다.

드디어 여인들의 한 떼는 우스며 짓거리며 팔을 휘두르며 방학리 고개를

---

28) 성미가 억척스럽고 굳세어 좀처럼 굽히지 않음.

향해 몰려가기 시작했다.

급보를 들은 동리 남자들이 모다 눈이 둥그래서 뛰여나왔으나 아무도 제지할 수가 없었든 것이다.

그들은 다만 이마 앞에 손을 대이고 어슴푸레한 달빛 아래를 흘러가는 이 놀나운 힘의 집합을 바라볼 뿐이었다.

그것은 자식을 찾으러 가는 어미들의 모양이었다.

그러나 한 사람의 딸을 찾으러 가는 한 사람의 어미가 아니었다.

모든 자식— 부당하게 빼앗긴 그들의 모든 자식들을 탈환하러 가는 많은 어미들의 떼였든 것이다.

이튿날 일은 새벽, 왁자한 사람 기척에 문을 열고 내다보았든 주재소 순사는 정문 앞 층층대 우에 콩강정처럼 뭉처 선 초라한 여인의 한 떼를 보았다.

그들은 새벽 추위를 덜기 위해서인지 서로 팔을 꼭 끼고 몸을 맞대고 있었던 것이다.

순사 모양이 얼씬하자,

"점순이 내놔 주시유. 점순이 내놔요."

하고 그들은 일제히 소리를 질렀다.

사람들 틈에 끼어 서서 끄덱끄덱 졸고 있든 여인들도 놀라 눈을 부비고 악을 쓰기 시작했다.

"점순이 내놔. 다 큰 계집애를 웨 가둬 놓구 내놓지 않는 거야."

젊은 순사는 어쩔 줄을 몰랐다.

그는 순사 근무 삼년에 이 같이 두렴성 없는 계집들을 처음 보았다.

수로도 이삼십 명이 넘을 상 싶었다. 게다가 불면과 흥분으로 번들번들 눈들이 이상한 빛을 발하고 있는 것이다.

그렇나 결국은 개미떼같이 무력한 계집들이려니 했다.

그래서 일부러 절걱절걱 칼자루 울리며 목소리를 높였다.

"저리 가, 저리 가. 떠들면 안 돼."

그렇나 계집들은 꼼짝도 하지 않았다.

"저리 가지 못해. 이 안에 자는 사람들두 있고 헌데 떠들면 못써" 해도,

"모두 붓잡아다 가둬 놀 테야" 해도 여인들은 역시 들은 척도 하지 않는다.

다만 일제히 목소리를 가다듬어 점순이를 내놓으라고 맞소리만 질렀다.

젊은 순사는 눈ㅅ살을 찝으리고 새삼스레 사람들의 얼골을 돌아보았다.

이를 아드득 갈고 섯는 할멈의 얼골에서도 혹은 두 손을 불끈 쥐고 있는 젊은 여인들의 표정에서도 그들의 두꺼운 가슴속에는 팽창한 증오감이 뒤끓코 있는 것을 느낄 수가 있었다.

그는 드디어 화가 벌컥 났다.

달겨들어 맨 앞에 선− 가장 만만해 보이는 노파의 먹살을 잡아끌었다.

그러자 억개를 겻고 팔짱을 서로 끼고 있는 양옆의 여인들이 팔을 낀 채 함께 딸여 들어왔다.

"네 이놈, 너는 어미도 할미도 없니!"

하는 소리가 뒤ㅅ줄에 선 사내같이 건장한 여편네의 입에서 튀여나왔다.

순사는 낯이 밝애졌다. 눈찌29)가 올라갔다.

먼첨 붓잡았든 팔을 느추고 그 먹살을 잡았다.

그러자 또,

"소리만 지르지 말구 딸겨들어 ××을 낙궈 주구랴."

하는 소리가 그 옆에서 났다.

"××이 뵈야 붓잡지."

하는 소리 옆에서 또 불그졌다.

"안 뵈거든 눈깔을 잡아빼렴."

---

29) 흘겨보거나 쏘아보는 눈길.

이 같은 소리도 들린다.

순사는 칼자루에 손을 대었다.

그렇나 상대자가 무지한 빈농의 안악들인 것을 깨닫자 칼을 뺄 수도 없었다.

그는 주재소 안을 향해 무어라 소리를 질렀다.

샤쓰만 입은 자, 모자만 쓴 자가 서넛이나 뛰어나왔다.

그리고는 닥치는 대로 휘여잡아 주재소 안으로 잡아끌었다.

그렇나 아무도 달아나지 않았다.

다라나기는커녕 초라한 여인들은 끌기도 전에 제 발로 어정어정 걸어 주재소 안으로 들어왔다.

그리하여 그들은 일제히 증오와 경멸의 표정을 낱아낸 채 제 맘대로 의자에도 걸터앉고 세멘트 바닥에도 쭈구리고 앉았다.

순사들은 더욱 화가 나서 펄펄 뛰었다.

드듸어 그들은 손을 들어 한 여인의 뺨을 갈길 수박에 없었다. 그러나 다음 순간 그들은 골치를 흔들며 귀를 막지 않을 수 없었다.

맞은 여인이 있는 목청을 다하여 꺼이꺼이 울기 시작한 것이다.

그렇는 동안에도 그들은 아우성을 치며 점순이를 내놓으라고 부르짖고 있었다.

게다가 소문은 의외로 빨리 퍼져 가는 법이다.

주재소 밖에는 어느새 흰 옷을 입은 구경꾼들이 겹겹이 몽여들기 시작했다.

몇 번이나 대야에 물을 떠다 뿌렸으나, 그럴 때마다 한 번 헤어졌든 구경꾼은 삽시에 몇 배가 되어 되밀여왔다.

주임이 달려왔다.

그는 제일 먼첨 주재소 주위가 군중으로 휩싸여 있는 것을 보았다.

그리고 손을 댈 수 없이 떠들어 대는 여인들의 아우성을 들었다.

그의 혈색 좋은 뺨이 일층 붉게 피었다. 콧구녕에 기어들 듯 조곰 남긴 수염이 떨린다.

그렇나 그는 가장 노련한 너구리였다.

급한 가운데서도 타산이 머리에 떠올났다. 그는 멀지 않어 영전되여 이 읍내를 떠날 사람이다.

그가 이렇게 영전을 하는 것은 면민들의 황민화운동(皇民化運動)에 이바지하여 공적이 심히 큰 때문이었다.

그리고 자기 자신도 담당한 면 내의 무사고와 지도의 철저를 어떻게 자랑하고 있었든가.

그렇한 것을— 면내에 더구나 가난하고 무력한 방학리 빈민들 속에 이같은 불온분자가 있다는 것은 그의 빛나는 업적을 얼마나 감쇄하는 것인지 모른다.

아니, 송두리째 뒤엎어 놓는 사건이 될는지도 알 수 없었다.

아무튼 상사가 알게 된다면 큰일날 일이었다. 무엇보담 소문이 나기 전에 무마해야 했다.

그는 분노에 떨리는 손을 호주머니 속에 집어넣고 주재소 안으로 걸어 들어갔다.

"고라, 고라. 무신 일이야. 또돌몬 안 되, 안 되."

그는 일부러 태연한 척 하품을 하고 기지개를 켰다.

"무신 일이야 무신."

점순 어멈이 야수와 같이 튀여나왔다.

"우리 점순이 도루 내보내 주서유. 우리 점순이—"

"나니? 조무순이."

주임은 잠깐 생각하는 척하드니,

"오, 조무순이. 아레, 아즉도 여기 있나."

그리고는 밖앗 군중이 들을 수 있도록 소리를 높여

"아레와 간신다요(기특해). 나뿐 놈 꾀임에 빠저서 그랬지 진정으로 국가에 진력할려는 좋은 아이야."

그는 그 옆에 죄송한 듯이 서 있는 순사에게 턱짓을 해 보이는 것이었다.

"시데아레(내놔 줘)."

소음이 끝이고 환성이 일어났다.

이내 안으로 통하는 문이 덜컥 열리며 점순이가 낱아났다.

그의 낯은 창백하고 새로 입혀 보낸 옷도 몹씨 구기었다.

점순이도 오늘 새벽 유치장의 두꺼운 세멘트 벽을 격하여 사람들의 아우성 소리를 들었다.

그리하여 막연하나마 누가 저를 위하여 떠들고 있다는 것을 알았다.

처음 그는 아마 공장에서 사람들이 일을 식히기 위해 데리러 왔는가 싶었다.

성을 내면 황소같이 무서워지는 아비의 모습도 떠올났다.

그렇나 막상 순사에게 이끌려 나왔을 때, 그는 그곳에 한 사람도 남자들의 그림자를 볼 수가 없었다.

물논 아비도 와 있지 않다.

그곳에 있는 것은 오직 마을의 어미들이었다.

색기를 빼앗긴 맹수같이 주먹을 부르쥐고 서 있는 수많은 어미의 볕에 걸은 식검은 얼골들이었다.

"아, 엄마ㅡ."

점순이는 그만 말문이 맥혀 어미의 치마자락에 엎어지며 어이어이 울었다.

"점순아, 점순아."

어미도 딸의 등에 고개를 부비며 울었다.

모두 코를 훌쩍어리었다.

그들은 서로 말릴려고 손을 내밀었다가는 제가 먼첨 목이 메여 버리는 것이었다.

이윽고 점순이 모녀를 가운데 옹위한 여인의 한 떼는 주재소를 떠났다.

그들이 떠난 뒤 화가 머리끝까지 뻗혀 있든 코밑 수염이 목에 피ㅅ대를 세우며 애꾸진 순사들에게 분푸리를 한 것은 알 까닭도 없이.

다만 그들은 '이겼다'는 의식과 자기네의 힘이 의외로 크고 강했든 것을 생각하며 더욱 신이 나고 자신이 생기는 것이었다.

"그 봐. 공장이 들어올 때두 안 그래, 그 늠의 사내들헌테만 맷겨 놓지 말구 말야. 아, 우리가 이렇게 발 벗고 나섰드라면 아무두 꼼짝 못했지 뭐야."

곰보 할멈이 삼봉이네 억개에 기대며 뽐내면,

"참 우리 동넨 사내라구 변변헌 게 하나투 없어. 망헌 녀석들, 아랫도리에다 식검은 건 대체 뭘 허느라구 차고 있는지."

고린장인 느티나무집 마누라도 서슬이 시퍼랬다.

방학리 고개 밑까지 왔을 때 비로소 햇살이 빛의기 시작했다.

그것은 크고 둥글고 희망에 찬 아츰 해였다.

그들은 그 빛 속에서 고개 우에 웅기중기 서 있는 남자들의 그림자를 보았다.

안해와 어미들을 내보낸 동리 남자들이 걱정이 되여 마중을 나온 것이었다.

물논 소문은 미리 알고 있었으나 그들은 제 눈으로 보기 전엔 그 말을 믿을 수가 없었다.

그것은 정말 믿을 수 없는 일이였다.

방학리의 여인들은 결국 소심한 그들의 안악이요 노예의 노예였든 것이다.

돼지같이 무지하고 배운 것 없는 그들의 여인이 그 같은 힘을 발휘하여 주재소를 습격하고 너구리 같은 주임을 항복식혔다고는 생각할 수가 없었다.

드디어 안개가 것치고 여인의 한 떼가 활짝 핀 햇ㅅ볕 속에 낱아났다.

"어이, 망헌 것들. 고얀은 일을 꾸며서 극성들을 부리지."

한 사람이 말하면,

"글쎄, 원 뼈다구들이나 성해서 오는지."

다른 한 사람이 역시 느린 어조로 대답한다. (자세히 보니 그것은 꼬마를 업은 춘삼이었다.)

그렇나 가까워 오는 여인들의 무리는 그들의 의구를 물리치고 그야말로 충천하는 기세였다.

언덕 우의 그림자가 누구들인가를 알아보았을 때, 맨 앞에 선 여인이 두 손을 흔들며 무어라 소리를 질렀다.

그렇자 모든 여인들은 일제히 손을 흔들며 함성을 올린다.

해ㅅ볕이 정면으로 그들의 빛나는 얼굴을 빛외였다.

"어-이, 어-이."

"이겻다네, 이겼어."

그들의 부르짖음은 밀려오는 조수와 같이 점점 커지며 높아지며 방학리 골작이 골작이에 메아리를 불러일으키는 것이었다.

─≪백민≫ 제9호(3권4호), 1947. 6/7.

창공(蒼空)

기다리든 빗방울이 두어 번 오락가락하드니 남아 있던 꽃잎들이 모조리 떨어져 버리고 녹음만이 눈에 숨이기 시작한 어느 날이었다.

현재 우리 조선의 가장 신망 있는 지도자요 어떤 중요 정당의 최고 간부의 한 사람인 김종섭 씨는 일부러 자동차도 타지 않은 채 혼자 천천히 걸어 연화장 고갯길을 올라가고 있었다.

서울 시내에서도 부유한 주택지로 유명한 이 연화장은 단지 주택지라느니보담 어떤 별장지대를 지나가는 듯 긴 잔디밭에 정연하게 가꾼 정원들이며 야트막한 콩크리트 담을 넘어 행길까지 뻗어 나온 기이한 모양의 소나무 가지가 모두 즐겁고도 여유 있는 풍경이었다.

때때로 미국인과 그 가족인 듯한 여인들을 태운 찝흐가 몬지를 날리며 달려갈 뿐 통행인도 별로 없는 늦은 아츰의 언덕길은 심히 고요하다.

드디어 고갯마루에 올랐다.

김종섭 씨는 약간 모자를 처들어 이마에 숨이려는 땀을 씻으며 멀리 아래로 눈을 주었다. 뭉게뭉게 구름같이 피어오르는 신록의 숲을 우으로 산과 산의 연봉이 뚜렷한 곡선미를 그리고 다시 그 위로 푸르고 푸르게 펼쳐져 있는 끝없는 하늘.

언덕 밑을 잔잔히 흘러가는 맑은 개울물, 그 개울을 에워쌓고는 흰 옷 입은 여인들이 삼삼오오 표표히 빨래 방망이를 놀리고 있는 것이다.

"아름다운 내 나라. 아아, 우리 조선."

김종섭 씨는 소년같이 눈물 어린 눈으로 숲과 하늘과 빨래하는 여인들을 다시 한 번 바라보며 부르짖었다.

"조국, 우리 조국."

그것은 재작년 첫 가을 스물일곱 해만에 처음으로 중경에서 도라와 고국 땅을 밟았을 때 울며 부르짖든 꼭 같은 감격, 꼭 같은 탄성이었다.

중경은 볕 잘 안 드는 분지였다. 한서의 차이가 심했다.

언제나 안개에 흐릿한 주위를 살펴보며 그는 얼마나 고국의 훈풍과 신록의 오월을 그리었든 것일까.

그러나 그 후 이태 해가 채 못 되여 다단복잡한 나라 안의 정세와 날이 갈수록 심각해지는 주위 사정은 강직한 성격의 소유자인 씨로도 무척이나 지치고 피곤해지지 않을 수 없었다.

아름다운 사천과 그리워하든 고국 민중에 대한 감격조차 잊어버린 지 임의 오래였다.

생각하면 김종섭 씨는 그만 암연해지는 것이다.

지도자에게 대한 턱없는 비난, 좌우 양익의 갈등, 동지로 알았든 사람들 사이의 중상, 정권욕, 생활난에 허덕이는 민생 문제……

그러나 김종섭 씨는 고개를 흔들어 오늘만이라도 이같이 복잡한 여러 문제에서 떠나려 하는 것이다.

저 맑은 하늘과 그림 같은 산과 훈풍에 나부끼는 푸른 숲과 그리고 그가 지금 가슴을 두군거리며 찾아가는 어떤 부인의 일만을 생각하려 하는 것이었다.

김종섭 씨가 지금 찾아가려는 것은 그의 첫사랑의 상대자인 한정애 여사였다.

벌써 삼십 년 전 일이다.

유명한 애국지사요 한국시대 고관이든 한명균 씨의 외딸인 정애는 심히 인끼 있는 여학생이었다.

고운 처녀 많든 이화학당에서도 그의 단아한 모습과 옥 같은 살결은 귀인의 집 귀동녀답게 사람들의 이목을 끌지 않을 수 없었든 것이다.

김종섭 씨는 그때의 정애 사진을 아직도 잊지 않고 간직해 있다. 삼십년이나 지난 것이라 누렇게 퇴색이 되었고 다단한 혁명가 생활에 손때 묻고 구긴 것이나 꺼내 보면 그리운 그때 모습을 연상할 수 있는 것이었다.

감으스름한 쌍겹눈과 오똑한 코, 아주 조고만 입, 치렁치렁 땋아 느린 머리끝을 약간 앞으로 돌리고 사진은 수집은 듯 청초한 미소를 띠우고 있다.

긴 치마에 가린 구두 끝이 조금 나타나 보이는 것도 그때 여학생 풍습으로 그리운 것의 하나였다.

그는 아즉도 이 사진을 손에 넣든 때의 감격을 기억하고 있다.

정애를 권해서 일부러 사진을 백이게 하고 그 사진이 되자 제일 잘된 것으로 골라 종섭 씨에게 전해 준 사람은 정애의 오라버니 정욱이었다.

한정욱과 김종섭 두 사람은 절친한 친우다.

정욱은 정열한이요 급진파였다.

종섭 씨는 온건하다.

그리고 두 사람은 다 같이 당시의 선구자로 자인하고 있었다.

정애가 자라나며 처녀로서 완성하는 것을 보자 정욱은 그가 가장 사랑하는 애용품을 양도하듯 그 친구와 누이동생 사이에 열정을 충동이었다.

여자란 한없이 생가에 머물을 수 있는 것이 아니다. 정욱은 누이를 아끼는 육친의 정의로 일껏 순결하게 자라난 단 하나의 누이를 아름다운 성격을 알지도 못하는 사람에게 보내여 유린시키고 싶지 않았다.

어차피 결혼을 할 바에는 명석한 두뇌와 이지적인 사료를 가진 친구 김종섭 씨가 친분으로 보나 다른 조건으로 보나 제일 믿어웠다.

종섭 씨 역시 육체적으로든지 정신적으로든지 넘우나 고고하고 로맨성인 그 귀동녀를 벌써부터 그 오라버니 못지않게 애끼고 위하는 마음이 있었다.

그러므로 그는 친구의 제의를 듣자 오래 생각한 끝에 이것을 승락했든 것이다.

평생을 두고 친구의 기대에 어그러지지 않을 것과 자기에게는 봄바람에도 꺾어질 듯 연연한 처녀를 애끼고 북돋우어 갈 자격과 자신이 있다고 생각했기 때문이다.

아무튼 그들은 이렇게 하여 경주하는 자가 빠톤을 물려받듯이 애무의 권리를 물려받은 것이었다.

그것은 당시에 흔히 있든 남녀가 모이기만 하면 곧 불이 붙고 연애가 성립되는 그런 맹목적 관계가 아니었다. 충분한 이지와 타산과 고려가 섞인 연정이었다.

그렇기 때문에 젊은 그들은 자기네의 사랑을 좀더 높은 것으로 평가하고 만족해하는 것이다.

동시에 그것은 선구자의 긍지요 문화인으로서의 자존심이었다.

그 후로 종섭 씨는 더욱 자조 정욱을 찾았다. 시골에 할머니 한 분뿐 부모가 모다 없기 때문에 하숙 생활을 하고 있든 종섭 씨는 거처며 의복이 언제나 불편했다.

정욱은 종섭 씨가 찾아올 때마다 일부러 누이를 불러 친구의 신변을 정돈하게 하였다.

부끄러워하는 누이를 데리고 가서 사진을 박이게 한 것도 그 무렵이었다.

"김 군 자네가 어떻게 버르장머리를 가르켜 그런가. 정애가 아주 말괄냥이가 됐으니……."

"참게 참아. 내 이제 고쳐 노을 테니……."

그들은 작난삼아 괜히 이런 대화를 주고받았다.

그것은 우정을 더욱 돈독하게 하는 일이요 동시에 그들이 각각 자기 입장에서 정애를 사랑한다는 사실을 서로 이해하고 맹세하는 말이기도 했다.

종섭 씨에게는 누이가 없었다. 그러므로 누이가 가지는 미묘한 정의와 애정을 알지 못한다.

그렇든 것이 정애를 알기 시작하자 그는 애인과 동시에 누이동생을 얻었다.

속속한 육친의 정이 미래의 아내라는 정애의 모습 아래 언제나 자리잡고 있었다.

이 같은 두 사람의 사이에서 정애는 그저 그들이 하라는 대로만 행동하고 있었다.

오라버니를 믿고 또 종섭 씨를 믿고 존경하며 두 사람의 애무에 만족하면 그만이었든 것이다.

또 신사조라고는 하나 수집은 성격의 처녀로는 그밖에 더 적극적인 행동을 취할 수도 없었다.

다만 종섭 씨를 만나면 가슴이 두군거리고 얼골이 달아오르는 것을 이것이 사랑이려니 했을 뿐이다.

그저 오라버니에게 대한 것보단 조곰 자극이 강렬할 뿐 사랑의 성질에는 별로 차이가 없는 상 싶었다.

다만 오라버니보다 종섭 씨가 더 좋았다. 숙제 하나를 물어도 정욱은 곧 화를 내고 꾸중을 하는데 종섭 씨는 훨씬 포용력이 있고 명철하게 또박또박 아르켜 주었기 때문이다.

손도 잡아 보지 못했다.

다른 적극적인 애정의 표시도 알지 못했다.

그러므로 첫사랑에 취한 젊은 남녀같이 열열한 분위기는 주위에 없었으나 그 로맨틱하고도 신엄(神嚴)한 약속이 오히려 변할 수 없는 철쇄같이 그들의 마음을 얽고 있었다. 물론 귀한 집 외딸과 평민의 아들이라 두 사람의 관계가 그대로 계속한다면 최종 문제에 있어서 가정의 반대는 예상할 수 있었다.

그러나 두 사람은— 정욱까지가 가담한 세 사람은 어떠한 난관과 반대도 두려워하지 않았다.

김종섭 씨가 학교만 마치면 그들은 만난을 물리치고라도 결혼할 것을 각오하고 있는 것이었다.

졸업이 가까워 왔다.

그들의 결혼은 벌써 한 개의 의무, 리지적 책임이 아니었다.

종섭 씨는 그것을 가장 신비스런 맘으로 하늘의 섭리라 생각하고 있다. 피치 못할 운명이라고도 생각했다.

어떤 난관이 닥쳐오드라도 그들의 생활, 그들의 운명을 갈라놓을 아모것도 없다고 믿었다.

그는 밤중 혼자 하숙을 빠져나와 인왕산 바위 위에서 그 나이—브30)한 애인을 위해 새로운 용기와 투쟁력을 가다듬던 것을 생각한다.

그러나 그 당시의 세태는 이 같은 젊은 사람들의 애정 생활을 위해 평온하지는 못했다. 뜻하지 않은 곳에 뜻하지 않은 장애가 기다리고 있었다. 바로 종섭 씨의 전문학교 졸업기를 앞두고 삼일운동이 일어나며 조선 천지는 삽시간에 뒤집히고 말았다.

주저하고 가릴 것도 없었다.

그때 조선의 뜻있는 청년들이 모다 그랬든 것같이 그들은 목숨을 돌볼 새 없이 조국의 자주 독립을 위해 만세를 부르고 일본 관헌과 싸웠다.

무수한 민중이 피를 흘리고 무수한 동포가 옥에 기치고 수없는 젊은이들이 해외로 달아나지 않을 수 없었다.

김종섭 씨와 한정욱 두 학생도 이 여러 청년지사들 틈에 섞이어 고국을 떠났다.

정애 아버지의 알선으로 그때 봉천(奉天) 부령사로 가는 모씨 일행에 끼어 겨우 위태로운 목숨을 부지했든 것이다.

물론 정애와는 장래 일을 다시 의론한다든지 하다못해 작별을 아낄 여유

---

30) 순진무구한.

도 없었다.

마음은 초조했으나 시간이 허락지 않았든 것이다.

종섭 씨는 할 수 없이 전인하여 한 장의 편지를 보냈을 뿐 그 이상의 실제적인 책임을 이행할 수는 없었다. 그 편지는 그의 생애에 다시없을 명문이오 또 가장 진심을 토로한 글이었다. 쓰면서도 눈물이 나고 피가 튀었다.

그는 이 편지를 보물같이 간직하며 세상을 비탄으로 살아갈 박명한 가인의 일생을 생각했다. 그것은 소설같이 아름다운 정경이요 정애는 필시 그렇게 할 여인일 상 싶었다.

자기같이 기구한 운명의 주인공에게 관련되었기 때문에 한평생을 타격과 비탄 속에서 보낼 고고한 여인의 일생을 슬퍼하며 그는 그때 차창에 엎데여 오래 울었다.

아무튼 이렇게 하여 젊은 그들은 작별하고 말았다.

그리고는 스물여덟 해 동안 서로 만나지 못했든 것이다.

통신도 없었다.

그래도 처음 몇 해 동안은 북지 일대를 헤매면서 사랑하는 사람의 소식을 알려는 노력이 인편으로 혹은 풍편으로 정애 집안의 소식을 전해들을 수 있었다.

이역에서 듣는 고국 소식은 설영 그것이 기쁜 소식이라 하드라도 슬프고 처량한 법이다.

더욱 정애 아버지가 국사를 강개하여 두문불출 자결하고 말았다는 소식을 들었을 때는 깊이 감동하여 얼마나 비감한 눈물을 흘렸는지 모른다.

그는 곧 빈 주머니를 털어 한 병의 고량주를 샀다. 그리고는 해룡(海龍)이란 곳에서 임시로 보통학교 선생 노릇을 하고 있는 정욱을 찾았다.

그러나 정욱은 결코 종섭씨 같이 면면한 정서를 이해하는 사람이 아니었다.

그는 일을 당할 때마다 것잡을 수 없이 흥분하고 전후를 가리지 못하도록 펄펄 뛰는 성미였다.

김종섭 씨와는 반대로 치밀한 두뇌와 다난한 생활에 대한 훈련도 없었다. 또 로맨틱한 곳도 없다.

부친의 비보를 듣자 허리에 색기를 매고 해룡 천지를 딩굴면서 통곡했다.

그리고는 그의 행동이 완연히 변해 버렸다. 그는 학교를 그만두고 의용대에 참가하여 해룡을 떠났다. 그러나 반년이 못되어 다시 동지들에게로 돌아왔다.

그 반년 동안에 그는 무엇을 보고 무엇을 깨달았는지 아무도 몰랐다. 다만 그 얼굴이 몹씨 초췌한 것과 쉴 새 없이 기침을 하는 것으로 그의 건강이 많이 상한 것을 알았다.

"구경은 모두가 환멸이야. 인간의 은원(恩怨)이라는 게 말야."

종섭 씨는 그때 이런 말을 하며 쓸쓸히 웃든 창백한 뺨과 타는 듯한 두 눈을 가진 청년의 모습을 잊지 못한다.

그러나 그때 정욱의 쓸쓸하든 웃음은 결국 자조의 웃음이었다.

그 무렵 해룡에는 무어라나 하는 조선사람 술집이 있었고 그 집에 계집이 한 사람 와 있었다.

정욱이 도라온 지 얼마 되지 않아 그가 이 여자한테 댕긴다는 소문이 들렸다.

종섭 씨는 처음 극력 이를 부인했으나 피치 못할 증거가 들어나자 그는 무엇보다 정욱의 건강을 위해 근심하지 않을 수 없었다.

물론 그는 몇 번이나 충고하고 친구의 반성을 바랐다.

그러나 정욱은 언제나 자조의 웃음을 띠울 뿐 대답조차 잘 하지 않았다.

반년이 지나자 그는 임의 민중을 위하여 반항을 부르짖든 투사가 아니요 환락의 침륜한 한 사람의 탕아였다.

동지들이 분연히 일어났다.

해외 투사의 이름을 더럽히는 반역자로 그 선대의 업적을 모독하는 불효자로 그를 타도하자는 의론이 날마다 분분하였다.

종섭 씨도 진실한 청년다운 투쟁과 실천을 이상하고 있었음으로 정욱과 점점 사이가 뜨기 시작하는 동시에 다른 동지들의 의견에 찬동하는 일이 많았다.

그러나 그것은 결코 그가 박정한 탓이 아니었다.

그때 주위 사정이 그만큼 격렬했고 시대의 사조도 그러했다.

드디어 정욱이 비난과 배척의 쓴잔을 들 날이 왔다.

종섭 씨는 지금도 그날을 기억하고 있다.

해룡 동포들이 경영하는 조고만 여관방이었다. 동짓달 스무사흘 눈 나리는 밤.

첩첩이 닫혀 있는 방 속에 어슴푸레 남포불이 빛나고 있었다.

모인 사람은 여덟. 모다 초라한 행색들을 하고 있었다.

소매 없는 여름 내의 우에 시모후리 여름 양복의 앞을 풀어 헤친 사람, 까맣게 걸은 무명 겹바지 저고리를 입은 사람, 두꺼운 내의와 외투를 입은 사람은 하나도 없었으나 마음이 타는 듯 끓고 있는 그들은 아무도 추운 줄을 몰랐다.

다만 그들은 다투어 언권을 청했다.

일제히 팔을 휘둘으며 정욱을 타매하고 정의를 논하고 즉시 응징을 부르짖었다.

자기 입에서 나오는 제 소리가 새로운 술같이 신선한 흥분과 자극을 가져왔다.

그것은 감각적이요 오히려 관능적인 기쁨이었다.

놀나운 욕설이라도 좋았다. 철권제재라도 좋았다. 그들의 머리를 휩쓰는 것은 청년다운 실제 행위에의 의욕이었든 것이다.

"나가 보세. 아즉도 그 술집에 처백혀 있을 테니……."

한 사람이 이렇게 말하며 일어서자 모다 환성을 지르며 따라 일어섰다.

이때였다.

굳게 닫긴 방문이 밖으로부터 열리었다.

거기에는 미친 것같이 머리칼을 푸러 헤트린 정욱의 종잇장같이 하얀 얼굴이 나타났든 것이다.

사람들의 등골에 송연한 땀이 흘렀다.

"동지들이여, 우리는 모다 혁명가가 아니라 '동키호테' 같은……."

정욱은 이상한 쩨스추어를 하드니 그만 말을 마치지 못하고 기침을 시작하였다.

종섭 씨가 놀라 달려가 그의 몸을 뒤로 껴안았을 때는 정욱이 기침을 계속하며 방바닥에 넘어졌을 때였다. 붉은 각혈이 것잡을 새 없이 때 묻은 방바닥에 쏟아져 나왔다.

이날부터 정욱은 일주일 만에 세상을 떠났다.

평온한 최후였다.

머리맡에는 종섭 씨와 정욱의 정인이었다는 그 여인이 앉아 있었으나 그는 아무 유언도 하지 않았다.

물론 정욱씨의 비탄은 말할 수가 없었다.

여인의 말을 들으면 정욱은 반년 동안의 의용대 생활에서 동지들과 몇 번이나 충돌하고 그렇기 때문에 사상적으로도 동료와 실망을 느꼈다 한다.

혹은 그의 정의감이 너무 엄정하고 편협했기 때문에 다른 사람들과 타협할 수 없게 되며 스스로 실망하고 스스로 고독해져서 결국 환멸을 느낀 것인지도 몰랐다.

아무튼 이 정열적인 귀동자에게 북국의 광야 황량하고 음울한 이역의 풍운은 넘우나 거칠고 냉철했던 것이다.

종섭 씨는 죽기 전에 친우에게도 호소하지 못할 그 사상적인 고뇌를 혼자 고뇌하며 술과 계집에게 침륜하여 들어간 친구의 슬픈 심경을 생각하고 더욱 비통해 하였다.

정욱은 영원한 반역아였다. 전대부터 나려오는 강개 반항의 피가 이 청년의 혈관 속에 맥맥히 흐르고 있었든 것이었다.

정욱이 없어지자 종섭 씨는 고아같이 외로워졌다. 게다가 일 년에 몇 번 전해 오든 정애의 소식조차 들을 기회가 없어져 버렸든 것이다.

종섭 씨가 정애의 결혼한 것을 안 것은 정애가 결혼한 후에도 2년이나 지난 뒤였다.

종섭 씨는 한참을 망연하였다.

생각하면 그것은 지극히 상식적이오 장 평범한 귀추였는지도 모른다.

자기가 먼첨 하직도 약속도 없이 조선을 떠났으면서 그 가망 없는 사람을 바라 한평생을 처녀로 늙는다는 것은 무리한 일이었다.

단순히 무리한 일이라느니보다 잔인하고 불가능한 일이었는지도 모른다.

종섭 씨도 그것을 잘 알았다.

이역풍상 수년 동안에 그는 많은 정감을 마멸하고 많은 애수를 잃었다.

명지(明智)와 관대성을 가진 그는 정욱과는 반대로 무슨 일이든지 곧잘 이해하고 현실에 적합한 판단을 할 줄 알았다.

그러나 다만 한 가지 정애에게 대한 정서, 정애를 중심으로 한 꿈의 세계만은 조금도 파괴당하지 않고 지켜 왔든 것이다.

그것은 그의 이차적 성격때문인지도 모른다.

또 정애를 중심으로 한 그 집안 사람들이 정애 아버지와 정욱과 모다 상투(常套) 아닌 생활 상태와 심오한 생의 여운을 가지고 있은 까닭도 있었다.

아무튼 정애는 영원한 여신, 더러운 인간의 손으로는 감히 어루만질 수 없는 성모의 젓가슴이었다.

그렇던 것이 신비는 깨여졌다.

섭리라 믿었든 그의 운명도 끝났다.

깨어진 서정, 헤트러진 고답의 꽃은 다시 빛을 발하고 향기를 풍길 도리가 없는 것이다.

종섭 씨는 그것이 통분했다.

그는 흔들리기 쉬운 사랑의 힘과 투철치 못한 신의 섭리를 원망하며 오래 슬픈 마음을 것잡을 수 없었다.

어떤 때는 원통한 생각을 참다못해 그 이 년이란 세월을 분석해 본 일도 있었다.

이 년이라니, 그동안에 벌써 정애는 어린것이라도 생겨서 살림에 찌들린 몸맵씨로 항간의 보통 부녀들처럼 악을 쓰며 축 느러진 젖꼭지를 물이고 있을 것을 상상하려 했다.

그리하여 "타격을 받은 것은 나 하나가 아니다, 너도 너의 청초하든 그 모습에도 생활과 시간의 슬픈 그림자가 손톱자욱을 깊이 박지 않았느냐……." 이렇게 말하며 복수의 쾌감에 취해 보려고도 하였다.

그러나 그것은 결국 허사였다.

정애의 사진을 무릎 위에 꺼내 놓은 종섭 씨의 눈에는 아무리 하여도 그같이 파탈한 여인의 모양은 떠오르지 않았다.

그 사진에 나타난 아름답고 청아한 처녀의 자태 그대로 어린애를 안고 있는 정애의 모양이라면 그것은 역시 성모 마리아의 초상같이 거룩하고 고상한 환영일 것이다.

그는 그예 사진을 집어던지고 한숨을 쉬었다.

그리고는 다시 이같이 편협하고 기교한 생각은 가지지 않으리라 했다.

정애의 기억은 현실이야 어떻든 가장 아름다운 꿈으로 그의 생애에 두 번 다시 오지 못할 황홀한 추억으로 고이 간직해 두리라 했다.

그러나 그것은 역시 쓸쓸한 일이었다.

고향으로 도라갈 마음도 없어졌다. 종섭 씨는 그 쓸쓸한 마음을 안은 채 곧 마음 맞는 몇몇 동지와 함께 상해에 와서 문자 그대로 생애를 받친 혁명가의 괴로운 생활을 시작했든 것이었다.

결혼은 훨씬 후 동지들의 알선으로 상해에서 했다.

이상하든 바와는 심히 먼 평범한 결혼 생활이었다.

부인은 극히 모성적인 성격을 가진 사람으로 풍상에 시달린 종섭 씨의 심신을 아내라느니 보다 오히려 어머니같이 위하고 어루만지었다.

이때 종섭 씨도 이미 북방의 풍운을 동경하여 고향을 하직하든 홍안의 열혈 청년이 아니었다. 인생의 모든 혼란과 불안과 비탄을 경험한 냉철한 비판자였다.

주의도 확립되었다. 철저한 민족주의였다.

정애와의 관계에도 일종의 해결을 얻고 있었다.

처음 그는 어떤 여인이든지 정애를 닮은 사람을 발견하여 그 마음을 위로도 하고 식지 않는 연애에 대한 반항을 삼으려 했다. 그러나 정애가 아닌 다른 여인은 역시 정애 같을 수가 없었다.

그는 오래 방황한 끝에 다시 연인으로서의 누이동생으로서의 그 정애한 테로 돌아왔다.

그것은 정애가 비록 육체적으로는 결혼을 했으나 그의 순결한 처녀로써의 특이성만은 자기 혼자 간직하고 있다고 생각하는 것이었다.

종섭 씨 자신의 결혼도 그러했다.

그의 결혼 생활은 다만 생리적 생활의 필연적 요구였다.

그는 보통 가정의 평범한 남편같이 언제나 부인에게 다정하고 친절했으나 그 이상의 깊고 높은 것은 조끔도 바라지 않았다.

인간의 가장 귀한 것으로 전면적인 존경과 애정을 쏟는 것은 처녀로서의 한정애, 그의 특이성이었다.

사랑이란 말은 같다.

그러나 두 여인에게 대한 감각의 촉감은 심히 다른 것이었다.

그것은 치밀하고 섬세한 감정이다.

설영 누구를 향해 그의 마음을 설명한다 하드라도 그 같은 기분만은 전달할는지 모르지만 그 실질은 결코 통할 수 없을 것 같았다.

다만 그 속에 티끌만한 불순감이나 불성실이 없는 것을 믿기 때문에 종섭 씨의 마음은 언제나 평안하고 잔잔하였다. 또한 그렇기 때문에 그의 결혼 생활을 통하여 어머니 같고 아즈머니 같은 부인과, 누이 같고 현인 같은 정애와 이 두 사람의 지위는 조끔도 서로 침범을 당하지 않고 지낼 수 있었든 것이다.

그러나 이 같은 종섭 씨의 가정생활도 오래 가지는 못했다.

원래 약질이든 부인이 몇 해 만에 세상을 떠나자, 그는 다시 가정을 단념하고 부인이 남기고 간 외아들의 자라나는 것을 가락으로 모든 정성을 아이에게 그리고 조국의 광복에 바치고 지내 왔든 것이다.

삼십 년, 삼십 년의 세월은 결코 짜른 것이 아니었다.

조국을 떠날 때의 해사하든 그의 어깨는 건장하게 떡 버러지고 여자 손 같이 부드럽든 손바닥도 쇠같이 단단해졌다.

굵은 눈섭 아래 어질든 두 눈은 몇 번이나 생사 간을 내왕하는 동안에 어느듯 휘황하게 빛을 발하며 단아하든 콧날도 격렬한 투지에 부풀어 올랐다.

희고 고르게 백혔던 이빨조차 먹이를 찾는 맹수의 그것같이 검푸른 입술 우에 더욱 희게 들어났고 다시 그 우에 흰털 섞인 수염이 텁수룩이 덥혔다.

우뚝 내민 광대뼈 그리고 훤하니 벗겨져 올라간 이마, 얼골 전체가 긴 풍상에 타고 걸어 검어ㅎ게 풍모를 변했다. 그의 머리에도 하나하나 흰털이 늘어갔다.

처음에는 어린 아들이 "아버지 센털 뽑아요" 하며 심심할 때마다 아버지 머리에 손을 대곤 했으나 지금은 그 아들도 아버지 흰 머리는 관심을 가지지 않을 만큼 자랐고 종섭 씨의 머리에도 가려 가며 뽑아 낼 수 없을 만큼 흰 카락이 늘었다.

그리고 완연히 노쇠의 기운이 박두해 왔다. 그는 처음 자기 신변에 가속도로 달려드는 노쇠의 증조를 느낄 때, 기를 쓰며 이것을 부정하고 격퇴하려 했다.

그러나 종섭 씨 역시 시간의 잔인한 위력을 막아 낼 도리가 없었다.

첫재, 시력이 말을 듣지 않았다. 그의 노안경은 해마다 돋베기의 도수를 더해 갔다.

청력도 확실히 둔해졌다.

그리고 제일 곤란한 것이 소화기의 고장이었다.

청년 시절, 그는 돌이라도 삭일 듯이 강건한 위장을 가지고 있었다. 제일 우습고 경멸할 것은 식사를 잘못해서 애쓰는 사람이라 했다.

"없어 못 먹지. 진수성찬이 있는데도 먹을 수가 없다니……."

그들은 이렇게 말하며 이상해 하였다.

그렇든 것이 긴 시일이 흐른 오늘, 그는 스스로 두고도 먹지 못하는 사람이 되었다.

치아도 부실했다. 조금만 과식을 하든지 자극성 있는 음식을 취하면 당장 뱃속이 끓고 머릿속에도 무슨 찌꺼기가 쌓인 듯 흐려지며 몸 전체의 근육이 피곤해지고 기운을 차릴 수 없는 것이다.

그러나 그의 마음을 가장 적막하게 하는 것은 이같이 늙어 가는 육체의 증후만이 아니었다.

몸은 늙건만 늙지 않는 마음, 늙어가는 몸에 오히려 젊어가는 그 마음이었다.

혁명에 대한 열성도 그러했다.

정애를 향하는 감정도 그러했다.

정애― 그 젊은 날 젊든 육체에 지녔든 아름다운 사랑의 기억은 조금도 흐려지는 법 없이 오히려 세련되고 수정되어 늙어 가는 종섭 씨의 가슴 깊이 남아 있는 것이었다.

그것은 입을 열어 누구에게 실토할 성질의 것도 아니었다. (설영 적당한 사람이 있어 실토해 이야기한다 하드라도 사람들은 그의 소년 같은 애상의 꿈을 웃었으리라.)

그것은 늙음과 젊음의 모순된 생활이었는지도 모른다.

태평양 전쟁이 일어났다.

상해 망명 한국 임시정부에서는 숙원 맺힌 일본을 향해 선전을 포고하고 종섭 씨의 신변도 더욱 바빠졌다.

김종섭 씨의 이름은 단호한 애국지사로 또한 실제적인 정치가로 사람들의 경모와 숭배를 받았다.

그의 가슴 깊은 곳에는 언제나 조국 광복에 대한 비밀 서류가 가장 정성을 다하여 보관되어 있었다. 그리고 다른 호주머니에는 정애 사진이 또한 소중하게 들어 있는 것이다.

격무에 피곤할 때 종섭 씨는 흔히 이 사진을 꺼내 들고 한참씩 들여다본다.

이렇게 하여 열열한 외면적 활약 진중한 그 일상생활을 한 겹 들치면 언제까지 늙지 않는 젊은 날의 향기가 청신한 게류처럼 그의 마음을 적시고 있는 것이었다.

일본군의 저항은 의외로 강경했다.

종섭 씨와 동지들은 장기전을 각오하지 않을 수 없었다.

그들은 중경으로 본부를 옮기고 더욱 범위 넓은 국제적 교섭을 시작했다.

연합국은 모두 그들의 동정자요 이해자였다.

그들은 일제히 이 불우한 해외 투사들의 공적을 찬양했고 가엾은 그의 민족들을 질곡에서 해방시켜 줄 것을 약속했다.

'카이로 회담', '포스탐 선언'.

이렇게 하여 조국 광복의 날이 왔다.

8월 15일은 조선 민족이 결코 잊지 못할 날이다.

그러나 종섭 씨가 더욱 잊지 못할 날은 그해 가을 스물여덟 해만에 처음으로 고국 땅을 밟든 그날이었다.

동지들과 함께 비행기를 탄 것은 아츰이었다.

미약한 지진같이 진동하는 기체의 얇으막한 의자 우에 몸을 실리고 있는 종섭 씨의 눈앞을 청명한 산수와 함께 치렁치렁 머리를 따아 느린 정애의 모양이 나타났다.

그 환영은 처음 머리끝을 매만지며 수삽한 모양을 짓고 있드니 곧 맑은 쌍겹눈을 아름답게 치뜨며 반기는 표정을 지었다.

계속하여 정애와 나란히 서서 걸어가는 화사한 청년 선비의 모양이 보였다. 김종섭 씨 자신이었다.

정욱도 보였다. 허연 수염을 점잖게 쓰다듬든 정애 아버지도 나타났다.

몇 시간이 지났을까.

갑자기 "와아" 하는 환성이 일어났다.

높이 쳐든 비행기 나래 넘어로 바라보니 저 멀리 은회색 안개 속에 아물아물 육지의 그림자가 나타나 있는 것이었다.

고국! 고국이었다.

저를 위하여 싸웠고 쫓겨났고 다시 긴 시일을 위해 싸운 고국.

저를 위해서는 영화도 아깝지 않았다.

사랑도 버렸다. 목숨도 아깝지 않았다.

조국! 그것은 다만 숭엄하고 신성하고 모든 희생을 제물로 바쳐 아깝지 않은 것이었다.

저를 향해서는 찬양도 바라지 않았다.

보수도 바라지 않았다.

아! 그렇거늘 살아 생전에 다시 그 조국 땅을 밟을 줄이야 어찌 기약이나 했으랴―. 종섭 씨의 눈에서는 한없이 뜨거운 눈물이 용소슴쳐 올랐다.

동시에 여기저기서 느껴 우는 소리가 들려 왔다.

누가 눈물 섞인 소리로, "동해물과 백두산이……" 하며 애국가를 부르기 시작한다.

다른 사람들도 일제히 목소리를 합하여 따라 불렀다.

"무궁화 삼천리 화려강산 대한사람 대한으로……."

비행기가 금포 비행장에 도착할 때까지 그들은 쉬지 않고 눈물을 흘리며 몇 번이나 애국가를 되풀이해 불렀다.

금포 비행장에는 손에 손에 태극기를 든 민중의 물결이 이 위대한 조국의 은인, 영웅의 개선을 맞이하여 출렁거렸다. 그들의 자동차가 지나가는 연도에는 집집마다 국기를 달고 주악이 환영하는 곡조를 울렸다.

남산동 숙사는 한적하고 평안하였다.

그러나 중섭 씨는 한만히 노독을 풀 여유도 없었다.

각 기관 단체에서 그의 얼굴을 보고 그의 목소리를 듣기 위해 다토아 교섭하는 사람을 보내 왔기 때문이다.

그의 숭배자들이 새벽부터 몰려와서 경비하는 순경을 괴롭게 했다.

할 수 없이 나중에는 색기줄을 해치고 통행금지의 패까지 붙였으나 사람들은 쉬지 않고 그 높은 남산동 꼭대기까지 찾아 올라왔다.

그가 움직이는 곳에는 어데나 신문기자가 닳었고, 그가 입을 열면 그것은 빼놓지 않고 대서특서가 되어 신문, 잡지에 발표되었다.

'덮어 놓고 한데 뭉치자.' 이 같은 그의 스로강은 전 민족의 신조가 되었다.

그의 일화가 놀나운 위인의 전기같이 학교에서 혹은 교회에서 헌화되고 선전되었다.

'조국을 아내로 혈투 삼십 년'이니, '다만 한 길 한 소원을 위하사 모든 생활의 행복을 히생하신 김종섭 선생', 이 같은 어구가 듣는 사람들의 마음을 눈물겨웁도록 감격하게 한 것이다.

그러나 사람들의 이같이 열광적인 환영도 해를 넘기지 못했다.

정계에 위기가 닥쳐 왔다.

세상의 이치는— 더욱 정계의 동향은 필연적으로 순환을 하는 것이었다.

같은 외지에서 손을 잡고 싸우다 같은 비행기로 귀국했던 사람들이 가장 강열한 반대당이 되어 그를 배척하고 나갔다.

그러자 이 기회를 기다리고 있었다는 듯이 가지가지 반동이 그를 향하여 밀려 들어왔다.

인식 부족한 이상주의자, 고집불통 자본주의에 아첨하는 민족 반역자, 이 같은 비난 공격이 기회 있을 때마다 그를 쏘았다.

처음 종섭 씨는 이 같은 비난을 "저이들 지꺼리고 싶은 대로 지꺼리다간 그만두겠지" 하고 일소에 붙이려 했다.

어떤 정당 단체와의 제휴에도,

"법통이요 혁명 경력이다. 국내에서 뢰화부동하던 황구아(黃口兒)들이 뭘 안다구……." 하고 이것을 일축하였다.

그러나 그 황구아들의 공격은 의외로 강경하고 집요하였다.

거기다가 먼첨 내부에서 분열해 나아간 동지들의 일파 세력이 합동을 했다.

그것은 종섭 씨로도 의외이었다. 해외에 있을 때 그들은 누구나 다가치 활달하고 정당하였다. 그러나 일단 국내에 들어오자 일제히 약속한 듯이 기적이 되었다.

혁명은 이루어졌다. 그들은 이제 혁명가가 아니라 정치인이었든 것이다.

혁명 운동을 할 때 그들은 아무도 보수를 바라서 한 것이 아니다. 그러나 정치 운동을 하는 데는 보수가 필요했다.

정권이다.

그 정권욕을 만족시키기 위해서는 순수한 정열보다 지혜가 소용되었다. 지식도 모략도 소용되었든 것이다.

그들은 자기네만이 아는 종섭 씨의 비밀을 옛 동지로서의 입장에서가 아니라 적당으로서 폭노하고 댕겼다.

그가 주장하는 바 민족주의는 가장 음흉 교묘한 자본가의 옹호주의라 했다.

그의 반생을 바친 혁명 운동 역시 경멸하고 증오할 호구지술이라 했다.

이 같은 김종섭 씨를 시대의 영웅이니 조국의 자랑이니 하고 추대하는 것은 가장 부끄러운 무지요 인식 부족한 몽매라고도 했다.

일부 민중이 산울림같이 이에 응하여 일어났다. 그러나 종섭 씨는 동요하지 않았다.

적의 공격은 더욱 맹렬해졌다.

가장 선동적인 언론으로 가장 침잠한 모략 공작으로 민중을 이끌었다.

드디어 종섭 씨의 칙근자가 이에 부합했다.

그의 정치적 사명은 끝났으니 은퇴하라고 어저께까지의 선배를 쳤다.

거리에는 주리고 헐벗은 인민이 충일했는데 포만한 의식으로 봉건 시대를 꿈꾼다고 민중의 적개심을 선동하는 것이다.

드디어 '완명고루(頑冥固陋)' 하다는 인식이 공공연히 국내에 퍼졌을 때 종섭 씨는 아즉도 굴하지 않았으나 외로웠다.

청년 시대의 그는 급진적 선각자였다.

그렇든 것이 30년을 다 못 가서 적은 '무지몽매'라는 어휘를 기빨처럼 휘둘으며 공격해 오는 것이다.

그는 변천 무쌍한 자연의 법측을 생각하지 않을 수 없었다.

민족주의는 구사상이다. 새로 등장한 신사상은 노동 운동, 사회주의의 물결이다.

그것은 분등하는 물결, 부디치는 곳마다 뻘건 물감을 끼얹는 광란하는 물결이었다.

그들은 조국을 가르켜 신성하다 숭배하는 사람들을 비웃었다.

그들에게는 동족이 없었다. 인민은 모다 동무 그리고 계급을 타파한 나라, 농민·노동자의 행복을 위하는 나라, 농민·노동자의 행복을 위하는 나라가 곧 그의 조국이었다.

이렇게 하여 그들은 자본주의를 시인하는 나라보다 계급 없는 타국의 한 연방 되기를 희망했다.

드디어 종섭 씨도 그대로 있을 수가 없었다.

개인적인 인신공격은 얼마든지 참을 수가 있다. 그러나 나라의 위기는 간과할 수 없었다.

그는 깊은 우국의 성심으로 일관해 오든 신조인 '덮어 놓고 뭉치자'를 버렸다.

다시 투쟁은 전개된 것이다.

그의 30년 동안 의지적인 노력의 자취는 다른 사람들의 상상조차 할 수 없는 것으로 외면의 용기 내면의 극기심이 아울러 그의 후천적인 성격을 일우고 있었다.

동시에 그것은 자신(自信)이오 그의 자존심이기도 했다. 완명고루라는 혹평까지 받는 그 고집도 이 같은 그의 자존심에 기인하는 것이었다.

그리하여 이 같은 사람은 영웅이 되지 않으면 파락호라도 되고야 만다.

평범인으로 한 평생을 마친다는 것은 어려운 일이요 그들의 싫어하는 바이었다.

그럼으로 이 같은 사람이 이 같은 생활 상태의 대상으로 받는 것은 가장 화려한 환호가 아니면 철저적인 패북의 비극이었다.

정욱이가 그러했다. 그의 부친 한석균 씨가 그러했다.

그리고 종섭 씨 자신의 격렬한 의지— 자신과 자존심으로 뭉친 생애의 말로도 그러할 것이었다.

위기는 닥쳐 왔다. 반격은 개시되었다.

나라의 홍망성패가 결정되는 기로였다.

지도자들은 그들을 지지하는 민중을 이끌고 정연히 분열하였다.

국내에는 다만 대립하는 두 가지 조류가 서로 상대방을 삼키려고 분등하고 있을 뿐이었다. (그리고 그 사이를 기회주의자가 다람쥐처럼 드나들었다.)

일 년이 지났다.

그동안의 정치적 혼란, 좌우익의 난폭·격열한 항쟁, 군정의 탄압, 이 모든 것은 몽상가의 일면을 가진 종섭 씨로 하여금 정치라는 것에 대한 환멸을 느끼게 했다. 그리고 사상적으로도 동요가 시작되었다.

민중은 그가 해외에서 생각하든 것과는 딴판이었다.

그러지 않아도 총명하고 령리한 이 백성들은 40년의 노예 생활에 시기와 기만과 아첨만 늘어 있었다.

김종섭 씨는 귀국 후 일 년이 다 못 되어 이 민중을 지도하고 이끌어 나가기가 얼마나 어려운 일인가를 깨달았다. 동시에 그의 가슴에는 무의식중에 그 사랑하든 민중에 대하여 가벼운 공포와 증오감을 느끼고 있는 것을 발견하는 것이었다.

그리하여 그가 이 같은 것을 처음으로 느끼고 발견하였을 때 그의 여태까지 지키고 고집해 오든 신념이 소리를 내며 땅에 떨어지는 것을 자각하였다.

30년의 고투는 모다 허사였다.

그는 신념을 상실한 자기 자신을 바라보며 색막해지지 않을 수 없었던 것이다.

그러나 그도 역시 정치가였다.

정치가가 되는 제일 요건은 내심의 동요를 밖에 나타내지 않는 것이다.

정치가인 그는 어떤 경우라도 그 신념을 상실했다고는 말할 수 없었다.

마음속의 주의 주장이 흔들리면 흔들릴수록 그 반대의 표정을 지어야 하는 것이었다.

이중생활, 솔직하고 고지식한 김종섭 씨는 이와 같은 이중생활이 모다 무겁고 괴로웠다.

그러나 그가 지고 나가기에 무겁고 괴로운 것은 다만 이런 공쩍 생활만이 아니었다. 사사로운 일상생활은 더욱 그러했다.

그들이 처음 중경에서 들어올 때는 모다가 개인으로서의 자격이었으므로 가족을 동반하지 않았다. 그러나 귀국 후 국내 정세에도 익숙해지고 지반도 잡히기 시작하자 동지들의 누구나 모두 남겨 두고 온 가족들의 일을 염여하기 시작했다.

집을 주선하는 사람들이 있었다. 자녀들의 교육 문제를 염여하는 사람들도 있었다.

이리하야 한 사람 두 사람, 그 가족들이 귀국하기 시작했다.

가족이 도착하자 그들은 기다렸다는 듯이 남산장 높은 고갯집을 하직하고 각각 준비해 두었든 그들의 가정으로 돌아갔다. 더욱 자상한 분 중에는 미리 집을 가추고 식모와 가구까지 구비하여 혼자 살림을 하다가 입국하는 그 부인과 모녀들을 맞이하는 사람도 있었다.

그들은 모두 진실한 혁명가요 정치가였으나 동시에 행복한 남편이요 자애로운 아버지였든 것이다.

그러나 다만 한 사람 김종섭 씨만은 준비할 집도 기다릴 가족도 없었다.

"부디 며누리감 하나 얻어 주게."

"원, 우리 사위가 더 급허지 며누리가 급허오."

이 같은 이야기를 들을 때에도 김종섭 씨는 함께 축의를 표하며 기뻐하였으나 그의 마음은 외롭고 초조함을 억제할 수가 없었든 것이다.

가치 식사를 하고 가치 잠을 자든 동지의 수가 한 사람씩 줄어들 때마다 그의 마음은 더욱 울적하고 쓸쓸하여졌다.

참다못해 그는 상해에 있는 그 아들 부처를 불러 올까 하고도 생각해 본다.

김종섭 씨의 아들은 그곳 중국인 여자와 결혼하여 처가에서 대학에를 다니고 있었다.

순수한 민족주의자인 종섭 씨는 이민족간의 결혼에 반대였다.

모든 일에 관대하고 과묵한 김종섭 씨건만 아들의 결혼에는 극력으로 반대를 주장했다. 그러나 아들은 아버지의 명령 의사를 무시하고 말았든 것이다.

그러므로 귀국하라고 한데도 귀국하지 않을 것이지만 아무리 고적해도 아들을 귀국하란 형편도 아니었다.

그는 잠잠이 광막한 남산장이 싫어지기 시작했다.

외출을 했다가 남산장 긴 고갯길을 올라오려면 눈앞에 우뚝 열린 솟을대문이 화려한 인간의 세계에서 버림받은 어떤 동굴같이 오싹 소름이 끼치는 일도 있었다.

그러나 할 수 없었다. 정작 갈 곳이 없는 것이다.

게다가 그는 이 얼맛 동안 약간 뜨음하든 소화기 장애가 심해 가고 있었다.

음식을 먹을 수 없기 때문에 항상 배가 고팠고 배가 고프니 언제고 짜증이 났다.

"식사 때만이라도 좀 벅적했으면 좋겠구려."

종섭 씨는 밥상을 대할 때마다 이제는 남산장에 남아 있는 다만 한 사람의 동지인 조 박사에게 이런 말을 했다.

"나는 먹지 않는 사람이니 있으나 없으나."

위장병이 극도에 달하여 전연 조선 음식을 취하지 못하는 박사는 그의 말과 같이 언제나 종섭 씨를 위하여 배빈으로 수저를 놀리는 시늉만 하는 사람이었다.

그러나 그 조 박사에게도 가족들이 찾아오는 날이 왔다.

종섭 씨와 같이 대범하고 종섭 씨와 같이 모든 것을 불고하고 애국 운동에 몰두하였으면서도 그에게는 현숙하기로 유명한 부인과 칠팔 명이 넘는 자녀가 있었다.

위장의 장해와 호흡기의 고질이 있는 조 박사가 오늘날까지 그 생명을 유지한 것은 전연 부인의 덕택이란 말을 종섭 씨도 여러 번 들었다.

과연 조 박사 부인은 오는 날부터 남편의 신변을 극진히 위하고 걷우었다.

대범한 박사가 다른 사람들처럼 서둘러서 집을 구해 두지 못했기 때문에 그의 가족들이 당분간 남산장에 유하게 되었으므로 종섭 씨는 더욱 자세히 부인의 정성을 알 수 있었든 것이다.

그러나 종섭 씨가 부러운 것은 이것만이 아니었다.

가족들이 돌아오자 조 박사는 자연히 그 가족들과 가치 거처를 하게 되고 식사 때에도 나오지 않는 일이 많았다.

혹 식사 때 김종섭 씨와 가치 있는 일이 있드라도 그 자녀들이 그대로 두지 않았다.

"아버지 진지 잡수세요."

하고 두 번, 세 번 부르며 오지 않으면 그의 막내딸은 사람들이 있는 앞에서도 억지로 부친의 팔을 끌고 나갔다.

김종섭 씨는 다만 혼자서 기숙사 밥같이 언제나 단조하고 혜식은 음식을 묵묵히 먹지 않을 수 없었다.

횡그렁한 방에 혜식은 외상은 규측적으로 하루 세 번씩 들여 왔다.

그러나 김종섭 씨가 먹는 것은 그 몇 술의 밥만이 아니었다.

그는 소량의 밥과 함께 많은 고독과 외로움과 슬픔을 씹고 있는 것이었다.

종섭 씨의 건강은 나날이 쇠약해 갔다. 그 대신 몸을 거누지 못하기까지 창백하든 조 박사의 안색에 아주 조곰씩 화기가 돌기 시작하는 것이었다.

"뭘 잡수시우?"

하고 종섭 씨가 물으면,

"내가 어디 뭘 먹는 사람이오."

하며 박사는 웃었다.

"그래도 비방이 있으신가보. 공개하구려."

"글쎄. 우유 조곰, 계란 조곰, 파인애플 조곰, 뻐터에 스프 조끔……."

"에이 여보, 그만허면 돌아가시지는 않겠구려."

종섭 씨도 "허허허허" 따라 웃었으나 그의 마음은 칼로 찌르는 듯이 아팠다.

지나간 반생의 생활이 도리킬 수 없는 후회와 의혹으로 머릿속에 떠오른 것이다.

너무나 순수했기 때문에, 너무나 고지식했기 때문에 주의와 이상에만 몸을 바쳐 인간으로서의 행복한 가정생활도 아내의 사랑도 자녀의 성장도 희생한 채 영영 광명 없는 노경(老境)에 몸을 던진 자기 일이 억울하고 슬펐다.

'병이 심하면 죽을 것이오 사람이란 죽고 나면 그만이다.'

이같이 외롭고 슬픈 날이면 종섭 씨는 혼자 방을 빠져나와 숙사 뒷뜰인 남산 기슭을 거닐었다.

풀밭에 주저앉아 혼자 명상도 하고 아무도 모르게 책도 읽었다. 발밑에 기어 다니는 왕개미들을 주어 올려 손바닥 우에서 씨름을 붙이는 일도 있었다.

그날도 종섭 씨는 혼자서 남산장 뒷뜰로 나왔다.

들고 왔던 책을 풀석 풀밭에 던지고 나뭇등걸에 기대여 앉았다.

그리고는 때 가는 줄도 모르고 먼 하늘을 바라보고 있었다.

숙소에 도라온 것은 점심때가 훨씬 지난 때였다.

숙소 현관에서 비서와 마주쳤다.

손에 한 장의 명함을 들고 있었다. 그리고는 태연히,

"선생님 지금 이분이 찾아오셨는데요 면회하실 수 없다고 사절해 보냈습니다."

하는 것이다.

소개장이 있는 사람이나 용건을 미리 통하여 면회 신청을 해 온 사람 이외에는 일체 만나지 않는 것이 귀국 후 김종섭 씨의 관습이었다. 남녀를 물론하고 처음으로 방문한 사람에게 비서가 자의로 면회를 사절한 것은 아무 잘못이 아니었든 것이다.

그러므로 김종섭 씨도 귀찮다는 듯이 한 번 손을 저어 보이고 곧 그의 방으로 들어가려고 하였다.

그러나 다음 순간, 그는 아연히 자기 눈을 의심하며 돌아서서 명함을 빼아섰다.

'한정애.'

종섭 씨의 눈앞을 빙글빙글 암회색의 환영이 떠돌았다.

그러자 그 잿빛 환상 우에 환하게 따뜻하고 청명한 어떤 형용이 떠올랐다.

긴 머리끝을 약간 앞으로 돌리고 치마 아래 뾰죽한 구두 끝을 나타내고 있는 정애의 모습이었다.

"박 군, 이분 어디 있오."

명함을 쥔 종섭 씨의 손이 떨리고 있었다.

비서로부터 돌아갔다는 말을 듣자 그는 젊은 비서의 앞도 가리지 않고 대문까지 달려가 보았다. 그러나 그곳에는 오월의 오후, 하얗게 말은 행길이 눈부실 뿐 손을 들어 경의를 표하는 파수병밖에 사람의 그림자는 없었다.

이날 밤, 종섭 씨는 잠을 이루지 못했다.

일부러 자기를 찾아왔다가 그대로 돌아간 정애를 생각하였다.

정욱의 일도 생각났다.

사상의 동요와 의혹을 안고 비극적으로 세상을 떠난 정욱의 고민은 곧 20여 년 후의 종섭 씨 정신의 고민이었다.

그는 그때 친구에게 좀더 이해성 있게 좀 더 다정하게 해 주지 못한 자기 일을 후회하였다.

그때 종섭 씨가 오늘과 같은 적료와 의구를 얼마간이라도 알았던들 정욱도 그렇게 비참하게는 죽지 않았을는지도 몰랐다.

이렇게 생각하니 속속한 후회가 가슴에 차오르는 한편 다행한 한숨이 입을 새어 나왔다.

이해자를 가지지 못한 정욱은 고독 가운데 죽었으나 같은 고민을 고민하는 자기에게는 30년이나 그리든 꿈의 주인 한정애가 있는 것이다.

그는 이 같은 오늘 낮에 정애 여사가 찾아온 것을 얼마나 다행으로 알았는지 모른다.

정애만은 자기가 지금 생각하고 있는 외로움과 의구를 이해해 줄 것 같았다.

설영 확연히 이해는 못한다 하드라도 말 수 없는 그의 앞에 흉금을 터놓고 호소는 할 수 있으리라 믿었다.

그리하여 정애가 모든 것을 양해하고 맞이해 줄 때에는 이 황량한 숙사도 떠나 누이동생 같은 정애의 곁에서 예의 건강을 회복하리라고 생각한다.

돌연 '평범한 행복'이란 말이 가슴에 떠올랐다.

'나는 결국 평범한 한 시민이었다. 물도 긷고 장작도 패고 집안도 걷우고 자녀도 길러야하는 한 사람의 가장 평범한 인간이었다.'

이렇게 생각하니 오랜 시일을 다만 혁명가가 되려고, 정치가가 되려고, 건강도 환희도 때로는 모도 도덕까지 희생하고 살아온 과거의 생애가 더욱 우습고 후회스러웠다.

'아무튼 정애를 만나보자. 그리하여 그와 의논해 보자.'

날이 밝았을 때 종섭 씨의 가슴은 이 같은 범인으로서의 평범한 행복을 바라서 더욱 크게 부풀어 올랐다.

그는 정애 여사의 명함의 주소를 찾아 자동차도 타지 않은 채 혼자 걸어 연화장 고갯길을 올라가는 것이었다.

지나간 날의 긴 추억에 남겨 있든 종섭 씨는 다시 천천히 고갯길을 나려가기 시작하였다.

연화동 307번지는 누구한테 물을 것도 없이 곧 찾아 낼 수가 있었다.

의외로 굉대한 저택이었다.

'이한규'란 커다란 구리 문패가 긴 동청 울타리 끝에 우뚝 서 있는 흰 화강석 문주(門柱) 위에 붙어 있다.

실업계의 거두 이한규 씨란 곧 한 여사의 남편이었든 것이다.

청초하고 연연한 한정애가 비탄에 젖은 그 반생을 의탁한 처소로 이같이 호화로운 저택을 발견하였다는 것은 김종섭 씨로 하여금 의외의 느낌을 가지게 했다.

그는 비장하기까지 깊은 감동의 표정으로 오랫동안 그 붉게 번들거리는 문패를 쳐다보고 서 있었다. 그리고는 금화산을 배경으로 한 나무 많은 넓은 정원 길을 자세를 단정히 하고 걸어 들어갔다.

현관 앞에서 모자를 벗어 들고 기도하듯 다시 한참을 서서 있었다.

오래 초인종을 눌렀다.

사람이 나오기를 기다리는 동안 그는 천천히 돋뵈기를 벗어 수건으로 닦아 다시 귀에 걸었다.

하녀가 문을 열고 나왔다.

"마님 계시니?" 하고 물으니, "네. 계십니다" 하고 대답한다.

종섭 씨는 명함을 끄내려든 손을 멈추고,

"김종섭이란 사람이 뵙잔다고 말씀 여쭈어라."

하였다. 하녀가 안으로 들어가자 곧,

"아이, 김 선생께서 찾아오시다니. 이 주젤 하고 있는데."

하는 여인의 목소리가 들려왔다. 종섭 씨의 눈앞을 다시 한 번 그 사진에 있는 처녀의 모양이 지나갔다.

그러나 현관문이 소리를 내며 열리고 거기 나타난 사람은 누가 보아도 부잣집 마님 같은 절구통같이 떡 벌어진 엉뎅이와 혈색 좋은 두 뺨을 가진 노부인이었다.

종섭 씨를 바라보자 그도 의외인 듯이 뚱뚱한 배를 불쑥 내밀고 한참을 그대로 서 있드니,

"김 선생 참 몰라 뵙게……."

하며 소리를 내여 웃는 것이었다.

김종섭 씨도 마주 웃을 수밖에 없었다.

"김 선생 애긴 노오 신문에서 뵙죠 참 요샌 거 뭔가 좌익패들이 괜히 날뛰구 헌다 두면 저희가 어디 돈 있는 사람을 당해 낸대요."

김종섭 씨는 웃던 일을 멈추고 놀라 정애 여사를 쳐다보았다.

그것은 어제 오후 남산장 뒷뜰에서 쑥 캐는 여인들의 이얘기를 들었을 때와 꼭 같은 경악이었다.

그는 여태 이같이 고려 없이 마음대로 말을 하는 여인들을 보지 못했다.

그는 깊은 환멸을 느끼었다.

그러나 한 여사는 정말 수다스런 노마님처럼,

"어저껜 일부러 찾아 뵙겠다구 갔다가…… 호호호. 실상은 내가 갈 것이 아니라 영감께서 가 뵈와야 할 것인데 그저 노상 바쁘고, 호호호호. 또 요새 세상은 어디 바깥어룬들이 당신네 일을 다 허시나요. 바깥 교제까지 이렇게 우리 안사람들을 시키시니……."

종섭 씨의 표정 근육은 그대로 굳어 버린 것 같았다. 다만 때때로 굳게 담은 입모습이 가볍게 경련할 뿐 망연히 나불거리는 노부인의 입을 바라보고 있었다.

그러나 정애 여사는 자기 수다에 스스로 취해 버린 듯 상대자의 이 같은 표정도 눈에 들어오지 않는 모양이었다.

"하긴 댁 영감께서두 노오 어떻게 친교가 계셨으면 하시구, 호호호호. 그래 실상은 며칠 있으면 저이 셋쨋 딸— 딸룬 막내올시다. 그 애 혼인이 돼서요. 영감께서두 그러시구 부디 김 선생께서 식에 좀 참예해 주셔서 축사라두 잠깐 해 줍사구 그래서 겸사겸사 찾아가 뵀든 건데……."

김종섭 씨의 얼골은 완연히 창백해지고 초조한 주름살이 노안경 우으로 깊이 나타났다.

그제야 정애 여사도 그의 불쾌한 표정을 본 모양이었다. 그는 의외인 듯 약간 말을 끊었으나 곧 몸을 비키며,

"아이구 나 좀 봐. 글쎄 애기만 내놓으면 이렇게 끝이 없답니다. 글쎄 현관에서 이런 실례가 있나……."

그리고는 영감도 곧 도라오고 할 테니 어서 올라오시라고 간절히 권했으나 종섭 씨는 신을 벗을 염의도 하지 않았다.

다만 그는 30년 간 마음속에 쌓이고 쌓였든 모든 감정을 한꺼번에 토해 버리듯 길게 한숨을 내어 쉬었다.

그리고는 슬픈 듯이 발길을 돌리었다.

한 여사가 딸아 나오며 막내딸 혼례식에 기필코 참석해 줄 것을 부탁한다.

"군정청에서도 또 다른 관청에서도 고관들이 많이 참석하신답니다. 민간

으로두 모다 유력한 분들이⋯⋯."

이런 소리도 한다.

종섭 씨는 형편 보아 다시 기별할 것을 약속하고 발길을 빨리하였다.

화려한 정원 길을 돌처나오는 그의 마음은 심히 허전하면서도 울적하였다.

30년 간 지고 다니든 짐을 한꺼번에 내려놓은 듯한 가벼움과 모든 아름다운 꿈이− 다만 하나 남아 있든 꿈마저 연기같이 사라진 뒤의 구슬픔이었다.

그는 문뜩 이 집 정원을 이런 모양으로 빨리 달려 나오는 자기 모양을 만약 반대당의 사람들이 본다면 다시 어떤 모략과 억측으로 공격해 올 것인가를 생각하였다. 그러자 반대당에게 구실을 주지 않기 위해서라도 이 집과는 래왕을 단절해야겠다고 생각한다.

이렇게 생각하며 그는 자기의 전에 없든 이기심이 우스웠다. 우스우면서도 슬펐다. 그리고 사람이란 극도의 실망을 느끼면 이기적이 되고 독선적이 되는 것인가 했다.

대문 밖까지 나와서야 비로소 그는 아까 벗어 든 모자를 아직도 그대로 손에 들고 있는 것을 알았다.

그는 이제 반백도 넘어 버린 머리 우에 비로소 모자를 얹고 눈을 들어 푸른 하늘을 울얼어 보았다.

오월의 창공은 시대처럼 광막한데 눈앞 전신주 우에는 누가 붙였는지,

'우리들의 활로는 다만 한 길 미소공위(美蘇共委) 지지에 있다.'

이 같은 삐라가 한 장 바람에 펄덕이고 있었다.

—≪문화≫ 1권2호, 1947. 7.

저회(低徊)

1

개명 앞 네거리에서 서울역을 향해 나려가면 바른편으로 서대문 경찰서가 우람하게 서 있고 그 건너편 한가한 골목 속을 다시 몇 집 거슬너 올나가면 물 마른 개천가에 오목 서 있는 양철집웅이 정옥의 빈대떡 가개다.

넓이는 기껏해야 대 여섯 평이나 될까, 곳장 하늘이 쳐다보일 것 같은 집웅과 함께 기둥이며 벽을 모다 엉터리로 날려 지어 오늘같이 바람 부는 날에는 곳 쓰러질 것 같이 삐걱 소리를 내건만, 가개 안은 깨끗하게 정돈되었고 나란히 접시를 언즌 선반 아래에는 흰 보를 씨운 두 어개의 테블이 결코 근처의 다른 빈대떡 가게 같지 않다.

하긴 주인의 유난한 결벽성을 말해 주는 것은 그 흰 보 씨운 테블만이 아니었다. 그의 수수하게 빗어 넘긴 머리에도 분끼가 없는 노릿겨한 얼골에도 그리고 노상 기름을 만져야 하는 영업임에도 불구하고 고운 때 묻기 전에 먼저 갈아입는 조선 옷에도 몸에 슴인 모양과 결벽의 정신이 용소슴치며 움지기고 있는 것 같았다. 또 그것이 이 가개의 특징이기도 했다.

그럼으로 심부름하는 아이 녀석인 복덕이가 걸핏하면 "우리 집은 고급 손님만 온다아" 하고 이웃에다 뽐내는 것도 노상 헛소리만이 아니었다.

수는 많지 않으나 단골 삼아 찾아오는 손들의 수준은 비교적 높은 편이었다. 따라 난잡한 일도 별로 없었다. 가게를 시작한 지 석 달, 그럼으로 정옥은 이런 영업에 흔히 따른다는 서글픈 일이나 흥분한 일을 당한 적도 없이 평온하게 지나왔다.

그러나 그는 요즘 몹시 초조하다. 돈이 필요한 것이었다.

돈, 돈이 좀 생겼으면 하는 소원이 이 몇일 동안 육체의 병처럼 그의 머리를 점령하고 있었다. 꿈에까지 돈을 싸아 놓고 세어 보는 꿈을 꾸었다.

나제는 또 돈이 생길 만한 여러 가지 방법을 궁리해 본다. 그때도 꿈에 그예 오늘부터 그도 '우동'을 시작하게 된 것이었다.

근처의 다른 빈대떡 가개에서는 대개 우동 같은 것들을 겻들여 팔았다. 빈대떡보담 그것이 더 이익이 남는다고 차차 손품 드는 녹두를 주리고 우동집같이 되어 버리는 집도 있었다. 겨울이 되어 날새가 추워져 서너 군데나 되는 골목 안, 같은 종류의 가개 가운데 빈대떡만 하는 집은 정옥이네 뿐이었다.

"우동이나 오뎅을 해 보구려. 그게 편하구 이익이 많은데."

수다한 동업자 가운데는 우정 생색을 내어 이렇게 일깨워 주는 마누라도 있고, "추울 때는 더운 국물이 있어야지" 하고 정옥이의 고집을 이상하게 역이는 손도 있었다.

그러나 그는 그것이 질색이었다.

돼지기름 걸대로 걸어 지저분한 유리창 밖에 서틀은 글씨로 '우동'이니 '오뎅'이니 '겐자이'니 하고 느른히 써 붙인 것을 지나다라도 보면 죽어도 그 본은 따기 싫었다.

하긴 정옥도 이 같은 자기 생각이 애초부터 틀닌 것임을 잘 안다.

'내가 어디 호강으루 소일 삼아 이 노릇을 시작했는가.'

그는 때때로 자기를 꾸지즈면서도 실행은 좀체로 어려웠다.

그렇든 것이 일간 한 푼이라도 더 돈이 필요하게 되었고 그래 그예 오늘부터는 자기도 우동을 시작하게 된 것이었다.

'나는 이렇게 조곰씩 변해 간다. 그렇지만 이게 곳 내 성장인지도 모르

겟다.'

그는 벼루에 먹을 갈든 손을 멈추고 가만히 입 속으로 중얼거려 본다.

종이를 사러 보낸 복덕이는 아즉 돌아오지 않는다.

'생활이란 좀더 곤란하고 엄숙한 것이다. 내 조고만 자존심 허영이 빈대떡 장수와 무슨 관련이 있었드냐.'

눈물이 핑 돌았다.

전에도 괴롭고 짐이 무거웠지만 앞으로 닥쳐 올 생활을 생각하면 숨이 막히었다.

'그래도 나는 살아가야 한다. 지긴 누가 지겟느냐. 나는 이겨야 한다.'

'물 밖으로 뛰어나온 미꾸라지가 진흙 속에서 몸을 뒤틀며 꿈틀거리듯 결사적으로 온몸에 진흙을 묻히면서 나는 살아가리라.'

눈물 고인 그의 눈앞에 퉁퉁 부은 어머니의 누런 얼골과 지금 냉동(冷洞) 어둑한 새ㅅ방 속에서 나란히 누어 있을 세 어린 것들의 얼골이 떠올랐다.

그것은 곳 '곤'의 얼굴이었다.

2

종이를 사러 나갔든 복덕이는 한 참만에야 어깨가 히끝히끝해서 돌아왔다.

"야, 눈이 오니?"

"그럼요. 아까부터 오는데요. 제엔장, 종이두 거지 같은 게 비싸기들만 허구."

눈이나 비가 오는 날은 언제나 흥정이 적었다. 이같이 음산한 날이면 마음과 몸이 함께 싸늘해진 사람들은 빈대떡만 파는 이 집보담 술이나 더운 국물들을 찾아 다른 집으로 가기 때문이다.

벼루의 먹물은 어느 새 바싹하니 말랐다. 정옥은 말없이 다시 먹을 갈아 하얀 종이쪽 우에 '우동 시작했습니다' 이렇게 썼다.

엽헤서 목을 느리고 드려다보든 복덕이가, "아즈머니, 글씨 참 잘 쓰시는데요" 하고 감동하는 표정을 짓는다.

"아즈머니, 일루 오시기 전에 이북서 선생 노릇 하셨다드니 거 정말이시군요."

"아아니, 누가, 누가 그런 소릴 하든?"

정옥은 당황한 듯이 붓을 멈추고 아이의 얼골을 바라보았다.

구태여 그 전 신분을 속일려는 것은 아니지만 한집에 있는 심부름꾼 아이에게까지 않으려는 까닭이 있었다.

"원, 당찮은 소리. 누가 그런 소릴 허구 댕겨?"

"웨요 허믄 어떤데 그러세요"

"글쎄, 내가 어디 선생 노릇을 했다구 남의 말을 아무렇게나 헌다니 말이야."

"아주머니 잘 아시는 분이 그러시든데요."

"누우구?"

복덕이는 그 주인이 무슨 일을 이렇게까지 짓궂게 캐여뭇는 것을 일즉이 보지 못했다. 드디어 'T회사의 김 상'이라고 밝힐 수밖에 없었다.

"그 김 상이 몃 번이나 그러세요. 아주머닌 이런 데서 빈대떡 장수 하실 분이 아니라구. 그러니 속 썩히지 말구 일 잘 봐 드리라구요."

정옥은 눈을 커다랗게 뜨고 그 소리를 들었다.

"김 상이 그래 뵈두 사람이 여간 고마운 게 안예요 참 안팎 없이 아즈머니 걱정이죠."

미인(美人) 대행기관인 T회사에서 제법 중요한 자리에 있는 듯한 그 김은 보기에도 신실하고 얌전한 사람이었다.

정옥이 가개를 낸 지 얼마 되지 않아서부터 찾아오는 손님이었으나 지금은 오히려 몃 해 된 친지처럼 무관한 단골이었다. 풍부한 회사의 사원이라 그런지 돈 쓰는 법도 깨끗하고 복덕이까지 그의 덕을 입는 모양이다.

남의 사정을 잘 돌봐 주는 성미 같아서 자기 혼자뿐 아니라 때때로 회사의 동료를 많이 다리고 와서 종용히 앉았다 가는 일도 있었다.

"간단한 양식을 해 보시지요. 아즈머닌 빈대떡보담 그런 장수가 어울릴 것 같은데."

점심시간에 우정 오므라이쓰 같은 것을 만들어 주면 조심스레 이런 의견도 말해 주든 그는 암만 가까이 친해도 위험성이나 경계할 필요가 없는 사람 같았다. 나희가 정옥보다 한두 살 우인 삼십은 되었으련만 행패 없이 언제든지 말씨 공손한 것도 호감을 샀다. 어떤 종류이건 음식을 취급하는 영업에는 남모르는 괴로움이 많다. 더욱히 남자라면 예사로 견디어 나갈 일에도 여자이기 때문에 참기 어려운 경우가 많았다.

다른 여하한 직업보담 결새도 없고 도덕관념도 문란하고 다만 인간의 욕망만이 피투성이가 되어 날뛰는 영업, 거기에는 성벽같이 떡 버티고 선 남자의 힘이 절대로 필요했든 것이다. 그렇기 때문에 정옥은 언제나 자기의 초라한 가개 우에 김의 눈이 머므러 있는 것을 느끼자 그 눈이 웬일인지 의지가 되었다.

김의 힘을 의지하는 맘, 김의 말에 격려되는 맘. 그것은 곳 그에게 대한 ■■■ 응석이었는지도 모른다.

그렇든 김이 자기 자신을 안다는 것이다. 어떻게 알았을까. 그러면 지금의 자기 사정도 혹 알고 있는 것이 아닐까.

"김 상이 뭐냐. 그런 말 당최 쓰지 말래두. 김씨라든지 김 선생이라든지 그런 걸 못 허구."

정옥은 괘니 복덕이를 대번 나물아고는 종이쪽을 들고 일어섯다. 유리문을 여니 눈이 어느새 함박으로 쏘다지고 있었다. 눈송이에 부디치는 찌그러진 창문 밖에 '우동 시작했습니다' 하는 아름다운 궁체가 팔락팔락 나부낀다.

종이쪽을 부치고 나서 미처 문도 바로 닷지 못할 때였다. 돌아서려던 정옥은 "앗!" 하고 놀났다.

3

비비하게 휘날리는 눈빨 속에서 불쑥 사람의 그림자가 낱아났든 것이다. 그러고는 떨니는 목소리로 "우동두 있시유" 하고 물었다. 그러나 정옥을 놀나게 한 것은 그 처량한 목소리만이 아니었다. 그의 행색— 머리는 길대로 길어 귀를 덮었다. 겹옷인지 홋옷인지 꾀죄죄 때 무든 바지가랭이를 척 느르트려 입고 벌건 맨발에 짚신을 끌고 있었다. 처참하도록 덜덜 떨고 있다. 다른 집 같으면 응당 거절할 종류의 손이었다.

그러나 정옥은 그 조고만 얼골 가운데서 애원하듯 껌벅어리고 있는 두 눈을 보았을 때 박절하게 쫓차 보낼 수가 없었다. 그것은 누가 보아도 설량하고 유순한 눈이었다. 게다가 그는 오늘 개시 손이다.

"들어오세요."

정옥은 거진 다쳤든 유리문을 다시 열고 사람을 드리었다.

그 사람은 한다름에 불 앞으로 가까이 가드니 풍노를 껴안듯이 하면서도 그저 떨었다.

"무얼 먹는 걸 좀 주시유."

정옥은 얼는 끓는 국물에다 국수를 말았다.

드러온 지 얼마 되지 안은 채반의 국수발이 그의 하얀 손끝을 거쳐 생명 있는 물건같이 꿈틀거렸다.

그러나 객은 미처 맛도 모르는 모양이었다.

"한 그릇 더 곱백이로 주슈."

정옥은 손이 청하는 대로 작구 우동을 말았다.

나중에는 파는 사람이나 먹는 사람이나 모다 계산을 잊어 버렸다. 지짐도 부쳤다.

손은 끔찍하도록 많이 먹었다.

'얼마나 배가 곱핫으면……'

눈방울이 제법 또렷해지면서 천천히 국물을 마실 여유를 가지게 된 손을 바라보며 정옥은 문득 두어 달 전 일을 생각해 내었다.

그것은 가개를 시작한 지 얼마 되지 않은 때였다. 계절은 가을이면서도 오늘같이 바람 불고 음산한 저녁이었다. 가개 안에는 별로 손이 없었다.

눈 대신 유리창을 따리는 락엽을 휩쓸 듯이 하며 문을 열고 들어선 여인이 있었다. 한 아이는 업고 한 아이의 손목을 끌고 여인은 역시 떨고 있는 것이다.

그는 정옥이가 서 있는 철판 가까히 오자 말없이 쥐고 있든 십 원짜리 두어 장을 집어던졌다. 그러나 다음 순간 녹두지짐 한 조각을 움켜 쥔 그의 손은 번개같이 자기 입으로 먼첨 들어가는 것이었다.

업혀 있는 어린 것이 어미의 잔등을 두다리며 울었다. 치마 끝에 매달려 있는 어린 것도 뛰여 오르며 뛰여 오르며 어미가 쥔 것을 빼스려고 악을 쓰고ㅡ. 그래도 여인은 목이 메도록 저 혼자만 먹었다.

조고만 한 조각 빈대떡은 순식간에 없어진다.

머리는 헤트러지고 눈을 뒤집어 쓴 채 누른 이빨을 들어내여 가며 빼스려는 어린 것의 조고만 손을 후려갈기든 그 모양. 그 추악하고 격열하고 필사적인 어미의 모양.

그는 빈대떡 한 조각을 저 혼자 다 먹고야 정신이 도는 모양이었다.

비로소 어미다운 눈으로 어린것들을 돌아보았다. 그리고는 여전히 악을 쓰며 우는 아이의 머리를 어루만지는 것이다.

"또 그 원수 같은 색기가 생기는지. 아주 입덧으루 아무것두 못 먹잔아요. 그저 하두 지짐 한 조각 먹구 싶길래 나왔드니……."

변명 같이 말하는 그의 입가에는 부끄러움과 후회의 미소가 구슬게 떠도는 것이었다.

'가엾은 사람들, 배곱흔 사람들.'

정옥은 눈을 들어 다시 한 번 손의 모양을 바라보며 저도 구슬은 웃음을 띄었다.

손은 셈을 하려는 모양이었다. "얼맵니까" 하고 물었다.

"웬 돈이 있었든가요. 넉넉잔으시면 그만두시죠"

정옥은 손의 앞으로 가까이 갔다.

"어딜루 가시는 길인데요. 추시겠어요"

"저유."

손은 잠깐 말을 끊더니,

"감옥에서 나오는 길입니다. 지금 막 감옥에서 나오는 길이라유."

"네?" 하고 입에 내어 되물을 만큼 그것은 그 의외인 대답이었다.

정옥은 본능적으로 손의 옆을 물러서서 벽에 잔등을 기대고 섰다.

4

그러나 객은 무심히 약간 화기가 돌기 시작한 얼굴로 한줌이나 되는 십원짜리 지폐를 세고 있는 것이었다.

"감옥에서 나온 줄 알았드면 두부를 드렸을 껄."

이윽고 정옥의 입술을 새여나온 것은 이 같은 말이었다.

그는 해방 전 남편이 형무소에서 나올 때마다 날두부를 준비했고 언제나 그것을 먼첨 먹였던 것을 기억했기 때문이다.

더욱이 해방 직전에는 두부 구하기가 힘들었다.

정옥은 남편이 나올 무렵이면 옷가지를 들고 시골로 댕기면서 두부콩과 간수를 구했다. 그리하여 밤을 새워 콩을 갈고 순두부를 가라앉혀 남편을 대접했든 것이다. 남편과 감옥, 감옥과 두부. 그것은 얼마나 통분하고도 속병같이 떠날 수 없는 일음이었든가.

가개에 오는 손이 혹 짓궂게 물으면 과부노라 했으나 정옥에게는 분명히 남편이 있었다.

해방 전부터 그리도 경찰의 눈을 피해 떠돌아댕기든 사람이었다.

정옥은 결혼 후 두 달도 못 되여서붙어 남편 없는 여인처럼 혼자 살았다.

남편은 언제나 집에보담 나가 있는 때가 많았고 몃 달씩 나가 있는 때에는 의례히 감옥에 있기 때문이다. 그는 황해도 시골이라는 C시로 나려가 학교 훈도도 댕기고 회사 사무원 노릇도 했다.

기름 장수를 하면서 그에게 여학교를 마추게 해준 어머니가 해마다 생겨나는 어린것들을 거두어 주었다.

해방이 되었다.

정옥은 필연적으로 즐거운 생활이 시작될 것을 믿었다. 과연 남편은 돌아왔다.

그러나 그는 안해가 상상하고 바라든 상태의 남편은 아니었다. 성격적으로도 평온한 가정생활과 행복한 안일을 희망하였든 정옥은 남편의 희구가 무엇인가를 알았을 때 당황하지 않을 수 없었다. 그는 자신만만히 돌진하는 남편의 그늘에 외로이 뒤떠러진 자기 그림자를 분명히 느끼었다.

그러나 정옥도 남편과 함께 한 손을 높이 들고 대중을 향해 나아갈 마음은 나지 안었다.

대중을 향해 나가기 전에 그에게는 세 어린것이 있었고, 생활을 돌보아 주어야 할 노모가 있었든 것이다.

남편은 이 같은 안해의 생각에 불만이었다.

그의 온화한 성격도 맘에 맞지 않았다. 그러나 온화하면서도 완강한 정옥의 고집은 어떻게 할 수가 없었다.

드디어 낙망의 날이 왔다. 동거 생활 석 달이 못 가서 그는 그의 생각하든 바를 입에 내고야 말았든 것이다.

그것은 남한에서 좌우합작이 한창 말성스럽던 년말이었다.

외출에서 돌아온 남편은 외투도 벗지 않고 아랫목에 털석 주저앉았다.

"여보, 나는 삼팔 이남으로 가게 됐는데 당신은 어떡헐려우."

무슨 지령을 받은 모양이었다.

정옥은 따귀를 얻어맞는 듯 얼떨떨했다.

남편이 가는 곳이면 응당 자기도 갈 것이었다. 무슨 일에나 의견만을 갖었을 뿐 적극적으로 반대한 일 없든 자기가 아닌가.

그런 것을 관자노리에 심줄이 펄떡펄떡 뛰었다.

이 같은 안해의 마음을 짐작했는지 남편은 괴로히 방그레 웃었다.

"당신과 나는 벌서 먼 거리에 있는 사람이오. 우리 사이에는 어느 새 커단 강이 가로노혀 있어. 지금 나는 왼편 언덕에서 당신은 그 건너편 언덕에서 그 물줄기를 바라보고 있는 것이오. 그러치만 당신이 바라보고 있는 물줄기는 역류(逆流)야. 나는 당신이 이편 언덕으로 건너 와서 나허구 서는 위치에서 나와 같은 방향의 물줄기를 바라보기를 얼마나 원했는지 모르오"

그는 잠깐 말을 끊었다가,

"나는 정말 언제든지 당신이 이편 언덕으로 건너올 것을 믿었소. 오래 참고 기다리려 했소. 그러치만 정세가, 정세가 기다릴 여유를 주지 않는구려."

5

정옥은 숨을 죽이고 남편의 긴 말을 들었다.

그의 머릿속은 여러 가지 사고와 감정이 용소슴치고 있었다.

남편도 안해의 얼골에 완연히 낱아나는 고뇌의 표정을 보았다. 그것은 심히 복잡한 고민이었다.

정옥도 해방 전후 모든 사회 현상 가운데서 의심할 수 없는 노동자 계급의 부르지즘을 들었다. 그러나 노동자와 농민들을 지도한다는 사람들의 인격이나 섯불리 짓거리는 초점 없는 이론을 들을 때 결코 승복할 수가 없는 것이다.

위대한 주의가 그 자신의 의의는 망각된 채 대중 앞에서 책략으로 쓰이는 것을 보며 정옥은 굳게 고개를 흔들었다.

그 같은 실례는 얼마든지 있는 것이었다. 석연치 못한 깊은 회의가 언제나 그의 마음을 떠나지 않았다. 그러므로 정옥은 지금 곳 남편이 말하는 그 강을 건너서 그가 직히고 서 있는 왼편 언덕으로 옴겨 갈 결의도 기력도 없었다.

남편도 안해의 이 같은 마음을 안 모양이었다.

"나는 당신에게 강요할 아무것도 없소 결심이 서지 않음 맘대로 하시오."

남편은 일체의 문제가 해결된 듯이 담배를 끄내 물었으나 남편의 얼골을 똑바로 쳐다보는 정옥의 질문은 날카로웠다.

"전 어떻게든지 하겠지. 아이들은 어떻거실 테예요."

"아이들?" 하고 남편은 담배를 문 채 "홍" 웃었다.

"아이들이야. 여기 두구 가지요. 교육상 그리고……."

"떼쳐 두고 가요?"

"그럼 어떡허우. 이런 때 아이들 같은 걸 문제 삼아서야 어디!"

"안 됩니다. 당신이 데리고 가서요."

"내가 데리구 가?"

"그럼요. 남을 위해 투쟁하는 사람은 제 아이 양육할 의무는 없든가요."

"의무보담두 아니 내가 어떻게 아일 길르오."

"그럼 다른 사람헌테 맺겨요."

"그게 어떠우. 다른 집 아이들도 다 그렇게 하지 않소"

그 말을 듯자 정옥은 감연히 달려들었다.

"아인, 아인 내가 길너요. 다른 집 아이요, 다른 집 아이들은 부모가 구비한 데서 자랏지요. 우리 아인 참 가엽서요. 아버지도 없이 내가 학교에 간 뒤에는 눈 어두신 어머니 손에서 암죽을 받어먹고 자랏서요"

남편은 갑자기 불쾌한 표정을 지었다.

"알았소. 잘 알았소 아무튼 이후부터는 서로의 심리나 행동을 간섭하지 않도록 합시다."

남편은 분연히 일어서며 버서 놓았든 모자를 다시 썼다. 입술에 창백하도록 핏기가 없었다. 이 일이 있슨 뒤 남편은 다시 집에 들어오지 않았다.

월남해 간 모양이었다. 며칠 후 정옥도 남편의 뒤를 따르는 듯한 마음으로 남하해 왔다. 그는 삼팔선을 넘어오며 고생하든 기억을 한평생 잊을 수 없을 것 같았다.

어린 것들을 업고 이끌고 늙은 어머니를 부축해 가며 험한 산길을 걸을 때 정옥은 이렇게도 간단하게 처자를 버릴 수 있는 남자를 얼마나 원망했는지 모른다.

그것이 벌서 햇수로 사 년 전 일이다. 서울에 도착하자 위선 여관에 짐을 풀었든 그들은 위선 집을 정할 것과 직업을 구해 나갔다.

집은 마춤 냉동 꼭댁이에 정갈하고 싼 셋방이 있어 살림을 대강 정돈했으나 직업은 좀체로 마땅한 것이 나서지 않았다. 물론 훈도의 결원은 많았다.

그러나 교원이며 사무원같이 까다롭게 이력을 밝혀야 하는 곳은 질색이었다. 혹 남편의 일음이 들어나 그에게 누를 끼치게 될까 그것이 두려웠든 것이다.

6

초조한 마음을 안고 서울 거리를 헤매든 어느 날이었다. 길에서 우연히 옛날 여학교 친우이든 영숙을 맛났다.

"정옥이는 변하지두 않았네. 아즉 처녀같이 이쁜 걸."

진고개 어귀에서 편물 공장을 경영하고 있다는 동무는 반색을 하는 것이었다.

"혼인해서 황해도로 갔다드니 언제 왔어."

"며칠 안 됐서."

"바깥 선생님은 뭘 허시지?"

"노나 봐."

"아니, 그 전부터 용감하신 좌익의 투사란 말을 들었는데 이제 세상이 바뀌었으니 거기선 뭐 까맣게 높아지셨겠지."

"그렇지두 않나 봐."

"이제 정부가 서구 허면 정옥인 쌍가마 타게 됐네. 그땐 우리 같은 놈두 어디 가■■■이루■ 채용해 줘, 응."

"원, 별소릴 다아. 월남해 온 전재민이란다."

"왜 전재민이냐."

영숙 여사는 일부러 놀란 체 해 보이드니, "아이, 이약이가 여■여해지만. 어떻거나, 난 지금 아주 밧버. 어디 털실이 산때미같이 숨어 있다 길래 지금 '도리'허러 가는 길이야."

"웬 털실을 그렇게 많이 사지?"

"참, 이래 뵈두 모리배거든. 꼭 한 번 오라우. 모리허다 경치든 이야기랑 또 우리 영감 딱지식히는 전말이랑. 아유, 기나긴 삼사월 해에 윤달만 열 둘이래두 그 이약일 어떻게 다 해."

"너두 참 그 익살 변허지 않았구나."

익살뿐 아니라 일부러 말 가운데 문자를 석거서 쓰는 버릇도 변하지 않었다고 정옥은 생각한다.

영숙이 정말 바쁜 모양으로 지나가든 자동차를 불러 타고 손을 흔들며 다라나 버린 뒤에도 정옥은 오래 그 뒤를 바라보고 서 있었다.

'영감을 딱지시켰다니 이혼을 했단 말일까. 그렇게 서로 사랑하든 부부 사이에 어떻한 이혼 이유가 있었을까.'

영숙은 전문학교가 떠들석하도록 화제에 올났든 연애 결혼의 주인공이 었다.

다음날 정옥은 곧 동무의 가개를 찾아갔다.

바로 진고개 어구 가장 번화한 장소에 있는 그 가개는 정옥이 상상하였든바 보담 의외로 크고 번창한 것이었다.

아래층은 정면으로 커다란 '쇼 윈도우'를 가진 가개 터이고 위층은 그대로 편물 공장이었다. 정옥은 안내자도 없이 저 혼자 가개를 구경하고 댕겼다. 오륙십 명이나 되어 보이는 직공들이 학교 교실처럼 정연하게 앉아서 재빠르게 바늘을 돌리고 있었다. 털실이 정말 집채같이 쌓여 있다. 입술을 빩아게 칠한 미인 여자와 유창한 영어를 주고받으며 주문을 받고 있는 영숙이 동무의 모양을 발견하자 목에 자(尺)를 건 채 뛰어나왔다.

"온다구는 했지만 정말 올까 허구 연방 밖알만 봤지. 벽해가 상전 되구 상전이 벽해 되는 이 세상에두 변찮는 건 동무 정밖에 없드라."

그는 연신 짓꺼이면서도 정말 반가운 모양으로 가개를 가로 건너 방 옆으로 인도했다.

"여기가 이래 뵈두 사장실이야."

한 간도 못 되는 방이었다. 아무 가구도 장식도 없는 조고만 '다다미' 방은 접시와 주전자와 저까락이 놓여 있는 소반이 오목하니 한 옆에 놓혀 있을 뿐 처량한 냉기가 휭 하니 돌았다.

"안 맞나면 나 살기에 밧빠서 무심한데, 한 번 맞나고 보니 못 견디게 그렇지 뭐야. 글쎄 안 오면 어떻거나 싶으구 주소라두 물어 볼 걸 그랬다 했지."

그는 부즈런히 전기난로에 불을 넣고 벽장에서 방석을 끄낸다. 그러는 동안에도 가개와 공장에서는 연방 사람이 불으러 오고 쉴 새 없이 전화도 걸녀 왔다.

어저께 그의 말과 같이 삼사월 윤달이 몇이라도 동무끼리 환담할 틈은 없으리만큼 밧벗다.

"아니, 영감은 정말 어떻게 했다구."

정옥이 제일 궁금한 것은 역시 그 일이었다.

7

"하늘이 문어지지 너희들이 옥신각신허는 수가 있어?"

정옥의 그 말은 옳은 감회였다.

"애 봐, 정말 내쫓아 버렸다니까. 글쎄 아일 낳는다구 나 몰래 여편넬 하나 친했드래. 친구 녀석들이 얻어 주었지 무어야. 자긴 헤진다구 비두발괄 허누면 우리 부부관곌 그만 해소허자구 했어."

"잠깐 실수였겟지. 그걸 뭐."

"그럼 제 맘대루 왔다갔다 해두 매달려 살아야 해? 애자식은 이왕 팔자에 없지만, 영감 까짓 것두 소용없어."

"그렇게 죄 소용없으면 소용 되는 건 뭐야."

"돈. 돈 있으면 다 있다. 늙은 뒤에도 돈만 있으면 태평이지."

정옥은 숨이 탁 맥히고 말았다. 감탄의 벅찬 감정이 가슴 속에 치밀어 올랐기 때문이다.

"그래서 나는 돈을 번단다. 이 방에서 이렇게 먹는 것두 주리고 쓰는 것도 주리고 돈만 모아요."

영숙이 다시 공장으로 불니워 간 뒤, 정옥은 한참을 혼자 넋 잃은 사람같이 앉아 있었다.

그는 남편과는 성질이 다르지만 뭐 하나 신념 있는 생활을 본 것 같았다.

그것은 남편 같은 사람의 눈을 볼 때 반동이니 편견이라 일카를 것이었다.

남편이 입버릇같이 경계허든 소위 대중의 생활과 유리된 생활 상태인지도 알 수 없었다.

그러나 그 같은 생활 이념에서 그 인상의 껍질을 굿게 뒤집어쓰고 동요되지 않는 사람— 정옥은 저의들을 버리고 간 남편을 연연히 잊지 못하는 자기와 영숙의 모양을 비교해 보았다. "남자가 제 마음대로 왔다 갔다 해도 기를 쓰고 그 사람헌테 매달녀 있어야 해?" 하던 그 말이 바늘처럼 가습을 찔넜다.

'내 맘이 안정될 때까지 영숙의 옆에 있어 보자. 그의 태도를 배워 보자.'

영숙이와 같이 있는 것은 어느 정도 생활 문제를 해결하는 길이기도 했다. 이 날부터 정옥은 동무에게 간청하여 이 집 편물 직공이 되었다. 그는 이튼 날부터 남자 바지에 누른 세라를 입고 직공들 틈에 섞이어 열심히 편물을 했다. 가개 일도 돌보았다. 일이 밀려 밥불 때에는 야근도 하는 것이다.

거의 영숙의 대리가 되다십히 하여 가개 안밖을 돌봐야 하는 것은 결코 수월한 일이 아니었다. 그러나 정옥은 이렇게 밧불 수 있는 것이 좋았다.

육체의 노고는 정신적인 고민에 비하면 심히 가벼운 것이었다.

남편과 같이 있든 석 달 동안 마음의 괴로움과 자기분열— 남편과 같은 길을 같은 방향으로 것기에는 회의가 있고 자기 길을 혼자 것기는 또한 그렇게도 외롭고 다난하든 기억을 도리켜 보면 정신적 고통을 잊을 수 있는 육체의 노고가 오히려 고마운 것이다.

우의 두 아이를 인공적으로 길른 그는 내려 ■이 적었다.

냉동 집에서는 그의 어머니가 여전히 우유와 암죽으로 꼬마를 길으며 우리 두 아이를 키우고 있었다.

사정을 아는 영숙은 몇 번이나 가겟방으로 옮겨 오기를 권했으나, 정옥은 단출지도 않은 식구들을 끌고 댕기며 동무에게 신세 끼칠 것을 생각하고 주저하며 사양하는 것이었다.

그럴 때마다 영숙은,

"나 같은 자본주의자허구 너 같은 공산주의자허구 일맥상통하는 점이 있어. 그건 다 같이 인테리 근성을 배격해야 하는 거야."

농담 삼아 이런 소리를 했다.

그러나 물론 정옥을 공산주의자로 인정하는 모양도 위험시하는 눈치도 없었다.

"우리 여자들헌텐 두 가지 타입이 있다고 생각해. 남편에게 사랑을 받으며 평안하게 한 평생을 살아가는 사람허구, 독립적 기상이 왕성해서 추호도 남성의 비행을 용서치 못하는 사람허구. 그런데 정옥인 전자구 나는 후자란 말이야."

영숙은 정말 정옥의 애쓰는 것을 애처럽게 아는 모양이었다.

8

여하튼 영숙은 대범하고 선이 굵은 여인이었다. 어느새 습득했는지 상업술에도 밝았다. 털실 철이 지나가는 봄가을에는 재봉침을 드려놓고 누비일을 했고 여름에는 쓰선 옷들을 아름답게 지었다.

그럴 때마다 직공들이 갈린다.

그러나 정옥은 한결같이 동무를 도와주고 있었다. 그는 언제나 열심이었다. 가개에 나와 정신없이 일을 하고 바쁘게 왔다 갔다 할 때에만 마음의 괴롬뿐 아니라 남편의 일을 잊을 수가 있었다. 남편에게서는 여전히 아무 소식이 없다.

가개는 나날이 번창해 갔다. 영숙은 스스로 모리배노라, 수전노노라 했으나 결코 박한 사람이 아니었다. 가게가 번창하는 대로 정옥에게도 생활비 외에 얼마만의 여축을 가질 수 있을 만큼 마음을 써 주었다. 그러나 정옥은 그가 원하는 바 동무의 굿센 성격도 돈에 대한 철저한 관념도 닮을 수가 없었다.

"나 같은 놈은 이리 굴러도 나 한 몸, 저리 굴러도 나 한 몸 생활비래야 기껏 몇 푼 드는가마는 정옥인 그렇지 않어. 아이들이 있거든. 그것들은 그래도 다 사람 구실을 시켜야 하잖을까."

영숙은 오히려 정옥 자신보담 그의 결벽성을 안타까워하는 것이었다.

그러므로 석 달 전 가개 직공으로 있든 사람이 무심히 자기 옆집 가개 터가 비어 있다는 말을 했을 때, 빈대떡 장수를 해 보도록 계획을 세운 사람은 정옥보담 오히려 영숙이었다.

"빈대떡 장수가 자본이 적게 들고 제일 이익이 많대. 개같이 벌어서 정승같이 먹으랫다구. 너 요새 인테리 아닌 사람들은 도둑질이라두 해서 살아가는데 소위 인테리 직급에 있다는 사람들이 어째서 굶어 죽는다구 소동들인지 알어? 그 개같이 벌어야 한다는 철리(哲理)를 못 깨달아 그렇거든."

그는 바쁜 틈을 타서 손수 가게 교섭을 하러 가고 같이 접시를 사러 댕기고 했다. 더욱이 개업하는 첫날은 자기 가개를 진종일 비우고 외로운 정옥을 위해 지짐도 부쳐 주고 거의 접대까지 해 주었다. 그는 이렇게라도 해서 동무의 전도를 축복하고 격려하려 했든 것이다.

"명동 극장 옆에 있는 빈대떡 장수는 대학까지 마춘 사람이라는데 빈대떡 장술 해서 일 년 만에 집 사고 지금은 양단 마구자에 호박단추를 달아 입고 댕긴대."

이와 같은 영숙의 욕심과는 다르게 정옥은 기와집에 호박단추를 달고 싶은 생각은 없었으나 우선 가개 위치가 아이들이 있는 집과 거리가 가까운 것이 좋았고, 역시 남의 일을 도와주는 것보담 적으나마 자기 영업을 가지게 된 것이 기뻤다.

이렇게 하여 정옥은 그 동무의 답과 같이 인테리된 근성도 던져 버리지 못한 채, 상략(商略)도 배우지 못한 채 삼 년 만에 영숙의 집을 나왔다.

빈대떡 가게는 바쁠 때에는 와락 바쁘지만 한가한 시간이 많은 영업이었다. 시간이 한가할 때마다 혹은 기회가 있을 때마다 정옥은 영 소식 없는 남편의 일을 생각하였다.

생계가 안정되었다는 안심이 더욱 그를 그리게 한 것인지도 모른다. 아무튼 그는 이 생활을 토대 삼아 자리를 잡으리라 계획하였다.

그렇던 것이 뜻하지 않었든 근심이 생기었다.

몇 해 동안 그렇게도 잔병 없던 어린 것들이 금년 따라 유난한 백일해에 걸린 것이었다.

처음 큰 녀석이 기침을 쿨룩쿨룩 시작했을 때 정옥이 모녀는 보통 감기려니 했다. 그러니 보기에도 안타까운 병은 악질적으로 그 아래 동생들에게까지 전염되어 갔다.

어린것일쑤록 병세는 더욱 심했다.

밤늦게 돌아오는 딸을 기다리며 어린것들의 간호에 지친 정옥의 어머니는 안집 마누라의 성화까지 받지 않을 수 없었다. 사 년 동안의 정분도 의리도 없었다. 그들은 자기 아이에게까지 기침병이 옮을 것을 경계하여 곳방을 비이라고 통고해 왔든 것이다.

이 같은 무렵이었다. 아이들의 병이나 안집 마누라의 성화쯤 문제도 되지 않을 만큼 의외의 사건이 나타났다.

9

그것은 비가 많은 올 겨울에도 유난히 비 철석거리면서 나리는 몇일 전일이다.

모친과 함께 아침상을 받고 앉아 백일해에 특효하다는 상약 이야기를 하고 있을 때였다.

대문깐에서 사람 찾는 소리가 났다. 무심히 방문을 열고 밖앝을 내다보았든 정옥은 "어머니" 하고 그 다음 혀가 굳어져 버렸다.

남편이— 사 년 만에 보는 남편이 중문 안에 서 있는 것이었다.

"어머니, 어떻게요"

정옥은 어느 결에 방 미닫이를 다시 닫고 그 문고리를 단단히 잡고 있었다. 그만큼 반가움보담 당황함이 앞섰든 것이다.

그들이 다시 방문을 열었을 때 어느새 남편은 빙글빙글 웃으며 방문 앞에서 비에 젖은 우장옷을 벗고 있었다.

어저깨까지 함께 거처하든 처자의 집을 찾아온 듯 조금도 어색한 빛이 없다.

그 모습은 집을 떠날 때와 조곰도 변하지 않았다.

빛나는 두 눈이 볏에 글어 검으스름한 얼굴 우에 찬란히 빛나고 있었다.

그것은 누렇게 부어 오른 모친과 "흑흐윽" 숨을 들이키며 알코 있는 어린것들이 나란히 들어누은 음침한 방안 광경과는 심히 어울리지 안는 모양이었다.

"그동안 어떻케 지났나."

방에 들어서는 사위를 바로 쳐다보지도 못하겠다는 듯이 모친은 벌서 목멘 소리를 낸다.

"어린 것들이 기침병을 알는다네."

그러나 남편은 마지못해 아이들 편을 잠깐 바라볼 뿐 태연히 아랫목에 나려가 앉았다.

"이 어린 것을 좀 보게. 글쎄 아범도 없는 새에 이렇게 ■■씨 알으니……."

모친은 이불자락을 것고 우정 어린 것들을 깨웠다.

아이들이 자즈러지듯 기침을 연해하며 자리에서 일어나 앉았다. 더욱이 큰놈은 부친을 짐작하는 듯했다.

그러나 어린 마음에도 아랫목에 우연히 앉아 있는 사람의 정한하고도 번쩍어리는 두 눈을 보았을 때, "아버지" 하고 달려들 마음이 나지 않는 모양이었다.

'아, 불쌍한 내 색기들.'

정옥은 가슴이 미어지는 것 같았다. 그는 남편을 다시 맞나는 날 이같이 삭막한 기분으로 그를 대하리라고는 상상조차 하지 않았든 것이다.

남편은 다시 아이들 편은커녕 쳐다보지도 않는다. 정옥은 여태까지 기다려 오든 남편에게 대한 애정이나 신뢰의 정이 모래성과 같이 문허짐을 느꼈다.

"아츰은 자셨나. 이게 전분데 뭘 대접을 허나."

모친은 그래도 사위가 대견한 모양으로 소반을 거더 들고 밖앝으로 나갔다.

이내 고기를 다지는 듯한 잔 칼소리가 재빠르게 들려온다. 남편과 안해는 서로 마주앉았다. 남편이 입가에 다시 빙그레 미소가 떠올났으나 정옥은 마치 자기의 생활을 파괴하러 온 자에게 대비하듯 마음의 무장을 단단히 하고 똑바로 남편의 입을 쏘아보았다.

남편은 아내의 마음을 짐작한 것 같았다.

"난 오늘 당신을 데리러 왔소."

그는 비로소 입을 열었다. 옛날같이 부드러운 목소리였다.

"내게 다시 당신이 필요하게 됐오. 우리 운동의 방법이 당신을 소용되게 한 것이오."

그는 잠깐 말을 끊었다가,

"어때, 따라올 용의가 있소?"

하고 물었다. 정옥은 영문을 알 수가 없었다. 다만 랭연히 웃고 있는 남편의 태연한 태도 가운데 움지길 수 없는 초조와 불안을 엿볼 뿐이다.

10

"지난 가을부터 좌익 계열에 대한 남조선 정부의 탄압이 얼마나 혹심한가는 당신도 알 것이오. 우리도 가진 방법으로 그들의 눈을 캄무라ー쥬 해왔지만 그러기에는 역시 여자의 후원이 필요하구려."

"그래서요."

정옥은 비로소 남편이 말하려는 핵심을 짐작한 듯했다.

"사실 내가 하고 있는 일이 어떤 일인지 당신은 몰라도 좋소. 그저 나 개인을 믿고 다시 내 아내가 되어 줄 수 없겠오. 해방 전 몇 해 동안을 당신은 그렇게 믿고 살아갓으니깐."

"그러니 지금도 다시 그때처럼 무조건 믿으란 말이지요."

"그렇소. 이제는 당신헌테 운동에 대한 이해나 인식이니 그런 건 강요하지 안으리다. 그만큼 우리는 지금 여자의 힘이 급해."

"······"

"쉽게 말하면 당신과 당신 가개를 좀 이용하려는 것이오. 당신이 이해 못 하는 그 우리 운동을 위해서라니보담 나 개인을 위해서 당분간 이용을 당해 줄 용의가 없겟오?"

정옥의 노릿겨한 얼골 위에 빨가게 분노의 감정이 솟아올랐다.

"저더러, 저더러 남편에게 이용당하는 안해가 되란 말이지요?"

"그렇소. 어패가 있으면 남편을 보조하는 안해가— 우린 여태 그 같은 여인을 물색했소. 그렇지만 맛당한 사람이 드물구려. 당신은 가장 내가 잘 아는 사람이고 첫째, 비밀을 지켜 줄 만한 사람이기 때문에, 나는 당신을 찾을 결심을 했든 것이오."

정옥은 눈이 흐려졌다. 그러나 그 눈물을 보이지 않으려고 입술을 깨무는 것이다. 처자가 그리워서 찾아온 남편이 아니었다.

자기 등에 짐이 되었을 때 그렇게도 간단하게 가족을 버릴 수 있었든 그는 다시 자기에게 필요한 일이 있을 때는 이렇게도 쉽사리 그 안해를 찾아 소용되는 바를 요구할 수 있는 것이었다. 하긴 정옥도 남편이 얼마나 열심히 그 소위 운동이란 것에 돌진하고 있는 것인지를 잘 알았다. 그렇기 때문에 여태까지도 그 같은 남편에게 대하여 이해와 각오를 가지고 있었던 것이 아닌가.

그러나 이렇게까지 태연하게 안해를 유린하고들 줄은 상상 밖이었다.

그래도 피가 있고 신경이 얽힌 인간이라면 일편의 인정이 있어 타당하다고 생각하는 것이다.

'세상의 모든 것이 다만 한 가지 목적을 위한 이용물로밖에 보이지 않는단 말인가.'

아내의 지위까지도 그렇게밖에 보이지 않는다면 그것은 곧 모든 아내 된 사람에게 대한 모욕이었다.

정옥은 연해 기침을 하며 느껴 울리는 어린 것들을 바라보고 밖앝에서 열심히 음식을 만들고 있는 모친의 기척을 살펴었다.

'나는 남의 이용물이 되어 위험한 일에 가까이 갈 수는 없는 몸이다.'

이 같은 생각이 어떤 결론처럼 머리를 스치고 지나간다.

'남편은 자발적으로 그를 도와 줄 수많은 동지를 가지고 있다. 그러나 이 불상한 어린것들과 늙은 모친은 누가 돌봐 줄 것인가.'

이제는 남편에게 대한 의리나 애정보담 신변을 경계하는 마음이 더욱 컸다.

'우리가 만약 이렇게 앉아 이야기하는 장면을 누가 본다면, 그리하여 나도 남편의 연루자가 되어 감옥에라도 가게 된다면……'

그는 마음의 껍질을 굳게 닫아 버렸다. 그리고 한시바삐 남편과의 이야기를 끝내고 그를 돌아가게 하고 싶었다. 그것은 위험에서 빠져나오는 길이요 박정한 남편에게 대한 복수이기도 했다.

그는 처음 보는 사람을 대하듯 저도 냉정한 눈으로 남편을 쳐다보았다.

"전 당신을 따라갈 수가 없습니다. 우리들의 얘기는 사 년 전에 벌써 끝난 것이 아니든가요."

11

정옥의 필사적인 거절의 말을 들으면서도 남편은 눈섭 하나 까딱 하지 않았다. 하긴 그는 그 같은 대답을 예기하고 있었든 것인지도 몰랐다.

자기의 무모한 제안에 대해서 성공과 실패의 두 가지 경우를 예측하면서 안해의 앞에 나타났는지도 모르는 것이다.

그 남편의 출현이 정옥의 여린 영혼에 어떠한 타격, 어떠한 상처를 주든 그것은 남성인 자기에게 상관없는 일이었다.

제안이 성공하면 그의 사업에 유리한 도움이 될 것이요 실패를 하는 경우에는 다시 노방(路傍)의 돌과 같이 담담하게 그를 무시해 버리면 그만이었다.

그럼으로 어떠한 대답을 들었건 그가 당황해 하거나 몹씨 실망할 리가 없는 것이다.

정옥은 이 같이 태연한 남편의 표정에서 또 하나 남성들의 숨은 얼골을 본 듯하였다.

방안에 아무도 없다면 딩굴면서 소리를 내여 울 것 같았다.

"제가 기다린 건 먼첨 아이들을 사랑할 수 있는 애 아버지였어요. 그밖엔 아무것도 원하지 안습니다."

그것은 남편이 들으라는 것보담 자기 자신에게 들녀주는 말이었다.

"또 아이요. 아이 이야긴 그만둡시다."

남편의 대답은 간단하다.

"제겐 그래도 아이밖에 없어요. 아이들만 아니면 내가 웨 이 고생을 하겠어요."

"아이들은 언제든지 길러 줄 데가 있다고 하지 않았소."

"싫어요. 그 대답도 사 년 전과 마찬가집니다."

"여전히 고집쟁이로구려."

"제 인식은 언제까지나 그 정돕니다. 앞으로 사 년이 네 번을 지나가도 이 생각은 변치 안을 거예요."

"……"

"돌아가 주서요. 당신과는 전연 반대되는 현실 속에 살고 있기 때문에 이렇게 성장이 없나 봅니다."

그것은 그 전에 남편과 헤여질 때 그의 입에서 듣든 말이었다.

정옥은 몇 해가 지난 지금 자기 입에서 이 같은 선언을 할 줄은 몰랐다.

그것이 괴로웠다.

그러나 한편 아무리 상식에서 버서난 괄세를 한다 하드라도 그에게서 받는 타격에는 및이지 못한다고 굿게 마음을 먹는 것이다.

남편은 잠깐 방 안을 둘너보는 듯하드니 들어올 때와 같은 태도로 앙연히 자리를 일어섰다.

정옥이 그의 구두를 집어 퇴마루 끝에 놓는다.

그렇게 철석거리며 나리든 비는 어느듯 진눈깨비로 변하여 소리 없이 음산한 하늘 아래 휘날리고 있었다.

정옥은 다시 남편의 우장옷을 들어 그의 억개에 걸쳐 준다.

정성껏 상을 차려 들고 들어오든 모친이 이 의외의 광경에 놀나 사위를 만류했으나 정옥은 다시 남편을 붓잡지 않었다.

대문깐까지 나왔을 때였다. 앞서 나가든 남편이 갑자기 뒤를 돌아보았다.

"멀지안아 또 대규모의 수색이 있을 것 같으오. 그렇지 않어도 우리는 언제 어떻게 될지 각오를 하고 있는 몸이오."

그리고는 잠깐 아내의 눈 속을 드려다보다가,

"미안하오. 뒤ㅅ일을 부탁하오."

그 한마듸를 남기고 골목을 휘도라 진눈깨비 나리는 속을 바람과 같이 사라지고 말았다.

방에 돌아온 정옥은 언제까지나 남편의 마즈막을 생각하며 가개에 나갈 것도 잊고 앉아 있었다.

뒤ㅅ일을 부탁한다는 것이 만약 자기가 검거된 뒤의 일을 보살펴 달라는 부탁이라면 그는 새로운 각오를 하지 않으면 안 되었기 때문이다.

감옥—

아무튼 이렇게 하여 눈 나리는 날 불숙 찾아온 손의 입에서도 '감옥'이란 말을 들었을 때 그는 두부와 남편을 연상하게 되었든 것이다.

12

이윽고 객은 세고 있든 십 원짜리 한 줌을 테블 옆에 밀어 놓고 다시 화로 옆으로 물러앉았으나 정옥은 차마 그 돈을 건사할 마음이 나지 않았다.

남편이— 감옥에서 나온 남편이 그 같이 초라한 행색으로 자기를 찾아온 때를 상상했든 것이다.

아무리 열열하게 민중을 위해 나갔다 하드라도 남편은 결국 자기에게로 도라올 사람 같았다.

그것을 믿을 만큼 남편이 찾아왔든 진눈깨비 나리는 그날 어둑한 대문깐에서,

"뒤ㅅ일을 부탁하오."

하든 마즈막 말은 귀에 배여 인상적이었다. 물논 그것은 평범한 안해로써의 심히 어리석은 미련인지도 모른다.

'그래, 나는 돈이 더욱 필요했다.'

이 몇일 동안 그렇게도 돈을 탐했든 그들에는 병든 아이들의 모습 밖에 또 하나 이 같은 남편의 모양이 인상되어 있었든가 하고 정옥은 새삼스럽게 자기 마음을 드려다보는 것이다.

'아이들에게 지지 않게 나는 그에 돌아올 남편을 위하여 필사적으로 살려고 애쓰는 것이 아닐까.'

그러나 그는 불쌍히 놓여 있는 지폐—장과 그것을 세여 놓은 때 묻은 손을 보았을 때 역시 손이 움지기지 않았다.

"그것, 넣어 두세요."

정옥은 나즉이 말했다.

"오늘은 그냥 가시구 이담 또 오심 그때 셈하죠"

"이 돈요. 웨 돈을 안 받으시유."

손은 슲은 듯이 고개를 떠러트렸다. 그리고는 꾸중 들은 어린애처럼 갑

자기 어쩔 줄 모르는 것이었다.

"그 돈 받아 주시유. 내가 감옥에서 일해 주구 번 돈입니다."

"감옥에서요."

"예. 다섯 달 동안 일해 주고 받은 돈이 모두라유."

"다섯 달이나 감옥에 있었소?"

반년이나 되는 시일을 두고 번 돈을 먹는 충복에 소비해 버린다는 객의 말도 보통 사람들의 실제 생활과는 심히 거리가 먼 이약이었다.

정옥은 어느듯 그의 소심하고 선량한 성격을 가슴이 앞으도록 느끼고 있었다.

"고생했군요. 그런데 웨 다섯 달이나 감옥에 가서 있었나요?"

"도적질을 해서유."

객의 대답은 간단했다.

"도적질이요. 어쩌면!"

"노자가 떨어지고 배가 곱흐고 해서 여관으로 댕기면서 구둘 훔쳤지유. 어디 살 수 있나유."

그는 여전히 서슴치 않고 대답한다.

"징용이 무서워서 만주루 달아났지유. 고향은 K읍입니더. 아시는지. 경 상두 충청두 접경이지유. 해방이라구 돼서 조선 땅에 돌아왔지만 빈 손으 루 고향 갈 수 있어유. 어째 돈 좀 잡을까 허구 서울 천질 궁구는 동안에 노잔 떨어지구 배는 곱프구, 할 수 없이 남의 것 훔치지 어째유. 벌서 도둑 질허다 징역 산 게 두 번짼 걸요."

"고향으로 가지 그래요. 고향엔 그래도 누가 있겠죠."

"있으면 뭘 해유. 쥔 것 없이 가면 누가 좋아허나유."

"온, 꼭 돈을 가지고 가야 하나요. 사람이 정을 알아 사람이지 안아유."

"아니라유. 그렇지 안아유."

그는 갑자기 말씨에 힘을 주었다.

"시골두 모두 살기가 말 아닌데 누가 이 꼴허구 가면 존 낯 헌대유."

정옥은 아즉도 미지근했던 자기의 생활 이념이 엄숙하게 정정되는 것을 느낀다.

"그럼 앞으로 어떡하실 셈인가요."

"여기저기 돌아댕겨유. 배고파 못 견디겠으면 또 도적질할지 누가 알아유."

"……"

"안 그러믄 영낙없이 굴머 죽으니 어떻게유. 죽는 것보담야 고생스러워도 징역 가는 게 낫지유."

객은 비로소 고개를 들고 길게 한숨을 쉬었다.

'죽는 것보담 죄를 범해도 살아야 한다.'

정옥은 이 같은 객의 도덕관념을 정정해 줄 아무 말도 생각나지 않았다.

13

세상에는 참아 죄를 범하지 못하기 때문에 굴머 죽는 사람과 죽지 않고 살기 위해서는 수단을 가리지 않는 사람이 있다.

객이 인사를 남기고 눈 날니는 창밖으로 사라진 뒤에도 정옥은 여전히 그 자리에 앉아 있었다.

깨끗하게 죽는 사람과 괴롭게 허우적거리며 살려는 사람과―.

정옥은 그 두 가지 길 중에 어느 것이 마땅한 길인지 지금 판단하지 못한다.

그러나 아까 객은 분명히 죄를 범할지언정 죽임을 택하지는 못하리라고 언명하지 않았는가.

그에게는 수신 선생이 목에 피ㅅ대를 올니며 부르짖는 만인 공통의 도덕관념도 소용되지 않았다. 경제학자가 말하는 경제적 이론도 알 배 없었다. 국가의 물가지수나 무역표를 제시하며 경제계의 사항을 설명할 필요도 없는 것이다.

다만 그가 실생활을 통해서 체득한 경험은 배고프면 먹어야 하는 것과 먹기 위해서는 남의 것도 훔쳐야 한다는 사실이었다. 그는 이 사실 앞에 엄연히 동요되지 않는다.

거기에는 섯불은 훈계나 계몽이 소용없을 만큼 그는 이제 통상복처럼 예사로히 이 생각을 마음 우에 걸치고 있는 것이었다.

남편의 생활, 영숙의 생활 그리고 그 손의 생각. 옳고 그른 것은 그만두고 모다 움지기지 않는 신념 우에 서 있는 생활이었다.

'그럼 결국 철저하지 못한 것은 내 생활뿐이든가.'

그는 아까 객의 앞에서 억지로 그 음식 값을 도로 주어 보내든 자기 일을 생각하고 낯을 붉히었다.

돈을 탐할려면 철저히 탐할 것이었다. 흙바닥에 딩구는 미꾸라지처럼 온몸에 흙을 무치면서 꿈틀거리리라 결심했으면 정말 진흙투성이가 되여 고투할 것이었다. 그러나 막상 일을 당하면 정옥의 마음은 그처럼 악착하지 못하다. 이 같은 것이 소위 영숙이 말하는 '인테리' 근성인가 싶었다.

남을 해치지도 못하고 제가 희생하기도 어렵고 살기는 괴롭고 죽기 또한 리성이 허락하지 않는 인테리 근성이야말로 경계해야 할 것이라 생각하는 것이다.

얼마나 그렇게 앉아 있었을까. 가개 문이 열리며 사람의 한 떼가 들어왔다. 김이 있는 T회사 사원들이었다.

정옥은 비로소 정신이 번쩍 들었다.

정해 놓고 날마다 점심을 먹으러 오는 T회사 사원들은 정옥이네 가개에 제일 소중한 단골들이다.

"아이, 어떻거나. 아즉 점심 준비가 못 됐는데……"

정옥은 변명할 말이 없었다. 허구 많은 손이 드나드는 영업에 다만 한 사람의 객으로 하여 이렇듯 충격을 받고 있는 자기를 마음속으로 꾸자즐

뿐이다.

"아, 오늘은 김 군이 안 왔으니깐 아주머니가 우리를 막 구박허시는 모 양인데."

짓구진 한 사람이 정옥을 놀렸다.

"김 군 이따 와요. 오늘 회사에 중대 회의가 있어서요. 김 군은 간부니까 그 회의에 참석하구 곳 뒤따라옵니다."

그리고는 우정 정옥의 귀에 입을 가까이 대고,

"김 군헌테 이제 존 일이 생깁니다. 아즈머니가 아시면 깜작 놀랄 만한 액수의 금액이 들어와요. 그러면 참 늦었지만 아즈머니 댁 개시 한 번 잘 해드린대요."

급히 앞치마를 곳쳐 입고 있든 정옥은 손에 치마끈을 쥔 채 의아한 눈으 로 그 남자의 입을 바라보았다.

사람이 살기 위해 취하는 수단 가운데는 한꺼번에 수백만 원, 수천만 원 을 송두리채 삼킬 수 있는 모리배나 지능범이 사회의 각 방면에 얼마나 많 은지를 생각한 것이다. 게다가 그 같은 사람에게는 그를 징계하는 철퇴를 내릴려는 정의파보담 그 성공을 찬양하고 부러워하는 모리배가 더욱 많은 것을 생각한다.

정옥의 얼골에 떠올랐던 의아한 빛은 다시 불안의 표정으로 변했다.

"김 선생, 웬 돈이 그렇게 많이 생긴대요?"

"오거든 물어 보시죠"

14

김이 온 것은 같은 회사의 사원들이 식사를 마치고 돌아간 뒤였다.

그는 술을 좀 먹은 모양으로 정옥이 준비해 주는 간단한 점심에는 저까 락도 대지 안은 채 빙글빙글 웃고만 앉았는 것이다.

정옥도 앞치마에 손끝을 씻으며 가까이 갔다.

"웬일입니까. 아주 신색이 좋지 못한 것 같은데."

정옥의 근심스런 표정을 살피며 김이 먼첨 입을 열었다.

"무슨 걱정 되는 일이 계신가요."

"날씨가 음울해서 그런 게지요."

그러고는 잠깐 주저하다가,

"김 선생, 웬 돈이 그렇게 많 생겼어요?"

"돈요?"

김은 "허허허허" 소리를 내며 웃었다.

"그렇게 많은 액수두 아니고 또 아즈머니 생각하는 정도로 위험한 돈도 아닙니다. 이번에 회사 웃자리를 차지하고 있든 미인들이 본국으로 돌아가 면서 여러 가지 경위는 있었지만 위로 겸 자기네가 관리하고 있든 물자를 처분하고 가는데 그걸 맡아 달라는 거지요."

"어째 김 선생을 용케 보았군요."

"뜻하지 않았든 일이지요. 글세 이런 일도 운이랄 수 있을까요."

"대체 얼마나 되는데요?"

"집 한 채하고 그 밖에 환산하면 한 사오백만 원은 되겠지요."

"아유."

정옥은 숨이 턱 막히었다.

"이런 빈대떡 장수룬 상상도 할 수 없는 금액이로군요."

"글세올시다. 하긴 그렇지만 정말 큰돈이란 언제든 불로소득에 있는 거지요."

"……"

"아즈머닌 요즘 세상에서 큰돈이란 것이 어떻게 움지기고 있는지 모르십니다. 실상 사회의 리면을 아신다면 참 놀나실 일이 많지요."

"그래두 사오백만 원이나."

정옥은 그 금액에 벌서 겁을 집어 먹은 듯이 온통 울상이 되어 버렸다.

그 모양을 김은 애연하게도 딱한 표정으로 바라본다. 빈대떡 한 개, 우동 한 그릇을 기름에 젖고 김에 서리어 가며 맨들어 판들 대체 얼마만한 이익이 있을 것인가.

이 여인은 그 같이 사소한 이득에 만족하고 있는 것이다. 금전에 대한 과도한 동경이 그로 하여금 단 돈 몇 백만 원에도 심상한 의식을 가지지 못할 만큼 경동하는 것이리라.

"지금 아즈머니 마음에는 불로소득이란 아주 부당한 것 같이 생각되시죠. 그러치만 한 번 그 같은 리득에 맛을 들이면 손발이 닳도록 노력해서 버는 게 아주 어리석고 우스꽝스러워 뵈지요"

"그럼 저 가튼 사람은 그 우스꽝스러운 표본이겟군요"

"어디 아즈머니야. 그렇지만 차차 그 불노이득이란 놈의 묘미는 깨달으실 겁니다. 저희들두 첨에는 멋몰랐지요. 그저 월급만이 대견한 줄 알고 감지덕지했지만 요즘은 책상에 부터 앉아 사무 보는 놈 하나 없지요"

'악화는 양화를 구축한다' 하는 말이 문득 정옥의 머릿속에 떠올났다.

그것은 얼마 전, 어떤 경찰의 간부가 그 자리를 물러나오며 인용함으로 유명해진 '그레샴'의 경제 원측이다. 그러나 그것은 단순히 경제학상의 법측에 긋치는 것이 아니었다.

법측이야말노 현대사회의 제일원리다.

원리의 산 실례를 정옥은 또 하나 김의 말에서 발견하는 것이다.

"어디 아즈머니두 한 번 그 불노이득이란 걸 경험해 보시겟어요"

김이 말을 이었다. 농담 같기도 하고 진담 같기도 한 말투였다.

정옥은 어리둥절해서 주기(酒氣) 띤 김의 얼골을 바라보았다.

"도대체 아즈머니 같은 이가 이런 영업을 시작한 건 잘못이지요. 편안히 앉아 얼마든지 잘 먹고 잘 살 방법이 있는데 웨 이렇게 고생을 하십니까."

"그래두 그런 건 대개 위험한 일이겠죠"

"천만에. 위험한 일이라면 내가 이렇게 권하겠어요."

귀가 반짝 뜨였다.

이 계제에 편히 앉아 돈이 생기는 일이라면 설령 다소 위험한 일이라도 정옥은 사양하지 않을 것 같았다.

15

정옥이 일어나 문의 고리를 걸었다. 이상해 하는 복덕이에게는,

"일해서 버는 돈은 어리석고 못난 돈이란다."

하며 웃어 보였다.

"위험한 일은 아니지만 꼭 들어주셔야 할 일입니다."

갑자기 김이 목소리를 나주었다.

"글세, 무슨 말씀인데요"

"꼭 들어주신다고 약속을 해야 말해요."

"온 참. 불노이득두 종류가 있지 말씀을 먼첨 하셔야."

정옥은 갑자기 말을 끊었다. 불노이득에도 종류가 있다는 자기 말에 아까 들어왔든 그 감옥에서 나왔다는 객을 연상했기 때문이다. 그도 노력하지 않고 이득을 구한 사람 중의 하나이었다.

그러나 그가 얻은 것은 다섯 달이 넘는 감금 생활과 다만 한 끼를 충복할 수 있는 금전이었다.

"보수가 너무 적으문 싫여요" 하는 소리가 절로 나왔다.

"건 염녀 마셔요" 하고 김이 장담을 했다.

"제 말이 성공만 한다면 이번에 얻는 집과 이익을 죄다로 드리지요 어차피 공돈인 걸요."

"어쩌면 그렇게 많은 걸 어떻게 다아―"

"그러니 승락을 하셔야 한다지 않아요."

"글세, 말슴하시라니깐."

정옥은 눈을 커다렇게 떴다. 그리고는 남자의 입을 노려보았다.

"정옥 씨!"

어느새 기어 왔는지 남자의 축축한 손이 정옥의 손을 딱 쥐었다.

"나하구 결혼합시다."

그것은 넘우나 뜻하지 않든 일이었다.

정옥은 저도 모르는 결에 손을 부리치고 의자에서 벌떡 일어서 있었다. 테블 끝에 의지하고 선 몸이 부들부들 떨린다. 놀남인지 분함인지 분간할 수 없이 쾅쾅 뛰는 귓가를 김의 짓거리는 소리가 번개처럼 따렷다.

"정옥 씨가 놀날 줄은 알았습니다. 그렇지만 난 이 가개에 처음 왔을 때부터 정옥 씰 사모했어요. 그때 정옥 씬 내가 소년 시절부터 마음속에 그려오든 이상의 여성과 꼭 같드라니까. 그날 밤에 당최 잠을 잘 수 없었어요"

남자는 완연히 술기운이 도는 눈에 힘을 주었다.

"그 후로도 정옥 씰 사괴면 사괼수록 매력 있는 사람인 걸 알았어요. 난 참 이 석 달 동안을 얼마나 번민했는지 모릅니다. 정옥 씬 결코 혼자 사실 사람이 아니여요. 그래, 결국 내 이상의 여성을 남에게 빼앗기기 전에 결혼이란 바줄로 얽어 놓으려는 것이지요"

"날 얽어요?"

호흡이 정돈되지 않기 때문에 거칠게 물결치는 가슴에서 터져 나오는 목소리는 역시 거칠었다.

"김 선생에겐 부인이 계시지 않아요. 아이들도 있지요"

"안해 있는 사람은 또 결혼 못 하나요"

"어쩌면 처자가 있는 사람이—"

정옥은 그만 울고 싶었다. 김의 말뜻을 분명히 알아들었기 때문이다. 그는 스물여덟 되는 이때까지 이같이 큰 모욕에 직면해 본 일이 없었다. 정옥은 자기가 왜 이런 무례함과 모욕을 당해야 하는지 알 수가 없다.

다만 자기 같은 처지의 여인에게 대하여 세상이 어떤 눈으로 바라보는지 그 가장 냉담하고 악의에 찬 실례를 본 듯하여 새삼 모골이 송연할 뿐이다.

그러나 그것은 김 한 사람만의 생각이 아니었다.

모든 남성의 생각이 그 짝이요 정욕에 젖은 모든 남성의 생각이다.

"잘 알았어요. 그 전에는 마음만으로 사모했는데 이제 돈이 생겼으니 날더러 당신 첩이 되란 말이지요. 그만두서요. 난 지금 돈이 필요합니다. 그렇지만 당신이 원하는 그런 여자가 되어 돈을 얻고 싶진 않아요."

정옥은 여전히 부들부들 떨면서도 김을 통하여 보이는 그 배후의 모든 남성에게 들으라는 듯이 부르짖었다.

"난 내일부터 가게도 그만두겠어요. 자존심도 허영도 죄다 내 버리고 살기 위한 싸움에 이기리라, 그렇게 결심했으면서도 막상 당하고 보니 고만 넘어지는군요. 난 아즉 그렇게두 약하고 못난이든가 봐요."

정옥은 입술을 깨물었다.

16

정옥의 뜻하지 않았든 공박에는 김도 술이 깨이는 모양이었다.

제가 되려 울상이 되어 손만 부비고 앉아 있는 그 모습은 바로 아까 당치 안은 일을 제안하면서도 태연하든 그 자 아니라 조심하고 조심성스런 어저께까지의 김이었다.

'나는 저같이 진실해 보이는 태도에 속아 그를 경계하지 안았다.'

이렇게 생각하니 눈에 익은 그 남자의 모양이 커단 쇠못같이 가슴에 백인다. 아무리 소심하게 떨고 있드라도 그 역시 남성의 한 사람이 아니든가.

믿는 도끼에 발등을 찍힌다는 말이 있다. 얼르든 개한테 손꾸락을 물린 듯한 마음이었다.

"어서 돌아가 주서요. 난 지금 복수할 방도를 모르겠습니다. 다만 마음속으로 당신네들을 경멸하는 걸루 이 분을 삭일 뿐예요."

정옥은 앞을 서서 문고리를 벗기며 며칠 전 남편이 왔을 때 역시 앞서 나와 구두를 집어 주든 것을 생각하였다.

'이 세상에는 이렇게도 의지할 사람이 없단 말인가.'

온 세상이 텅 비인 것 같이 외로웠다.

마음과 몸이 함께 공허하다.

자기 몸이 이렇게 서 있고 거러댕기고 남자를 재촉하여 문밖으로 내여 보내고 하는 것이 모다 꿈이 아닌가 십헛다.

누가 옆에서 손까락으로 약간 건드리기만 해도 그는 그 자리에 털석 주 저앉아 우름보를 터트리고 말 것만 같았다.

김이 나가자 정옥은 곳 휘장을 나렸다.

어둑한 가개 안에서 천천히 접시와 비품을 정리하는 것이다.

복덕이를 들녀보내고 그가 가개를 나온 것은 저녁때였다. 이같이 외롭고 처량한 날에는 밝고 화려한 길보담 어둑한 거리가 마음에 좋았다.

눈은 여전히 나리고 있다. 정옥은 그 나리는 눈을 맞으며 앙상한 가로수 그늘을 걸었다.

인생의 거츤 물결을 헤치고 나갈 용의나 기력이 충분치 못하면서도 가장 거치른 물결 속을 건너가지 안을 수 없는 자기가 애처롭고 가엽썼었다.

'나는 졌다. 나는 넘어지고 말았다.'

선뜻하고 물방울이 한 줄기 볼을 타고 나리었다.

계속하여 또 한 줄기, 아이들의 말처럼 그것이 눈[雪]물인지 눈물인지 알 수 없었으나 정옥은 그 물방울을 씨츨 생각도 하지 않고 눈 싸인 가로 수 그늘을 것는 것이다.

냉동 집에서는 모친이 눈과 물에 저즌 딸을 놀나 마자드리었다.

"감기 든다. 내 몸 조심 내가 해야지, 지금 너마자 알아누으면 그 일을 어쩌자구 글세 이 모양을 허구 댕기니?"

정옥은 어머니의 손에 외투를 벗어 놓고 아랫목에 다리를 뻗고 누었다. 아이들이 여폐서 달팽이처럼 매달닌다. 그 어린것들을 꼭 끼고 누었으니 차차로 마음이 가라앉는 것 같았다.

"어머니."

이윽고 정옥은 모친을 불렀다. 저녁 준비를 하든 모친이 고개를 디밀었다.

"어머니, 좀 들어오세요."

모친이 방에 들어오는 것을 기다려,

"나 내일부터 가개 그만두어요."

"그만두다니?"

엉거주춤 서 있던 모친은 비로소 자리에 앉았다.

"가개 팔기루 했어요. 팔아서 이것들 입원시키구 주인집 아주머니헌테두 미안하니깐 집두 옮기구요."

"왜 흥정이 시원치 않니?"

"시원챤킨요. 몫이 좋아서 이제 돈 많이 벌어서 기와집 사구 양단 마구 자에 호박 댄추 달게 될 걸요. 어디 그뿐인가요 자칫허면 서양사람 살는 양옥집에 돈이 삼사백만 원이나 생긴답니다."

"원, 미쳤니. 무슨 소린지 당최 알아들을 수가 없구나."

"제가 그렇게 된다는 게 아녜요. 앞으로 그 가게 사는 사람이 재수 좋으면 그렇게 된다는 게죠."

"남의 걱정은. 그런데 살 사람이나 잇니?"

"요즘은 그런 거 하구 싶어 하는 사람두 하 많으니깐 싸면 작자 있겠죠."

"글쎄. 그럼 넌 어떡헐련."

"영숙이헌테루 도루 가죠. 집두 그 근처에 정했으면 좋겟어요."

"아무튼 어서 작자나 있었으면 좋겠다. 글쎄 빈대떡 장수두 헐 사람이 있지, 아츰에 나가서 밤중에야 들어오니 사람이 견델 노릇이냐."

이튿날부터 정옥의 가개는 장님의 눈처럼 굳게 문이 다치었다.

'우동 시작했습니다' 하는 종이쪽 대신에, '가게 양도합니다. 히망자는 충무로 어구 ×× 수예점으로 문의해 주십시오.' 이 같은 쫑이가 바람에 나부끼고 있었다.

17

몇일 후 개천가의 빈대떡 가게가 다시 휘장을 것고 영업을 시작했을 때 정옥은 영숙이네 편물 공장에서 혼자 부지런히 바늘을 놀리고 있었다.

4,50명이나 되는 직공들은 오늘 서울 운동장에서 거행된다는 UN신한위원단의 환영회에 모조리 동원되어 나갔다.

드물게 보게 고요한 공장은 넓은 유리창으로 하나 가득 햇볓이 흘너들어와 밝고 따뜻하기도 했다. 칭칭대에 남자 같은 구두소리가 나드니,

"정말 이젠 봄이로구나."

하며 영숙이 뒤에 와서 섰다.

"경칩이 낼 모렌데 그럼 봄이 아니구."

정옥도 눈을 들어 창문 밖을 바라보았다.

그동안에도 손은 쉴 새 없이 바늘을 놀리고 있다.

"이번 겨울은 참 따뜻해서 없는 사람 살아났지. 글세, 가개 직공들이 하나님두 좌익을 한다구 그러는구나."

영숙은 의자를 하나 끌어댕겨 말을 타듯 앉았다.

"암튼 봄은 좋아. 요즘은 미인들이 많이 돌아가니깐 이 봄에는 누비루 모한 수예품을 맨들어서 귀국하는 그 사람들헌테 좀 떠앵겨야."

"글세 그보담두, 난 따뜻해지는 대루 아이들이나 어서 나았으면 좋겠다."

"참, 오늘은 웨 여태 병원 안 가? 어머니 기다리실 텐데."

"어머니두 여간 생기가 나시지 않는 걸. 냉동집에서 주인마님 눈치 살피든 데 대면 병원 생활의 불편쯤 아주 약과래요."

"그렇지만 빈대떡 가갠 넘우 싸게 팔았어."

"싸야 얼른 사지. 참 그 눔의 빈대떡 가개 이젠 말만 들어두 지긋지긋
허다."

"글쎄, 우환이 있구 그러문 나헌테라두 애길 헐 게지, 혼자 바득거리니
깐 별 일 다아 당허지."

"그래두."

"정옥인 금전에 대해서 넘우 겁을 낸다니까. 소질이 없으니 할 수 없
나 봐."

"정말야. 송충이는 솔잎을 먹고 살아야지 갈잎을 먹으면 죽는대요."

"그래, 그 송충이가 웨 갈잎을 먹으러 기어 나갔드람."

"내가 나갔나, 지가 밀어내 쫓았지."

"그때는 정말 (이하 2행 누락)"

"그게 내 약한 성미였지 뭐야, 암튼 이제 다시 소나무로 돌아왔으니 다
신 내쫓인 말어, 응."

"그래그래. 아이구, 가엽서라."

영숙이 정옥의 하얀 뺨을 꼭 쩰넛다.

정옥은 한숨을 호홀 쉬인다. 손은 여전히 정확하게 바늘을 놀리고,

"아무튼 이제부터는 그렇게 유난하게 굴지 말어요 내 말대루 아이들 낫
거든 따루 방 구헐 생각 말구 이리루 옮겨 오구. 밖앗 선생님 돌아오실 때
까지 몃 해든지 마음 놓구 같이 살어, 응."

"그래, 인젠 고집 안 부려. 그 대신 내, 밥두 짓구 소제두 허구 밤이면
주인마댐 다리두 주물러 드리구 헐께."

"망헌 것. 그런데 구애허지 말라는대두. 아무렴 내가 저헌테 다릴 주물
러 달랄까. 만양 놀아두 굶지 않을 테니 염녀 말아요"

갑자기 정옥의 표정이 엄숙해졌다.

"놀고 먹는 건 싫여. 불노이득이란 것이 얼마나 무서운 말인지 뼈에 색

이고 있단다.”

정옥이 지금 바늘을 뺀 모친의 털실 덧저고리를 보재기에 싸 들고 영숙의 가개를 나온 것은 오정이 지난 뒤였다.

아이들이 입원을 하고 있는 그 카토릭 교회의 부속 병원은 서울에서도 가장 번화한 명동 골목을 지나야 한다.

사람들의 물결을 헤엄치듯 나온 정옥이 한 발 종현의 그 병원 뜰에 발을 드려놓았을 때였다. 그는 급히 떼여 놓든 발길을 멈추고 가만히 땅 우를 나려다보았다.

검고 축축한 땅이 뽀족이 갈나젓고 그 속에 파아란 새삭이, 일음도 모을 풀의 연연한 삭이 솟아오르고 있는 것이었다.

‘겨울 동안 뭇 사람들의 발에 짓밟히어 흔적도 없었든 풀도 다시 살아난다. 봄, 봄이 왔기 때문이다.’

정옥은 흐리마닥 무릅을 꿇고 앉아 눈물겨운 마음으로 오래 그 살려고 애쓰고 있는 푸른 생명을 바라보았다.

‘몇 번을 넘겨졌든지 나도 살아야 한다. 한 줌도 못 되는 흙에도 뿌리를 부치고 나는 살아가리라.’

한참 만에 일어서는 정옥의 노릿겨한 뺨에 붉게 희망의 빛이 퍼져 나갔다.

이윽고 아이들이 기다리는 병실을 향해 걸어가는 그의 발길은 체조를 갓 배우는 소학생처럼 땅을 굴르며 힘이 있었다.

—≪연합신문≫, 1949. 1. 30~2. 23.

곤비(困憊)

1

아직 겨울옷을 활짝 벗지 못한 봄 하늘은 한낮같이 환하다가도 어둡기 시작하면서 이내 캄캄해진다.

정옥은 옆집 시계가 네 시를 치는 소리를 듣자 끼고 누웠던 앓는 아이를 밀쳐놓고 등을 일으켰다.

"엄마, 맘?"

정옥의 치맛자락을 휘어잡은 어린 것의 말은 가지 같은 팔이 오무처럼 떨린다.

"그래, 그래. 맘마해 주께, 응. 숙희야, 애기 봐 줘."

삼사 일 전부터 기침을 콜룩콜룩 하며 코ㅅ물이 지지한 꼬마를 그저 예사 감기려니 하고 아는 집에서 아스피링 한 통을 얻어다 먹인 채 내버려 두었더니 어제부터 갑자기 열이 오르며 얼굴과 몸에 붉은 반점이 잔뜩 돋았다.

오늘부터는 가슴에도 배에도 아랫도리에도— 틀림없는 홍역이었다.

아이의 병이 홍역이라 확실해지자 정옥은 정신 아찔했다.

'하필 이럴 때 그 쇠약한 것이 병을 이겨 낼 것인가. 그 몹쓸 병을……'

사실 쇠약한 아이도 아이지만 이럴 때 병자가 발생한다는 것은 전 가족에게 대한 치명상이었다.

행방불명의 남편, 돌보아 주는 이 없는 어린 것들, 그 어린 것들 때문에 정옥은 지금 봉투도 붙이고 성냥곽도 바르고 미역이나 멸치 같은 것을 받아 이고 다니며 행상도 하는 것이었다.

봉지나 성냥 곽을 바르는 작업은 정신없이 손과 눈을 놀리는 것으로 그 절망적인 생활의 구혈을 잠간이나마 잊게 해 주는 것이나, 그것으로는 어른은 물론 어린 것들의 조그만 입에도 풀칠이 어려웠다.

그래도 나은 것은 무엇이나 행상을 하는 것이다.

처음에도 머리에 광주리를 이고 집집마다 기웃거리는 것이 부끄럽기도 했으나 지금은 그 같은 마음의 고비를 모두 넘겼다.

정옥은 그전에 교회 학교에 다닌 일이 있었다. 그러므로 성경에 있는 바, '공중 나는 새를 먹이시는 하느님이 자녀를 먹이시지 않으랴' 하는 말을 아직도 기억한다.

그러나 하늘은 절대로 그들을 편히 먹여 주는 일이 없었다. 편히는커녕 죽도록 일을 해도 살 수가 없는 것이다.

아무튼 요즈음 정옥의 온 번뇌, 온 궁리는 그와 그 어린 것들을 위하여 먹이를 구하는 일에 있었다.

먹는 일―. 곧 소화액이 위벽과 장벽에 대하여 주는 어떤 작용을 위하여 그는 부끄럼도 체면도 눈물조차 잊었다.

그렇던 것을 정옥은 벌써 이틀째 이렇게 행상을 하지 않았고 먹이를 구하는 작업도 하지 않은 채 어린 것을 끼고 누어 있는 것이다.

주림에 못지않을 만큼 어린 병자가 누어 있는 병이 찼었기 때문이었다.

그러나 인간의 생리는 이 같은 사정을 모른다.

혹은 알면서도 아랑곳하지 않는 것이다. 오정이 지날 무렵부터 앓는 꼬마가 먼첨 '맘'을 찾았다. 여섯 살, 일곱 살의 두 어린 것은 입에 내어 말하는 대신 울상이 되어 엄마의 눈치만 살핀다.

2

"숙희야, 너 애기 일어나지 못하게 좀 안고 눴어, 응. 엄마 밥해 가지고 올께."

정옥은 맏딸의 조그만 품에 애기를 싸 안겨 주고 방문을 열고 나왔다.

방 하나, 부엌 하나. 발 아래 멀리 물결 모양으로 출렁거리고 있는 기와 지붕을 지나 소리치는 찬바람이 울타리도 없는 퇴ㅅ마루 골에 그대로 부디치며 숨이 턱 맥히었다.

잿빛 하늘 잿빛 땅 모두가 그대로 질식을 해 버릴 듯이 처참한 천지간 어느 곳에 '희망'이니 '기쁨'이니 하는 생활이 숨어 있을 상 싶지도 않다.

"아이, 사는 것두 참 지긋지긋해."

발끝에 닫는 대로 신발을 찾아 끌고 부엌에 드러가 봤으나 물론 끓일 것이 있을 턱 없었다.

정옥은 그대로 팔을 들처 오흘두흘 걷기 어려운 언덕길을 나려오기 시작했다.

여기는 Y장 동쪽 높다란 언덕 위에 성냥곽같이 붙어 있는 조그만 마을이다.

땅이 시청 땅이라고 무허가 건축은 절대로 허락하지 않는다는 파출소 순경이 처음에는 교대로 순찰을 돌며 집 짓는 연장도 뺏어 가고 하던 것을 그 극성스러운 사람들이 밤중에도 짓고 새벽에도 짓고 하여 감독하는 순경들도 어이가 없을 만큼 어느새 이렇게 한 마을을 형성해 놓았다.

대개가 방 하나 부엌 하나에 퇴ㅅ마루가 앙상하게 달려 있을 뿐이나 그 중에는 지붕에 양개와를 입히고 축대 대신 줄 맞추어 떼를 심어서 세치 기둥에 사간집을 얌전하게 지어 놓은 것도 있다.

다만 하수 설비물이 전혀 갖춰 있지 않기 때문에 어느 곳이 길이고 어느 곳이 개천인지 구별을 못 하는 것과 울타리들이 없기 때문에 바람이 막우

들이쳐서 탈이었다.

정옥이네 집은 이 동리에도 제일 빠지는 집 가운데 하나였다.

그는 이 집을 짓노라고 작년 가을내 손이 거칠 대로 거칠었다.

기둥을 일으켜 세우고 중방을 걸어 주기는 동리 목수가 해 주었으나, 그 나머지는 전혀 정옥이 혼자서 꾸몄다. 흙도 파오고 화방도 쌓고 구들까지 제 손으로 놓았다. 평생 져 보지 못했던 지게를 져 본 것도 그때였다.

이렇게 지은 집이건만 사실 그것은 인간이 살고 있기 때문에 인가요 집이지 객관적으로는 당연히 닭장이나 돼지우리라 해야 마땅할 것이었다.

그래도 정옥은 이 집을 다시 없이 대견하게 안다.

어떤 일에 휩쓸려 남편이 행방불명이 된 지 반 년이 넘은 오늘, 이 집도 없었던들 그는 어린 것들을 데리고 누구네 방구석을 전전하지 않으면 안 되었던지 생각하면 아득한 일이었다.

사실 또 남편도 없는 젊은 녀인이 세 아이를 데리고 떠돌아다니면서 방을 빌려 달라면 선뜻 응하는 사람도 없을 것이다.

수챗물 흘러나리는 언덕길을 부즈런히 내려오던 정옥은 문득 뒤를 돌아보았다.

성냥곽 같은 집은 굉굉히 불어오는 바람에 떨면서도 분명 그곳에 서 있은 것이다.

'저 속에서라도 먹을 것만 있었으면. 멀건 죽이남아 세 끼 끓일 것만……'

그는 다시 자기 손을 나려다본다.

쥔 것은 보재기뿐, 돈은 없었다.

정옥은 지금 쌀을 사러 가는 것이 아니라 쌀을 꾸러 가는 길이다.

3

쌀을 꾸려면 그래도 아래 동리 밖에 없었다.

정옥은 긴 언덕길을 나려와 큼직큼직한 기와집들이 층층이 옆대어 있는 시가지로 들어섰다.

그러나 막상 갈 곳이 없었다.

마음은 한없이 초조하건만 몸은 피곤할 대로 피곤해진 형용으로 이 넓은 시가지 어느 곳에 휴식할 처소를 찾는 듯 손이 보재기를 든 채 지향 없이 걸어간다.

머리에 떠오르는 집이 두서너 군데 없는 것이 아니나 막상 그 집 문 앞에 당도하면 푸른 잔디, 부드러운 휴식처라 믿고 있던 것이 갑자기 찬바람 회오리치는 검은 늪이 되어 버린 양 물어갈 마음이 나지 않는 것이다.

모두 먼저 진 빚이 있기도 했다.

그예 또 성이네 집 문 앞까지 오고 말았다.

이집 주인마나님은 교회에 다닌다.

딸이 지금 미국에 가 있다 했다.

지난 겨울, 물건을 팔려고 이 집에 들어갔을 때였다.

멸치는 고급품이 얼마든지 있다고 사지 않았으나 배가 고파 우는 잔등의 꼬마가 가엾다고 마나님은 영감님이 커피에 처 잡숫는다는 미국제 진짜 우유를 반 통이나 주었다.

"미국 있는 우리 딸이 보낸 거라우. 내가 주는 것이 아니라 우리 딸이 주는 거야."

그때 마나님은 이렇게 말하며 마루 위 테―블에 얹혀 있는 젊은 아낙의 사진을 가리켰다.

그것이 이 댁을 알게 된 시초였다.

그 후에도 정옥은 긴급한 일이 있을 때마다 몇 번이나 이 집 신세를

졌다.

긴히 일을 돌봐 주는 바도 아니건만 군색한 소리를 비치면 마나님은 금 가락지 번쩍거리는 뿌연 손으로 정옥이 내미는 보재기나 그릇에 쌀을 담아 주었다.

그러고는 언제나 쌀 세 줌을 따로 집어 주며,

"이건 우리 아이들이 주는 쌀이요. 그 애들헌테 감사 드리라구."

하고 설명하기를 잊지 않았다.

마나님은 그 자녀에게 실로 지성스런 사람이었다.

얼마 후에야 정옥도 이 마나님이 십 남매나 생산을 한 가운데서 미국 가 있다는 그 맨 맏이와 사십이 훨씬 지나 얻은 막내딸과 그리고 가운데로 사 내 아이 하나를 남겼을 뿐 일곱이란 기막히는 수효의 자녀를 잃었기 때문 에 아이들에게 대하여 정성스럽다느니 보담 오히려 유난하게 되었다는 것 을 알았다.

그렇던 것이 며칠 전이었다. 그날도 무슨 일로 들렀던 정옥을 마나님은 전에 없이 반색을 하며 맞았다.

"숙희 엄마 잘 왔어. 아주 존 소식이 있다우."

마나님은 후덕하게 웃으며,

"참 하나님 은혜시럼야. 취직이 될 듯해."

"누구 취직입쇼."

정옥은 영문을 알 수 없었다.

"숙희 엄마 취직이지 뉘 취직야. 왜 저 한 박사 몰루? 모르누먼. 조선말 잘 하는 서양 목사님인데 식모를 구하신다누먼!"

"왜 그 댁에 식모가 없었습니까."

"없긴. 먼첨 있던 사람은 본국 댕기러 가시는 부인 모시고 따라간대. 그 래 임시루 사람을 둘런대요. 어때? 숙희 엄마?"

정옥은 사실 솔깃했다.

서양집 식모— 아이들이 잘 먹는 양과자 부스러기, 빵 찌끼.

그러나 다음 순간 그는 어리둥절하지 않을 수 없었다.

"그럼 아이들은 어따 맡길 데 있수? 박사님께서는 아주 아이가 질색이시라우."

마나님이 태연히 이렇게 말한 것이다.

4

아이를 떼쳐야 한다는 것은 정옥에게 있어 실로 놀라운 사건이었다.

마나님의 일심정성이 그 자녀 위에 있는 것과 꼭 같이 정옥의 유일한 보배도 아이들이다.

아이들과 같이 있을 때나 아이들을 생각할 때면 그는 자기의 불행은 물론 남의 불행 같은 것도 눈에 들어오지 않았다.

아이들을 지키기 위해서는 남편까지 잃었던 것이 아니던가.

남편은 조금도 아이들을 사랑할 줄 모르는 성미였다. 아이들뿐 아니라 자기 이외에는 아무 것에도 흥미를 갖지 않는 사람이다.

그 대신 정옥은 또 남편이 말하는 소리를 들으면 언제나 골치가 아팠다.

그것은 너무나 크고 놀라운 일이기 때문에 자기 같이 무력한 인간으로서는 참견할 필요도 아랑곳할 까닭도 없는 듯했기 때문인지도 모른다.

그는 흔히 간청하듯 남편에게 이렇게 말했다.

"날 가만히 둬 두세요. 난 밥이나 먹고 아이들이나 기르다 죽을께. 제발 날 귀찮게 하지 말아요."

드디어 남편은 집을 나갔다.

정옥은 남편이 떠나던 당시 오히려 승리한 듯한 마음으로 남아 있는 세 어린 것에게 생존의 전 목적을 걸고 여튼 길러 내리라 했다.

'돈도 체면도 다 덧없다. 내겐 너의들이 있을 뿐이다.'

그리하여 궁핍과 압박과 모든 불만과 모멸을 오로지 그것들 때문에 참어 왔던 것이 아닌가.

그 같은 아이들을 떼치다니─ 서양집 식모로 들어가기 위해서.

"어린 것들을 떼 보낼 데가 없습니다. 떼치고 싶지도 않습지요"

"왜?"

마나님은 의외인 모양이었다.

"아이들을 보낼 데가 없으면 내가 어디 주선해 볼까. 어딜 가든지 저의 야 에미 밑에서 굶고 있는 것보담야 낫지. 난 그것들이 숙희 엄마보담 더 불상해."

"그만둡시오. 고맙습니다만 먹으면 같이 먹구 굶으면 같이 굶지요" 했다.

마나님의 얼굴에 완연히 불쾌한 표정이 나타났다.

"이 사람아, 정신 있는 소릴 하나. 아, 없는 사람이 자식만 불끈 붙잡고 앉았으면 수 나는 줄 아는가."

그러고는 몹시 냉혹한 어조가 되며,

"이런 자리 있는 줄 아직 아무도 모르고 있으니망정이니 이 소문을 누가 알아만 봐. 우리 교회 안에서도 머리통들을 싸구 덤빌 걸."

정옥은 얼른 발길을 돌려 대문깐으로 나왔다.

정옥은 변명하고 싶은 생각조차 없었다.

다만 문 앞 층층대를 나려오면서 힘껏 '퉤─' 하고 침을 배텄었다.

그것이 바로 며칠 전 일인 것이다.

5

마나님의 노염은 물론 그 동안에 풀렸을 줄 안다.

그러나 역시 계면쩍었다. 정옥은 몇 시간이나 숨을 쉬지 못했던 것처럼 놀라 입을 열고 한숨을 후우 쉬며 조심조심 문을 흔들었다.

문은 물론 잠겨 있었으나 여태 그 안에서 무슨 장난을 하고 있었던 듯한 조그만 파마 머리가 대문을 반쯤 열고 말끔이 쳐다본다.

여닐곱 살 밖에 안 된 이 집 막내딸이다.

정옥은 안이 멀리 떨어져 있는 이 집 문안에 아이들이 놀고 있는 것이 다행했었다.

"어머니 계시니? 뭘 하시니?"

그는 될 수 있는 대로 부드러운 음성으로 물으며 문을 밀려고 했다.

그때다. 어린 계집애는 찾아온 사람이 정옥인 것을 확인하자 갑작이 대문을 탁− 닫았다. 계속하여 "용용 죽겠지. 약 올라 죽겠지. 열겠거던 열어 봐" 하는 소리가 들리었다.

"용용 죽겠지. 숙희 엄마 오거던 우리 어머니가 문 열어 주지 말랬어. 용용, 배부른 사람은 오지 말랬다아누."

정옥은 어느새 그 집 앞을 떠나서 고꾸라질 듯 바쁜 걸음으로 Y장 정연한 길을 걸어가고 있었다.

그의 몸을 휘도는 피는 한 방울 한 방울이 분류(奔流)가 되어 그의 몸을 굽이치고 있는 것이다.

'배부른 사람은 오지두 마라!'

만약 그 말을 직접 마나님의 입에서 들었던들 정옥은 이렇게 흥분하지 않았을는지 모른다.

그러나 그 말을 전한 사람은 그의 딸 숙희나 그 또래 밖에 안 되는 소녀였다. 더군다나 '주림'이란 어떤 것인지 모르는 항상 배부를 수 있는 소녀였던 것이다.

그는 어디를 어떻게 달려 다니었는지 모른다.

어둠과 후둑후둑 나리는 비가 그를 현실로 돌아가게 해 주었다.

정옥은 철둑 옆 조그만 언덕 위에 멀거니 혼자 앉아 있는 자신을 발견하였다. 미친 것 같이 용솟음치던 가슴의 흥분은 진정되었으나 그와는 다른 어떤 감정이 혼혼히 온몸을 적시고 있는 것이다.

그것은 저주도 아니었다. 증오도 아니었다. 분노도 아니다. 슬픔도 아니다. 다만 끝없는, 끝없는 곤비(困憊)였다.

그 곤비 속에 역시 영화의 이중 영사같이 아들의 얼굴이 떠올랐다.

정옥은 몸을 일으켰다. 허리를 꾸부리고 언덕길을 철석철석 집을 향해 더듬어 올라갔다.

뜰에 들어섰을 때 방에 불이 켜진 것이 보였다.

그는 두 손으로 머리를 싸안고 쏟아지듯 툇마루에 걸터앉았다. 방 속에서 말소리가 들린다.

"뭐 좀 먹구 싶지?"

그것은 여섯 살 된 숙철이 목소리였다.

"뭘 먹어?" 숙회다.

"먹을 거 암것두 없지 뭐."

"너, 너, 아주 배고프냐."

"응."

"손까락이라두 먹어보렴."

"손까락을? 어떻게?"

"자꾸 빨아 봐. 자꾸 빨믄 그래두 무슨 맛이 난다. 이봐, 애기두, 암것두 모르는 애기두 자면서 제 손을 빨잖니?"

툇마루에 앉은 정옥의 눈에서 비로소 소나기같이 눈물이 쏟아졌다.

"아, 내 새기, 착한 내 새끼들!"

또 눈물이 쏟아진다.

그러나 그 눈물은 곤비 가운데서 새로운 힘과 용기를 불어일으켜 주는 심히 청신한 눈물이었다.

—《국도신문》, 1949. 8. 8∼15.

저돌(猪突)

1

여류 작가 김옥경은 고향에 내려오는 길로 벌서 두 달 전부터 풀렌을 세우고 있든 창작에 몇 번이나 붓을 대었으나 역시 쓸 수가 없었다.

그것은 남편과 옥경의 동무 한미라와의 삼각관계를 그리려는 것이다.

미라는 세상이 다 아는 바 자유주의자요 성악가다.

해방 직후 이혼을 하자 이 남자에게서 저 남자에게로 한인과 외국인을 물론하고 일음 잇고 돈 잇는 남자들의 사이를 범나비같이 넘나드는 여성이었다.

그의 노래.

그의 육체.

그러나 막상 붓을 들면 기름시기 없는 문장 가운데 떠올르는 인간은 아무 생기도 정열도 없는 한 개의 비루한 생물에 불과하였다.

그와 넘우나 가까운 사건이요 지나치게 이해관계가 깊은 일이기 때문에 마음과 붓이 함께 냉정해질 수 없는 것이다.

그래 결국은,

'작가인 내 태도가 명확하지 못하기 때문이다. 이래서야 누가 신변 소설을 쓰랴.'

이 같은 생각이 나면 갑자기 당황하고 부끄러워지며 원고지가 찢어지

도록,

"비겁한 자여, 위선자여."

하고 나려 갈기는 것이었다.

하긴 옥경은 그 전에도 미라의 이야기를 쓴 일이 있다.

그러나 그것은 표면적인 그리고 세상이 모다 상상하고 있는 사실을 소설의 형식으로 되푸리한 데 불과하였다.

남편과 미라의 사건은 미라와 다른 남자들과의 사건처럼 연애유희 정도에 끝이는 것이 아니라 생각한다.

그럼으로 반년을 두고 내리 경험해 온 심리의 갈등과 육체의 고통이란 형용할 수 없는 것이었다.

작가인 옥경은 그것을 그리고 싶었다.

그런 것을 이번에도 미라의 이야기를 쓰려면 종이 우에는 한 개의 불성실한 사실만이 희미하게 낱아날 뿐이 아닌가.

'소설, 소설을 쓰기 전에 나는 먼첨에 문제를 현실적으로 해결해야만 하는 것일까.'

드디어 옥경은 붓을 집어 던진다.

2

옥경의 고향은 호남선 C라는 조고만 도시에서 자동차로 칠팔십 리나 더 들어 가야하는 강변 마을이다.

부친은 벌서 십년 전에 세상을 떠낫고, 행방불명이 된 오라범을 기다리며 육순 넘은 모친이 병약한 며누리와 함께 중농 정도의 살님살이를 잡아 가고 있었다.

옥경은 친정에 나려오자 이 고독한 집 속에서 강물 흐르는 소리와 집을 에워싼 옥수수 밭에 우수수 바람 부디치는 소리를 들으며 좀체로 밖에 나가는 일이 없었다.

마을은 온통 옥경이네의 안동 김씨 문중이었다.

그럼으로 마을 사람들의 인척 관계, 성격, 경력 같은 것은 확연한 것으로 모친은 한가한 틈만 있으면 방 속에 들어앉아 있는 딸을 상대로 이 같은 이야기를 들려주는 것이었다.

그것만이 유일한 화제요 지식이라는 듯이.

옥경도 소녀 시절에 혹은 서울로 시집을 간 뒤에도 직접으로 간접으로 알고 있는 사람들의 대개는 평범하게 살다가 평범하게 죽어가는 이약이를 들으며 지루해 하는 일이 없었다.

지금 그의 초조한 신경에는 가장 좁은 한계 안에서 가장 평범하게 살고 있는 사람들의 소식만이 유일한 진정제요 자장가가 되는 것이었다.

인생에 대한 급격한 분노, 회의, 그리고 희망까지 그 비깔 없는 물결 속에 사라져 버리고 옥경은 비로소 이마ㅅ살을 펴고 흐물흐물 이빨 없는 모친의 입을 바라보며 언제까지나 귀를 기우린다.

그러나 그 가운데도 다만 하나 그의 가슴에 물ㅅ결을 이르키는 소문은 있었다.

종훈의 소식이다.

종훈은 어렸을 때부터 두 집 사이에서 정혼한 옥경의 약혼자였다.

그러나 C시의 여학교를 졸업할 무렵부터 종훈의 모습을 안중에 두지 않기 시작한 옥경은 제 맘대로 서울전문학교를 들어갔고 제 맘대로 연애를 했고 또한 맘대로 결혼을 해서 세 아이의 어머니가 되였다.

십 년 전 부친상을 당해서 귀향했을 때는 종훈이 마을 색시와 결혼했다는 소문을 들었다.

그리고 이번에 다시 나려와 옥경은 또한 모친으로부터 그가 상처하고 삼년이나 지났건만 아즉 외롭게 혼자 살고 있다는 사실을 들었다.

'사람의 운명이란 우수운 것이다.'

옥경은 쓸쓸히 웃어 본다.

겨울에도 내버려 두는 석류나무가 아람두리로 자라는 이 동리에서 종훈이 같은 식물성(植物性)적인 남자와 결혼해서 평범한 한 평생을 보내엿드라면— 하는 생각이 문득 머리를 든 것이다.

그러나 다음 순간 그는 현기ㅅ증이 일어난 듯 손으로 이마를 짚는다.

정욕과 금욕에 불타올라 여왕같이 현황한 미라의 모양이 눈앞에 떠오르며 웃음을 삼키게 되는 것이었다.

"미라!" 하고 불러 보면 옥경은 언제나 몸이 떨린다. 그것은 자기학대의 강열한 감정이기도 하고 패북적인 약한 감정이기도 했다. 그는 지금 어디서 남편과 함께 희롱을 하고 있을까. 그러치 안으면 진실한 표정을 눈에 띠우고 참답게 문제의 해결을 의논하고 있는지.

아무튼 미라 같은 여자가— 정욕과 황금에 대한 집착밖에 다른 인성의 아름다움을 볼 줄 모르는 여자가 그 애욕을 만족식혀 줄 체력도 금력도 가지지 못한 동무의 남편에게 그처럼 끌리는 것은 범연한 일이 아니라 생각한다.

처음 사람들의 입에서 두 사람의 특수한 관계에 대해 쑥덕어리는 말을 들었을 때 옥경은 이를 믿지 않았다.

그러나 남편이 직접 미라에게 대한 우울한 동경이 얼마나 격열한가를 고백했을 때 옥경은 잠깐 동안 댓구할 말을 찾지 못했든 것이다. 그런 지가 벌서 반년이다.

"그럼 이 일을 어떻게 해결했으면 좋겠오."

"글세, 현명한 방책을 생각해 봅시다."

그 후로 그들은 마주앉으면 흔히 이런 말을 주고받았다.

옥경은 소위 시앗31)을 보았다는 보통 부녀와 같이 이성을 잃고 남편을

---

31) 남편의 첩.

원망하며 상대 여성을 타매하려³²⁾ 하지는 않았다.

세상의 이목을 위해서라도 될 수 있는 한 냉정하려 했다.

남편의 말과 같이 현명한 해결책을 강구하려고 힘썼다.

그러나 겨울날 강물 우의 어름판 밑에는 흔히 격류가 구비치고 있는 것 같이 냉철하려는 그의 표정 아래는 참을래야 참을 수 없는 격동이 언제나 용소슴치고 있는 것이었다.

그야 물론 부부 생활을 해소만 하면 해결은 간단했다.

그러나 십여 년을 동거해 오든 부부가 갑자기 그 생활을 해소하기는 용이한 일이 아니었다. 심리적 부채밖에 경제적 문제도 있었다.

아이들도 있다.

세 사람의 관계는 끝이 없을 것 같았다.

그렇다고 끝이 없도록 내버려 둘 문제도 아니다.

옥경은 드디어 서울을 뜨기로 결심한 것이었다. 모든 결정권을 남편에게 주기로 했기 때문이다.

그가 없는 동안 남편은 미라와의 사이를 어느 편으로든지 결정지어 주기를 희망했고 남편도 그렇게 해결 짓기로 무언중 량해했든 것이다.

3

숨이 맥힐 듯한 더위가 몇일을 계속했다.

고향에 나려온 지도 보름이 넘었다.

옥경의 책상머리에는 쓰기만 하고 띠우지 않은 남편에게 보내는 편지가 두석 장이나 쌓였다.

"원! 사람이 좀 운신을 해 보렴. 갑갑해서두 어떻게 가처만 있누."

---

32) 아주 더럽게 생각하고 경멸히 여겨 욕함.

하는 일도 없이 방 속에서 짜증만 내고 있는 딸의 모양이 딱했든지 마루 끝에서 감자를 뱃기고 있든 모친이 손에 숫가락을 든 채 말을 걸어 보였다.

"서울은 하늘을 보잔코 산다니 애가 정말 서울낵이가 돼 버렷나. 무슨 준억이 들렸길래 문 밖 출입을 못한다냐."

옥경은 마지못해 몸을 이르켰다.

감자 삶을 동안만 뒷동산에 올라갓다 오마 하고는 마당에서 검둥이와 놀고 있는 아들을 불러 데리고 집을 나왔다.

도회의 보도만을 걷든 습성의 사람은 시골 한가한 두던 길을 걸으면서도 발을 굴으며 거름을 빨리한다.

"엄마 어디 가우?"

"응?"

옥경은 자기 발거름이 무슨 급한 용건이나 있는 듯 재빠름을 깨닫자 입가에 고소(苦笑)가 떠오르며 아들을 돌아다보았다.

거름거리뿐이 아니었다.

그들 모자의 도회적인 취미와 습관은 머리 빗는 법에도 옷 입은 모습에도 이미 제 2의 천성같이 몸에 숨어 있는 것이다.

옥경은 시골에 나려올 때 웬만하면 다시 서울로 돌아가는 일이 없이 고향의 산과 솔밭과 푸른 논 속에 영원히 묻혀 버릴까 생각한 일이 있었다.

이곳에 온 뒤에도 글이 쓰여지지 않아 초조할 때마다 자기는 문학을 전공한다는 그런 놀라운 일보담 평범한 이 현실이 더 어울린다고 비관을 한 일도 있다.

그러니 이렇게 시골길 우에 그 모습을 두고 볼 때 옥경은 역시 도회의 격열한 생활이 적합할 것이요 지적인 직무에 종사해야 할 것을 깨닫는 것이다.

오후의 시골ㅅ길은 심히 한적했다.

간혹 지나가는 사람들이 있다 해도 모두 낯선 사람들이었다.

"현대인은 고향이란 것이 없다."

이러한 말이 문득 머리에 떠오르며 입가에 다시 쓴 우슴이 어리었다.

언덕 우에 올나섰다.

길게 구비 돌아 흐르는 강물이 보인다.

돌맹이가 하얗게 빛나는 강변에는 새깜앟게 볕에 걸은 동리 아이들이 종종 달음박질을 하다간 풍덩 물에 뛰어드는 양이 무슨 이국 풍경 같았다.

옥경은 다시 자기 옆에 따라오는 아들을 보았다.

흰 이마, 가느단 팔다리, 신경질로 팔닥어리는 눈. 이 아이를 지금 이 강변에 던져 두어 절대로 동물과 같은 생활을 식힌다면— 혹은 도회에서 교육을 받게 하는 일 없이 산골에서 나서 산골에서 자란 사람처럼 이곳에 방치해 둔다면 산골 사람의 무사상이란 필시 안온하고도 즐거운 것이리라.

종훈이 생각이 났다.

옥경은 강변을 피해 다시 산으로 기어 올라갔다. 저 산기슭 골작이마다 젖을 찾는 어린애처럼 매달려 잇는 마을의 하나가 종훈이 살고 있는 동리였다.

산은 황폐해 있었다.

옥경이 어렸을 때 기억하고 잇는 바 잔잔한 애솔밭은 간 곳 없고 해수로 치면 그 애솔이 자라 벌서 울창한 숲을 이루었을 곳에는 붉고 검은 산비탈이 그대로 들어났고 그렇지 않은 곳에도 잡초만이 무성해 치마자락을 휘감는다.

멀리서 생각하든 아름다운 수림도 새도 나무열매도 그곳에는 없는 채 산은 시체같이 길게 누어 있는 것이다.

다만 예나 지금이나 다름없는 것은 골작이를 타고 나리는 줄기줄기 청량한 개울이었다.

옥경은 낯선 산천을 바라보듯 사방을 둘러보고 엎데어 손바닥으로 물을 움켜 마셨다.

　　그리고는 그 옆에 길게 두 다리를 뻗고 앉았다. 저만큼 종훈의 마을이
보인다.

　　마을 가운데 커다란 느티나무, 그 나무는 십 년 전에 왔을 때에도 한쪽
가지만 마르고 한편 가지는 아즉 정정하게 잎을 달고 있었는데 이제는 모
든 가지가 앙상하게 말나 오로지 검은 거목의 그림자가 잉크빛 하늘 아래
주먹을 부루쥐고 잇는 것 같다.

　　문득 옥경은 그 느티나무 아래 흰 옷 입은 사람들이 웅기중기 모여 잇는
것을 보았다.

　　제단 같은 것을 뫃아 놓고 절을 하는 사람도 있고 그저 멀건히 서서 드
려다보는 사람도 있다.

　　벌어벗은 까만 꼬마들이 왔다갓다 하며 떠들고 있었다.

　　"저기 뭐하는 걸까."

　　옥경은 열심히 반지꽃을 따 모흐고 있는 아들을 부르며 그 곳을 가르
쳤다.

　　"저기 뭐하는 덴지 너 가 보고 오련?"

　　"응."

　　그것은 핑계였다.

　　집을 나올 때 아들을 불러 데리고 온 것부터 종훈의 마을을 찾으려는 속
심이 있었든 것이 아닐까.

　　고개를 저으며 뛰어가는 소년의 뒤모양을 바라보며 그러나 그는 일어설
생각도 하지 않고 여전히 그곳에 앉아 있었다.

　　차츰차츰 마음의 평온이 찾아오기 시작했다.

　　몃 달 만에 맛보는 평온한 마음일까. 서울 있을 때는 말할 것 없고 시골
에 온 뒤에도 그는 무엇과 싸우는 듯한 태세를 한시도 잊은 일이 없었다.

　　남편의 문제 그리고 항상 글을 써야겠다는 열의에 진실로 피곤했든 것
이다.

사실 그가 도시를 떠나든 가장 큰 이유의 하나는 미라와의 문제를 해결하는 것보담 못지않은 열성으로 이 삼각관계를 주제로 한 걸작을 쓰자는 데 있었다.

소설을 쓸 수 잇는 시간을 얻고 글을 쓸 수 잇는 분위기를 만들자는 데 있었다.

해방 후 사 주년이 지난 오늘날까지 옥경은 아즉 창작다운 창작은 쓰지 못했다.

다른 작가들도 그러한지 문단에 걸작이 드문 것이다.

옥경은 그것이 안타까웠다.

그것은 어떤 단체에 소속하고 있는 작가들이란 아직도 띄렘마에 빠진 채 쓸 제재를 파악하지 못했고 또 그렇지 못한 다른 부문의 작가들은 휩쓰는 폭풍 속에서 붓을 들기보담 육체적 공포에 떨고 있기 때문이다.

옥경은 아무 단체에도 속하지 않는 작가다.

그가 표현하고 싶은 것은 오로지 생명이었다. 힘이었다. 새로운 도덕이었다.

다른 어떤 작가들처럼 부화한 마음으로 도회의 아름다움과 즐거움을 수박의 겉핧기처럼 따르고 동경하기에는 그의 생활이 넘우나 괴롭고 그 마음이 너무나 암담하여 진실하고 단순했다.

그렇고 옛날의 높고 훌륭한 문학가들처럼 확고한 신념으로 모든 풍물과 인생을 높직이 앉아 비판해 버리기까지에는 아즉 경지가 멀은 것이다.

옥경은 실로 고민했고 그 고민으로 하여 한없이 피곤했다.

그것은 물론 미숙한 정신력에서 오는 고민이었으리라.

그러나 그는 이 모든 미숙이 모든 고민을 압도하려 용기를 내어 전도를 개척하려 했다.

옥경이 얼마나 열심으로 공부를 계속했든 것을 그 남편은 알고 있었다.

그는 다방의 컴컴한 그늘에서 한 잔의 달작한 음료수에 창백한 휴게를 찾기보담 자유시장의 구비치는 포호성, 빈자떡 가게의 누런 연기와 함께 떠오르는 기름 냄새 혹은 채권자의 야수적인 습격, 정치적 알륵과 모략 그러한 것을 향하여 전력을 다해 싸움을 거는 것으로 기혼(氣魂)의 통합을 꾀하려 했든 것이다.

그러므로 그는 흔히 찢어진 치마에 어린애를 들쳐 업는 그대로 시구문 밖 빈민굴 근처로 비상하고 강열한 인생의 괴롬을 찾아 해가 질 때까지 헤매는 일도 있었다.

그는 인테리겐챠나 일음 있는 자들의 자칭 세련된 교양이나 고작한 취미를 멸시한다.

동시에 언제까지든지 푸른 달과 붉은 꽃과 꿈과 사랑만을 짓고 있는 사람들을 비웃는다.

그가 표현하고 싶은 것은 오로지 생명이었다.

인간의 현실적 고통이 조폭(粗暴)하기까지 강렬하고 단순하고 굵고 큰 것을 표현해 보려고 그 마음은 항상 불타고 있는 것이었다.

생명의 저돌(猪突)! 그것을 표현하고 싶다! 그리하여 옥경은 이번 집필하는 창작에서도 바로 그것을 표현하려 했던 것이었다.

얼마를 그렇게 앉아 있었을까.

"어떻게 오셨어요. 나려오셨단 말슴은 들었지만……."

종훈이었다.

누런 노동복 농립(農笠), 검붉게 탄 육체, 검은 수염, 무정한 나무 같은 시언한 눈, 커단 목소리. 그것은 옥경의 눈에 전혀 처음 보는 사람 같았다.

"마을에 들어가 보실까요"

자주 맛나기나 하던 사람같이 친밀한 어조로 종훈이 물었다.

"애기가 왔길래 물어 보니 어머니가 언덕 우에 계시다기에 모시러 왔습니다."

"저이 아인 줄 어떻게 아셨어요"

비로소 옥경이 얄으막한 목소리로 물었다.

종훈은 웃었다.

"알죠. 웨 몰라요"

그리고는 느티나무 밑을 가리키는 것이다.

원숭이같이 새깜안 밝아숭이 아이들이 옹기종이 몰려선 틈에 석기어 열심히 무엇을 바라보고 있는 아들의 하양 운동복과 하이칼라 머리는 분명 특이했다.

"저건 제사를 지내고 있는 겁니다. 신령제지요. 내일 저 나무를 빈담니다. 느티나무에는 신령이 있대요. 사람들은 신령을 두려워합니다. 저 스무 집도 못 되는 조고만 마을이지만 복을 받는 일도 있고 앙화를 당하는 일도 있으니까요."

종훈은 잠깐 말을 끊드니 호흡을 정돈하고 입을 담으렀다.

옥경은 할 말이 없었다.

어느 새 먼 산맥에는 자주빛 그림자가 끼이기 시작한다.

푸른 하늘을 흘러가는 바람도 없는지 흰 구름은 땅 우의 풀포기와 함께 까딱도 하지 않았다.

그 대신 옥경의 가슴속에는 이상한 갈증이 의식되어 여태까지 느꼈든 평온한 마음도 소리를 내고 무너짐을 깨닫는다.

그리하여 이 산과 산에 둘러싸인 조고만 황무지, 다닥다닥 붙어 있는 초가지붕, 신령을 두려워하는 사람들, 그 가운데 넓게 높게 주먹을 부르쥐고 있는 고목을 바라보면 다시 훨훨 날아 가 버리고 싶흔 충동을 느끼는 것이다.

이같은 충동이 일즉이 옥경의 영혼에 속삭이어 종훈에게서 떠나가게 한 것이리라.

그러나 내일이면 묵화같이 마른 모양이나마 그 흔적이 사라져 버릴 거목은 역시 가지가지 추억과 사건을 그 꺼먼 피부 우에 아로삭이고 있을 것이다.

갑자기 남자의 굿세고 탄력 있는 팔이 옥경의 두 팔을 잡고 끌어 이르켰다.

"뱀!"

동시에 남자의 입김이 강하고 그리운 열도(熱度)를 띠고 귀ㅅ가에 부닷친다.

두 자나 될 듯한 뱀이 한 마리 옥경의 발 앞 개울가에서 모양을 낱아내드니 천천히 아까 아이가 반지꽃을 따든 바위 옆으로 자최를 감춘다.

푸른 문의 있는 비늘이 분명히 햇볕에 번쩍이었다.

옥경은 그 황홀한 광택이 화살같이 얼골을 쏘는 듯 눈앞이 캄캄해지며 몸은 힘을 잃고 붙잡힌 남자의 팔 속에 쓰러졌다.

종훈은 여인의 몸을 안은 채 주체할 수 없다는 듯이 풀 우에 주저앉았다.

하얀 구름을 쪼으려는 듯이 커단 새가 한 마리 기껏 나래를 펴고 빙빙 돈다.

"진정하서요"

드디어 남자의 부드러운 목소리가 옥경의 몸과 신경을 안정하게 해 주었다.

"우린 뭐 뱀 겉은 거야 암만 봐도 암치 않지만 도회에 사시든 분은 역시 놀라시겠죠"

종훈은 자기 손바닥을 개울의 찬물에 담것다가는 옥경의 이마에 솟아나는 땀방울을 씻어 주었다.

"신령젤 구경하실까요"

"싫어요, 어서 돌아가야겠어요. 혼자 내려가서서 곧 우리 앨 보내 주서요."

시간도 늦긴 했으나 그는 벌써 제사 같은 것에는 아무 흥미도 없었다.

"그럼 낼 나무 베는 거나 보러 오십시요. 오늘 신령님이 감응했으면 괜찬치만 그렇지 안으면 낼 누가 넘어지는 나무 밑에 깔려 죽을 거랍니다."

"……"

"아츰 열 시에 빕니다. 더워지기 전이고 하니 넘어오시죠."

"……"

"꼭 오서요. 기다리고 있겠읍니다."

종훈의 눈은 여전히 맑고 그 입ㅅ가는 역시 부드러운 우슴을 띠우고 있었으나,

"어머니가 기다리시겠는데……. 어서 앨 좀."

옥경은 다시 어떤 욕정의 유혹이 그를 엄습할까 두려워하는 듯이 종훈을 재촉하는 것이었다.

4

"편지가 늦은 것은 마음을 깨끗하게 정돈한 후에 붓을 잡으려고 한 때문이었오. ……아무튼 하로바삐 상경해 주시오. M과의 문제는 당신이 시골 나려가든 그 시간에 벌서 해결된 셈이오. M에게는 모든 것이 결국 유희였오. 그의 사전에는 '진실'이란 문구가 말살되고 없다고 생각하오. 그는 아즉도 특수한 관계에 빠진 여러 남성을 가졌고 앞으로도 그런 남성을 획득하기 위해 생애를 보낼 사람이오. 더군다나 최근에는 과격한 위험 사상을 가진 젊은 사람들과 접촉을 하는 모양인데 나는 벌서 여러 날 그를 맞나지 못했든 것이오. 당신을 떠나보내든 날 정거장에서 "난 인제 옥경과의 경쟁을 포기했읍니다" 하며 김이 빠진 우슴을 우서 보이든 것이 그를 만난 마즈막이었오.

아이를 데리고 어서 오시오. 그러고 보니 나와 M만을 이곳에 남겨 놓고 용감하게 떠나간 당신은 오히려 현명한 승리자엿구려. 나는 지금 아이들이 기맥히게 보고 싶소. 이 편지 보는 대로 곳 전보를 쳐 주오. 그리고 또 하

나— 이번에 직위가 한 급 더 올랏다우. 이것은 당신이 아마 제일 기뻐할 소식인 줄 아오. 제풍월명(齊風月明). 아마 우리 집에 이제야 축복이 림했나 보구려."

아침 밥상 옆에서 그대로 편지를 읽고 잇든 옥경은 읽든 것을 구기어 방 구석에 집어 던졌다.

남편의 편지였다.

버릇인 쓴우슴과 함께 저도 모르는 사이에,

'미라처럼 나도 벌서 이 경쟁권을 포기했어요.'

하는 소리가 목구멍까지 치밀어 올랐다.

그것은 이미 시골을 내려오든 때 작정되어 잇든 생각인지 혹은 어제 오늘 결심한 일인지 자기도 분명하지 않으나 남편에게 대한 애착이 담담히 떠러진 것만은 사실이었다.

게다가 편지를 받고 나니 남편의 독선적인 상념이 또한 가소로웠다.

마루에서는 올케와 어머니가 밥상을 치며 오늘 느티나무 베는 데 구경 갈 이야기를 하고 있다. 종훈네 동리의 느티나무는 근방에서도 유명한 것 이라 벌서 소문이 돌아 있었든 것이다.

"아가, 넌 않 갈련. 너두 가자."

방 밖에서 어머니 목소리가 났다.

"싫어요. 난 집 볼게. 어머니 정돌이 시켜 면소에서 신문 좀 얻어 보내주 서요"

"어이, 망헌 것. 그 전엔 부즈런하기루 유명하던 아이가 암튼 서울이 사 람 버렸어."

신문은 어머니와 올케와 아이들이 구경터에 갈려고 집을 나갈 무렵에야 심부름꾼이 얻어왔다.

몇일씩 묵은 신문이다.

편지가 보통 일주일 이상, 신문도 삼사 일이나 늦게 배달되는 이 동리에는 실상 정신 차려 신문 잡지를 정독하는 사람도 몇 사람 되지 안는 것이었다.

옥경은 이번에는 사람 없는 마루에 나와 부채와 냉수를 준비한 후 아주 편안히 들어누어 신문을 펴들었다.

그러나 어떤 기사에 눈이 머물자 그는 자리에서 일어나 앉았다.

"여류 성악가 한미라 여사 피습, 절명."

"여류 성악가 한미라 여사는 어떤 회합에서 돌아오는 길 자동차에 올으려고 할 순간 정체모를 괴한에게 습격되어 곧 절명되었다. 원인은 애욕 관계인지 혹은 어떤 정치적인 배후관계가 있는지 알 수 없다ㅡ."

이 같은 기사였다.

옥경은 얼른 방으로 들어가 아까 구기어 버린 남편의 편지를 펴서 날사자 피었다.

미라가 죽기 전날 띄운 글이다.

육의 환락에 취했든 나비는 결국 육체의 투쟁에 넘어진 것이다.

옥경은 다시 미라의 물즘생같이 윤택하든 피부를 생각했다.

그 윤택한 피부에 뻥 뚤린 구멍을 그려 본다.

퍼러둥둥한 그 구멍이 점점 얕아지드니 샘같이 피가 솟았다.

옥경은 신문도 편지도 한편으로 밀어놓은 채 멀건히 마루 끝에 걸터앉았다.

산 우에 보이는 하늘은 푸르게 보이는 것 같은 착각이 났다.

그는 눈이 암암해질 때까지 그 하얀 하늘 끝을 바라보고 있었다.

어디서 시계가 열시를 친다.

옥경은 비로서 정신이 펄쩍 났다.

자기가 가지 안했기 때문에 실망할는지도 알 수 없는 종훈의 모양이 떠올랐다.

동시에 그의 귀는 사람들의 환호성과 함께 하늘을 가로 긋고 넘어지는 거목의 음향을 들은 것 같았다.

말라 소용없어진 느티나무는 그 크고 웅장한 몸집으로 지축을 따리고 온 마을을 물결같이 뒤흔들며 골작이 골작이에 메아리를 불러일으킨다.

주먹을 쥐고 알알이 공중을 가리키든 마른 가지들은 폭풍같이 휘날리고 잔가지는 멀리 뛰어 얕으막한 초가집웅들을 때릴 것이다.

그러자 옥경의 환각은 분명히 그 거대한 나무 둥치에 깔려 피투성이가 되어 넘어진 종훈의 모습을 그려 주었다.

'과거는 모다 죽은 것이다.'

옥경은 자리에서 일어나 책상 앞에 와 앉았다.

펜과 원고지를 뫃았다.

그는 오늘 밤차로 혼자 서울을 향해 떠나리라 생각한다.

그러나 그것은 결코 남편을 찾아가려는 것이 아니다.

그는 다시 과거의 생활로 돌아갈 마음은 털끝만큼도 없었다.

신변을 간단하게 하기 위해 아이들은 어머니 곁에 남겨 놓은 채 그는 그의 길을 돌진하려하는 것이다.

옥경은 이제 한 개 남편의 안해가 아니었다.

아이들의 것도 아니다.

종훈의 것은 물론 아니다.

그는 펜을 꼭 쥐여 보았다. 눈시욹이 뜨거워 왔다.

―《신천지》 4권8호, 1949. 9.

어떤 이혼소(離婚訴)

　조고만 일각 대문을 열고 마당에 들어서자 종훈은 대ㅅ돌 우에 나란히 놓여 있는 화사한 풀빛 고무신이 눈에 띠었다.

　물논 안해의 것은 아니다. 손님이 왔나 부다 생각하고 그대로 건너방으로 들어가려는데 안방 미닫이가 드윽 열리며,

　"현 선생 부인 오셨어요. 건너오서요."

하고 아내가 무슨 명령이나 하듯 말했다.

　"현 선생 부인?"

하고 종훈은 친누이가 찾아온 듯 진정으로 반가웠다.

　그는 서슴지 않고 안방으로 들어왔다.

　"참 오래간만이네요. 영감께서는 안녕허시우."

　"글세, 그 영감께서 또 말성이랍니다."

　현의 부인은 받아 말하며 그 크고 맑은 눈으로 종훈을 바라보고 웃었다.

　여기서 서로 영감이라 부르는 것은 현이 해방 후에 당치도 않은 감투를 썼었기 때문에 친한 사람들끼리 비꼬아서 하는 말이었다.

　"말성이라니?"

　"참, 너무 기가 맥혀 우슴이 나온다니깐요."

　현의 부인이 계면쩍어 하는 것을 옆에서 안해가,

　"지금두 그 얘기지만 글세 그런 일이 어디겠어요. 현 선생두 너무허셔."

　흥분된 표정으로 엷게 눈물까지 띠우고,

"현 선생이 자꾸 이이를 죽어 버리란대요."

하는 것이다.

"죽어 버리긴 왜?"

"봄에 이혼 소동 이르켰다 망신허았잖어요. 그러니깐……."

"그렇다구 죽기야!"

"이혼허면 또 세상이 떠들고 당신 망신이 될 테니깐 그렇죠. 상처허는 거야 어디 망신인가요?"

"뭐!"

"그래 아무두 몰래 자꾸 자살을 해 달란대요. 그런 법이 어디 있어요."

듣고 보니 종훈도 어이가 없었다. 도모지 정말 같지를 않다.

현은 일테면 그의 막역지우였다.

문단에서도 손꼽는 재주꾼인 현은 시인이면서 소설도 쓰고 그림도 그렸다.

현의 부인은 여학생 때부터 유명한 미인이었다. 재자가인이라는 말이 이 사람들을 두고 한 말인 양 어울렸다.

그들의 연애 사건은 그럼으로 더욱 그 도피행과 아울러서 사람들의 입에 오르내렸던 것이다.

몇 해 후 그들이 임이 애기까지 데리고 귀국했을 때 집을 주선해 주고 같이 살림사리를 사러 다니고 한 것도 종훈이 부부였다.

종훈의 안해도 상냥한 현의 부인과 친형제같이 의가 좋았다.

그는 자기 용모도 고려하지 않고 현의 부인과 같은 외국식 화장을 하고 꼭 같은 모양으로 머리를 빗고 함께 외출하는 일이 많아 종훈의 이마ㅅ살을 찜으리게 했다.

그러는 동안에 평범한 한 개 사원인 종훈은 회사 형편으로 지방으로 전근이 되었고 지방에 있는 동안에 해방을 맞이했고 그러고도 얼마를 있다가 그해 겨울 다시 서울로 돌아왔다. 그때 현은 어떤 중요한 지위에 ─ 일테면 감투를 쓰고 있었든 것이다. 종훈은 서울 오면 제일 먼저 찾아볼 사람이 현이요 또 그렇게 해야 할 것이지만 현의 집에 추종하는 사람들이 뒤끓고 있다는 소문이 있음으로 우정 찾아가지 않았다.

그러자 상경한 지 며칠 후에 뜻하지 않고 현의 부인이 먼저 인사차로 찾아왔다.

그때 종훈은 그 화려하던 현의 부인이 딴사람처럼 수척했고 조고만 손등이 붉게 터져 피까지 맺힌 것을 바라보며 실로 의외이었다.

벼슬아치 마님 노릇하기도 수월치 않구나 싶었다.

종훈의 애처로워 하는 듯한 표정을 바라보자 현의 부인은 무슨 생각을 했는지 갑자기 소리를 내어 느껴 울었다.

그러나 별로 일신상의 사건을 호소하는 일은 없었다.

이것이 시초로 그는 계속하여 종훈의 집엘 댕기었다.

어떤 때는 과실 같은 것을 사 들고 몇일만큼씩 들르는 일도 있었다.

그 대신 종훈 부부는 웬일인지 당최 현 당자를 맞나 볼 수가 없었던 것이다.

그러나 작년 가을 현이 그예 벼슬자리에서 물너나 다시 낭인이 되자 집안 일이 바빠 그런지 부인까지 내왕이 뜨음해지기 시작했다.

종훈은 그런 일에도 물논 무심했었다. 그러던 것이 이번 봄에 현이 그 부인을 걸어 법정에 이혼 소송을 제기했다는 기사가 일시에 신문에 났다.

계속하여 법원 당국에서 이 소송을 각하(却下)하여 문제가 일단락을 지었다는 기사가 또 났다. 법원 당국에서 아무리 따져 보아야 이혼이 될 만한 조건이 보이지 않아서 이만한 일로 세간의 화제가 되는 것은 새로 수치스러운 일이니 소송을 그만두고 좋도록 해결하라고 권고하여 각하했다는 것이었다.

그때 종훈은 곳 자기가 가보고 싶었으나 대신 아내를 보내었다.

현의 집에서 도라온 아내는,

"당최 까닭을 알 수가 없대요. 달리 좋아하는 여자가 있는 것두 아니구 부인이 싫은 것두 아닌데 부득부득 이혼만 하잰대요."

이렇게 서두를 내어 벼슬을 내놓고 나오자 현은 무슨 원고를 쓴다고 어떤 아파트에 방을 빌리고 혼자 살고 있었다. 그렇든 것이 갑자기 사내아이는 자기가 차지할 테니 계집애는 데리고 맘대로 가라는 기별이 왔드라 한다.

게다가 재산이 없으니 생활비는 줄 수 없고 이혼한 안해가 눈앞에 어른거리는 것도 보기 싫으니 어서 적당한 사람을 구해 재혼하라고 졸나 못 견디게 했다. 부인은 현이 원고를 쓰느라 밤을 새우고 과로했기 때문에 신경쇠약이 걸렸나 부다 했다 한다.

본래 제 생각만 하는 사람이긴 했지만 이렇게 엉뚱하지는 않았기 때문이다.

"사람이 갑자기 미치지 않구야 그렇겠어요. 이렇게 영문 모를 구박이라면 외려 난동을 부리는 게 낫겠대."

허긴 현은 재사에게 흔히 있는 성격으로 어린애처럼 단순하다가도 무슨 일에 열중하면 반미치광이같이 되는 데가 있기는 하다.

그러나 그렇기 때문에 도로혀 자기가 실제 생활에는 아내의 보조 없이 혼자 분별해 나가기 어려운 사람인 것을 누구보담 스스로 잘 알고 있었다.

"거 알 수 없는 일인데."

종훈은 입맛을 다실 수밖에 없었다.

"알 수 없는 일이구 말구요. 세상에 사내 양반들이란 모두 어째 그런지 당신도 언제 무슨 망령이 날지 누가 알우."

안해는 분통을 엉뚱한 곳으로 옮기며 밉쌀머리스럽다는 듯이 남편을 흘겨보았다.

그러나 법정에서 조정을 해준 뒤로 현의 부처는 다시 별 일 없이 동거 생활을 하는 모양이었다.

이미 학교에 댕기는 아이들도 있고 하니 별 수 없을 것이라고 종훈도 생각하면서 얼마 전 거리에서 현의 부인을 만났을 때 예사롭게,

"그러기에 문학자라는가 봐요. 때때로 소동을 일으켜서 그만 자극이라두 구해야는 게지요."

이런 소리를 하는 것을 듣자 이 아름다운 부부에게 넉·아웃을 당한 듯 불쾌한 생각까지 났다.

남의 자극을 구하는 치정 싸움에 온 신문이 떠들고 모든 친구들이 골치를 앓고 한 데서야 견델 노릇이냐고 분개하는 마음까지 넛짓이 났든 것이다. 그렇든 것이 또 오늘 이 방문이오 이 외의 사실이다.

"아무튼 당신이 좀 잘 지도를 해 주서요. 난 들어도 분헐 뿐이지. 당최 원 무슨 소린지."

종훈의 아내는 남편에게 손님을 맡기자 얼른 행주치마를 둘르며 밖으로 나간다.

친한 사람을 대접하는 데에도 일일이 손을 대이지 않을 수 없는 월급쟁이 마누라였다.

"글세, 나로선 사실이 믿어지지 않습니다만 아무튼 현군이 또 트집을 부리고 있는 모양이죠. 어떻겠으면 좋겠어요"

단 둘이 방에 남자 종훈은 예의상 안방 문을 반쯤 열어 놓으며 되물었다. 현의 부인도 한참이나 손끝에 손수건을 감았다 풀었다 하며 고개를 숙이고 있드니,

"전 이번 일을 아무튼 애 아버지 본위루 해결했으면 합니다. 가령 내가 죽음으로 그이가 불명예를 씻게 되고 자극을 얻어 좋은 작품을 쓰게 된다면……."

"뭐요?"

종훈은 저도 모르는 사이에 소리를 버럭 질렀다.

"현 군헌테 자극을 주기 위해 본인이 최대의 희생을 하겠다는 뜻이지요. 그만큼 현 군을 사랑하고 아낀다는 거죠. 그렇지만 잘 생각해 보시우. 초점이 틀린 판단 우에 세워진 애정이나 희생은 그게 크면 클수록 미담이 못 되고 우습지도 않은 희극이 되는 법입니다. 허긴 나도 현 군의 성격은 압니다. 그렇지만 '에고이즘'도 어느 정도지요. 난 부인보담 현 군 자신을 위해 그 녀석의 유치한 이기주의에서 오늘 결과를 묵인할 수 없을 것 같은데요."

"아이, 선생님두 다른 사른 사람은 이런 제 심을 몰라요."

"나두 모르겠습니다."

잠깐 침묵이 지나간 후,

"난 현군의 문학이 얼마만 가치가 있는지 모릅니다. 그렇지만 만약 그걸로 해서 부인 신상에 불행이 생긴다면 현군의 사회적인 제재(制裁)새에 대해선 무슨 방도가 있겠죠. 나두 친구의 한 사람으로 가만있지 않겠습니다."

"아이, 그렇지 않아요. 그건, 그건 선생님 오해예요."

현의 부인은 자기가 얼마나 냉정하다는 것을 보이려고 애를 쓰는 것 같았다.

"사람의 가치는 보는 사람딸아 다르다구 생각해요. 더군다나 그이 문학의 가치는……."

그리고는 목소리를 약간 높여,

"아무튼 그이 가치는 제가 제일 잘 알고 있다고 믿어요."

하고 단정을 나리는 것이었다.

현의 가치를 잘 알고 있기 때문에 어떻게 하겠다는 것인지 범범한 종훈의 교양과 남녀관계의 관념으로는 판단도 할 수 없었으나 현의 부인은,

"저두 이젠 생각할 만큼 생각했어요. 그일 젤 만족하게 하는 방도는 내가 그 앞에서 영영 사라지는 것이겠지만 선생님도 아시다십히 그인 꼭

어린애 같아서 옆에서 누가 돌봐 주지 안으면 혼자 살 수 없는 사람이거 든요."

그리고는 또 따뜻하게 미소하는 것이다.

"글세, 언젠가 소설을 쓴다구 방을 빌려 딴살림을 했을 때 있잖아요. 그 때 거길 가보니 마이 방 꼴이 그게 되겠어요. 쓰레기통이지."

종훈은 입을 담은 채 얼굴을 찌푸렸다.

"그러니 맛당한 사람이 낱아나서 그일 맥길 수 있을 때꺼지 내가 옆에서 봐 드려야 해요. 그러니 어떻게 내가 맘 놓구 죽겠어요. 죽으면 아무 일도 못하지 않아오."

"난 문화인이 못되 그런지 모르지만 그런 감정은 이해할 수 없는데요."

종훈은 괜히 화가 치밀었다.

이런 것도 소설적 애정이고 신시대적인 사항인가 생각하니 다시 한 번 넉·아웃을 당한 듯한 마음이었다.

"아무튼 현을 위하는 일이라면 전 죽어두 좋아요. 그렇지만 세상일이 어디 그리 간단한가요. 아이들두 있지요. 첫재 그이가 얼마나 불편하겠어요. 그래 생각다 못해 이번에는 제가 그일 걸어 역소송을 제기하기루 했어요."

"또 이혼 소송을요?"

"네. 그러면 세상에선 혹 절 나뿐 사람으로 지목해 줄지 알아요? 선생님 두 기껏 절 납분 사람으로 선전해 주세요. 네?"

이렇게 말하면서도 그의 얼골에는 조곰도 비꼬는 표정이나 자포자기의 어조가 없었다.

종훈은 "흥!" 하고 웃었다. 그렇게 세상일이 담담하게 해결된다면 그야 말로 태평천하일 것이다.

"그러나 세상이 그렇게 간단한 것일까. 그런 성격의 사람이니깐 한 번 말성을 부리기 시작하면 끝이 없어요. 그야 우리 두 사람이 합의해서 말성 없이 헤어지는 방도두 있겠지만 그인 꼭 먼첨 받은 불명엘 지워야한다니까 암튼 제가 납분 사람이 될 밖에 없을 거 같아요."

이날 현의 부인은 종훈의 안해가 지어 온 저녁밥을 세 공기나 먹고 아무 근심 없는 사람처럼 놀다 돌아갔다. 며칠 후 과연 시내 몇몇 신문에는 현의 부인이 그 남편을 걸어 이혼의 역소송을 이르켰다는 기사가 났다.

'뒤집힌 부부 싸움'

이 같은 제목으로 취급된 그 기사는 취재가 어디서 되었는지는 알 수 없었으나 거기에는 예정과 같이 현의 부인이 극도의 히스테리로 남편을 못 견디게 했고 가정과 자녀를 잘 돌보지 않았다는 그런 의미의 말이 쓰여 있었다.

이날따라 일즉암치 집에 돌아왔든 종훈은 아즉 더위가 가시지 않은 마루 끝에서 신문을 움켜쥔 채 멀건히 마당가를 바라보고 있었다.

그곳에는 해를 따라 고개를 숙이고 도는 해바라기가 한 포기 화려한 화판을 벌니고 있는 것이다.

그는 문득 현이 벼슬을 댕기든 당시 집에서 파—티—를 열면 안해로 하여금 억지로 손님들과 춤을 추게 했다는 소문을 생각해 내었다.

드디어 그의 입에서는 "과도기! 이런 것도 과도기적 사건인가?"

이런 말이 가만히 새어 나왔다.

—《주간서울》 제52호, 1949. 9.

삼십년(三十年)

아츰붙어 휘모라 불든 회오리 바람이 오정이 지날 때붙어 차차 숨이 죽기 시작하드니 저녁 식사를 맡인 김종훈 씨가 소풍이나 할까 하고 저택 현관에 나와 섰을 때에는 씻은 듯이 가라앉았다.

삼백 평이 넘는 화려한 정원의 수목들이 나무 둥치 아래 산란한 낙엽을 한 아름 안은 채 지는 해볕을 받아 그림의 풍경처럼 뚜렷했다.

그 모양은 하얀 화강암으로 길게 깔은 정원 포도 저 넘어 은은히 바라보이는 적동색 문비(門扉)와 우뚝 소사 있는 후면이 굉대한 양옥과 아울너 종훈 씨로 하여금 오 개월 전까지 그가 거처하든 뉴—욕 시 외에 있는 그의 미주 저택을 연상하게 해 주었다.

'참 흡사한 광경이다.'

종훈 씨는 입에 물은 담배에 라이타를 가져다 대이며 눈을 가늘게 뜨고 중얼거렸다.

아메리카, 그것은 그의 제 이 고국이라 할 수 있는 나라였다.

그는 그 나라에서 설흔 두 해를 살았다.

예리하고 엄숙한 문화의 열매가 닥기고 씻기어 오히려 통속적인 허용과 욕심과 이해가 되어 있는 나라— 이 나라에서 청년기의 대부분과 중년기의 전부를 보낸 종훈 씨도 인간성의 모든 세련을 경과한 뒤의 수탈함과 소아성이랄까, 그러한 것을 언제나 몸에 지니고 있었다.

그는 쾌활했다.

외국에 있는 동안 혁명 투사의 한 사람으로 지목이 되었든 그가 해방 조국의 부름을 받아 귀국하였을 때, 그럼으로 사람들은 예기에 어그러지는 그의 모습에 놀났든 것이다.

빨간 넥타이와 이십 전후 된 청년이 입어야 어울닐 파란빛 유행 양복.

지도자란 심히 젊잔코 항상 근엄해야 하는 것 같은 인식을 가지고 있든 이 나라 백성들은 실노 어이가 없었다.

"그 사람 어디 한국 사람이야? 바로 외국 사람이지" 하는 소리가 사람들의 입에 오르내렸다.

계속하여 '육헐넁이'란 별명이 우슴과 함께 떠돌아댕기기 시작했다.

그러나 당자, 종훈 씨 자신은 그런 일에는 관심을 가지지 안은 모양이었다.

그는 미국에서 벌어 온 사재(私財)로 서대문 밖 높은 지대에 광대한 저택을 준비하고 그야말로 천의무봉한 독신 생활을 시작했다.

그는 누구에게나 친절했다.

아무나 잘 맛났다.

이내 정부의 상당히 중요한 자리가 그를 맞아드렸으나 일상생활은 마찬가지였다.

종훈 씨는 경호원이라든가 그런 것을 두지 않았다.

그 지위에 상응하는 모든 허식도 질색이었다. 아츰저녁의 출퇴청에도 오히려 걸어 댕기기를 즐기었다.

부득이한 일이 있어 자동차를 타야 할 경우이면 또한 손수 운전을 하는 것이었다.

그 같은 행동이 곳 그의 소아성이라 웃는 사람이 있으면, 그는 부비는 사람들 틈에서 삼십 년 동안 못 보았든 조국의 풍속과 습관을 연구, 관찰하는 것이라 시치미를 뗐다.

사실 그는 같은 피부 빛과 같은 머리 색갈을 가진 동족들이 사는 나라에 도라온 것이 꿈같이 깁부고 신기롭기도 한 모양이었다.

아무튼 김종훈 씨는 이 나라 사람들과는 서로 다른 감각, 다른 생활 상태대로 지위와 인기와 금력을 가지고 심히 행복하였다.

그 행복한 김종훈 씨가 낙엽 싸인 적료한 가을 저녁에 문득 미주의 옛집을 련상했다 한들 그것은 다만 바라보는 풍경이 그곳과 비슷했기 때문이었다.

결코 사랑하는 한국에 불만이 있는 것은 아니다.

'미주에서 맨 손으로 내가 성공하든 것 같이 나는 또 한국에서 성공할 것이다.'

그는 피우든 담배를 휙 집어 던지며 손꾸락으로 쓰고 있든 모자채양을 툭 튀기었다.

'오오라잇, 승리의 획득은 지금부터다.'

황혼의 푸른빛 속에서도 번드르르한 그의 뷕크가 대리석 보도를 굴너와 앞에 섰다.

운전대에서 운전수가 뛰어니리드니 헨들을 주인에게 넘겨주고는 한 손을 번적 들어 보인다.

김종훈 씨의 손수 운전하는 그의 차가 미끄러지듯 적동색 밖앝문을 지나 거리에 낱아났다.

차는 강물 우에 둥실 뜬 물오리처럼 될 수 있는 대로 속도를 주리며 넓은 언덕길을 흘너나려갓다. 아즉 완전히 날이 어둡지 않았기 때문에 뿌옇게 번져 보이는 헬라잍의 광선 속에 힌 옷 입은 사람들의 모양이 얼씬 낱아낫다가는 비틀거리며 길옆으로 비켜선다.

그중의 몃 사람은 일부러 눈을 부릅뜨고 잠깐 차 앞에 버티어 서 보기도 하지만, 그것은 무조건한 비굴이 아니면 맹목적인 반항이라 할 것이다.

그 모양에서도 쳐다보는 시선에도 모다 가혹한 의붓어미의 감독 아래서 생명의 싹을 마음끝 뻗어 보지 못하고 시들어 가는 아이들에게 흔히 볼 수 있는 준억과 회의의 표정이 낱아나 있었으런만 종훈 씨는 그런 것을 염두에도 두지 안았다.

다만 그는 핸들을 잡은 채 어떻게 하면 순진하고 노결한 애정의 박력으로 하여 저 살아가는 동족의 영혼과 생활 상태를 자기만큼 높은 수준까지 성장식힐 수 있을까 생각하고 있는 것이었다.

가난한 한국사람.

불쌍한 내 동포.

차는 언덕길을 거진 다 내려왔다. 운전대 앞 커단 유리를 통해서 점점 어두어 오는 전면에 커단 건물들이 우뚝우뚝 서 있는 것이 보인다.

"시내다" 하며 종훈 씨는 헨들을 돌려 차의 방향을 꺾으려 했다. 그때다. 눈앞에 커단 고리짝을 둘너멘 사람의 그림자가 불쑥 나타났든 것이다.

그 사람이 의외이였든 모양이다. 놀라 피하려 했다. 그러나 길은 좁고 짐은 과도히 무거웠다.

그는 헤엄치는 사람처럼 한 손을 앞으로 내밀고 이상한 모양을 휘졌듯 하드니 당황한 때문이리라, 그만 무엇을 걷어차고는 그대로 곡구러졌다.

"앗!"

종훈 씨도 황급히 부르짖으며 부레이키를 밟았다. 몸속에서 전 신경이 독한 초(酢)를 뒤집어 쓴 듯한 착각이 났다.

계속하여 목에서부터 아랫배를 향하여 무거운 덩어리가 맹렬한 속도로 굴러 내려갔다.

실노 순간적인 사건이었다.

그렇지만 운전에 능한 종훈 씨가 완전히 차를 세운 것은 짐과 사람을 깔아 넘어트리고도 한간 통이나 굴너나간 뒤였다.

사람들이 몰여들었다. 물론 종훈 씨도 차에서 뛰어나렸으나 치인 사람은 벌서 머리와 억개에서 흐르는 피로 하여 그 넉마라고도 형용할 수 있는 참혹한 의복을 검붉게 물드린 채 의식을 잃고 있었다.

그는 화급히 다른 사람들의 힘을 빌어 부상자를 차에 실었다. 물논 그의 옷과 고급 쿳숀이 모두 피투성이가 되였지만 민주주의 국민은 이런 것을 염두에 두어서는 안 된다.

드디어 차는 어떤 유명한 외꽈병원 앞에 머믈었다. 김종훈 씨의 당황해 하는 모양 때문에 의사나 간호부도 덩다라 당황한 척 한참을 병원 안이 질서를 잃었다.

그러나 막상 부상자가 의식을 회복하고 상처를 깨끗이 처치했을 때 사람들은 그것이 예상했든 것보다는 심히 경상인 것을 알 수 있었다.

그것을 알자 종훈 씨의 얼골에도 연민을 구하는 듯한 표정과 함께 또 하나 완연히 공리적인 표정이 나타나며 몸에 생기를 띠기 시작하는 것이었다.

종훈 씨의 몸에 활기가 도는 것을 보자 부상자의 옷을 벗기고 자리옷으로 가라입히든 간호부도,

"참, 선생님 겉으신 어룬의 차에 치었으니 망정이지 거지 겉은 트럭에나 치었드라면……. 겉이 다치는 거라두 다 재수예요."
하고 아첨하듯 말했든 것이다.

종훈 씨도 그것을 긍정하는 의미에서 빙그레 웃으려 하였다.

그러나 다음 순간 그는 놀나 우슴을 감초며 이편으로 '획!' 얼골을 도리키는 피해자의 눈을 바라보았다. 분명 어데서 본 듯한 눈이었다.

억개와 얼골, 머리 전면에 걸쳐 허옇게 붕대를 감았기 때문에 그 윤곽은 알 수 없으나, 틀림없이 아는 사람의 모습이오 친한 사람의 형용이다.

종훈 씨는 잠깐 고개를 기웃거려 본다.

침대 우에 길게 누운 부상자는 여전히 불빛 같은 시선을 던져 노려보듯 그를 바라본다.

두 사람의 심상치 안은 대치에는 간호원도 자기 실언을 깨닫고 게면쩍어진 모양이다.

환자가 벗어 놓은 피 묻은 옷을 주섬주섬 걷어 안고는 밖으로 나갔다.

그러나 한참 후 다시 간호원이 종이와 연필 같은 것을 가지고 실내에 들어올 때까지 종훈 씨는 그 부상자의 기억을 찾아낼 수 없어 골돌히 생각에 잠기어 있었다. 암만 해도 생각나지 않는다. 그는 눈을 감고 의잣 등에 기대어 앉았다.

간호원의 묻는 말이 들닌다.

"시내에 누구 가족이 계세요?"

"있지요. 아내와 아이들이 있소"

그것은 처음으로 듣는 그의 목소리였다. 종훈 씨는 정신이 번쩍 들었다.

"안해를 불러 주오. 공덕동 전재민 수용소에 있으니까……."

"이북서 오셨군요. 연영은요?"

"쉰 넷."

그것은 종훈 씨와 같은 나히다.

"성함은 누구시죠?"

"박기찬."

그 소리를 들었을 때 종훈 씨는 자기 귀를 의심할만큼 놀랐다. 삼십 년 전 일이 주마등과 같이 머릿속에서 돌았다.

박기찬은 그의 친구요 연적이오, 일찍이 그 생활의 비호자였다.

삼십 여 년 전 김종훈 씨와 박기찬은 막역지우였다.

그들은 같은 동리에서 자랐고 마을에 단 두 사람밖에 없는 서울 유학생이다. 필례는 기찬의 애인이라기 보담 부모가 정해준 약혼녀였다.

종훈은 어렸을 적부터 기찬의 집에 드나들었고 나중에는 그의 원조를 받아 학교를 계속하고 있었기 때문에 필례와의 관계는 잘 알았다.

그러한 종훈이 저도 필례를 사랑한 것이다.

그럼으로 삼각관계래야 애초붙어 승패는 분명했다. 심히 통속적인 짝사랑이었다. 그렇건만 그는 좀처럼 이 짝사랑을 단념할 수가 없었다.

그들이 스물 세 살 나던 여름 방학이었다. 그 한여름을 종훈은 마을에서 제일 부명이 있든 기찬의 집에서 유숙하고 있었다.

좁은 마을이오 필례의 집이 가깝기 때문에 처녀는 때때로 그 혼약자의 집에 들녔다.

들너서는 사람들의 눈을 피해 두 청년이 딩굴고 있는 사랑방에 과일이나 떡이나 그런 것을 얼른 디밀고 달아나는 것이었다.

잠깐 낱아낫다 사라지는 때에도 처녀의 속눈섭이 유난히 검고 긴 것을 종훈은 보았다.

그리하여 그 검은 속눈썹의 매력이 그에게 끊을 수 없는 정열을 불러일으키는 것이다.

"자넨 재자지, 필례씬 가인이지. 혼인만 하면 재자가인의 한 쌍 부부야."

어느 때 종훈은 참지 못하고 비꼬듯이 이렇게 놀렸다.

"어디 이상적인 신가정을 이루어 보게."

"신가정?"

종훈의 고민을 짐작하는 기찬은 더욱 그의 마음을 선동하는 듯한 냉혹한 어조로 말한다.

"난 자네도 알다십히 봉건적인 집안에서 자라난 사람야. 더군다나 우리 문중에서는 에편네가 말을 안 들으면 뚜들겨 가며 데리고 사는 버릇이 있어서……."

그것은 확실히 승리를 자신하는 자의 말었다.

"난들 별 수 있겠나. 신가정도 좋지만 예편넨 아이들처럼 매를 때려 가며 가르켜야 하느니."

종훈은 저도 모르는 사이에 벌떡 일어나며 친구의 뺨을 불이나게 갈기고 있었다.

갈겨 놓고는 자기의 발작적인 행동이 스스로 어이없어 마비된 듯이 그 자리에 멀건히 서 있는 것이었다.

맞은 기찬도 넘우나 돌발적인 일이라 잠깐 어쩔 줄을 몰났다.

"여보게, 기찬이. 제발 필례 씰 때리지 말게. 그 약한 사람헌테 손을 대면 어쩌는가."

방바닥을 나려보고 섰든 종훈의 눈에서는 드디어 눈물이 뚝뚝 떨어졌다.

"싱근 사람."

기찬도 이렇게 의미 없는 말을 중얼거릴 수밖에 없었다.

그 후에도 종훈이는 이날 광경을 잊지 못했다.

그같이 교만하고 잔혹성을 가진 기찬을 경멸하는 마음도 나는 한편 그 횡포한 남자에게 필례가 매여 있다는 사실이 더욱 질투를 끌어오르게 하는 것이었다. 무더운 여름밤에 잠이 들지 못해 딩굴다가도, '예편넬 두들기는 건 우리 문중의 습관이니까' 하든 기찬의 말이 생각나면 주먹을 부르쥐고 자리 우에 뛰여 일어난다.

하긴 그도 이 불법의 사랑을 어떻게 평온하게 처리하고저 고민하지 안는 바도 아니었다.

하다못해 처녀의 어떤 아름답지 못한 포—즈를 생각하고 거기에다 반감을 가지려고도 해 보았다.

도회지의 처녀답지 안은 애매한 성격을 비웃어 보려고도 했었다.

그러나 종내 사랑은 맹목이었다.

청초한 필례, 감히 손을 댈 수 없기 때문에 더욱 향기로운 필례. 애연한 정서를 주위에 분산하면서도 그 자신은 령리하고 강인한 필례. 종훈은 먼 빛으로라도 그 처녀만 바라보면 비단 보재기에 싸인 듯한 행복감을 걷잡을 수 없었든 것이다.

원래 지체 없는 가문에 태여나 한 분 노할머니 손에서 제멋대로 자라난 종훈은 자제하는 힘이 적었다.

드디어 그는 우정과 함께 생활의 안정이 보장되어 있는 친구의 집을 떠나기로 했다.

이 이상 기찻을 통해서 오는 필례의 향기를 맡고 있는 것이 견델 수 없는 일이었기 때문이다.

그것은 자기 자신에게 대한 모욕이요 모독이라 생각했다.

그러나 꼭 한 번 이 집을 떠나기 전에 기찻이란 체를 걸르지 안은 본바탕의 필례를 대하고 싶다. 친구의 정혼자가 아닌 처녀 그대로의 필례를. 그것은 진종일을 뜨거운 빛이 나리쪼이고 저녁때까지 무더웁든 날이었다.

몇일을 기회만 노리든 종훈은 그날 저녁, 필례가 혼자 집 뒤 언덕으로 올나가는 것을 보았다.

종훈은 따라섰다. 처녀는 언덕 위 은행나무 밑에 있는 바위에 걸터앉아 한참 동안 하늘ㅅ가를 쳐다보고 있드니 치마 갈피에서 무슨 수예품을 끄내여 부즈런히 뜨기 시작했다.

얼마 후 종훈은 우연히 그곳을 지나가든 듯한 모양으로 한 번 잔기침을 해서 그의 주의를 끈 후 처녀 편으로 고개를 돌녀 인사를 했다.

그리고는 되도록 자연스럽게 그 편으로 걸어갔든 것이다.

"……."

그는 무슨 말을 할려다가는 소리가 맥히었다.

얼마를 주저하다가는 겨우 입을 열어,

"전 낼 이곳을 떠나렵니다."

했다.

"왜요?"

몸을 일으켜 남자를 피하려든 필례는 잠깐 발을 멈추며 의아한 표정으로 되묻는다.

"무슨 사고가 생기셨나요?"

종훈은 여태 이렇게 가까운 곳에서 그의 얼골을 대한 일이 없었다.

긴 속눈섭은 몽매간에도 잊지 못하든 것이나 도톰한 코 아래 붉은 입술을 흰 이가 보이도록 반쯤 열고 몹시 놀란 표정이었다.

종훈은 제가 오히려 당황하고 말았다.

"어디루 떠나신단 말씀이예요"

종훈은 몸을 와들와들 떨면서,

"멀니 갑니다, 멀니."

"참 섭섭해요. 여름내 계실 것 같이 말씀 들었드니⋯⋯."

"그래서 필례 씰 조용히 만나 뵐려구."

"절요?"

처녀는 한 번 더 놀란 모양이었으나, 그 놀남 속에는 역시 아무런 불안도 엿보이지 않았다.

"난 외롭고 답답한 사람입니다. 지금 기찬 군헌테 이렇게 와 있지만 내가 여기 와 있는 건 동무보담 필례 씨 당신 때문입니다."

"아이그머니나!"

필례는 비로소 조고맣게 소리를 질렀다.

"오해하진 마서요. 난 요즘 것잡을 수 없는 감정이 치밀어 꼭 미친 사람 같습니다."

"그게 저와 무슨 상관이 있어요?"

처녀가 엄연히 물었다. 삼엄한 기색이다.

종훈은 그만 막이 맥혔다.

전일 기찬의 횡포를 징계한 이후로 그는 단독적으로나마 사랑하는 사람을 위해서 투쟁을 하고 있다고 생각한다.

아, 그런 것을 혼탁한 세상에서 다만 하나 숭고한 이 감정을 처녀는 태연히 무시하고 말려는 것인가. 종훈의 가슴 속에는 눈물이 맺혔다.

"아무튼 나는 지금 애정 때문에 바른 정신을 잃고 있습니다. 내가 이곳을 떠나고 없거든 필례 씨는 내가 얼마나 당신을 사모하고 있었다는 것이나 알아주서요"

"그게 무슨 말씀이서요."

처녀는 차디찬 표정으로 갈나 말하며 몸을 도리키었다.

"내일꺼지 기다리실 것도 없습니다. 지금 곳 여길 떠나 주서요. 기찬 씨의 집은 바로 내 집입니다. 우리 일에 대해선 아무 참섭도 말아 주세요."

그리고 침착한 거름거리로 집을 향해 나려가는 것이었다.

종훈은 그의 생애를 통하여 이 날같이 모욕을 느낀 일이 없었다. 그는 그 자리에 쓰러져 딩굴며 통곡하고 십흔 충동을 혼신의 정력을 다 모아 진정하며 그 자리에 주저앉고 말았다. 이렇게 하여 긴 세월을 두고 가슴 속에 그렇게도 벅차게 간직하였든 사모와 동경은 이 확연한 현실 앞에서 분쇄 매몰되었든 것이다.

아무튼 젊은 종훈 씨는 사랑을 했고 실연을 했고 온 세상이 캄캄하게 보이도록 비관을 했다.

다분히 허영과 일종 편집성이 있든 그는 이 실연의 타격에서 좀체로 일어설 수가 없었다.

드디어 그는 당시의 정치적 사회적 혼란을 이용하여 해외로 뛰었든 것이다. 새로운 나라 미국에는 종훈 씨와 같은 기인풍이 있는 사람도 마음 놓고 활개짓을 할 수 있을 여유 있는 공간이 얼마든지 있었다.

그리하여 그는 그곳에서 재정적으로나 정치적으로나 기초를 확립하였고 귀국하여 지금도 행운 가운데 있는 것이었다. 미주에 있을 때 미인 여자와 결혼한 일이 있었다. 그러나 몃 해를 못 가서 어린애도 없는 채 이혼하고 그 다음붙어는 이성에 대한 무슨 기피주의자같이 되어 이내 혼자 살아온다. 필례와의 사건은 임의 두꺼운 막을 격한 먼 옛날의 꿈이었다. 그렇든 것이 삼십 여 년을 지난 뒤에 자기가 부상식힌 피해자의 입에서 박기찬이라는 이름을 들었든 것이다.

종훈 씨는 벌덕 일어서며 바로 동무의 손목을 덥석 잡았다.

"오우, 미스터 기찬!"

하는 소리가 그의 목구녕에 걸려 바로 발음되지 못한다. 다만 잡은 손에 점점 힘을 주는 것이었다. 신문에서라도 소식을 읽었음이리라 기찬은 벌서 붙어 종훈 씨를 알아보고 있었든 모양이었다. 종훈 씨의 표정 속에 단순히 반가워하는 빛 밖에 따로 불순한 그림자가 없는 것을 확인하자 저도 쏘아보든 눈이 점점 부드러워지며,

"종훈이!"

하고 옛날 같은 어조로 한마디 불은다.

"그렇게두 날 못 알아보겠든가?"

"응, 고생 많이 한 모양일세그려. 언제 나려왔지."

"금년 정월인가."

"내가 귀국하기 전일세그려."

"음."

"이 사람! 좀 찾어오지."

"찾어가?"

"그동안 별사람 다 찾어왔든데."

"가난두 도통을 허문 다른 사람들이 생각허는 것처럼 괴론 것두 아냐."

물론 오기일 것이다.

"자제두 있다지?"

"응, 위룬 죽구 아즉 미거헌 게 셋."

간호원은 자기의 묻든 말을 가로채여 묻기 시작하는 종훈 씨와 그 자리의 광경을 눈이 휘둥그래서 바라보고 있었으나 종훈 씨는 아즉도 알고 싶은 말이 여간 많지 않았다. 필례는 같이 있는가. 죽지나 않았는가. 그렇다면 기찬의 행색으로 미루어 보아 그도 얼마나 고생을 하고 있을까 싶었다.

한때는 온 세상이 캄캄해 보이도록 그에게 절망감을 주었든 여인이매, 삼십 년이 지난 뒤에도 모든 관심의 초점이 그 사람 우에만 있는 것이었다.

그러나 간호원이 있는 자리에서 필례의 일을 캐여물을 수 없었다.

"공덕동 이재민 수용소에 아즉 있다지. 내 가서 가족되는 분헌테 사과두 하구 기별도 해 드리지."

이윽고 종훈 씨가 말했다. 이런 것을 구실 삼아 그는 필례를 맞나려 했든 것이다. 그러나 기찬은 그것을 막았다.

"참, 오늘이 금요일이지. 금요일에는 애 어멈이 거기 없어. 방직 공장에 옷감을 짜러 단기는데 야근을 하는 날이거든."

"야근꺼지……."

"응, 이따 공장으로 전화해서 오라구 기별해야겠어."

그 한마디로 기찬은 마즈막 결론을 나린 모양이었다. 종훈 씨에게 안해를 맞나게 하지 안으려는 심사다. 그 이상 종훈 씨도 핑계 댈 말이 없었다. 또 생각하면 이 어두운 밤에 피투성이가 된 옷과 피 묻은 자동차를 이끌고 낯선 동리로 돌아댕길 수도 없었다.

그는 간호원과 의사에게 되도록 좋은 병실을 비워 환자를 옮겨 주기를 부탁하고 병원 문을 나섰다. 별 많은 밤이었다. 호면(湖面)을 연상케 하는 가을밤의 냉기가 유리에 부딧치고 다시 발산하여 종훈 씨의 얼골을 스치었다. 그는 기찬과의 기우(奇遇)가 꼭 꿈같았다.

그러나 그의 머릿속을 더 크게 점령하고 있는 것은 삼십여 년 만에 맞난 친구 기찬의 모양보다 역시 소식을 알려다 만 필례의 모습이었다. 그는 잠깐 필례의 모양을 상상해 본다. 그것은 가난과 불행에 찌들어 겄늙어 버린 송장 같은 여인이다. 머리도 세었을는지 몰랐다. 주름살투성이 얼굴에는 군데군데 때가 말나붙었고 우묵한 눈에는 지지한 눈물과 눈꼽이 항상 끼어 있다.

입에는 괴롬과 슬픔이 엉킨 저주의 소리가 떠나지 않고 마음에는 반항과 원망만이 싸여 있는 여인 – 필례의 환상을 이렇게 과장하여 그려 보는 것을 옛날 자기를 무시했든 여인의 높고 아름다운 자태에 대한 복수심이었을까. 필례가 자기를 우숩게 알고 기찬만을 따랐기 때문에 지금 그런 처참한 지경에 빠졌다고 생각하는 심히 이기적인 자기중심의 감상이기도 했다.

서대문 밖 고개 어구에 이르렀다. 기찬이 부상을 하든 곳이다. 불이라도 휘황하다면 아즉 땅에 떨어진 피 흔적이라도 식별할 수 있을른지 알 수 없으나, 밤중같이 캄캄한 주위는 몃 시간 전 이곳에서 발생했든 사고의 자최를 말해 주는 아무것도 없었다.

그러나 헨들을 돌려 길모퉁이를 돌아서려는 종훈 씨의 눈앞에는 다시 파리한 억개 우에 비썰비썰 고리짝을 둘너맨 기찬의 무능력한 모양이 낱아나는 듯했다.

그 무능력한 남편의 부양에서 떠나 낯선 사람의 고용의 채쭉질 아래 허덕이며 생활을 유지해 보려고 야근까지 하고 있는 필례의 모양도 종훈 씨는 문득 자기 차가 하필 기찬을 부상하게 한 것은 단순한 우연이 아니라 무슨 신의 섭리 같은 것이 움지기고 있든 것이나 아닌가 싶었다. 그 섭리란 곳 종훈 씨로 하여금 비경에 있는 필례 부처에게 물질적 구원의 손을 뻗게 하는 것이었다.

옛 친구와 애인의 재건을 위해서 멀니 해외에서 와신상담 벌어 온 재산의 일부분을 원조한다─ 도시 미담이었다. 더군다나 고경에 빠진 당사자들이 이것을 알았을 때 대체 그들은 얼마나 깁버하며 감사해 할 것인가.

멀고 먼 과거의 잘못을 뉘웃치고 그의 앞에 굴복하여 죄를 빌 것이다.

그렇지 안으면 옛날 예수의 발을 씻기든 사마리아의 여인처럼 필례는 자기 머리를 풀어 향유에 적시고 그것으로 이 은인의 발을 씻기려 할는지도 모르겠다.

"아무튼 어서 그 불행한 여인을 맞나자. 그리하여 나는 악을 선으로 갚으리라."

종훈 씨는 스스로 운전하는 차가 벌서 자기 집 문 앞에 일은 것도 모르는 듯이 혼자 비장감에 빠져 있었다.

이튿날 아츰 그는 일즉암치 병원에 들렀다.

먼첨 간호부에게 밤새 경과가 어떠냐고 물으니,

"경관 좋으신가 봐요. 지금 그 부인되는 이가 와 계신데……."

하고 턱으로 이층을 가르킨다. 층대를 올나가며 종훈 씨의 가슴은 떨니었다. '105호실 박기찬'이란 명패가 붙은 방 앞까지 왔다.

'이 방 속에 참혹한 광경이 있다. 그러나 그 참혹한 광경이 금전의 신통력으로 일순에 낙원 같은 광경으로 변하는 것이다.'

그는 그것을 향락하듯이 또어의 핸들을 집은 채 오래 그 자리에 서 있었다. 갑자기 뒤에서 사람 기척이 났다. 종훈 씨는 비밀을 들킨 것같이 움찔하며 뒤를 도라보았다. 손에 남비를 바처 든 여인이 똑바로 종훈 씨를 바라보고 저만큼 발을 멈추고 있는 것이다.

커다랗게 열녀 있는 유리창 넘어 넓고 푸른 창공을 배경으로 여인의 노릿겨한 얼골이 향기롭도록 아름다웠다. 필례다. 종훈 씨는 넋을 잃은 사람처럼 그 얼골을 처다보았다. 삼십 여 년 전 은행나무 언덕에서 마즈막 보든 고상함과 청초함은 조곰도 변하지 않았다.

나희로 치면 벌서 오십을 바라보고 있을 것이다. 그 중년을 지난 여인이 이렇게도 아름다울 수 있을까.

눈 밑에 약간 잔주름이 들어나고 기름ㅅ기 없는 머리를 아무렇게나 걸어 얹었기 때문에 그의 용모는 더욱 빛나는 것 같다.

헐고 기운 옷을 몸에 걸치고 있기 때문에 그 모양은 더욱 침착한 것 같다. 손에 들고 있는 찌그러진 남비까지 따뜻한 생활적인 것을 낱아내고 있었다. 드디어 종훈 씨는, "흠!" 하고 감탄사를 토하고 말았다.

"오래간만입니다" 하고 여인이 먼첨 고개를 숙이며 가까이 왔다.

"참 오래간만입니다. 어제 저녁은……."

종훈 씨는 기찬의 상처를 물을 여유조차 없다. 그는 급히 말을 이었다.

"미안합니다. 과실에 대한 책임은 얼마든지 지겠습니다."

"별말슴 다 하세요. 저이가 실술 해서 그런 일이 일어났죠, 뭐."

"그것보담두 이렇게 내려오신 줄두 모르고. 참 내가 너무 무심했든가 봐요. 앞으로는 내 힘으로 될 수 있는 최대한도의 원조를 해 드릴 작정입니다."

"고맙습니다."

김종훈 씨는 지금이야말로 이 여자는 옛날에 짓고 있든 무정의 죄를 속하려는 결심인가 부다 했다.

간혹 눈을 가늘게 뜨고 머리를 흔들어 보이는 것도 그의 몸에 지닌 한낱 습관이라기보다 나오려는 눈물을 애써 삼키고 있는 것이라 해석한다. 그렇지 않으면 과도한 감사와 감격에서 뇌빈혈이라도 일으켜 현기증이 나는 것일까.

"그렇지만 제게는 구체적인 지식이 없습니다. 어떤 방법으로 얼마만한 금액을 원조해 드리면 만족하실지……"

종훈 씨는 눈의 초점을 여인의 눈에 뜨겁게 마조치며 말을 이었다.

"이것은 기찬 군보다 부인에게 받히는 내 호의입니다. 그러니 부인께서 잘 생각하시어 사양 말고 대답해 주십시오."

그러나 그 말을 듣자 여인의 눈은 갑자기 뚱그래졌다.

"말슴은 고맙습니다만 그런 말슴은 아예 사절해 두겠어요."

종훈 씨는 영문을 알 수 없었다.

"남 보시기에는 딱하기도 하시겠지만 저이두 이력저력 벌면 그저 죽식간에 꾸려갑니다. 또 남의 보조를 받는대두 저이헌텐 당최 그 돈을 놀릴 재간이 없어요. 저이 일은 조곰도 염려 마세요."

종훈 씨는 비로소 여기서 자기와는 물질과 생활의 관념이 판이한 한 가지 실례를 보았다. 그는 처음 미주를 건너갔을 때 덮어 놓고 사람들에게 원조를 청했다. 자본을 얻은 후에 거기 필사적인 재능기지(才能機智)를 다하여 오늘날 성공의 기초를 세웠든 것이다.

"아무튼 저희들은 순전히 제 힘만으로 생활을 개척해 볼 결심입니다. 더군다나 선생님의 원조는 받지 못하겠어요"

종훈 씨 가슴이 죄이듯이 어색해졌다. 얼마나 강력한 생활 이념이냐. 그러나 그 생활 이념이란 결코 자연적으로 부여된 것은 아닐 것이다. 강력한 생활 이념— 그것을 획득하기까지에는 말할 수 없는 노고, 형용할 수 없는 신산이 잠재해 있었을 것이었다. 그리고 지금도 그 노력을 간직하며 있을 것이다.

"병실에 들어가 보시지요. 애들이 와 있답니다. 애 아버지나 저나 그것들만이 보배지요"

여인의 얼굴에는 비로소 흔흔한 자애의 미소가 떠올랐다. 종훈 씨는 그 미소 속에서 섬약한 한 여인이 인생의 여하한 현실에도 넘어지지 않고 살아가는 굿센 저항력과 단련의 비결을 본 듯하였다. 털끝만한 비굴함도 없이 비꼬는 기색도 없이 그 원조를 거절하는 것도 그 자녀의 미래에 대한 자신이 만만하기 때문이 아닐까.

김종훈 씨는 정신이 앗질했다. 박기찬의 주위를 에워싸고 있는 것은 아귀 같은 지옥의 축도가 아니라 백화란만한 화원이었다. 그리고 자기는 실노 그 화원의 평화를 침범하려는 한 개 회오리바람에 불과했든 것이다.

"들어가시죠"

방문을 열며 필례가 말했으나 그 소리도 귀에 들어오지 안았다. 그는 심히 고독한 모양으로 그냥 그 자리에 서 있는 것이다. 그의 마음속에는 형용할 수 없는 공허가 크게 자리 잡고 있었다.

그는 이 세상의 모든 환희열락 가운데서 자기 혼자 허공에 둥 떠올라 삭막한 허무의 원광(圓光)을 부옇게 둘너쓰고 있는 듯한 마음이었다.

—≪백민≫ 제20호(6권1호), 1950. 2.

정(情)

그 조고만 신개지(新開地)는 서울 시내를 동남으로 바라보는 산비탈에 있었다.

산비탈이라면 그 아래가 흙이건 바위이건 그저 만연해 나가는 어떤 종류의 촌락처럼 이 신개지도 나무 한 그루 없는 비탈 위에 발을 부치고 꼭대기로 꼭대기로 퍼져 올라갔다.

땅이 시청 땅이라고 무허가 건축은 절대로 허락하지 않는다는 파출소 순경이 처음에는 교대로 순을 돌며 집짓는 연장도 뺏어가고 사람도 잡아 가두고 하든 것을 그 극성스런 사람들이 밤중에도 짓고 새벽에도 짓고 하며 감독하는 순경들도 어이가 없을 만큼 이제 이렇게 한 마을을 형성해 놓은 것이다.

대개가 방 하나에 부엌칸 하나, 툇마루가 앙상하게 달려 있을 뿐이나 그 중에는 지붕에 양개와를 입히고 축대 대신 줄 맞추어 떼를 심어 세 치 기둥에 사간집을 얌전하게 지어 놓은 사람도 있었다.

다만 하수(下水) 설비들이 전연 되어 있지 않기 때문에 어느 곳이 길이고 어느 곳이 개천인지 구별을 못하는 것과 울타리가 없기 때문에 겨울이면 찬바람이 마구 부디쳐서 탈이였다.

이같은 동리, 이같은 집에 김종서 늙은 부부가 살고 있었다.

그들은 저 아래 바라다 보이는 서울 시내에서 가령 음식을 맨들 때, 불필요한 녹두껍질처럼 거피(去皮)되어 밀려나온 몰락자들이다.

그러므로 혹 김 영감이 옛날 살던 규모를 생각하고,

"허, 그땐 호박 단추에 양단 마구자 입고 내가 가개에서 장괴 노릇을 하고 살았었건만……."

이런 소리라도 한다면 마누라는 눈을 흘기며,

"어이, 그 금송아지 매던 얘기 작작 좀 허우."

하고 질색을 하는 것이었다.

정말 김 영감은 첩첩이 쌓아 놓은 필육떼미 앞에서 종일 양단 마고자 입고 한담이나 하며 지내 왔다.

그는 적지 않은 직물상(織物商)의 주인이었던 것이다.

그러나 남의 눈에 정작 가개의 주인처럼 보이는 사람은 그들의 젊은 서사였다.

김 영감은 이 젊은 서사 옆에서 언제나 투기 같은 짓만 하고 있었다. 값이 오를 것 같으면 더욱 사들이고 떨어질 것 같으면 들어내어 팔어 버린다.

젊은 서사는 나날이 정리되어 가는 국내 정세를 설명하며 이같은 매매 방식의 부당함을 몇 번이나 말한 적이 있었다.

그러나 이런 때 김 영감의 고집은 또 쇠심줄과 같았다.

집안의 몰락을 미리 짐작한 서사가 뒤로 부즈런히 자기 속심을 채리고 있었던 것은 극성스런 마누라도 알지 못했다.

일본과의 교역 두절을 예상하고 기껏 사들였던 경도직(京都織) 고급 직물이 한국 안에서도 그와 같은, 그보다 훨씬 나은 품질의 비단을 짜 낼 수 있게 되자 일시에 폭락을 했다.

젊은 서사는 행방불명이 되고 김 영감은 다시 일어설 수도 없는 타격을 받았다. 빚은 이외에도 많았다.

"김종서 망했다데" 하는 소문이 퍼지자 그를 아는 사람 가운데는,

"어, 종로 진고개 난다 긴다 허는 눔들두 턱턱 쓸어지는데 주변이 어떻게 부지를 해 나가"

하고 당연한 일로 아는 사람이 많았다. 동업자 가운데서도 김종서의 평가는 이 정도였던 것이다.

김 영감은 집안에서 그저 화만 내었다.

"사람이 망할렴 이렇게 망할 수가 있나" 하고 실패한 것이 마누라의 탓인 것처럼 도리어 들볶았다.

그러나 빚쟁이들이 몰려오기 시작하자 영감은 집에 붙어 있을 수도 없었다. 그는 몸을 숨겨 돌아다니지 않을 수 없었던 것이다.

타격은 초조를 가져오고 초조는 자포자기를 불렀다.

김종서는 그 방면의 친구와 어울려 밤이나 낮이나 마짱[麻雀]판에 파묻혀 있었다.

얼마 후에는 마작판에서 떨어져 화투판으로 굴러다녔다.

천성으로 도박성을 띠어서 그 같은 장난을 좋아하는 성미인 모양이었다.

처음에는 사업 실패의 타개책으로 시작한 노릇이 어느덧 승부보다 도박 그 자체를 즐기고 있는 것이었다.

그가 정신이 들었을 때는 집도 세간도 하다못해 수까락 나부랭이까지 차압의 딱지가 붙어 있었다.

그러나 이같이 다단한 파탄을 겪어 온 푼수로는 김 영감의 표정 위에서 생활의 검은 그림자라든지 장차 닥쳐 올 운명에 대한 공포라든지 그러한 빛은 좀체로 발견할 수가 없는 것이었다.

자기가 즐기는 길을 마음껏 걸어가다가 종국에 도달한 사람의 안도라 할까. 김 영감은 도박에서 손을 떼자 오히려 머엉한 사람이 되었다.

그는 마누라가 어떻게 해서든 끓여 주는 조식을 뜨면 종일 신문 한 장을 되풀이해 가면서 읽고 날을 보낸다. 아랫동리에서 푼거리 나무장수를 하는 변 영감이 때때로 놀러왔다.

그러나 신기가 좋을 때이면 이 변 영감과 마누라 앞에서 제법 풍도 쳤다.

김 영감에게 비해서 훨씬 젊은 마누라는 키가 크고 말라빠진 영감과는 반대로 몸도 뚱뚱하고 눈방울도 초롱초롱했다.

시집 온 지 삼십 년 동안 영감 앞에서 굽힐 일이라고는 아무것도 없었으나 단지 아이 없는 것으로 자기 혼자의 책임인 양 생각하고 고개를 못 드는 마누라였다.

집안이 패망하자 그는 깨끗이 빈손을 털고 일어섰다. 영감은 아직도 노름판으로 돌아다니고 남의 셋방을 전전하던 반 년 동안에 그는 세상의 갖은 신산을 겪었다 한다.

드디어 광주리 하나, 콩 몇 되, 이렇게 호콩 행상을 시작한 것이었다.

그 모양이 누구의 눈에나 생활의 재건을 계획하는 장열한 인간을 느끼게 했다. 어떤 친지가 하잘것없는 구호의 손을 뻗쳐 주었다. 그 결과가 이 집이었다.

그는 이 집을 세상에 없이 대견하게 안다.

하긴 이 집을 짓느라고 작년 가을 내 고생한 생각을 하면 지금도 이에서 신물이 났다.

기둥을 일으켜 세우고 중방을 걸어 주기는 목수가 해 주었으나 그 나머지는 전혀 마누라 혼자서 꾸몄다.

흙도 파오고 화방도 쌓고 구들까지 제 손으로 놓았다.

평생 저 보지 못했던 지게를 진 것도 그때였다.

영감은 새까맣게 볕에 글어 일을 하고 있는 마누라의 꼴이 못마땅해서 집 짓는 동안은 얼씬도 하지 않았으나 그래도 집이라고 이루어지자 어슬렁어슬렁 찾아 들어왔다.

몸이 재빠른 마누라는 아침에 일어나면 의레이 방을 치고 깨끗하게 봉당을 쓸고 마당을 보살폈다.

날씨가 따뜻해지며 내려다보이는 서울 시내에 울긋불긋 꽃모양이 보이자 일부러 흙을 파다가 바위로 된 마당 한구석을 돋구고 꽃도 가꾸었다.

그러나 영감은 종시 이 집이 부끄럽고 마음에 차지 않아 종일 가야 비한 번도 드는 일이 없었다. 게다가 "젠장, 닦는다구 토담집이 양옥두 되나" 하고 마누라의 손질하는 것을 못마땅하게 알기까지 한다.

그럴 때마다 마누라는, "가만있지 않구. 내 집이지 당신 집이게. 참견이우" 하며 대들었다.

이햇성도 있고 영감에게 대해서는 의외로 관대한 마누라였으나 집에 관한 이야기만 나오면 당장에 신경질이 되었다. 그러면,

"홍. 기름 업지르구 깨 줍는 형상야! 저게 궁상이거든."

영감은 영감대로 또 성이 차지 않아 한술 더 떠 밉상을 부렸다.

그것은 아침부터 유난히 무더운 것 같드니 그예 비가 내리기 시작하는 오후였다.

그날도 콩을 튀겨 이고 문 안으로 들어갔던 마누라는 별로 홍정도 없고 해서 일찌감치 집으로 돌아오기로 했다.

영감이 아니라도 옛날을 생각하면 실로 하치않은 장사였다.

콩 한 되에 이백 팔십 원, 튀기는 삯이 팔십 원, 합해서 삼백 육십 원 미천에 풀이를 해서 잘 팔아야 오백 오륙십 원이 된다. 이익이 이백 원이었다.

게다가 요즘은 홍정이 별로 없었다. 낙화생은 비싸고 튀긴 콩과 옥수수는 미천이 적게 드는 때문인지 같은 장수가 너무도 많았다.

오히려 잘 나가는 것이 허허실수로 없고 다니는 성냥이나 김이나 그런 것들이다.

더우기 이날은 비도 오고해서 그런지 행주치마를 벗어 덮은 물건 광주리가 아침에 이고 나가던 그대로였다.

그래도 고개 밑 구멍가개에 들어 영감이 좋아하는 공작 한 갑을 샀다.

늘 하는 버릇으로 아래위를 뽑아 보며 진짜인가를 물은 후 허리춤에 넣

었다.

하수도가 없는데다가 빗물이 흘러내려 더욱 철석거리는 비탈을 올라가 마당에 들어섰으나 영감은 보이지 않았다.

다른 때 같으면 의례 방문을 열어 놓고 비오는 것을 바라보고 있거나 놀러 온 변 영감과 장기를 두고 있을 것이었다.

마누라는 웬일인지 불안한 생각이 났다.

예감이란 누구에게나 있는 법이다.

허둥허둥 달려가 광주리를 인 채 방문부터 열었다.

문이 열린 단간방 속에는 눈에 핏발이 선 두 영감쟁이가 마주 일어서서 상대자를 노려보고 있었다.

발밑에는 화투짝이 산란하여 여태까지 그들이 무엇을 하고 있었는지를 말해 주는 듯하다.

"아이그머니나."

마누라는 툇마루에 광주리를 집어던지듯 하고 방으로 뛰어 들어갔다.

그러나 그때는 벌써 변 영감의 손이 상대방의 멱살에 다그며 주인 영감은 소리를 내고 너머진 뒤였다.

"아이구 아이구."

마누라는 뛰어 들어가는 대로 영감부터 안아 일으켰다.

마누라를 보자 영감은 몸의 힘이 빠져버린 듯 벌벌 떨리는 손으로 방바닥을 짚고 간신히 상반신을 일으켰다.

역시 떨리는 목소리로 무어라 변명 같은 소리를 짓거리고 있다.

변 영감은 다만 말없이 우뚝 서 있었다.

"이눔의 영감이. 이 망할 눔의 영감쟁이. 왜 사람을 쳐."

마누라는 비로소 욕지거리를 하며 주먹을 쳐들고 변 영감에게 달려들었다.

"아이구, 너이 아범을 죽였느냐, 어멈을 죽였느냐. 기운두 없는 사람을 왜 때려!"

그러나 때린 영감쟁이는 시종 냉담한 표정을 지닌 채 달려드는 마누라를 막으며,

"집 팔아 노름빚 문댔어. 집이나 내놔" 하고 한마디 불쑥 한다.

마누라는 저도 모르는 사이에 "억!" 소리를 질렀다.

거친 숨을 들이키며 몸을 뒤로 제꼈다. 잠깐 공허한 듯이 서 있다가,

"집을 팔어? 어떤 집을 팔어?"

이번에는 자기 영감에게로 대드는 것이다.

"아, 이게 무슨 소리, 무슨 짓들이야. 이젠 버릇을 버린 줄 알았드니 이게 대체 무슨 소리야."

"미안허우."

화투짝 위에 무릎을 세우고 앉아 있는 영감의 대답이었다.

"그래, 당신 집이 어딨어. 어디 집이 있어서 노름했어."

"……"

"집 팔아. 팔 집 있건 팔아. 팔아 봐!"

"미안허우."

신음하는 듯한 목소리다.

"아이구, 주책아 백발아. 또 노름이 뭐야 노름이."

"누가 질려구 했나."

이번에는 모기소리 같다.

사람들이 모여들었다.

"여보소들, 멀쩡허니 있는 사람을 꽤내다간 노름을 붙이구 집을 팔아 갖으라우. 글세 이 움집을."

마누라는 푸념을 시작했다.

변 영감도 그제야 챙피한 듯이 투덜거리면서도 돌아가고 말았다.

그래도 분통은 가라앉지 않든지 마당을 지나칠 무렵 마누라가 가꾸어 놓

은 봉선화를 여봐라는 듯이 발길로 차서 몇 폭이나 꺾어 놓았다.

변 영감이 돌아간 뒤에도 두 늙은 양주의 싸움은 끝이 나지 않았다.

마누라는 이를 악물고 맹수같이 으르렁거리었다.

영감은 여태까지 이렇게 무서운 마누라를 본 일이 없다.

경황중에도 장사를 하러 다니드니 사람 버렸구나 싶었다.

"이눔의 영감쟁이. 네가 나가든지 내가 나가든지. 아, 안 나가면 내가 나갈라."

마누라는 바깥으로 뛰어나오고 말았다. 바깥에는 아직도 비가 기세를 울리듯이 내리고 있었다.

그 비를 맞으면서 마당에 내려섰던 마누라는 문득 아까 변 영감이 꺾어 놓고 간 봉선화 포기가 눈에 띠었다.

부러진 모가지가 비를 맞을 때마다 덕끄덕한다.

마누라의 가슴 속에는 새로운 분노가 치밀었다.

그는 달려들어 그 봉선화 포기를 뽑아 던졌다.

과꽃도 뽑았다.

다시 꽈리나무에 손이 닿았을 때였다.

무엇이 풀석 눈앞으로 뛰어나왔다.

마누라는 흠칫 놀라며 그것을 바라다보았다.

청개구리였다.

좀 큰 개구리가 좀 적은 개구리를 업고 있는 것이었다.

어린애를 연상케 하는 네 개의 수족이 마치 빨가벗은 인간을 보는 듯 이상한 감각이다.

개구리는 저도 놀란 듯 멀뚱히 이편을 바라보드니 두 다리를 쭉 뻗고는 다시 풀적 뛰었다.

잔등에 업힌 놈도 같이 다리를 쭈욱 뻗드니 떨어지기를 무서워하는 듯이 가슴을 붙이고 찰싹 업데었다.

그 모양이 애처럽도록 무능력했다. 밑에 있는 개구리는 혼자 풀석 뛰어서 화초폭이 뒤에 숨어 버린다.

마누라는 손에 꽈리나무를 쥔 채 멀거니 그 모양을 바라보고 있었다.

가슴속이 차차 가라앉기 시작한다.

그는 이 두 마리 개구리가 필시 부부이려니 했다.

그러고 보니 위에 업혔던 놈은 분명 숫놈이었다.

수개구리는 잠간 어디를 다쳤는지 혹은 원래 생태(生態)가 그러한지 그런 것은 알고 싶지도 않았다.

아무튼 암놈은 무능한 남편을 등에 업은 채 이 바위의 손바닥만한 풀데미 속에 몸을 담아 그 생활을 영위하고 있는 것이었다.

이렇게 생각하자 마누라의 눈에는 이 두 마리 개구리의 생활이 곧 자기네 부부의 생활 같이 느끼어졌다.

그는 엄숙한 어떤 명령의 소리를 들은 것 같았다.

손을 내밀어 바루 아까 뽑아 던졌던 과꽃과 봉선화를 집었다.

손꼬락으로 땅을 헤치고 다시 단단하게 심었다.

빗물인지 눈물인지 간단없이 뺨을 타고 내리는 물줄기가 턱을 지나 가슴 위에 떨어졌다.

―≪부인경향≫ 1권6호, 1950. 6.

조 경 희 ●●●

조경희(1918~2005)

• 1939 이화여자전문학교 문과 졸업

• 1938년 수필 「측간단상」이 《한글》에 당선되어 등단

• 주요 경력—《조선일보》 학예부 기자(1939), 《여성계》 주간(1952), 《평화신문》 문화부장(1956), 한국여기자클럽 회장(1965), 한국수필가협회 회장(1971), 《한국일보》 논설위원(1974), 제11회 한국문학상 수상(1975), 한국여성문학인회 회장(1979), 한국예술 문화단체 총연합회 회장(1984), 대한민국 문화예술상 수상(1987), 제2정무장관(1988), 한국여성개발원 이사장(1995), 대한민국 예술원상(2005)

• 대표작—『우화』(1955), 『가깝고 먼 세계』(1963), 『얼굴』(1966), 『음치의 자장가』(1971), 『웃음이 어울리는 시대』(1988), 『낙엽의 침묵』(1994) 등 다수

양(羊)

집은 웬만한 형세라면 꾸미고 살 수 있는 여염집같이 보였다. 기와지붕에 나무 십자가를 꽂지 않았고 굳게 닫혀 있는 대문 옆에 문패를 써부치지 않았더라면 누구든지 수녀원으로는 보기 어려운 집이 있다. 나는 이 수녀원을 둘러막은 검정 판장만 떼어버리면 정원과 정원이 한데 통할 수 있는 수녀원 뒤 집으로 이사를 왔다.

우리 집이라고 부를 수 있는 이 우리 집은 일본 교인들이 살고 있던 일본식 집이었다. 처음에 내가 이 집으로 이사를 오게 된 이유는 내가 독실한 신자가 되어서가 아니라 본래 집이 어떻게나 헐었는지 대낮에 유령이라도 나올 듯한 음침한 집이 되어서 서양 선교사들은 말할 것도 없고 조선 교역자들까지 머리를 쩔레쩔레 흔드는 바람에 여학교 반 동무 혜숙이의 소개로 이 집 저 집 셋방살이만 하여 오던 나의 차례가 되고 말은 것이다. 집은 고옥이나 나무는 무성하게 욱어져서 대낮에도 너구리가 나무숲을 왔다 갔다 하는 넓은 정원을 앞뒤로 끼고 앉았는 것을 늘 푸른빛에 주린 나는 처음부터 무조건으로 좋아했다. 봄가을이면 이름을 알고 모르는 오색가지 꽃들이 차례로 피었다가는 지고 피었다가는 지고하여 꽃 없는 날이 없고 꽃 안 피는 계절이 없을 듯이 꽃나무도 많았다. 수녀원은 이 정원 품속에 안기듯 들어 앉아 있었고 개나리 나무 넝쿨에 섫여서 잘 보이지 않는 수녀원 뒤 판장문은 내가 살고 잇는 집 현관에서 똑 바로 건너다보이는 방향에 있었다. 그래서 나는 교회당의 제단을 곱게 꾸미기 위하여 꽃을 꺾는 수녀

들의 모습을 방 안에서도 유리창을 통해서 내다 볼 수 있었고 혜숙이와도
자주 얼굴을 마조 칠 정도의 기회를 가질 수 있었다.

혜숙이는 이 성 마리아 수도원의 수련수녀였다. 아무리 한 캠퍼스 안에
가깝게 산다 해도 혜숙이는 수도자였고 나는 수녀원 밖에 사람이라 동무답
게 오래오래 마음 터놓고 앉아서 이야기를 주고받을만한 시간은 없었다.
시간이라기보다 자유가 없었다. 나는 이리로 이사 온 후 늘 혜숙이하고 마
음놓고 만나기를 한 소원으로 여기였다.

드디여 내 소원이 이루워 질 날이 왔다. 수녀원장의 특사로서 나는 혜숙
이와 수녀원에서 저녁을 같이 먹을 기회를 얻게 된 것이다.

그것은 배꽃 같은 눈이 날려서 푹푹 쌓인 겨울날이었다. 나는 혜숙이를
만나게 된 기쁨과 한 번도 들어가 보지 못한 수녀원을 구경할 수 있는 기
회를 다행하게 여기고 그 날은 아침부터 초조한 마음으로 지냈다. 나는 약
속한 여섯 시를 일분도 어기지 않고 수녀원 정문 앞에서 종을 치고 있었다.
종소리가 난 지 얼마 만에 타박타박 신발 소리가 나더니 단발한 조고만 계
집아이가 육중한 문을 열어 준다. 나는 혜숙이를 찾는 것보다 원장을 찾는
것이 혜숙의 입장을 유리하게 해줄 듯한 마음에서 원장 계시냐고 물었다.
게집아이는 고개를 끄떡끄떡 말없이 흔들고 쪼루루 되돌아 가드니 뒤이어
광대뼈가 앙상하게 나온 원장이 문 밖으로 고개를 내밀고 들어오라는 것이
었다. 나는 원장의 뒤를 따라 조심조심히 넓은 정원을 건너 대문에서는 딴
채처럼 떨어져 있는 간소한 방으로 들어갔다. 원장은 앉아있으라고 하면서
곧 나가버렸다. 방은 따뜻하게 불을 때여 놓아 있었다. 방 세간이라곤 성서
를 꽂아 놓은 마포가니 빛 책장 하나와 하얗게 도배를 한 벽에 나무 십자
가가 소박하게 걸려 있을 뿐이었다. 나는 잠간 동안이었으나 귀가 윙하고
울리는 정막한 수녀원 공기에 몸이 담북 잠겨서 수도자 모양으로 묵묵히
십자가만 바라보고 있었다.

이윽고 혜숙이가 쟁반에 주발 두 개와 반찬 그릇을 담아가지고 들어온

다. 그 뒤에는 앞서 문을 열어 준 계집아이가 뱅글뱅글 웃으면서 따라 들어와 상을 펴 놓고 행주질을 하고 나간다. 나는 혜숙이와 같이 쟁반의 그릇들을 상으로 옮겨 놓았다.

"먹을 것은 아모 것도 없어."

보시기 뚜껑을 열면서 혜숙이는 다소 미안쩍이 하는 태도로 말하였다.

"누가 먹으러 왔니, 너 보러 왔지."

나는 유쾌한 마음으로 대답하였다.

혜숙은 퍽 아름다웠다. 여학교 때도 미인이라고 동무들 사이에 정평이 있었으나 활짝 핀 듯이 성숙한 모양은 더욱 아름답게 느껴졌다. 화장끼 없는 살결에 남작스름한 얼굴 은행까풀같이 얇은 눈매, 간고른 잇속, 오뚝한 코는 정숙한 옛 맛이 도는 얼굴에 가까웠다. 고전적이요, 동양적인 '타이프'의 미였다. 새까만 수녀복에 흰 수건을 머리에 단정히 쓰고, 가슴에는 나무 십자가를 안고 전등불 밑에 앉인 혜숙은 성화를 바라보는 느낌이었다. 나는 그를 바라보면서 그의 몸에서 검정 수녀복과 나무 십자가, 흰 머리 수건을 베껴 보는 공상을 하였다. 그리고 먼 옛날같이 그리운 여학교 시대를 회상한다.

나중에는 수녀원가지 들어온 아이가 무슨 까닭인지 여학교 시대에는 종교는 아편이라는 말을 가끔 썼다. 일학년에 입학하자마다 스트라이크가 있었는데 혜숙이는 우리들의 대표가 되어서 교장 앞에서도 가장 열렬히 발언을 했다. 선생 앞에 가서 알랑알랑하고 반 동무들의 이야기를 몰래 고자질하는 학생을 제일 미워한 아이도 혜숙이었다. 사진을 찍어도 여학생같이 얌전한 포ー즈를 취하는 것보다 일부러 와락부락한 표정을 지어서 쓰기가 일수였다. 나도 혜숙이와 공통된 생각을 가졌기 때문에 죽자살자 하는 동무는 아니었지만 같이 손을 잡고 일할 수 있는 마음 든든한 친구로 사귀여 왔던 것이다. 그러나, 학교 다닐 때는 상당히 친한 동무들이 일단 졸업을 하고 한해 두해 지나는 데 따라 일체 소식도 모르고 지내는 것이 여자들의 상례가 되어있는 것처럼 나도 학교를 나온 뒤에는 전연 혜숙의 소식을 모르고 지내왔다.

여학교를 졸업한 지 한 십여 년 뒤였다. 어느 일요일, 그야말로 오래간만에 미사에 갔었다. 미사를 마치고 성당문 밖에서 미사 수건을 개고 있으려니까, 수련 수녀 옷을 입은 혜숙이가 나의 왼팔을 꽉 붙잡는 것이다. 나의 놀램은 컸다. 그러나 나는 얼결에 그의 손만 힘껏 쥐고 헤어졌다. 그때부터 오늘가지 왜 그가 수녀가 되었나, 하는 궁금증을 풀지 못하고 있는 터이다.

눈이 푹푹 나린 겨울 밤, 장판방에 불을 뜨끈히 때여놓고 옛 친구와 무릎을 마주 대고 옛 이야기를 하는 것은 정취 깊은 원이었다.

혜숙이는 어려서 어머니를 여이고 딱정 때 계모 손에 컸다. 여학교 다닐 때 더러 혜숙의 집에 놀러 가면 악을 고래고래 쓰고 혜숙을 구박하던 그의 계모였다. 내가 그를 만나보지 못하던 사이에 계모마저 세상을 떠났고 혜숙이는 단 한 분밖에 의지할 곳 없는 할머니와 생활을 같이 하게 되었다 한다. 할머니는 혜숙을 이 세상에 없는 물건처럼 귀하게 여기고 사랑하였다. 혜숙이도 할머니의 뜻을 알았다. 그러나, 그 할머니가 고만 세상을 떠나고 말자, 혜숙은 사라진 할머니의 사랑이 안타깝게 생각났다 한다. 그는 허무와 외로움의 낭떠러지에서 어쩔 줄을 몰랐다. 혜숙은 조용한 곳에서 인생을 명상하기 위하여 노상 산에 올라가 살았다는 것이다. 풀버레들과 산새를 동무삼아 대부분 할머니 생각으로 날을 보냈다. 할머니는 어디로 가셨을까? 주검이란 무엇일까? 영혼은 정말 어디로 가는 것일까? 그는 늘 이러한 문제에 조곰이라도 시원한 회답을 얻기 위하여 사색하였다. 그러나 그는 낙엽처럼 쓸쓸하였다. 그러한 심경이 계속되고 있는 때에 바로 길 가에서 우연히 내가 여학교 때 있던 기숙사의 사감 수녀를 만났다는 것이다. 그 수녀는 혜숙이를 보고 학교를 졸업한 후에는 무엇을 하였느냐? 왜 얼골이 그 전만 못하냐는 등 자세하고 친절하게 물어 보면서 부디 한 번 찾아

오라고 간절히 말하더라는 것이다. 그 뒤 며칠 있다가 혜숙은 수녀를 찾아 갔다. 수녀는 혜숙을 반갑게 맞으면서 성당에 나오라고 권하였다. 그는 처음엔 예수를 믿고 싶어서 성당에 나갔다기 보다는 조용한 제단 앞에 꿇어 엎디어 자기의 산란한 생각을 추리고 다소라도 위로를 받는 것이 좋았기 때문이었다. 혜숙은 성경 교리를 배울 때에 사람의 이성으로 수긍하기 어려운 점에 부디칠 때는 도저히 믿을 수가 없어서 여간만 고민을 한 것이 아니었으나, 교리를 가르치는 수녀가 덮어 놓고 믿으면 자연히 안다는 바람에 혜숙은 무식한 사람처럼 그냥 믿었다 한다. 그러다가 수녀가 되라고 권하는 바람에, 혜숙은 깊은 생각도 없이 최면술에 걸린 사람인 양, 수도원으로 들어오고 말았다는 것이다. 조용히 혜숙의 이야기를 듣고 난 뒤 나는

"그래 수녀원 생활이 어떠냐?"

하고 물었다.

"수도원 생활! 참 수도원 생활처럼 귀하고 아름다운 생활은 없을 께다."

확실히 자신 있고 평화스러운 대답이었다. 그의 얼굴은, 괴로움이 깨끗이 가시고 맑게 빛나 듯하였다.

"내가 수도원 생활을 하게 된 것은 너 때문이다. 너 때문에 수녀원을 알았으니깐, 그래서 난 너를 고맙게 생각하고 하루도 안 빼 놓고 너를 위해서 기도한다."

"고맙다."

나는 한마디로 대답하였다. 그리고 그의 신비스러운 눈을 바라다보면서,

"사람은 누구든지 신념을 가지고 살 때 제일 행복할 께다. 그런데 신념을 갖기까지가 어려울 걸. 너의 신념과 나의 신념이 어긋나지 않았으면 좋겠다. 나는 전 인류를 굶주림과 거짓과 압박에서 구원해 줄 새로운 구세주를 가지고 싶다. 말하자면 그러한 구세주가 반듯이 이 세상을 구원하러 올 것을 믿고 싶단 말야. 나는 창세기 이후 몇 세기를 두고 권세 있고 영화만 누리던 사람들에게 이용만 당하듯 그러한 구세주는 원망스럽기만 하다. 그

러한 구세주만 없었던들 우리는 좀더 나은 세상에서 살 수가 있었을 거라 생각한다."

"너는 이 세상 생각만 하고 훗 세상 생각은 안 하니?"

혜숙이는 그럴 줄 몰랐다는 듯이 눈이 뚱그래서 나를 쳐다본다.

"우리는 추상적인 천당을 그리고 있는 것보다는 하로라도 살어 있는 이 세상 문제가 얼마나 궁금하니? 이 세상 문제를 잘 해결해 놓으면 자연히 천당 가는 길이 열릴 것 같다. 세상을 살기 좋은 세상으로 만들어 놓으면 죄 짓는 사람도 없을 것 아냐? 우리가 죄는 왜 짓니, 짓고 싶어서 짓니? 많이는 짓게 만들지."

"죄를 짓지 않게 하는 데는 종교의 힘이 위대하다."

"그야 종교의 힘이 크지. 그러나 종교 자체가 얼마나 죄를 지엇나도 반성해 볼 필요가 잇지 않니?"

"늘 종교를 이용한 사람들이 나뿌지, 신의 잘못은 아냐."

"그러니까 이제는 종교를 사람에게 이용당하지 않게 해야 할 거야. 마음이 가난한 자는 복을 줄 수 있는 종교가 되여야 할 것이다."

나는 말을 계속해서,

"그러니까 이왕 종교가가 되려면 전 인류의 진정한 행복을 위하여 어긋나지 않는 종교, 생활을 하구, 그렇지 않으면 너무나 조선 사람과는 동떨어진 듯한 수녀원 생활을 고만두는 것이 좋을 것이다."

혜숙이는 내 말에 대해서 이말 저말 댓구를 하지 않었다. 그렇다고 떠들 때로 떠들라는 태도도 아니었다. 정중히 머리를 끄떡끄떡하고 동의하는 뜻을 표하는 듯도 하였다. 시인 '하이네'가 종교를 가지지 않은 여인은 냄새 없는 꽃과 같다는 말을 했거니와 그렇게 끄덕이는 혜숙이에게는 무슨 신비한 냄새가 어리고 있는 듯이도 보였다.

나는 기독교 신자의 가정에 태어났기 때문에 어려서부터 성당에 가는 것은 한 버릇같이 되어 있었다. 음식도 먹어봐야 그 맛을 안다. 종교에는 사람을 매혹케 하는 비결의 힘이 있었다. 이 힘에 인이 백이면 좀처럼 떠날 수 없어진다. 어려서는 몰랐지만 나이가 차차 들면서 이 혼란한 세상을 종교의 힘으로는 구원하지 못할 시대가 왔다고 생각하였다. 내가 보는 교회의 교역자들은 자기들이 천국의 일을 하는 사람이라는 신령한 맛을 잃고 교회에 취직한 것같이 속되어 보였다. 나는 어렸을 때 단발을 한 것이 죄라고 신부에게 고백한 것을 기억한다. 그래서 나는 혜숙에게서 내가 지금까지 보아 오던 교역자에게서 찾아보지 못하던 새로운 모양의 수녀를 찾으려고 애를 썼다. 그리고 확실히 그가 수녀원 생활에 만족하고 있는가를 살펴보려 하였다.

혜숙은 묵묵히 내 이야기를 듣고만 있더니 아까까지의 태도를 약간 고치는듯

"수녀원 생활도 겪어 보지 못하면 실제 어떠한 생활인지 모를거야. 수녀원도 사람이 몽여서 사는 세계에 지나지 않아."

비로소 진심을 말한다는 듯이 이렇게 말하고 나서 간얄프게 생끗 웃어보였다. 나는 강제요, 억제에서 오는 아름답지 못한 생활이 그 속에 숨어 있는 것을 직각하였다. 그러나 나는 그의 말을 듣고 싶어서

"신성해 보이고 평화스러 보이는 곳이 수녀원 아닐까?"
하고 물었다.

"그렇지만 그렇게 생각할 만한 곳이 못될 때도 있는가 봐. 역시 사회의 일부분인가 봐. 사실 여기 모인 사람들은 성녀가 될려는 것이 최고 목적이야. 그러나 성녀가 되기란 참 어려운 거야."
하고 그는 혼자 말하듯 대답하였다.

"내가 늑막염을 다 걸렸어. 한 사람의 시기심과 이기심 때문에. 나의 칠년 동안 수녀원 생활은 훌륭한 더부살이 생활이었다. 흔히 사람은 돈이 없고 먹을 것이 없어서 남의 집 더부살이를 하지만 나는 무조건 하구 순종하는 것과 인내심을 시험해 보기 위한 더부살이라고 볼 수 있지. 나는 조용

하게 세상을 살고 싶었고 수녀원을 동경한 것은 성서를 아름다운 우리말로
번역하구 음악을 연습하고 결혼을 하고 아이를 낳는 그러한 생활이 아니라
신과 결합하는 새로운 연애를 할 수 있는 생활을 꿈꾸고 있어서 그런데 수
녀원이라는 곳은 그러한 곳은 아니었어. 나에게서 그러한 적은 자유까지
약탈하였으니깐."

　나는 그의 말에서 초점을 잡고 싶었다. 상식적으로도 생각할 수 없는 그
러한 구속은 없을 듯싶었기 때문이었다. 물론 자유라는 것은 언제던지 무
한대의 자유를 말하는 것은 아니다. 밥을 굶으면 배가 고프고 지나치게 먹
으면 배가 아플 수가 있다. 그러니까 배도 고프지 않고 배도 아프지 않을
정도로 밥은 먹어야 한다. 말하자면 이러한 통일과 균형을 가질 수 있는
자유를 나는 늘 자유라고 부르고 싶었다. 혜숙이는 수녀원 안에서 수녀 생
활을 좀더 아름답고 좀더 향상시킬 수 있는 양식을 탐구하는 기회와 시간
의 자유는 마땅히 가져야 할 것이다. 그런데 혜숙이는 수녀원에서 무슨 생
활을 하고 있는 것인가! 밥 짓고 빨래하고 허드렛일하는 생활을 하기 위하
여 칠년 동안을 수녀원에서 보냈었는가! 그야 불공을 못 드리면 가마솥에
불이라도 땐다는 말은 있지만 그 말은 혜숙이에게 적합되지 않는다. 그러
한 생활은 하필 수녀원 속에까지 들어가서 머리에 너울을 쓰고 검정 옷을
입고 수도자의 모습만을 하고 할 필요는 없을 것이다. 한 남성의 충실한
아내가 되고 한 아이들의 현명한 어머니가 되는 것이 얼마나 값있는 여성
의 생활이랴 싶었다. 나는 혜숙의 새하얀 '프로필'을 바라보고 가느다란
한숨을 내 쉬었다. 그리고 나는 그의 비밀 어린 두 눈을 한꺼번에 쏘아보
면서

　"오히려 수녀원을 나오는 것이 좋지 않니?"
하고 그의 의향을 물었다. 그 때 혜숙은 감춰 두었던 상처를 찔린 듯이 다
소 놀래고 아퍼 하는 표정으로

　"몇 번이고 나가려고 했어. 그러나 나는 나의 기도의 힘을 믿고 싶었어.

칠년 동안 하로 밤도 안 빼놓고 나의 소망을 간구하였다. 그것은 이 수녀원을 이 세상에서 배고픔과 굶주림 그 밖에 절망에서 신음하는 여성들의 고향처럼 그리워하는 세계를 만들려고 하였어."

하는 그의 말을 받아 나는

"그래서? 너의 소망은 이루어졌니?"

하고 급히 물었다.

"칠년 전이나 지금이나 아모 발전이 없을 뿐이다."

하고 혜숙이는 맥없이 대답하는 것이었다.

"발전하지 못한 암(癌)이 있을 것이 아니냐? 그 암을 너 같은 사람이 좋다고 무조건하고 복족을 하면 되니? 그 암 속에 위선 속에 묻쳐 있는 사탄을 내쪼아야지."

"꼭 한 사람이 문제야. 그런데 그 하나 삶의 행동을 보구 배운다. 심한 시어머니 밑에 며느리가 꼭 그 시어머니를 닮는다는 듯이 다른 수녀들은 배우고 있어."

하면서 혜숙은 흉을 보면 꼭 배운다는 말을 큰 진리 같이 역설하였다. 나는 그 수녀원 안의 한사람이 누군가를 알고 싶었다.

"누구냐?"

하고 나는 물었다. 혜숙은 말 대신 시늉으로 두 주먹을 볼에다 대고 광대뼈 나온 사람이라는 것을 표시했다. 그러고 나서 혜숙이는 유난히 광대뼈가 앙상하게 나온 원장 이야기를 들려주었다.

원장은 이 성모 마리아 수녀원의 창설자라고 볼 수 있다 한다. 조선 사람들이 아직 예수도 잘 모르던 초창시에 서양사람 밑에서 교육을 받고 같은 교회 안의 남자 신자하고 연애를 하였는데 두 사람은 서로 신부 수녀가 되자고 언약한 끝에 수녀가 된 로맨틱한 역사를 가진 수녀로서 그는 늘 지금은 죽고 없는 옛 애인을 간절히 생각하고 있어 뒤로는 손가락질을 받고 있다 하는데 옛날에 손꼽만큼 배운 글을 가지고 늘 세상에서 자기가 제일 잘났다는 듯이 웬만한 사람은 사람같이 보지도 않는 성격을 그대로 죽이지 못하고 있으며 거기다가 일제가 최후의 발악을 하던 시절에 외국 사람을 전부 조선에서 몰아내는 바람에 수녀원 안에 외국 수녀들도 각각 자기 나라로 돌아갔는데, 그 통에 원장은 그제야 자기 세상을 만난 듯이 날뛰고 휘둘으고 돌아다니다 나중에는 수녀로서는 삼가야 하고, 금해야 할 연애까지, 그것도 신부하고 한다는 말까지 났다 한다. 그것은 한낱 뜬소문이 아니라 수녀원 수녀들은 서로 알고 있으면서도 아무도 입을 열어 말을 못하고 쉬쉬하고만 있었다 한다. 원장은 일제시대에 수녀들은 한참 먹지를 못해 냉수로 목을 추기면서 연명을 하다시피 궁한 생활을 하고 있는데 수녀원 뜰에서 수녀들이 가꾼 토마도라던지 양의 젖은 연상 신부 방으로 날라 갔다 한다. 그나 그 뿐인가, 수녀들은 하루의 일과를 마치고 모두 침실로 돌아간 늦은 시각에야 신부를 방문하는 일이 계속 되었다 한다. 그러나 해방이 되면서 원장도 다소 정신을 차렸는지 해방 전같이 행동이 문란하지는 않았어도 그것은 수녀원의 영원한 비밀처럼 누구 하나 그 점을 지적해서 이렇다 말 하는 사람도 없을 뿐 아니라, 조곰이라도들 좋아 하는 눈치가 뵈는 사람은 말없는 가운데 미움을 사기 때문에 원장이 있으나 없으나를 불구하고 잠자코 있기만 하였다 한다.

혜숙은 지금도 무슨 보이지 않는 위협을 느끼는 것처럼 어깨를 부르르 떨고 목을 움치리는 것이었다. 그 때 마침 밤 기도 종소리가 때르릉 때르릉 하면서 아까 나를 안내해 준 원장이

"무슨 이야기를 그렇게 재미있게 해."

하면서 방으로 들어서는 것이었다. 한 쉰 살은 넘었을 것이라 하는데 살피틈이라던지 아직 애띈 점이 많았다. 나는 유쾌하게 놀았다고 정중히 인사를 했다. 원장은 나의 인사를 받으면서 그 답례라는 듯이 왜 결혼을 안하느냐고 물었다. 나는 승겁게 웃고만 있으니까 자기가 중매해 주랴고까지 물었다. 나는 좋도록 하라 하고 얼버무려 버리고, 그 길로 일어서서 수녀원

넓은 정원을 지나 판장 뒷문으로 해서 집으로 돌아왔다. 눈 나린 밤에 달까지 환하게 비쳐, 세상은 은세계로 변한 듯 밝고 아름다웠다.

나는 그날 밤 늦게까지 잠을 이루지 못하고 수녀원과 혜숙이를 생각하고 있었다. 수녀원이란 별세계가 못되었다. 한심한 곳이었다. 확실히 수녀원이라면 신성해야 될 줄 안다. 사람의 선한 것은 어떤 것, 악한 것은 어떤 것이라고 똑똑히 분별 되어 착한 사람들 많이 있어야 된다. 그들은 옷만 만져도 병이 나을 수 있는 기적이 아닌 진실 일로의 인간상을 가졌어야 한다. 그런데 혜숙이의 말에 의한 이 성마리아 수녀원은 병들어 가고 있다고 생각되었다. 혜숙은 이 수녀원의 암을 수술할 수 있을까? 수술을 할 능력이 없다면 무서운 균염이 될지도 모른다. 혜숙이는 무슨 일이 있던지 그 수녀원을 나와야만 될 것 같았다.

새로 해가 바뀐 이듬해였다. 수녀원과 우리 집은 연두 빛으로 호사를 한 듯 신록은 청신하게 빛나고 있었다. 어느 일요일 아침 나절이었다. 밖에서 놀고 있던 동생이

"언니, 수녀가 잠간 나오시래요."

하고 큰소리로 부른다. 나는 방에서 책 읽다가 곧장 튀어 나오고 봄이 활짝 피일 듯이 바깥 날씨는 화창하였다. 간밤에 나린 봄비를 먹음은 신록은 물 안 마른 수채화가 번저 가는 듯, 아름답게 빛나고 있었다. 혜숙이는 등나무 옆에 있는 넓은 화단에서 국화 모종을 하느라고 호미로 구텡이를 파다가 내가 뛰어가는 바람에 벌떡 일어서면서 반가운 미소를 띤다.

"왜 그렇게 볼 수가 없니?"

나는 그동안 미사에도 당체 참석하고 있지 않았다.

"몇 번 너를 만나려고 애를 썼다구."

"무슨 할 말 있다면서."

"그래, 중대한 의논이 있어."

나는 눈을 바짝 뜨고 무엇이냐 하는 표정으로 물었다.

"너만 알어둬라. 나 수녀원을 나올 각오를 했어. 원장에게 원서를 제출하였어, 너 어떻게 생각하니?"

"뭐, 수녀원을 나와? 정말이냐? 뭐."

하면서 나는 속으로 진정 놀래었다. 그러나 외면으로는 오히려 당연하다는 듯한 눈치를 했다.

"그런데 그렇게 깨끗하고 좋다든 수녀원 생활을 왜 나오려고 하니?"

"수도원 생활이 싫어져 그러는 것이야. 거짓과 외씨의 생활을 더 버틸 수 없게 되었어, 애 난 어떡하면 조흘까?"

"결심한 끝에 실천을 하렴. 네 양심껏 행동하렴."

나는 나에게 무슨 비판을 구하는 듯한 그의 커다란 눈을 바라보면서 이 정도로 대답하였다.

"그런 나가면 당장 있을 곳이 없구나, 너의 집에 좀 있을 수 없을까."

"언제든지 오고 싶은 때 와, 입을 것, 자는 것, 먹을 것을 지나치게 걱정하면 중요한 일을 할 용기가 없어져, 애."

"미안해."

"미안하긴 무엇이 미안해."

우리는 도망가는 사람처럼 말을 빨리빨리 해치었다.

"그럼, 그쯤 알고 저리 가."

혜숙은 내가 속히 자기의 옆을 떠나기를 바라고 있다. 혹시 다른 수녀라도 우리가 친절히 이야기하는 것을 보면 그렇게 좋은 일은 아니었기 때문이었다. 그때 마침 상나무 옆에 매여 논 수녀원 세파―드가 마치 우리를 물어 뜯을 것처럼 극성스럽게 짖어댄다. 나는 그 길로 개나리 꽃이 만발한 조금 높은 등셍이에서 혜숙이가 수녀원을 나온다는 생각을 하면서 어정거리고 있었다. 혜숙이가 수녀원을 나오면 무엇을 할 것인가! 여성 계몽 운동, 가정 생활, 무슨 일이던지 조선 사회는 일꾼이 필요하다. 그러나 혹시 바깥 세상에 나오면 기대에 어그러진 환멸을 느끼지 않을까 싶었다. 법도

덕도 없는 세상, 탐관오리와 모리배만이 권세를 부리고, 민생은 극도로 도탄에 빠진 어지러운 세상을 보고 혜숙은 진저리를 칠지도 모른다. 사회가 발전하려면 회호리 바람도 만나고 울퉁불퉁한 길도 지나야 할 것이다. 혜숙의가 이러한 법측을 모른다면 또 다시 수녀원으로 도피할런지도 알 수 없는 일이다. 나는 그의 좋은 동무가 될 것을 맹세하였다.

그 뒤에 나는 동생들에게 혜숙이라는 말은 하지 않고 그냥 내 동무가 올지도 모르니까 언니같이 친절하게 대하라 하고 일러주었다. 그리고 저녁 때 회사에서 돌아오는 길이면 제일 먼저 누가 안 왔더냐 하고 혜숙이를 기다렸지만 그는 달이 바뀌도록 이렇다 저렇다 하는 아무런 소식도 없었다.

어느 날 밤이 좀 으슥해서였다. 현관문을 가만 가만 '노크'하는 소리가 난다. 누구요, 하고 나가 보니까 혜숙이가 서 있었다. 나는 그에게 관해서 무척 궁금하게 여기던 차라, 반가워서 들어오라고 그의 손을 잡았다. 혜숙은

"이것, 쫌 미리 맡어 두어야겠어."

하면서 문 밖으로 나가더니 검정 책보에 싼 봇짐개를 나에게 내미는 것이었다. 나는 얼른 받아서 방으로 들여 놓으면서,

"그럼, 언제 나오련?"

하고 그의 얼굴을 개웃하고 드려다 보았다.

"내일 모레쯤 나올 생각이다."

하면서 다소 침착하지 못한 태도로

"그럼 가야겠어."

하고 빠르게 어둠 속으로 사라져 버렸다.

그 이튿날을 대청결을 하였다. 혜숙이가 있을 방은 남향으로 유리창이 난 육조 다다미방을 내 놓았다. 어떻게 쓸쓸한 빈 방에 화기라도 돋꾸기 위해서 나는 붉은 '카네슌' 한 송이를 사다 꽂아 놓았다. 혜숙이가 얼마나 좋아해 할까 생각하면서……

사흘째 되는 날은 회사에도 나가지 않고 기대리고 있었다. 나는 수녀원에서 나오는 그를 나의 성의를 대리해서 맞고 싶었던 것이었다. 그날 밤, 이슥하도록 기대리었으나 혜숙이는 나타나지 않았다. 나는 한 이틀 늦일런지도 모르거니 생각하고 꽃병에 물을 가라넣어 주기만 했다.

한 주일이나 지났을 지음, 어느 날 아침에

"안에 있니?"

하고 간신히 불으는 혜숙이의 목소리가 들렸기 때문에 나는 허둥지둥 뛰어나가 맞았다. 혜숙은 나를 등성이로 끌고 올라가는 것이다. 나는 고무신짝을 채 신지도 못하고 질질 끌면서 그를 따라 갔다. 벗나무에 고삐를 매어논 하얀 양이 풀을 뜯어먹고 있었다. 혜숙은 개나리 꽃나무가 넝쿨진 옆으로 끌고 간다. 나는

"그동안 웬일이냐?"

하고 우선 궁금하든 말부터 물었다.

"글세 그 이야기 할려구 그래, 원장이 못 나가게 자꾸 붙잡는다. 그동안 매일같이 저녁마다 밤이 깊도록 못 나간다고 여러 말을 하는 거야. 어제 밤에는 막 울구 야단이구나."

하면서 긴 한숨을 내쉬고 있다.

"그런데 왜 못 나가게 하니? 못살게 굴 땐 언제구."

나는 매몰스러운 말씨로 쏘아 붙쳐주었다.

"글쎄 지금은 회개하였는지 그런 말도 비치드라. 나를 너무 구박했다 하면서 내가 수녀원을 나가면 수녀원 기둥이 불어지는 것이나 마찬가지라구 하면서……."

그는 계속해서

"내가 나가는 것을 두려워 해, 수녀원 말이 날까봐. 그러나 내가 뭐 그런 말을 할 사람이냐."

하고 비관을 하는 어조로 말을 하는 것이었다.

"그래서 못 나온단 말이니?"

알았다는 듯이 고개를 끄떡끄떡하면서 물었더니

"좀더 생각해 보아야겠어. 남이 괴로워하는 것을 박차고 나올 용기가 없구나."

하고 주저하고 있었다. 그의 얼굴에서는 확실히 괴로워하는 빛을 엿볼 수가 있었다. 혈색이 좋지 못한 얼굴이 더 파리게하고 까슬까슬하기까지 해 보였다.

"참 미안하다."

하는 그의 얼굴은 어쩔 줄 모르는 표정이었다.

"……."

"내가 수녀원을 나온다고 하니까 다른 수녀들은 눈이 뚱그래서 놀래고 있다. 모두들 수녀원에서 아무 잘못 없이 나간다는 것이 아마 이상스러운가 봐. 나는 그들을 위해서도 참어야겠나봐."

하고 말하는 그의 무슨 까닭인지 어리둥절하고 있었다.

나는 여학교 시대 혜숙이를 생각하였다. 무엇이던지 일단 할려고 마음만 먹으면 어떻게 하던지 해치던 혜숙이었다. 더욱이 악에 대해서는 용감히 싸웠다. 그렇던 혜숙이가 칠년이라는 수녀원 생활에서 자기의 좋은 성격마자 마비시켜 버리지 않았나? 좋지 못한 점을 박차버리기는커녕 타협하고 나중에는 동정까지 하고 있지 않는가? 환경의 힘이란 무서운 것이라 생각하였다.

"마음 약하다고 숭보지 말었. 나는 수련녀야."

하며 당황해서 말하는 그의 눈에는 괴로운 빛이 여실히 들어나고 있었다. 정당한 것을 알면서 그것을 쫓지 못하고 오히려 그 반면의 좋지 못한 점을 옹호하려고 드는 혜숙이의 마음인들 어찌 괴롭지 않을 것인가! 나는 안타까움기까지 하였다. 우리들 사이에는 무거운 침묵이 흐르고 있었다.

그때 마침 혜숙의 손으로 고삐를 옮겨주어 진 양이 메헤헤 하고 울어댄다. 그것이 혜순이의 우슴 반 울음 반 섞인 자조에 가까운 울음소리같이도 느껴졌다. 메헤헤, 메헤헤, 우는 양을 끌고 가는지, 자기가 울면서 끌려가는지, 양과 혜숙이가 앞서거니 뒤서거니 하면서 수녀원 문으로 돌아가고 있는 것을 나는 물끄러미 바라보고 있었다.

―《신천지》 33호(4권2호), 1949. 2.

지하련 ●●●

지하련(1912~1960)

- 일본 도쿄 쇼와여자고등보통학교 졸업
- 일본 도쿄 여자경제전문학교 중퇴
- 1940년 「결별」이 《문장》 12월호에 추천되어 등단
- 주요 경력—제1회 조선 문학상(1946), 월북(1949년 이후 추정)
- 대표작—「제향초」(1941), 「가을」(1941), 「산길」(1942), 「도정」(1946)

●●●

도정(道程) – 소시민(小市民)

숨이 노닷게 정거장엘 드러서 대ㅅ듬 시계부터 바라다보니, 오정이 되기에도 아직 삼십 분이나 남었다. 두시 오십분에 떠나는 기차라면 앞으로 느러지게 두 시간은 일즉이 온 셈이다.

밤을 새워 기대려야만 차를 탈 수 있는 요즘 형편으로 본다면 그닥 빨리 온 폭도 아니나, 미리 차표를 부탁해 놨을 뿐 아니라 대단히 느진 줄로만 알고 오 분, 십 분 이렇게 다름질 처 왔기 때문에 그에겐 어처구니없이 일즉 온 편이 되고 말었다.

쏠려지는 시선을 땀띠와 함께 칙면으로 느끼며, 석재(碩宰)는 제풀에 멀─숙해서 밖으로 나왔다.

아까시아 나무 밑에 있는 낡은 뻰취에 가 털버덕 자리를 잡고 앉으니까, 그제사 홧근하고 더위가 지쳐 오르기 시작하는데 땀이 퍼붓는 듯 뚝뚝 떠러진다.

수건으로 훔첫댔자 소용도 없겠고 이보다도 가만히 앉어 있으니까 더 숨이 맥혀서 무턱대고 이러나 서성거려 보기라도 해야 할 것 같었으나, 그는 어데가 몹시 유린되어 이도 후지부지 결단하지 못한 채 무섭게 느껴지는 더위와 한바탕 지긋─이 씨름을 하는 수밖에 도리가 없다. 목덜미가 욱신거리고 손바닥 발바닥이 모도 얼얼하고 야단이다.

이윽고 그는 숨을 도르키며 한 시간도 뭐헐 텐데 어쩐다고 거진 세 시간이나 헷짚어 이 지경이냐고 생각을 하니 거반 딱하기도 하고 우습기도 하다.

허긴 여게 이유를 들랴면 근사한 이유가 하나 둘이 아니다. 첫째, 그가 이 지방으로 '소개'하여 온 것이 최근이었음으로 길이 초행일 뿐 아니라, 본시 시골길엔 곳잘 지음이 헷갈리는 모양인지 실히 오십 니라는 사람도 있었고 혹은 칠십 니는 톡톡이 된다는 사람, 심지어는 거진 백 니 길은 되리라는 사람까지 있고 보니 가까우면 놀다 갈 셈 치고라도 위선 일직암치 떠나오지 않을 수가 없었다.

어데만치 왔을까. 문득 그는 지금 가방을 들고 길을 걷는 제 채림차림에서 영낙없는 군청고원33)을 발견하고, 또 그곳에 방금 퇴직 군수로 있는 장인이 연관되어 생각히자 더욱 얼울한34) 판인데다, 기왕 고원 같을라거든 얌전한 고원으로나 뵈었으면 차라리 좋을 것을, 고원치고는 이건 또 어째 건달 같어 뵈는 고원이다. 가방도 이젠 낡었는지 빠작빠작 가죽이 맛닷는 소리도 없이, 흡사 무슨 보퉁이를 내두르는 늣김이다. 역부러 가슴을 내밀고 팔을 저어 거르면서, 이래뵈두 이 가방으로 대학을 나왔고 바로 이 속에 비밀한 출판물을 넣고는 서울을 문턱같이 단인 적도 있지 않았드냐고 우정 농쪼로 은근히 기운을 도두어 보았으나 그러나 생각이 이런 데로 미치자 그는 이날도 유쾌하지가 못하였다. 도라다보면, 지난 육년 동안을 아무리 '보석'으로 나왔다 치구라도 어쩌면 산 사람으로 그렇게도 죽은 듯 잠잠할 수가 있었든가 싶고, 또 이리 되면 그 자신에 대하여 어떤 알 수 없는 염쯩을 늣긴다기보다도 참 용케도 흉물을 피우고 기인 동안을 살어왔다 싶어, 먼저 고소가 날 지경이다.

이어 머리ㅅ속엔 강(姜)이 나타나고 기철(基哲)이 나타나고 뒤를 이어 기철과 술을 먹든 날 밤이 떠오르고 한다. 술이 거나하게 취했을 무렵이었다.

---

33) 관청에서 사무를 돕기 위하여 두는 임시 직원.
34) 일 따위가 어그러져서 마음이 불안함.

석재는 오래 혼자서 울적하든 판이라 전날 친구를 맛나니 좌우간 반가웠다. 그날은 정말이지 광산을 헌다구 돈을 두룸박35)처럼 차고 내려온 기철에게 무슨 심사가 틀려 그런 것도 아니었고 광산을 허든 뭘 허든 만나니 그저 반갑고 흡족해서, 난생 처음 주정이라도 한번 부려 보고 싶도록 마음이 허순해졌든 것이다. 이리하여 남같이 정을 표하는데 묘한 재주도 없으면서 그래도 제 깐엔 좋다고 무어라 데숭을 피었든지 기철이도 그저 만족해서,

"자네가 나 같은 부랑자를 이렇게 반가히 맞어 줄 적도 있었든가? 아마 퍽은 적적했든가보이!"

하고 우스며 술을 권하였다. 그런데 이 "적적했든가 보이" 라는 말을 그가 어떤다구 "외로웠든가 보이"로 들었는지 모르겠으나, 아무튼 그에겐 이렇게 들렸기에 늣겨졌든 것이고 또 이것은 그에게 꼭 마진 말이기도 하였던 것이다. 사실 그때 강을 만나 헤어진 후로 날이 감수록 그는 크다란 후회와 더부러 어떻다 말할 수도 없는 외로움이 이젠 폐부에 사모치든 것이었다.

"그래 외로웠네, 무척……."

기철의 말에 그는 무슨 급소를 찔리운 듯 먼저 이렇게 대거리를 해 놓고는 다시 마조 바라다보려는 참인데, 웬일인지 기분은 묘하게 엇나가기 시작하여 마츰내 그는 만만하니 제 자신을 잡고 힐란하기 시작하였다.

친구가 듣다 못하여, "자네, 나헌테 투정인가?" 하고 우스며,

"글세 드러 보게나. 자네가 어느 놈의 벼슬을 해 먹어 배반자란 말인가? 나처럼 투기장에 놀았단 말인가? 노변에서 술을 팔었으니 파렴치한이란 말인가? 아무튼 어느 모로 보나 자네 면은 과히 추하게 살아온 편은 아니니 안심허게나— "

---

35) '두레박'의 경남, 전라, 충남방언.

하고 말을 가로채는 것이었다. 그런데 또 말이 이렇게 나오고 보면 그로서니 투정인지 뭔지 당황하지 않을 수가 없었다.

"아냐. 내 말은 그런 말이 안야. 아무튼 자넨 날 잘 몰라. 자넨 나보다 착허니까— 그렇지 나보다 착하지— 그러니까 날 잘 모르거든. 누구보다도 나를 잘 보는 눈이 내 마음 어느 구석에 하나 드러 있거든. 특히 '악덕'한 나를 보는 눈이……."

그는 겁결에 저도 얼른 요령부득인 말로다 먼저 방파맥이를 하며 눈을 크게 떴다. 그러나 친구는 큰 소리로 우스며,

"관두게나. 자네 이야긴 드르면 드를수록 무슨 삼림 속을 헤매는 것처럼 아득허이—"

하고 손을 저었다.

둘이는 다시 잔을 드렀다. 그러나 일로부터 그는 웬일인지 점점 마음이 처량해 갔다. 아물아물 피어나는 회한의 정이, 그대로 잔 우에 갸울거리는 것 같았다. 어데라 지향 없이 미안하고 죄스러워, 그는 소년처럼 작구 마음이 슬퍼졌다.

"난 너무 오랫동안을 나만을 위해 살아왔어. 숨어 단이고 감옥엘 가고 그것 다 꼭 바로 말하면 날 위해서였거든. 이십 대엔 스스로 절 어떤 비범한 특수 인간으로 설정하고 싶어서였고……. 삼십 대에 와서는 모든 신망을 한 몸에 몿은 가장 양심적인 인간으로 자처하고 싶어서였고. 그러다가 그만 이젠 제 구멍에 빠져 헤어나질 못 허는 시늉이거든."

그는 취하였다. 친구도 취하여 이미 색시와 히롱을 하는 터이었으므로 아무도 이야기를 들어 주는 사람은 없었으나 그는 중얼대듯 여전 말을 게속하는 것이었다.

"……거년 정월에 강이 왔을 때, 상기도 4, 5부의 열이 계속된다고 거짓 말을 했겠다! 일천 원 생긴다구 마늘 사려는 가면서……. 결국 강의 손을 잡고 다시 일을 시작는 게 무서웠거든. 그렇지! 전처럼 어느 신문이 있어

영웅처럼 기사를 취급할 리도 없었고 이젠 한 번만 걸리게 되면 귀신도 모르게 죽는 판이었거든. 부박한 허영을 가진 자에게 이러한 주검은 개 주검과 마찬가질 테니까……. 이 사람!"

그는 소리를 버럭 질렀다. 그의 거짓말을 홈빡 고지 듣고는 알는 친구에게 세상 걱정까지 끼쳐 실로 미안하다는 듯이 바라다보든 그때 강의 얼골이 떠올랐던 것이다.

친구가 이리로 왔다. 그는 말을 계속하였다.

"나는 말일세, 난 누구에게라도 좋아, 또 무엇에라도 좋고. 아무튼 '나'를 떠난 정성과 정열을 한번 바처보구 죽고 싶으이. 웨! 웨 나라고 세상에 낫다가 남 위해 좋은 일 한 번 못 허란 법이 있나?"

이리 되면 주정이 아니라, 원정이었다.

"이 사람 취했군. 웨 자네가 남을 위해 일을 안 했어야 말이지……."

친구는 취한 벗을 만유하려 하였으나, 그는 줄곳 외고집을 세웠다.

"아니, 난 한 번도 남 위한 적 없어. 인색하기 난 구두쇠거든. 이를테면 난 장바닥에서 낫단 말야. 때ㅅ국에 찌드런 이 읍내기 장사치의 후리 자식이거든. 그래두 자네 같은 사람은 한 번 목욕만 잘 허구 나면 과거에서도 살 수 있고 미래에서도 살 수 있을지 몰라. 허지만 나는 말야, 이 못난 것이 말이지, 쓰레기란 쓰레기는 홈빡 다 뒤집어쓰고는 도시 현재에서 옴치고 뛰질 못 허는 시늉이거든……."

"글세 이 사람아, 정신적으로 '기성 사회'의 폐해를 입긴 너 나 할 것이 있겠나. 아무튼 자네 신경 쇠약일세. 그게 바로 결백증이란 병일세."

친구는 한 번 더 소리를 내어 우섰다. 석재는 그 후로도 간혹 이날 밤에 주고받은 이얘기가 생각되곤 하였다. 역시 취담이다. 돌처 생각하면 쑥스러웠으나 그러나 취하여 속말을 다 못했을지언정 결코 거짓말은 아니었다.

이와 같이 노상 그가 곤욕을 당하는 곳이 밖에 있는 것이 아니라 이를테면 안으로 그 암실에 트집을 잡은 것이었기에, 그예 문제는 '인간성'에 가 부닿고 마는 것이었다. 결국—네가 나쁜 사람이라—는, 애매한 자책 아래 서게 되면, 그것이 형태도 죄목도 분명치 않은, 일종의 '율리적'인 것이기 때문에 더 한층 그로선 용납할 도리가 없었다. 이번 처가 쪽으로 피난해 오는 데도 무턱—얌치없는 놈! 제 목숨, 계집, 자식 죽을까 기급이지—. 이러한 심리적 난관을 적잖이 겪었기에 위선 "우리 집에 내 갈라는데 무슨 참견이냐" 고 대바질을 하는 안해나 처가로 옮겨 준 후, 그는 어차피 서울도 가까워진 판이라 양동(楊洞)서 도기 공장을 한다는 김(金)을 찾어 갈 심산이었든 것임으로 이리로 온 지 스무 날 만에 이제 그는 서울을 향하고 떠나는 길이었다.

아름드리 소나무가 좌우로 갈러 선 산 모랭이 길을 거르려니 생각은 다시 그때 학생 사건으로 드러와 감옥에서 처음 알게 된 그 눈이 어글어글하고 몹시 순결한 인상을 주는 김이란 소년이 눈앞에 떠오르곤 한다.

문득 길이 협곡을 끼고 벋어 올랐다. '영'이라고 할 것까지는 못 되나 앞으로 퍽 깔프막진 고개를 연상케 하였다. 이따금 다람쥐들이 소군소군 장송을 타고 오르내리락 작난을 치기에 보니 곳곳에 나무를 찍어 송유(松油)를 받는 깡통이 달려 있다. 원악 나무들의 장대한 체구요 싱싱한 잎들이라 무슨 크게 살어 있는 것이 불의한 고문에나 걸리운 것처럼 야릇하게 안타까운 감정을 가져오기도 한다.

'저게 피라면 앞으렸다.'

근자에 와, 한층 더 마음이 여위어 어데라 닿기만 하면 상책이가 나려는지 그는 침묵한 이 유곡을 향하여 일말의 측은한 감정을 금할 수가 없었다.

고개를 넘어 노변에 자리를 잡고 그는 잠간 쉬기로 하였다. 얼마를 거러 왔는지 다리도 앞으고 몹시 숨이 차고 하다.

담배를 부처 제법 한가로운 자세로 기—르게 허공을 향하여 뿜어보다 말고, 그는 문득 당황하였다. 아무리 보아도 해가 서편으로 두 자는 더 기운 것 같다. 몰을 일인 게 그는 지금껏 무슨 생각을 하고 얼마를 거러왔는지 도무지 아득하다. 고대 막 떠나온 것도 같으고, 깜마득히 먼 길을 숫하 한눈을 팔고 노닥어리며 온 듯도 싶으다. 이리 되면 장인이 역전 운송부에 부탁하여 차ㅅ표를 미리 사 놓게 한 것쯤 문제가 아니다. 앞으로 길이 얼 마가 남었든지 간, 위선 뛰는 게 상책이었다.

그는 허둥지둥 담배를 문 채 일어섰든 것이다.

아까시아 나무 밑 **뻰취** 위에 얼마를 이러구 앉어 있노라니 별안간 고막 이 울리도록 크게 라디오 소리가 들려온다.

저—컨 운송부에서 정오 뉴—스를 트는 것이었다.

거진 한 달 동안을 라디오는커녕 신문 한 장 똑똑히 읽어 보지 못하든 참이라, 그는 '소문'을 들어 보구 싶은 유혹이 적잖이 이러났으나, 그러나 몸이 여전 신음하는 자세로 쉽사리 일어서지질 않는다.

뉴—스가 끝날 지음해서야 그는 겨우 자리를 떴다. 무엇보다도 차ㅅ표를 알아봐야 할 필요에서였다.

마악 운송부 앞으로 가 장인이 일러 준 사람을 삐꿈—이 안으로 향해 찾 이려는 판인데 엇재 이상하다. 지나치게 사람이 많었다. 많어도 그냥 많은 게 아니라, 서고 앉은 사람들의 이상하게 흥분된 표정은 뭇지 말고라도, 그 중 적어도 두어 사람은 머리를 싸고 테불에 엎드린 채 그냥 말이 없다. 이 리되면 차ㅅ표구 뭐구 무러볼 판국이 아닌 상 싶다.

그는 잠간 진퇴가 양난하였다.

이때 웬 소년 하나가 눈물을 뚝뚝 떠러트리며 밖으로 나온다. 그는 한걸 음 뒤로 물러서며 얼결에 소년을 잡었다.

소년은 옷깃을 잽히운 채 힐끗 한 번 쳐다볼 뿐 획 도라서 저편으로 갔 다. 그는 소년이 다만 흥분해 있을 뿐 별반 적의가 없음을 알었기에 뒤를 따랐다.

소년은 이제 막 그가 앉어 있든 **뻰취**에 가 앉어서도 순식껀 슬퍼하였다.

"왜 그래 응, 왜?"

보고 있는 동안 이 눈이 몹시 영롱하고 빛깔이 흰 소년이 이상하게 정을 끗기도 하였지만 그는 우정 더 다정한 목소리로 말을 건넜다.

소년은 구태어 그의 말을 대답할 의무에서라기보다도 이젠 웬만큼 그만 울 때가 되었다는 듯이

"덴노우 헤이까가 고—상을 했어요" 하고는 쉽사리 머리를 들었다.

"……?"

그는 가슴이 철석하며 눈앞이 앗질하였다. 일본의 패망, 이것은 간절한 기다림이었기에 노상 목전에 선연했든 것인지도 모른다. '그러나 이렇게도 빨리 올 수가 있었든가?' 순간 생각이라기보다는 거림자와 같은 수천, 수백 매딈의 상념(想念)이 미칠 듯 급한 속도로 팽갭이를 돌리다가 이어 파문처럼 퍼져 침몰하는 상태였다. 그런데 이상한 것은 이것이 극히 순간이였을 뿐, 다음엔 신기할 정도로 평정한 마음이었다. 막연하게 이럴 리가 없다고, 의아해 하면 할수록 더욱 아무렇지도 않다. 그러나 이상 더, 이것을 캐어무를 여유가 그에게 없었든 것을 보면 그는 역시 어떤 싸늘한, 거반 질곡에 가까운 맹랑한 흥분에 사로잡혀 있었든 것인지도 몰랐다.

"우리 조선도 독립이 된대요. 이제 막 아베 소—도꾸가 말했대요"

소년은 부자연할 정도로 눈가에 우슴까지 뛰우며 이번엔 말하는 것이었으나, 그러나 발서 별다른 새로운 감동이 오지는 않는다.

'역시 조선 아이였구나.'

하는 사뭇 객쩍은 것을 느끼며 잠간 그대로 멍청히 앉아 있노라니, 이번엔 고이하게도[36) 방금 목도한 소년의 슬픈 심정에 작구 궁금증이 가는 것이다. 그러나 막연하나마 이제 소년의 말에 무슨 형태로든 먼저 대답이 없이 이것을 무러 볼 염체는 잠간 없었든지 그대로 여전 덤덤이 앉아 있노라니, 이번엔 차츰 소년 자신이 싱거워지는 모양이었다. 그도 그럴 것이, 얼마나

---

36) 괴이하게도.

벽력 같은 소식을 전했기에 이처럼 심심할 수가 있단 말인가?

소년은 좀 이상한 눈으로 그를 바라보며 말을 건넸다.

"기쁘잖어요?"

그는 이 약간은 짓궂은 우슴까지 뛰우며 말을 뭇는 소년이, 금시로 나히 다섯 살쯤 더 먹어 뵈는 것 같은 이러한 것을 느끼며 당황하게 말을 받었다.

"왜? 왜— 기쁘지! 기쁘잖구!"

"……."

"너두 기쁘냐?"

"그러믄요"

"그럼 웨 울었어?"

그는 기어이 뭇고 말었다.

소년은 좀 열적은 듯이 머리를 숙이며 대답하였다.

"징 와가 신민 또 도모니, 하는데 그만 눈물이 나서 울었어요…… 덴노우헤이까가 참 불쌍해요."

"덴노우헤이까는 우리나라를 빼서 갔고, 약한 민족을 사십 년 동안이나 괴롭혔는데 불쌍허긴 뭐가 불쌍허지?"

"그래도 고—상을 허니까 불쌍해요"

"……."

"목소리가 아주 가엽서요."

그는 무어라 얼른 대답할 말이 생각나지 않었다. 설사 소년의 보드라운 가슴이 지나치게 '인도적'이라고 해서 이상 더 '미운 자를 미워하라' 고 '어른의 진리'를 역설할 수는 없었다. 그는 내가 약한 탓일까, 반성해 보는 것이었으나 역시 '복수'란 어른의 것인 듯싶었다. 착한 소년은 그 스스로가 너무 순수하기 때문에 미처 '미운 것'을 가리지 못한다, 느껴졌다.

"…넌 덴노우헤이까보다도 더 훌륭허다."

그는 소년의 머리를 쓰담고 일어섰다. 소년은 칭찬을 해 주니까 좋은지,

"그렇지만 우리 회사에 사이 상허구 긴 상허고 기무라 상, 가와지마 상, 이런 사람들은 주먹을 쥐고 '야- 야-' 하면서 막 내놓구 좋아했어요-."
하고 따라 일어서며,

"야- 긴 상, 저기 있다-."
하고는 이내 정거장 쪽으로 다라났다.

"…… 그 사람들은 너보다 더 훌융하고……."

그는 소년이 이미 있지 않은 곳에 소년의 말의 대답을 혼자 중얼거리며 자기도 정거장을 향하고 거름을 옮겼다.

역시 아무렇지도 않은데, 다리가 약간 후둘하는 게 좀 이상하다.

긴 상이란 키가 작달막하니 퍽 단단하게 생긴 청년이었다. 방금 무슨 이야기를 하였는지, 많은 사람들은 입 속에 기이한 외마듸ㅅ소리를 웅얼거릴 뿐, 얼이 빠진 듯 입을 담지 못한다. 너무 긴장한 나머지의 얼골이라기보다는 기맥히게 어처구니없는 얼굴들이다.

"이제부터는 모도가 우리의 것이고, 모두가 자유이니 여러분 기뻐하십시오!"

이렇게 거듭 외우처 주었으나 장내는 이상하게 잠잠할 뿐이었다.

시간이 되어 차ㅅ표를 팔고 석재가 운송부에서 표를 찾어오고 할 때에도 사람들은 별반 말이 없었다. 꼭 바보 같었다.

석재가 김이란 청년을 찾어온 지 사흘째 되는 날이었다.

아츰에 잠을 깨니, 여늬 때와 달러 먼저 머리에 떠오르는 건 '공산당'의 소문이었다.

눈을 크게 떠 그놈을 붓잡고 다시 한 번 늣근거려 가슴 우에 던저 보나, 그러나 그저 어안이 병병할 뿐, 알 수 없는 피곤으로 하여 다시금 눈이 감길 따름이다.

그는 허위대듯 기급을 하고 벌덕 이러 앉았다.

조금 후 그는 몸이 허공에 둥둥 떠 있는 것 같은, 어떤 내부로부터의 심

한 '허탈증'을 느끼며,

　'나는 타락한 것이 아닌가?'

하고 스스로 물어 보는 것이었다.

　사실 그는 8월 15일 후에 생긴 병이 하나둘이 아니다. 이제 생각하면 병은 그날 그 아까시아 나무 밑에서부터 시초였는지도 모르겠으나 아무튼 그가 깨닷기론 김이란 청년을 맞나서부터다.

　그날 차가 서울 가까히 오자 차츰 밖앝 공기만이 아니라 기ㅅ차 속 공기부터 달러지기 시작한 것이, 그가 역에 내렸을 때는 완연히 충치는 거리의 모습이었다. 세 사람, 다섯 사람, 수무 사람 이렇게 둘레를 지어 수군거리는가 하면, 웃통을 푸러헷친 또 한패의 군중이 동떠러진 목소리로 만세를 외쳤다. 그도 등다라 가슴이 두군거리고 마음이 솟구쳐 얼결에 만세도 한번 불러 볼 번하였다. 사뭇 곧은 줄로 뻐친 김포로 가는 군용 도로를 만양 거르며 그는 해방, 자유, 독닙, 이런 것을 아무 모책 없이 천 번도 더 되푸리하면서, 또 일방으론 열차에서 본 일본 전재민의 참담한 모양을 눈앞에 그리기도 하였다. 그것은 정말 끔찍한 것이었다. 뚜껑 없는 화물차에다 여자와 아이들을 칸마다 가득히 실었는데 폭양에 몇일을 굶고 왔는지 석탄 연기로 환을 그린 얼골들이 영낙없는 아귀였다. 석바귀 우는 열차에 병대들이 팡이랑 과자를 던졌다. 손을 벌리고 너머지고 젖먹이 애를 떠러트리고…… . 그는 과연 군국주의 '전쟁'이란 비참한 것이라고 느껴졌다기보다도 그때서야 비로소 일본이 졌다는 것을 깨닷는 것이었다.

　석재가 청년의 집에 당도하기는 밤이 꽤 느저서였다. 두 달 전에 왕래한 서신도 서신이려니와, 전날 친분으로 보아 그동안 아무리 거친 세월이 흘렀기로 설마 폐로워야[37] 하랴 싶어 총총히 들어서는데, 과연 청년은 반색을 하고 그를 마저 주었다.

---

37) 성가시고 귀찮음.

"장성했구려—. 어른이 됐구려—."

아귀가 버는 손에 다시금 힘을 주며, 그는 대뜸 감개가 무량하였다.

이때 그의 가냘픈 손을 청년이 두 손으로 움켜 몇 번인지 흔들기만 하다가 끝내 말을 이루지 못하고 그대로 어린애처럼 느껴 우는 것이었다. 아뿔싸! 그는 일변 당황하면서, 자기도 눈시울이 뜨끈함을 느꼈으나, 그러나 다음 순간 그것은 어데까지 그의 눈물이 아니요 시방 청년이 경험하는 바 커다란 감동에서 오는 청년의 눈물인 것을 그는 알았다.

이날 밤 그는 잠을 이루지 못하였다. 무엇인지 초조하여 견딜 수가 없었다. 반다시 울어야만 하는 것은 물론 아니었다. 그러나 아무튼 무슨 감동이든 한 번 감동이 와야만 할 판이었다. 어찌하여 나에겐 이것이 오지 않을까? 언제까지나 오지 않을 것인가? 온다면 언제 무슨 형태로 올 것인가?

이튿날 그는 김을 따라, 마을 청년들의 외침에도 석겨 보고, 태극기를 단 수백 대의 자동차가 끊임없이 왕래하는 서울 거리로 만세를 부르며 군중을 따라 보기도 하였다. 그러나 도라올 땐 또 하나 벽녁 같은 소식에 아연하지 않을 수 없었다. '공산당'이 생겼다는 소문이었다.

'최고 간부의 한 사람이 기철이라 한다! …… 이런 일도 있는가?'

그는 내부의 문제, 외부적인 문제 일시에 엉컬려 헤어날 길이 없었다.

그러나 언제까지 이러구 앉아서 "나는 타락한 것이 아닌가?"—고 주지박질을 해 본댓자, 무슨 소사날 궁기 생길 리도 없어 석재가 마악 자리를 개키려는데, 이때 청년이 들어왔다.

"서울 않 나가시렵니까?"

청년이 그의 상태를 알 리가 없었다. 그저 예나 지금이나 침착한 '동지'로만 믿는 모양인지 앞으로의 계획 같은 것을 부단히 의론하였다. 이럴 때마다 그는,

"암 그래야지. 혼란한 시기라고 해서 수수방관하는 기회주의는 금물이니까. 허다가 힘이 모자라 잘못을 범할 때 범하드래도 위선 일을 해야지."

이렇게 말은 하면서도,

"하로 집에 있어 쉬려오."

하고 누워 버렸다.

아침을 치르고 청년이 서울로 떠난 후 혼자 누어 있으려니 또 잠이 오기 시작한다. 이 잠 오는 건 어제 드러 새로 생긴 병이다. 무얼 생각하면 할수록 점점 혼란하여 갈피를 못 잡게 되면, 차츰 머리가 몽농하여지고 그만 조름이 오기 시작하는 것이다.

'바보가 되려나 보다.'

그는 걷어차고 밖으로 나왔다.

거기는 옆으로 한강을 낀 펑퍼짐한 마을이었다. 섬같이 생긴 나지막식한 산들이 여기저기 놓여 있다.

그는 모르는 결에 나무가 많고 강물이 가까운 곳으로 가 자리를 잡았다. 멀―리 안개 속으로 서울이 신기루와 같이 얼른거리고, 철교가 보이고 '외인묘지'의 푸른 나무들이 보이고, 그리고 한강물이 지척에서 흘러가는 곳이었다.

잠간 시선이 어데가 머무러야 할지 눈앞이 아리송송한 게 골치가 지끈지끈 아프다. 눈을 감았다. 순간, 머리ㅅ속에 독갭이처럼 불끈 솟는 '괴물'이 있다. '공산당'이었다. 그는 눈을 번쩍 떴다.

다음 순간 이 괴물은 하늘에, 땅에, 강물에 그대로 맴을 도는가 하니, 원간 철거머리처름 뇌리에 엉겨 붙어 도시 떠러지질 않는 것이었다. 생각하면 긴 동안을 그는 이 괴물로 하여 괴로웠고 노여웠는지도 모른다. 괴물은 무서운 것이었다. 때로 억척하고 잔인하여 어느 곳에 따뜻한 피가 흘러 숨을 쉬고 사는 것인지 알 수가 없었다. 그러나 귀 막고 눈 감고 그대로 절망하면 그뿐이라고 결심할 때에도 결코 이 괴물로부터 해방될 수는 없었다. 괴물은 칠같이 어두운 밤에서도 화―ㄴ이 밝은 단 하나의 '옳은 것'을 진이고 있다 그는 믿었다.―옳다는―이 어데까지 정확한 보편적 '질리'는 나

뿌다는— 어데까지 애매한 율리적인 가책과 더부러 오랜 동안 그에겐 커다란 한 개 고민이었든 것이다.

차츰 흐려지는 시선을 다시 강물로 던지며 그는 생각는 것이었다. —김, 리, 박, 서 그 외 또 누구누구……. 질서 없이 머리에 떠오른다. 모두 지하에 있거나 해외로 갔을 투사들이다. 그리고 지금 자기로선 보지도 못하고 일홈도 모르는 새로운 용사들의 환영이 눈앞에 떠오르기도 하였다.

그는 불현듯 쓸쓸하였다.

'다들 뭉였단 말인가?'

그러나 이제 기철이 최고 간부의 한 사람이라면, 이보다도 우수한 지난날의 당원들이 몇이라도 서울엔 있을 것이다.

'그럼 이 사람들이 '당'을 맨드렀단 말인가?'

그는 다시금 알 수가 없어진다. 문득 기철이 눈앞에 나타난다. 장대한 체구에 패기만만한 얼굴이다. 돈이 제일일 땐 돈을 뭉으려 정열을 쏟고, 권력이 제일일 땐 권력을 잡으려 수단을 가리지 않을 사람이다. 어느 사회에 던저두어도 이런 사람이 불행할 리는 없다. 그러나 여긔 한 개의 비밀이 있었다. 이런 사람이 영예로워지면 질수록 흉악해지는 비밀이었다. 대체나 '겉'이 그렇게 충실허구야 '속[良心]'이 있을 리가 없고, 속이 없는 사람이란 외곽이 화려하면 할수록 내부가 부패하는 법이었다.

'목욕을 헌대도 비누허구 물쯤은 준비해야 허지 않는가?'

다시 눈앞엔 다른 한 패의 사람이 나타났다. 어데까지 옹종한 주제에 그래도 소위 그 '양심'이란 어금길에서 제 깐엔 스스로 고민하는 척 몸짓하며 살아 온 사람들이다. 이를테면 석재 자신 비젓한 축들이었다. 이건 더욱 보기 민망하다. 추졸하기 짝이 없다기보다도, 왼통 비리비리하고 메식메식해서 더 바라다볼 수가 없었다. 아무튼 통터러 대매에 종아리를 맞고도 남을 사람들이다.

'그래 이 사람들이 뭉여 '당'을 맨들었단 말인가?'

물론 그럴 리는 없다 하였다.

그러나 다음 순간, 그는 얼골이 훗군 달어옴을 깨달았다. 조금 전 기철이 최고 간부라는데 앙앙하든[38] 마음속엔 '그럼 내라도 될 수 있다' 엄페된 자기 감정이 숨어 있지 않았든가? 그는 벌컥 팔을 베고 앙천(仰天)하여 드러눗고 말었다.

얼마가 지났는지 아히들 떠드는 소리에 눈을 떴다. 그런데 웬일일가? 하늘이 이마에 와 닿어 있다. 실로 청옥같이 푸르고 넓은, 그것은 무한한 것이었다. 그러나 곳 그것은 하늘이 아니라 강물의 착각이었다. 순간 그는 이상한 흥분으로 하여 소리를 버럭 지르고 이러 앉았다.

비로소 조금 전 산비탈에 누워 잠이 든 것을 깨닷는다. ―어느 결에 석양이 되었는지 가을 같으다.

그는 다시 한 번 크다랗게 소리를 질러 본다. 그러나 아무 의미도 없고 또한 아무것도 의미하지 않은 비상히 큰 목소리는 그대로 웅얼웅얼 허공을 돌다가 다시 귀ㅅ전에 와 떨어진다. 저― 아래 기를 든 아이들이 만세를 부르며 놀고 있다.

외로웠다. 사지를 쭉― 뻗어 땅을 안고 잔디를 한 오큼 쥐어 보니, 가슴이 메이는 듯 눈물이 쑥 나온다.

'나는 아직 젊다……. 나는 아직 젊다!'

조금 후 그는 연상 무엇인지를 정신없이 헤둥대둥 중얼거리고 있었다.

이튼 날 석재는 청년을 따러 일직암치 집을 나섰다.

어제 그는 꽤 어둑어둑해서야 산에서 내려왔든 것이고, 내려와 보니 어느새 청년이 도라와 마치 기다리고나 있은 것처럼 "어델 갔다 오세요?" 하면서 그가, "발서 도라왔드랬소" 하고 대답할 나위도 없이 대뜸 큰일이 났

---

38) 매우 마음에 차지 아니하거나 야속함.

다는 것이었다.

그는 이제까지의 자기 세계를 떠나 이 씩씩한 후진에게 성의를 다할 임무가 있음을 깨다르며 옷깃을 바로 하고 정색하여 마조앉았다. 이야기는 대략, 방금 일본인 공장주의 부도덕한 의도로 말미암아 모든 생산물이 홍수와 같이 가두로 쏟아졌다는 것, 이에 흥분한 종업원 내지 일반 시민들은 가장 파괴적인 방법으로 사리만을 도모하여 영등포 등지, 공장 지대가 일대 수라장이 되었다는— 이러한 것들인데, 아닌 게 아니라 이야기를 듣고 보니 난처하였다. 한때 피치 못할 현상일지는 모르나 이대로 방임해 두었다가는 이른바 그들의 '개량주의화'의 위기를 초래하여 올지도 모르는 적 잖은 사태였다. 이리되면 그로서도 피안 화재시하고만 있을 수는 없었다.

"중앙에서 대책이 없읍듸까?"

"책상물림의 젊은이들이 몇 개인의 정열로 활동하는 모양인데, 너나없이 노동자라면 그대로 우상화하는 경향이 있어놔서, 일의 두서를 잡지 못 허두군요."

"그래, 김은 어델 관계하고 있는 중이오?"

"조일 직물과 일이삼 철공장인데 뭐보다도 기계를 뜯어 없애는 데는 참 딱해요. 대뜸 우리는 제국주의 치하에서 착취를 받았으니 얼마든지 먹어 좋다는 거거든요."

"'자계급'이 승리를 헌 때라야 말이지. 또 승리를 헌 때라두 그렇게 먹는 게 아니고……. 아무튼 큰일났구려. 그러다간 노동자 출신의 뿌르조아 나리다—."

두 사람은 어이없이 웃었으나 사실은 우슬 일이 아니었다. 뭘루 보나 노동자의 진지한 투쟁은 실로 이제부터라 할 것이었다. 지도자가 맥없이 노동자를 우상화한다거나 그 경제적 이익을 옹호해야 된다고 해서 그들의 원시적 요구의 비위만을 맞추어 준다는 것은, 노동자 자신의 투쟁력을 상실케 하는 것 이외 아무것도 아니었다.

"자칫하면 앞으로 일하기 무척 힘드리다—."

물론 이야기는 이 이상 더 계속되지 않았으나 석재는 청년의 부탁이 아니라도 날이 밝으면 영등포로 나가 볼 작정이었던 것이다.

곧장 신길정으로 가는 삼가람 길에서, 먼저 서울엘 들러 오겠다는 청년과 그는 난호였다.

혼자 일이삼 철공장을 향하여 거르려니, 또 뭐가 마음 한 귀ㅅ퉁에서 튀각태각을 한다.

'네가 이젠 공장엘 다 가는구나? 노동자를 운운허구…… 그렇지? 이젠 잡힐 염여가 없으니까……' 이렇게 고개를 들고 이러나는 것을, 그대로 윽박질러 처넣기도 하고 또 때로는, '암, 가야지. 반성이란 앞날을 위해서만 소용되는 것이니까. 과도한 자책이란 용기를 저상케 하는 것이고, 용기를 잃게 되면 제 이, 제 삼의 잘못을 또 다시 범하게 되는 것이니까……' 이렇게 누구나 다 할 수 있는 말로다 뱃장을 부려 보기도 하는 것이었으나, '용기'란 대목에 와서는 끝내 마음 한 귀ㅅ퉁에서 '뭐? 용기?' 하고는 방정맞게 깔깔거리는 바람에 그만 그도 따라 "허—" 웃고 만 셈이다. 인차 길 가든 사람이 저를 보는 것 같아서 우정 시침일 떼고 거르며, 그는 여전 지잖을 자세로, '그래, 난 겁쟁이다. 그러나 본시 용기라는 말은 무서운 것이 있기 때문에 즉 그 무서운 것을 이기는 데로부터 생긴 말이라면, 또 달리는 가장 무서움을 잘 타는 사람이 가장 용기 있는 사람이 될 수도 있다는 역설이 나올 수도 있지 않은가…… 나도 이제부터 이기면 되잖나? 앞으로도 무서운 것은 얼마든지 있을 것이고 나는 이겨 나갈 자신이 있다—.'

이렇게 콩칠팔새삼육[39]으로 욱여대며 일이삼 철공장으로 드러섰다.

마악 정문으로 드러서려는데, 누가

"김 군 아닌가?"

---

39) '이러쿵저러쿵하다'라는 뜻의 영동 남부지역 방언.

하고 손을 잡는다.

깜짝 놀라 치어다보니 천만 뜻밖에도 그 사람은 민택이었다. 그와 같은 사건으로 드러갔을 뿐 아니라 단지 친구로서도 퍽 신실한 데가 있는 사람이다.

"……이 사람아!"

그는 이 "이 사람아"을 되푸리할 뿐, 손을 쥔 채 잠간 어쩔 줄을 몰랐다. 이런 순간에 민택이를 만나는 것이 엇전지 눈물이 나도록 그는 반가웠다.

두 사람은 옆으로 둔대 우에 자리를 잡고 앉었다.

인차 그는 '당'의 구성이 역시 한국 내 있든 합법 인물 중심이란 것으로부터 방금 석재 자신에게도 전보로 열락을 취하고 있다는 소식까지 듯게 되었다.

지금까지 그럴 리는 없다고 부정은 해 오면서도 열에 아홉은 그러려니 했든 것이고, 또 이러함으로 이제 와서 뭘 새로히 놀랄 것까지는 없었으나, 그래도 그는 무엇인지 연상 어이가 없다.

"그래, 이 사람아ㅡ. '당'을ㅡ, 허, 그 참……."

이렇게 갈팡질팡하는 모양이 딱한지,

"허긴 그래. 허지만 당이 둘 될 리 없고 당이 됐단 바에야 어떡허나." 하고 민택이가 말을 하는 것이었다.

조금 후 두 사람은 신길정서 서울로 나가는 전차에 올랐다. '공산당'으로 가는 길이었다.

철교를 지나고 경성역을 도라, 차츰 목적한 지점이 가까워올수록 그는 모르는 결에 가슴이 두군거렸다. 생각하면 일즉이 그 청춘과 더부러 '당'의 일흠을 배울 때, 그것은 실로 엄숙한 두려운 것이었다.

그가 전차에서 내려 군데군데 목검을 짚고 경계하는 '공산당' 층게를 오르기 시작하였을 제는 오정이 훨신 지난 때였다. 별안간 좌우에 사람이 물 끓듯 하는데, 이따금 "김동무!" 하고 잡는 더운 손길이 있다. 모도 등꼴에 땀이 사뭇 차 얼굴이 붉고 호흡이 가쁘다.

그는 왼 몸이 횟근하며 가슴이 뻐근하였다. 얼마나 욱박 질리고 밟히우든 지난날이었는가? '당'이라니, 어느 한 장사가 있어 입 밖엔들 냄직한 말이었든가?

그는 소년처럼 부푸르는 가슴 우에 일즉이 '당'의 일홈 아래 너머진 몇 사람의 친구를 안은 채, 이런 일도 있는가고 이렇게 백주 장안 네거리에서 '당'을 들고 외우 뛰고 모로 뛰어도 아무도 잡어 가지 않고 아무도 죽이지 않는 이런 세상도 있는가고, 사람이든 기생이든 나무토막이든 무엇이든 잡고 팔이 널치가 나도록 흔들며 큰소리로 외처 뭇고 싶은 충동을 순간 그는 어찌할 수가 없었다.

그는 뭐가 무엇인지 어느 것이 옳고 그른 것인지 한동안 전연 판단을 잃은 상태였다. 그저 웃는 얼골들이 반가웠고 손길들이 따뜻할 뿐이었다.

복도를 지나 왼편으로 꺾어진 넓은 방에서 기철의 손을 잡었을 때에도 그는 전신이 얼얼한 것이 생각이 그저 떵―할 뿐이었다. 그러나,

"웨 이렇게 느젔나?"

"어찌 이리 늦소?" ―하는 똑같은 인사를 한 대여섯 번 받은 후, 그가 열 번이나 수무 번쯤 받었다고 느껴질 때쯤 해서 그제사 조금 정신이 자리 잡히는 상 부른데, 그런데 이 새로운 정신이 나면서부터 이와 동시에 마음 어느 구석에선지 핏득,

'내가 무슨 뻐스를 타려다 참이 느젓드랬나?'

하고 딴청을 부리려 드는 맹낭한 심사였다.

이건 도무지 객적은 수작이라고 허겁지겁 여겨 퇴박을 주었는데도 웬일인지 이후부터는 찬물을 끼언진 듯 점점 냉냉해지는 생각이었다. 그는 난처하였다.

잠깐 싱―글해서 앉어 있는 석재를 기철이는 아무도 없는 옆방으로 데리고 갔다. 그를 잘 알고 있는 기철은 먼저 '당'을 조직하게 된 이유부터

자상히 설명을 하면서,

"자넨 어찌 생각할지 모르나, 정치란 다르이. 지하에나 해외에 있는 동무들을 제쳐두고 어떻게 함부로 당을 맨드느냐고 할지 모르나, 그러나 이 동무들은 아직 나타나지 않고 일은 해야 되겠고. 어떻건담, 조직을 해야지. 이리하여 일할 토대를 닦고 지반을 맨드러 놓는 것이 그 동무들을 위해서 우리들의 떳떳한 도리가 아니겠느냐 말일세."

하고 말을 끊었다. 기철은 조금도 꿀릴 데가 없는 얼굴이었다.

그는 뭔지 그저 켕해서 이야기를 듣고 있노라니, 야릇하게도 이 '동무'란 말이 새삼스럽게 비위에 와 부듸친다. 참 희한한 말이었다. 어제까지 고루 거각에서 별별 짓을 다 허든 사람도 오늘 이 말 한마디만 쓰고 손을 잡고 보면 그만 피차간 '일등 공산주의자'가 되고 마는 판이니, 대체 이 말의 조화ㅅ속을 알 길이 없다기보다도 십 년, 이십 년, 몽땅 팽개쳤든 이 말을 이제 신주처럼 들고 나와 꼭 무슨 혐집에 고약이나 부치듯 철석 올려 부치고는 용케도 넹큼넹큼 불러대는 그 염체나 배ㅅ심을 도통 칭양할 길이 없었다. 물론 그는 십 년 전에 맛나나 십 년 후에 맛나나, 비록 말로 표현하지 못할 경우라도 눈이 먼저 맛나면 꼭 '동무'라고 부르는 몇 사람의 선배와 친구를 알고 있다. 그러나 이들이 부르는 '동무'는 조금도 이렇지가 않었다. 그렇기에 열 번 대하면 열 번, 그는 뭔지 가슴이 철석 하곤 하였든 것이다.

그는 차츰 긴 말을 짓거리기가 싫어졌다.

"잘 알겠네."

끝내 이렇게 대답하고 말었으나, 사실 기철의 이애기는 옳은 말 같으면서 또한 하나도 옳지 않은 말이기도 하였다. 어텐지 대단히 요긴한 대목에 대단히 불순한 것이 드러 있는 것만 같었다. 그러나 어떻게 된 '당'이든 당은 당인 거다. 그는 일즉이 이 당의 일홈 아래 충성되기를 맹세하였든 것이고, 또 당이 어리면 힘을 다하여 키워야 하고, 가사 당이 잘못을 범할 때라도 당과 함께 싸우다 죽을지언정 당을 버리진 못하는 것이라 알고 있다. 이러허기에 이것을 꼬집어 이제 그로서 '당'을 비난할 수는 도저히 없는 것이었다.

잠깐 그대로 앉아 있노라니 별안간 기철이란 '인간'에 대한 어떤 불신과 염쯩이 훅— 끼쳐 온다. 그는 모르는 결에 시선을 돌리고 말았다.

좌우간 이상 더 이야기가 있을 것이 그는 괴로웠다.

"자네 바쁘지? ……나 내일 또 들림세—"

그는 끝내 자리를 일어서려 하였다. 그러나 기철은 황망히 그를 잡았다.

"무슨 말인가? 안 되네! 자네 같은 사람이 이렇거면 '당'이 누구와 손을 잡고 일을 헌단 말인가?"

순간, 그는 가슴이 찌르르하였다. 생각하면 그동안 부끄러운 세월을 보냈기는 제나 내나 매 한가지였다. 가사 살인 도모를 하고 야간도주를 헌대도 같이 하고 같이 죽을 일이었다. 뿐만 아니라, 이제 기철이 당이 중요 인물일진대, 기철을 비난하는 것은 곧 당의 비난이 되는 것이었다.

"앞에도 적이요 뒤에도 적인 오늘, 이것이 허용된단 말인가?"

그는 제 자신에 미운 정이 들었다. 이제 와서 호올로 착한 척 까다로움을 피우는 제 자신이 아니꼬왔다.

그러나 결국 그는 사람 못 좋은 사람이었다. 조직부에 자리를 비워 두었다고 거듭 붙잡는 것을 가진 말로다 물리친 후 위선 '입당'의 수속만을 밟어 놓기로 하였다.

그는 기철이 주는 붓을 받어 먼저 주소와 씨명을 쓴 후 직업을 썼다. 이젠 '계급'을 쓸 차례였다. 그러나 그는 붓을 멈추고 잠깐 망사리지 않을 수가 없다.

투사도 아니요 혁명가는 더욱 아니었고……. 공산주의자, 사회주의자 운동자— 모도 맞지 않는 일홈들이다.

마침내 그는 '소뿌르조아'라고 쓰고 붓을 놓았다. 그리고는 기철이 뭐라고 허든 말든 급히 밖으로 나왔다.

거리에 나서니 서늘한 바람이 훗군거리는 얼골을 식혀 준다.

그는 급히 정유장 쪽으로 거름을 옮겼다.

노량진행 전차를 타고 섰노라니, 무엇인지 입 속에서 뱅뱅 도는 맴쟁이가 있다. 자세히 알어보니 별것이 아니라, 고대 막 조히 우에 쓰고 나온 '小뿌르조아'라는 말이다.

"……흠……?"

그는 6년 징역을 받은 적이 있는 과거의 당원인 자신에 대하여 무슨 보복이나 하듯 일종의 잔인한 심사로 무심코 피식이 고소를 하는 참인데, 대체나 신기한 말이다. 과시 탄복할 정도로 적절한 말이다. 지금까지 그는 그 자신을 들어 뭐니뭐니 해 왔어도 이렇게 몰아 단도대에 올려놓고 대ㅅ바람에 목을 뎅긍 칠 용기는 없었던 것이다. 그러나 이제 막 피식이 고소할 순간까지도 차마 믿지 못한 이 '심판' 아래, 이제 그는 고시라니 항복하는 것이었다.

—다음 순간 그는 몸이 허전하도록 마음의 후련함을 깨닷는다—. 통쾌하였다.

그러나 이와 동시에 무엇인지 하나 가슴 위에 외처 소생하는 것이었다.

드듸어 그는 전후를 잃고 저도 모를 소리를 정신없이 중얼거렸다.

"나는 나의 방식으로 나의 '소시민'과 싸우자! 싸홈이 끝나는 날 나는 죽고, 나는 다시 탄생할 것이다. 나는 지금 영등포로 간다. 그렇다! 나의 묘지가 이곳이라면 나의 고향도 이곳이 될 것이다……."

별안간 홧홧증이 나도록 전차가 느리다.

그는 환—이 뚜러진 영등포로 가는 대한 길을 두 활개를 치고 뛰고 싶은 충동에 가만히 눈을 감으며 쥠ㅅ대에 기대어 섰다.

—≪문학≫, 1946. 7.

최정희 ●●●

최정희(1906~1990)
- 1928년 숙명여자고등보통학교 졸업
- 1929년 서울 중앙보육학교 졸업
- 1931년 「정당한 스파이」(《삼천리》 10월호)로 등단
- 주요 경력 ─ 《삼천리》 기자(1931), 《조선일보》 출판부 입사(1936), 경성 방송국 근무
  (1942), 공군 종군 작가단 가입(1950), 한국 여류문학인협회 회장(1969), 대한민국예술원
  회원상 본상 수상(1972), 3·1문화상(1982)
- 대표작 ─ 「흉가」(1937), 「지맥」(1939), 「인맥」(1940), 「천맥」(1941), 『풍류잡히는 마을』
  (1949), 「정적일순」(1955), 『인간사』(1964) 등 다수

●●●

봉수와 그 가족(家族)

　　너무 일러서 우리 마당에 참새도 아직 소리 없고 산에서 뻐꾸기도 가만 있는데 봉수네 개가 목아지에 새끼를 매운 채 뛰어 이리로 들어온다. 나는 깜짝 놀라 오이에 물 주던 손을 얼른 멈추려니까 뒤를 따라 봉수 삼촌이 헐떡거리며 따르고 또 장터 개장 집 쥔이 따른다.

　　"끝내 개를 팔구야 말았구나."

　　내가 혼자 소리로 중얼거리는데 이번엔 봉수가 "멍멍아, 멍멍아, 멍멍을 잡지 마라. (봉수는 개를 멍멍이라 불렀다.) 작은 아부지, 아이 작은 아버지" 하고 소리를 지르며 디리 달린다. 그 뒤로는 또 봉수 조모가 가달이 난 치맛자락에 눈을 빗쓰며 달려 나와서 봉수를 안으려 든다. 한 번 붙잡혔다 놓인 상싶은 개는 다시 안 잡힐 량으로 앵두나무 살구나무 오동나무 개나리 백합 복숭아 뽕나무 자두나무 이런 사이를 요리 뱅뱅 조리 뱅뱅 배돌아 빠지기만 한다. 봉수 삼촌과 개장 집 쥔도 개와 마찬가지로 날쌔게 나무와 나무 사이를 뱅뱅 돈다. 봉수는 그 뒤를 따라 돈다. 봉수 조모는 봉수를 따라 돈다. 봉수는 개를 붙잡으려는 삼촌과 개장 집 쥔을 막을 량으로 돌고 봉수 조모는 봉수를 안을 량으로 돈다. 모다 숨이 가쁜 양 말없이 도는데 봉수만이 울며 부르짖으며 돈다.

　　여니 때라면 봉수가 그만큼 애원하는 일을 봉수 삼촌이나 봉수 조모가 안 들어줄 리 없지만 개를 파는 것은 쌀이나 혹은 양밀을 사서 양식을 삼고자 함이었다.

봉수네는 요새 한 열흘째 맨풀만 먹고 지낸다. 참으로 오래간만에 어쩌다가 타 온 배급이 스무엿새 치가 쌀이 너 되가 좀 넘고 나머지는 호밀인데 호밀도 두 말이 넘지 못하는 분량이었다. (한 사람 앞에 일 홉 오 작이라니 그리될 밖에 없는 일이지만.) 스무 엿새 치를 받으면 스무 엿새 동안을 먹어야 이상적이겠으나 그렇지 못하고 그것을 열흘도 채 못 먹어서 다떨어진다. 스무 엿새 치를 열흘도 못 먹는다면 아주 헤푸게 풍성풍성하게먹은 것같이 생각되지마는 실상은 그렇지 못하다. 쌀은 봉수만 죽을 끓여주고 호밀은 맷돌에 갈아서 가루를 내어 봉수 조모와 봉수 삼촌이 아무런풀이거나 뜯어 넣고 끄리는 푸성귀 국에다가 맷돌에 간 밀가루를 한 공기남짓하게 넣고 휘휘 적시며 끄려 죽도 아니요 밥도 아니요 국도 떡도 아닌그런 이름모를 요리를 해 먹는 것이 그렇게 되는 것이다.

그렇다고 배불리 먹는 것도 아니다. 먹은 뒤에 오줌을 두어 번 누고 나면 벌써 허깃증이 나서 하루해가 언제 넘어가나 하고 공중만 쳐다보게된다.

아직 배급을 탈 날짜는 멀고 그것도 꼭 정해 준 날 타게 된데도 열흘 가까이 견디어야 되겠는데 이때까지의 예를 보아서 배급을 준다는 날에 타본 적이 없다. 그 중에도 이번엔 분량이 또 더 줄어든다는 소문이 들린다.번번이 줄어드는 이유를 면사무소 당국에 물으면 삼팔 이북서 디리 밀리는사람과 또 양식이 떨어진 농가에 분배해 주는 때문이라고 대답하고 배급을받는 부락민 측에서는 그 말이 거짓말이라고 쑥덕공론이다. 배급이 자꾸만줄어들게 되는 까닭의 가장 큰 원인은 면사무소와 배급소와 또 그들과 특별한 관련이 있는—(소위 이곳 사람들이 말하는 권리 좋은 사람들)—끼리끼리에 진탕만탕 나눠 먹는 바람에 그리되는 것이라고 한다.

어떻게 됐던 간에 배급이 줄어드는 바람에 한 달이면 한 열흘 굶던 것이보름이나 스무 날을 굶게 된 것만은 속일 수 없는 사실이다. 굶는다는 것,말은 쉬우나 하루가 아니라 한 끼를 견디기 어려운 것이 그 일이라고 한다.

먹기 싫어서 안 먹는다든지 배불러서 안 먹는다든지 병들어서 안 먹는다든지 하지 않고 먹을 것이 없어서 못 먹는 때란 참아 견딜 수 없는 일이라고 한다.

이 견딜 수 없는 일을 당하지 않으려고 봉수네는 줄창 풀을 뜯어 들인다. 한창 푸성귀가 성할 때것만 상추, 아욱, 시금치, 배추, 무, 이런 것만으로는 이어 댈 수가 없어서 명아주, 찔겡이, 닭의 상추, 소라저, 문들레, 때를 지난 냉이까지 뜯어 들인다. 아침에도 풀이요 점심에도 풀이요 저녁에도 풀이다. 풀이 사나 된장이나 간장이면 좀 나을 것을 소금에 끓이는 풀은 쓰기만 하다. 요즘 와서는 그 소금도 떨어졌다. 나흘 품을 팔아야 소금 한 말을 사는데 그것도 하루 품을 디려서 서울 가야 사 오는 까닭에 걱정만 하며 맨 물탕의 풀국만 먹는다. 이러다가 봉수가 덜컥 병이 났다. 병이 났는지 먹지 못해서 기운을 못 채리는 건지 얼굴이 부석부석 부었다. 그래서 견디다 못해서 개를 판 것이다. 봉수가 그처럼 좋아하는 봉수의 멍멍을 판 것이다.

개는 요리조리 뱅뱅 돌아서 잘 빠지더니 부러진 복숭아 그루에 매인 새끼가 걸려서 그만 잡히고 만다. 봉수는 아주 절망적인 고함을 지른다. 불같이 달려들어 개장 집 쥔을 잡아 뜯는다. 그의 다리를 잡아다니며 개를 얽어 맨 새끼를 땡기며 결사적이다. 그래도 개장 집 쥔은 디려 댐비는 봉수를 도모지 대수롭지 않아 한다. 그저 개가 얼른 잡힌 것만이 다행하다는 낯색이다. 봉수 삼촌에게서 새끼에 다시 단단히 동여 맨 개를 받아 쥐자 깨개갱 깨개갱 발을 버티는 개를 끌고 나간다. 봉수는 할머니가 꼭 붙잡아 안았다. 끌리어가는 개의 비명과 개를 떠나 보내는 봉수의 울음소리는 아직 참새들도 뻐꾸기도 울지 않는 조용한 산골을 짜르릉 짜르릉 흔들어 놓는다.

봉수는 아버지도 어머니도 없다. 나이는 올해 여섯 살, 불우한 환경을 지닌 탓인지 도시인의 자녀처럼 총명한 데가 있다. 그가 그처럼 개를 좋아하는 것도 총명하기 때문인 것 같다.

개는 작년 봄 복숭아, 살구꽃이 한창 좋을 시절에 조그마한 강아지로서 봉수의 동무가 되었다. 아버지가 돌아간 지 일곱 달 만에 새우젖 고개 너머 있는 외가로 어머니를 따라갔다가 가서 열흘 만에 어머니를 떨어져 외할머니 등에 업혀서 홀로 돌아올 적에 외가에 큰 개가 낳은 여섯 마리 새끼 강아지 중의 한 마리를 안고 온 것이다.

봉수를 업어 온 외할머니의 말은 봉수가 강아지만 데리고 할머니한테 오겠노라고 해서 업어왔다는 것이고 봉수의 말을 들으면 그렇지 않고 봉수를 떨어지기 싫어서 어머니도 같이 오자는데 외할머니가 봉수만 덜너덩 업고 어머니 몰래 강아지 한 마리하고 논두렁길을 바삐 달려 나왔다고 한다. 그래 바삐 달려 나오는데 어머니가 "봉수야, 봉수야" 부르며 쫓아오는 것을 외삼촌이 꽉 붙잡고 놓아주지 않아서 혼자 왔다고 하고 또 달리 소문에 들리는 말을 들으면 봉수네 외가에선 일곱 마지기의 논을 짓던 것을 삼분 병작 토지개량이 실시되므로 말미암아서 소작권을 떼우게 되었다 한다. 소작권이 다른 데로 넘어가는 것은 아니고 지주가 땅을 반환해 달라고 하였다고 한다. 삼분병작을 하여서는 억울하다는 것이었다고 한다. 봉수 외가에서는 삼분병작은 그만두고 재래에 하던 반작제를 실행하겠노라고 손을 비벼가며 빌어도 그 지주는 듣지 않고 있었다고 한다. 그러할 때 아름다운 얼굴을 가진 어린 과부 봉수의 어머니가 친정에 나타났다고 한다. 반작도 안 된다고 머리를 돌리던 지주는 아들 없는 것을 구실로 아름다운 젊은 과부 봉수의 어머니를 자기에게 주면 땅을 그냥 부치게 하겠노라고 하였다고 한다. 지주의 이러한 처사는 봉수 외가에 다시없는 기쁨이었다고 한다. "저이같은 것의 자식으로 황송하옵니다" 라는 말과 함께 어린 과부 딸을 당장 주어 버렸다고 한다. 봉수 외조부 외조모의 사촌 할 것 없이 다 만족하였다고 한다. 딸의 팔자도 늘어지고 자기 일 가문의 팔자도 고치게 된 거라고 기뻐했다고 한다. 그렇지만 아름다운 어린 과부 봉수 어머니만은 그날부터 울었다고 한다. 울고 또 울고 자꾸만 울었다고 한다.

어찌 됐건 간에 봉수가 그 외할머니한테 업혀서 강아지와 함께 온 채로 봉수는 다시 어머니를 만나지 못하였다.

어느새 세월은 흘러서 다시 복숭아, 살구꽃이 피었다 지고 열매 맺는 철이 되었다. 봉수도 한 살 더 먹고 강아지는 무척 자라서 개장 집 쥔 눈에 들게 되었다. 이렇게 홀쩍 이야기를 해 놓고 보면 봉수가 한 살 더 먹고 강아지가 개장 집 쥔 눈에 들게 되기까지의 세월이 참 쉽사리 흘러간 것 같으나 흘러간 그 일 년이란 봉수에겐 십 년보다 길었던 것인지도 모른다.

나는 종종 아니 거진 날마다 봉수의 신변을 싸고도는 온갖 사건을 내 수첩에 적기를 게을리 하지 않았다. 이제 여기 가장 짤막짤막한 대목만을 골라 적기로 하자.

아참, 그보다 먼저 봉수네 가족과 우리와 인연을 맺게 된 유래부터 이야기해야 하겠다. 그것은 해방 후 한 달이 아니면 달포쯤 지난 때였으리라. 정자나무 그늘에 모여 앉은 마을 사람들이 여운형 씨의 이야기로 세월 가는 줄 모르던 때니까. 어느 날 아침이었다. 웬 모를 노파가 와서 우리 집 아래채를 빌려 달라는 것이다. 식구는 다섯에 방 하나를 쓰는데 증용 갔던 맏아들이 돌아오고 돌아오는 길에 처가에 뒀던 처와 아들을 데리고 오고, 노파의 스물두 살 먹은 작은 아들이 있고 이래서 각 방을 써야 하겠으니 부디 집을 빌려 달라는 것이었다. 사정을 듣고 보니 안 빌려줄 수가 없어서 나는 곳 그렇게 하라고 했더니 언제 이사를 해 왔던지 이튿날 아침 우물에 한 이십 되어 뵈는 옷은 매우 남루하나 참으로 아름다운 색시가 배추와 무청을 씻고 있었다. 그 옆에는 너댓 살 되는 투실투실한 사내아이가 물장난을 하고 있고 나는 곧 이 아름다운 색시와 귀여운 아이는 어제 집을 빌려 달래던 노파의 며느리와 손자라고 짐작하였다. 그래서 언제 벌써

이사를 왔느냐고 물었더니 아주 수줍어하면서 어제 저녁에 왔노라고 겨우
대답하였다. 나는 한시 급한 형편이어서 복가쳐 밤으로 온 거라고 짐작하
고 아랫채로 내려갔다. 그런데 채 내려가기 전에 방안에서 매우 아파하는
남자의 신음 소리가 들렸다. 노파를 불러 위선 이사 온 인사를 끝낸 뒤에
누가 아프냐고 물은즉 맏아들이 먹은 것이 체해서 그런다고 하였다. 나는
집에 들어와서 집에 있던 체증약 두어 가지를 갖다 주면서 이것으로 듣지
않거든 의사를 보이도록 하라고 부탁하고 부엌이랑 마루랑 두루 살펴보았
다. 마루엔 아무것도 없이 반반하고 부엌엔 본래 걸었던 자리에 솥은 두
개가 올려놓았으나 솥뚜껑은 없고 다리 떠러진 소반과 널도마가 덮여 있고
그 위에 장난감과 같은 작은 칼이 얹히여 있었다.

그릇도 이름 지을 만한 것이 별반 없는데 그것도 돌아가며 모주리 한 절
반씩 깨트려지고 이빠진 것들이고 물독도 동이도 없었다. 그러고 보니 우
물에서 배추를 씻던 그릇도 웃두머리가 절반 이상 떨어져 나간 항아리의
밑두머리였던 것이 기억되었다. 내가 보아 온 중 가장 가난한 사람들이구
나 하는 생각을 하지 않을 수 없었다.

내가 다시 나갔을 때는 점심때가 훨씬 지나서 저녁 지을 무렵이 가까웠
다. 장독을 옮겨 놓아야 하겠길래 아랫채 사람들을 생각해 내고 나는 그리
로 나갔다. 미닫이가 아침 모양으로 죄다 닫힌 채 잠잠하였다. 노파를 불러
서 작은아들을 찾았다. 나갔다고 대답하였다. 앓는 이는 좀 어떠냐고 물어
보았다. 거저 그렇다고 대답하였다.

나는 아침에 타이른 거나 마찬가지로 의사를 보이라고 다시 권하였다.
노파는,

"그라지요"

하고 대답하였다. 나는 더 말을 건네지 않고 돌아섰다. 돌아서랴는데 바루

그때였다. 방안에서 흑흑 느껴 우는 여자의 소리가 들렸다. 소리를 죽여 가며 몰래 우는 소리였다. 나는 곧 그것이 아침에 배추 씻던 아름다운 색시로구나 알았다. 멈췄던 발길을 다시 돌려 되돌아섰다. 미닫이 앞으로 바싹 다가섰다. 미닫이를 열자고 하였다. 그러는데 안으로 노파가 분주히 마주 나왔다.

"앓는 분이 더 하잖아요? 내가 의살 데려올 테니 방을 좀 깨끗이 해 놓세요."

나는 병이 더한 줄만 알았다.

"왜요? 그라지 마세요" 하고 노파는 아주 당황히 저고리 고름이고 치마 꼬리를 만지작거리다가 한참만에야,

"큰아이가 죽었어요" 하였다. 나는 말이 나오지 않았다. 말이 나올 수가 없었다. 어처구니가 없었다. 노파도 말이 없었다. 나는 그냥 벙벙하니 섰다가,

"사람이 죽기까지 했는데 한 집 사람을 몰리우다니……. 참……" 하였다. 내 말에 노파는 "남의 집이라 겁이 나서 그랬어요" 하고 소녀처럼 고개를 푹 숙여 버렸다.

또 말이 안 나왔다. 거저 노파의 씨물거리는 얼굴을 올려다보고 있었다. 그리고 있으려니까 어느새 내 눈에도 눈물이 펑그르 돌았다. 내 얼굴을 보자 안심되는 듯 노파는 씨물거리는 입을 겨우 벌려 가며 "죽을 죄를 지었세요. 거저 용서해 주시오" 하고 애원하였다. 나는 노파의 심정을 살펴서 그래서 그러는 것이 아니고 한 집안 안에서 사람이 죽는 것을 모르고 지난 것이 기가 막혀서 그런다고 말하여 주었다. 내 말을 듣자 노파도 더욱 씨물거리며 울었고 방안의 울음소리도 더 높아졌다.

나는 어쩌는 도리가 없어서 다시 집에 들어와 양초 한 갑과 돈 이십 원 갖다 주었다. 그리고 도라서는데 울타리 저쪽에서 사람들이 중얼거리는 소리가 들렸다. 내가 그리로 얼굴을 돌린 즉 그리로 좀 나오라고 손질하였다.

동네 아낙네들이 서 있고 늙은이, 아이들 합쳐서 한 십여 명 서 있었다. 입이 크고 말 잘하는 복동 어멈이 먼저 말을 끄집어내기를 우리가 집을 함부로 빌려 주어 동리에 옘병이 퍼지게 됐다는 것이다. 아래채 사람들을 두고 하는 말임을 나는 알았다. "본래 있던 집에서두 그래서 쫓아냈대요" 하는 소리도 들리고 오늘 아침엔 동리에서 된장국 끓인 집이 없었노라는 소리도 들렸다. 또 다른 말을 더 하려 드는 것을 내 쪽에서 얼른 된장국은 왜 못 끓였느냐고 물었더니 이번엔 복쇠 할멈이 입을 비죽거리며 "고눔의 건 똑 된장 냄새만 따라다니거든" 하는 것이었다. 옘병이 된장국 냄새를 쫓아다니기 때문에 된장국을 끄리면 그 집을 찾아갈까 싶어 왼 동네에서 된장국을 못 끄렸다는 이야긴 것을 알았다.

또 유순 아범은 아래채 사람들을 지금이라도 내쫓으라고 말하였다. 그러나 그런 말을 귀에 담아 들을 수는 없었다. 정말 그들 말과 마찬가지로 옘병이라 치드라도 쫓아 버려서 예방이 될 것이 아니고 설혹 예방이 된다 치드래도 나는 그들에게 나가 달라는 청을 할 수가 없었기 때문이었다.

그래도 옘병이라는 데는 불안스럽지 않을 수 없었다. 소독약을 풀어서 변소와 우물가와 수채와 아랫채 근처를 소독하고 집안 사람과 아랫채 사람들 손을 씻게 하고 저녁을 먹고 나니 달이 금대산 높은 봉우리 위에 내밀었다. 심신이 매우 피곤했으나 다시 한 번 아랫채로 내려가 보았다. 방안은 잠잠하고 저쪽 뒤곁에서 노파의 작은아들이 생 소나무 두 대를 눕혀 놓고 무엇인가 만들고 있는 것이 어수꾸러니 보였다. 그때는 그것만 보고 그냥 들어왔다.

잠깐 잠이 들었던지 아랫채의 약간 소란스런 소리에 깨었다. 일어나서 옷을 갖추어 입고 그리로 내려갔다.

달은 어느 새 하늘 한 공중에 올라왔다. 천지에 달빛이 찰찰 넘쳤다. 이러한 달빛 속에 나는 우물가에 채 못 가서 한 괴상한 물체가 십(十)자의 그림자를 길게 던지고 있는 것을 보았다. 그리고 그 괴상한 물체 주위에는 노파와 아름다운 이와 귀여운 아이와 노파의 작은아들이 서 있는 것도 보았다. 내가 가는 기척이 들리자 노파의 쪽으로 뚫린 작은아들은 십자의 그림자를 길게 던지고 있는 괴상한 물체를 등에 질머지고 내가 있는 사립문을 향해 움직이는 것이었다. 나는 발을 멈추고 그대로 서 있었다. 움직이는 것은 점점 가까워졌다. 가까워지자 노파의 작은아들 얼굴도 뵈고 지게에 무엇을 질머진 것도 보였다.

점점 더 가까워졌다. 지게에 짊어진 두 대의 소나무에 엮어 맨 시체가 분명히 보였다. 까딱하면 내 몸에 시체의 일부분이 닿을 수 있었다. 지게는 말없이 내 앞을 지났다. 마당에 둘러선 세 그림자는 그대로 움직이지 아니하고 서 있었다.

지게는 사립문을 나갔다. 나가다가 사립문 부출에 걸렸다. 나는 나도 모르는 결에 달려갔다. 가서 시체 엮은 소나무를 밀며 사립문 부출을 잡아다니며 하였다. 시체의 발이 내 손에 닿는 것을 알았다. 아무렇지도 않았다. 송장도 염병도 무섭지 않았다. 가난과 무지가 빚어낸 세계에 유례없을 지게장 예식 앞에 나는 거저 침착해질 뿐이었다.

지게는 한참 신고를 하고 나서 빠져나갔다. 사립문 밖은 달빛이 더 휘황하고 마을은 고요하였다. 집과 집이 있는 골목 안에서는 개가 몇 번 짖을 뿐, 잔디밭을 지나고 동구 밖을 빠져서 십자로에 들어서면서부터는 아무런 소리도 없이 지게는 움즉이고 있었다.

바람도 지나지 않고 그림자만이 혹은 '×'자로 혹은 '十'자로 짧게 또는 길게 달빛과 함께 출렁거렸다. 나는 '×'자의 혹은 '十'자의 그림자가 신작로 속에 아주 잦아들기까지 진실로 엄숙히 서 있었던 것이다.

여기서 나는 봉수와 그 가족들의 이야기를 그만두고 아까 위에서 약속한— 내 수첩에 적어 놓은 봉수의 이야기를 여기에 발표하겠다. 정말 짤막한 두서너 대목만 골라서 적겠다.

×월 ×일

봉수가 개를 쓰다듬고 앉았길래, "봉수야, 너는 왜 멍멍이하구만 노니?" 하고 물었더니 "멍멍이하구 노는 게 젤 재미있어요" 하고 대답하였다. "할머니하고 노는 건 재미없니?" 하고 물었더니 "할머니는 젖이 쭈굴쭈굴해서……" 하고 대답하고 그리고 나서 구름 가는 곳을 헤매 없이 쳐다보았다. 쭈굴쭈굴하지 않은 어머니의 젖 만지던 기억을 더듬는 것일까.

×월 ×일

봉수는 최대의 슬픔을 지닌 탓인지 도시인의 자녀처럼 총명한 데가 있다. 아침 일즉이 봉수는 날더러 멍멍을 못 보았느냐고 될처 물었다. 왜 그러냐고 물은즉 앞집 간난이가 진똥을 눴다고 대답하였다. 봉수네 저이 똥은 풀만 먹는 물똥이기 때문에 알곡을 먹는 차진 똥을 찾아다니며 개를 먹이는 버릇을 봉수는 벌써부터 해 온 것이다. 정말 봉수네는 변소에서 보면 솥에 끓이던 것과 꼭 같은 것을 배설해 놓는다. 요새 와서는 더한 것 같다. 그래서 그런지 피부도 말끔하니 푸른빛을 띤 것 같다. 하늘이 몹시 푸르고 마당 안에 나뭇닢들이 날마다 푸르러지는 까닭인지 몰라. 파아란 하늘 아래 파아란 숲이 있고 그 아래 파아란 피부를 한 인간이 파아란 똥을 눈다는 사실을 전설이라고 생각하면 처량하지나 않을까.

×월 ×일

개가 끌려간 뒤에 봉수와 그 가족들이 어떠한 몰골을 하고 있는가를 보고저 한낮이 썩 지나서 아랫채로 내려갔다. 봉수 삼촌은 없고 봉수가 밥은 없이 맨 개장국만 먹고 있었다. 아츰에 끌려간 봉수의 멍멍이가 개장국이 되어 온 것임에 틀림없었다. 봉수는 얼굴이 어제보다 더 부어 있었다. 아츰에 많이 운 까닭이겠지. 봉수 조모는 나를 보자 입속에 군침이 도는 것을 꿀꺽 삼키면서,

"아가 봉수야, 삼촌이 쌀 사오거들랑 저녁에 쌀밥 해 줄게" 하였다.

할머니 이 말에 봉수는 고개만 끄덕끄덕하였다.

바루 이때에 아주 가까운 어느 산에서 '뻐구―국 뻐구―국' 뻐꾸기가 마치 봉수의 고갯짓을 기다리고나 있은 듯이 피 맺힌 울음을 터트려 놓았다. 나는 봉수를 내 아이처럼 오히려 더 살뜰히 와락 끌어안았다. 한참 그렇게 안고 있다가 번쩍 높이 들어올리며,

"봉수야? 저 산을 봐라. 저 뻐꾸기 우는 푸른 산을 봐라. 뻐꾸기가 널더러 '봉수야, 어서 커라. 봉수야 어서 커라' 하고 우는구나." 이렇게 일러 주었다. 부르짖어 주었다. 웨쳐 주었다. 뻐꾸기는 그냥 '뻐구―국 뻐구―국' 울고 있고.(1946. 8.)

―『풍류 잡히는 마을』, 아문각, 1949.

점례(占禮)

밤이길래 눈물을 더 자아내게 하는 것이다. 윗 동네와 웃마을, 아랫마을에서까지 다 모였다.

달은 없고 별만 약간 뜬 밤이어서 숲과 호박 덩쿨과 옥수수나무들이 거저 우중충하고 다만 이 집 바루 문턱 밑에 바다같이 내벋은 논엣 물만이 후연히40) 넓을 뿐이었다.

바루 문턱 밑에 내벋은 땅이건만 이 집윗 것은 아니었다.

방도 뵈좁고 마루도 마당도 왼통 옹색스러운 것이었다. 겨우 세 간짜리 집이니 그럴바께 없겠지. 부엌 반 간, 마루 반 간, 방 한 간이었다. 어디 운신할 데 없으므로 사내들은 더러 가기도 하고 논드렁에 나가 쭈욱 들앉아 있기도 하고 안악네들은 좁은 마루와 마당에서 끼워서 몸을 비비며 틀며 꼬며 야단법석이다. 어린애 없는 안악네는 아이가 죽는다고 고함을 치면서도 그대로 도라갈 생각은 하지 않는다.

가뜩이나 꾀죄죄한 주제들이 비비우고 끼우고 하는 통에 꼴이 안 되고 냄새는 숨을 디리 그을 쩍마다 골치가 지끈지끈 아플 지경이다.

어제 저녁에 죽은 점례가 오늘 아츰 반나절이 다 되여 아버지와 약혼자 복이에게 들려서 묻히려 가기까지 이웃 개 한 마리 어른기는 일이 없었는

---

40) '훤히'의 북한말.

데 오늘밤 점례가 죽어 나간 뒤 집가심[41]하는 데는 이처럼 모여들었다. 야속한 일이었다.

그들은 점례의 주엄이 예사로운 죽엄이 아니라 하야 점례의 몸 덩어리가 벌서 땅 속에 묻히웠음에도 불고하고 장님한테 찾어가서 부적을 해 차고들 왔었다. 이것은 점례의 혼이 자기들 몸에 부접할 수 없게 하는 방패로 한 것이였다. 옛날부터 색씨 귀신에 부뜰리면 발을 못 뺀다는 말을 그들은 기억하고 있는 것이다.

그러면서 그들이 이처럼 모여들게 된 이유는 어디 있는 것일까.

점례가 묻히려 나가기 전엔 이웃 개 한 마리 어른기지 않었다 하드래도 나간 뒤에쯤은 이웃의 누가 한 사람쯤은 드려다 보암즉 한 일이건만 그런 일도 없다가 점례의 죽엄의 자리걷이를 한다는 소문에는 왼통 이 지경으로 밀려들었는 것이다. 이렇게 밀려든 그들 중에 점례를 위해서라든지 점례네 가족을 살펴서 온 자는 하나도 없었다. 점례가 닭의 혼이 씨워서 죽었다는 소문이 퍼졌고 그 소문이 널리 어느 동네에나 퍼저서 달도 없는– 별이 약간 있는 이런 밤임에도 불고하고 이처럼 밀려든 까닭의 전부는 점례의 죽엄이 허승구네와 관련이 있게 된 것에 있었다. 허승구라면 일읍이 떠드는 부호였다. 일읍뿐 아니라 서울 장안에까지 소문난 부자였다. 어쩐 일인지 이 고장에 사는 부자 아닌 가난한 사람– 즉 오늘 저녁 점례의 죽엄 자리걷이를 하는데 밀려든 축에 끼일 상 싶은 자들은 부자를 추앙하는 마음이 매우 강렬하였다. 그 도수가 너무 지나치는 경우에는 그들의 부자에게 가는 감정은 일종 그들의 신(神)을 섬기는 것 같은 것이었다. 혹 점례가 그냥 앓어서 죽었다면, 허승구네와의 관련이 없는 죽엄이였다면 점례의 죽엄은 아무 소문도 없었을 것이고 또 자리걷이를 하는데도 집안 식구와 약혼자 복이나 하고 가까운 이웃에서 몇몇 사람 드려다보는 정도였을지 모른다.

---

41) 초상집에서 상여가 나간 뒤 무당을 불러 집안의 악한 기운을 깨끗이 가시도록 물리치는 일.

사람들이 점례의 죽엄을 색씨의 죽엄이니 처녀의 죽엄이니 하고 떠들지만 점례는 결코 처녀도 색씨도 못 되는 소녀였다. 그 이마에 아직 복송아 털이 가시지 않었다.

굶는 일이 무서워서 식구 중에 하나라도 배를 골리지 않으려고 겨우 열네 살 밖에 안 되는 점례를 장터 술집에서 부엌일을 보고 있는 복이에게 혼인을 정해 논 까닭에 그를 사람들이 죽은 뒤에 색씨니 처녀니 하고 불렀든 것이다.

하필 술집 부엌일 보는 복이를 찾어서 정혼한 것은 복이가 모은 돈이 있는 것도 아니고 인물이 탐나서 그런 것도 아니었다. 다만 복이가 장가를 들면 복이의 색시 되는 자도 복이와 같이 그 술집 부엌일을 맡아 보아 주게 된다는 점에서였다. 술집 부엌일을 보아 주게 되면 먹는 것만은 배불리 먹을 수가 있다는 점에서였다. 죽엄보다 두려운 굶주림을 매일같이 당하고 있는 그들에겐 이것이 진리였든 것이다.

그런데 딱한 것은 약혼을 해 놓고 얼른 혼인을 치를 수 없는 것이었다. 위선 한 벌 옷이래도 해 입혀야 할 것인데 신랑 복이는 입든 대로 그냥 하드래도 색씨측은 그럴 수가 없었다. 진정 입을 것이라느니보다 걸칠 것이 없었다.

팔십이 다 된 점례의 할머니, 할아버지, 어머니, 아버지, 동생 넷에 거기에 점례까지 아홉 식구. 먹는 것만 해도 죽을 수 없어서 살아가는 형편인데 옷을 가지고 이얘기함은 옛말 같았다. 또 점례의 신랑 될 자―복이 역시 여기서 별로 버서나지 못하였다. 술집에서 먹고 월급이 오백 원. 오백 원으로는 인조견 치마 적삼도 사 낼 수 없지 않는가. 이래서 혼인을 곧 치를 생각을 못하고 한 의견이 있었으니 그것은 복이의 다섯 달 월급을 모아 가지고 혼인을 치루는 것이 좋겠다는 것이었다.

한 달, 두 달, 세 달, 네 달, 다섯 달. 복이의 월급이 이천 오백 원이 모여졌다. 복이가 돈 이천 오백 원을 손에 들고 점례네 집을 찾어왔을 때 점

례 어머니는 복이더러 오늘이래도 곧 서울 가서 점례의 아래 웃도리 감을
끊어 오라 일러주고 자기는 판수의 집으로 달려갔다. 혼인날을 받으려 함
에서였다.

점례의 혼인날은 음력 사월 스무 여드랫날로 났다. 복이는 서울 가서 분
홍 교직 숙고사 치마 한 감과 교직 숙고사 하얀 적삼 한 감과 가루분 한
통과 작난감 같은 거울 한 개와 그리고 자기의 것은 양말 한 켤레에 자동
차 바퀴로 만든 신발 한 켤레를 사가지고 왔다. 그것으로 이천 오백 원이
다 다났다.

점례 할머니와 점례 어머니는 거울이나 분은 못 사드래도 보선 감으로
왜포(광목)나 한 마 바꿔 올 것을 그랬다고 걱정을 했드니 복이는 잠자코
듣다가 좋은 수가 있느라고 하면서 고개 너머 사는 제 외삼촌 집에 병아리
맏배가 열 마리쯤 자라는데 제가 혼인하는 때면 그 중 두 마리만 팔아서
부조해 주마하든 외삼촌댁의 이얘기를 하였다. 그러고 나서 그 길로 복이
는 고개 너머 외삼촌 집에 가서 병아리 한 쌍을 안아다가 점례네 마당에
내려놓았다.

일이 공교로울려고 그랬든지 음력 사월 스무여드레가 양력 유월 십육일
이었다. 이 날은 허승구의 딸 순행의 혼인날이었다.

순행의 혼인날은 작년 동짓달에 받은 날이라 점례네뿐 아니라 허승구네
소작인들은 죄다 알고 있었으나 그날이 바루 음력 사월 스무 여드랫날인
것은 몰랐다. 혼인날을 열흘 앞두고 허승구네는 각처로부터 일가친척들이
오고 소작인들이 모여들었다. 그래서 점례네는 점례의 혼인날과 아가씨(그
들은 허승구의 딸을 이렇게 불렀다)의 혼인날이 같은 것을 알아내었다.

같은 날 혼인을 지내는 일이 세상에는 수두룩하건만 허승구의 소작인으
로 그 조상 대대손손이 내려오는 점례네로서는 그렇게 하는 수가 없었다.
더구나 점례를 복이에게 약혼해 놓은 일을 그때까지 나릿 댁(허승구의 집

을 이렇게 불렀다)엔 알리지 못했든 것이 아닌가. 아무렇게 해도 알 일이지만 가끔 나릿 댁에 들어가서 아가씨의 시중을 드는 점례라, 시집보낸다는 것을 알면 덜 좋아할 것 같은 마음에서 그랬고 또 하나는 겨우 열네 살바께 못 되는 어린 것을 시집보낸다는 일이 부끄러워서 그랬든 것이다.

그랬는데 혼인날을 며칠 안 두고 점례도 "아가씨 시집가시는 날 시집가게 됐어요" 할 수가 없었다. 그렇게 하기는 죽기보다 두려운 일이었다.

그렇지 않드래도 항상 두려운 데가 나릿 댁이고 항상 두렵고 조심되는 데가 거기가 아니었든가. 아이로부터 어른까지 나릿 댁 문전에만 가면 행동이 부자연해지고 말이 제대로 나오지 않았든 것이다. 무슨 할 말이 있어서 벨르고 벨러서 갔다가도 아뭇 소리도 못하고 도라오는 일이 한두 번만이 아니였든 것도 사실이 아니든가. 잘못한 일 없이 꾸중을 듣는 때도 마음에 먹은 바를 변명하지 못하고 그대로 고개만 숙이고 있은 일은 몇 번이었던가.

그들은 언제 어느 때부터 이렇게 된 것인지 알지 못하였다. 거저 할아버지가 그러는 것을 보고 아버지가 그랬고, 아버지가 그러는 것을 보고 아들이 배우고 이렇게 대대로 내려와서 그렇게 되였든 것이다.

실심 낙담한 점례 어머니는 다시 판수를 찾아가서 사정 이야기를 하고 음력 사월 스무 여드랫날 안으로 길(吉)한 날을 받어 달라고 하였다. 그러나 판수는 고개를 설레설레 내저으며 점례의 혼인날은 음력 사월 스무 여드랫날 외엔 칠월 십오일이 길할 뿐이고 그 밖에 다른 날은 모다 불길하여서 점례와 복이가 장님이 되거나 절름바리가 되리라 하는 선고를 내리었다. 점례 어머니는 딸과 사위를 절름바리나 장님 맨들기란 말만 들어도 끔찍스러웠다. 그렇다고 나릿 댁 대삿날 치루기는 더구나 못하는 일이었다. 하는 수 없이 점례의 혼인날을 물려서 음력 칠월 보름날로 결정하였다. 그러니까 석 달을 연기한 셈이었다.

굶는 일이 무서워서 식구 중에 하나라도 배를 곯리지 않으려고 겨우 열네 살 바께 안 되는 점례였으나 시집보낼 생각을 하였고, 그래서 혼인을 정해 놓은 복이의 다섯 달 월급이 모여지기를 기다렸고, 다섯 달 월급 이 천 오백 원이 복이 손에 쥐여지자 복이는 서울 가서 분홍 교직 숙고사 치마와 숙고사 교직 흰 적삼과 가루분과 작난감과 같은 거울 한 개와 이렇게 점례 것을 사고, 그러고 난 뒤에 또 자기 것으로 양말 한 켤레와 자동차 바퀴 고무로 맨든 신발 한 켜레를 사왔든 것이고, 혼인날 점례에게 보선 한 켜레를 신기고저 고개 넘어 외삼촌 집을 찾어 가서 맏배 병아리 한 쌍을 안어다가 점례네 마당에 내려놓았든 것이 아니든가.

점례는 잔칫날을 물린 것을 좋아하였다. 시집가는 것이 싫여서가 아니라 병아리가 석 달을 더 자라나면 큰 닭이 될 테니까, 큰 닭 두 마리면 적어도 칠백 원은 될 테니 칠백 원으로 점례는 보선은 그만두고 인조 관사 적삼을 해 입으리라 마음먹었다. 점례는 더운데 보선 같은 것은 신지 않어도 좋다고 생각했다. 작년 여름에 시집 간 순이가 관사 적삼을 입고 물분을 보얗게 발르든 것을 점례는 기억하고 있기 때문이었다. 점례 저도 '복이가 물분을 사왔드면 좋았을 걸' 하고 잠깐 생각하기도 하였다마는 그런 생각은 잠깐 할 뿐이었고 어쨌든 허승구의 딸 순행의 치장과 화장품과 이불과 또 그 밖에 보선만 하드래도 몇 백 켤레여서 삼층장 하나엔 댄 보선만으로 꽉 찬 것을 보고 있으면서도 점례는 놀라지도 않었고 그런 것이 부러운 줄도 몰랐다. 나릿 댁 아가씨니까 그러는 게거니만 생각하였다. 이왕 말이 났으니 이얘기지만 허승구의 딸 순행의 옷은 저고리가 열 죽이 넘었다. 열 죽이면 백 개였다. 치마는 다섯 죽, 단속 것은 석 죽, 고쟁이도 석 죽, 이불은 열 채, 놋 대여가 아주 큰 것, 좀 큰 것, 그냥 큰 것, 중간 것, 그 보다 좀 적은 것 다음으로 적은 것 또 더 작은 것 아주 적은 것 여덟 개요, 놋 요강 유리 요강 사기 요강 도합 요강만 해도 다섯 개, 이 밖에도 광목 옥양목 모시 생모시 양단 호박단 유—뗑이니 빠—레—쓰니 사—뗑이니 하는 주단 포목을 몇 필이든지 그 여러 개의 장농 속에 디레 장쳤고 금비녀 비취

비녀와 거기에 딸린 장식품, 보석 반지 금가락지 금반지 이것만 해도 삼십여 만원이고 겨울에 쓰는 목도리 한 개에도 삼 만 원짜리라 하였다. 다른 것은 다 그만두고라도 이 삼 만원이라는 목도리 한 개의 값이 복이가 다섯 달 월급을 모아서 사온 분홍 교직 숙고사 치마와 흰 교직숙고사 적삼과 가루분과 작난감 같은 거울과 복이의 양말과 자동차 바퀴고무로 맨든 신발을 사온 이천 오백 원의 돈이 얼마나 차이가 생기는 돈인지 그것조차 점례는 몰랐다. 알려고도 하지 않았고 또 알 수도 없었다. 돈과 인연이 머언 그들이기 때문에ー. 또 혹시 안다고 하드래도 조금도 놀랄 것이 없었다. 점례뿐 아니라, 점례네 가족들도 다 그러하였다. 또 이 가족과 같은 부류, 게급에 사는 사람들도 역시 똑같았다.

사람은 죄다 마찬가질 텐데 어떤 자는 저렇게 살고 우리는 이렇게 사는 걸까. 손톱 발톱을 한번 깎어 보지 못하고 죄다 달어 없어지게 일을 하고도 밤낮 굶는데 저들은 곱게 입고 곱게 먹으면서도 고된 일을 하지 않고 편안히 살어가는 걸까. 그들은 요만한 생각조차 가져 본 적이 없었다. 분한 것도 억울한 것도 원통한 것도 다 몰랐다. 거저 그들은 나릿 댁(혹은 지줏 댁)은 의례히 그래야 하고 자기네들은 그렇게 살어야 하는 건 줄 알았다.

인제는 이것이 그들의 습성이 되고 전통이 되고 말었다. 이 습성과 전통은 한 해나 두 해에 생겨진 것이 아니고 10년이나 20년에 지여진 것이 아니였다. 몇 백 년을 지주의 노예로서만 살어 내려오는 사이에 지여진 처량한 습성이요 슬픈 전통이였다.

참 굉장하고 풍성한 순행의 혼인은 양력 유월 십팔일이요 음력 사월 스무 여드랫날 치루웠다. 신랑 편엔 부모 친척이 없는 관계도 있었지만 색씨 편이 워낙 부자요 또 딸은 그 하나 밖에 없고 보니 한번 굉장하고 풍성한 잔치를 베푸는 것도 좋암즉 하다해서 혼인식을 색씨 집 마당에서 거행하였다. 천여 평이 넘는 뜰 안과 대문 밖에까지 사람의 성을 쌓았다.

굿두 볼 겸 떡두 먹을 겸이라드니 호화찬란한 잔치구경, 색씨구경도 할 겸 얻어먹을 겸 굉장한 수를 헤이는 사람들이 모였다. 어떤 자는 한 만 명 될 것이라 하고 또 어떤 자는 만 명이 뭐냐고 십만 만 명은 될 것이라고 장담을 하였다. 군정청에 다니는 허승구의 아들 친구도 십여 명 오고 서울 사람들도 오고 미국 사람도 몇 있었다.

어쨌든 이처럼 굉장한 혼인 잔치를 허승구네는 치루고 났었다.

그날은 잔치를 지낸 뒤 한 엿새 지내였을까. 혼인을 치룬 순행이는 신랑과 함께 그 많고 호화찬란한 패물과 치장과 세간을 화물 자동차에 싣고 신랑과 색씨와 색씨의 어머니와 오라버니는 자동차에 타고 서울 들어간 지 사흘째 되든 날이었다. 점례의 두 마리 닭 중의 한 마리가 허승구네 울안 채마밭에 들어갔다가 허승구에게 붓잡혓다. 다른 때에도 인정머리 없는 짓을 잘 한 것이지만 그동안 딸의 혼인식을 치르느라고 피곤해서 신경이 잔뜩 날카로워졌든 것인지 그렇지 않아도 딸의 혼인에 백만 원도 훨씬 넘는 거액을 소비해 버린 것이 원통해서 그랬든 것인지 혹은 단 하나의 딸을 훌쩍 떠나보내고 나니 허잘것없이 서글픈 심사가 떠올라서 그랬든 것인지 그만 점례의 닭을 붓잡아서 아주 기인 작대기에 죽지를 달아매여서 울타리 말짱[42]에 그 작대기를 밧줄로 찬찬히 동여매어서 하늘 한 공중을 찌를 듯이 높게 닭을 달아매여 놓았다. 전에도 동네에서 닭을 칠 때 이웃 닭이 그 울안에 들어가면 종종 다리도 부러저 나오고 돌에 맞은 채 아주 즉살 하는 일도 있었으나 이렇게 작대기 형벌은 보다 처음 일이었다. 이즈막엔 이 동네에 닭이라군 점례네 밖에 없었다. 닭의 어리를 맨들고 기르기 전엔 길러낼 재주가 없는 까닭이였다. 어느 집 닭이나 모조리 허승구네 울안에 잘 가는 탓이었다. 울안이 천 평도 넘게 되자니까 주위에 비잉 돌아앉은 들집

---

42) '말목'의 함경도 방언. 가늘게 다듬어 깎아서 무슨 표가 되도록 박는 나무 말뚝.

이 모다 허승구네와 울타리를 사이에 두게 되고 울타리를 사이에 두게 되자니까 닭들은 좁은 자기네 뜰 안보다 넓직하고 먹을 것이 흔한 허승구네 울안으로 잘 들어가게 되었다.

"닭을 모조리 없애 버려라."

허승구는 명령하였다. 누구의 명령이라고 안 들을 수 있으랴. 당장 업샌 집도 있고 혹은 어리 속에 가둬 놓고 맥이다가 닭이 즈살이가 들어서 잡어 먹은 집도 있고 파라 버린 집도 있고 허승구네 집에 선사물로 보낸 집도 있다.

그래서 왼 동네에 닭이라군 점례네 밖에 없었다. 점례도 닭을 내놓고 길르지 않았는데 두 마리 닭 중의 하나가 물그릇을 넣어 주는 바람에 그만 나와 버렸는데 점례는 그놈의 닭이 허승구네 집으로 들어갈까 봐서 왼통 나서서 수직을 서고 했는데 잠깐 저녁에 죽 쑬 아욱을 꺾는 사이에 닭이 그 지경을 당한 것이었다.

구름이 매우 하이야젔다. 유월에 하늘과 숲이 몹시 푸르기 때문에 구름이 더 하이야젔는지도 모른다. 매우 하이얀 구름이 왕성하게 뭉쳤다 펴졌다 하였다. 각대기에 꿰매여 달린 점례의 닭 빛도 구름과 같이 하얗다. 하이얀 닭의 비명이 하얀 구름을 꿰뚫고 하늘 저쪽으로 흩어졌다.

"뉘 놈의 닭이냐. 제 멋대루 닭을 내 놓는다 흥."

"이 년놈들 보자 어디 세상이 꺼꾸로 됐다구 그래 상전두 몰라 본담. 흥, 아니꼽께. 흥."

"너이 년놈들이 개다리질을 하구 웃줄대지만 그리 얼른 네 눔들 세상이 될 줄 알어, 흥.더러워서……흥."

"내 앞에서 뒷짐을 딱 집구 다니겠다. 이눔들, 어디 보자. 고얀 눔들, 고렇게 사람의 공을 모른담. 이눔들, 네 눔들이 누구 덕에 살아왔단 말이냐. 할애비 쩍부터……. 할애비 쩍이라니 네 이눔, 네 눔은 너 이눔, 태천이 눔, 네 눔의 할애비의 할애비부터 우리 덕에 살았다구 하지 않니. 네 이눔, 그래 닭을 네 맘대루 내놔서 내 집 일년 치를 다 결단낸단 말이냐."

아무도 없고 눈이 보자라는 마당 한가운데 서서 허승구는 이러한 말로 호령을 하였다. 호령이라고도 할 수 있겠으나 뜻있는 자의 귀에 그것이 비명(悲鳴)으로 들렸으리라.

허승구는 이외에도 더 한참 서서 떠들었다. 맨 나중엔,

"태천아, 네 이눔아. 견뎌 봐라 견뎌 봐……. 이눔아, 이 쥑일 눔아, 견뎌 봐라."

하며 미친 것처럼 날뛰었다. 태천이라 함은 점례의 아버지의 이름이었다. 닭이 점례네 것이라는 것을 심부름하는 계집애─점례 동무에게 들어서 알고 하는 소리였다. 점례 아버지나 점례 어머니나 또 그 외의 점례네 가족들과 점례까지 닭의 사건을 닭이 아직 하늘 공중에 올라가기 전, 작대기에 꿰매어 달리려는 도중에서 알고 있었으나 누구 하나 썩 허승구 앞에 나가서,

"저이 닭이올시다. 잘못했습니다."

하고 말할 수 없는 것은 해방이 되면서 삼분병작의 제도가 생기게 된 이후로 허승구네는 토지를 많이 팔았다.

일이천 평, 오륙백 평 요렇게 따루 떨어진 논들은 죄다 팔고, 이제 남은 것은 한 머리에 몇천 평, 몇만 평씩 한텍 달린 것뿐인데 그것들도 팔자고 내놓았으나 그렇게 큰 덩어리는 임자가 좀체 없고 해서 허승구네는 큰 덩어리는 그 작인들에게 팔려고 서드는 참이었다. 가령 만 평의 작인이 백명이라 치면 그 백 명에게 각각 지금까지 그들이 갈아 먹든 면적의 것을 각각 매수하게 하는 것인데 남의 땅을 붙여 먹으며 굶기를 밥 먹기보다 더 하든 작인들에게 땅 살 돈이 어디 있든가.

돈이 없어서 땅은 못 사게 되면 결국 팔릴 것이고 팔리면 경작권이 떠러져 나갈 것이고 경작권이 떠러져 나가는 날이면 왼 가족이 굶어죽는 날이고 작인들은 불안과 공포에 있는 것이다. 점례네도 이 부류에 속하고

있었다.

　지주들 측에서 보기에 삼분병작제가 실시되면서 작인들이 큰 수나 생긴 듯이 우쭐대며 아니꼽게 구는 것 같지만 실상은 이삼분병작제가 우매와 무지의 덩어리인 농민들을 얼마나 울리는 건지 모른다.

　땅이 떠러질까 봐 집을 팔고 세간을 팔고 부리든 소를 팔고 길르든 돼지, 닭을 중도에 팔고 그래도 모자라서 높은 별리로 빚을 내여서 팔리는 땅을 붙잡는 농민도 있었다.

　또는 고리대금업자에게서 돈을 내여다가 땅을 사서 토지소유권 문서는 고리대금업자에게 맽기는 농민도 있었다. 그런데 여기서 전에 볼 수 없든 현상이 하나 생겼으니 그것은 고리대금업자가 토지소유권을 잡고 앉아서 한 달에 얼마라는 변리를 받는 대신 그 토지에서 나는 농작물을 반분을 받어디리는 것이었다. 그러니까, 고리대금업자는 세상이 어찌될 줄 모르는 판국이니 땅을 소유하기보다 남의 토지소유권을 든든히 쥐고 앉아서 그 토지에서 나는 농작물을 반 분배하여 근래와 같이 곡가가 고등한 때에 곡물을 파는 것이 돈 이자로 1, 2할이나 그보다 더한 변을 받기보다 훨씬 나은 까닭이라 하였다.

　그런데 이러한 방법으로 저마다 땅을 살 수 있는 것은 아니었다. 이 조고마한 농촌에 누구에게나 돈을 줄 수 있는 그리 큰 고리대금업자는 있지 않았다. 더구나 적은 땅도 아니고 큰 덩어리일 경우에는 더 방도 없었다. 점례네가 붙이는 땅은 점례네 바루 문턱 앞에 바다같이 내벋은 만 평 중의 이백 평이었다. 벌서 내여 놓은 지 오래나 임자가 없어서 허승구는 그 땅을 가라 먹는 작인들더러 사라고 명령을 내리운 참이었다.

　본래부터 그 앞에선 두렵고 조심스럽든 터인데 이런 일까지 있고 본즉 어떻게 썩 나설 수 있을 거냐. 아뭇 소리 못하고 거기 점례의 우름소리가 허승구에게 들릴가 봐서 쉬- 쉬- 하기만 하였다. 소작인들이 이렇게 공포에 떠는 반면에 또 지주들은 지주대로 매우 신경질이 되였든 것이다. 전

같으면 성이 안 날 일에도 화를 버럭버럭 내며 이내 곧 하는 말인즉,

"그래 봐라. 땅을 떼버릴 테니."

하는 태도와 어조로 작인을 대하는 것이었다. 말하자면 지주 측에선 삼분 병작제로 인해서 작인들이 지주 앞에 공손하지 못하고 저이들 세상을 만났다고 아니꼽게 대가리질을 하는 것 같아서 밉쌀스럽게 보이는 것이었다.

그러니까 자연 지주의 신경은 날카로워질 것인데 이렇게 지주의 신경이 날카로워지니까 소작인은 또 한층 더 불안과 공포에 떨게 되는 것이었다.

점례네가 점례의 약혼을 알리려 못 들고 점례의 혼인날을 미루게 된 것도 따져 본다면 분명히 이러한 관계로 해서였든 것이다. 또 한편 허승구가 닭에게 그처럼 악형을 처한 것은 딸의 혼인을 치르느라고 피곤해서 신경이 날카로워진 탓도 아니고, 딸의 혼인에 백만 원이 넘는 거액을 소비해 버린 것이 원통해서 그런 것도 아니고, 단 하나의 딸을 훌쩍 떠나보내고 나니 허잘것없이 서골픈 심사가 떠올나서 그런 것도 아닌 것이다. 오히려 그는 딸의 자동차를 떠나보내고 도라 들어오면서 무슨 무거운 짐을 내려놓은 듯 가벼운 마음이었으며 백 만 원이 넘는 거액을 쓴 데 있어서도 그는 잘한 짓이라고 스스로 통쾌함을 느끼는 것이었다. 백만 원이 아니라 이백 만원을 써서도 족할 마음이었다.

'어느 때 어떻게 될지 모르는 눔의 재산', 이것이 그의 머리를 항상 쉴 새 없이 점령하는 생각이었다. 그래서 아들에게 자주,

"세상이 어떻게 된다드냐."

"공산(共産)이 된다드냐. 민주(民主)가 된다드냐."

하고 물었다. 그러면 아들은 임시정부가 서 봐야 안다고 대답하였다. 그러면 허승구는,

"임시정부가 서면 다시 옛날루 도라갈 일은 없겠지."

하고 행여나 자기들이 좋든 세상이 다시 한 번 도라오지나 않을까 하는 실 낱같은 희망에서 이렇게 물어보기도 하였다. 그러고 보면 허승구의 신경을

날카롭게 하는 조건은 다른 데 있지 아니하였다. 해방 이후에 변동된 삼분 병작제로 해서 자기들에게 닥쳐오는 타격과 또 앞으로 참 자기 말마따나 세상이 어떻게 될지 모르는 불안스런 마음으로 해서 생기는 신경의 이상이라고 볼 수밖에 없는 것이다. 이로 말미암아 많은 그의 작인들이 유형, 무형의 희생을 당하게 되는 일이 적지 않다는 것을 우리는 알아야 할 것이다. 점례의 닭도 말하자면 그르므로 해서 희생된 것이요 또한 점례는 닭이 그르므로 해서 죽엄에까지 이르게 되었든 것이다.

남들은 점례를 닭의 귀신이 씨워서 죽었다고 말하였다. 우매하고 무지의 덩어리인 그들 입에서 나옴즉한 말이다. 그러나 점례의 죽엄을 그렇게 돌려 버린다면 비참하게 죽은 죽엄 이상으로 점례더러 닭의 귀신이 씨워서 죽었다고 하는 자들의 우매와 무지를 슬퍼하지 않을 수 없는 것이다.

점례는 닭의 귀신이 씨워서 죽은 것이 아니었다. 하늘 공중에 꿰매여달린 구름 같이 하이얀 자기의 닭을 끄러내다가 허승구의 던지는 돌에 맞아서 죽었다. 돌에 맞어 죽었다고 이렇게 마구 말해 버리면 독자는 '거 참 악독한 눔' 이라고 주먹을 부르쥘 것인지 모르겠으나, 점례는 돌에 맞어서 그 즉석에 죽은 것은 아니었다. 돌은 크지 않고 이마에 맞어서 상채기를 낼 만하였다. 점례는 그런 돌에 맞어서 이마가 손까락 하나 잠깐 들어가리만큼 구녕이 풍 뚫어졌었다.

밤이길래 아니 달이 낮처럼 밝은데서 구름같이 하이얀 점례의 닭이 꿰매여 달린 지 사흘째 되여서 마지막 비명을,

"끼이욕 끼이욕."

가늘게 지르는 소리를 들을 수가 없어서 점례는 밤이길래 아니 달이 낮처럼 밝은데서 달이 낮처럼 밝기 때문에 구름같이 하이얀 닭의 모양이 너무 잘 보이고 또 그 비명이 달이 밝어서 처참하기 때문에 방에서 몰래 빠져나와 아직 안 잠긴 허승구네 쪽 대문을 살그마니 밀고 들어가서 울타리 말뚝에 찬찬 얽어 맨 작대기를 끌러 내리우고 닭을 끌러서 가슴에 안고 아

욱과 상추와 도마도와 시금치 밭을 함부로 밝으며 허둥지둥 쪽대문께로 나오려는 때에 "어떤 놈이냐"는 소리와 함께 이마에 부디치는 것이 있었다. 점례는 아찔했으나 통 모르고 거저 달리기만 하였다. 집에 와서 안았든 닭을 내려놓으며 그 자리에 쓸어졌다. 집안 식구들은 점례가 울타리를 뚫고 들어가서 닭을 메여 내린 것이라 짐작하고 울타리 구녕을 뚫느라고 이마에서 피가 난 것이라고 알았다. 점례 어머니는 점례의 상채기에 된장을 뭉쳐서 밀어 넣었다. 파리가 쉬를 쓰러서 구더기가 욱실득실 하는 된장이었다. 터져서 피가 나는지 연장에 상하는 때면 이들은 된장을 붙이든지 재를 집어넣든지 구덱이가 이글거리는 새우젓을 붙이든지 혹은 석유를 치든지 하는데 이들은 그렇게 해도 더 다른 탈이 없이 잘 낫군 하였다.

그랬는데 점례는 낫지 않고 죽었다. 된장을 붙인 뒤로 몹시 헛소리를 치며 얼굴이 부어 오르드니 나중엔 그 부은 것이 몸으로 내려 퍼지면서 그 이틀날인 밤중에 죽은 것이다. 점례의 헛소리는 닭소리뿐이었다. 점례의 닭은 점례보다 몇 시간 먼저 숨 떨어졌다. 점례 어머니는 점례가 그처럼 애를 써 끌어 온 일이 가긍해서 금보다 귀한 쌀을 닭에게 던져 주었어도 닭은 먹지 않고 눈을 감고 할딱할딱 숨을 이어 가다가 마지막으로 한 번 있는 힘을 다하여 소리를 꽉 지르고 다리를 쭈욱 뻗으며 느러져 버렸다.

점례는 점점 헛소리를 더 하였다. "어머니 닭이 꼬치꼬치 말랐서요" 하기도 하고, "어머니나, 우리 닭이 이렇게 에뿐 관사 적삼을 입었네" 하기도 하였다. 또, "에그머니, 어쩌나. 어쩌나, 에그머니. 닭이, 닭이." 하기도 하였다. 또는 눈을 고추 뜨고 긴 작대기 우에 꿰매여 달린 닭을 붓잡아 내리우는 형용도 하였다. 이래서 남들이 점례더러 닭의 귀신이 씨워서 죽었다고 하였다.

방도 비좁고 마루도 마당도 옹색스러운데 사람들은 운신할 데 없어서 사내들은 더러 가고 더러는 논두렁 우에 쭈욱들 앉아 있고 아낙네들은 좁은 마루와 마당에서 끼우며 밀치며 비비며 틀며 꼬여 야단법석이었다. 가뜩이나 괴죄죄한 주제들이 더욱 꼴이 안 되고 냄새는 숨을 디리 그을 적마다 골치가 직끈직끈 아플 지경이었다.

썩어 너머진 고목을 생각케 하는 점례의 어머니, 아버지, 할머니, 할아버지, 동생 넷과 점례의 약혼자 복이는 비좁은 방에 눈이 멀거니 앉아 있었다. 그믈거리는 등잔불 빛에 그래도 무당의 얼굴이 히멀끔하다. 점례가 누웠든 자리엔 하이얀 쌀이 쪼옥 한 벌로 깔려 있다. 구석엔 솔가지가 서 있다. 솔가지엔 흰 종이 오락지⁴³⁾가 너덜너덜 달려 있다. 이것이 오늘 저녁 죽은 점례와 산 그의 부모와 약혼자 복이와 동생들을 생면시키는 모개물(媒介物)인 것이다.

무당은 위선 잿물(물에 재를 탄 것)을 바가지에 들고 방과 마루의 구석구석과 벽과 천정을 씨처 내고 또 다음으로 맑은 물로 먼첫 것과 마찬가지로 부셔낸다.

무당은 온갖 잡신은 다 물러가고 거리의 부정, 방안의 부정도 물러가고 점례를 잡아 간 닭의 귀신도 다 물러가라고 소리를 질렀다. 좁은 마루와 방이라 구석과 벽과 천정이라 하지만 운신할 데가 없으니 무당은 그 자리에 그대로 서서 잿물과 물을 끼어 얹었다. 마루는 어두워서 모르지만 방에 앉은 점례네 가족들은 가뜩이나 썩은 고목 같은 것이 잿물과 물을 맞어서 더욱 초라하기란 짝이 없다. 마루에 서 있는 자들도 불빛에 보면 잿물과 물을 맞어서 더욱 괴죄죄할 것이리라.

무당이 고리짝을 '버억 뻑' 긁고 그의 조카라는 사내가 대를 잡았다.

"아이구, 어머니 아부지 할아버지 할머니 서방님 동생들아, 나는 가요. 황천길로 나는 가요."

밤이길래 눈물을 더 자아내게 하는 것이고 무당의 소리가 구성져서 덩다

---

43) '오라기'의 강원, 경기, 경북 방언. 실, 헝겊, 종이, 새끼 따위의 길고 가느다란 조각.

라 우는 자도 있다.

"아이구 어머니, 아까워라 이팔청춘, 처녀의 몸으로 신랑 품에 한번 들어두 못 보구, 아이구 어쩔거나."

무당의 거짓말이 시작되는 판이었다. 점례의 신랑 될 자, 복이가 고개를 푹 숙인다. 무당은 점례가 혼인을 정하고 죽었으니 이팔청춘이라 하는 것인데 점례는 이팔청춘이 못 되는 열네 살의 소녀가 아니였든가. 그래서 실상 점례는 시집가는 것이 뭔지 그런 것은 몰랐다. 어머니 동생들이랑 떠러저 산다는 것과 복이와 장터 술집에 가서 가치 일을 한다는 그것만 알고 어머니랑 동생들을 떠나기가 싫다고 생각하였다. 그러면서도 장터 술집에 가면 배불리 먹는다는 것과 또 복이가 서울 가서 사온 분홍 숙고사 교직 치마와 적삼을 입고 작난감 같은 거울을 들고 가루분을 작년에 시집간 순이 모양으로 뽀얗게 발러 볼 생각은 좋았다.

"아이구 어머니 어쩔거나, 그놈의 닭이 공을 몰라두 분수가 있지, 잘 길러 준 내 공도 모르고오, 나아릿댁 울타리는 왜 뚫고 들어 갔는고오 – 불쌍타고 꺼내다 주었드니, 이 날 잡아갔구려, 날 잡아 갔구려. 찢어 쥑일 놈의 닭, 찜해 쥑일 놈의 닭……."

무당은 어디서 점례가 닭의 귀신이 씨워서 죽었다는 소문을 들었던 모양이다.

"나아릿 댁에서니 오직 괘씸하시랴. 일년 농살 다 쪼사났으니……."

무당도 부자 앞에는 아첨을 하는 것이다.

"어머니 어머닐랑 어서 그놈의 한 마리 남은 닭두 업새 버리시오."

무당의 족카 솔가지를 잡은 사내가 벌떡 일어나 버덜버덜 떨면서 밖으로 나온다. 마당에 마루에 비비며 끼우며 하든 사람들이 또 아우성을 치며 야단법석이다.

대(솔가지) 잡은 사내는 마당에 내려가서 닭을 찾는다.

점례 어머니가 뒤를 따르며

"점례야, 아가, 업새마. 닭을 업샐게."

눈물이 입에 흘러 들어가는 목 메인 소리다. 무당은 연신 닭을 업새라고 쥐절댄다. 점례 아버지, 할아버지는 바보같이 눈이 멀뚱멀뚱하기만 하고 할머니는 뭐라고 들리지 않는 소리로 중얼거리며 치맛자락에 눈물을 씻고 복이는 잠잠하고 동생 넷은 입을 헤에 벌리고 이 사람 저 사람 얼굴만 보고 있고.

"아이구, 어머니, 내가 입으려든 것, 내가 쓰려든 것 다 업새 버리세요, 두면 뭘 합니까. 귀한 동생들 길르시면서 버리세요, 업새세요."

무당의 조카 사내가 또 벌떡 일어나며 떤다. 닭잇 때보다 더 떨며 뚝뚝 뛰기까지 한다.

사내는 솔가지를 잡은 채 방안을 두루 살피며 돈다. 솔가지에 너덜너덜 달린 종이 오리가 너펄거린다. 그 바람에 등잔불이 더욱 그믈거린다. 거진 꺼질 것 같기도 하다. 점례 어머니는 또 따라 일어서서,

"아가 아가, 염예마라. 업새지, 업새지. 산 것들 걱정일랑 말고 너는 황천길에 무사히 가거라."

우름에 섞인 말소리가 분명하지 못하였다.

솔가지는 여전히 맹열한 기세다. 점례 어머니는 선반에 얹힌 바누질 그릇보다 더 작은 낡은 마분지 상자를 내리워 열었다. 솔가지는 그 상자를 이리저리 휘적거리다가 분홍 숙고사 교직 치마와 하얀 숙고사 교직 적삼을 뀌워 내왔다. 곱게 개킨 치마와 적삼이 흩어졌다. 그믈거리는 등잔불 빛에 교직 비단의 윤채가 제법 희한하다. 점례가 입으려는 것, 쓰려든 것이 이것 뿐이었다. 무당은 그래도 혼인을 하려든 색씨니까 입으려든 것, 쓰려든 것이 있을 줄 알았다.

"아이구, 어머니 아버지 할머니 할아버지 잘 계세요. 동생들아, 잘 있거라. 그리구 서방님, 잘 계서요. 한번 품 안에 안겨 보들 못 했어두 마음만은 한 맘 한 뜻 다 된 것 아니였소 나는 가요, 황천으로 나는 가요."

무당은 넋두리를 더 해야 소용이 없는 것을 알았든지 헐떡어리든 숨결도 낮아지면서 끝막으려 든다. 암만 고리짝을 버억 빽 긁고 앉아 있어야 별 신통한 수가 없을 것을 눈치 채인 모양이다. 점례 어머니는 어느새 마당과 마당을 뚫고 내려가서 어리 속 한 마리의 점례 닭을 붓잡아다가 무당 앞에 놓고 또 솔가지가 휘적거려 꺼내 놓은 점례의 단 한 벌이든 치장 옷, 치장 옷이라기보다 시집가는 날 입으려든 옷을 개켜서 무당 앞에 놓았다. 점례의 신랑 될 자 복이가 점례를 묻으러 가기까지 그 옷을 부디 입히자고 하는 것을 무당을 데려다가 자리걷이를 하려면 의례 치마저고리, 단속것, 고쟁이까지 있어야 하는 것이므로 점례 어머니는 딸의 헐벗은 시체가 더욱 뼈저리고 아팠다지만 그것을 입히지 못했든 것이다. 이들은 사람이 죽어 나가면 그날로 이내 이 자리걷이란 것을 해야 되는 것인 줄 알았다. 안 하면 집안에 큰 화가 미치는 것이라고 알았다. 더구나 점례가 시집을 못 가고 죽은 색씨라는 점에서 예사로운 죽엄보다 두려운 마음이 점례네 가족에게도 있었든 것이다.

무당은 점례의 옷과 닭을 받어 놓은 뒤에 점례가 누웠든 자리에 한 벌로 쪼옥 깔린 하얀 쌀을 한참 디려다본다. 무당이 손까락 하나를 내저으며 점례는 죽어서 꽃이 되었다고 말한다. 쌀을 펴놓은 데 꽃송이의 자죽이 났다는 것이다. 무당은 꽃송이 자죽이 났다는 쌀도 쓸어서 조고만 망창자루에 넣는다. 무당이 아니고 무당의 조카가 자루 아가리를 잡고 점례 어머니가 쓰러 넣는다.

무당과 그의 조카는 가질 것을 다 가지고 떠나갔다. 무당이 떠나가자 사람들도 어느새 풀려 나갔다.

마루에도 마당에도 아무도 없고 방에만 점례네 가족과 복이가 잠자코 있다. 등잔불이 바람에 흔들리면 그들의 그림자가 약간 움직일 뿐, 모다 석상과 같다. 어른이 잠잠하길래 아이들도 잠잠하다. 막냇 동생이 잠이 들기 때문에 더 잠잠하다.

점례네 집에서 풀 나간 구경꾼들은 어두운 밤길을 더듬으며 점례가 단독 (丹毒)으로 죽었다는 것은 아모도 이얘기하지 않고 닭의 귀신이 무섭다는 것과 색씨 귀신이 무섭다는 이얘기를 하고 그리곤 아직도 그들의 비위를 돋구고 있는 허승구의 딸 순행의 호화찬란한 혼인으로 이얘기가 옮아졌다. 놋대여가 여덟이라는 둥, 저고리가 열 죽이 넘는다는 둥, 제각기 아는 대로 본 대로 소문드른 이얘기하기에 열중하였다.

아무도 점례의 분홍 숙고사 교직 치마와 흰숙고사 교직 적삼은 이얘기하지 않았다. 그 치마와 적삼이 복이의 다섯 달 월급을 모은 돈 이천 오백 원으로 사 온 것이라는 것도 이얘기하지 않고, 또 점례가 닭을 잘 길러서 팔아서 버선 같은 것은 그만두고 작년에 시집간 순이처럼 인조 관사 적삼을 해 입으려 들었다는 것을 이얘기하는 자도 없었다.

—《문화》 1권2호, 1947. 7.

풍류(風流) 잽히는 마을

또 쪽제비가 닭을 물어 가는 것이 아닌가. 나는 어느새 허깐 모퉁이에 세워 놓은 살구 따는 기인 몽뎅이를 집어 들고 닭의 장께로 내여달렸다. 그새 벌서 쪽제비는 닭을 물고 채마밭 속으로 디레 달렸다.

"깨애왝, 깨애왝, 깨애왝" 하고 하이얀 비닭이 같이 곻은 닭이 목아지를 잘깍 물린 탓으로 눈이 볼찐 나온 것이 차마 들을 수 없는 비명을 질렀다.

"저걸, 저걸 어쩌나. 저 늠의 쪽제비를…… 저걸 잡기만 했으면 고만 쥑여 버리겠네."

나는 허둥지둥 쪽제비의 쏜살같이 내달리는 뒤를 쫓으며 이렇게 웨치는 것이나, 족제비는 그 털끝 하나 꽁지 한 번 내 몽댕이 끝에 닷치우는 일 없이 채마밭을 빠져서 옆집 울타리 구녕으로 도망가 버렸다.

"깨애왝, 깨애왝, 깨애왝."

"아이, 저걸 어쩌면 좋와……."

쪽제비의 거리가 멀어지고 또 닭의 여명이 얼마 남지 않을 까닭에 점점 적어져 가는 비명이 더 애처러웠다.

'아츰에 물려 간 것두 저 모양대루 물려 갔을 테지…….'

매암을 돌아도 하는 수 없는 마음이었다.

나는 몽뎅이를 들어 애매한 옆집 울타리 구녕을 힘껏 후려갈겼다. 이것은 족제비에게 가는 분풀이만이 아니었다. 강가 노리터에서 들려오는 풍류소리가 요란하지 않었드면 그다지 내 마음의 파동이 심하지 않았을 것이다. 고 악착한 족제비가 닭을 물어 가게 된 것은, 그 미련퉁이 같은 목수 영감이 두 시간이면 끝막을 닭의 장문을 해 달지 않은 까닭이고 그 미련퉁이 같은 목수 영감이 두 시간이면 끝막을 닭의 장문을 마저 해달지 못한 것은 강가에 벌어진 서홍수네 회갑 잔채노리 때문인 것이 분하다. 노리터에선 한창 흥에 겨운 양, 새납44) 소리, 징소리, 꽹과리 소리, 아까보다 분주하고 요란하였다.

─아무래도 견딜 수 없다. 나는 이 몽뎅이를 들고 가서 그놈의 노리터를 산산히 쳐부시구 발로 막 짓밟고, 그리고 강 속에 막우 집어 동댕이치겠다. 그 인간 아닌 그것들의 횡행천하하는 것을 가만둘 수 없다. 나는 꼭 가겠다. 단숨에 내달아 가겠다. 내 이 기인 몽뎅이를 들고서─.

닭 두 마리가 족제비에게 물려 간 고만 일로 해서 남더러 인간 같지 않다느니, 남의 회갑노리를 쳐부신다느니 하는 나에게 평시부터 그들과 무슨 풀지 못할 숙감이래도 있었든 게라고 이렇게 독자는 말할 것이겠으나, 내가 사는 데 와서 홍수네와는 새가 좀 뜨게 되자니까 나는 그 집 사람들의 어느 하나와도 인사하고 지내긴커냥 그 집 식구들의 어느 하나의 안면조차 본 일이 없다.

그렇다면 무슨 이유로 남더러 인간이 아니라고까지 함부로 말하는 거며, 또 육십여 세의 기인 세월을 무사히 복되게 잘 먹고 잘 쓰며 사라온 것이 좋다고 축하하는 마당에 쳐부시랴고 하는 이유는 도대체 어디에 있느냐고 기어히 따지고 든다면, 나는 그 이유를 먼저 밝힌 연후에, 나의 손에 들린 기인 몽뎅이를 들고 그리(강 노리터)로, 서홍수의 회갑잔채 마당으로 내달리겠다. 그런데 나는 진실로 그들과 평시부터 사사로운 감정이 있었든 게 아니라는 것을 다시 여기서 말해 둔다.

---

44) '태평소, 날라리'의 북한말.

그들과 좀 떠러진 새에 살고 있어서 그 집의 누구 한 사람과 인사가 있는 터도 아니고 또 그들의 누구 한 사람의 안면조차 보아 온 일이 없지마는 나는 그들의 일을 내가 여기 오든 해(5년 전)부터 잘 알고 있는 것이다. 그러니까 해방되기 훨씬 전부터였다.

제일 처음 내가 서홍수네 일로 해서 눈을 크게 뜬 것은 우리가 이사 와서 서너 달 지낸 때였다. 양역설인데 서홍수네는 양역설 명절에 돼지 한 마리, 닭도 여러 마리를 잡을 뿐 아니라, 쌀도 찹쌀, 뫼쌀45) 합하여 다섯 가마니를 떡을 하고 술을 걸른다고 하였다. 그 떡과 술과 돼지고기, 닭고기는 서울 총독부에 다니는 서홍수의 아들 친구와 또 여기 주재소와 면직원들을 대접하는 것이라고 마을 사람들이 이야기하였다. 하여간 설을 며칠 앞둔 때부터 남녀노소를 물론하고 서홍수네 설 잔채 이야기에 군침을 삼키는 마을 사람들을 나는 보았고, 설날인 정월 초하루 11시쯤 해서 3대(나는 그때 분명하게 헤일 수가 있었다)의 자동차에 참, 총독부에도 어느 아랫도리에 앉을 인물들이 아닌 고관들이 우리 뒷곁 싸리문 밖 큰길을 지나는 것을 보았다. 차 한 대에 기생이 꼭 하나씩 탔든 것도 기억할 수 있다.

마을 사람들은 으리으리해서 구경조차 바루 하지 못하였다. 구경이라면 골을 싸매고 뎀벼드는 그들이었지만 또 주재소 순사나 면직원 앞─소위 그들이 이르는 권리 있는 사람 앞에서 도모지 꼼작 못하는 그들인 까닭이었다. 그러한 까닭으로 총독부 관리들이 기생들과 함께 진탕만탕 먹고 춤추며 소리하며 밤이 밝기까지 놀았어도 마을 사람의 누구 한 사람도 구경꾼으로 그 마당에 발을 디레민 자가 없었다.

총독부를 멕인 뒤에는 이곳 주재소와 면소를 불렀다. 총독부의 찟꺽지라고 불평불만을 품는 자 하나 없이 감지덕지해서 고기에 술에 떡에 잘 먹기만 할 뿐 아니라, 색주가들까지 불러 주어서 역시 총독부만 못하지 않은

---

45) '맵쌀'의 경기, 강원 방언.

흥에 겨워 유쾌하였든 것이다. 이날도 마을 사람들은 전날과 마찬가지로 구경꾼으로선 그 마당에 발을 디리민 자가 없었다. 거저 군침을 생키며 서홍수네 설 명절노리를 옛날이얘기하듯 이얘기만 하고 있었다. 그 고길 한 점 먹었으면 하고 침을 꿀꺽 삼키는 노인도 있었다. 그 술을 한 되 쭈욱 디레켰으면 하고 목을 길게 빼는 모주꾼도 있었다. 아무ㅅ거든 한 번 진탕으루 먹어 봤으면 하는 젊은이도 있었다.

항상 배가 곯아서 못 견디는 그들에겐, 고기나 떡이 아니드라도 무엇이고 간에 정말 배불르게 단 한 번이라도 먹을 수 있었으면 하는 것이 거짓말이 아니었다. 나는 그때에 마을 사람들의 이얘기로서 서홍수네가 이 부락에서 왕노릇 한다는 것도 들었고, 땅이 어떻게 많은지 이 부락에 몇 집을 내놓군 죄다 서홍수네 작인으로 살아간다는 것도 들었다.

마을 사람들 중엔 이런 이얘기를 하는 자도 있었다. 서홍수의 딸 하나가 있는데, 시집갈 나이가 아직 되지도 않었어도 시집갈 차부새가 굉장해서 이부자리만 하드래도 양단, 법단, 모본단, 호박단, 수박단, 이렇게 '단'자 붙는 것으로 칠팔 채를 헤인다고 하였다. 며느리, 시아버지, 아들, 어머니, 동생 이렇게 몇 식구든, 있는 대로 이불 하나면 족한 마을 사람들에겐 비단 이부자리가 아니드래도 칠팔 채라면 놀라운 사실이었다.

또 마을 사람들 중엔 서홍수네가 밤이면 마차에 쌀을 실러서 강가에 내려다가 그 쌀을 배에 싣고 서울로 팔라 간다는 이얘기를 하는 자도 있었다. 배곯아 퉁퉁 부어오르는 자식들 생각을 하던 마차에 올라 달리 쌀 한 가마니쯤 떼 내고 싶으나 서홍수네 일이라면 주재소 순사들이 웃통을 벗고 덤비니 해낼 재주가 어디 있느냐고 탄식하는 자도 있었다.

다음으로 내가 들은 서홍수네 소문은 서홍수의 손녀가 학교에서 파리를 잡아 오라는 데에 제일 좋은 성적이어서 교장의 상을 탔을 뿐 아니라, 주재소 수석의 특별상까지 있었다는 것이었다. 파리를 많이 잡아서 상을 탄 것까지는 치하할 일이나, 그 파리는 그 아이—서홍수의 손녀가 잡은 것은 한 마리도 없고, 학교의 저이 반 동무들이 잡아다가 준 것이라는 것을 아이들 이얘기에서 나는 알게 되었다.

나는 또 서홍수네 소작인 중에 농사의 성적이 불량한 작인을 서홍수가 추레서 면소와 주재소에 적어 보냈다는 것도 마을 사람으로부터 들었다. 적어 보내면 영낙없이 증용장이 나왔다는 것도 들었다. 증용장이 나와서 증용을 떠나간 작인의 논은 농사지을 사람이 없으니까 라는 구실로서 소작권이 다른 데로 옮아간다는 것도 알았다. 이것만이 아니였다. 서홍수는 자기의 이익을 위해서 얼마든지 머리를 쥐여쫬다. 성적이 불량한 작인을 증용에 뽑혀 가게 맨드는 한편, 자기에게 곱신곱신하고 농사의 성적을 잘 내여 자기의 배를 불려 주는 소작인을 추려서 또 면소와 주재소에 보내었다는 말도 들었다. 서홍수네 일이라면 웃통을 벗고 덤비는 것이 이곳 관청 관리들이라는 말까지 듣는 면직원이요 주재소 순사들이라 서홍수의 청을 들어서 후자들에겐 농업 지도원이라는 덕목을 붙여 주고 징발, 보국대에 빠지게 하였다는 말도 들었다. 마을에서 대글대글한 축들이 열이면 열이 다 나가야 하는 때에 그 길을 면하는 것만 해도 죽었다 산목숨인데 그 우에 농업 지도원이라는 벼슬(?)까지 하게 되니 서홍수의 작인들은 기뻐서 말이 아니 나올 지경이라는 것도 들었다. 서홍수는 기뻐하는 작인에게 누구의 덕인 줄 아느냐고 이렇게 아름쨩을 하게 되자니까, 농업 지도원이 된 서홍수의 작인들은 전보다 더 서홍수에게 만만해지고 전보다 더 농사를 잘 짓고 전보다 더 닭이랑 엿이랑 곡감이랑 이런 온갖 선물은 서홍수를 위해서 받친다는 것도 알았다.

또 나는 서홍수의 막내아들이 경성 모 전문학교에 다니다가 학병제에 걸렸는데, 서홍수는 총독부 고관들이며 면직원이며 주재소 순사들을 잔뜩 믿고 처음에는 심쭉해 하지 않다가 학병제는 총독부 고관들과 면직원과 주재소 순사로서는 풀어 놀 수가 없다는 것을 알고 당황히 군수와 경찰서장을 찾고, 또 그 우에 도지사를 찾아서 수없이 많은 뇌물로 아들을 학병에서 풀어 놓았다는 것도 알았다.

그들의 일이란 안 되는 것이 없다고 들었다. 백이면 백 가지가 다 이루워진다고 들었다. 왼 마을이 주림에 우는 자로 가득 차고, 증용과 증발과 보국대와 증병과 학병으로 눈물 아니 흘린 자 없을─ 마을 전체가 생지옥으로 화하였을 때에도 서흥수네만은 왼 가족이 평화롭게 맛있는 음식을 먹고 곱운 옷을 입고 우스며 잘 산다는 것도 들었다. 눈물과 한숨과 주림에 동서남북을 가릴 수 없으면서도 취를 뜯어 공출해라, 도라지를 캐서 공출해라, 말메기 풀을 비여 공출해라, 고사리를 꺾어 공출해라, 벼락보다 무서운 면직원의 퍼런 서슬에 마을 사람들의 거이 전부가 그 높은 산등성이에 올라 헤맬 쩍에도 서흥수네 식구의 아무도, 식모나 아이 보는 계집애까지도 그런 일은 전연 모르고 있다는 것도 들어서 알았다.

그러다가 해방이 타악 되었다. 거저 다 가치 얼싸안고 뛰고 춤추고 만세를 부르고 우리나라 태극기가 어디서나 마음대로 펄펄 휘날리고, 아아 이게 대체 무슨 변이란 말인가. 마을 사람들은 다 쏟아져 나왔다. 누구의 말도 지시 지도 없이 거저 뛰어나왔다. 늙은이나 젊은이나 아이나 어룬이나 다 함께 한군데로 몰여 들었다.

하늘은 맑고 구름은 좋았다. 가슴은 뛰었다. 함부로 아무데나 막우 굴르고 발버둥을 처도 씨원할 상 싶지 않았다. 터지게 웃는 자도 있고 웃으며 철철철 우는 자도 있었다.

누구의 지시였든지 국민학교 아동을 선두로 뙤뙤 나발과 북밖에 없는 악기에 발을 마추며 저어 먼 데 쑥 들어가 있는 삼십리ㅅ 길 부락에까지 "만세, 만세"를 부르며 행진하였다.

또 누구의 지시였든지, 아니 아무도 뭐라고 하지 않았을 것이다. 행렬의 한 부분이 어느새 "와아악" 소리와 함께 주재소를 디리치고 면사무소를 때려 부섰다. 혈기 좋은 젊은이만이 아니었다. 거저 작구 철철철 울기만 하는 노파도 있었다. 얼굴이 파래서 덤비는 아낙도 있었다. "내 아들을 너이가 빼아서 가지 않았더냐" 고 고함을 치는 노인도 있었다. "우리 아버지를 누가 죽였어" 우는 소녀도 있었다.

하늘이사 웨 그리 맑겠든가. 그렇거든 구름이나 피여오르지 말든가.

으리으리 무섭든 면사무소와 주재소에는 고 얄밉고 웃쭐대든 자들이 하나 없고, 마을 사람들로 조직된 치안 유지회가 들앉아서 마을 사람들의 재산과 생명을 보호한다고 하였다.

이게 대체 무슨 변이란 말인가. 꿈인가 생신가 전혀 모를 일이다. 또 그것뿐이드냐. 증발로, 증용으로, 보고대로, 증병으로 나갔든 내 남편이 오고 내 아들이 오고 아저씨가 오고 오빠가 자꾸만 자꾸만 오지 아니하느냐. 기차가 소리를 삐익 질르고, 머믈면 으레 손을 벌리며 뛰어내려 얼싸안고 딩굴르는 젊은이가 다섯도 되고 여섯도 되고 일곱, 여덜, 열씩 되는 때도 있었다. 그 떠나 보내든 때의 악대가 없어도 좋았다. 군악이 없어도 좋았다, 새납과 징과 꿩과리가 울리지 않아도 거저 어깨가 들먹거렸다. 궁뎅이가 춤을 추자고 하였다. 이런 판에 또 이건 웬 변이란 말인가. 장터엔 쌀이 쏟아져 나오고, 광목, 비단, 고무신, 빨래 비누, 실, 세수 비누, 과자, 눈부시는 설탕, 세수수건, 아 이런 것들이, 구경할 수조차 없든 것들이 어디서 그렇게 쏟아져 나왔단 말인가. 떡집, 술집, 돼지고기, 소고기는 또 어떻게 그리 많은 걸까. 10년을 굶어도 배곺으지 않을 것 같았다. 10년이 아니라 11년이나 그보다 더 먹지 않아도 좋을 것 같았다.

국민학교 마당에선 날마다 밤마다 청년들 여자들까지 나와서 연설을 하는지, 삼천리 이 땅에서 나오는 금은보화며 기름진 옥토에서 걷우는 오곡백과며 삼면을 쭈욱 둘리운 바다에서 재피는 만 가지 생어며, 이 모든 것을 어느 누구 다른 나라ㅅ놈은 하나 못 건디리고 모두 우리가 입고 쓰고 먹고도 남는다는 소리는 더 굉장하지 아니하냐.

마을 사람들은 거저 좋았다. 거저 즐거웠다. 부은 것도 배곯은 것도 몰랐다.

이러는 때에 서홍수네는 쌀 열 가마니를 치안 유지회에 내놓았다. 마을 극빈자에게 노나 주라는 것이었다.

전 같으면사 서홍수네가 쌀 열가마니를— 한 가마니도 아니고 열 가마니를 그것도 총독부나 면소, 주재소가 아닌 마을 사람들에게 먹으라고 줬다면 천둥이 떠러저 사람이 죽었다는 것보다 더 굉장히 떠들석할 이야기건만, 마을 사람들은 그렇지 않았다.

독립이 (그들은 해방을 독립이라 하였다) 안됐드면 서울 갈 쌀인데 우리가 먹게 되나, 보살펴주든 왜눔과 면직원들이 뺑손일 치구 없으니 겁두 날 걸, 이 정도에서 끊일 뿐으로 서홍수네게 대한 이야긴 더 들을 수가 없었다.

그들은 서홍수네 이야기보다 재미난 것이 있었다. 마을 한가운데 서 있는 늙은 정자나무 그늘에서 국사를 논하는 것이 재미가 났다. (생전 처음 일이다.) 세상 정세에 캄캄한 그들이 국사를 논한대야 대수로울 것은 못 되었다. 기껏해서 정계의 인물 몇을 싸돌고 하는 이야기였다.

그들 입에 제일 처음 오르내리게 된 이가 여운형 씨다. 여운형 씨가 조선 대통령이 된다고 호언장담을 하는 자가 있는가 하면, 그렇지 않고 우리나라 이왕이 일본서 건너와서 왕위에 오른다고 하는 자도 있었다. 여운형 씨의 저택이 여기서 한 40리 길 되는 곳에 있어서 그리로 가는 신작로가 이곳 마을 앞을 빠져 나갔기 때문에 여운형 씨를 근친과 같이 바뜨는 자가 많았다. 해방이 되면서 쓰러 나온 그 많은 자동차 중에선 마을 앞 신작노를 통행하는 차도 많았다. 그 많은 차가 오고 갈 적마다 마을 사람들은 신작로로 내달리며 여운형 씨가 지나간다 하고 떠들었고, 혹 남녀가 동승한 차를 보게 되면 여운형 씨와 그 따님이 지나간다고 야단법석이었다. 정자나무 그늘에서 정사를 이야기하는 자들은 죄다 여운형 씨와 여운형 씨의 따님을 친히 보았느라고 무슨 벼슬이래도 한 것처럼 웃줄대기도 하였다. 여운형 씨의 족하 되는 이가 지나는 것을 여운형 씨라고 욱이는 자도 있었다 한다.

그들은 또 여운형 씨의 이름과 함께 기억한 것이 인민 공화국이었다. 그들이 더 빨리 인민 공화국을 알게 된 까닭은 이곳에 소개로 내려와 살든 어떤 이가 인민 공화국 부서에 끼어 있기 때문이었다. 그이가 사는 집은 집웅이 낡기 때문에 노레기가 많다고 하여서 마을 사람들은 행용 그 집더러 노래기 꾀는 집이라 불렀고, 그와 동시에 그 집에 살고 있는 사람까지 경멸한 것만은 사실이었다. 이곳 사람들에겐 이상한 습성이 있었다. 타곳서 들어와서 사는 사람 중에 돈이 없어 뵈는 사람은 으레히 경멸하는 것이었다. 또 그 반대로 돈이 있어 뵈면 필요 이상으로 찾어 들며 친절히 하자고 하였다. 이것은 오랜 노예 생활에서 받은 근성이라고 할까. 아무튼 그렇게 역이든 노래기ㅅ집 쥔이 여운형 씨 아래서 벼슬을 했다는 것이다. 처음 듣고 나서 정말일까 의심하는 자도 있었고, 가슴이 두근거리는 자도 있었다. 의심하는 자는, '뭐 그게 다 벼슬을 할라구' 하는 마음이 들었든 것이요 가슴이 두근거린 자는 그 집과 가족을 하찮게 역이고 고사떡도 안 돌리고 한 것이 겁이 났든 것이다. 차츰 알아본 즉 정말 노래기 집 쥔이 벼슬을 하였다고 하였다. 마을 사람들은 노래기ㅅ집에 김치꺼리를 갖다 준다, 파를 갖다 준다, 일부러 떡을 해서 갖다 준다, 그의 부인이 우물에 나오면 아낙네들은 말을 건니워 보려 하였고, 일부러 우서 보려고 하였고, 물을 퍼 주고 물동이를 이워 주고 하는 아낙도 있었다. 정자나무 그늘에선 왼통 노래기ㅅ집 쥔의 이야기고—이렇게 한참 야단법석을 떨드니 어느새 그 집과 그 가족에게 향하든 성의는 스스르 봄날 눈같이 녹아 버렸다.

이번엔 서울엔 미국 병정이 들어오고 북 평양 쪽엔 노서아 병정이 들어왔다는 이야기를 하며, 우리 조선 나라가 두 동갱이루 짤리워서 저 켠 사람이 이 켠에 못 오구, 이 켠 사람이 저 켠으로 통래를 못하게 되자니까 부모 형제간에 서루 그리워도 가두 오두 못하고 편지 왕래 같은 것두 못하니 어쩌랴구 걱정들을 하였다. 북위 38선을 경계로 조선 땅이 남북으로 갈라진 것을 이야기하는 말이었다.

하지만 그들은 이 38선이 얼마나 걱정스런 것인지 몰랐다. 그들은 그보다도 밤이면 술집 갈보를 노리고 달려드는 미국 병정이 더 걱정스럽고 무서웠다.

해방이 되면서 흔해진 것이 술집이었다. 본래 소장이 크게 서는 덕으로 그런지는 몰라도 삼백 호가 되는 이 촌락에 술집이 스물도 넘었다. 저마다 갈보에 새 장구에 갖춰 놓고 손님을 끄을기에 분망하였다. 갈보가 한 집에 둘씩 혹은 셋씩도 있고 넷이 있는 집도 있었다. 허숙스럽기 짝이 없는 마을 안악네들 틈에 화려하게 꾸민 갈보가 몹시 돋아 뵈는 탓도 있었겠지만, 적은 촌락에 3, 40명의 갈보가 들끓게 되자니까 장터 옆 신작로를 줄창 통래하는 미군들 눈에 수없는 갈보가 띠웠던 것이다. 미군들은 자동차 안에서 갈보를 보고 손을 내밀어 흔들며 "헬로오"를 연발하는 것은 일수였고, 밤이면은 자동차에 조선인 통역관을 하나씩 실고 내어 달렸다. 달리는 것쯤은 묵인할 수가 있겠지만 미군들은 위선 권총을 빼여 들고 공중탄을 탕탕 쏜다. 사람 생김새만 하드래도 생전 구경 못하든 것이라 겁을 집어 먹겠는데, 총을 "타앙, 타앙" 놓는 것이 아닌가. 술집과 갈보는 물론 마을 사람들까지 도망질하는 일이 생겼다. 한번은 미군들의 찦이 꽤 깊은 진흙 구렁텅이에 빠졌다. 미군들은 그것을 끌어올릴 수가 없어서 집집마다 들어가서 이불 속에 벌벌 떠는 마을 사람들을 끌고 나왔다. 마을 사람들은 자든 잠은커녕 눈이 홰등잔이 되어 찦을 끌어올려야 하였다.

그런데 찦은 좀처럼 올라오지 않았다. 군중이 많으매 미군의 총소리는 더 한층 빈번할 뿐이었다. 진흙 구렁텅이 부근에 사는 사람만이 떨고 지낸 것이 아니라, 밤이라 총소리에 "웨에, 웨에" 하는 그들의 소리가 머언 부락에까지 들린 까닭에 왼 부락민 전부가 벌벌 떨면서 그 밤으로 죄다 죽는 줄만 알았다. 연약한 나라ㅅ 백성의 비애를 뼈아프게 느끼지 않을 수 없는 일이었다.

미군들의 이러한 왕래로 말미아마서 그들의 정자나무 밑 회의가 뜨음해질 무렵에 미국서 이승만 박사가 도라왔다. 그러자 서울 신문들이 물 끌틋 야단들인 양으로 이곳 사람들도 번쩍 떠들었다. 다시 정자나무 밑 회의가 번창해졌다.

"여운형 씬 이승만 박사한테 디레낼 배가 못된다."

"아무렴 박사신데 될 말이야."

"아무튼 조선선 제일이라는데……."

"미국 갔다 오셨으니 안 그래."

이구동성으로 이승만 박사의 찬양이었다. 입으로만 찬양이 아니라 가진 것이 있다면 무엇이나 다 받치고 싶었다. 다 디리고 싶었다. 이처럼 '이승만 박사' '이승만 박사'하고 그에게 가는 마음이 하늘에 달하게 될 쩍에 중경에 있든 임시 정부 요인들이 환국하였다. 이승만 박사에게 가는 마음이 여전하면서 또 그들은 김구 주석의 이야기에 흥분하였다. 임시 정부가 우리나라를 다스릴 정부라는 둥, 이승만 박사하고 김구 씨하고 누가 더 연세가 많으냐는 둥, 김구 씨와 이 박사는 형제간처럼 친밀하다는 둥, 두 분이 다 훌륭해서 대통령이나 왕이 누가 될지 모를 일이라는 둥, 두 분 중에 연세가 많으신 분이 될 거라는 둥, 그런 분들이 조선에도 있었다는 걸 모르고 지낸 일이 분하다는 둥, 어쨌든 이야기의 끝을 보기가 힘들었다. 때때로 '네 말이 옳으니, 내 말이 맞네' 하고 옥씬각씬 하는 일도 있었다. 마는 주의주장이 꽉 서 있지 못하고 또 무슨 사상을 가진 것도 못 되는 그들이라 한참씩 그렇다가는 웃어 버리는 것이었다. 또 그들은 종종 민주주의란 말도 하고 공산주의란 말도 하였다. 척하면 민주주의가 어떠니 또는 공산주의가 어떻느니 하고 떠들었다. 하나 그들 중에 공산주의가 무어며 민주주의가 어떤 것인가를 분명히 아는 자도 없었다. 거저 여운형 씨가 공산주의고 이승만 박사, 김구 씨가 민주주의라고 하는 그 정도였다.

토지 추수의 삼분병작제[三一制]가 발표되기는 추수를 얼마 압둔 때였다. 농민들은 조선독립(해방)이 되었다 하든 때와 같이 기뻤다. 오히려 그때보다 더 한층 기뻤을지 모른다. 독립 (해방)이 된 우에 또 농사꾼들을 더 먹으라고 하니 이 얼마나 기쁜 일이드냐. 하늘도 태양도 바람도 다 즐거웠다. 대ㅅ살처럼 내려 재핀 그들의 주름쌀이 물결처럼 파동하였다. 그래도 그들은 서홍수의 낯색을 살펴서 그 기쁨과 즐거움을 배ㅅ속에 감추기에 노력하였다. 오히려 이 법령이 발포되자 서홍수를 찾아가서, "반씩 멕여 주는 것도 황송스런데 삼분병작이라니 될 말입니까. 남들은 어쩌든지 이놈은 전대로 해 디리겠습니다. 이놈의 애비나 하래비 쩍의 일을 생각해서두 그럴 수가 있습니까." 라고 아뢰는 자도 있었다. 아첨도 간사도 아니었다. 진실로 황송스런 심리에서 이렇게 하는 것이었만 그럴 밖에 없는 것이 그들은 그들의 말과 마찬가지로 조상 대대로 종노릇만 해왔으므로 할아버지는 증조부의 하든 양을 보아서 그대로 해오고, 아버지는 할아버지, 아들은 아버지를 달멋든 것이다. 나무의 연륜처럼 어김없이 살어오는 그 사이에 그들은 그렇게 되여 버렸든 것이었다. 그렇기에 그들의 얼굴은 모다들 비슷비슷한 것이었다. 조 서방 얼굴이나 안 서방 얼굴이 어떻게 보면 똑같은 것 같기도 하였다.

젊은 조 서방이, 늙은 안 서방이, 더구나 족보가 같은 것도 아니요 또 외면으로 길린 데도 없으면서 어딘지 같은 데가 있다는 것은 연구해 볼 재료가 아닐까 한다. 내가 여기 와서 얼마 안 되는 사이엔 이웃 사람 중에 보든 사람 같이 역여지는 자가 많았다. 어디서 보았든지 생각을 돌려 봐야 알어낼 수 없다가 어느 날, 우리 집에 무엇을 구하러 온 마을 사람 하나가 있어서 그 사람의 비굴하게 웃는 웃음에서 나는 얼핏 내 오래인 숙제를 풀게 되었다. 즉, 내가 아무리 생각해도 어디서 보았든지 알 수 없던 얼굴들이 내가 어릴 쩍, 우리 고향에서 본 농민들의 얼굴과 비슷했든 것을 알았다는 것이다. 함경도와 경기도의 농민이 족보가 같을 리 없겠고, 또 그 외켠으로 걸릴 리도 만무할 텐데 이렇게 비슷한 것은 그들의 눈 꼬리에서 시작해서 입 귀텡에 가서 끊인 대ㅅ살 같은 주름쌀 때문인 것이라고 나는 깨달았다. 이 주름쌀이는 함경도의 농민이나 경기도의 농민이나 똑같이 지주의 종으로 오오래 사는 사이에 한 번 제멋대로 우서 보지 못하고 늘 비굴한 우슴을 부자연하게 짓는 데서 생긴 것이라고 나는 깨달았다. 그렇기 때문에 함경도의 농민과 경기도의 농민의 얼굴이 비슷한 것이고, 젊은 조 서방과 늙은 안 서방이 비슷한 얼굴인 것이 아니겠느냐. 더 따져서 말한다면 그들은 같은 운명에서 같은 '멍에'를 지고 살아왔기 때문인 것이 아니겠느냐.

아무튼 우리 집 닭의 장을 짓기 시작하든 때가 해방되든 이듬해, 보리가 막 누렇게 익어갈 무렵이었다.

목수는 문 서방이 알선해 주었다. 나는 문 서방이 목수 영감을 데리고 처음으로 왔을 때 목수 영감이 너무 해골 같아서 좀 싫었으나, 그냥 그대로 그에게 닭의 장을 지여 달라기로 하였다.

그렇지 않을 수 없는 것이 채마밭 때문에 30여 마리의 닭을 세 평 남자한 데다가 집어넣어서, 날씨가 서늘할 때는 모르겠던 것이 살구가 익어 갈 므렵부터는 닭들은 좁은 곳에서 하루가 급한 양을 보였다. 홰를 훨훨 치며 호기를 뽐내던 수탉도 거저 웅성거리고 앉았다가 간혹 수탉질을 할 뿐이고 암탉은 알을 덜 낳고 병아리는 죽지를 축 늘어트리고 한쪽 구석에 웅숭거리고 있고 큰 닭은 그렇더라도 병아리는 입춘이 지나면서 깨운 것으로 양지쪽을 골라 가며 어린애 기르듯 기른 것들이다. 넓은 터전에 활활 내 놓았으면 더 이를 데 없을 것이지만 채마를 결단내는 때문에 그렇게도 할 수 없고, 팔아 버리라는 자도 있고 잡아먹으라고 권하는 자도 있었지만 나는 파는 것도 싫고 더구나 어린애처럼 길러 낸 그것들에게 잡아먹자고 손을 대는 짓은 더구나 할 수가 없었다.

　이래서 짓게 되는 닭의 장이라, 문 서방 말에 의하면 목수 영감은 원 대목이 못 되고 누구에게 배운 재조도 아니고 거저 손재조가 좋아서 짓는 목수라 사람 사는 집 같은 건 못 짓고 닭의 장이나 돼지 울을 짓는 정도이므로 돈은 싸게 해 주어도 좋다는 것을, 나는 문 서방이 말하는 이상으로 영감에게 아주 한꺼번에 치러 주었던 것이다. 목수 영감은 웃음이 만면해서 고맙다고 몇 번을 내게 절한 후에 닭의 장을 여드래면 지어 주겠노라고 말하였다. 나는 또 한 번 닭들의 딱한 사정을 이야기하며 제발 꼭 좀 빨리 지어 줬으면 고맙겠노라고 말하였다.

　그랬는데 닭의 장은 여드래에 끝을 막을 수가 없었다. 문 서방은 내게, 괜히 삯전 전부를 지불하였기 때문에 일이 더디게 되었다고 하지만, 따는 문 서방 말대로 삯전의 일부분만 목수 영감에게 주었드면 우리 닭의 장은 목수 영감의 말대로 여드래에 끝났을지 모르지만, 그러나 나는 목수 영감에게 삯전 전부를 한꺼번에 주었기 때문에 일을 느려트리는 게라고는 생각지 않는다. 아니, 그렇게 생각하고 그를 못마땅하게 여긴 적이 없는 것은 아니지만, 나는 그 마음을 오히려 꾸짖고 닭의 장이 늦게 되어서 우리 닭들의 고난을 내가 마음속 깊이 앓어하면서도, 나는 그렇면서도 목수 영감에게 삯전을 죄다 한꺼번에 치루어 준 것을 뉘우치지 않는다. 혹 삯전을 다 준 것이 목수 영감에게 불리하였든 것이 아닌가 하는 것은 생각은 해 보았지만.

　여드래가 훨씬 지난 뒤였다. 목수 영감은 숫제 집에 오지도 않았다. 나는 문 서방 말대로 못한 것을 뇌알으며 웃마을에 있다는 목수 영감의 집을 물어서 찾아갔다. 이른 아츰이었다. 영감이 어디 나가기 전에 가서 꼭 붓잡고 내려올 생각으로 그렇게 빨리 갔든 것이다.

　내가 찾는 소리에 영감의 마누라, 며느리 막내둥이 아니면 손녀라고 짐작되는 세 얼굴이 한꺼번에 밖으로 내밀었다.

　나는 그들에게 목수 영감의 집이냐고 묻고, 그리고 그들의 대답이 그렇다고 하는 소리가 끝이자마자 사람을 뭘루 알고 그러는 거냐 하고 크게 해댈 작정으로 소리를 높이려니까, 내 목소리를 알아채었든지 먼저 나타났던 세 얼굴이 사라지고 그 대신 얼굴 하나가 그 자리에 아조 슬그머니 나타났는데, 나는 그때 그냥 아무ㅅ 소리도 못하고 가만 서 있지 않지 않을 수가 없었다. 아직 해가 올라오기가 머언 푸름스구레한 아츰이라기보다 새벽이었기 때문에 그 퉁퉁 부운 큰 얼굴이 사람 같지 않았다. 독개비를 만난다고 하여도 그렇게는 무섭지 않겠다고 나는 지금도 생각한다. 그렇게 회회 감기도록 말렀던 목수 영감이 그처럼 커질 수가 어떻게 있었을까.

"미안합니다. 채독을 올려 가지구……. 몇일째……."

말소리를 듣고서야 나는 그 얼굴이 목수 영감인 것을 알았다. 숨이 차서 끊을락 겨우 이어 가며 말을 하였다.

나는 거저 침을 한 번 삼키지 않을 수 없었다. 그런 것은 전연 모르고 어디 가기 전에 붓잡고 내려가려 한 것이 참 안 되어서 견딜 수 없었다. 나는 영감더러는 눕게 하고 그 옆에 있는 식구들에게 약을 썼느냐, 채독엔 고기가 좋다는데 고깃국이나 대접했느냐 하고 물어보았다. 물어보았으나 그들은 거저 멍멍하니 서있을 뿐 대답이 없었다. 대답 못 하는 일에 대해서 무슨 생각조차 있는 것 같지 않았다. 거저 얼빠진 사람들 같았다. 나는 문득 우리 이웃 사람들이 ■■시 굶을 때에 하는 그런 탓인 것을 깨닫고, 더 별말 없이 집에 내려와서 고기 한 근 살 돈과 영감 약 살 돈과 쌀 한 되를 영감 집에 올려 보냈다.

그런 뒤에 한 일주일을 지나서 목수 영감은 내려왔는데, 일주일 전 그날 아츰에 보든 때와는 또 아주 반대로 무서울 정도로 홀쪽해서 다리가 회회 내젓기웠다. 그 뒤로 사흘인가 목수 영감은 내 고마운 공을 갚겠느라고 하면서 연거푸 부즈런이 내려오드니 또 몇일을 무소식이었다. 이렇게 되면 주선해 준 문 서방이 매우 딱해 하는 얼굴색이었다.

"그렇게 공전을 다 주지 마시래는 건데요. 배곪아 쓰러지면서두 돈 받아

갈 욕심에 일을 하게 되거든요. 댁에서 주신 돈은 빚쟁이들이 모다 들어서 고냥 털렷대는군요."

문 서방은 딱한 표정을 지은 뒤에는 으례히 이렇게 한마디 하는 것이 버릇같이 되었다. 이번엔 문 서방이 영감 집에 올라갔다. 영감더러 아주 막 해대겠다고 별르고 올라갔다 내려온 문 서방은 맥이 풀린 어조로,

"영감네도 떠러졌대는군요" 하였다.

"뭣이 떨어져요?"

"땅입죠"

"얼마나?"

"다지요. 그 영감은 닷 마지길 껄입쇼."

"그건 누구 건데?"

"누구겠어요, 나아릿댁 껍죠"

나아리ㅅ 댁이라 함은 서홍수네를 가르침이었다.

"왼 식구가 다들 울었드군입쇼. 울면 뭘 해요……."

문 서방도 떠러저 나간 축에 한목 끼인터라 다 남의 일 같지 않은 모양이었다. 나는 그날 비로소 목수 영감이 서홍수네 작인이었다는 것을 알았다.

영감은 그 이튿날 아츰에 일즉이 내려와서 하루 종일 부즈러니 일을 하였다. 땅이 떠러진 데 대해서는 아무 말이 없었다. 눈이 붓기까지 울었다면서 아무ㅅ소리 없는 것은 너무 앞으거나 비참한 것은 닷치기 싫은 것이 사람의 마음이라, 목수 영감도 그래서 그러는 거라고 짐작하고 내 쪽에서도 아무 말을 하지 않았다.

그는 돌아가랴고 할 쩍에, 양식이 떠러져서 그러느라고 하면서 내게 양옥수수 한 말 사올 돈 170원을 취해 달라고 하였다. 가을에 양식으로 주든지 돈으로 갚든지 하겠노라고 하였다. 나는 무엇으로 받고 안 받는 것은 둘째로 그가 달라는 대로 얼른 주었다.

그랬드니 그 뒤로 그 이튿날도, 그 사흗날도 목수 영감은 또 오지 않았다. 닭이 더워서 죽지를 점점 더 축 느르트린 것이 초조하고, 또는 그 영감이 자기에게 동정하는 나를 되려 넘보는 것이 아닌가, 영감에게 다시 가기는 불쾌한 감정은 등지고 나는 또 목수 영감 집으로 찾아가지 않을 수 없었다.

영감은 그날도 누워 있었다. 홀쭉한 영감이 더 홀쭉해졌었다. 그는 또 먼저 미안하다는 말을 하고, 내가 준 것으로 서울 가서 양옥수수를 사다가 갈아서 밥을 해 먹은 것이 언처서 설사만 나흘째 내려 한다는 것을 말하였다. 나는 그 말을 믿을 수바께 없었다. 우리 이웃사람들 중에도 이 양옥수수를 사다 먹고 설사를 하는 것을 보아 알기 때문이었다.

이 양옥수수라는 것은 미국서 들어오는 것으로 서울시민에게 배급해 주는 것이라 하였다. 배급품이 어디서 어떻게 도라오는지 알 수 없으나, 어쨋든 서울 시장에서 한 말에 일백 칠, 팔십 원에 매매되어, 우리 이웃 사람들도 사다 먹었다. 배탈이 잘 나느니, 똥병에 잘 걸리느니, 맷겨 버리면 보리 두 되 폭두 못 되드니 하고 나무램질들은 하지만 실상은 이 양옥수수 사다 먹는 집도 드물었다.

"나 양옥수수 밥해 먹었다아."

"난 양옥수수 풀떼기 먹었다아."

아이들이 만나서 하는 이얘기다. 자랑이 지나쳐 노래가 되어 버린다. 못 먹은 놈도 먹었노라고 눈을 껌벅 장단을 마추는 것이다. 하긴 그들이 먹는 것 중에서 가장 상등인 까닭이었다. 해방의 덕택이라고 할까.

참으로 농민들에게 있어서 해방의 덕이라면 이 양옥수수를 서울 가서 수월하게 사다 먹는 것 외엔 다른 것이 없었다. 해방 전이나 마찬가지루 쌀은 이 고장에서 한 되를 구해 낼 수가 없었다. 해방 전엔 그대로 쌀을 꾸어 먹을 수도 있었고 또 장리로 쌀을 얻어다 먹을 수도 있었지만 해방 후엔 쌀값이 작구 올라가기만 하는 바람에 쌀 가진 자가 쌀을 장리로 주는 것보다 파는 것이 낫기 때문에 꿔 주지 않았다. 서홍수네도 해방 전과 마찬가지로 쌀을 배에 실어서 서울 가 판다고 하였다. 해방 직후 일본 순사가 쫓겨 가고 면직원이 마저대고 할 적엔 작인들한테나 또 마을 사람들에게 어지간하드니만 그의 아들이 다시 총독부 자리에 앉아 있는 군정청 관리로 들어가면서는 또한 서슬이 퍼런 것이었다. 해방 직후에 열 가마니의 쌀을 극빈자에게 줘 달라고 치안 유지회에 디레 논 것도 괜한 짓을 하였다는 태도였다.

서홍수네는 또 많은 땅을 팔았다. 그 땅을 갈아 먹든 작인들은 헌신짝같이 내동댕이치웠다. 그러고도 작구 팔았다. 날마다 떨어져 나가 "어엉, 어엉" 아이들처럼 우는 작인이 부러 나갔다. 떠러 안 지려고 집을 팔고, 그러고도 토지 소유권 문서를 재피게 하고 높은 변리로 빗을 내고 해서 붓치든 땅을 사는 자도 혹 있긴 하나, 대개는 떨어져 나갔다. 떠러 안 질 수 없는 것이 그들 중에 소를 가진 자가 몇이 없고, 팔아서 돈이 될 만한 집을 지닌 자가 몇 안 되었다. 무엇으로 땅을 사낼 수가 있겠느냐 말이다. 빗도 어지간해야 내지, 아주 밋두머리가 없는 형편에 빗을 낼 용기도 없으려니와 빗을 누가 주려 들기나 하는가. 곡가가 고등해 가는 틈을 노리고 고리대금으로 살쩌 가는 자 중엔 떠러저 나가는 농민에게 돈을 취해 주어서 추수를 반작해 먹기로 하는 일도 있으나, 이런 예는 극소한 일이지 누구나 다 해낼 수 없는 일이었다. 고리대금업자로 살어가는 자가 이런 적은 빈촌에 많이 있을 리도 없겠지만 있다 치드래도 아무에게나 주는 것이 아니었다. 땅이 훨신 좋와서 양석(兩石)을 바라보는 거래야 되는데, 땅 파는 자는 또 양석을 바라보는 땅은 좀체 팔지 않았다. 토지 개혁이니 뭐니 뭐니 하지만 세상은 아직도 소란할 뿐 우리 정부가 설 날도 막연한데 토지 개혁이란 그리 쉽게 올 리 없을 게라고 지주들은 이렇게 생각하고 그래도 어쩔 줄 아나 하는 마음에서 파는 땅이라 상답을 막우 내여 놓지는 않았다. 따지고 본다면 토지 개혁이란 최후의 선고장이 내리자면 아직 하안참 될 것 같으니까 그동안에 나쁜 놈만 처분해서 그 돈으로 달리 이득을 볼 방법을 취하는 것이 좋겠고, 좋은 놈은 그대로 두었다가 토지 개혁이 될 무렵에 땅이 좋으니만큼 욕심 낼 자가 많겠으니까 그때를 봐서 할 일이고, 혹시 그리 못 되는 경우가 생기드래도 아직 그 동안이 하안참 될 상 싶으니까 그새에 거기서 소출을 많이 내여서 가장 적은 폐해를 받자는 것이 지주의 생각이었다. 될 수 있는 한 머리를 쥐여짜서 가장 적은 폐해를 받자고 애를 **빠득빠득** 쓰는 데까지 칭송할 만한 일일지 모르지만, 제가 손해를 입지 않기 위해서, 손해라기보다 많은 이득을 얻기 위해서 우매하고 가난한 농민을 이용하려 드는 데는 참을 수 없는 의분이 느껴지는 것이었다.

서흥수네는 중치, 하치는 다 팔고 한목 만 평 가까운 땅이 ■욱 내 깔린 좋은 것들은 팔지 않고 농사를 짓는데 그 방법이 참 묘하였다. 근 만 평 땅의 작인이 30명이 넘었다. 30명 넘는 작인 중에서 서흥수는 가장 상치의 작인을 골라냈다. 해방 전에 증용을 안 나가고 농업 지도원이라는 패를 가슴에 붓쳤든 자들 중에서도 골으고 다시 골으고 해서 그들에게 땅을 나눠 주는데, 이건 경작권 없이 주는 땅이었다. 그 땅도 다른 땅과 마찬가지로 작인에게서 경작권을 죄다 박탈해 가지고 그것을 다시 한 사람에게 열 마지기, 또 농사군이 한 집에 셋씩 넷씩 되는 데는 열다섯 마지기도 주고, 혹은 여덟 마지기, 일곱 마지기, 다섯 마지기씩을 주는데 경작권까지 주는 것이 아니고 거저 농사를 지어서 가을에 추수를 해서 그 많은 소출 중에서 서흥수가 삼분지의 이도 더 차지하게 되는 수량을 차지하고 그 나머지를 농사지은 자에게 주게 되는 것이었다. 우리 압집 갑복이네가 그 축에 한몫 끼었는데, 갑복이네는 사십 석 추수를 바라보는 추수에서 열 섬을 받기로 하고 농사를 짓게 되었다는 이얘기를 나는 들었다. 그러니까 서흥수는 삼분지 이를 더 차지하는 셈이었다. 농사 짓는 측의 억울함이란 말이 아니지만, 이 축에 한몫 끼일 수가 없을까 하여 애를 **빠득빠득** 쓰는 자가 많았다.

서흥수를 찾아가서 애원하는 자도 있었고, 엿이나 닭이나 게란이나 또 그 외의 다른 것들을 선물하는 자도 있었다. 자기의 원이 이루어 안 져서 서홍수에겐 생전 처음으로 삿대질을 하며 괄세하는 자도 있었고, 온 집안 권속을 몰아 가지고 그 마당에 가서 초상 난 모양으로 손뼉을 치며 뒹굴며 쥑여 달라고 아우성치는 패도 있었다.

서홍수는 선물 갖다 주는 자는 선물만 받고 돌려보내고, 삿대질이며 행패를 하려 드는 자는 주재소에 말을 해서 돌렸다.

마을은 다시 눈물의 바다, 한숨의 골자구니로 되었다. 해방 전 그 무섭던 생지옥―주림과 증병과 증용과 보국대와 증발로 우름의 바다요 한숨의 골자구니던 이 마을이 그 전에와 똑같은 생지옥을 연상하는 마을이 차츰 되어 갔다.

마을 한가운데 서 있는 늙은 정자나무 그늘에서 히색이 만면해서 재미나 하든 정치담도 마을 사람들은 다 잊어 버렸다. 보통학교 아동을 선두로 뙤뙤 나발과 북소리만 가진 악대에 발을 맞춰 머얼리 삼십리ㅅ 길 마을까지 행진하며 "만세, 만세" 거저 만세만 부르던 일은 꿈같았다. 면소를 부시고 면직원을 때리고 순사를 쫓고 두들겨 주든 그 의기는 어디로 사라졌는지.

정자나무 아래 이승만, 여운형, 김구 씨 등을 몰두하든 그들은 "독립이 한 번 더 돼야 해" 하고 뇌였다. 독립이 무엇이고 해방이 어떤 것인 것조차 모르고 하는 말이라 치드래도 그들의 이 말을 거저 흘려 버릴 수는 없는 것이다.

그들이 못 사는 원인이 어디에 있는 것을 모르고 하는 그들의 말이라 치더라도 이 말을 거저 흘려 버릴 수는 없는 것이다.

우리 닭의 장을 짓는 목수 영감에게서도 나는 종종, "독립이 다시 돼야 해요" 라는 말을 들을 수 있었다.

진정 그들은 독입(해방)이 다시 돼야 한다고 느끼기는 하나, 그 '독입'이라는 것이 어떠한 형태로서 그들 앞에 나타날 것은 짐작하지 못하는 것이였다. 그런 것을 짐작할 만한 아량이 그들에게 있지 않았다. 오직 우매할 뿐이였다. 거저 가난할 뿐이였다. 그러길래 그들은 서홍수에게 그처럼 학대를 받으면서도, 학대를 받을 뿐만 아니라, 그 갈아먹든 땅까지 빼앗기고 아주 그야말로 지주와 작인이라는 주종 관계가 끊어졌음에도 불고하고 아직도 그들의 서홍수에게 가는 마음은 남어 있었다. 이번 서홍수의 회갑잔채만 해도 그다지 굉장할 것은 못 되였을지 모른다. 서홍수의 말인즉, "패가하는 놈이 무슨 회갑은." 하였다니까. 그 자식 되는 자들이 서들어서 한다치드래도 강ㅅ에까지 회갑잔채 노리터를 잡지 않았을지 모른다. 강ㅅ가에 회갑잔채 노리터로 정하게 된 것은 경작권 없이 농사를 지여 주고 3분의 1도 못 차저 먹는 서홍수의 농사ㅅ꾼들과 또 그의 전(前) 작인―헌신짝처럼 떠러저 나간 작인들이 서들어서 하게 된 것이다. 그들은 똑가치 서홍수의 회갑잔채를 위해서 쌀 한 말식을 술을 해 넣고 돈 100원씩 내기로 하였다. 쌀 한 말이 끔찍하지 않을 수 없다. 서홍수네 쌀이라면 쌀 한 말이 뭐가 대단하리. 그렇지만 하루 셋기를 푸성귀로 이어 가기를 일년이면 열달씩이나 하는 그들의 쌀이다.

작년 추수 후에 얼마간 쌀밥의 매ㅅ그러운 감촉을 맛본 뒤에는 한 번 온전히 쌀만으로 밥을 지여 먹어 보지 못한 그들의 쌀이다. 돈은 어떤가. 돈 100원, 10원이 열이 모여진 100원이다. 단 10원이 없어서 소금을 못 사는 때가 많은 그들의 돈이다. 10원이 아닌 5원이 없어서 배급 담배를 못 받어 피우는 그들의 돈이다 100원, 100원―손톱, 발톱 다 달어 무즈러지는 고된 일을 해 줘야 타게 되는 이틀 치의 품싹이다.

이러한 끔찍한 쌀이요, 돈을 그들은 서홍수를 위해서 아끼지 않았다. 아끼지 않으려 해서 그런 것이 아니라 서홍수네겐 적은 쌀과 적은 돈이 빛나지 못할 것은 알았기 때문이였다. 그들에겐 쌀 한 말이란 쌀! 100원이란 돈! 이것이 끔찍할 것이였으나 서홍수에겐 아무것도 아닌 것이다. 한 말의 쌀, 100원의 돈이 그러하거든 그보다 더 적은 쌀과 돈은 더 아무 것도 아닌 것이다. 그래서 그들은 쌀 한 말과 돈 100원씩을 서홍수를 위해서 아끼지 않은 것이였다.

　그런데 목수 영감은 이 우에 또 닭 한 마리를 더 서홍수의 회갑잔채를 위해서 가져가겠다니 어쩌믄 좋랴. 바루 어제 저녁 일이다. 그는 어저께도 그의 아들과 가치 와서 우리 닭장을 짓고 있었다. 목수 영감이 혼자 할 수 없는 '외'를 얽는다든지 '석가래'를 얹는다든지 집웅을 엔다든지 하는 일은 줄창 그 아들과 해 왔었다. '석가래' 얹는 것과 집웅은 아버지가 아래서 섬기고, 아들이 우에서 얹고 예고 하였든 것이다. 아버지는 회감하니 어지러워서 높은 데는 꼼짝 못하였다. 목수 영감이 내게,

　"애기 어머니, 닭 한 마리만 외상을 줍시오. 가을에 양식으루 디립지요."

하니까 아들은 얼른 ■■ 미리 준비나 하고 있은 것처럼,

　"아버진, 참 그러지 마시래두……."

하고 아버지를 걱정스런 낯으로 건너다보는 것이였다. 그러나 불공스런 빛은 조금도 없었다.

　"이눔아, 굶어 죽어두 좋단 말이냐. 이눔아, 다른 자들은 돼지두 받친다, 돼지두 응. 이눔아, 그래 닭 한 마리가……. 네 이눔아, 어느 땐 줄 알구……."

　아버지의 호기는 대단하였다. 너무 격동이 심해서 말을 이어 내지 못하였다. 그 꾀죄죄한 몰골 속에서 아들에게 피워 보는 호기만이 남었든 것 같았다. 그래도 아들은 아무 댓구가 없었다. 거저 난처해 하면서 아버지더러 올라가시자고만 하였다. 물론 나는 서홍수를 갓다 메기라고 나의 닭의 어느 하나를 붓잡고 싶지는 않었다. 그러나, 처참하고 또 처참한 그의 현실을 돌보아선 나의 닭의 어느 한 마리를 붓잡어서 목수 영감에게 주어서, 행여 그 일로 말미아마서, 서홍수의 마음이 움즉여서 목수 영감이 서홍수가 3분의 2도 더 차지하고 농사짓는 측이 3분의 1도 못 차저 먹는 경작권 없는 그 땅을 얻어 하게 했으면 싶은 생각도 없지는 않었다. 그러나 나는

아들의 낯색도 또 살피지 않을 수 없는 것이 아들은 총명하고 아버지는 우매하기 때문이었다. 우매는 '총명' 앞에선 굴복하는 것이다.

"아 영감, 웨 그러시유?"

엽집 철용 아버지가 들어왔다. 어떻게 되었든 나는 철용 아버지가 이 자리에 나타난 것을 다행하다 여겼다. '우매'한 것을 버리고 '총명'한 것을 쪼차야 하겠다고 알기는 하면서도 나는 그 자리를 어떻게 수습하면 좋을까고 하든 참인 것이다. 철용 아버지는 울타리 밑에서 뭘 하고 있는 것 같드니만 목수 영감의 호기 빼는 소리를 듣고 온 모양이었다. 그렇지 않어도 그는 하루에 몇 번씩 우리 집에 잘 왔다. 해가 다 젔는데, 목수 영감과 그 아들이 얼마 안 해서 다 끝막을 우리 닭의 장 일을 할 수 없게 어두운데도 그는 왔든 것이다. 저녁을 지내고 심심해서도 왔겠지만 목수 영감이 호기를 뽑게 된 그 사건에 구미가 댕겨서 온 것이라고 나는 생각하였다. 하긴 무슨 일에나 챔견을 잘 하자고 하는 그였다. 해방 전엔 주재소 수석과 친밀이 지내고, 지금도 직업은 소장에 나가서 어룬인 체하고 중개 들어 한목 보는 일이고, 돈이 나올 데 없는데 그래도 잘 쓰고, 명절이면 주재소 면소를 불러 메기고 하였다. 20년 전에 보통학교 선생을 한 이력이 있었다니, 그걸로 해서 일본말을 좀 하는지 하였다. 해방 후—술집, 떡집, 고기집이 서른 개도 넘을 적에 그는 갈보를 대려다 놓고 술집을 채렸다. 그러다가 적은 곳에 술집이 이렇게 많아서야 되겠느냐고 이곳 유지들이 술집 박멸 운동을 나섰다. 그런데 철용 아버지는 술집을 하든 체를 안 하고 박멸 운동에 자기도 한목 끼였다.

"암, 술집을 없새야지. 갈보를 없새야지. 국가를 걸머질 청년들이 술과 게집으루 녹아서야 될 말인가. 안 될 일이지. 암, 안 되구 말구……."

유지들보다 더 열렬하였다. 이렇게 아무 일 없은 듯이 자기가 한 일에 자기가 한 말에 책임을 질 줄 모르는 철용 아버지였다. 아무 데나 가서 덥적거리고 아무 말에나 가서 챔견하는 그였다. 어룬드 좋고 아이도 좋고 늙은이도 젊은이도 다 좋았다. 내가 그의 오는 것을 싫지 않게 역이는 거나 마찬가지로 사람들은 모두들 아이, 어룬 할 것 없이 '나발'이란 별명으로 불러 가면서도 그를 기피하는 일은 없었다. 뒤에 '남는 것'이 없었기 때문이다. 말하자면 무신념한 때문이다. '무신념'한 것을 ■■한 것은 아니드래도 거부하는 데까지 쉬이 이루지 못하는 것이 사람의 습성인가부다.

철용 아버지는 목수 영감도 아들도 나도 잠잠히 네ㅅ식구가 없으니까,

"그래 영감, 돼질 받치구 얻어 걸린 자 뉘란 말이요. 웨 자꾸 서홍수네 배불릴 생각들 하시유. 딱들 하시유……."

목수 영감의 아들이 없고 또 내가 그 자리에 없었드면 그는 결코 이런 말을 하지 않았을 것이다. 그는 내가 어느 결엔지 행용 서홍수네를 못맛당히 역이는 것도 눈치채일 수 있었고, 또 목수 영감의 아들이 총명한 것도 알아 볼 수가 있었든 것이다.

"에그, 아니꼬운 소리 집어 치여……. 세상두 믈으구 괜스레 아무데나 덥적거림 되는 줄 알어……."

아들에게 맷첬든 화살이 철용 아버지에게로 도라젓다. 목수 영감은 눈에 눈물이 괴괴하기까지 하였다. 너무 격분할 때면 그는 그런 버릇이 있는 모양이다.

"뭘 덥적거린단 말이유. 그 영감 참. 그래, 저런 아들을 두구 그 주책없는 짓을 하려든담……."

"어마, 잘 한다. 불 붓는 집에 키구려……. 네 이눔, 네 그래 또 내 속 태워 줄려고 그러니……. 이눔아 땅 떠러졌을 때만 해두 나아리ㅅ 댁에 불질러 논는다구 지랄을 쳐서 속 썩이드니. 이눔아, 철을 몰라두 분수가 있지, 흙을 파 먹겠냐 돌을 깨물갠냐. 그러커들랑 이눔아, 순살 댕기든, 면서길 댕기래두. 심쭉두 안 하구 그래, 그게 잘하는 즛이야……."

이번엔 철용 아버지와 아들을 한꺼번에 환■하였다.

영감은 또 아들이 순사나 면서길 댕기지 않는 말을 끄집어내었다. 아들

이 아버지와 처음 가치 와서 일하든 날, 석가래를 얹느라고 두덩실 높이 덩그랗니 '쿵닥닥, 따악, 딱' 못을 박을 때 하늘이 높고 녹음이 짓튼 탓이었든지 아버지를 도모지 닮지 않은 아들이 어느 이야기에 나오는 주인공 같어서 나는 그 이튿날 영감이 혼자 오든 날 목수 영감에게 아들의 이력을 물어보았든 것이다. 그랬드니 영감은 아들이 소학교를 졸업하고 서울 사는 유죽한 이모가 대려다가 중학교를 마치 주고 전문학교에 입학식히려 들든 때에 이모가 병으로 죽어서 공부는 더 못하고 있다가 증병에 뽑혀 나갔다는 것을 이야기를 하고, 그 이모가 있었으면 때때루 군색한 형편을 살펴줄 것이었다는 말도 유감스런 얼굴로 하고 나서 아들이 순사나 면서길 다니라고 그렇게 말해야 싫다고만 한다는 것을 말한 다음 좀 나즌 소리로 영감은,

"애기 어머니 보구니 말이지 그 늠이 글세 앨 멕여서 큰일낫서요" 하였다.

그런데 목수 영감의 "그 늠이 글세 앨 멕여서 큰일낫서요" 하는 말 뒤엔 반드시 무슨 말이 또 있을 듯하였다. 그래서 나는

"어떻게 앨 멕이시게. 색씨 바람이 낫세요?"

하고 물어보았다.

"그러기나 했슴 좋게요, 색씨, 색신 ■두 안합니다 그려. 아 글세 애기 어머니, 애기 어머니 보구니 말슴이지, 그 늠이 글세, 나아리ㅅ댁을 불 질른대니 저걸 어쩜 좋아요. 도무지 그놈 때매 똥끝이 타서 견딜 수 없군요 그래. 이 농사꾼들이 배골는 게 나아릿댁 탓이라구 그러잖아요. 땅 떠러질 때만 해두 빚을 얻어서 땅을 붓잡자구 난 그랬죠 그런데 그 늠이 들어 줘야죠, 사지 말어야 한다구, 사지 말어야 한다구, 인제 존 세상 올 테니 가만 내버려두라구, 그러니 글세 잘 살구 못 사는 게 하늘이 마련하는 일인데, 그게 될 말입니까."

하고 목수 영감은 잡았든 연장을 쉬이며 후연히 한숨까지 지은 일이 있었

든 것을 나는 기억하고 있다. 나는 그때 그런 세상이 와야 옳지 않겠느냐고 영감에게 뒬처 물었든 것도 기억된다.

"암, 불은 질러야 해. 참 시훈이 장하군 그래. 암 용기가 있는 청년이지……."

이것은 영감의 말을 주서듯고 하는 철용 아버지 말이었다.

"이 나발아! 어이구 나발아……."

영감은 매우 괫씸하였다. 철용 아버지의 별명을 연거퍼 불르는 외엠 말이 안 나왔다.

"날더러 나발, 영감은 맹꽁이지 맹꽁이. 고 맹꽁이 같은 짓 좀 말어요. 젊은 청년은 용기가 있어야지. 암, 부서 버려야지. 그런 걸 가만두군 살 수 없지……. 나두 부쉴 맘이 나는 걸……."

"아, 이건 년장(年長)두 몰라본담. 맹꽁이, 그래 맹꽁이가 어쨋단 말이여……."

"글세 어린애들 모양으루 웨들 이러심니까."

성문(城門)처럼 닫첬든 아들이 이쪽으로 도라서며 하는 말이었다. 그는 그때까지 무었을 하느라고 저쪽을 향해 있었는지 나는 알 수 없었다. 아니, 나는 명확한 것만 알 수 없었지 그의 도라선 뒤ㅅ모양에서 그가 무었을 하고 있을 것을 그물그물 기어드는 황혼 속으로 느낄 수는 있었다. 시(詩)나 철학, 이런 것은 아니 드 좋은 다른 것을 생각하는 것이라고 나는 알었다. 두 영감은 아무 소리도 못하였다. 아들의 음성이 부드럽고 너무 나젔든 때문인지 모른다.

아들은 아버지를 아이 달래듯 집에 가시자고 하였다. 나는 영감에게 아들의 말대로 쫓을 것을 일러 주고 그리고 이튿날―즉 오늘 아츰―서흥수네 회갑 잔채에 가기 전에 두어 시간이면 해 단다고 하든 닭의 운동장 문을 달아 달나고 신신 당부하였다. 영감은 꼭 그리하겠느라면서 아들과 한 가지로 도라갔다.

그랬는데 이튿날인─ 오늘 아츰에 목수 영감은 서홍수네 일로 분주해서 널반지로 하는 닭의 운동장 문은 해 달기가 어렵겠으니 위선 가마니로 해 달어서 쪽제비의 페해나 막어 놓고 저녁때─ 회갑노리가 끝나거든 마저 해 달겠느라 하였다. 나는 어제 저녁에 닭들을 낡은 닭의 울에 그냥 둘 것을 그랬다고 후회하였다. 아츰 일즉이 와서 문을 달아 준다기에 운동장 문이 다 된 후에 닭들을 내여 놀 생각으로, 하루 저녁이래도 속히 넓은 데서 닭들을 재우려고 낡은 데서 새 집에 옮아 넣었든 것인데 새 집 넓은 데서 자고 난 닭들은 하룻밤 새에 원기를 얻었든지 목수 영감이 가마니로 운동장 문을 해 네레더린 후 곧 나는 들어가서 닭의 장문을 열어 제쳤다. 닭들은 모두 후울홀 홰에서 나라서 운동장으로 나왔다. 약은 쪽젯피는 내래[46] 디리운 가마니로 된 운동장 문이 제가 드나들기에 좋은 것을 알어채였든 것이었다.

이래서 우리 닭이 오늘 두 마리가 물려 간 것이였다.

그런데 나는 거짓말을 하였다. 우리 닭이 쪽제비에게 물려 갈 때, 고 비 닭이같이 하이얀 닭이 목아지를 잘깍 물린 탓으로 눈이 볼진 나온 것이, "깨애왜 깨애왝" 비명을 지르는 것을 들어 낼 수가 없고, 또 나는 그때 바루 서홍수네 잔채 노리터에서 오는 풍류 소리가 참으로 요란하였기 때문에, 내 손에 들린 기인 몽뎅이를 가진 채 강사가 노리터로 달려가겠다고 했는데, 달려가서 그 인간 같지 않은 것들이 횡행천하 하는 것을 부셔 버리겠다고 했는데 나는 그렇게 못하고 말었다. 나는 꼭 가려고 하였다. 진정 떨리는 내 손에 쥐인 몽뎅이로 막우 짓두드리려고 하였다.

그랬는데, 나는 그 길로 내달리지 못하고, 강사가 잘 내다뵈는 동산 높

---

46) '나중'의 함경 방언.

은 지대에 위선 올라 서서 풍류 소리 나는 데를 내다보고 나서 가려고 하였다. 그래서 높은 데 터억 올라선즉 그와 동시에 얼핏 내 발 아래 버려진 채마밭 광경이 눈에 띠이는 것이 아닌가.

기맥히는 참경이었다. 쪽제비를 쫓는 내 몽뎅이 바람에 소떼가 들었다 난 콩밭이였다.

해토47)가 되기를 기다려서 남보다 일즉 서들은 우에 연신 거름을 들고 다니며 가꾼 탓으로 볼사록 풍성한 채마밭이였다. 중에도, 토마도는 아츰저녁으로 순을 따 주고 열매를 속가주고 해서 흐득지게 굵은 열매가 관상품으로도 제법 훌융하든 것이다.

그 토마도의 가지가 찟긴 놈, 그냥 나무채로 쓸어진 놈, 열매가 굵은 까닭에 폐해가 더 컸든 것 같다. 그 유난이 빈들거리는 표피에 강렬한 광선을 바더서 더 한층 디글거렸다. 좁은 곳에 30여 마리의 닭을 가둬 놓고, 닭을 고생식힌 것도 이 채마밭을 끝까지 예쁘게 길러 보자는 데서가 아니었든가.

나는 그 자리에 푹 주저안고야 말었다. 마음의 격동을 어찌하는 수가 없을 때에 늘 하는 내 버릇인 것이다. 주저앉어서 나는 무었을 생각했든지 모른다. 나는 새납 소리, 징 소리를 귀에 아련히 느끼며, 잠이 들었든 것만은 사실이다. 독자는 날더러 맹탕이라고 우서도 좋다. 내게는 푹 주저않는 버릇과 함께 절박한 감정을 누를 수 없을 때, 잠이 소로르 들어 버리는 버릇도 있는 것이다. 정말 나는 자 버렸다. 그처럼 나를 격동식히든 풍류 소리가 내게 자장가로 들렸을 리는 만무했을 게나 분명 나는 잠들어 버린 것이다. 소나무 그늘들이 짙고 해서 나는 꽤 오래 잤든 것이다.

옆집 철용 아버지가 싸리문ㅅ게로 드러오며 떠들석하지 않었드면 나는 좀더 잤을지도 모른다. 눈을 떴을 때는 짓긴 토마도 아지들이 시들어서 찰

---

47) 땅풀림.

싹 땅바닥에 들어붙고, 토마도만이 내려쪼이는 햇빛을 받아서 더 디근거렸다.

"아, 웨 그러구 계세요?"

나는 이 무릎에 다황히 (잠이 들었든 척 안하고), "닭을 또 물어갔어요" 하고 대답하였다.

"아 저런, 아츰에두 가저가구, 또. 거 참 그놈의 영감쟁일……. 가만히 게십시오. 내가 가서 그 맹꿍일 대려오지요."

철용 아버지는 내 말도 들어 안 보고 싸리문 밖으로 도■지 휘적휘적 나갔다. 나는 그가 나간 뒤에 내 발 앞에 기다랗게 잡바진, 쪽제비를 쫓을 적에 들었든 몽뎅이를 집어 들고 동산에서 내려왔다. 내려와서 몽뎅이를 헛간 모퉁이에 본래ㅅ대로 갔다 세워 놓았다. 살구 딸 쩍에 쉬이 눈에 띠이도록ㅡ. 그리고 나는 마루에 와서 걸터앉아서 하늘을 처다보았다. 이 하늘을 처다보는 버릇도 격동했을 때 폭 주저앉는다든지 또는 절박할 때 잠을 자 버린다든지 하는 것과 같은 나의 버릇 중의 하나인 버릇이었다. 나는 심심하였든 것임에 틀림없었다. 쪽제비에게 물려 가는 닭의 비명도 끝나고, 강ㅅ가에서 오는 풍류 소리도 들리지 않은 까닭이었다고 변명해 둘까. 나는 그때 인제 노리가 끝난나 부다고 이런 생각도 하고 목수 영감이 오래지 않아서 올 것이라는 생각도 하였다.

그랬는데 그렇지 아니하였다. 목수 영감 대리려 가든 철용 아버지와 목수 영감이 둘이 다 새파랗게 찔려서 뛰여 들어왔다. 목수 영감은 본래 해골과 같이 마른 얼굴, 철용 아버지는 껌어테테한 기름끼 도는 얼굴, 그러나 두 얼굴이 똑같은 보고를 내게 할 것 같았다.

"우리 눔이 잡여 갔어요. 선상님, 이 일을 어쩜 좋아요."

목수 영감의 떨리는 소리였다. 날더러 처음 그는 "선상님"이라 하였다. 목수 영감의 뒤를 이어 철용 아버지의 이얘기는 이러하였다.

목수 영감의 아들은 해가 하늘 한가운데 떴을ㅡ(그림자들이 납작해지는 대) — 단 혼자서 서홍수가 그 아들과 손자와 친척들과 그 아들 친구들과 그리고 왼 마을 사람들에게 절을 받고 있을 때에 서홍수의 앞에 참 호화찬란하게 채려 놓은 회갑 큰 상을 부셔 버렸다 하였다. 서홍수가 소리소리 지르며, "이놈이 이게 어느 놈이냐. 이게 창선이 아들놈이 아니냐."고 뒤퉁거렸고, 그의 아들과 아들의 친구들과 친척들이 목수 영감 아들에게 달려들어서 붓잡고 너머트리고, 자빠트리고 목아지를 뒤로 끌어 다니고 하였고, 마을 사람들은 거저 병벙해 서 있었고, (그러면서도 그들은 목수 영감의 아들이 너머지지 말기를 바라는 마음이였다고 한다) 목수 영감은 이 판국에서 서홍수와 그의 가족들을 쫓아다니며 손을 싹싹 부비며 "저 늠이 밋쳤서요, 저 늠이 환장했세요." 정말 환장한 것처럼 비렷다고 하였다. 이러는 사이에 순사가 와서 목수 영감의 아들을 묵거 가고, 회갑 잔채는 흐지부지해 졌다고 하였다. 그런데 목수 영감의 아들은 처음부터 끝까지 한마디의 말이 없이 기저 행동만 하였다고 하였다. 열 마디의 말보다 한 개의 참된, 스무 마디, 설흔 마디, 백 마디의 말보다 오직 하나의 진실된 행동은 세상의 온갖 귀한 것 중에 가장 귀한 것이 아닐까. 나는 옷깃을 여미여, 하늘을 처다보았다. 이것은 심심할 때에 처다보는 그런 버릇에서 나온 것이 아니였다. 오직 감사하는 마음에서였다.

내가 처부시려든 것을 대신 해 준 것이 고마워서 하는 감사도 아니였다. 고 악착스런 인간 같지 않은 서홍수의 회갑노리를 용감히 부셔 버린 것이 고마워서 하는 감사도 아니였다. 또 나는 그의 뜻과 내 뜻이 맞는 — 즉 동지적인 자리에서 고마워하는 감사도 아니였다. 나는 그의 사상이 어떤 것인지 모른다. 진보적 민주주의 — 마을 사람들이 말하는 소위 공산인지 그렇지 않으면 그냥 민주주의 — 마을 사람들이 말하는 소위 이승만 박사주의인지, 이얘기를 들어본 일이 없기 때문에 아주 몰은다. 안다는 것이 목수 영감의 이얘기로 서홍수네를 미워한다는 것 그 정도뿐이였다. 어제 저녁 같은 때는 그를 알어 낼 수 있는 좋은 기회였을지 모르나 그는 그물그물

기여드는 황혼 속에 성문 같은 침묵을 구지 간직할 뿐이였다. 내가 고마워서 옷깃을 여미는 마음은 이 성문 같은 침묵— 그 앞에 하는 감사, 그것이다. 다른 것은 아무것도 아니고 오직 그 하나뿐인 것이다. 침묵은 신념을 가진 자만이 간직할 수 있기 때문이다. 신념을 가진 자는 하늘과 함께 영원하고 태양과 함께 길어질 진리를 배울 수 있기 때문이다.

"당신이 부채질해서 그랬어. 내 아들이 으어엉—"

목수 영감은 철용 아버지를 탓하면서 아이처럼 우름을 터트렸다. 철용 아버지는 눈이 휘둥그래서 뺑손일 쳤다. 순사가 무섭고 서흥수네가 두려웠든 것이다. 나는 작구 작구 우는 영감에게 아들이 얼른 나온다고 안위시키고, 그리고 오래지 않아서 가난하고 우매한 농민들을 착취하는 사람들이 꼼짝 못하는 세상이 와서 마을 사람들이 헐벗지 아니하고 병을 알면 약을 쓰고 어느 한 사람이나 배곯으지 아니하고 글을 모르는 자가 없게 된다고 말하였다. 영감은 주먹으로 눈을 씨스며, "정말 우리 늼이 얼른 나와요 선상님, 정말 그런 세상이 오나요, 선상님." 하였다. 나는 대답 대신 아주 확실하게 고개를 끗덕여 뵈었다.

마을의 풍류 소리가 다시 들려올 때, 진정 배곯은 자 하나 없고, 헐벗은 자 하나 없고, 병들어 약 쓰지 못하는 자 하나 없고, 우매한 자 하나 없이 모다 배불리 먹고 뛰여 보지 않으려느냐. 모다 좋은 옷 입고 노래 부르지 아느려느냐.

—부기(附記), 이것은 해방된 지 열 한 달 되든 작년 여름에 쓴 것이다. 이번에 좀 곤쳤다.

—≪백민≫ 3권5호, 1947. 8/9.

청량리역 근처

일전, 서울 갔다 도라오는 길이였다. 청량리 발 원주행은 무슨 이유란 말도 없이 마음대로 넉장을 부려 볼 심산으로 벌써 50분 전에 떠낫서야 했을 텐데 아무ㅅ소리 없이 개찰조차 하지 않고 개찰구에서 시작한 것이 발이 질펑질펑 빠지는 저어 변소 엽대기도 지나서 느러선 여객들을 그냥 내버려 두었다. 석탄이 없는 겐지 승무원이 술을 먹고 잡바진겐지 도모지 알 수가 없었다.

화가 더럭더럭 나서 견딜 수가 있어야지.

우리 덕소 정거장처럼 (더구나 황혼이 고양이 하품처럼 아즐아즐 기어드는데) 밭 우에 변소와 그 변소보다 약간 더 크게 생긴 건물이 당그랗니 서 있고, 호수처럼 된 한강이 앞을 흘러내리고, 밤이 열 밤이래도 차가 오기만 하면 솜방맹이에 석유를 꾹 찍어서 홰ㅅ불처럼 해들고 맞어 주는 멋진 데라면 40분이 아니라 50시간이든 못 참을 것이랴.

청량리야 어디 그래야 말이지. 온통 똥 냄새, 오줌 냄새, 사방이 변소인 양 코를 찌르고 양담배, 떡 장사, 무슨 장사, 무슨 장사, 오만 가지 장사가 막우 아무 데나 길이건 대합실이건 거저 어디건 앉어서 파는 것이 아니든가.

그것뿐이면 또 좀 낳지. 대합실에는 전재 동포ㄴ지 월경 동포ㄴ지 아무튼 거지나 똑같은 동포들이 거적대기 우에서, 세멘트 맨봉당에서 그냥 그대로 아이, 어룬이 누워 자고 있고, 그 이불, 그 그릇, 바가지, 어쩌면 그렇게 더러울 수가 있을까.

나는 차표를 손에 꼭 쥔 채로 정류장ㅅ게로 발을 옮겨 놓았다. 거기는 좀 숨이 네킬 듯 싶음에였다.

그러는데 그때 마츰, 빵집 라디오에서 어린이 시간이 방송되는 모양으로 아이들, 소녀들이 부르는 노래가 명랑히 들려왔다. 나는 걷든 발을 얼른 멈췄다.

금수의 강산에서 내가 자라고
무궁화 화원에서 꽃피려 하는
배달의 어린 동모 노래 부르자
세상에 부러울 것 무엇이냐

소학교에 우리 선생님이 이 노래를 우리들에게 가르쳐 주다가 경찰서에 붓잡혀 가든 일이 홀 머리에 떠올랐다.

나는 좋아서 어쨌으면 좋을지 몰랐다. 내가 서울서 살면서 어린이 시간에 그 노래를 늘 들을 수 있었드면 그다지 격동하지는 않았으리라. 나는 울고도 싶고 뛰고도 싶었다. 그므세 쓰레기 같든 내 마음은 어디로 가 버렸다. 화가 나든 것, 냄새 나든 것, 보기 싫든 것도 다 없어졌다. 오직 그 노래, <금수의 강산>을 마음대로 불을 수 있는 자유만이 기쁠 뿐이였다. 즐거울 뿐이였다. 다행할 뿐이였다.

똥 냄새, 오좀 냄새가 얼마든지 나거나 오만 가지 장사치가 아무 데건 앉아 팔아도 좋았다.

나는 양손을 뻐언쩍 들어 만세를 부르고 싶은 마음이였다. 군중을 향해 연설을 하고 싶은 마음이였다. 취한 사람 모양으로 또 누가 보거나 웃거나 아이들의 방송에 맞처 노래를 불렀다.

"금수에 강산에서 내가 자라고 무궁화 화원에서 꽃피려 하는—" 그런데 어쩐 일이냐. 글세 내가 이 노래를 채 부르기 전에 내 앞엔 내가 노래를 뚝 끊이지 않을 수 없는 광경이 벌어지고 말았다.

그것은 참 더럽게 흐르는 개천이 내 서 있는 데서 얼마 안 되게 건너다 보였다. 그 개천 저쪽 언덕진 데로, 소녀가 셋이 무엇에 쫓겨서 결사적으로 뛰어오는 양이 보이고 그러자 그 뒤를 쫓아서 양복쟁이 하나가 나타났다. 라디오에서 노래를 부르고 있는 소녀만한 나이의 계집애들이었다. 그 소녀들은 치마 앞에 무엇인가 불뚝하니 싸안았다. 양복쟁이는 작구 쫓았다. 소녀들은 더럽게 흐르는 개천 외엔 피할 길이 없었다. 개천으로 셋이 다 뛰여들었다. 양복쟁이도 뛰어들었다. 철펑철펑 그 더러운 개천 물에 소녀들도 양복쟁이도 말이 아니였다. 그래도 세 소녀 중 어느 하나도 치마 앞에 싸안은 것을 허술히 하지 않고 더 단단히 부둥켜안고 뛰였다.

그러나 결국 셋 중의 한 소녀가 쉽게 양복쟁이에게 붓잡혔다. 개천물이 출렁출렁, 땅보다 달리기에 수월치 못했기 때문이였다. 쫓는 양복쟁이가 셋이였드면 셋이 다 붓잡혔을 것이다마는 마츰 하나이였든 까닭에 둘은 다행히 빠지다라날수가 있었다.

잡힌 소녀는 울었다. 양복쟁이는 우는 소녀의 뒷ㅅ덜미를 댕강 집어들듯이 잡아 끄으러 가지고 큰 행길로 나왔다. 사람들이 와악 둘러쌌다. 양복쟁이는 그때까지도 단단히 꼭 싸서 부둥켜안고 있는 소녀의 치마 앞자락을 와락 잡아댕기여 터러 놓았다. 싯껌언 숯이 거맥일 날리며 길바닥에 쏟아졌다. '무슨 큰 보물이나 되는 줄 알았드니 숯이였구나.' 나는 혼자 속으로 뇌이지 않을 수 없었다.

"요 배랑뱅이 같은 년들아. 응, 밤낮 이 즛이니 어쩐단 말이야. 아 글쎄 요 배랑뱅이들래서 견대날 수가 없구려."

양복쟁이는 소녀의 뒤ㅅ덜미를 함부로 쥐여박으며 둘러선 사람들더러 호소하는 것이였다.

"아, 고, 못된 것을 아주 쥑여 버려요 접때 쌀두 고것들 짓이지 뭐요 우리가 그걸…… 아주 쥑여 놔요, 쥑여 놔. 성가셔서 못 견디겠어."

양복쟁이의 호소를 받아 들고 나선 자는 검정 복장의 검정 모자를 쓴 역부였다. 자기를 변명할 좋은 기회라는 듯이 이렇게 아무 말이나 막 해 대었으나, 그의 말이 가혹하다고 소녀의 편을 들고 나서는 사람은 하나도 없었다.

"그래요. 난 괜스레 화물 계원을 의심했드니…… 아, 요 쥐릴 틀 년들이 그랬구려. 네 잉년, 몇 번 해 먹었니? 말해라. 쌀두 해 갓지, 쌀두. 바른 대루 대잖음 경찰서에 붓잡어 갈 줄 몰라."

이 얘기를 듣고 본즉 양복쟁이는 기차에 쌀이랑 숯이랑 실어다가 파는 요새 소위 모리배라고 하는 자들 중의 하나인 성싶헛다. 그런데 정거장 창고 안에서 자기의 물건인 숯을 훔쳐 내는 소녀들을 적발하자, 그만 악이 치밀어서 언덕ㅅ게로 그 더러운 개천에까지 뛰여들어서 세 소녀 중 한 소녀만을 붓잡은 것이였다. 양복쟁이는 검정 복장 역부의 응원에 더 호기가 났든지 말 한마디 한마디에 소녀를 쥐여박고 후려갈기고 그 더러운 물에 저서서 찰싹 드러붙은 아랫도리를 저즌 구두ㅅ발로 차군 했다. 나달나달 나달이 난 적삼이길래 바들바들 떨고 섯는 소녀의 모양이 더 인상적이였다.

"노형, 그만합시다. 내가 애더러 잘했단 건 아니오마는 배가 곫으니 그런 짓두 했을 게오. 잘 먹구 잘 입구 학교랑 다닝사 그런 짓을 하람 할 거요? 그만두시요."

이것은 한 양복쟁이가 둘러선 군중을 헤치고 나와서 소녀와 양복쟁이 사이를 가루막으며 하는 말이였다.

둘 다 같은 양복쟁이것만, 먼저 양복쟁이는 나종 양복쟁이만 품이 없어 보인다. 그리하야 먼저 양복쟁이는 무엇이라고 자기를 변명하려고 했으나 나종 양복쟁이가 어깨를 툭 치며,

"노형, 다 알았습니다."

하고 말하는 바람에 꼼짝을 못하겠는 모양인지 아무 말 없이 비슬비슬 빠져나갔다.

나종 양복쟁이는 소녀의 머리를 쓰다드무면서,

"아가, 너의 집이 어뎃냐?"

"저기요, 집은 없어요. 한뎃집이얘요"

소녀는 눈물을 씻든 주먹으로 아까 뛰어들던 더럽게 흘으는 개천 쪽을 가리켰다.

"숯은 뭘하려구 가져왔니?"

"파라서 쌀을 사 먹어요."

소녀가 이렇게 대답하자,

"암, 그렇지 그래……. 끌끌."

"배가 곺아서 그랬지, 배가 곺아서……. 하느님두 맙시사!"

"사흘 굶어서 도적질 안 하는 눔이 없담니다아."

"남의 일 갓잔쇠다 그려."

그제서야 잠잠히 구경만 하고 있든 축들이 가지각색의 사투리로 양복쟁이가 소녀 편을 들고 나서는 걸 보드니 이렇게 수선을 피우는 것이였다.

라디오에선 아직도 소녀들이 노래를 불르고 있었다. <금수의 강산>은 끝나고,

빛나거라 삼천리 무궁화동산
잘 살아라 이천만의 고려족

을 부르고 있었다.

빛나는 삼천리 무궁화 동산은 언제나 오는 거며 이천 만(삼천 만)의 고려족이 잘 살 때는 언제 오려느냐.

너는 번개같이 뻐언쩍 오려느냐. 바둑강아지같이 아슬낭아슬낭 기어 오려느냐.(1947. 9. 17.)

—《백민》 3권6호, 1947. 10/11.

벼개ㅅ모

"숭렬아 감젤 닭자" 하고 소녀가 학교에 갔다 와서 옆집 숭렬이를 바재 구녕이나 혹은 그 너머로 부르면 숭렬은 또,

"그래라" 하고 이내 응대해 주었다. 그들은 싸우기도 잘하고 미워도 잘하고 또 이렇게 타협도 잘하는 것이었다.

소녀는 숭렬의 대답을 듣고 나면 불이낳게 감자광에 들어가서 감자 중에 제일 벗기기 쉽게 된 대글대글한 놈으로 골른다. 소녀의 어머니는 감자를 벗기게 되는 때면 언제나 새알같이 잔놈부터 골라서 벗기는 것이고 또 소녀에게도 그리하기를 일러준 것이지만, 숭렬이와 내기를 하는 데는 고 새알 같은 것은 손에서 쏙쏙 빠져나가서 더디어서 탈이고 또 제일 큰놈은 소녀의 적은 손아귀에 만만하지 않아서 더딘 까닭에 소녀는 아무래도 중간치의 것들이 좋았다.

소녀는 대글대글한 것들만 골라서 감자 벗기는 옹백이에 담아본다. 옹백이 가장자리에 감자가 가즈러니 올라오면,

"꼭 됐구나. 두 되 바(반)이다." 혼자ㅅ소리를 한다.

소녀는 감자를 되어보지 않아도 옹백이에 그만만하면 두 되 반이 된다는 것을 여러 번 경험에서 잘 알고 있다. 두 되 반이면 숭렬네 저녁 감자의 분량이었다. 숭렬네는 소녀네보다 식구가 많으려니와 그 많은 식구들이 쌀이나 서숙이나 그런 것보다 감자를 더 많이 먹는 까닭에 숭렬은 하루에 감자를 아홉 되 반 가량 벗겨야 했다. 아츰에 서 되, 점심에 너 되(이때는 맨

감자만이다), 저녁에 두 되 반, 이래서 도합 아홉 되 반이었다.

소녀가 숭렬이더러 감자 벗기기 내기를 하자고 대어드는 때는(언제나 소녀가 학교에서 도라와서 하는 때문에) 숭렬이가 두 되 반을 벗기는—그가 벗기는 중에서 가장 적은 번인 저녁 감자ㅅ적이었다. 숭렬이로 보면 저녁 감자가 두 되 반바께 안 되어서 제일 적은 편이겠지만 소녀네는 두 되 반의 감자를 한 끼에 도저히 감당해 내는 수가 없었다. 단지 세 식구 어머니, 동생, 소녀뿐으로 그것도 감자만 먹는다면 몰르지만, 숭렬네가 먹는 쌀보다 많은 분량을 소녀네는 끼니마다 먹다가 보니, 감자가 많아야 한 끼에 반 되 가량이면 되었다. 한 끼에 반 되 가량이면 숭렬네처럼(점심에 감자만 쪄서 먹지 않는 소녀네로서는) 아츰에 반 되, 저녁에 반 되 도합 하루에 한 되면 되는 것을 소녀는 숭렬이와 내기하기 위해서 반 되만 벗겨야 하는 감자를 두 되 반씩을 한꺼번에 벗겨 놓는데, 반 되만 하면 되는 것을 두 되 반을 벗겼다고 두 되 반을 한 끼에 다 사용하는 것은 아니지만 소녀는 반 되 가량의 감자로서는 숭렬이와 내기해 낼 수가 없는 것을 알고 있기 때문에 어쩌는 수가 없었다. 숭렬이뿐이라면 혹 너두 한 번 나 하는 대루 해보자구나 하고 말해 보겠으나, 소녀는 숭렬 어머니가 무서워서 숭렬이더러 나만큼 감자를 벗기자는 말을 한 번도 못했다. 소녀는 숭렬 어머니가 웃는 것을 한 번도 본 일이 없었다. 숭렬 어머니가 숭렬네 집에 있는 눈치면 소녀는 숭렬이더러 감자 벗기기 내기를 하자는 말도 못한다. 소녀의 어머니는 반 되 가량의 감자를 벗겨야 하는 것을 숭렬이와 내기를 하길래서 두 되 반씩이나 소녀가 한꺼번에 벗겨왔다고 말하면 웃기만 하고 걱정하는 일이 없었고 또 새알 같은 감자를 먼저 골라서 벗기지 않은데 대해서도 꼭 한 번을, 굵은 것만 골라 먹구 잔 건 내버리겠느냐고 한 뒤에는 다시 말이 없었다.

소녀는 두 되 반의 감자—대글대글한 것을 담은 옹백이에 물을 그득 붓고 여지러진 숫가락을 담고 또 하나 다른 감자 뱃겨 놓을 빈 그릇을 옹백이에 얹어가지고 숭렬네 집으로 내기하러 간다. 정로를 밟아서 가는 것이 아니라, 숭렬네와 소녀네 사이에 바재가 왼통 낡아서 구녕이 나서 개도 나들고, 숭렬의 동생 셋이 나들고, 소녀의 동생과 소녀와 숭렬이가 나드는 바재 구녕으로 해서 간다.

숭렬이는 벌서 복숭아 나무 아래서 소녀와 마찬가지로 꼭 두 되 반이 드는(그들은 먼저ㅅ번 경험으로 잘 알고 있었다.) 그릇에 감자를 담고 물을 부어서 여지러진 숫가락과 또 다른 감자 뱃겨 놓을 빈 그릇을 가처놓고 기다리고 있다.

소녀가 들고 간 것을 내려놓으면 숭렬이가 눈이 아홉 개나 되어서 소녀의 옹백이를 살피고 소녀는 또 숭렬이보다 눈이 열 개도 더 돼서 숭렬의 감자 그릇을 보는 것이다.

"네 감자는 굵어서 긁기 좋겠다, 야."

숭렬이가 하는 말이다.

"너느 술(숫가락)이 잘 먹재이니야."

소녀가 하는 말이다.

"무수거 잘 먹는다구 그러니."

"내 것 보다가사 잘 먹지비 머……."

"오느른 내 질 께다."

"무스거 서. 내처(늘) 이기면서……."

"그럼 해보자."

"그래."

둘이는 똑같이 숫가락을 감자에 박아 긁기 시작한다. 제일 처음 것 한 개를 숭렬이가 먼저 뱃겨서 빈 그릇에 놓는 소리가 났다.

"그거 바라, 네 술이 잘 먹는대두……."

"요게사 작은 게 아이야."

"머가 작은 게야."

소녀는 적은 게 아니라고 욱이면서도 마음속으로 혼자서는, 네가 첫 개는 먼저 긁었지만, 이기긴 내가 이긴다고 이렇게 자신을 가지고 있다. 그리고 또 소녀는 숭렬 어머니가 소녀 어머니처럼 무섭지 않고 언제나 잘 웃고 그랬드면 어쨌을까 하는 생각도 하고, 숭렬 어머니가 소녀 어머니가 되고 소녀의 어머니가 숭렬 어머니로 밧꿔 되었드면 소녀는 대글대글한 것만 골르지 못해서 숭렬이한테 어느 번이나 젓을 것이라는 생각도 한다.

그러나 이렇게 말을 하고 생각을 하게 되는 것은 감자를 벳기기 시작해서 얼마 안 되는 때의 일이다. 감자가 거반 벳겨져서 옹백이 물에 하늘이 촐랑촐랑 내려 깔릴 쯤 되면 소녀는 아무 생각도 말도 못한다. 거저 자기 옹백이보다 숭렬이 것에 더 눈이 가고 숭렬이 역시 눈을 히번득 히번득 숨소리만 높아진다. 이 한 고패를 넘으면 승부는 으레히 생기는데, 소녀는 열 번이면 일곱 번이나 여섯 번은 지는 것이다.

지고 나면 소녀는 골이 매우 난다. 숭렬이가 지는 때면 싸움이 버러지는 일이 없는데, 소녀가 지는 때면 다섯 번이면 다섯 번을 다 싸우자고 한다.

"저는 술이 잘 먹으니까 그러치비, 저는 내보다 크면서 더 웃줄대능 거야, 제 감제가 두 되 반이 못 되면서 된다구……. 거즛말쟁이 같은 게……. 밉광스러워 못 살겠다."

소녀는 지기만 하면 숭렬이가 미워져서 이렇게 중얼거린다. 얼굴도 크고 웃스면 얼굴 바끄로 삐어지는 입도 밉고 툭 불거진 눈도 미웠다. 손가락은 왜 그리 굵을까. 그러니까 감자를 잘 벳기는 건가 부다. 소녀는 감자 벳기든 숫가락으로 그 굵은 손가락을 한 개만 톡 들려 갈겼으면 싶어진다. 둘러 갈겼으면 싶어지자 소녀는 감자 옹백이에 담긴 감자 그릇을 받처 놓는다. 그리고 다시 숭렬을 건너다본다. 아무래도 숭렬은 이긴 것이 좋고 또 소녀가 골이 나는 것이 재미있어 하는 양이다. 한 대만 참 아프게 갈겼으면 할 것인데 감자 옹백이가 문제다. 후려갈기고 나선 다라나야 할 것인데

다라나자면 감자 옹백이는 어쩌는 건가. 아무래도 감자 옹백이 때문에 후려갈길 수가 없다. 이렇게 생각이 들면 소녀는 부리나케 옹백이와 감자 벗겨 담은 그릇을 접쳐 놓아서 들고 이러선다. 이러서면서 "이 퉁사발이 누깔아……" 하면서 빨리 뛰어서 바재 구녕으로 빠져 나온다.

바재 구녕으로 빠져나온 소녀는 빠져나와서 빠져나온 바재 구녕으로 될처 숭렬을 디려다본다. 디려다보면 숭렬은 소녀가 빠져나온 바재 구녕을 또 그 툭 불거진 눈을 지릅떠 가지고 보고 있는데 숭렬이도 골이 잔뜩 난 모양으로 입이 더 넓적하니 꼭 호개[48] 주둥이 같다. 소녀는 그 쭐 느러진 입이 펄럭펄럭 뭐라고뭐라고 중얼거리는 것을 보고 있다가,

"이 호개 주둥아, 퉁사발 누깔아, 네 입이 대귀(대꾸)입만 하구나……." 하고 골을 돋아 준다. 그러면 또 숭렬은,

"너느 무시게야 너느 대취씨야. 요 대취씨 같은 갈라야……." 하고 대어드는 것이다.

숭렬의 언니가 시집가든 때는 소녀가 열 살 먹든 해였다. 숭렬은 그 언니가 하는 대로 배워서 골무도 집고 벼갯ㅅ모도 수를 놓았다. 본래 감자도 잘 벗기고 다른 일도 잘하든 숭렬은 그 언니가 시집 간 뒤로 언니 하는 일까지 썩 잘해갔다.

소녀는 자기도 숭렬이처럼 학교에 가지 말고 집에서 골무도 집고 벼갯ㅅ모에 수도 놓고 했으면 좋겠다고 생각했다. 소녀는 어머니 헝겊 보퉁이에서 비단 헝겊과 색실을 내어 숭렬이처럼 벼갯ㅅ모에 수를 놓기 시작했는데 소녀가 학교에 갔다 오는 사이에 숭렬이가 참 많이 하는 데는 견딜 수가 없었다.

그날은 주일이자, 장날이었다. 숭렬 어머니는 장에 쌀 팔러가고 없었다.

---

48) '호랑이'의 함경도 사투리.

소녀는 어머니와 동생과 잘 가는 예배당도 그만 두고 숭렬네 집에 벼개ㅅ
모에 수놓을 것을 가지고 갔다. 숭렬이 것과 꼭 같이 모란이 활짝 한가운
데 피어 있고 네 귀ㅅ퉁이로 나비가 날아드는 그림이었다. 숭렬은 벌써 한
가운데 모란을 다 놓고 한귀퉁이의 나비를 놓기 시작했다. 숭렬은 어룬처
럼 앉아서 손에 땀이 나지도 않고 실 뒤가 맺히는 일도 없이 쉽게 빠르게
놓아갔다. 소녀는 손에 땀이 작고 나서 바늘이 밋끄럽고 실 뒤가 번번이
맺어서 등골에랑 이마에랑 왼 전신에까지 진땀이 솟아올랐다. 소녀가 모란
꽃을 잎아리 하나도 채 못 맞었을 때에 숭렬은 네 귀ㅅ퉁이의 나비까지 끝
나서 벼개ㅅ모 한쪽이 다 된 셈이었다. 숭렬은 소녀가 골이 날까봐 그랬든
지 더 골이 나라고 그랬든지 벼개ㅅ모를 들고 앉아서 디려다보며 말이 없
이 벙글벙글 웃기만 하는데 소녀는 그것을 슬쩍 건너다보고 나니 또 그 입
이 큰 것이 견딜 수 없게 미웠다.

무슨 말로 욕을 해 주었으면 하겠는데 감자ㅅ때처럼 씨원스레 말이 나
오지 않았다. 거저 땀이 더 나서 바늘이 더 미끄럽고 실 뒤는 더 맺었다.

"내 좀 바 줄게……."

숭렬은 바늘을 몇 번 잡아댕겨도 땀이 밋끄러워서 빼지 못하는 소녀의
손에서 소녀의 벼개ㅅ모를 쓱 빼어갔다. 그리고 제 벼개ㅅ모를 방바닥, 그
것도 소녀의 앞에 더 가까웁도록 놓았는데 소녀가 그것을 훌쩍 내려다보랴
니깐 그것은 숭렬 언니가 시집 갈 때 가지고 간 벼개에 달아 논 벼개ㅅ모
만하게 예쁜 것이 아닌가. 소녀는 목 넘어 무엇이 뭉클하고 치밭이는 것을
깨달았다.

'저것이 나를 배를 뿔구느라구 제 거 내 앞에 나슬 게다…….'

아무래도 견딜 수가 없었다. 소녀는,

"인조(줘), 네가 어류(룬)이야?"

숭렬이가 가저갔든 소녀의 것을 소녀는 숭렬의 손에서 도루 쎄려 잡아
빼었다. 그러는 때 바늘이 바른손 둘째손가락을 쏙 찔르는 것이었다. 소녀

는 무의식중에 바른손을 들면서 바르르 떨었다. 잘못했드면 '에구' 소리를 했을 텐데 너무 골이 나서 소리는 나오지 않았다. 소녀는 숭렬이가 볼가봐서 들고 바르르 떨든 손을 얼른 내리우고 아무렇지도 않은 체했다. 손까락에서 좁쌀만한 빩안 피가 돋은 것이 소녀의 눈에 얼핏 띠였다.

이러는 때에 마츰, 숭렬의 막내 동생이 마당에서 똥이 마렵다고 울었다. 숭렬은 동생을 봐주러 뒤ㅅ간으로 가는 눈치였다. 소녀는 숭렬의 벼개ㅅ모─소녀의 앞 가까운데 놓여 있는 것을 집어 들었다.

"퉤퉤퉤, 퉤퉤."

침을 마구 뱉은 우에 소녀는 또 그것을 되배도 하지 않은 숭렬네 바람벽에다가 함부로 문질러 놓았다. 윤ㅅ기 반지르하든 벼개ㅅ모가 금새 소녀의 것과 마찬가지로 때ㅅ물이 꾀죄죄해진 것을 소녀는 보왔다. 소녀는 그만 겁이 덜컥 났다.

손과 등골에와 왼 전신에 내쏟든 진땀이 싹 걷히는 것을 깨달았다. 소녀는 허둥지둥 색실과 자기 벼개ㅅ모와 헝겊 등을 거더들고 감자 벗기기 내기해서 지든 때보다 더 빠르게 바재 구녕으로 빠져서 집에 왔다. 정지문이랑 바당문이랑 걸고 앉았는데도 떨려서 견딜 수가 없었다. 숭렬이가 금방 달려오는 것만 같았다. 숭렬인 또 좀 낮지만 숭렬 어머니가 장에서 들어오면 어쩔까. 숭렬이보다 얼굴도 크고 입도 크고 목도 손까락도 더 굵은 숭렬 어머니는 소녀를 막 때릴 것만 같았다.

예배당에 갔든 어머니와 동생이 얼른 도라왔기에 낳았지, 그렇지 않았드면 소녀는 몹시 앓는 사람과 같았을 것이다. 그것은 꼭 소녀가 한번 학질을 앓은 일이 있는데 그때처럼 소녀의 몸이 후들후들 떨렸든 것이다.

소녀는 어머니와 동생이 도라오자 웃목ㅅ께 가서 살포시 누어 버렸다.

"네 어디 아픈갭구나."

"아이……. 골이 아파서 그럼매."

소녀는 어머니한테 거짓말을 했다. 그러니 그는 이 거짓말에 대해선 아무러한 자책도 느끼지 않았다. 느낄 수가 없게 소녀는 괴로웠든 것이다.

밤에 소녀가 자다가 고함을 치며 이러났다. 겨울에만 없고 언제나 꽃이 피여 있는 언덕, 아카시아 나무가 서 있고 그 앞으로 시내ㅅ물이 흐르는데 학교 교장집 염생이 두 마리가 풀을 먹고 물을 먹고, 물을 먹고 풀을 먹는 것을 소녀가 보고 있으랴니까, 숭렬 어머니가 쌀 되ㅅ박을 밀ㅅ대질하는 방맹이를 들고 와서 소녀의 머리를 땅땅땅 때리면서, 우리 숭렬이 벼개ㅅ 모를 어째서 못쓰게 맨드렀느냐고 하는데, 소녀의 머리에는 도톨밤만한 구녕이 퐁퐁 뚤어져서 소녀는 양손으로 그 구녕들을 막으며 울다가 깬 것이었다.

소녀의 어머니는 소녀가 열이 좀 있기만 하면 곳잘 하는 버릇이거니 하면서도 걱정스러웠다. 어머니는 소녀를 가슴에 꼬옥 껴안고 머리를 숙여 하느님 앞에 소녀에게서 열이 물러가게 해서 소녀가 밤을 자고 난 내일 아츰이면 싱싱한 초목들처럼 생기있게 해줍시사고 빌고, 또 그 다음으로 언제나 하듯이, 소녀의 아버지인—자기 남편이 딴 곳에 가서 딴 여자와 살지 말고 속히 회개하고 집에 도라오게 해달라는 기도도 했다. 소녀는 어머니 가슴에 얼굴을 파묻은 채로 하느님이 어머니의 기도를 잘 드르시고 정말 속히 아버지를 집에 도라오시게 했으면 숭렬 어머니 같은 건 그리 무섭지 않을 것이라는 생각을 했다.

이튿날 소녀는 학교에 가서 선생님이 칠판에 분필로 글씨를 쓰는 소리가 꿈에 밀ㅅ대 방맹이로 숭렬 어머니에게 마저대든 소리같이 들려서 한 시간을 덜 마치고 집에 도라오다가 도라오는 길에서 소녀는 숭렬네 새의 바재 구녕을 감자 벳기기 내기에 졌을 때 더 크게 뚫지나 말 것을 그랬다고 하면서, 코스모스가 많이 서서 바람에 슬넝대는 길 엽에 서 있으려니까,

"네 발서 집에 가니?" 하고 말하는 소리가 뒤에서 들렸다. 소녀는 헛뜩 도라다보았다.

(아 어쩔까.) 숭렬 어머니가 큰 함지에다가 쌀을 잔득 담아 이고 또 그

우에 자루에 쌀을 가뜩 넣은 것을 얹어서 이고 섰는 것이 아닌가. 쌀이 무거워서 목이 쏙 가슴팍 속으로 디레백힌 것이 얼굴이 더 넓고 입과 코도 더 크게 보였다. 소녀는 파아라해지지 않을 수가 없었다.

"네 어디 아푸냐? 이거 먹어라."

소리와 함께 숭렬 어머니는 소녀의 손에 옥수수 한 자루를 쥐어 주었다. 소녀는 겁결에 덥석 받아 쥐고 침을 꿀꺽 삼켰다. 귀에서 애앵하고 소리가 났다. 옥수수는 꼭 꿈에 소녀의 머리를 때리든 밀대 방망이 같았다. 소녀가 이러고 있는 사이에 숭렬 어머니는 아무ㅅ소리 없이 저만침 벌서 걸어갔다. 쌀이 무거워서 넓직한 엉뎅이를 오리처럼 내여 저으면서 갔다. 그런데 숭렬 어머니는 어째서 벼개ㅅ모 말은 통하지 않을까, 별일이다. 쌀이 무거워서 입을 버릴 수가 없었는가, 그렇다면 옥수수는 어떻게 먹으라고 줬을까. 소녀는 옥수수를 받아 들었든 손에 그냥 쥐고 앞서 가는 숭렬 어머니의 오리거름을 보고 걸으면서 작구만 생각해 보았다.

숭렬네가 이사를 가든 날은 숭렬의 벼개ㅅ모가 소녀의 손에서 못쓰게 되든 날에서 사흘을 지낸 날이었다. 이리저리 도라다니면서 어쩌다가 한 번씩 편지도 하고 돈도 약간씩 보내주든 숭렬 아버지가 머언 산골 어느 금점판에서 이사를 오라는 편지가 와서 간다고 했다. 소녀가 못쓰게 맨든 숭렬의 벼개ㅅ모를 숭렬의 막내동생이 씹어서 못쓰게 맨들었다는 말을 들은 것은 이사가기 전전날 즉 벼개ㅅ모를 못쓰게 맨들든 이튿날, 소녀의 동생으로부터 들어서 알았든 것이다.

숭렬네 식구는 우차(牛車)를 타고 떠났다. 왼 동네서 전송나간 사람들이 다 떠러져 도라 들어와도 소녀는 우차를 따라갔다.

"네 아무래두 집에 혼자 못 가겠다. 가거라, 큰일이 날라구 그러니."

숭렬 어머니는 웃지 않고 소녀더러 욕하는 것처럼 이렇게 말했다. 소녀는 좀 무서웠으나 인제 다시 못 보겠는데 무서우면 어떤가 하면서 따라 걸었다.

"이 담에 또 오마 집에 가가라. 정애야."

숭렬 어머니 소리는 약간 부드러워졌었다. 소리가 부드러워지니까 소녀는 이상하게 가슴이 답답해지면서 눈물이 쭈르르 흘러내리는 것이었다. 좀 붓그러웠다. 부끄러워서 그 자리에 선 채로 홀쩍 도라서고 말았다.

"정아야, 잘 있어라. 잉."

숭렬이가 저만큼 가서 코맥힌 소리를 첬다. 소녀는 도라서지는 않고 고개만 돌려서 꺼덕꺼덕했다.

꺼떡꺼떡하는대로 눈물방울이 뚝뚝 손등에랑 저고리 앞섭에랑 떠러졌다. 소 목아지의 절렁거리는 소리도 안 들리고 숭렬네 식구의 머리들이 깜아케 꼭 꿈에 숭렬 어머니한테 밀대방망이로 맞아서 뚤어졌든 자리, 고 도톨밤만하든 것도 아주 없어졌을 때 소녀는 그 자리에서 푹 주자앉어 버리지 않을 수가 없었다. 눈물에 길과 산과 나무들이 범벅이 되어 가까워졌다 멀어졌다 하기만 할 뿐이지 숭렬네 식구는 깜아케 아무데도 없었다.

소녀는 그 길에 얼마를 앉아 있었든지 모른다. 새들이 나뭇가지에 모여와서 우는 소리가 들리길래 홀쩍 올려다 보느라니까, 벌서 나무들이 우중충해지고 해는 손바닥만한 자리도 냉겨놓지 않고 골딱 넘어간 것이었다.

그런데 새들은 그냥 우는 것이 아니고,

"숭렬이 벼개ㅅ모 못쓰게 만든 갈나야아!"

"숭렬이 벼개ㅅ모 못쓰게 만든 갈나야아!"

이런 소리를 그 많은 새들이 제각기 쥐절대고 있다가 소녀가 다시 홀쩍 올려다보니까 그때는 그 많은 새들이 죄다 나무에서 내려와서 소녀의 머리며 얼굴이며 몸둥이까지 주둥이로 쫓고 쪼아서 구녕을 퐁퐁퐁 뚫어놓을 상을 하고 있는 것이 아니든가.

소녀는 눈이 홰등잔이 되어 이러나서 뛰었다. 뛰었으나 뛰는 대로 작구만,

"숭렬이 벼개ㅅ모 못쓰게 만든 갈라야!"

하는 소리가 끊이지 않고 들렸다. 바람소리도 같고 하늘에서 오는 것도 같고, 또 바루 등 뒤에 어느 나무에서 나는 소리 같기도 하고—. 빨리 뛰면 빠르게 느리게 뛰면 느리게 천천히 거르면 천천히—.

소녀는 수백 번도 더 들리는 이 소리를 들으면서 우술막 길을 거쳐 달리고만 있다.

—《대조》 2권3호, 1947. 11.

우물 치는 풍경(風景)*

　오늘은 우물 고사 지내는 날입니다. 구장이 우물 치러 나오라고 아침 일
즉부터 서둘러서 나는 아침 설거지를 얼른 걷우고 우물가로 나갔습니다.
이 우물 고사라 함은 우물을 말짱하게 쳐 놓은 후에 우물의 물을 놋대접에
뜨고 그것을 소반에 받쳐 놓고서 "물이 흔해서 물을 먹는 마을 사람들이
부디 오복이 갖게 살어지어다" 하고 비는 것을 이르는 말입니다.

　그러기에 우물이 있는 집이거나 없는 집이거나 이 우물 고사를 지내기
위해서 치는 마을 공동 우물인 이 우물은 어떠한 집에서도 빠지는 일 없이
마치 무슨 의무인 양 행하게 되어 있습니다. 내가 여기에 참례하는 것은
그 물이 넘원하는 것 같은 마음을 가짐에서 아니고 (집에 우물이 있어서
일 년 치고 하루도 이 공동 우물의 물을 한 방울 먹는 일이 없지만) 마을
사람들이 공동으로 하는 일이니까 마을 사람의 한 사람으로 의무를 이행한
다는 점에서입니다.

　우물가에 이른즉 정자나무 아래 마을 사람들이 벌서 어지간치 모여서 그
네줄만하게 큰 새끼줄 끝에 양철 석유통 두 개를 한데 동쳐 다라 놓으며
서두릅니다. 이것이 오늘 우물의 물을 퍼내는 데 쓰는 드레박입니다.

　우물은 마을 앞길과 논과 밭을 경계로 하고 마을 한복판에 들어앉았습니

---

* 「우물 치는 풍경」은 1948년 2월부터 5월까지 ≪신세대≫에 수록되었다. 그러나 현재 이 잡
　지가 1948년 5월호를 제외하고는 소재불명인 관계로, 부득이 소설집 『풍류 잡히는 마을』
　(아문각, 1949)에 수록된 작품을 입력했다.

다. 언제 누구의 손에서 패여졌는지 한 사십 호 가량 되는 이 마을 사람들이 사철 길어 먹어도 다함이 없습니다.

사십 호. 고만 밖에 안 되는 적은 마을에서 길어 먹는 물이 뭐 대단한 거냐고 하실 것입니까. 사십 호가 아니고 사십 호의 사십 분지 일이 되는 단 한 집에서 일 년을 하루도 빼지 않고 사용하는 물이라 치드라도 그 수량의 적지 않음을 우리가 헤아려 낼 아량이 없을 것입니다. 우물물이란 솟게 마련됐으니 말이지 그렇지 않고서야 제 어찌 사십 호의 사십 분지 일이 되는 단 한 집에서 사용하는 물인들 당해 내릿까. 일 년이 아니고 한 달을, 한 달이 아니고 열흘 동안에 쓰는 물의 양만이라도 헤아려 보십시다. 독으로 몇 개를 채워야 될 것이냐고.

대단한 수량이 아닐 수가 없을 것입니다. 아마 큰 항아리에 열은 채워야 할 것이 아니겠습니까.

그런데 사십 호 가량 되는 이 마을에서 두서너 집 제외하고는 일 년에 하루도 빼지 않고 이 우물을 길어 먹어도 다함이 없습니다.

일 년, 일 년이란 한 번이나 두 번쯤 번복되고 말 일 년이 아니고 이 마을 사람들이 존재했을 때부터 시작해서 오늘에 이르렀고 또 앞으로 그 자손들이 벌어지고 벌어져서 다함이 없이 솟고 또 솟는 우물과도 같이 마을 사람들의 자자손손이 끝이 없이 벌어지는 때까지 이 우물을 길어 먹게 된다고 한다면 여기의 이 일 년이란 것은 열두 달을 의미하는 일 년이 아니고 영겁에 통한 일 년인 것입니다.

영겁— 이렇게 훌쩍 글자만 써 놓으면 아무렇지도 않아 보이지만 눈을 사르시 감아 보아 보십시오. 얼마나 묵직하고 영원한 것을 우리 가슴에 안겨 주는 어휘이냐고—.

내가 이 우물 치기에 마을 사람의 한 사람으로서 의무를 이행하고저 하는 마음도 있지만 실상은 그것보다 이 영겁에서 영겁으로 솟는 샘물이 좋은 탓이라고 하는 편이 옳을 것입니다. 그러므로 나는 또 마을 사람들이 물이나 흙이나 나무에 지내는 고사보다 이 우물 고사에는 도모지 불쾌를 느끼지 않습니다.

이 우물에서 약간 떨어진 곳엔 정자나무가 서 있습니다. 장정이 세 아름을 안는다는 큰 나무입니다. 원 줄거리가 크고 보니 아지도 크고 많이 벋어서 그 크고 많은 가지들이 보다 적은 아지를 낳고 낳아서 폭과 높이는 굉장한 것입니다. 나는 이 나무의 이름은 모릅니다. 마을 사람들이 정자나무라고 불르기에 나도 그렇게 부릅니다. 얼키설키 벋은 아지만으로도 하늘이 어지간히 가리워지는데 그 위에 또 한량없이 많은 아지에서 피여난 잎들이 어떻게 촘촘한지 하늘을 왼통 막아 버립니다. 하늘을 막아 버린대서 불평스럽지 않습니다. 하늘보다 더 좋은 것을 보여 주는 정자나무인 까닭입니다.

어느 때 어떤 사람의 손에서 씨가 심겨졌든지 그렇지 않으면 저절로 씨가 떨어져서 돋아났든지 그것은 아무도 이야기하지 않습니다. 누가 한 번 거름을 주는 일도 없고 전지 한 번 하는 일도 없것마는 정자나무는 보기 좋게 바람과 태양과 비에 자라 갈 뿐입니다.

그 밑두머리의 험상궂기란 꼭 바위와 같습니다. 보기에만 그런 것이 아니라 만저 보아도 그러합니다. 도끼나 톱으로는 도모지 어쩌는 재주가 없을 것 같습니다. 그러면서도 파아란 잎을ㅡ그것도 다른 나무보다 더 많이 떠이고 앉았는 것을 보면 신기합니다.

마을의 어디에서도 봄이 온 줄 모르고 있을 때ㅡ그 무서운 겨울바람이 아직 꼬리를 하늘거리고 있는데ㅡ어디선지 불어오는 바람 저 머얼리 지구 저쪽에서 불어오는 듯한 바람, 바람이라기보다 무슨 향기라고 이름해야 할 고런 것이ㅡ꼭 꽃가루처럼 가벼히 불어오는데 그러면서도 사람의 저 깊은 숨결 속까지 흔들어 놓는 고것. 이 봄바람을 정자나무는 제일 먼저 알아채이는 것입니다.

그러기에 그 바위 등성이 같은 몸집에서 벋어난 아지들이 그처럼 파릇파 릇 곻은 움을 어느 나무보다 제일 먼저 돋치는 것이 아니겠습니까.

일즉 돋친 움이라 그런지 그늘도 먼저 지어 줍니다. 짙은 그늘은 마을 사람의 휴식처가 될 뿐 아니라 다른 동네 사람들도 저녁녘에 들에서 돌아 오는 길이면 우물의 물을 한 드레박 푸욱 퍼서 콸콸 넘치는 것을 그대로 들이마시고 난 다음 정자나무 아래 앉아서 한참씩 쉬군 합니다.

소를 데린 자도 있고 그냥 호미만 가진 자도 있습니다. 소를 데린 자는 정자나무 저만침 내여다가 고삐를 큰 돌멩이에 매여 놓습니다. 우물에는 보리쌀을 씻고 푸성귀를 휘우고 물을 긷고 하는 처녀와 젊은이들이 흔하게 보입니다.

혹 당신 정자나무 그늘이 좋아서 딴 동네 사람들마저 와서 그 그늘에 쉬 는 것이 아니고 우물에 오는 처녀들과 젊은이 구경이 좋아서 정자나무 아 래에 모이는 사람들이 많다고 이렇게 여기실지 모르겠습니다. 그래서 정자 나무의 존재는 아무것도 아닌 양으로 알아채릴지 모르겠습니다. 마는 아니 에요. 인제 들어 보십시오. 정자나무는 여름내 이 마을에 찾아드는 항아 장 사, 솥 땜쟁이의 장터요 살림터가 될 뿐 아니라 단오 명절이면 얼키설키 잘 벋은 아지에 그네를 매여 마을 젊은이들의 가슴을 솜사탕처럼 부푸르게 한답니다.

아이들은 오르기 쉽게 된 아지에 말을 타듯 타고 앉아서 노래도 부르고 "아무개여" "아무개여" 집집마다 내려다보며 동무를 청하기도 합니다. 평 소에 척진 놈에게 욕설을 내려 퍼붓기를 하는 놈도 있고 매암이잡이를 하 는 놈도 있습니다. 아래를 향해 오줌을 내려 갈기는 버릇 고약한 놈도 있 습니다.

같은 사내 동무보다 계집애가 좋아서 불러 보는 짖구진 놈도 있습니다. 좀 큰놈(총각들입니다) 그 축들은 정자나무에 오르는 버릇은 어느새 잊어 버리고 테두리를 빙빙 돌면서 우물에 오고 가는 마을 처녀들을 구경합니다.

봄이면 먼 산 나무 길에 꺽어 온 진달래를 구름같이 한 아름 안아다가 저 좋은 처녀에게 던져 주는 것도 이 나무 아래서 하는 짓이요 뽕나무 오두 열매를 입술을 자줏빛으로 물드려가며 논아 먹는 것도 이 나무 아래서 하는 일입니다. 것잡을 길 없는 심정을 어쩔 줄 몰라서 거저 무슨 노래고 간에 불러 보는 것도 이 나무 아래서 하는 짓입니다. 우물과 정자나무 저쪽 앞으로는 논과 밭이 쭈욱 내여 깔렸습니다. 논과 밭이 끝난 데는 적은 강이 하늘을 안고 푸르게 구비쳐 흐릅니다.

뒤도 산입니다. 동쪽도 산이요 서쪽도 산이요 남쪽 한 부분도 산으로 막혔습니다. 답답할 만침 산이 돌려 있습니다. 그렇지만 적은 강 외에 또 큰 강— 한강의 상류가 꿈속 같은 미사촌(美沙村)을 경계로 눈이 모자라게 흘으고 있습니다. 이 외에도 온갖 좋은 것이 죄다 있습니다. 하늘도 꽃도 녹음도 있습니다. 아름다운 자연이 이 마을하고만 밀접해진 것 같은 인상을 누구에게나 주는 마을입니다.

그렇지 않아도 솥 땜쟁이, 항아 장사, 이 치들이 이 마을을 일러 복되고 평화롭다 말합니다.

복되고 평화로운 데는 주림도 병도 헐벗음도 없어야 하지 않습니까. 오직 사랑과 노래만이 있어야 하지 않습니까.

"자아, 시작합시다."

즛스런 곤보 윤 서방이 징을 꽈왕꽈왕 때리며 명영합니다.

줄 끝에 동쳐 달아 논 양철 석유통을 우물에 집어넣습니다.

징을 치는 것은 신호를 맞추기 위해서 하는 거라 합니다. 신호는 곤보 윤 서방이 하게 되고 학수와 원배가 드레박을 받아 쏟는 소임을 맡았다 합니다. 줄의 뒤쪽은 아낙네들이 잡고 줄의 앞쪽은 남정네들이 잡았습니다. 그러니까 남정네들이 앞에 서고 아낙네들이 뒤에 선 셈이지요

곤보 윤 서방이 징을 '꽈왕' 하고 한 번을 때리면 드레박을 우물에 넣자

는 신호입니다. 두 번을 '꽈왕' 때리면 드레박에 물이 담겼으니 끌어올리자는 신호입니다. 세 번을 '꽈왕꽈왕꽈왕' 때리면 드레박을 받아 쏟는 소임을 맡은 학수, 원배 손에 다았다는 신호입니다.

드레박을 우물에 디레 보내자는 신호엔 줄을 잡은 채로 앞으로 걸어가면 되는 거구요. 드레박에 물이 담겼으니 끌어올리자는 신호엔 줄을 잡은 채로 뒤로 걸어가면 되는 거구요. 드레박이 학수, 원배 손에 닿았다는 신호엔 걷든 발을 딱 멈추면 되는 것입니다. 줄 잡은 축은 거저 그것뿐입니다. 그것만 반복하면 그만입니다. 참 수월합니다. 사십 호에서 한 사람썩 죄다 나오게 된 관계로 부역꾼이 넉넉한 점도 있겠지만 참 누구 한 사람 기운을 쓰는 일 없이 드레박 줄은 뒤로 갔다 앞으로 갔다 멈췄다 할 뿐입니다. 부역이 아니라 작난이나 무슨 놀이 같아서 유쾌합니다. 모두들 그런 모양입니다.

건들건들 노래 가락을 부르는 자도 있습니다. 장원집 벙어리는 무엇이 어떻다고 연신 "어버버" "어버버" 넋 없는 웃음을 합니다. 가끔 뒤를 돌아보다가 돌뿌리에 발을 채우군 합니다. 몽분이, 연순이, 숙이, 홍순이, 갑이 등 뒤에선 처녀들을 보느라고 그러는 거애요. 총각들도 짬을 타서 뒷눈질을 합니다. 총각 축에는 홍식이, 봉수, 꼬맹이, 덕균이, 석윤이, 복길이 등 여럿입니다.

조그만 마을에 처녀 총각이 많기도 하다고 하실 것입니다.

처녀 총각이 많은 데는 까닭이 있습니다. 여기서 나는 당신에게 그 까닭을 미리부터 아뢰기는 싫습니다.

연순이, 몽분이 등 처녀들은 총각들이 그러는 양이 아주 미운 것은 아닌가 바요. 쫑알거리긴 하면서도 그들과 눈이 마조치울 양이면 봉선화처럼 빨개지는 얼굴을 폭 숙여 버립니다.

"예익, 이눔들아. 눈이 뒤루 돌아가 붙을나."

곤보 윤 서방이 총각들을 놀려대는 소리입니다. 평소부터 우스운 소리를 잘 하는 곤보 윤 서방이라 모다 웃음이 터졌습니다. 벙어리는 멋도 모르고 따라 웃습니다.

"벙어리두 정신 채려라. 홍식이 너이들 잡놈들아, 드레박 줄을 놔 버릴라. 어허참, 어허참."

모두들 웃는데 신이 났든지 이번엔 노래조로 나갑니다.

"곤보 아저씨 또 신이 나셨나바."

복길이가 하는 말에,

"신은 무슨 신이드냐. 물벼락 맞기가 원통해서 그러누나. 얼씨구 좋구나."

어깨를 웃슥 올리고 궁뎅이를 내 젓습니다.

아닌 게 아니라 자세히 보니까 곤보 윤 서방은 왼통 옷이 젖었습니다. 벙어리와 총각 축들로 해서 신호를 잘 맞추지 못하기 때문에 드레박이 종종 곤두박질하는 데서 그렇게 된 것임에 틀림없습니다.

"이눔들아, 너를 부정(不淨)치 않다구 나오랬지 색씨 염탐하라구 나오랬드냐. 어화둥둥 내 사랑아, 어화둥둥 내 사랑아."

창부가의 곡조로 흘굽니다. 명창이건 아니건 간에 곤보 윤 서방 때문에 모다 흥이 났습니다. 곤보 윤 서방은 군호도 무엇도 집어치우고 징을 높이 치켜들고 두들겨 댑니다.

"이눔들아, 너이들 부정찬타구 나오랬더니 이 색씨 옆눈질만 하는구나. 아……."

이번엔 무당의 넋두리조로 나옵니다. 무슨 조로 나오든 간에 이 "너이들 부정치 않다고 나오랬지" 하는 소리는 구미가 댕기는 대목이 아닐 수 없습니다.

이제 나는 당신에게 이 한 대목을 해설해 디리겠습니다. 우물 고사를 지내려고 이 우물을 치는 날은요, 아이 밴 아낙과 월경하는 아낙과 전날 밤 그 남편과 잠자리를 같이 한 아낙과 (남자는 상관없다고 합니다) 초상집에 다녀온 자와 부모상을 입은 자와 남편상을 입은 과부와 이런 자만은 우물 치는 데 참가하지 못하게 됩니다. 이르는 바 부정한 몸인 까닭입니다.

부정한 몸으로 우물 고사에 참가하게 되면 부정을 타게 되어서 우물에 무슨 변괴가 생기는 외에 그 당사자들한태 화가 미칠 것을 두려워함에서입니다.

이리되고 본즉 이럭저럭 어룬들 축에서는— 그중에도 아낙네들이 많이 빠지게 될 게 아니겠습니까. 어른들을 제외하고 나면 자연 남는 것이 아이들뿐인데 아이들 중에서 힘을 못 쓸 조무래기들을 빼여 놓는다면 총각 급과 처녀 급에 이르게 될 수밖에 없습니다. 이래서 총각과 처녀들이 많게 된 것입니다. 그렇드라도 조그만 마을에 총각 색씨들이 많은 까닭은 아직 말씀하지 않겠습니다.

하늘이 것뜩 들린 탓인지 바람이 가을이 오라지 않았다고 지절대는 듯합니다. 정자나무에선 매암이가 울고— 우물과 정자나무 저어쪽 논과 밭들은 바람이 선들거릴 때마다 그 푸른 벼와 콩과 수수와 팥과 목화들이 한테 어울려서 파도 같은 것을 이르킵니다. 꼭 바다와 흡사하군요.

바다색은 야청이고 벼와 콩과 수수와 팥과 목화 등은 진초록인데 어떻게 바다와 같겠느냐고 하실 것입니다. 하지만 나는 그 색갈을 가지고 이야기하는 것이 아니고 드레박 줄을 잡은 채 앞으로 뒤로 왔다갔다 걸으면서 내다보려니까 바다에서 느끼던 그 지향 없는 그것이 그만 가슴일 꽉 쥐어질 느는 것을 어찌하는 수 없습니다.

"야, 이눔들. 썩 빠져나가라, 퉤퉤."

깜짝 놀랐습니다. 곤보 윤 서방이 물에 빠진 생쥐가 되어 고함을 치는 소리입니다. 양철통 두 개에 담긴 물이 왼통 그에게로 쏟아졌던 것이라 합니다.

"에헤, 잘됐구만. 더운 줄 모르고 좀 좋아요, 곤보 아저씨."

총각 축의 하나가 물벼락 맞은 곤보 윤 서방더러 댓구하는 소리입니다. 그러자 웃음은 또 터졌습니다.

"남은 물벼락 맞아두 너눔들 재미만 봄 그만이라……. 얼씨구나 좋구나, 어허둥둥 내 사랑아, 어허둥둥 내 사랑아."

낡은 베 잠뱅이가 찰칵 드러붙은 궁뎅이를 내여 저으며 또 창부가를 부릅니다. 징은 연신 두들기면서.

그렇지 않아도 우습광스런 곤보 윤 서방입니다. 말똥이 굴러가는 걸 봐도 못 견디어 한다는 나이의 처녀들은 말할 게 없고 왼통 우물가는 웃음판입니다.

한참 중지하는 수밖에 없구만요. 곤보 윤 서방은 제 소임을 아주 잊어버린 양입니다.

"여보게, 창근이. 그만해 둠세. 물이 도루묵이 되네. 어서 어서."

구장이 곤보 윤 서방의 흥을 막아 놓습니다. 곤보 윤 서방도 구장 어른의 말이라 이내 궁뎅이짓을 멈추고 군호를 시작합니다.

잠자리가 무척 많이 떴습니다. 매암이도 더 요란히 울구요. 한낮이 지난 모양입니다. 해가 중천에 뜬 것을 보아서.

정자나무 그늘이 여전하것만은 땀이 내어 밴 등허리가 보입니다.

"막걸릴 가지러 간다더니 어떻게 됐니?"

고령집 영감이 아주 출출해서 뒤엣 사람더러 묻습니다.

"작년만 같아두 보리밥쯤은 먹었건만……."

철근이가 침을 꿀걱 삼키며 영감에게 댓구해 줍니다.

"독립(해방)하던 해는 잘 먹었지. 떡에 고기에 술에……."

"그건 우물 고사가 아니라 놀이였어, 놀이."

"또 좀 그렇게 먹어 봤음."

"누가 한턱 안 하나……."

고기에 밥에 온갖 반찬을 갖추어 먹었어도 시장끼가 돌 한낮이 다 된 때입니다. 하나가 먹는 이야기를 건들이자 여기서 저기서 왼통 먹는 이야깁니다. 앞뒤에서 침 샘키는 소리가 야단들입니다.

작년만 해도 최 주사가 보리에 쌀을 둘러서 점심을 해 내 왔었고 재작년— 해방되던 해엔 해방이 되면서 이내 우물 고사를 지낸 탓으로 집집에서 쌀과 돈을 걷우어 술에 고기에 떡에 온갖 채소에 잘 먹었습니다.

그랬는데 올에는 틀렸습니다.

본래 이 마을 사람들은 최 주사라 하는 한 사람의 땅을 경작해 먹고 살아 왔습니다. 어느 때부터 그렇게 되었든지는 모르나 우리가 여기 와서 보니까 그렇게 살아가더군요. 퍽 오래전부터 있은 일이 아닌가고 짐작됩니다.

최 주사는 해방이 되면서 이내 급히 서들어 위선 가족들만 서울에 옮기고 집과 땅은 그 의 청직이 겸 서사 일 보던 이 서방에게 맡겨서 처분하기로 되었는데 이렇게 된 사실을 마을 사람들이 알게 되었을 때 마을 사람들의 낙담이란 붓으로 어찌 그릴 수 있으리까. 왼 마을은 왼통 악상(惡喪)을 당한 것처럼 울음이 터졌습니다. 울다간 최 주사네 서사한테 가서 사정을 해 봅니다. 서사는 참 마음이 안 되어서,

"내 마음으로 하는 일 같음사."

하고 턱을 써억썩 문지릅니다. 말만이 아니고 진정 최 주사네 서사는 마을 사람들의 그 몰골을 날마다 목격하는 일이 뼈를 어여 내는 아픔입니다.

서사는 서울 간 최 주사를 찾아가서 마을 사람들의 정상을 보고합니다. 그러면 최 주사는,

"갈어 먹던 걸 제각기 저의들더러 사라구 해두 안 사구 그 떼질이니 그걸 누가 받아 당한담."

하고 입을 닫아 버립니다. 그러면 서사는,

"땅 살 돈이 그네들께 있을 리 있습니까" 하고 말을 합니다.

그러면 최 주사는,

"그럼 할 수 없는 일이 아냐."

하고 말합니다. 서사도 더 말이 있을 수 없습니다. 최 주사에게 어서 서들어 땅을 팔라는 당부만 더 단단히 들어 가지고 나올 뿐이었습니다.

땅은 팔려 나갑니다. 갈아 먹던 땅이 팔려 나가면 손뼉을 치며 비명을 지릅니다. 하지만 손뼉에서 생기는 음향이나 비명에서 발하는 음향은 하늘에 올라가는 일도 땅에 떨어지는 일도 없고 다만 그 자신들에게 도루 돌아들어올 뿐입니다.

　　최 주사의 땅은 대부분이 다른 동네 자작농 하는 자들에게로 팔려 갔습니다. 이 마을에서 붓잡게 된 것은 겨우 삼 활 가량 밖에 되지 않습니다. 그것도 한 집에서 서 말지기나 그보다 더 적은 것은 두 말지기 이 정도입니다. 남의 땅만 갈아 먹던 그들입니다. 공출로 지주에게 반작으로 바치고 나면 일 년 계량은커녕 아니 반년, 반년은커녕 두 달이나 한 달 계량도 못해 나가든 그들입니다. 그러든 그들에게 땅 살 돈이 어디 있겠습니까. 해방이 되었다고 돈이 하늘에서 쏟아졌겠습니까.

　　이렇게 되다 보니 최 주사의 땅에서 떨어져 나간 마을 사람들의 생활은 그야말로 지옥입니다.

　　두 말지기나 서 말지기라도 사게 된 사람들은 거기라도 생명을 붙들어 맬 수 있지만 그 외의 칠 활은 백판 주먹뿐입니다.

　　주먹뿐인 사람들은 품팔이를 하거나 나무를 해서 팔거나 해야 합니다. 품팔이나 사철 늘 있는 일입니까. 또 이 조그만 마을에- 다 가난하게 사는 마을에 무슨 품팔 일이 있겠습니까.

　　마을 사람 중에는 봄에 씨를 뿌릴 때면 여름에 김 맬 때면 가을에 걷어들일 때면 타 동네에 가서 벌이를 해 가지고 돌아오는 일이 많습니다. 꼭 저 만주나 중국이나 이런 데 가서 돈벌이를 해 가지고 돌아오듯이.

　　그러나 벌어 가지고 온 것으로는 얼마를 못 삽니다. 석 달도 못 삽니다.

　　일 년이란 열두 달인데 석 달도 못 살고 남는 그 긴 세월을 무엇으로 살아가야 합니까. 산에 가서 나무를 해다가 팔아서 살아가는 수밖에 없습니다. 소나무건 느티나무건 큰 나무는 톱으로, 적은 나무는 낫으로 켜고 베여 장작을 맨들고 짐 나무를 맨들어서 팝니다. 하루만 하는 것이 아니고 한 달만 하는 것이 아니고 일 년 열두 달을 줄곧 합니다. 한 집에서만 합니까. 왼 동네에서 죄다 합니다. 안 할 수 없는 일입니다.

　　산은 벌거숭이가 됩니다. 산이 벌거숭이가 되는 것이 걱정스러워서 면사무소 산림간수는 눈에 불을 켜 들고 좇아다닙니다. 하지만 그 나무에 목숨이 달렸는데 산림간수가 아니라 그보다 더한 사람이라도 하는 수 없습니다. 들키면 징역인 줄 번연히 압니다. 갑복이도 석 달 징역을 살고 나왔고 복길이도 스므 날 지경을 경찰서 유치장에서 고생하고 나왔으므로 알긴 압니다. 하지만 들켜서 징역살이로 가는 때는 가드라도 위선 급한 것을 어떻게 합니까.

당신은 산에 나무가 자꾸만 없어진다고 나무 비여 가는 자들을 그냥 나무램만 하지 말아 주십시오. 나무를 비지 않고도 배고프지 않은 세상을 맨드러 주도록 마음을 써 주십시오.

최 주사는 땅을 팔아 가지고 서울 가서 정계(政界) 인물 몇 사람의 뒤를 댄다고 들립니다. 무슨 공장을 경영하고 회사를 채렸다는 소문도 들립니다.

석윤이가 양조장에서 걸른 막걸리 세 초롱을 운반해다가 정자나무 아래 놓았습니다. 그것을 보더니 왼통 그리로만 고개가 돌아집니다. 침을 삼키는 소리가 꿀떡꿀떡 물 먹는 소립니다.

"곤보 아저씨, 먹구 합시다."

학수와 원배가 드레박을 움켜 안고 떡 버티고 섭니다.

"안 돼, 안 돼. 여태껏 친 게 소용없이 된대두. 그래 자꾸만 퍼 내두 그대루 있잖아. 올에는 장마철이 길어서 앨 먹겠는 걸."

"자꾸 처두 그대루 있는 물을 언제 다 치구 먹어요."

"아이 못하겠어요."

원배51)가 두레박을 던지고 나섭니다. 그러자 학수도 물러섭니다.

"누가 갈아 들어라."

아무도 곤보 윤 서방의 말을 드른 체를 안 합니다.

---

51) 원문에는 "원배, 학수가 두레박을 던지고 나섭니다"로 되어 있으나 문맥상 맞지 않아 이를 수정하였다.

"못하겠어요. 먹구 합시다."

"나두 못하겠어요"

둘이 다 도리질을 합니다.

"배고파두 다 치구 먹어야 하는 법인 걸 뭘 인제 첨인가. 에, 그눔들."

노장파의 한 사람이 침을 삼켜 가며 제법 위엄 있는 어조로 앞에서 나무램 하는 소리입니다.

"그래요. 고사두 안 지내구 먹는 게 뭐여?"

곤보 윤 서방이 맞장굴 치는 소리입니다.

이러는데,

"시장들 하신데 변변찮은 거나마 잡숫구들 하시지."

하면서 서울서 봄에 이사를 온 과붓댁이 배고프단 타령을 듣고 들어가서 미국 밀가루로 빵을 쪄 김이 무럭 나는 것을 크다란 두리함지박에 담아 내왔습니다. 과붓댁은 올에 처음이라 우물 고사를 지내고야 점심 먹는 것을 모르고 거저 그들의 시장끼를 조금이래도 덜어 주려는 마음에서 한 것입니다.

과부댁의 한마디 말은 그들에게 "모여라" 하는 군호였습니다.

우루루 조무래기들까지 벼락같이 모였습니다. 쉬파리떼 같습니다. 달려들어서 제각금 함지박의 빵을 집어 들고 먹습니다.

"안 돼, 안 돼" 위엄을 뽑던 노장파도 빵을 집어 들었습니다. 우물 고사를 지내기 전엔 안 된다고 완고하게 우겼습니다만 누가 먼저 빵 함지박을 향해 달렸는지 너두 나두 하고 달리고 본즉 아무 때까지 완고할 수가 없었습니다. 빵이 먹고 싶었던 것입니다. 곤보 윤 서방도 빵을 들었습니다. 벙어리도 눈이 멧꾼해서 들고 먹습니다. 홍식이 등 총각 축들도 먹습니다.

무슨 더러운 것이 묻었다 할지라도 그들은 거저 먹을 것입니다.

'사람이 살기 위해서 먹느냐? 먹기 위해서 사느냐?' 고 행용 사람들은 여기에 대해서 토론을 하게 되며 또 나도 전에 소학생 때 이 문제에 대해서 토론회를 열게 되었는데 '살기 위해서 먹는다'는 연사로 나간 일이 있습니다. 나는 그때 먹기 위해서 산다는 편 연사의 말이 모두 지당한 것만 같아서 연단에 나가서 먹기 위해서 산다는 게 옳은 것 같다고 이런 맹추 같은 말 한마디를 덥썩 하고 들어왔기 때문에 우리 편이 지게 됐다고 우리 편 연사 애들이 나를 흘겨보고 가로보고 몰아세우고 했으며 선생님들은 지독히 웃으시고 한 일이 있습니다. 내가 옛날 일을 여기에 들춰내는 것은 '먹기 위해서 사느냐? 살기 위해서 먹느냐?' 하는 연제가 이 마을 사람들한테는 하등의 토론할 문제가 못 된다는 것을 말씀 드리고져 함에서입니다.

이 사람들은 먹기 위해서 사는 것도 살기 위해서 먹는 것도 다 아닙니다. 거저 원수 같은 목숨이 끊어져 주지를 않으니까 하는 수 없이 사는 것이고 살게 되니까 먹는 것 그것뿐입니다.

그러기에 누가 죽어 나가는 상여 행렬을 구경하게 되면,

"배고픈 고생 안 하구 잘두 가지."

하는 것이 아니겠습니까. 당신은 이것을 거짓말로 돌리시렵니까. 진실로 그들은 배고픈 고생을 너무 지긋지긋이 하고 있습니다. 밥을 먹으면서도 시장기가 도는 때가 있는 것이 아닙니까. 그런데 그들은 초근목피가 일상 식용물입니다. 봄바람이 불어서 산야에 눈이 녹고 파릇파릇 움이 돋아나기 시작하면 아즈머니도 어머니도 할머니도 딸도 색시도 모다 바구니를 들고 큰 보재기를 허리에 띠고 나물 캐려 나섭니다. 이렇게 나서기 시작하면 가을 추수하기까지 그렇게 하다가 추수를 해서 얼마의 타작을 하게 되면 얼마 동안은 타작한 것으로 먹습니다. 그것은 지극히 짧은 시일입니다.

그러다가 아주 겨울이 되어 버리고 말면 ─ 먼 산에 하얀 눈만이 좌악 덮이고 말면 그때에는 나무껍질을 해 들입니다. 나무껍질과 푸성귀 말린 것과 등계와 혹시 얻어 보는 술찌검이 ─ 이것이 그들의 겨울 목숨을 이어 가는 것들입니다.

겨울은 봄이나 여름보다 훨씬 지옥입니다. 겨울이란 계절은 온갖 것을 죽여 버리는 계절이고 보니 그렇습니다. 그들이 이 지옥 같은 겨울 동안을 참

그야말로 자기 자신이 죽어졌는지 살아 있는 건지 그것조차 분간할 수 없는 주림 속에서 봄을 얼마나 기다렸는지 당신은 짐작조차 못하실 것입니다.

'봄, 봄, 어서 봄이 왔음.'

아이의 마음이나 어른의 마음이나 모다 똑같습니다. 이것은 그들이 기원입니다.

'봄을 기다리는 사람들.' 시나 소설의 제목 같습니다. 하지만 시나 소설 속에서 봄을 기다리는 사람들처럼 그들은 고 간지르는 듯한 바람도 아니요 남실거리는 야청빛 아지랑이가 하늘거리는 골[谷]도 아니요 만 가지 새소리도 울긋붉은한 꽃도 아닙니다.

오직 풀입니다. 퍼어런 풀 그것입니다. 다시 말하면 먹을 것은 그것뿐입니다.

지금 저 빵 함지박 머리에 모여 앉아 눈이 열한 개도 더 되어서 빵을 흐물흐물 우물우물 먹고 있는 저 축들이 모다 그 아낙이나 딸이나 어머니나 아즈머니나 할머니들이 뜯어 온 푸성귀로 살아갑니다. 그 증거를 당신들에게 좀 보여 드리고 싶습니다. 지금 당장이라도 됩니다. 그들이 대변을 보기만 하면 곧 되는 거니까요. 대변 보는 일이 그들에게 있어서는 여간 쉬운 일이 아닙니다.

밤낮 신병으로 지내 온 내게도 그런 경험이 있지만 뒤를 못 보아서 관장을 대느니 식전 냉수를 먹느니 변비의 특효약을 복용하느니 하는 사람들이 수두룩한 세상 한 모퉁이에 밤낮 푸성귀만 끄려먹어서 먹으면 내여 깔기는 사람들이 있답니다. 먹으면 내여깔기는 그 배설물은 항상 빛이 파아랗답니다.

오늘 같이 좋은 날씨― 하늘이 저렇게 푸르고 녹음이 유달리 짙은 날은 그들의 배설물이 굉장한 색채를 발휘할 것입니다.

채독이 들렸다는 복선 아범의 누우런 얼굴도 보입니다. 술찌검이를 훔쳐 먹었다고 이웃집 예펜네한테 뺨을 잘칵잘칵 맞아 대던 홍수의 얼굴도 보입니다. 보리 쌀 두 되를 도적 맞고 나서 개고리의 한 눈을 빼여 방정을 하던 복길이의 얼굴도 보입니다.

오늘 아침 호박닢 소곰국을 끄려 마시고 나왔다는 흥렬이도 보입니다. 입은 호물호물 우물우물 홀럭홀럭 각양각색으로 놀리고 있습니다. 눈은 누우런 눈, 힐끔거리는 눈, 검은 눈, 거슴츠레한 눈, 샐죽한 눈, 그러나 제각금 다른 눈들이 거저 황소 눈을 하고 두리함지박을 들여다봅니다. 꼭 어떤 무대를 구경하는 것 같습니다. 혼자 보기에 아까운 광경입니다. 서울 가서 정계 요인의 뒤를 댄다는 그들의 지주이던 최 주사에게 보여 주고 싶은 광경입니다. 아니 그가 뒤를 대주는 정계 인물— 부자들의 돈을 올가 내여서 분수에 없는 자동차를 타고 좋은 집을 사고 잘 먹고 잘 입고 잘 사는 그 위대(?)한 자들에게 보여 주고 싶은 광경입니다.

여보십시오. 당신은 저 모양새를 좀 보시지 않으시렵니까. 양 밀가루 빵에 저처럼 정신이 빠진 저 모양새들을—

밥이 되는 쌀을 지어내는 저들이 어찌해서 저렇게 시장해들 한단 말입니까. 저들이 어찌해서 저렇게 시장해들 한단 말입니까. 저들이 쌀밥을 배불리 못 먹는 이유가 어디 있습니까. 쌀밥이 아니더라도 보리밥이거나 그 외의 아뭇 거라도 그 미끌거리고 먹기만 하면 설사가 잘 나는 호밀이라는 거라도 항상 먹어 낼 수가 있었으면 좀 좋겠습니까.

입은 옷은 꼭 거지와 같습니다. 고의적삼을 제대로 받쳐 입은 자가 몇 안 됩니다. 해방 통에 쏟아져 나왔던 병정 옷을 누덕누덕 기워 입은 자, 어디서 났든지 겨울이건 여름이건 밤낮 입고 있는 유도복 저고리를 입은 자, 곤배팔이 된 적삼을 입은 자, 한껏 호사를 했다는 총각 색씨들도 잔등과 소맷자락을 왼통 기운 베나 무명옷들입니다. 우통을 벗은 자도 있습니다. 그렇지 않을 수 없는 것이 그들은 옷감을 사는 일이 없으니까요. 여자 비단 양말 한 켜레에 몇 천 원씩 한다는 것도, 비단 치마 한 감에 몇천 원~만 원이 넘는다는 것이 있다는 것도 그들은 까맣게 모릅니다.

서울이 여기서 사십 리 길이라 하고 기차로는 삼십 분이 좀 넘어 걸린다면서 어째 이다지도 서울과는 머언 거리를 느끼게 하는 것입니까.

누에고치와 목화가 금시 앉은 자리에서 실이 되고 그것이 다시 잠깐 사이에 옷감이 되어 나오는 기계가 있다는 것을 그들은 모르고 있습니다. 그들은 태곳적이나 마찬가지로 물레를 자아서 실을 켜고 진종일 앉아서 열자를 짠다는 베틀에 옷감을 짜 냅니다. 밤에 켜는 불은 등잔불입니다.

도시의 물질문명이 그들과는 아무 관련이 없습니다. 그러다가 나니 하루 스물 네 시간 중에서 쉬는 시간이 얼마 안 되고 거저 노동만 하는 것입니다. 노동하는 거야 어떻습니까. 노동을 하고도 곱다라니 놀고 있는 사람보다 혼자 헐벗고 혼자 굶으니 말입니다.

한 사람이 잘 먹고 열 사람이 못 먹는 세상보다 열 사람이 다 똑같이 배고프지 아니한 세상이 유쾌하다고 당신은 생각하지 않습니까. 한 사람이 춥지도 않고 덥지도 않은 – 좋은 세상을 사는 것보다 열 사람이 똑같이 덥지도 않고 춥지도 않은 좋은 세상을 사는 것이 유쾌하다고 당신들은 생각하지 않습니까.

"이왕임 창덕궁이라구 막걸리두 마저 합시다."

곤보 윤 서방이 빵을 먹고 난 입을 다시면서 술 초롱 앞으로 갑니다.

"그러지 그래."

하고 모다 찬성입니다. 먹는 데서는 위엄도 점잖은 것도 다 없나 봅니다. 노장파들도 잠잠히 거저 따를 의사입니다.

"아참, 빵을…… . 저 아즈먼네를 안 드리구…… ."

곤보 윤 서방이 이제사 우리 아낙네들이 앉아 있는 쪽을 생각해 낸 셈입니다. 그 소리에 막걸리 초롱 앞에 모인 얼굴들이 군침이 도는 입을 해 가지고 죄다 이쪽을 돌아다보는군요.

"안됐군, 거…… ."

별로 안 돼하는 기색들은 아닙니다.

"거이 이번엔 먼저 대접해 디레라."

노장파의 하나가 크게 생각는 것처럼 소장파에게 명령합니다. 빵 함지박 앞에서와는 다른 여유 있는 얼굴입니다. 학수가 막걸리 한 사발을 초롱에서 푹 퍼서 내게 덥석 안겨 놓습니다. 오이지 한쪽하구요. 나는 얼떨김에 받아든 즉시로 꿀떡 디레켰습니다. 그리고 오이지를 씹었습니다. 오이지는 매우 쓰거워요.

　점심 먹기 전이라 그런지 막걸리 한 사발에 이내 사지가 노곤해집니다. 몸은 노곤해지는데 마음에선 무엇이 울분이랄까 그런 것이 일어섭니다. 그 아까 빵 함지박 머리 사건이 있을 때부터 언짢던 마음이 부풀기 시작하는 건가 봐요. 그런데 이상한 것은 빵 함지박 머리에선 저들이 처참하기만 생각되더니 막걸리를 마시고 난 즉 진연 그와는 반대의 심기가 발생되는군요. 저들이 밉쌀스럽기만 합니다. 트집을 걸어서 막우 해대고 싶은 마음입니다. 당신은 내 이 심리를 살피시리다. 빵을 못 얻어먹은 불평이거니는 아시지 않겠지요.

　"이것 봐 학수. 그 막걸리 한 사발만 더 줘."

　나는 막걸리 초롱 쪽을 향해서 크게 소리쳤습니다. 몽분이, 연순이들도 웃고 홍식이니 축도 웃고 다른 축들은 웃기도 하고 입을 헤에 벌리고 홍동지가 된 얼굴로 나를 봅니다. 여자가 술을 작구 먹겠다는 것이 우습다는 거겠죠.

　그러든지 말든지 상관 있을 리 없습니다. 나는 학수가 갖다 주는 철철 넘는 사발을 또 단숨에 쭈욱 디레켰습니다. 오이지도 먼저와 같이 어석어석 씹었습니다. 이번엔 오이지가 쓴 줄을 모르겠어요.

　다리가 후들후들 떨립니다. 허청거려야 할 것이 떨리는 것은 마음의 소치라 볼 밖에 없습니다.

　그렇드라도 나는 까딱 안 하고 가만히 서 있습니다. 가만히 서서 홍동지가 되어서 짓거이며 좋아하는 것들을 보고 있습니다. 하늘도 안 보고 바다 같은 논과 밭도 안 봅니다. 매암이 소리도 듣지 않고 오직 저들만 보고 있습니다. 무슨 무대를 보는 때와 같이 긴장해서.

가만히 들여다보고 있으려니까 빵 함지박 때처럼 눈이 황소 눈 같지 않고 가슴츠레하기도 하고 샐죽하기도 하고 거슴추레하기도 합니다. 얼굴도 탁 풀렸습니다. 빵 함지박 앞에선 거저 팽팽하기만 하더니만 주름쌀이에 물결치듯 파동이 생겼습니다. 짓거리고 웃고 하기 때문일까요. 말씀 드리자면 매우 여유 있는 얼굴들입니다. 빵 한 개와 막걸리 한두 사발에 저처럼 여유가 있을 수 있을까요. 참 간단히 처리될 수 있는 위인들입니다.

"쩌, 너이들은 밤낮 비렁뱅이질이나 해."

반갑거나 흥분하거나 하면 으레 고향 사투리가 튀어나오는 내 버릇입니다. 나는 "쩌"하는 버릇까지 섞어 가면서 혼잣소리로 이렇게 중얼거렸습니다. 저들은 내가 뭐라고 했는지 그것도 모르고 연신 웃으며 떠들어댑니다. 홍식이네 축들은 더 열심히 몽분이 등 색씨들을 건너다보구요.

"이것 봐, 홍식이. 그러커들랑 아까 빵 한 개쯤 몽분일 집어 주는 게 아인가, 쩌."

아무리 취중이라 하드라도 안할 소리를 했나 봅니다. 홍식이가 눈을 둥글해 주위를 살피고 크게 치는 내 소리에 짓거리던 홍동지들이 모다 정지 상태에서 나를 보고 있습니다. 내가 몽분이를 쳐들고 말한 것은 몽분이가 몽분(夢粉)이란 이름과 같이 불꽃처럼 귀엽게 피어 가는 것이 평소부터 귀여웠던 그것입니다. 몽분이는 숙인 머리에 양쪽 귀가 빠알가합니다.

참 안할 소리를 내가 했습니다. 그러나 하는 수 있습니까. 나는 좀 당황하지만,

"인제 우물이나 치십시다."

이렇게 태연한 어조로 말하는 수밖에 없습니다.

그런데 내 하는 말에 그들은 이내 궁뎅이를 툭툭 털면서 일어서는 것이 아니겠습니까. 호박닢 담배거나 썩은 배급 담배거나 간에 한 대 피여 물상 싶은 얼굴들이었는데 수월히 내 말에 움직여 줍니다. 이것은 내 말을

쫓느라고 해서가 아니라 우물을 얼른 치고 우물 고사를 얼른 지내야 하겠다는 걱정이 그들 마음에 백여 있기 때문이었을 것입니다. 우물 고사를 지내기 전에 빵과 막걸리를 먹어 버린 불안에서 그랬을 것입니다.

어찌됐건 간에 나는 구원 받은 것 같은 마음입니다. 홍식이나 다른 축들은 모르지만 몽분이가 어느 때까지 빠알가해서 숙이고 있을 것을 어떻게 보느냐 말씀입니다.

곤보 윤 서방은 다시 징을 들어 군호를 합니다. 홍식이, 복길이가 갈아들어서 두레박을 받아 쏟습니다. 줄은 아까 모양으로 남정네가 앞에 서고 아낙네가 뒤에 섰습니다. 그들은 고사 지내기 전에 먹어 버린 속죄로 단숨에 퍼내자 하는 기세를 보입니다. 그렇지만 나는 줄 잡으러 가지 않겠습니다. 그들이 우물을 다 처내고 나서 놋대접에 물을 떠 소반에 바쳐 놓고 그 정성스레 고사 지내는 밉쌀마즌 꼴을 어떻게 보아 냅니까. 나는 아까 뒤에서 돌이나 나무나 흙에 고사를 지내는 것보다 다함이 없는 영겁에서 영겁에로 통한 저 우물에 지내는 고사는 불쾌하지 않다고 했습니다. 그러나 막걸리 두 사발 먹고 난 나는 무엇 때문에 못 사는 건지 그런 것도 모르고 밤낮 아무 데나 대고 복을 빌어 대면서도 언제나 배가 고픈 그들이 금방 말할 수 없이 미워졌습니다.

매암이가 머리 위에서 똑 고양이들이 여럿이 울던 때처럼 시끄럽습니다. 매암이 소리가 참 좋았는데 고 얄미운 고양이란 놈의 소리 같구만요.

대체 매암이가 울면 무슨 소용이 있는 것입니까. 다 소용 없는 거애요. 정자나무 그늘이 좋고 하늘이 푸르면 어떻단 말입니까. 내다뵈는 논과 밭들이 바다와 같으면 무슨 소용이란 말입니까.

다 허튼 소리를 내가 했습니다. 허튼 수작을 내가 했습니다.

온갖 자연이 좋으면 저들에게 무슨 소용이 있습니까. 이 마을에 잠깐씩 찾아 드는 솥 땜쟁이, 항아 장사가 이 마을 복되고 평화스럽다고 했으면 어떻단 말입니까.

솥 땜쟁이, 항아 장사가 아니드라도 지금 우물을 치는 저어 광경만 본다면 — 그네줄 같은 굵은 줄에 양철통 두 개를 동쳐 맨 드레박으로 물을 퍼 올리는 저것들을 본다면……. 아낙네들이 뒤에 서고 남정네들이 앞에 서서 줄을 잡은 채로 징을 치는 대로 따라 걸어가고 걸어오고 멈추고 하는 저것들을 본다면 — 뒤의 아낙네 축에는 몽분이랑 옷은 허줄하니 입었지만 주림 속에서도 함박꽃같이 피기만 하는 색씨들이 끼어 있고 앞에 남정네들 속에는 홍식이, 복길이 총각들이 끼어 있는 저런 광경을 본다면, 한 개의 시(詩)라고 누가 안할 것입니까. 한 폭의 그림이라고 누가 안할 것입니까.

하늘은 것득 들리고 정자나무에서는 매암이가 울지 않습니까. 내다뵈는 논과 밭은 바다와 같은 것을 느끼게 하지 않습니까. 그것이 끝난 데는 적은 강이 하늘을 안고 푸르게 흘러가지 않습니까. 온갖 좋은 것들이 죄다 이 마을에만 있고 온갖 자연이 죄다 이 마을하고만 밀접한 관계를 맺은 듯싶게 보이는 — 복되고 평화로운 마을이면 뭘 합니까.

이 복되고 평화로운 마을 속에는 가난하기 때문에 눈물이 있고 병이 있고 싸흠이 있고 죄악이 배암의 혓바닥처럼 날름거리고 합니다.

내가 이제 뒤에서 당신들에게 이 조그만 마을에 총각 색씨들이 많은 이유를 나종 말씀 들이기로 하고 덮어 두었던 것들 이야기하겠습니다.

조그만 마을에 총각 색시가 많은 이유도 가난하기 때문입니다. 내가 아까 뒤에서 당신들에게 이것을 미리 알리고 싶지 않은 것은 꿈속 같은 마을에서 처녀와 총각들이 많이들 나와서 우물을 치는 그 광경을 곱게 알려 들이고져 함에서였던 것입니다. 그러나 빵 함지박 사건으로 해서 내 그 마음은 전혀 뒤집혀졌고 또 그 위에 막걸리 두 사발로 해서 나는 완전히 아까 가졌던 마음이 아님을 고백합니다. 아름다웠던 자연은 내 눈앞에 왼통 추하게 전개되고 말았습니다.

그러면 인제 가난하기 때문에 시집 장가를 가고 올 수 없다는 것을 알려 디립니다. 당신은 여기에 어찌 가난하면 시집 장가를 못 갈 수 있을까 부냐고 하시겠습니까. 내 말씀을 못 믿으실 량이면 우리 마을로 오십시오. 오시면 내가 그 실증을 마을 총각들과 색시들을 왼통 끌어다가 보여 들이지요

옛날부터 시집 장가든다는 일이 가장 호사스런 일이어서 돈 있는 자들은 참 호사 찬란하게 결혼 행사를 하는 까닭에 누구나 시집 장가라고 일르게 되면 위선 찬란한 옷이면 풍성한 잔치 베풀 것으로 알고 있습니다. 하지만 이 사람들은 그게 아니애요. 거저 아무렇게나 짝만 맞춰주자고 해도 그게 안 됩니다. 딸 가진 자는 한 식구래도 줄이고저 치울 데를 물색하지만 아들 가진 자는 당장 급한데 한 식구 더 늘린다는 일이 무섭습니다. 이래서 처녀 총각이 이 조그만 마을에 많은 것입니다.

이렇게쯤 되면 사는 게 아니라 죽지 못해 사는 것입니다. 죽지 못해 사는 자들에게 자연이 좋으면 뭘 한단 말입니까. 시와 그림이면 어쩌는 것입니까.

그들에겐 한 조각의 빵이 시요 그림입니다. 예술입니다.

이것 보세요. 내가 아직 그 취한 자세대로 정자나무 아래 서 있는데 바루 드레박줄 앞쪽, 총각 축에서 금방 눈이 뒤집혀서 먹던 빵 한 개가 뚝 떨어지는 것이 눈에 띠우고 그리자 이내 그것을 어디서 벌써 보았든지 조모래기들이 와악 몰려들어 그중에 한 놈이 그 떨어진 빵을 집어 들고 뱅손닐치려는 것을 학수가 재빠르게 놈의 덜미를 재끼며 빼앗아 냅니다. 앞뒤의 시선이 왼통 그리로 쏠립니다.

"학수 이놈아, 누굴 주려구 감췄드랬어? 말해 봐. 안함 내가 죄다 불겠다."

꼬맹이가 야금야금 학수에게도 접어듭니다.

"자식, 불 께 있음 불어 보렴. 어머니 디릴려구 넌 건데 누군 누구야."

변명은 하지만 학수는 귓전까지 빨개지는 품이 술기운만이 아닌 것 같습니다.

"학수야! 학수야, 효자로구나."

드레박을 받아 쏟던 홍식이가 제 소임을 잊은 듯 목을 쓰윽 빼돌리고 학수를 부릅니다.

"효자? 그맛 효잔 난두 할 만해."

석윤이도 나섭니다.

"저놈이 나한테 한 말이 있어. 저번 때 큰 산 나물 갔을 때 하는 말인즉 저 어머닌 업구서 큰 산엘 못 올라가두 아무갠 백 번이라두 업구 올라간대나. 아무개 말이야. 아무개 알지?"

꼬맹이가 이런 말을 하니까 총각들은 모다 색씨들 있는 뒤쪽을 홀터봅니다.

"요 꼬맹이, 네가 안 불면 누군 모르는 줄 아냐. 다 알구 있어."

이번엔 복길이가 나섭니다.

"이 자식들아, 알구두 모른 체 좀 못 하나."

홍식이가 입을 삐이쭉 내밀며 고갯장단을 칩니다.

"아서. 고만들 해. 그 아무개가 다홍고추가 돼 간다."

덕균이가 뒤쪽을 턱으로 가르킵니다. 모두들 히죽거리며 뒤쪽을 도라다봅니다.

이러는 통에 몽분인 아까 정자나무 아래서 내가 막걸리 두 사발을 디려 마시고 나서 불쑥 그의 이름을 처들어 가지고 홍식일 나무램 하던 때보다 더 붉어 갑니다. 정말 덕균의 말을 빈다면 그중—색씨—에서 몽분이만 다홍고추가 되어 갑니다.

벙어리는 영문을 알고 하는 짓인지 학수와 몽분일 엿가람 홀터보며 무거운 것을 도는 때처럼 끼이끼잉 소리를 지르고 도모지 얼굴에 히색이라군 없습니다.

"여 이놈들아, 암말 말아. 이새 저새 해두 먹새가 제리(제일)란다. 그래, 저 않 먹고 부모 생각한 게 좀 기특해서 그러냐."

곤보 윤 서방이 학수의 곤경을 살펴서 들고 나선 모양입니다. 그것보다 몽분의 난처해 하는 처지를 돌봐서 한 소리인지도 모르겠습니다. 하지만 몽분인 점점 더 붉어져 갈 뿐입니다.

"뭐, 학수가 부모 생각한 줄 아슈. 곤보 아저씬 알지두 못하시면서 그러셔."

꼬맹이가 가루막습니다.

"조 자식, 꼬맹이 너 왜 작구 그러니? 목아질 비틀어 놀라."

"가만있는 목아진 왜 비탈아? 왜 빵 못 멕인 화풀일 내게 하려 들어……."

꼬맹이도 안 질려고 합니다.

"요새 놈들은 어른두 몰라 봐……. 이놈들, 어른 앞에서 마판 짓거리기냐?"

고령집 영감이 제법 위엄 있는 호기를 뽑습니다.

"여나무 살 남짓함 벌써 계집 생각이거던……."

복선 아범이 맞장굴 칩니다.

"열 살만 넘음 계집 생각나는 세상이라면서……. 스물이 넘은 것들이 가만있겠어요."

노장파들의 총각 공격에 방패를 몰고 나선 곤보 윤 서방의 말입니다.

"자네 좀 가만있게나. 나이 사십에 철이 아직 못 들었으니…… 즛즛즛."

움집 영감이 쓰거운 입맛을 다시며 혀까지 차는 말에 곤보 윤 서방은 다시 같은 어조로,

"그래. 아저씨들은 철이 잘 드셔서 하신 일이 뭡니까. 기껏해 젊은 것들 앞에서 호기 뽑는 일?"

하고 오금을 밖으니 노장파들은 모다 입맛이 쓰거워 하며 곤보 윤 서방을 흘깁니다.

"자…… 인제 그만하구 우물이나 치십시다. 학수란 놈 때매 말썽이야."

꼬맹이가 또 입을 납작거리며 도전하려 듭니다.

"저 자식이 뭐가 나 때매란 말야. 아주 쥑여 버릴라."

학수는 어른들에 옥신각신하는 책임까지 자기에게 지우려는 꼬맹이가 매우 얄미운가 봐요 얼굴이 약이 잔뜩 올랐습니다.

"임마, 네가 빵을 감추잖았음 아무 일 없었지 뭐야."

꼬맹이도 골이 났습니다.

"이 자식아, 빵을 감췄음 너 먹을 걸 감췄어? 나 안 먹고 감췄는데 웬 상관야……."

"야, 요눔들, 정성스런 날 그래 싸움질하기냐?"

고령집 영감이 아무래도 견딜 수 없나 봅니다.

목에 핏대를 올리며 줄에서 쓰윽 나섭니다. 꼬맹이는,

"이 자식, 몽분일 줄려고 감췄지."

끝내 몽분의 이름을 처들고야 말았습니다.

"아무렇드면 네가 챙견할 게 뭐냐. 이 자식아……."

"관둬. 아서. 작난이 쌈이 된다더니."

곤보 윤 서방의 말입니다. 마는 꼬맹이나 학수나 좀체 주저앉을 기세가 않입니다. 옥신각신 주고받는 말을 어디서 듣고 있었든지 학수 어머니가 쥐똥보다 검은 물이 철철 흐르는 걸레를 들고 씨잉 나타나더니만,

"이 개놈의 새끼 같으니. 땀을 못 낼 놈아……."

그와 동시에 걸레를 아들에게 씨워 주는 행동을 개시합니다. 드레박도 머물고 학수와 꼬맹의 옥신각신도 물론 정지되었습니다. 모다 눈이 휘둥그러니 학수 모자에게로 쏠릴 뿐입니다.

쥐똥 같은 걸레에는 물인 줄 알았더니 썩은 오줌이였던가 봅니다. 눈시울까지 뜨겁도록 냄새가 풍깁니다.

벙어리는 매우 만족한 낯으로 "어버버" "어버버" 하며 학수 어머니 등을 어루만지며 좋다고 좋다고 합니다.

학수가 "퉤퉤퉤퉤" 하이카라치 머리랑 옷이랑 털고 섰는 앞에 어머니는 살 같은 시선을 아들에게 쏘면서,

"이놈의 색끼야. 땀 못 낼 자식아. 밤낮 하는 짓이란 거저 그뿐이냐. 이놈아, 에민 큰 산에 못 업구 올라가두 계집은 백 번이라두 업고 올라간댔

겠다. 어서 열 백 번이라두 올라가 봐라. 눈이 뒤집혀두 분수가 있지. 그래, 빵을 에밀 주려고 감췄다구? 이 개 같은 놈아…… 그렇게 에밀 못 멕여 하는 놈이 어저께 고구만 왜 나뭇집에 곰차 가지고 와서 그년의 집에 가져갔냐. 야, 이놈아. 이 못된 놈아……. 해필 왜 그년의 계집애냐. 그 원수 년의 계집년의……."

몇 번이나 몇 번이나 아들을 주먹으로 쥐어박으며 포악질입니다.

이렇게 되자니까 몽분의 난처함이란 이루 말할 데가 없습니다.

얼굴이 붉다가 못해 자줏빛이 되어 그래도 어쩌는 수 없음인지 그대로 줄을 잡고 서 있습니다.

"몽분이 좀 쉴까. 집에 들어가 좀 쉬라구."

나는 몽분의 처지를 살피지 않을 수 없습니다. 치밀어 오르던 울분은 그 새 살아진 모양으로 떨리든 다리도 쥐어졌던 주먹도 정상에 이르고 그러니까 몽분의 난처한 사정을 동정하는 바람에 최 주사에게 가든 울분이 풀린 셈입니다. 몽분인 내 말에 구원 받은 듯 말없이 살그머니 물러나갔습니다.

"세상은 망했지 망했어…… 자식이 부몰 모르는 세상인데 안 망하구 어째, 쯧쯧쯧."

고령집 영감이 학수 어머니 편이 되어 입을 열었습니다.

학수 어머니는 고령집 영감 말에 더 기세를 올릴 작정으로,

"글세 집에 남아 있을 게 없어요 봉수아(봉선화)구 분꽃이구 제 누이동생들이 애써 심어논 걸 저년의 계집앨 다 갖다 줬대요."

하고 몽분이 쪽을 향했으나 몽분인 임이 그곳에 있지 않으니 하는 수 없었습니다. 학수 어머니는 몽분이가 보이지 않는 때문인지 화가 꼭대기까지 치밀어 올라서,

"저년의 집 마당을 보시오. 왼통 봉수아 천지라요 분꽃 천지라요."

악을 쓸 대로 씁니다. 이러하자 노장과 총각 축 색시 안낙 할 것 없이 죄다 발을 멈춘 대로 정자나무 밑으로 뵈는 몽분네 마당에 고개를 돌립니다.

바루 이러는 때 이번엔 몽분 어머니가 또 나타나는군요. 몽분이가 들어가서 뭐라고 말을 해서 안 것인지 우물에서 얼마 안 되는 데라 학수 어머니의 포악 부리는 소리를 듣고 나왔는지 몽분 어머니는 나와서 학수 어머니 앞에 닥아서며 무슨 말을 하려고 한 즉 학수 어머니는 닫자곳자로 몽분 어머니의 비녀를 빼 던지며 머리채를 휘여잡습니다.

몽분 어머니는 학수 어머니 그 큰 손아귀에 답삭 쥐었습니다. 여기에 벙어리가 선손을 써달려 들었는데 벙어리는 학수 어머니를 뎅강 들어 넘어트립니다. 금방 학수에게 오줌 걸레를 씨울 적에는 학수 어머니 편이드니만 몽분 어머니와 학수 어머니가 맞다든 데선 아무래도 몽분 어머니 편이 되어야 하겠나 봐요. 벙어리뿐 아니라 총각 축들 전부가 몽분 어머니 편인 얼굴입니다. 학수까지도 그런 듯합니다. 그것은 몽분 어머니가 약한 탓도 있겠지만 몽분이의 어머니인 까닭에 그리할 것이라고 나는 짐작합니다.

학수 어머니는 벙어리에게 휘들리웠으나 다시 일어나서 또 대어들었습니다. 참 어마어마한 기세를 보이고 있습니다.

"이거 야단났군. 동네에 변괴가 생길 장본이야……. 어서 물을, 물을, 퍼내자. 물을……."

고령집 영감이 싸움질에 눈이 팔린 축들을 서들면서 두려운 낯색을 짓습니다. 여기에 순보 영감은,

"암탉이 울면 집안이 망한다더니 아낙네들이 저리 성악스럽구서야 동네가 무사할 수 있담……."

하고 입심을 돋웁니다.

학수 어머니와 몽분 어머니 둘의 싸움은 처음엔 꽃을 가져갔느니 안 가져갔느니 고구마를 먹었느니 안 먹었느니 하는 것으로 해 내드니만 학수 어머니 입에서,

"잉년아, 하늘이 무심할 줄 아니. 내 갈아 먹던 땅 두 마지기가 너 넌놈에게루 넘어갈 때 내 눈에서 피가 쏟아졌다. 피가 쏟아졌어" 하고 고함을

치면서부터는 '고구마요 꽃이요' 는 쑥 빠지고 피차에 땅 이야기만 가지고 싸웁니다.

"아아이 누가 사지 말랬어? 너 년들이 안 산대서 나아리(최 주사를 이르는 말입니다)가 다른 데 파신 대니까 가마솥, 장독, 김칫독, 메기던 돼지까지 모조리 팔아서 산 거지. 그렇게 배가 앞으거던 왜 아무 거라도 팔아서 붙잡지 못했어."

"아주머니, 그만 참으세요 울 어머니가 잘못이지요. 아즈먼네가 안 사심 나으리가 안꼴 사람에게 파셨을 건데 뭐⋯⋯."

학수가 경우를 밝히려 든 즉 학수 어머니는 아들을 권투식으로 욱여 박은 후,

"이눔아, 에미두 애비두 계집년 앞에선 안 뵈냐. 입에 거미줄 치게 생겨서두 계집년이면 고만이냐. 저 벌판에 저 땅이 모두 팔려 나갈 땅인데 왜 해필 내 집에서 부쳐 먹든 걸 빼 사간단 말이냐. 야, 잉년아⋯⋯. 이눔아, 원통하구나. 분하구나. 땅 뺏기구두 그년의 역성을 들어야 옳으냐. 이눔아, 이 땀을 낼 눔아⋯⋯. 이 더러운 년아. 그래 가마솥, 김칫독, 장독, 돼지까지 죄다 팔아서 남 못할 짓 할 거 뭐냐. 그래야 속 시원하냐. 잉년아, 보자. 어디 나도 돼질 멕여 새낄 내 와서 꼭 너 년눔들 부치는 땅을 사구 말리라. 그 닷 마지길 내가 사구야 말리라. 아이구, 아이구."

학수 어머니는 아들과 몽분 어머니 둘을 번갈아 가면서 악을 쓰다가 나중엔 "아이구" "아이구" 소리와 함께 하늘을 우러러 손뼉을 짝짝짝 칩니다.

"어머니, 그만하고 들어가세요. 웨 남더러 원망이시오. 그 댁에서 돈이 작은 관계루 우리가 해 먹던 걸 산 거지. 우리 못 살게 굴려구 한 짓이게 그러세요. 우리가 하든 게 그중 작은 게 아니우. 우리가 그만 돈이 없어서 못 잡은 걸 남과 싫은 소리함 소용 있어요. 어서 들어가서요⋯⋯."

아들이 타이르는 것이나 어머니는 아들의 타일르는 말을 듣지 않고 "아이구" "아이구" 소리와 함께 손뼉만 치고 있을 뿐입니다.

하늘이 거뜩 들린 탓인지 손펵 소리는 야경 딱댁이처럼 따앙땅 울립니다. 몽분의 난처한 처지를 살피는 사이에 멈춰졌던 내 마음 다시 뒤집혀지기 시작합니다. 가슴이 울렁거립니다.

줄 잡은 축, 드레박을 받아 쏟는 축, 징을 들고 치는 곤보 윤 서방 모다 한 가지로 땅 건을 가지고 다투면서부터는 얼굴에 히색이 없습니다. 역성 드는 말도 나무램 하는 말도 괴변이 생길 장본이라고 두려워하는 말도 없습니다. 거저 어깨가 축 늘어지고 걸음이 느릿해질 뿐입니다.

나도 몽분 어머니보다 너무 거세고 포악스러워서 밉기만 하든 학수 어머니가 도모지 밉지 않습니다. 몽분 어머니랑 거저 어깨가 축 늘어진 축들이랑 다 함께 얼싸안고 내 가슴에 부글부글 치밀어 오르는 말을 들여주고 싶습니다.

학수 어머니, 몽분 어머니, 싸울 것 하나 없습니다. 학수 어머니가 몽분네 때문에 입에 거미줄치게 됐다고 하시지만 그것은 잘못 알고 하시는 말입니다.

당신들 입에 거미줄치게 하는 자는 따루 있습니다. 그것은 최 주사올시다. 당신들을 수십 년 래로 종과 같이 부려먹다가 해방이라는 바람이 당신들이 종전보다 조금 나은 처지에 서게 되고 그 자들이 종전보다 약간 못한 자리에 뇌여지게 되니까 고것이 배가 앞어서 당신들의 생명줄이 매인 당신들의 갈아 먹든 땅을 팔아 가지고 서울 가서 정계에서 일하는 즉 다시 말하면 앞으로 우리나라를 세우는 데 한몫 보자고 덤비는 자들에게 돈을 대어 주는 최 주사올시다. 그 자는 지금 당신들의 피와 눈물이 매치고 매친 돈을 함부로 마구 써 간답니다. 어떻게 쓰는가 하면 앞날 세워지는 우리나라 정부가 저이들, 최주사와 같은 땅 많고 돈 많은 자들을 돌보아주는 그런 정부를 세우게 하려고 눈이 뒤집혀서 그럴싸한 인물을…… 그럴싸한 인물이란 것은 그 최 주사와 같이 자기 유익만 생각하고 제 욕심만 부리는

―남이야 어찌 되건 말건 손펵을 치건 주먹질하건 입에 거미줄을 치건 가난해서 시집 장가를 못 가건 도모지 남은 돌볼 줄 모르는―피도 없고 눈물도 없는 그런 위인들 말입니다. 그런 위인들한테 돈을 멕여 가면서 우리나라를 세워 달라고 합니다. 그런 위인들이 나라를 세우고 정치를 해야 저이들 좋은 세상이 또 오겠으니까 그러는 거라요. 학수 어머니, 몽분 어머니, 싸우실 거 하나 없습니다. 학수 어머니, 몽분 어머니가 악을 쓰고 덤벼들어 뜯어 먹고 뜯여 먹어도 좋을 자는 최 주사올시다.

당신들 입에 거미줄 치게 하는 자는 최 주사올시다. 당신들을 손펵을 치게 하고 주먹질을 하게 하고 당신 자제들을 시집 장갈 가두 오두 못 하게 하는 자는 최 주사올시다. 최 주사와 같은 그 번 돈 있구 땅 있구 한 자들이올시다. 그 번 돈 있구 땅 있구 한 자들을 돌봐 주는 세상이올시다……

"돼지가 나왔어요"

내가 이렇게 연설하듯 말을 하려고 하면서도 아직 하지 못하고 주저하면서 두레박줄을 잡고 왔다 갔다 하고 있는데 조무래기 하나가 소리를 칩니다.

"에그머니나, 저것이 또 나왔네……"

학수 어머니는 손펵도 싸움도 다 집어치우고 빨리 몽둥이를 주서 듭니다.

"뒤어, 뒤어."

학수도 줄에서 빠져 돼지 몰기를 시작합니다. 돼지는 학수 어머니 몽뎅이에 궁덩짝을 호되게 얻어맞은 탓으로 쏜살같이 우물가로 내 빼며 소반에 놋대접 바쳐 놓은 것을 둘러 엎었습니다. 몽분 어머니는 학수 어머니가 그리 되자니까 아무 말 없이 집에 들어가고 말았습니다.

"겨우 넉 달 된 눔의 것이 암낼 써서 저 지랄이라요. 어제부터 저 지랄이라요. 뒤어, 뒤어. 저 지랄이라요."

학수 어머니의 이런 말이 떨어지자 노장가들은 이구동성으로,

"하아, 이게 예삿일이 아니여……. 아츰부터 돼 오는 일들이……"

"그러기에 우물 고사 지내기 전에 먹는 게 아니라구 안 했어."

"먹은 것뿐인가. 온갖 부정한 소린 다 했지. 아낙네들 싸움질이 버러졌지, 또 돼지 새끼까지 암낼 써서 저 지랄이라니 허어, 큰일은 났어, 큰일은……."

하고 시색이 없습니다.

우물 고사 지내려고 이 우물을 치는 날은 아이 밴 아낙, 월경하는 아낙, 그 전날 밤 남편과 잠자리를 같이 한 아낙, 초상집에 다녀온 자, 부모상을 입은 자와 남편상을 입은 과부, 이런 자들을 부정하다 해서 우물 치는 데 참례하게 못 하는 법을 벌써 수십 년 래로 검은 머리가 히도록 직혀 온 노장파들로서는 무리가 아닐지 모릅니다.

돼지는 우물가를 뱅뱅 돌다가 또 정자나무를 작구작구 뱅뱅 돕니다. 학수와 그 어머니는 아이들이 술래잡기하듯 돼지와 같이 작구작구 뱅뱅 돕니다.

"야, 이눔아, 저쪽으로 가서 몰아라. 뒤어, 뒤어."

"몰기만 함 돼요. 아주 붙잡아야죠. 또 우물가루 빠져나감 어쩌게요."

"그래, 아주 붙잡아. 붙잡아서 아예 서방을 부처 줘요. 숫돈은 양조장 것이 좋다드군 그래."

"야 이사람, 그 잡스런 소리 좀 고만하구 징이나 바루 치게. 허어, 참 이 일을 어쩌나……."

"네, 칩지요. 돼진 넉 달임 암낼 켠다니까 사람보다 훨씬 이른 셈인걸……."

고령집 영감이 울상이 되어 오금을 박거나 말거나 곤보 윤 서방은 제 할 소리를 다 하고야 맙니다. 하나 아무도 대꾸하려 들지 않으며 또 누가 웃으려 들지도 않습니다.

거저 남정네는 앞에 아낙네는 뒤에 줄을 잡고 꽈왕꽈왕 울리는 징소리에 맞춰 뒤로 갔다 앞으로 갔다 하고 학수와 학수 어머니는 돼지를 몰고 있을 뿐입니다.

매암이 아직 정자나무에서 울고 있으며 하늘은 거뜩 들려 푸르게 내다뵈는 논과 밭은 바다와 흡사합니다. 그것이 끝난 데는 강이 하늘보다 푸르게 흐르는데,

"이 돼지가 왜 이리루 뛰어들어! 미쳤나……, 둬둬둬."

학수네 돼지는 그만 몽분네 집 마당에 뛰어 들어갔습니다. 몽분 어머니는 돌을 줏어 돼지를 들여 갈겼습니다. 마치 학수 어머니에게 가는 분푸리라도 하려 듯이는 몽분 어머니가 그러는 것이 또 화가 났든지,

"잉년아, 하늘이 무심 찮아서 그러는 거야. 너 년눔의 집 그 기둥뿌릴 빼려구 그러는 거야. 하늘이 말 못하는 짐승을 시켜서 그러는 거야……."

학수 어머니 도야지 쫓던 몽둥이를 들어 몽분 어머니를 삿대질을 해 가며 이렇게 욕을 합니다. 몽분 어머니도 다시 돌을 줏어 돼지를 "둬둬둬" 쫓고 나서 학수 어머니의 멱살을 붙잡았습니다.

학수 어머니는 겁결에 몽둥이를 집어 던지고 자기도 몽분 어머니의 멱살을 휘감아 쥐고 주먹으로 갈겼든지 머리로 떠받았든지 아무튼 몽분 어머니의,

"아이구, 잉년이 사람 죽이네."

하는 소리와 함께 코피가 콸콸콸 쏟아집니다.

총각 축들과 또 그 뒤의 색씨 축, 거의 전부가 군호에나 맞춘 듯 일제히 줄을 놓고 몽분네 마당으로 달립니다. 벙어리도 달립니다.

"야! 찬물을 갖다 껴 얹어라."

곤보 윤 서방이 양철통에 철철 넘는 물을 그대로 들고 가라고 홍식이더러 일러 줍니다. 홍식이가 양철통을 받아들고 그리로 달립니다. 줄은 그리로 따를 수밖에 없습니다.

"이게 대체 무슨 변이람. 끝내 피를 보구야 마는군."

고령집 영감이 울상이 되어 줄을 따라가며 하는 말입니다.

"솜을 가져와요, 솜을……."

학수가 아직도 맞붙어 싸우려는 두 사이를 가루막으며 소리를 칩니다.

연순이가 안으로 들어가려는데 몽분이가 솜뭉치를 들고 나타났습니다. 얼굴이 파리해서……

"야, 이놈들아, 썩 이리루 못 오겠냐. 이 우물가루 못 오겠냐. 아이구, 이 일을 어쩌면 좋단 말인구……."

움집 영감의 고함소리에 겨우 우물 치던 것을 생각해 낸 듯 우루루 몰려옵니다.

도야지는 그새 모밀밭에 들어서 제멋대로 쏘아 다닌 모양으로 모밀밭이 왼통 말이 아닙니다.

몽분 어머니는 몽분에게 이끌려 안으로 들어가면서도 분하다고 몇 번을 돌아서서 학수 어머니에게 욕설을 퍼붓습니다. 학수 어머니는 손에랑 소매 가랑에랑 묻은 피를 잠깐 살피다가 몽둥이를 다시 주서들고,

"더러운 년 같으니, 남 못할 짓을 하구두 아직두 멋이 부족해서……. 잉년아, 간을 빼서 씹어서 뿜어두 씨언찮겠다. 잉년아……. 뒈어, 뒈. 야, 이 놈아, 저어리 돌아서 이리루 몰아라……. 뒈어, 뒈어."

소리는 한결 더 높습니다.

학수는 어머니의 지시대로 몽분네 울타리 뒤로 돌아서 도야지 몰러 가고 마을 사람들은 곤보 윤 서방이 꽈왕꽈왕 치는 징에 맞어서 발을 놀리고 있고 나는 그 중에 끼어서 앞으로 뒤로 왔다 갔다 할 뿐 마음속에 하고 싶은 말을 한마디 못 하고 있습니다.

총각 축들은 도야지 몰이에 눈을 팔면서도 색씨들 보는 일을 잊어버리지 않는구만요 오히려 더 극성스럽게 구는 것 같구만요 이 별스런 이 광경, 현실을 어째야만 합니까. 도모지 주변 없는 나로서는 도리가 없어요 거저 왼 천지가 화산이 되어 타악 터지기만 했으면 시원할 것 같습니다.(1947. 7.)

—『풍류 잡히는 마을』, 아문각, 1949.

수탉*

"<u>꼬꼬오</u>— <u>꼬로</u>"

홰를 쳐 우는 첫 닭 소리에 윤한숭은 꿈에서 소스라쳐 옆을 더듬어 찾았다.

'아, 있었구나. 여기 누운 대루 있었구나.'

앞뒤 미닫이를 디리 비치는 달빛으로 해서 방이 맑은 물속 같은데 그는 젊은 아내 연순에게로 다가 누우며 아내의 한 손을 끌어다가 자기 가슴 위에 얹었다. 아내는 눈을 부시시 떠 영감을 건너다보았다.

"왜 그래. 자여. 아무것두 아냐……."

윤한숭은 아내를 타일러 재우군 다시 한 번 손을 더 꼭 쥐어 주고 그리고 또 그 위에 자기 다른 한 손을 갖다 얹었다. 얹고서,

'꿈두 고약하지. 무슨 놈의 꿈이 그렇담' 하고 입속으로 뇌까리는 것이었다.

그는 아무래도 자기가 금방 꾼 꿈이 이상해서 견딜 수가 없었던 것이다.

맨 처음에 이봉이가 아니고 이봉네 수탉이었다. 그것이 울타리 구녕으로 씨잉 하니 질러 나오는 것이었다. 윤한숭은 기겁을 해서 자기네 닭을 이리

---

* 「수탉」은 1949년 8월 ≪평화신문≫에 발표되었다. 그러나 현재 해당일의 지면이 소재불명인 관계로, 부득이 소설집 『풍류 잡히는 마을』(아문각, 1949)에 수록된 작품을 입력했다.

저리 살핀 후 뒷간 모롱이의 긴 작대기를 들어서 이봉네 닭을 쫓았다.

"이놈의 닭, 밤낮 왜 계집질이여 응. 네 계집은 없더냐…… 응."

작대기를 내어 휘두르는 것이나 이봉네 수탉은 용케 요리조리 잘 빠져서 한숭네 암탉을 기어이 건디리고야 말았다.

한숭네 수탉은 다리를 배비작 배비작 초조해 하며 남의 거사를 보고 있을 뿐 쫓아가서 이봉네 수탉을 쫓을 염도 저의 암탉을 찾아 거느릴 엄두도 전혀 못 내고 있었다.

윤한숭은 저도 모르는 사이에 작대기가 기운차게 암탉을 건드리고 있는 이봉네 수탉을 내려 갈겼다. 죽으라고 갈겼다. 죽으라고 갈긴 이봉네 수탉은 죽지 아니하고 눈 한번 깜짝할 사이에 닭은 이봉이로 변해서 양 어깨를 쓰윽 치켜 올린 다음 두 주먹을 불끈 쥐고 눈은 또 소눈깔처럼 부릅뜨고 꼭 이봉네 수탉이 자기네 수탉과 싸우자고 덤벼드는 때와 같은 자세를 취하는 것이었다. 윤한숭은 등곬에 땀이 부쩍 솟았다. 그래도 아닌 체하고 자기도 이봉이 본새를 떠서 양 어깨를 쓰윽 치켜 올린 다음 두 주먹을 불끈 쥐고 눈은 또 소눈깔처럼 부릅뜨고 똑 이봉네 수탉이 자기네 수탉과 싸우자고 덤벼드는 때와 같은 자세를 지어 보았으나 도모지 다리가 후들후들 전신이 와들와들 이봉이가 한 발 앞으로 다가서기만 하면 헤양 나가 자빠질 것만 같았다.

그런데 이봉은 조금도 자세를 변하지 않고 그냥 그대로 윤한숭을 노리고만 있었다. 윤한숭은 등곬에서만 솟든 땀이 전신에 쫙 퍼지면서 팔과 다리와 가슴이 어찌도 떨리는지 손에 든 작대기도 같이 덜덜덜 떨었다.

'저놈이 뎀빌 테면 얼른 뎀비든지 하지 못하구 왜 저러구 있을까?'

이렇게 윤한숭은 속으로만 중얼거리고 있으려니까 이봉이가 한발 내디딜 자세를 취하는데 그 대가리가 어떻게 우람진지 동물원에서 본 코끼리만 했다. 윤한숭은 "앗" 소리와 함께 작대기를 내던지고 뺑손일 치는 수밖에 없었다.

그는 죽어라 하고 달렸다. 달리기는 하나 도무지 다리가 오그러 붙기만 하고 달려지지 않았다.

－길은, 외갈래로 쭈욱 벋은 행길 양쪽에 수양이 아지를 척척 느려뜨린－ 길이었다. 그런 데를 두 주먹을 부르쥐고 달리는 것이나 그저 달려지지 않았다. 윤한승은 그런 대로 목을 잠깐 돌려 뒤를 살펴본즉 이봉은 수수밭 모롱이를 아직 돌고 있었다.

'모롱이만 돌아서면 영낙없이 잡히겠는데……'

그는 피신할 데를 두루 살피다가 아지를 제일 잘 느려뜨린 버드나무에 바라 올랐다. 다름박질할 때보다 훨씬 쉽게 올라가지는 일이 무척 기뻤다.

'인젠 살았구나. 아지가 이렇게 촘촘한데 제 아무리 재주가 좋기로서니 찾아 낼 것인가.'

바람이 세차지 않아도 수양은 잘 흔들었다. 수양이 있는 아래로는 강물이 흘렀다. 윤한승은 강물 속으로 하늘이 푸른 것과 구름이 잘 피어올으는 것을 보아 알았다. 바람이 좀더 불면 수양은 휘청거렸다. 휘청거리는 아지 사이로 그는 마음을 턱 놓고 이봉의 거동을 살폈다. 한데 이봉은 좀체 오지 않았다. 이봉이가 오지 않는 것이 어떻게 좋았든지 휘청거리는 수양과 같이 윤한승의 마음도 휘청거려졌다. 옛날 갈보 색주가들과 술을 마셔 가며 불으던 노래 가락이라도 한 대목 불러 보고 싶은 마음이었다.

'뭣을 불으나. 창부가나 한 대목 뽑아 볼까.'

목을 가다듬어,

아니 놀지는 못하겠네
이때하고 어느 때냐
녹음방초 때는 좋다
벗님네야 산청 경개 구경갈 거나

여기까지 불고 있을 때 수수밭 모롱이로 이봉이는 혼자 아니고 어떤 여인네와 함께 나란히 돌아 나오는 것이 아닌가. 윤한승은 불으던 소리를 똑 멈추지 않을 수 없었다. 아무리 봐야 여인네는 연순이였다. 나란히 서서 올 뿐 아니라 새물새물 웃어 가며 뭐라 뭐라 지껄이기도 하고 이봉이가 좋아서 히히거리며 양팔을 쩍 벌려 연순이를 덥썩 껴안기도 했다.

"저걸 어쩌냐. 저 연놈들을 어쩌냐"고 윤한승은 이봉이가 자기 있는 곳을 찾아내어 욕살을 먹이든 말든 소리를 내어 고함을 질렀다. 그런데 무슨 조화로 지르는 소리는 아니 나오고,

"꼬꼬오 꼬로— 꼬꼬오 꼬로—"

수탉의 소리가 질러졌다. 알 수 없는 일이었다.

이봉이와 연순은 수수밭 모롱이를 돌아서 이쪽 큰 행길로 빠질 줄 알았더니 옆으로 뺑 돌아진 오솔길로 들어서는 것이었다. 이봉이는 벌써 자기를 쫓던 일은 잊어버린 지 오랜 듯 뵈었다.

'인제 날 붙잡을 생각두 까맣게 잊었구나.'

윤한승은 눈에서 불이 뚝뚝 떨어졌다. 둘이 나란히 좋아서 가는 거동은 꼭 이봉네 수탉이 자기네 암탉을 거느리고 구구거리며 저의 집으로 가는 것과 흡사해 보였다. 윤한승은, "저년이…… 연순아, 저년이 네 잉년아……" 하고 버드나무 위에서 소리소리 치며 내려오려 했다. 그러나 소리는 여전히 "꼬꼬오— 꼬로"로 질러지고 올라갈 때 가볍던 몸이 천근만근 되어 도모지 내려와지지 않았다. 한참 애를 쓰고 있는데 나무 아래로 흘으는 강물이 홀쩍 내려다 보여졌다. 깜짝 놀랐다. 물속에 비치는 자기는 사람이 아니었다. 닭이었다. 닭이로되 자기네 수탉이었다. 자기네 수탉이로되 이봉네 수탉이 자기네 암탉을 거느리고 구구거리며 저의 집으로 가는 것을 보고 다리를 배비작배비작 초조해 할 뿐 도모지 어쩌지 못하는 그 형상이었다.

바람이 점점 세차게 불어서 수양은 몹시 휘청거렸다. 구름은 바람을 따

라 맹열히 동쪽으로 흩으고 논과 밭은 구름이 너무 잘 흩으길래 서쪽으로 가는 것만 같았다. 동으로 흩으는 구름은 하얗고 서으로 가는 논밭은 푸르기만 하고. 윤한숭은 천지가 아득해짐을 깨달았다. 그러나 그런 대로 그는 수양을 부둥켜 안고 이봉과 연순의 가는 방향을 향해 소리를 질렀다. 여전히 제 소리가 "꼬꼬오 꼬르" 수탉의 소리였다. 또 쳐도 또 그러했다. 그는 기가 딱 막힐 것 같아서 가슴을 두 주먹으로 마구 두드렸다. 그러다가 눈을 뻔쩍 떴던 것이다.

눈을 떠 본즉 방은 앞뒷 미닫이로 디레 비치는 달빛으로 해서 맑은 물속 같은데, 연순이는 틀림없이 자기 곁에 잠들고 있었고 수탉이 홰에서 "꼬꼬오 꼬르"를 연발하고 있었다.

'꿈도 고약하지. 무슨 놈의 꿈이 그렇담. 그눔의 닭 때매 애가 씌워서 그렇나 부다.'

가슴 위에 꼭 쥐어 얹은 아내 연순의 손을 다시 만지작거리면서 윤한숭은 이렇게 뇌까렸다.

그가 그눔의 닭이라 함은 자기네 닭을 두고 하는 말이었다. 그들은 처음부터 닭을 치려고 한 것도 아니었다. 연세로 보아 그리될 수밖에 없는 일이지만 그래도 어떻게 좀 근력을 돋구어 볼 도리가 없을까 하고 노상 마음을 써 오는 영감이 '손에 피가 마르자 돈도 말라서 원, 닭 한 마리 사 보신할 재력이 못 되니 어떻게 할까 부냐'고 한탄하는 소리가 듣기 싫어서라기보다 진정 영감의 몸을 살펴서 연순은 바느질 품삯에서 돈 오백 원으로 수탉 한 마리를 구해 온 것이 닭을 놓게 된 시초였던 것이다.

벌써 일이 공교롭게 되느라고 그랬든지 그날 연순이가 닭을 사려고 사립문 밖에 나서자니까 자전거에 닭을 싣고 서울로 가는 닭 장사가 지나가고 있었다. 연순은 닭 장사를 얼른 불러 제일 크고 살쪄 뵈는 닭 한 마리를 사서 안고 들어왔다. 그것이 수탉이었든 것이다. 윤한숭은 매우 만족하고 또

기뻐서 어느 때보다 한층 어린 아내가 귀여워 못 견디어 하는 얼굴을 하고 있다가 눈을 돌려 닭을 보더니,

"아니, 그게 장닭 아냐? 아, 옛날부터 사내들은 암탉이요 여인네들이 장닭이란 말이 있잖은가. 야 이 사람아…… 가서 바꿔 달래 와요."

하곤 눈꼬리에 주름을 잡았다. 연순은 가슴이 철렁했다. 자기가 닭을 안고 돌아설 때 벌써 닭 장사는 자전거에 올라타는 것을 보았기 때문이었다. 그래도 연순은 닭을 안고 나가 보지 않을 수 없었다. 닭 장사는 과연 없었다. 허둥지둥 달려서 기차 다리목까지 가 보았으나 거기에도 닭 장사는 보이지 않았다. 하는 수 없이 연순은 닭을 그대로 안고 돌아왔다. 눈을 크게 떠 보던 윤한승은,

"아니, 그게 그 닭 그냥 않인가?"

하고 연순에게 물었다. 연순은 빨개진 얼굴로 그렇다고 대답한즉 한승 영감은 아까와는 전혀 다른 높은 어성으로,

"어쩌자구 그 닭을 도루 가지고 온담. 안 바꿔 주던가. 아, 왜 안 바꿔 주는 거야. 옛날부터 사내들은 암탉이래야 쓴다구 말하지 않든가? 아 그래, 약으루 쓴다구 말해 봤어?"

이렇게 여러 말로 서들어 대고 나서 다시 또,

"저런 맹춘 처음 보겠네. 어디 가서 닭을 삿길래 못 바꿔 가지고 온담"

하고 꾸짖기까지 했다.

오다가다 만난 터이라 하지만 한결같이 살뜰히 애껴만 주던 영감이 이렇게 역정을 버럭버럭 내게 되는 데는 당황치 않을 수 없었다.

"아, 그리구 있을 건가. 석남네 건가? 내서 바꿔 달란다구 가서 그러게……."

여전히 높은 어성이었다. 아내는 거북한 대로 서울 가는 닭 장사한테 닭을 구했다는 것과 닭 장사는 벌써 멀리 가서 없더란 것을 영감에게 말했다. 영감은 화가 더 치밀어 올랐다.

"야, 이 숫맥아. 해필 서울 가는 놈의 닭을 살 게 뭐람. 허허, 참…….
그렇거들랑 금분네나 석남네 집에 가서 암탉 하구 바꿔 달라구 해 봐
요…….."

연순은 얼굴이 빨개진 채 닭을 안고 또 나가지 않을 수 없었다.

닭을 바꾸러 나간 연순은 좀체 돌아오지 않했다. 바람이 잠깐 지나가도
연순인가 해서 사립문께 귀를 기우리던 윤한숭은 지쳐서 문턱에 턱을 고이
고 앉아 아카시야 나무 위에 뭉쳤다 펴졌다 하는 구름을 멀거니 보는 줄도
모르게 보고 있다가 갑짜기 무엇에 타악 부딪친 것 모양으로 "음" 신음 소
리를 발하고야 말았다. 아지 못할 무엇이 왈칵 자기를 휘몰아 싸고 달려드
는 것이었다.

그것은 온갖 나무에서 왜자자 하니 우는 쓰르라미 소리를 타고 온 것 같
기도 했다. 혹은 잠깐씩 지나가는 바람에 밀려서 온 것인지도 몰랐다. 윤한
숭은 "음" 하는 신음소리와 함께 열다섯 살에 떠나서 사십 여 년이 되는
사이에 가끔 생각만은 하면서도 한 번 가본 적이 없는 안동 있는 본집이
눈앞에 떠오르는 것을 막을 수가 없었다. 부모는 물론 시집 와서 열흘도
못 되어 생과부가 된 자기보다 일곱 살 더 먹은 말만큼 크게 생긴 여자, 꿈
에 뵈일까 싶어 겁나던 그 여자도 그리우려니와 원두꽃이 많이 피어 아침
이슬을 담북이 물고 앉아 조용하던 뜰 안도 보고 싶고 감나무― 감이 오닥
오닥 붉은 나무에 배를 처억 부치고 서서 얼마든지 따 먹고 이웃 애들을
노나 주고 하던 그 나무도 보고 싶었다. 남이는 지금 뭣을 할까. 내가 왜
남이한테 장갈 가겠다구 욱이지 못했던고 그눔의 계집애하구 살았음 아들
딸 무럭이 나서 태평 세월루 살았을 걸.

금란이, 옥선이, 그들은 지금 어디서 사는가? 아직두 평양서 사는지? 또
산홍인? 그 말구두 또 있지? 나하구 살던 여자들을 모으면 한 구루마는 되
리라. 그 많은 여편네들께서 어째 자식새끼 하나 없었을까. 왼통 색주가 잡
년들이라서 그렇던가? 그런데 연순인 왜 자식을 못 낳는 걸까. 연순이야

시집가서 사흘 만에 서방이 죽어서 돌아온 계집이니 숫색시나 마찬가질 건데 벌써 십 년째 살아오는데 어째 그럴 수가 있을까. 내 나이가 너무 많아서 그런가. 듣느라면 육십에 득남 득녀하는 수도 흔하든데……. 연순이와 내 나이 차가 너무 심해서 그런가. 내가 예순, 연순은 스물여덟. 설흔두 살 차이란 말이지 허허. 설흔 두 살이면 일즉 두는 사람이면 손잣벌도 될 것이야……. 가엾은 일이지. 외모가 똑똑하겠다, 바느질이 참하겠다, 마음씨가 착하구 얌전하겠다. 어디가 어째서 팔자가 그런고……. 돈 없구 늙은 나같은 걸 만나서 밤이나 낮이나 그 잘난 갈보년들 바느질을 해대니……. 내가 잘못했어……. 닭을 바꾸러 보내드라도 좋은 말루 일러 보내지 못 하구……. 인제 앞으로 삼십 년을 산대두 퍼뜩퍼뜩 넘어가는 세월. 얼마 살 것이랴. 육십을 다 살아도 신통치 못하거든 삼십 년이 얼마 가랴. 책장 넘어가듯 후딱후딱 넘어가 버리는 세월인데…….

윤한숭은 이런 생각에 골몰하다가 한숨을 '후유ㅡ' 내쉬고 눈을 양쪽 손으로 문질러 닦았다. 눈물이 났기 때문이었다. 그렇잖어두 근자에 와서 잘 나오는 눈물이었다. 윤한숭은 이것도 늙는 증조의 하나거니 마음에 색이고 있는 것이었다.

연순은 닭을 바꾸지 못했다. 아무도 암탉과 수탉을 바꾸자고 하지 않았다. 하는 수 없이 닭 장사가 오든가 또는 수탉 사자는 사람이 있거든 저이집으로 보내 달라고 여기저기 부탁해 놓고 돌아왔다.

윤한숭은 닭을 그냥 안은 채 민망해 하며 들어오는 연순을 보자,

"안 바꿔 줄 거야. 그냥 둬. 장닭 사자는 사람이 있겠지. 팔아서 암탉을 사 먹지……."

했다. 아까와는 전연 다른 눅으러진 어성이었다. 그러나 한숭 영감의 생각과 같이 수탉은 얼른 팔리는 것이 아니었다. 아무도 사자고 하지 않았고 서울 닭 장사도 나타나지 않았다.

어느 날 연순은 영감에게 닭을 고와 없애자고 제의를 했다. 그랬더니 한숭 영감은 "안 되지. 옛날부터 장닭은 사내들게 소용없는 거래두 그래" 하고 머리를 저었다. 그러니까 연순은 또 "약으로 잡숫지 말구 고아서 당신두 잡숫구 저두 먹구 하십시다" 했다.

영감은 또 말이 없이 머리만 저었다. 아무래도 그렇기 하기는 싫었다. 수탉이 자기에게 보신이 안 될 것은 뻔한 일일 뿐 아니라 아내 연순이가 수탉을 먹으면 지금보다도 더 오돌지게 통통해질 것이 싫었든 것이다. 연순이가 오돌지게 통통해지면 자기는 더 한층 근력 없이 뵈기 때문이었다. 그렇잖아도 한숭 영감 눈에는 연순이가 바람찬 공과 같이 팽팽하기만 보여서 탈이었다.

"가만 둬 두게. 인제 낼쯤은 임자가 나설 걸세" 하고 그는 뒤를 눌러 두었다.

연순은 그러면 닭을 동쳐 두지 말고 하루 세 번씩 쥐어 주는 모이도 적잖은 것이니 풀어 놓아 제멋대루 주어 먹게나 하자고 제의를 했다. 한숭 영감도 이 제의에는 수긍했다.

풀어 놓은 닭은 첫날은 이봉네 집에 닭이 있는 줄을 몰랐든지 혹은 남의 집이 낯이 설어서 그랬든지 아무튼 닭은 아카시아 그늘로 앵도나무 그늘로 뱅뱅 돌며 혼자 잘 놀았다. 그러든 것이 이튿날 연순인 바느질을 해 가지고 장터에 가고 없고 한숭 영감이 혼자서 닭을 보살펴 가며 행여 어디서 수탉 임자가 나타나지 않을까 기다리고 있다 보니 앞집 이봉네와 새 중간에 막은 울타리 구멍으로 수탉 하나가 급한 소리를 치며 빠져나오고 그 뒤를 쫓아서 또 수탉 하나가 빠져 나오는데 얼핏 보아도 한 놈은 쫓고 한 놈은 쫓기는 상이었다. 쫓고 쫓기우며 닭들은 한숭 영감네 마당을 몇 고패 돌았다. 처음에 쫓기는 놈이 자기네 것인 줄은 전혀 몰랐다. 그것은 자기네 닭은 배와 등어리 언저리에 붉은 털이 얼마만 있는 외엔 몸뚱아리 전체가 하얗기 때문이었다.

쫓기던 닭은 열고 패도 더 마당과 변소 저쪽과 앵도나무 아카시아 아래를 돌다가 기진맥진해서 부엌으로 뛰어 들어오는 것이었다. 배와 등어리 언저리에 붉은 털조차 구별할 수 없이 왼 전신이 피범벅이 되어 알 수 없었던 것을 그제서야 자기네 닭임을 알고 윤한숭은,

"아이구, 저놈의 닭이 저게 어쩐 일인고."

가슴에서 널판자가 뚝 떨어지는 것을 깨달았다. 쫓던 닭은 아직도 부족한 듯 부엌 문 앞에까지 와서 헐레벌떡거렸다. 사람이 없으면 쫓아 들어올 기세였다.

"야, 이 빌어먹을 놈의 닭."

윤한숭은 부지깽이를 들어 이봉네 수탉을 쫓고 나서 피범벅이 되어 가엾은 자기네 수탉을 대야에 물을 떠 가지고 수채 구녕께 나가 씻기 시작했다.

"야, 이 빌어먹을 것아. 못난 것아. 어쩌면 이 모양 되두룩 쫓겼단 말이냐."

측은한 생각에 그는 눈물이 핑그르 돌았고 뒤 이어 한숨도 후유 쉬어졌다. 원체 흰 털인데다가 피가 배고 다시 배여서 아무리 씻어도 닭은 제 빛이 나지 않았다.

"인제 팔긴 다 틀렸나 보다. 이 빌어먹을 것아……. 네가 팔려야 암탉을 사 오게 된단 말이다. 야, 이 빌어먹을 것아……."

그러나 수탉은 윤한숭의 이러한 간곡한 마음을 알 리가 없었다. 아무 날도 팔리지는 않고 그렇게 호된 일을 당하고도 연상 앞집에 가기를 좋아했다.

갔다가는 또 볼 모양 없이 그 집 수탉에게 쫓겨서 죽는 소리를 치며 돌아오면서도 단 오 분이 멀다고 가군 했다.

어느 날은 보고 있으려니까 금방 쫓겨 오던 놈의 닭이 이봉네 닭이 쫓기를 그만두고 저의 집으로 돌아서는 것을 보자 이내 저도 다시 되돌아서 가는 것이었다.

윤한숭은 어쩐 일인가 하고 울타리 너머로 고개를 빼어 들고 닭의 거동을 보았더니 자기네 닭은 이봉네 그 사나운 닭에게 일격을 가할 양으로 그를 향해 마주서서 전신의 털을 죄다 일켜 세우며 목을 길게 빼어 들었다. 이봉네 닭은 이렇게 하는 자기네 닭을 아니꼬운 듯 한참 노리다가 표범 같이 사나운 기세로 덤벼들어 자기네 닭을 아주 죽여 내는 것이었다.

"저걸, 저걸, 아니 저놈의 닭이 무슨 일루 저리 가서 저 모양이 되는 걸까."

윤한숭은 자귀를 밟듯 밟으며 못 견디어 했다. 쫓아갈까 혹은 닭을 불을까 하고 생각을 하면서도 쫓아가지도 못하고 닭을 불으지도 못하고 초조로이 보고만 있을 뿐이었다.

그것은 이봉이가 그 소같이 우람진 것이 저의 닭이 이기고 자기네 닭이 지는 것을 봉당에 앉아 보며 성수가 나 히히거리는 꼴이었기 때문이었다. 그에게 평소부터 어떤 사감이 있은 것은 결코 아니나 윤한숭은 거저 이봉의 그 건장한 젊음이 자기의 척수를 눌르는 것 같아서 다른 어느 누구보다 그를 항상 꺼려 왔던 터였다.

수탉은 또 갔다가 또 쫓겨 왔다. 윤한숭은 쫓겨 온 닭을 즉시로 붙잡아 아카시아에 매어 놓았다. 매어 놓은 닭을 그날 점심 때 옆집 노파가 와서 보고 하는 말이 수탉이 앞집으로 작구만 가고 싶어 하는 것은 암탉 때문이니 암탉 한 마리만 얼른 사 놓으라고 하고 또 암탉 한 마리만 사 놓면 알을 내 와서 날마다거나 혹은 하루 건너큼씩 알을 먹게 되면 그까짓 닭 한 마릴 한 번 훌쩍 고아 먹기보다 닭알 편이 몸에 유익되리라는 것까지 일러 주는 것이었다.

윤한숭 내외는 듣고 본즉 그럼직도 한 일이라고 여기어 연순은 그새 품삯에서 여지를 낸 수탉이 팔리지 않드라도 암탉을 살려고 모아 둔 돈에다 이백 원을 더 보태서 이튿날 암탉 한 마리를 사다 놓았다.

과연 암탉 수탉 둘이는 사이가 좋아서 아무 데도 가지 않고 집 마당에서 뱅뱅 돌며 놀고 있었다. 이튿날도 그러했다. 수탉은 전에 없이 간간히 제법 호기스런 '꼬꼬'를 홰를 쳐가며 뽑기도 했다.

암탉이 알을 낳은 것은 이틀 뒤의 일이었다. 그들 내외는 말할 수 없이 기뻤다. 더욱히 연순은 영감이 따끈한 알을 받아서 그 즉시로 톡톡 구녕을 내어 쪽 빨아 마셔 버리는 것이 아깝기까지 생각되었다. 한숭 영감은 알을 쪽 빨아 디리 마시고 나선 두어 번 입맛을 맛있게 다셨다. 정말 그는 금시로 몸에 근력이 소생되는 듯싶었다.

'내일두 낳아라. 한 달만 내려 먹으면 알배가 있겠지…….'

그는 속으로 이처럼 빌었다. 윤한숭이가 암탉의 알 낳기를 기다리고 앉았는데 이봉네 그 밉쌀 맞은 수탉이 무슨 큰일이라도 저지른 기세로 이쪽을 향해 달려왔다. 윤한숭은 또 가슴이 철렁 내려앉았다.

암탉과 고대 구구거리며 잘 지내던 자기네 수탉은 이봉네 수탉을 보더니 보자마자 몽둥이에 흠뻑 얻어맞은 개소리 치듯 치면서 저 혼자만 앵도나무 밑으로 빠져 도망을 가는 것이었다. 이봉네 수탉은 한숭네 수탉이야 어쩌건 말건 그건 대수로운 것이 아니고 한숭네 암탉과 한바탕 얼리고 나선 곧장 암탉을 제 것인 양 구구구 거느려 저의 집으로 데리고 가는 것이었다. 한숭네 수탉은 암탉과 그렇게 하고 또 그리고 아주 암탉을 구구히 거느려 데리고 저이 집까지 가는 양을 보더니 안타까운 듯 다리를 배비작배비작 초조해 하면서도 좇아가서 제 암탉을 빼앗아 거느리고 올 넘을 못하고 있었다.

"아이구, 저게 웬일이여. 저걸 어쩌나. 저눔의 닭을……."

윤한숭은 허둥지둥 저도 모르는 사이에 이런 소리가 질러졌다. 그 소리는 금방 자기네 수탉이 이봉네 수탉을 보자마자 소리를 치며 달아나던 그 소리와 흡사한 것이었다. 비명이었다.

안에서 바느질하던 연순은 이 비명에 놀라서 옷섶에 바늘을 꽂으며 영감 있는 데로 나왔다. 영감은 연순의 잘못이나 되는 것처럼 삿대질을 해 가며,

"어서 가 봐. 저놈의 집엘. 저놈의 집 장닭이 우리 암탉을 차고 갔어
……. 그새 벌써 여기 암탉 있는 건 어찌 알았든지 헛 참 빌어먹을……."

핏대를 세우며 야단이었다. 연순은 영감의 말대로 이봉네게로 나갔다.

그런데 나가면 닭을 이내 몰아 가지고 올 줄 알았던 연순은, "휘어 휘
어" 두어 번이나 닭 모는 소리가 있다 말고 다시 없었다. 윤한순은 궁금해
서 발굼치를 세워 가며 울타리 너머를 보려고 했다. 한즉 며칠 전만 해도
수월히 볼 수 있던 울타리에 뻗은 호박 강남콩 덩쿨들이 그새 어떻게 벋었
는지 종시 보아 낼 수가 없었다. 더구나 바람까지 불어서 덩쿨들이 이리저
리 흔들리는 통에 시야가 점점 아득해지기만 했다. 그래서 윤한숭은 또 눈
물이 핑그르 돌았던 것이고 따라서 한숨도 후유 쉬어졌던 것이다.

'엇그제 장닭 갔을 때만 해두 안 그렇더니 그새 벌써 이래……. 호랭이
새낄 처두 모르겠네……. 제길…….'

윤한숭은 하루 낮이나 밤사이로 부쩍부쩍 자라 가는 푸성귀들이 자기의
기(氣)를 딱 막히게 해 주는 것 같았다. 바람에 흔들흔들 고갯짓하는 잎들
은 마치 자기의 노쇠를 조롱하는 손짓 같이 보여졌다.

'저게 뭘 하길래 소리두 없어.'

속은 어지간히 괴여오르는 것이었다. 그러나 그럴 수가 없어서 "아, 여
보게" 하고 지극히 평온한 소리로 아내를 불렀다. 연순은 들었는지 못 들
었는지 대답이 없고,

"집엣 수탉이 못 나서 그래. 수탉이 거세기만 하면야 다른 게 얼씬할 턱
이 있나. 수탉은 바깥 쥔을 닮는다더니 집엣 영감이 늙어서 수탉두 기운을
못 쓰는 거야……."

이러한 옆집 노파의 수다 떠는 소리가 굵직하게 넘어오는 것이 아닌가.

'아이구, 저년의 여우 같은 늙은이가 또 저기 가서 저 지랄이구나…….'

윤한숭은 현기증을 깨달으며 그레도 허청허청 울타리 밑으로 걸어가야
만 할 것 같았다.

걸어가 서서 호박 숲, 강남콩 숲을 헤쳐 울타리 구녕을 찾아냈다. 그는 찾아 낸 구녕에 눈을 디레댔다.

그리고 이봉네 마당, 소리 나는 데를 살폈다. 그 마당에도 옥수숫대, 오이 덩쿨, 호박 숲 이런 것들이 무성해서 화안히 들어나지는 않았으나 그런 사이로 옆집 노파는 물론 이봉이도 보이고 이봉네 애들과 그의 여편네도 보였다. 연순이는 닭을 몰던 몽둥이를 쥔 채 서서 그들의 하는 말을 멍하니 듣고 있는 모양이었다.

'저 빌어먹을 년이 얼른 몰아 가지고 오지 못하구…….'

생각 같아선 큰소리를 칠 것 같은데 소리가 나오지 않아서 침만 꿀떡꿀떡 삼키고 있는데 또 옆집 노파는,

"몰아 가지고 가야 쓸 데 없어. 수탉이 제 구실을 해야 여펜넬 거느리지……."

하고 "호호호" 흐물때기 입을 흐물거리며 웃기까지 했다. 그러니깐 그 우람진 이봉은 하마와 같은 얼굴 전체에 웃음을 널어놓으며 연순일 힐끗 쳐다보는 것이었다.

'어이구 저눔을 저거……. 저년이 얼른 몰고 오지 못할까……. 저 빌어먹을 년의 늙은 것이 주책 없이 젊은 것들 틈에서 저 지랄일까……. 저걸 벼락이 좀 못 때려 간담…….'

울타리 구녕에 눈을 디레대고 이렇게 속으로 여럿에게 화살을 던질 뿐 한승 영감은 여전히 소리도 못 치고 거저 껌벅껌벅 서 있었다. 눈에선 눈물이 핑그르 돌다 못해서 철철철 흘렀다.

시야는 점점 흐려서 천지는 푸성귀들과 함께 파랗게 앗질하기만 했다. 나중엔 이봉이 얼굴도 옆집 노파도 이봉네 아이들도 그 여편네도 연순이도 파란 천지 속에 왼통 범벅이 되어 어느 게 어느 건지 모를 지경으로 멀어졌다 가까워졌다 했다. 바람이 불면 더 한층 심했다.

옥수숫대, 호박, 오이, 강남콩, 그것들의 덩쿨은 바람에 조금도 가만있지

않았다. 또 그것들은 금새 보고 있는 사이에 한 치씩 무럭무럭 자라 가는 것도 같았다.

가만이 생각하면 윤한숭에게 그러한 꿈을 꾸게 한 것은 이봉네 수탉도 자기네 수탉도 암탉도 아니고 앞집 이봉이도 옆집 노파도 아니고 연순이도 아무도 다 아니고 금새 보고 있는 사이에 한 치씩 무럭무럭 자라 가는 옥수수, 호박, 오이, 강낭콩, 이것들[天地]의 조화였던지도 모르겠다.(1948. 8.)

—『풍류 잡히는 마을』, 아문각, 1949.

하늘이 좋던 날*

어릴 때부터 하늘이 좋은 날이면 어디로든 가고 싶어 가는 버릇이 있었다.

그날 나는 내가 입던 치마를 줄려서 아이들 옷을 맨드러 보려고 주물럭거리다가 나무 사이로 하늘을 훌쩍 쳐다보았던 것이다.

남풍이 부나 보았다. 구름이 남으로 적구적구 흘렀다.

나는 일감을 주섬주섬 거더 치우고, 못에 걸린 치마를 벗겨서 무슨 급한 일이나 잇듯이 돌려 입고 나섰다.

"엄마 어디 가?"

마루에서 솟곱질하던 아이들이 뭇는 말이었다.

"엄마, 엄마 닭 모이 구하러 가."

나는 아이들에게 아무렇게나 거짓말을 하였다. 이때것 지나 본 결과, 아이들은 내가 닭 모이 구하러 간다고 하면 되려 나서지 않는 것을 알았기 때문이다.

대문 밖에 나선 나는 안ㅅ골로 가는 길도 서울로 가는 길도 양편쪽으로 가는 길도 아닌―아직 한 번 걸어본 일이 없는― 길에 들어섰다. 모르는

---

* 이 작품은 1949년에 발간된 작품집 『풍류 잡히는 마을』에 「바람처럼」으로 개제(改題)되어 실렸다. 약간의 문장을 수정했을 뿐 내용은 동일하다.

길을 걸어서 어디라 없이 작구만 가고 싶었던 것이다. 밋밋이 넘어가는 고갯길로 걸었다. 수양이 쭈욱 느려선ㅡ길게 퍼진 길도 걸었다. 이리 삐뚤 저리 삐뚤 논두렁길로 걸었다. 요리조리 도라서는 비탈길도 걸었다. 윗천 위천 후려 드는 외나무다리도 걸었다. 구름은 바람 부는 쪽으로 여전히 흘러갔다.

내 머리털은 흩날리고 치맛자락은 퍼득이었다.

산도 푸르고 뫼도 푸르고 논도 밭도 푸르고 물과 하늘이 다 함께 푸르러서 흡사히 천지는 바다와 같은 것이었다.

나는 여전히 걸었다. 푸른 천지 속을 헤엄치듯 걸어갔다. 얼마를 그렇게 갔던지 가다가 길이 깍 맥혔었다.

"여보세요. 여긴 길이 없습니까?"

논에서 첨벙첨벙 무엇을 하고 있는 밀집 벙거지 쓴 농군에게 나는 길을 묻지 않을 수 없었다.

내 발 앞에는 숲이 울창해서 하늘조차 볼 수 없는 언덕이 탁 가로놓여 있기 때문이었다.

"어딜 가시길래 이리루 들어섰든가요?"

밀집 벙거지 쓴 농군이 허리를 펴서 내게 물었다. 나는 갑작이 뭐라고 대답할 수가 없어서 한참 당황스러웠다. 아무 데고 가자고 나선 거름이라 말하기는 싫었다.

"글쎄, 저어ㅡ리루 나가는 길이 없습니까?"

"그리룬 가는 길이 없는뎁쇼."

"있을 것 같은데요. 웨 없어요."

"그래두 없는 건 업소."

하늘조차 볼 수 없게 울창한 숲이 서 있는ㅡ내 발 앞에 탁 가로막힌 언덕을 끼고 돌아가면 그 언덕과 꼭 같이 나무가 빽빽이 들어선 산이에 제자리들을 적당히 차지하고 앉아 있고, 로(路) 앞을 적지 않은 내가 흐르는데 하류가 뉘연히52) 리에서 내 발길은 그리로 가고 싶었다.

"저리루 다시 돌아서 나가십시오. 좀 가시면 세 갈래루 갈린 길이 있어요. 개울을 끼구 나가는 길은 구리현 쪽으로 가는 길이구입쇼, 이쪽 방축 위는 덕소 방면이구, 저어리 머루나무 아래루 빠진 건 금곡으루 가는 길인데……. 어딜 가시는지?"

농군은 설명을 한참 하고 나서 내게 가는 방향을 물었다.

나는 또 당황하였다. 그러나 얼른 침을 한번 꿀떡 삼키고 나서,

"저어 금곡으로 갑니다."

하였다.

"그러커들랑 머루나무 아래루 빠져 나가십시오."

나는 농군에게 허리를 굽혀 인사하고 도라서 세 갈래로 갈린 길을 향해 바삐 걸었다. 다른 논에 들어선 농군들도 허리를 펴서 나에게로 얼굴을 돌렸다. 나는 그들의 시선을 간지럽게 느끼면서 세 갈래 길에서 미루나무 아래로 빠진─금곡으로 간다는 길에 들어섰다.

거기서 산 밑과 밭 가운데 두서너 집씩 몽여앉아 사는 동네를 몇 개 지나고 디딤돌을 놓은 실개천을 건느고 다시 논두렁길과 밋밋이 넘어가는 고갯길과 요리조리 꼬불거린 오슬길을 지나서 굴속같이 깊은 골짜기에 이르렀다. 골자기엔 고개를 밧쑥 제껴야 뵈는 소나무들이 빽빽하게 들어서 있어서 나는 금세 굴속에 들어선 듯 약간 불안한 생각이 들었다. 소나무마다 새들이 깃들여 울고 있는 게 우리 마당에서나 혹은 내가 거기까지 걸어가는 사이에 들은, 온갖 나무에서 울던 새보다 소리가 궁글고 높았다. 뻐꾹이도 그러하였고 꾀꼴이도 그러하였다.

무슨 새거나 소리를 내면 소리가 산울림이 되어 돌아왔다. 소리가 크고 높은 뻐꾸기와 꾀꼬리의 소리는 더 하였다. 뻐꾸기가 이쪽에서 "뻐꾹" 하

---

52) 버젓이.

면 저쪽에서도 "뻐꾹" 하였다. 이쪽에서 꾀꼬리가 "꾀꼴꾀꼴" 하고 울면 저쪽에서도 "꾀꼴꾀꼴" 하고 울었다. 바람은 파도 소리같이 윙윙거렸다. 나는 걷던 발을 뚝 멈췄다. 새소리, 뻐꾹이 소리, 꾀꼴이 소리, 바람 소리— 온갖 소리가 온통 한가지로 내 정신을 앗질하게 만들어 놓기 때문이었다.

하늘도 태양도 보이지 않았다. 오직 빽빽하게 들어선 굵은 소나무 아래로 패앤이 뚫린 좁은 길이 있을 뿐이었다. 나는 점점 불안한 생각이 들었다.

'여기가 대체 어디란 말인가. 해가 넘어간 것일까.'

이렇게 혼자 정신을 가다듬고 있는데 달랑달랑 벤또 소리를 내며 뛰어오는 국민학교 아동이 있었다. 숨이 '할' 나왔다.

저런 애들이 다니는 걸 보면 겁날 것이 하나 없다고 생각이 들었던 것이다. 나는 아주 반가워서,

"애, 너 어디서 오니? 여기가 어디냐."

하고 물었다.

"학교 갔다 와요······. 여기요, 여긴 능 뒤예요."

하고 아이는 대답하였다.

"이게? 그러니까 여기가 금곡이냐?"

"네."

아이는 내가 무슨 말을 더 묻는 것이 귀찮은 듯 벤또 소리 달랑달랑 뛰어가 버렸다.

나도 아이가 오던 길을 걸었다. 빽빽한 소나무 아래로 패앤이 뚫린 좁은 길이었다.

걸으면서 내가 무척 많이 걸은 것을 알았다. 금곡이라면 우리 덕소에서 시오 리 넉넉 잘된다고 하였다. 처음길이지마는 금곡과 덕소는 인연이 밀접한 관계로 나는 이것을 잘 알고 있었다. 우리 덕소는 조그마한 마을이라서 그런지 세탁비누니 고무신이니 소금이니 왜포이니 이런 물자들을 배급

받자면 받는 때마다 금곡에 갔다 와야 하였다. 물자가 덕소에 직접 오지 않고 금곡에 와서 있기 때문이었다. 배급받는 사람마다 제각기 가자면 하루 품이 들어야 하므로 배급표를 모아서 태산이나 원태나 복동이 같은 힘센 총각 중에 어느 한 사람을 주어 배급나온 물건 전부를 운반해 오게 하는데, 한 번 가는데 하루 품삯을 주어야 해서 배급 받는 사람들은 배급품 가격 이외에 운반해 오는 삭전으로 무거운 것은 많이, 가벼운 것은 적게 내어야 하였다. 이러한 관계가 있는 금곡이라 나는 '금곡', '금곡' 하는 소리는 수없이 들었고, 또 그래서 금곡이 시오 리가 넉넉 잘된다는 것도 알았던 것이다.

'─새루 한 시가 좀 못되는 때 집을 나섰으니까, 인제, 해두 지게 생겼네. 어쩌면 좋와─'

나는 내가 집을 나설 때 마루에서 솟곱질을 하다가 "엄마 어디 가?" 하고 묻던 아이들이 비로소 생각났던 것이다.

'─집에 날래 가야지. 애들은 어쩌구 있을까. 외할머니한테 가 있을까. 할머니한테 데려다나 주구 나설 걸. 도락꾸랑 자꾸 댕기는데 나를 찾아 울구 떠나지 않았을까?─'

가슴이 뻐근해져 왔다. 그래도 걸었다. 작구만 걷고 있는데 또 어디서 기척 소리가 "대앵" 하고 울었다.

'─아참, 저 아부지두 인제 올 시간이 됐겠는데. 어쩌나, 차가 연착이나 됐음─'

뻐꾹이나 꾀꼴이는 인제 끊혔으나 새들은 더 아우성이었다. 새 소리는 내게,

"빨리 가라, 빨리 가라, 어여 가라."

는 것같이 들렸다.

나는 새들이 잿걸거리는 소리보다 더 재게 재게 걷고 있었다.

능을 끼고 도라서 언덕진 길을 넘으니 큰 행길이 보였다. 나는 더 재게

재게 발을 놀려서 큰 행길에 나섰다. 약간 숨이 놓였다.

큰 행길은 능을 끼고 양쪽으로 쭈욱 길게 뻗고 있었다. 재목 실은 튜럭이 저어—쪽에서 몬지를 휘몰아치며 달려오고 있었다. 나는 잔뜩 준비를 했다가 손을 버언쩍 들었다. 튜럭은 내 손짓대로 "삐익" 소리와 함께 머물러 주었다.

"덕소 가는 겁니까?"

"안요. 여기선 덕소 가는 게 없을 껄요."

튜럭은 떠날 자세를 취하였다.

"이거래두 태워 주세요."

나는 운전대에 올라탔다. 튜럭은 이내 달리기 시작하였다. 해는 아주 넘어간 모양이었다. 소나무가 빽빽이 선 끝자리가 아니더라도 어둡기 시작하였다.

서울과 덕소 가는 가쯤 길목에 내렸을 때는 산이나 나무나 모다 우중충 검기만 하였다. 나는 또 우중충한 검기만 하는 우술막[53]길 십 리를 걷기 시작하였다. 서울로 올라가는 튜럭은 흔하여도 덕소 쪽으로 내려가는 튜럭은 전혀 없기 때문이었다. 튜럭은 서울서 아침에 떠나서 지방에 가서 목재나 장작이나 숯 등을 싣고 저녁이면 서울로 올라가는 일이 보통인 것이다.

별이 하나둘 돋기 시작하였다.

낮에 하늘이 좋았던 까닭에 별이 유난히 빛나는가 보았다.

신작로 근방 등대에서는 벌써 모깃불을 피워 놓고 아이들 어른들 모다 둘러앉아 재미있게 이얘기들을 하고 있었다.

'—우리 애들은 뭣을 하고 있을까. 울구 있을까. 닭 머기 사러 간다던 엄마가 밤이 되어두 안 도라오니, 오죽 기다릴까. 숫제 서울 간다구 하구 나왔으면 기다리지나 않을걸. 난 잘 모를 일이야. 내가 왜 미친 것처럼 나왔

---

53) '어스름'의 함남 방언.

던 걸까. 그 눔의 하늘이 안 뵈었더면 도모지 나올 생각이 없었을 걸. 얌전히 앉어서 애들 옷을 맨들어 입혀 줬드면 애들이 얼마나 좋와 했을까―"

별은 밝으나 길은 어두웠다. 이런 생각을 중얼거리며 허적허적 걷고 있는데 발부리엔 수없는 조각돌이 부디치었다.

이제는 하늘이 좋길래 모르는 길을 걸어서 어디라 없이 가고 싶던 마음은 실려 ■■도 없고 나는 거저 휘돌아오는 어둠을 뚫으며 거를 뿐이었다.

―《부인》 3권4호, 1948. 10.

아기별

1

처음엔 윤배가 아닌 줄 알았다. 변소에 가는 담벼락에 걸친 그림자가 석양을 받아 힘껏 길었기 때문이었다. 길게 빗긴 그림자가 거저 있는 것이 아니고 입을 쩍쩍 놀리고 있었다. 윤수는 얼핏 그것을 보자,

'옳지. 요건 틀림없는 윤배로구나' 알았다.

'윤배가 껌을 씹는 것이로구나' 알았다.

윤수는 저도 모르는 사이에 주먹이 불끈 쥐어졌다. 그와 동시에 발은 또 입을 쩍쩍 놀리고 있는 길다란 그림자를 향해 움직이고 있었다.

윤배는 인기척이 나자 눈이 휘둥그러해서 씹던 입을 꾹 다물어 버렸다.

윤수는 그렇게 하고 서 있는 동생 가까이 닥아가서,

"이 자식, 뭐냐? 또 껌이지?"

하고 닷자곳자로 따귀를 때려 붙인 다음, 팔을 끌어 뒷문께로 올러 달렸다. 산으로 올라가자는 마음에서였다.

산은 뒷문께 나가면 이내 있었다. 얼마 올라가지 않아 샘이 퐁퐁 솟아서 겨울 여름 할 것 없이 사철 주전자 한 됫자리 유리병에 약수를 퍼 가는 사람들 발길이 끊이지 않아 시끄러우나 좀더 등성이를 타고 올라가면 꽤 짙은 그림자를 펼쳐 주는 소나무 밑 조용한 곳이 있었다.

윤수는 동생 윤배를 끌고 줄다름질을 해 그리로 가자는 것이었다.

윤수는 종종 그리로 잘 찾아갔다.

어머니가 보고 싶어도 가고, 계모와 아버지와 둘이 다 잘들하지 않아도 가고, 보고 싶던 어머니가 아주 반대로 미운 생각이 들어도 가고, 동생 윤 배가 어머니를 보고 싶어 하는 기색이 보여도 갔다.

윤수는 이렇게 산에 오르기 시작하기는 어머니, 아버지가 악착같이 싸우 다가 이튿날 어머니가 끝내 집을 떠나 버리던 날부터였다. 그날 이후로 윤 수는 무슨 일이 있으면 산에 가고 싶어졌던 것이다. 아버지가 계모에게 장 가들든 날도 윤수는 하루 종일 산에서 누우며 앉으며 하다가 저녁 늦게사 집에 내려왔으며 또 동생 윤배가 화가 나고 괫심해서 못 견딜 때에도 끌고 산으로 가는 것이 버릇처럼 되어 있었다.

다른 경우에보다 오히려 동생이 화가 나고 괫심한 때 더 많이 갔다. 집 에서 나무램질을 하든지 꾸짖든지 때리든지 하면 아버지가 계모가 이내 알 아채일 것이 두렵고 싫었다. 그렇지 않아도 계모와 아버지는 찬거리나 또 달리 사용할 돈에서 얼마씩 훔쳐 내어 껌을 사는 윤배를 아주 나쁘게 사람 같지 않게 여기기 때문에 윤수는 고통이었다.

샘터와 산등성이를 줄다름질쳐 올라온 형제. 윤수는 열세 살이요 윤배는 아홉 살이었다.

둘이 다 숨이 차서 헐딱헐딱거리는데 윤수는 화가 치밀어 얼굴이 함지박 만 하고 윤배는 겁에 질려서 핼쑥한 얼굴에 눈만 휘둥그레 했다.

2

한 번도 아니고 두 번도 아니었다. 좋은 말로 달래도 보고 꾸중도 해보 고 혹은 때리기도 아마 수없이 했을 것이다. 그러면 동생은 그럴 때마다 으레히 다시는 안 썹겠노라고 다시는 집엣 돈을 훔쳐 내지 않겠노라고 맹 세했으며 형은 또 다시 다시 동생에게 다짐을 받아 정말 인제 다시는 그런

짓을 하지 말라고 해 왔든 것이다. 윤수는 동생을 한참 노려보다가,

"이 자식, 또 씹어? 이리 내놓지 못해?"

후려갈기며 손바닥을 벌려 댔다.

동생은 그렇게 끌려 올라오면서도 껌을 뱉어 버리지 않았든 모양으로 형이 따귀를 후려갈기니까 입에 들었든 껌이 홀쩍 튀어나와 윤수 팔목에 척 들러붙었다.

윤수는 동생 입에서 튀어나온 것이 분명한 껌이라고 알게 되자 (본래도 알고 있었지만) 눈에 뵈는 것이 하나 없었다. 말도 없이 거저 동생을 때렸다. 동생이 죽어도 씨원지 않게 뺨이고 머리고 어깨짬이고 어디라 없이 때렸다. 윤배가 울기나 했으면 혹 때리든 손을 멈췄을지 모르나 윤배는 너무 겁이 나서 울지도 못하고 여전히 핼쑥한 얼굴에 눈만 휘둥그레 할 뿐이었다.

형은 얼마를 더 때리고 동생은 또 얼마를 더 맞은 뒤였다. 한참 때리는데 동생 코에서 코피가 왈칵 터져 나왔다. 그제서 윤수는 정신이 돌아온 것처럼 "윤배야" 불르며 동생을 끌어안고 코피를 닦아 주고 막아 주고 할 뿐 아니라, 겁이 나서 허둥지둥 "윤배야, 인제 다시 씹지 말아, 응" 하기도 하고, "윤배, 어디 앞으냐? 여기 앞으냐?" 하기도 하고, "너, 그렇게 돈 훔쳐 내지 말라구 안 했어. 그깟 놈의 껌은 씹어서 뭣하니?" 하기도 하고, "나 인제 안 때릴게. 너두 인제 다신 나쁜 짓 하지 말아, 응. 나쁜 사람 됨 뭐가 좋와서 그래?" 하기도 하고, "너 도적놈 됨 뭐가 좋와서 그래. 선생님이 좋은 사람 돼야 한다구 안 그랬어" 하기도 하고ー.

이렇게 형은 여러 말을 했으나 동생은 울지도 않고 말도 없이 묵묵히 먼 데를 바라보고 있었다. 형이 호되게 굴 땐 겁에 질린 핼쑥한 얼굴에 눈이 휘둥그러 하기만 하드니 먼 데를 바라보는 동생의 눈은 거저 처참할 뿐이었다.

"윤배야."

윤수는 동생을 물끄럼히 내려다보고 있다가 참 다정히 불렀다. 그리고

한 번 더 가깝게 끌어안았다. 윤배는 그래도 대답이 없었다. 여전히 먼 데서 시선을 돌리지 않고 있었다.

바람이 불고 구름이 흐르고 산새가 "쮸우, 쮸" 울고 나라갔다.

3

"윤배야."

윤수는 대답 없는 동생을 다시 또 불렀다. 이번엔 동생을 흔들어 가며 불렀다. 동생은 그제사 정신을 채린 듯, "응?" 하고 형을 보았다. 윤수는 쳐다보는 동생을 내려다보며,

"윤배야, 다시 씹지 말지?"

하고 아까와 같은 말을 다시 물었다. 동생은 아까와는 다르게 고개를 꺼떡거려 보이며,

"응"

대답을 했다.

"왜 너 그걸 씹어. 아버지, 어머니 널 도적놈으루 알구 있는 걸 몰라. 도적놈 됨 나쁘다구 선생님 다 안 그랬어. 사람 돼야 한다구…… 인제 다시 그러지 말아야 한다……."

윤수는 또 이런 말로 동생 윤배를 타이르고 있는데 윤배는 윤수의 이르는 말과는 아주 동떨어진 말로,

"안야, 안야."

하며 몸짓과 함께 도리를 흔드는 것이었다. 그리드니 먼 데를 응시하던 처참한 눈에 눈물이 피잉 돌았다.

윤수는 영문을 알 수 없었다. 그렇게 때리고 코피가 터지고 했어도 울지 않던 아이가 뭐 때문에 눈에 눈물을 고이는 것일까?

"윤배야, 뭐가 아냐? 아니란 게 뭐냐?" 하고 또 물었다.

"……."

대답이 없었다. 다시 눈물 고인 눈을 들어 먼 곳에 보내었다.

"말해 봐. 응, 윤배야. 뭐가 아냐? 도적놈이 됨 어떡하니? 이 세상에 도적놈이 젤 나쁜 놈이다."

"안야, 안야. 엄마가……."

형은 남의 속을 너무 모른다는 듯 윤배는 단숨에 이런 소리를 웨치고 울음을 터트려 놓았다. 벌써부터 울자던 울음을 터트려 놓았다.

윤수도 "엄마" 라는 동생 소리에 말이 안 나오도록 거저 가슴이 막히는 것이다. 그러나 아무렇지도 아닌 체,

"엄마가 어쨌어? 엄마가 어떡했어?"

하고 물었다. 그랬더니

"엄마 보구 싶어서?"

하고 소리를 지르며 머리를 절래절래 내젓는 것이 아닌가. 마치 바람이 불면 나무들이 왼통 그 몸통이 전체를 바람에 내맡게 흔들듯이 윤배는 그렇게 머리를 절래절래 내젓는 것이었다.

꽉 찼던 형의 가슴은 타악 터질 것 같았다. 그래서 그랬던지 생각지도 않던 말을

"그깐년의 엄마가 뭐가 보구 싶어? 그깐년의 양갈보가 뭐가 보구 싶어?"

하고 말해 버렸다. 윤수가 '앗불사. 잘못했구나' 뉘우치려는데 산 아래서 계모가 "윤배야" 둘 부르는 소리가 들려 왔다. 윤수가 저 어머니더러 '그깐년'이니 '양갈보'니 하고 욕하기를 기다리기나 한 듯이 "윤배야"를 불렀고 또 뒤를 이어, "윤배야, 콩나물 좀 사다 줘어" 하는 소리가 들려왔다.

4

윤배는 계모의 소리가 들려오자 눈을 씼으며 허겁지겁 아까 형한테 끌려

오던 때보다 더 겁에 뜬 얼굴로 다름질쳐 산 아래로 달려 내려갔다.

바람이 불었다. 나무들이 바람에 왼통 몸뚱이 전체를 내맡겨 흔들었다. 동생이 엄마가 보고 싶더라고 하면서 머리를 절래절래 내젓듯이 그렇게 내젓고 있었다.

윤수는 저도 모르는 사이에

"어머니이."

하고 불렀다. "그깐년, 양갈보 년" 하고 말해 버린 뉘우침도 물론 있었을 것이다. 그러나 그것보다는 이름 지을 수 없는 절망 속에 더 어찌할 도리가 없어서 부른 "어머니"였다. 사람들은 행용 비애(悲哀)거나 처참한 경우를 당하는 때 혹은 극도의 절망에서 "어머니" 혹은 "하느님"을 부르는 일이 있듯이 윤수도 그런 마음으로 "어머니이" 하고 불렀던 것이다.

그렇게 부른 어머니니 대답이 있을 리 없었다. 바람에 주절주절 나무들만 그냥 흔들리고 있을 뿐이었다.

윤수들 어머니는 윤수가 열두 살, 윤배가 여덟 살이던 작년 봄에 집을 떠났다. 어머니가 서양 사람과 교제를 해서 얻었다는 적삼집 마당에 벚꽃과 살구꽃과 도라지 또 몇 포기 더 있는 이름 모를 꽃들이 한창 만발하여 세상이 꽃 천지로 밝아 가려는 때 집을 떠났다. 그래서 세상은 꽃으로 밝아 가려는데 윤수 형제는 그 반대로 황혼과 같이 뿌우연한 세상을 날마다 살게 되었다.

어머니가 있을 때―(어머니 생일에 변통이 있기 전에)―는 윤수와 윤배는 맑고 명랑하게 살았다. 어머니도 아기들과 한가지로 맑고 명랑하게 살았다. 윤수가 먼저 어머니가 가르키는 유치원에서 노래와 율동을 배와 마치고 학교에 간 다음 윤배가 또 형이 하듯 어머니를 따라 유치원에 갔다가 어머니를 따라 집에 돌아오군 했다. 그러다가 어머니가 서양 사람과 알게 되면서부터는 윤배 혼자 집에 돌아오는 일이 많았고 어머니는 그 길로 다른 데로 가는 일이 많았다. 늦게 돌아온 어머니는 아버지와 으레히 싸움질이 벌어졌다. 싸움은 아버지가 먼저 걸었다. 아버지의 말을 들으면 어머니는 서양 사람하고 교제가 깊다는 것이었다.

아닌 게 아니라 윤수들 어머니 맵시는 눈에 띠게 날마다 서양 여자 같이되어 갔다. 양복이라군 한 번 입어본 일도 없던 어머니가 입술을 빨갛게칠하고, 눈섭을 배우 모양으로 치켜 올려 그리고, 또 가슴이 볼록해지라고이상한 것을 젖가슴에 띠고, 또 양말은 신었는지 안 신었는지 모르게 엷은것으로 날마다 갈아 신다싶이 하고 밤이면 으레히 늦게 돌아오는데, 올 적마다 자동차를 타고 오고 와서는 윤수 윤배에 '초코렛'이나 '케익'이니 껌이니 하는 것들을 주었다. 윤수 윤배는 맨 처음엔 모두 맛이 이상했다. 그중에서 좀 나은 것이 껌이었다. 달고도 쫄깃쫄깃하고 입안에 바람이 부는듯 '화아'한 것이 그럴듯했다.

5

윤수는 어머니 설명■■ 어기며 표피를 벗기고 속에 싼 은지(銀紙)를 벗긴 후 입에 껌을 씹어 넣고 어머니가 하라는 대로 쩍쩍 씹었다. 그날 밤 윤수는 재미가 나서 아버지, 어머니 잠든 뒤 오래오래 씹었다. 이튿날 아침전연 모르고 잠이 들었던 윤배가 깨자 남은 것을 이불 밑이서 손에 쥐어줬더니 이게 뭐냐고 손을 내밀어 물었다. 윤수가

"껌이다아" 하고 알려준즉

"껌이 뭐냐?" 하고 또 물었다.

"서양 사람 씹는 거다" 하고 알려준즉 이번엔,

"어떻게 씹는 거야. 이 종이째루 씹어?" 하고 물었다.

윤수는 어머니가 가르쳐 주는 대로 윤배한테 설명해 주니까 윤배는 표피를 베끼고 속에 싼 은지를 베긴 다음 넙쭉 입에 집어넣고 쩍쩍 씹었다.

달고도 쫄깃쫄깃하고 또 입속에 바람이 부는 것처럼 '화아'하니 이상한

것이 재미가 나서 밥도 안 먹고 껌만 씹었다.

"요것 좀 봐, 언니야. 딱딱 소리 난다아" 하기도 하고

"입이 화안하다. 은단 먹은 것 같다" 하기도 하고

"엄마 또 가져와, 응" 누웠는 어머니한테도 말해 보고,

"아버지, 이거 씹어 봐. 아주 좋와."

벌써 일어나 앉아 있는 아버지 무릎에 가 철석 앉으며 씹어 보라고도 했다. 그런데 아버지는 벌써 성난 얼굴로 윤배가 하는 말을 듣는 척도 아니하고 윤수더러,

"그런 걸 씹는 게 아니야. 학생들은 그런 걸 안 씹어. 넌 크다란 게 그것두 몰라. 그건 잡년 잡놈들이나 씹는 거야……" 하고 말했다. 아버지 말이 끊이자말자 어머니가 "그 몰상식한 소리 좀 말어요. 그럼 서양 사람들은 죄다 잡년 잡놈이게? 흥." 했다.

그러니까 아버지는 또, "서양 사람은 씹어두 괜찮을지 몰라두 조선 사람은 그것만 씹음 바람이 나" 했다.

그러니까 어머니는 또, "아이구, 썩 잘 아는구만…… 흥." 했다.

그러니까 아버지는 또, "양갈보 만침이야 안다구……." 했다.

그러니까 어머니는 화가 너무 나서 벌떡 일어나 경대 위에 놓인 크림통이며 분막통을 함부로 집어 던지며,

"서양놈하구 친해라 친해라 할 젠 언제구……. 적산불하를 받아라 받아라 할젠 언제야……."

하고 소리소리 질르며 야로를 했다. 아버지는 크림통, 분막통을 도루 어머니한테 집어 동댕일치며,

"이 년이 미쳤나. 집을 얻으랬지 아주 서양놈하고 붙으랬어…… 야, 이 개 같은 년아. 썩 나가, 나가……."

어머니보다 더 큰소리로 떠들며 어머니를 때리며 쫓았다.

6

윤배가 먼저 '으앙' 울고 달려들어 엄마를 때리지 말라고 아버지를 붙잡고, 윤수는 어머니 옆을 막아서 아버지 말 못하게 않게 덤비는 어머니더러,

"어머니, 암말 말구 가만있어. 가만있어."

겁난 소리를 쳤기 때문에 그날 싸움은 그래도 그만했으나 윤수, 윤배는 어머니, 아버지가 이렇게 큰소리로 싸우는 것도 처음 보았고 더구나 어머니가 말끝마다 '흥'을 부쳐 아버지 약을 올리는 것도 처음 보았다. 전에도 싸우는 일이 있긴 했어도 아버지 쪽에서 큰소리가 나올 정도면 어머니는 거저 잠잠히 가만 있었던 것이다.

그 뒤에도 어머니, 아버지의 싸움은 끊이지 않았다. 그러거나 말거나 윤수, 윤배는 초코렛에 맛을 디리고 껌 씹기에 재미가 나 했다. 달고도 쫄깃쫄깃하고 입안에 바람 부는 것처럼 '화아'한 껌의 맛은 씹으면 씹을사록 못 견디게 재미가 났다.

이렇게 윤수, 윤배가 초코렛이며 껌에 맛을 단단히 부쳐 가는 사이에 어머니, 아버지는 아주 형편없이 벌어져서 어머니는 끝내 집을 떠나가고 아버지는 어머니가 떠나간 지 두 달 이틀 만에 계모와 결혼을 했다.

소문에 들으면 윤수들 어머니는 서양 사람과 살다가 서양 사람과 같이 미국에 갔다고도 하고 삼팔 이북으로 넘어갔다고도 했다. 어디로 갔든지 간 것만은 사실이었다. 매칠에 한 번 혹은 한 주일에 한 번은 윤수, 윤배가 다니는 학교에 찾아와서 윤수, 윤배더러 '잘 있었느냐, 공부 잘 하느냐? 계모가 살뜰히 구느냐? 아버지가 상냥스레 구느냐? 배고프지는 않으냐, 먹고 싶은 것이 없느냐.' 이런 여러 가지 것을 물어 보았고 또 갈 적이면 '선생님 말씀 잘 들어라, 계모와 아버지 말씀을 잘 들어라.' 신신당부한 뒤에 종이에 싼 양과자며 껌 등을 많이 주고 갔다.

학교 아이들이 쭈욱 둘라선 가운데서 윤수, 윤배는 참 부끄럽고 어색하

게 어머니가 주는 것을 받아다가 어머니가 교정 밖에 나가기 전에 윤수는 아무에게도 주지 않고 윤배 것까지 빼앗아서 교실 제 책상 속에 갖다 집어 넣는 것이었다.

윤배 반 아이들은 철을 몰라 부러워도 하고 먹고 싶어도 하지만 윤수 반 아이들은 그렇지 않았다. 벌써 윤수 어머니가 올 때부터 저이들끼리 쑤군 거리고 윤수더러 "야, 이 자식 너 어머니 괜찮더라" 혹은 "멋쟁이드라" 혹은 "양키 껼이드라" 혹은 "배우 같더라" 혹은 "오케 애쓰 노오ー" 이렇게 놀리기도 하고 팬이 양과자 하나 달라고 집적거리는 놈도 있고 껌을 좀 씹 어 봤음 좋겠다고 빈정대는 놈도 있었다.

윤수 반 아이 중 제일 말성꾸러기 창수 같은 놈은 번번히 윤수 책상 속 에 넣어 놓은 것을 끄집어내어 책상 위에 나열한 후, "껌이요 껌, 양과자요 양과자. 아, 입에 넣면 슬슬 녹는 양과자. 아, 백 원에 두 개, 백 원에 두 개. 사서오. 사서오" 하고 명동 거리나 혹은 자유 시장에서들 하는 본새로 웨치군 했다. 그러면 아이들은 제일 뒤 구석쟁이에 서 있는 윤수를 돌라다 보고 까르르 웃었다.

7

이럴 때면 윤수는 선생님이 들어오나 보면 어쩌나 하고 마음을 조리었 다. 선생님이 들어오니 그러고 있는 창수 놈을 꾸지람하기 전에 무슨 까닭 으로 그리고 있느냐는 연유부터 물을 것이 아닌가. 그러면 창수 놈은 어머 니가 와서 과자랑 껌이랑 주고 간 이얘기를 할 것이다. 그리 되면 윤수는 부끄러워서 어쩌랴 싶었다.

정말이지 윤수는 어머니가 학교에 오는 것이 부끄러워 견딜 수가 없었 다. 오지 말라고 했으면 좋겠으나 그런 말을 하면 어머니가 섭섭해 할가 싶어서 못했다. 아침이면 학교에 갈 적마다 오늘 또 어머니가 오면 어쩌나

하는 걱정을 했으며 저녁에 돌아올 적엔 오늘은 어머니가 오지 않아서 좋았다고 마음을 놓군 했다.

그러나 학교에서 공부를 하다가 정오의 싸이렌이 '뚜우' 부는 때나 운동장에서 놀다가 훌쩍 쳐다뵈는 하늘이 몹시 푸르든지 하면 어머니가 보고 싶어 가슴이 찌릿 하군 했다. 부끄럽드라도 어머니가 한 번 왔으면 싶었다. 그리 되면 이 세상에는 어머니처럼 보고 싶고 좋은 것이 없다고 생각되었다. 이 세상에는 어머니 하나 밖에 없다고 생각되었다.

비가 오려는지 검은 구름이 모여들었다. 바람이 질주해 갔다. 나무들이 더 야단스레 바람에 내맡겨 몸짓을 하고 있었다. 비가 안 와서 하늘을 쳐다보는 때요 여기저기서 비가 오라고 기우제를 지낸다고 신문은 보도하고 있는데. 비가 쏟아졌으면 얼마나 좋아들 할까.

그렇건만 윤수는 비 오는 것이 싫었다. 비가 오지 말았으면 싶었다. 비가 오면 할일없이 자기는 산에서 내려가야 하기 때문이었다.

그러면서도 윤수는 또 한편으론 비가 마구 쏟아졌으면 싶은 마음도 들었다. 비가 악수같이 쏘다져서 자기는 여지없이 비를 맞어 앓든지 죽든지 했으면 좋겠다고 이런 마음도 가지고 있었다.

그런데 또 사실은 그것뿐만도 아니었다. 자기가 앓던지 죽던지 한다면 동생 윤배가 가엽서서 어쩔까 하는 걱정도 있었다.

동생이 가엽다는 생각이 들자, 터질 듯하던 가슴이 금방 막막해지고 눈에 무엇이 가리운 듯 뿌우여해졌다. 뿌우연 속에 윤수는 아까 산 아래로 허겁지겁 계모에게 불리워 내려가던 윤배의 모양이 커다랗게 떠올랐다.

'윤배는 지금 뭘 할까. 불쌍한 내 동생, 계모가 사 오라는 콩나물을 사다 주구 저녁 '라디오' 시간을 눈이 끔벅끔벅해서 기다리구 있을 게다. 윤배는 저녁 '라디오' 시간 기다리는 게 제일 좋은가 바. 망한 것. 어머니가 벌써 어디 가고 없는데 '라디오' 방송을 할가 바. 혹 어머니가 서울 있어서 방송을 한 대두 아버지가 듣게 할가 바. 스윗치를 딱 끊어놓을 걸. 그리구 그깐

년, 양갈보년 하구 욕이나 퍼부을 걸. 아버지는 참 어머니 욕을 잘한다. 친
구들과 술상을 마주앉어서두 욕을 한다. 그리구 계모의 자랑을 한다. 뭐 사
내란 여편넬 잘 만나야 한다나. 이번 여편넨 아주 잘 만났다나. 엽전을 주
구 은전을 받군 셈이라나. 계모가 들어온 뒤는 살림이 늘었다나. 우리들과
아버지 옷이며 내복이 깨끗해졌다나. 양말 빵구 난 걸 한 번두 신어 본 일
이 없다나. 어머니 있을 땐 한 달이면 스무 사흘쯤은 빵구 난 양말을 신었
다나.'

8

'뭐든 늘 적게 디리구두 반찬이며 음식이 얌전하구 영양 가치가 있는 것
이라나.'

그까짓 소리 다 듣기 싫다. 양복과 샤쓰가 밤낮 더럽구 양말이 스므 사
흘이 아니라 스무 아흐랠 빵구가 나두 어머니만 있었으면 좋겠다. 계모는
아무리 옷이며 양말을 말끔히 잘 해 줘두 고맙지 않다. 밤낮 어렵기만 하
다. "윤수야" 하구 살뜰히 불러 준대두 어쩐지 쌀쌀한 것만 같어서 대답이
얼른 안 나간다. 샤쓰랑 양복이랑 입혀 주는 때 계모의 손이 몸이나 목 언
저리에 와 홀 부디치는 때라구 도무지 부드럽지 못하고 으슬해만 진다.

아버지는 계모가 만든 음식은 죄다 맛이 있구 영양 가치가 있다구 떠들
지만 계모가 만든 음식은 맛이 조금두 없다. 그래두 처음엔 아주 못 먹겠
드니 차츰 좀 나아가긴 하나 어머니 있을 때 먹던 반찬 생각이 나면 어머
니가 보구 싶어 견딜 수 없다.

그래두 아버지는 계모더러 '어머니'라 부르며 정답게 지내라구 타일러
준다. 하지만 계모더러 "어머니" 하구 불러야 할 경우에두 '어머니'라는 말
이 쉽게 안 나오는 것이 탈이다. '어머니'란 말뿐 아니다. 다른 말두 잘 나
오지 않는다. 무슨 할 말이 있으면 참 많이 별려서 하는데 그래두 잘 나오

지 않구 서먹서먹하다. 학교에 갈 때, "어머니, 다녀오겠어요", 학교에 갔다 돌아오면 "어머니 다녀왔어요" 하구 매일같이 으례 해야 하는 말두 쉽게 잘 나오지 않아서 질색이다.

아버지는 속두 모르구 우리들이 아버지가 집에 있을 땐 계모더런 암말 안 하구 "아버지 다녀오겠어요" 하구 말하면 나중 계모 없는 데서,

"아버지한텐 괜찮으니 어머니더러 다녀오겠노라구 그래라."

하구 타일러 주지만 정말 계모하군 말하구 싶지 않은 걸 어떡한담. 말하기만 그런 것이 아니라 무슨 일이나 계모가 끼우면 재미없다. 밥을 먹오두 그렇구 창경원에 놀라 가두 그렇구 라디오를 들어두 그렇구 참 재미가 없다.

다시 구름이 걷히었다. 비가 오지 않으려나 보았다. 말쑥하게 개이는 하늘에 어느새 별 한 개가 빤짝 떠 있었다.

윤수는 하늘에 떠 있는 별이 눈에 띠이자 저 혼자 속으로 중얼거리던 생각을 멈추고 별을 쳐다보았다. 전에 어머니가 제일 먼저 뜨는 별을 '아기별'이라고 일러 주었다. 그리고 어머니는 늘 잘 부르는 <아기별> 노래도 불러 주었다. 윤수는 어쩐지 아기별을 쳐다볼수록 동생 윤배와 같아서 보기가 처량했다.

그래서 윤수는 쳐다보지 않고 눈을 돌려 황혼이 서리우는 숲을 보고 있었다.

9

이때 산 아래서 "윤수야아" 하는 계모의 소리가 들려오고 뒤 이어, "윤수야아, 저녁 먹어라."

마치 윤수가 아기별을 쳐다보다가 그만두기를 기다리고 있기나 한 듯이 이내 불렀다. 윤수는 계모의 대답은 하지 않고

"어머니이" 하고 가늘게 불렀다.

전연 소리가 입 밖에 새어 나오지 않았는지도 모른다. 그냥 한숨으로 새어 나와 흩어졌는지도 모른다. 그마큼 윤수의 소리는 가늘었다. 역시 아까 자기가 어머니더러 "그깐년이니 양갈보니" 하고 욕하고 또 동생 윤배가 계모에게 불리워 내려가던 때와 마찬가지로 더 할 수 없는 절망에서 부른 "어머니"었다.

사람들이 행용 비애거나 처참한 경우를 당하는 때 극도의 절망 속에 "어머니"와 "하느님"을 부르듯이 윤수도 그런 마음으로 "어머니"를 불렀다.

산 아래서 또 다시, "윤수야아, 저녁 먹어라아" 하고 불렀다.

윤배가 형이 산에 있드라고 알린 모양으로 꼭 윤수가 서 있는 소나무 밑을 향해 부르고 있었다.

별이 또 하나 떴다. 두 별은 짙어 오는 황혼 속에 유난히 빤짝이고 있었다. 윤수는 계모의 부름엔 응대 없이 또 한 번, "어머니이"를 불렀다. 역시 한숨으로 흩어져만 가는 소리에 아까와 꼭 같은 마음으로 부른 "어머니이"었으나 아까보다 더 처절한 "어머니이"었다. 그것은 또 하나의 다른 별이 떴기 때문이었다. 또 하나의 다른 별은 먼저 뜬 아기별과 둘이서 형과 아우처럼 빤짝이고 있기 때문이었다. 두 별은 꼭 윤수 자기와 윤배처럼 둘이만 외로운 것 같았기 때문이었다.

산 아래선 계모가 또, "윤수야아, 저녁 먹어라" 하고 들려왔다. 계모 소리에 뒤미처 전기가 뻐언쩍 켜졌다. 전기가 켜지자 '라디오' 방송이 요란히 들려왔다. 어린이 시간인 모양이었다. 윤배가 그렇게 기다리는 어린이 시간인 모양이었다.

날이 저므는 하늘에 삼 형제 별이 빤짝빤짝 정답게 지내드니 노래가 집집마다 들려왔다. 전에 어머니가 유치원에서 잘 부르던 노래요, '라디오'로 방송도 한 일이 있었다.

산 아래가 밝고 요란해지니 산 위는 더 호젓하고 어두웠다.

계모가 '라디오' 소리에 섞여서, "윤수야아" 를 또 불렀다. 윤수는 대답 대신에,

웬일인가 별 하나 보이지 않고
남은 별이 둘이서 눈물 흘린다.

'라디오'가 부르는 노래에 맞아 노래를 부르며 산등성이를 타고 내려오는 것이었다. 소리를 크게 치려고 하는데 어쩐 일인지 훅훅 느껴워져서 어쩌는 수가 없었다.

—《국도신문》, 1949. 9. 4~12.

봄

기숙사가 둘이 있었다. 하나는 신사(新舍)라 불르고 하나는 구사(舊舍)라 불렀다. 신사는 양옥으로 되어 있고 구사는 조선식 고옥(古屋)으로 되어 있었다. 기숙생은 신·구사를 합해서 한 200명 가량 되었다.

신사나 구사나 마찬가지로 한 학교 기숙사이면서도 어째 그런지 신사에 사는 학생과 구사에 생활하는 학생이 서루 달러 뵈였다. 건물이 양옥이라서 그런지 신사에 사는 학생들은 모두 멋지고 싱싱해 뵈는 대신 구사에 있는 학생들은 어쩐지 느른하니 생기가 없는 것 같았다. 느른하니 생기가 없는 것 같기만 한 것이 아니라 이상하게 침울한 표정을 짓는 학생이 많았다. 그래서 신사에선 들어볼 수 없는 별명을 가진 학생이 여럿이었으며 지길박사요 호인(胡人) 놈이요, 유령이요, 동굴의 여인(麗人)이요 하는 따위의 크로테스크한 이름은 죄다 구사에 있는 학생들 것이었다. 심미(深美)는 구사에 있었다. 지길박사라고 별명 듣는 윤동숙이 방에 있었다. 윤동숙은 5학년이고, 심미는 3학년이었다. 윤동숙이와 심미 외에도 학생이 다섯이 있었다. 심미와 같은 3학년생 하나, 1학년생 둘, 2학년생 둘, 도합 일곱이었다. 물론 방 주인 행세는 윤동숙이가 했다. 실장이기 때문이었다. 심미는 이 방에 온 지 한 2주일 밖에 되지 않았다.

그런데 심미는 이 방 실장 윤동숙이가 딱 싫었다. 처음부터 싫어진 게 아니고 차츰차츰 싫어서 나중엔 그의 겅거부정한 키와 비등하게 큰 발에 신었든 양말만 보아도 가슴이 철녕 내려앉으며 사지가 후두두 떨렸다. 그보다도 더 싫은 것은 밤에 자는 때였다. 밤이면 윤동숙은 심미를 의례히 제 곁에 눕게 하고 그리고 불 끄는 종 치기 바쁘게 불을 끄곤 심미를 제 이불 속에 끄러드리는 것이었다. 이틀 밤까지도 거저 꼬옥 껴안는 정도로 별다른 일이 없어서 심미는 방 아이들 중에 저 혼자 실장의 귀염을 받는 것이 되려 다행하다 역였는데, 사흘째 되든 밤부터는 그렇지가 않았다. 몸이 으스러지게 껴안는 위에 입을 맞춘다, 빰을 핥는다, 원 이건 이만저만하게 사람을 못 살게 구는 것이 아니었다. 심미는 싫은 것을 지나서 무섭기까지 했다. 잠이나 자졌으면 싶었으나 잠도 오지 않았다. 잠이 왔다가도 그 지경을 보고 도망을 치는지도 몰랐다. 심미는 날이 얼른 새기만 고대 고대했다.

낮이면 윤동숙은 다른 애들 몰래 무엇을 잘 사 주었다. 자리옷도 멋진 것을 사 주고, 또 기숙사에서 입으라고 크림빛 바탕에 어쩌다 간간히 파랗고 빨간 색실로 수놓은 찬란한 원피이쓰도 사 주었다. 그리고 엿이며 낙화 생호떡, 초코렡, 거북과자, 찹쌀떡, 약식 등을 줄창 사 주는데 신든 양말이랑 보선 짝이랑 쓰러 넣기도 하는 고리짝 속에 넣었다가 주곤 해서 심미는 받아서 먹는 체하다간 변소나 혹은 아궁지 속에 집어넣는 일이 많았다. 무었이든 윤동숙이가 주는 것은 윤동숙의 그 늑씬늑씬한 체취가 밴 것 같아서 싫었다. 자리옷과 원피이쓰도 고리짝에 넣은 채로 입지 않았다.

"왜 안 입느냐?" 고 윤동숙이가 이렇게 물으면 심미는,

"이 댐에 집에 가서 어머니 아버지께 뵈여 디리구 입어요."
하고 대답해 두곤 했다.

한 번만 묻는 것이 아니라 여러 번 물었다. 윤동숙은 심미에게 끊은 원피이쓰와 자리옷 등을 입히어 심미로 하여금 더 예쁘게 맨들고 싶은 모양이었다.

그것이 아마 4월 그믐께쯤 되었든가 보다. 낙화가 함박눈 퍼붓듯 마구 쏘다지는 일요일이었다. 윤동숙은 심미더러,

"심미, 너 오늘 나하구 외출하자."

했다. 이 말에 심미는 몸이 으쓱해지는 것을 숨기면서 "싫에요" 했다.

"그럼 극장에 갈까?"

"그것두 싫에요."

"그럼 외출을 통 안 할래?"

"네."

윤동숙이는 외출할 듯이 서들더니 어쩐 까닭으로 이부자리를 깔고 누어 버리었다. 심미의 생각은 윤동숙이가 외출을 한 뒤면, 마음 놓고 편히 누어서 한잠 싫것 자리라고 했는데 그것도 틀렸다.

심미는 밖으로 나왔다. 세수하러 세숫깐에 나갔을 때만 해도 안개가 덮여서 나무도 꽃도 장독대도 분별할 수 없이 그저 뽀얗기만 하드니 해가 솟아오르면서 안개는 말짱히 걷히고 함박눈 퍼붓듯 낙화가 쏟아지고 있었다.

심미는 가는 줄도 모르게 음악실 앞 꽃밭 있는 데로 발이 옮아 갔다. 여긴 다른 데보다 여러 가지 꽃들이 많이 피어 한데 어울어져 있었다. 심미가 이름 몰을 꽃들도 있었다. 그중에 하얗고 송긋송긋 작은 꽃은 바람이 없는 데도 하얀 냄새를 몰칵몰칵 풍기고 있었다.

심미는 한 송이를 똑 잘라 코에 대었다. 몰칵몰칵 풍기는 냄새를 진하게 마터 보고저 함에서였다. 그런데 냄새를 마터 볼 작정으로 꺾어 쥔 꽃송이를 코에 가저가다 말고, 심미는 그것을 두 손바닥으로 부스부벼 던졌다. 냄새가 너무 진했기 때문이었다. 그러자 그렇게 송긋송긋 작은 꽃송이가 정답기만 하든 것이 금새로 손끝에 오는 감촉까지 이상했다. 꼭 윤동숙의 감촉과 같은 늑신늑신한 것이었다.

심미는 다시 꽃송이를 꺾었다. 이번엔 와락 두 손으로 꽃송이를 잡아 쌔려 꺾었다. 꺾어선 또 두 손바닥으로 부스부비곤 했다. 아무리 부벼도 시원치 않았다. 부비면 부빌사록 더 모질게 모질게 부비고 싶어졌다. 이렇게 하기를 꽤 하고 있자니까 어쩐 일인지 몸이 노곤해지며 잠이 소로로 올 것만 같았다.

"심미야아!"

불르는 소리에 정신을 차렸을 땐 자기 손에 부비운 꽃송이가 앞에 모로옥한데 낙화가 함박눈 퍼붓듯 막우 쏟아지는 하얀 속에 차순(次順)이가 그 낙화와 같이 하얀 유니폼을 입고 걸어오고 있었다. 낙화로 해서 천지는 왼통 우유빛같이 뿌우연한데 차순의 하얀 유니폼 자락은 소슬 바람에 나플나플 또렸한 선(線)을 휘날렸다. 볕에 끄으러 보기 좋게 감으스레한 얼굴, 오뚝한 코, 진한 눈섭 아래 꼭 백인 깜앟고 빛나는 눈, 모두 낙화 속에 한층 빛나기만 했다.

심미는 눈이 번쩍 띠었다. 자기 앞에 가까워져 오는 차순이가 어쩌면 그렇게 예쁠 수 있을까. 꽃송이를 부스부비며 트집 쓰든 마음도, 노곤하든 기분도 다 어디로 가 버렸는지 씻은 듯 없어졌다.

"왜 혼자 여기 있어?"

차순은 가까히 와 얼굴을 디려다보며 묻는 것이었다.

"……."

심미가 얼굴이 빨개서 대답을 못하니까 차순은 또,

"외출 안 했구먼. 나 하구 테니쓰나 칠까?"

하고 심미의 손을 잡아 이끌었다. 그때 심미는 또한 이상한 것을 느꼈다. 이제껏 두 손바닥으로 모질게 모질게 부벼 버린 꽃송이의 감촉과 같은 것을 차순의 손에서 느꼈다. 꽃송이의 감촉은 그 늑씬늑씬한 윤동숙의 감촉은 절대로 아니었다. 틀림없이 그것은 차순의 것과 같은 것이었다.

차순은 심미보다 한 반 위인 4학년생이었다. 테니쓰 선수로 쓰포오츠계에 이름을 날리고 있어서 전교 학생들 새엔 더 말할 것 없고, 일반 학생 새에도 흠모를 받는 터이었다. 그의 나켙에 맞는 공은 매우 세었다. '패앵패앵' 총알처럼 쎄게 맞아 넘어 갔다. 심미는 감기로 알아누웠을 어느 때, 운동장에서 공을 치는 차순의 공 소리가 '패앵 팽' 가슴에 와 부디치든 일이 기억에 떠올랐다. 그때 심미는, '차순이와 한 번 말이라도 해 봤으면' 싶었다. 마는 차순은 한 반 위요 또 신사 생이었으므로 그럴 기회가 있기 어려웠다. 차순이 쪽에서 먼저 이렇게 심미를 불른 것은 전날 토요일 저녁 신구 기숙사생이 합쳐 간친회를 한 데 있는 것 같았다. 심미는 거기서 <봉선화>를 노래 불렀다. 심미가 노래 불른 일이 한두 번이 아니지만 그 저녁에 부른 <봉선화>는 불러 오던 중 제일 좋았다고들 했다. 생전 웃지 않고 딱딱하기로 유명한 구사 사감 선생도,

　"아니, 심미가 잘하는구나. 심미가 잘하는구나."
하며 손벽을 퍽 많이 쳤다고 했다.

　아무튼 이날의 차순은 심미에게 일대 변혁을 이르켜 준 것만은 사실이다. 그날 밤부터 심미는 윤동숙이 옆에 깔든 자기 자리를 윤동숙에게서 떨어진 제일 웃목에 깔 수 있었다. 낮이면 몇 번이나,

　'오늘밤은 윤동숙이 곁에서 자지 않으리라.'

　이렇게 마음을 먹어 보는 것이지만 정작 밤이 딱 닥쳐와서 자리를 펼 때면 그렇게 되지 않았다. 그것도 자기 자리를 제 손으로 깔게 된다면 혹 몰으겠는데, 자리 깔 준비종이 울리면 이건 벌서 제자리보다 심미 자리를 펴며 야단법석을 치는 윤동숙이 때문에 그리 못했든 것이다. 그랬는데 차순이와 말을 해보고 또 그에게 손을 쥐어 뵈고 그리고 그와 테니쓰를 치고 나서는 윤동숙이가 무서울 것이 없었다. 윤동숙이가 그의 이불 속으로 자기를 끌어드린다 치드라도 넉넉히 항거할 자신이 있을 것 같았다.

　봄이 가고 여름도 한고비 넘은 때었다. 심미는 감기에 편도선을 껴서 며칠을 앓드니만, 그것이 또 악화해서 기관지염이 되었다.

　교의(校醫)의 말에 의하면 공기가 잘 유통하는 방에서 며칠을 정양하는데, 매일 몇 차례씩 흡흡기를 쐬어 줘야 한다는 것이다.

　공기가 잘 유통하는 곳이라면 두말할 것 없이 신사 2층 사감 방 옆방이다. 이 방은 본래 응접실로 쓰이든 것을 근래에 와서 방이 모자라기도 하려니와 이렇게 신선한 공기를 요(要)하는 그다지 대단치 않은 병자를 위해서 제공하기로 되어 있었다.

　심미는 이 방에 옮아와서 며칠을 여기서 앓게 되었다. 그런데 심미는 여기

옮아오면서 가슴이 두근거리고 다리가 후들후들 떨리면서 어디가 어떻게 아픈지 모를 정도로 마음이 뛰었다. 전혀 아픈 데가 없는 것 같기도 했다.

기침을 한 고패씩 잔뜩 하고 나면 땀이 철철 흘르는데도 앓은 데가 다 나은 것 같기도 했다. 마음이 뛰기 때문이었다. 윤동숙이와 떨어진 것이 가벼웁기도 하겠지만 차순이 가차히 온 일이 기뻤든 것이다.

또 방도 마음에 들었다. 사감방하고 접한 데만 유리창이 없고 삼면으로 돌아가며 넓고 좋은 유리창이 달려 있고, 남쪽 창 앞 약간 내어민 난간에는 새끼줄을 타고 바라 올른 나팔꽃이 창에 그늘을 지워 주는 것이 좋았고, 북쪽 창으로는 누워서도 북악이 손에 만지울 듯 내다뵈는데, 어떤 땐 선(線)도 아무것도 없이 하늘과 한데 탁 풀려 망망한 바다를 이룬 것 같고 어떤 땐 맑고 푸른 하늘 아래 진초록빛 선을 또렷이 그어 하늘과 땅의 구별을 지어 주고 있었다.

동쪽 창으로는 제멋대로 자란 포푸라가 꼭 한 주 서 있는 것이 또한 심심치 않았다. 이 포푸라에선 날이 밝아 있는 한 쓰르람이가 줄곳 울 뿐 아니라 바람이 쓰윽 스치면 그렇게 멋없이 생긴 나무가 왼통 바람과 한데 얼려서 새물새물 몸짓하는 꼴이란 암만 가만 있자 해도 우슴이 저절로 나왔다.

그리고 더 좋은 것은 첨하를 의지해서 지어 준 비둘기장에 날아 왔다갔다 하는 비둘기들이었다.

심미는 이처럼 좋은 속에서 병 앓는 일보다 차순을 더 많이 생각하며 심심해도 하고 좋와도 했다.

윤동숙이는 날마다 한 번씩 찾아왔다. 저녁에 한 번 더 오는 때도 있었다. 그가 저녁에 와서 오래 앉았다 가는 밤이면 심미는 꿈속에까지 늑씬거리는 그의 냄새가 슴어드는 것 같았다. 누어서 보아서 그런지 윤동숙은 가뜩이나 깁숙하니 퀭하든 눈이 더 움푹 패여 들어가고 덥쩍 문턱 안에 드레 놓는 발은 어쩌면 그렇게도 크고 새치 없을 수 있을까. 또 그 경거부정한 체격도 새삼스레 심미의 비위를 거슬리곤 했다. 낮엔 그렇지 않으나 그가 저 사내처럼 크고 경거부정한 그의 그림자에 놀라는 모양이었다.

그래서 심미는 비둘기들이 서설대면 윤동숙이가 오나하고 가슴이 섬쩍
해지는 일이 많았다.

"박사 갔어?"

이것은 윤동숙이가 매우 느께까지 앉아 있다 돌아간 어느 저녁에 들어오
며 묻는 차순의 말이었다. 박사라 함은 지킬박사를 성약해서 하는 말이었
다. 심미가 말없이 '갔다'고 고개만 끄덕이니까 차순은,

"그런데 왜 그렇게 오래 앉았대? 무슨 얘길 하구 있었어? 응? 그 사람
참 쾨슈촌마아크의 인물이야" 했다.

심미는 여기에 아무런 대답을 하지 않다. 윤동숙이가 자기를 움푹 패
인 쾡한 눈으로 해매[54] 없이 보고 있다가 그러다가 갑자기 밋친 듯 자기를
껴안고 뺨과 입에 입을 맞추드란 말도 하기 싫었지만, 그럴 때 자기가 소
같은 그의 힘을 두 팔로 막 밀어 대며 이게 무슨 추잡한 짓이냐고 하니까,
그 힘차고 우람진 몸이 금새 맥을 못 추며 앉았던 의자에 철썩 주저앉았다
가 훌쩍 가 버리드란 말은 더 하기가 싫었다.

"그래두 인정은 있나 부지? 심미한테 그렇게 자주 오는 걸 봄……."

차순은 꽤 궁금하단 눈치였다.

"……."

또 대답이 없으니까,

"방 사람들한테 죄다 그렇게 친절한가?"

"몰르지."

가만있기가 안 돼서 이번엔 되는 대로 대답해 버렸다.

"웃구 얘기하는 때두 있어?"

"응."

"그이가 훌 지나가면 이상한 냄새가 훅 끼치는 것 같은데 가까히선 몰르

---

54) 요사하고 간악한 기운.

겠어?"

"글세."

"지길 박사란 별명두 유래가 있어서 지어전게래. 지길박사 모양우루 밤과 낮 생활이 달르다구 그러든데…….."

"아이, 묻지 말아. 난 몰라, 그런 거 난 몰라……."

심미는 눈을 딱 감고 두 팔로 얼굴을 마구 막아 버리며 도리를 다알달 흔들었다. 그러지 않아도 윤동숙의 기억이란 늘 메스꼽고 늑씬한 것이었으며, 또 금방, 그처럼 불유쾌한 일을 치르고 간 뒤여서 댓구하기가 딱 싫었든 것인데…….

"왜 그래? 응, 심미?"

심미의 갑작스런 태도에 차순은 약간 당황해 하며 얼굴 위에 얹인 심미의 두 팔을 끌러 내렸다.

이때 심미는 차순의 손이 자기 두 팔을 그냥 끌르기만 하는 것이 아니고 좀 강렬한 힘을 그의 팔에 주어 심미의 몸과 자기 몸이 서루 부닷칠 수 있도록 하고 있는 것이라 느꼈다. 그러자 어느새 윤동숙이로 해서 생긴 불유쾌한 감정은 사라지고 차순은 좀더 가차히 자기 얼굴에 그 얼굴을 갖다 대여 줬으면 싶은 감정이 북받쳤다. 두 팔에 힘을 담뿍 넣어 자기를 껴안아 줬으면 싶었다. 그래서 자기는 차순이 하는 대로 암말 말고 가만있어 보았으면 싶었다.

그날 밤 심미는 차순이와 함께 잤다. 자리 깔 준비종을 쳐도 내려가지 않는 차순에게 사감은 어떠한 속 예산이 있었든지 심미를 동무해서 가치 자라는 허락을 내렸다. 밤이면 심미의 혼자 적적할 것을 염려하여 사감방과 새의 문 열어 놓기가 싫어서 그랬든지는 모르나 아무튼 심미는 차순이와 함께 잔다는 일이 가슴이 뛰면서 금방 열이 오르는 것을 깨달았다.

취침 종이 울리자 불이 꺼졌다. 차순은 자리에 누어 심미에게 자리가 좁으면 병자에게 더 방해될 테라는 말과, 침대에서 떠러지지 않게 밧싹 들어 누우라는 말과, 아랫층보다 서늘해서 좋다는 세 마디 말을 하고는 이내 잠이 들었다. 심미는 잠이 안 왔다. 차순의 자는 양을 들으며 그렇게 쉽사리 잠이 들 수 있는 차순이가 야속스러웠다.

밤이 얼마나 깊었든지 남쪽 창에 올린 나팔꽃 포기를 헤치고 들이민 달이 꼭 차순이만 비쳐 주겠다는 듯이 차순의 얼굴과 몸 위에서 출렁거렸다. 낮에는 감으스레하던 얼굴이 출렁거리는 달빛 속에선 뽀오얗기만 했다. 차순은 달빛이 무겁기라도 한 듯이 잠깐씩 이리 뒤치락 저리 뒤치락 하는데 그러는데 옷섶이 버러지며 가슴이 내여 놓이는 것이었다. 얼굴보다 히고 봉긋이 부프어 올른 가슴, 심미는 한참 드려다보고 있다가 그 우에 손을 덥석 가져갔다. 정말 자기도 몰르는 새에 그렇게 했다. 손은 가만있지 않고 봉긋이 부프러올른 부분을 만졌다. 만지기만 할 뿐 아니라 주물르기도 하고 손바닥으로 부비기도 하고 그래도 시원치 않아서 상반신을 이르켜 앉은 후 두 손바닥 사이에 그것을 집어넣고 쌔게 쌔게 부벼 버리기도 했다. 지난 봄, 어느 일요일 낮에 음악실 앞 꽃밭에서 하얗고 이름 모를 적은 꽃송이를 부스비벼 버리듯 그렇게 정신을 잃고 비볐다. 그것은 꼭 음악실 앞 꽃밭에서 하얗고 적은 꽃송이를 부스비벼 버리든 때와 흡사한 감촉이었다. 차순은 견디기 어려운지 깰 자세를 취하곤 했다. 그럴 때면 심미는 손을 멈췄다가 다시 하곤 했다. 얼마나 그러기를 오래 했든지 심미는 그러다가 잠이 들어 버리고 말았다. 어릴 때 자기 집 마당에서 언니 오빠들 하고 '별 하나 나 하나'를 세다가 저도 몰르게 잠이 들어 버린 것처럼 잠이 들어 버렸다.

그 뒤로 심미는 더욱 차순의 생각으로 가득 차 있었다. 아침에 학교에 나가면 해 저믈역히래야 돌아오는 차순이가 그렇게 기다려질 수가 있을까. 포푸라도, 포푸라에서 우는 쓰르람이도, 나팔꽃도, 북악도, 그저 권태로울 뿐이고, 귀는 차순이가 가 있는 학교에만 기우러졌다.

이러한 날을 거듭하고 있던 어느 날 한낮이었다. 기숙사 안에 사람이라곤 심미 혼자밖에 없고 밖은 몹시 더운 모양으로 나팔꽃 그늘조차 깟닥 안 하고 포푸라에서 쓰르람이나 더워 못 견딜 듯 울어 대는데 어디서 무엇이 번쩍 지나가는 것이 있었다. 비둘기의 그림자 같지도 않고, 그렇다고 사람의 그림자는 더구나 아닌 상 싶었다.

"무얼까" 하는 찰라에 또 한 번 그것은 뻔쩍 지나갔다. 그리곤 한참 잠잠해 있었다.

심미는 자리에서 이러나 두리번거려 봐도 알 수 없었다. 무지갯발 같은 것이 뻔쩍 드리치든 쪽 창턱으로 가 보았다. 아무것도 없었다.

"이상두 하다."

돌아서서 자리로 오려는데 그것은 또 뻔쩍 지나갔다. 등 뒤에서 지나갔다. 지나간 것이 아니라 이번엔 그것이 한 군데 머물러 있었다. 심미 등 뒤에 머물러 있었다. 심미는 다시 창 있는 쪽으로 돌아섰다. 뻔쩍하던 것은 분명히 거기 머물러 있었다. 지금까지 심미 등 뒤에 머물러 있든 것이었다. 그러다가 심미가 돌아서자 그것은 바루 심미의 얼굴을 향해 화살처럼 쏘고 있었다. 심미는 눈이 부시여 얼굴을 숙였다. 그제야 무엇인 것을 알았다. 그것은 어릴 때 심미 자기도 오빠 언니들 하고 줄곳 잘 하든 거울 작난인 것을 알았다. 그와 동시에 그 거울 작난을 어디서 어떻게 하고 있는 것까지도 알았다.

심미는 짐작되는 쪽을 내다보았다. 심미의 상상하든 바가 틀림없이 들어맞었다. E중학교 학생들이었다. 히죽히죽 웃는 학생, "여어, 여어" 소리치는 학생, 빗자루를 흔드는 학생, 쓰레받기를 두다리는 학생, 모두 심미를 향하여 떠들고 있었다. 거울을 쥐고 이쪽을 비최는 학생은 별루 웃지도 떠들지도 않고 덤덤히 비최기만 했다. 그 학생은 여러 학생 중에 이마가 넓고 억깨가 떡 버러져 뵈였다. 그들은 상학이 끝나자 자기 반 소제를 하다가 그런 장난을 하는 모양이었다.

"시끄러운 것들."

심미는 성가서서 부시우는 눈을 감아 가며 유리문을 드르륵 닫아 버렸다. 그의 신경에는 그 검어쩍쩍한 중학생들이 피곤을 더쳐 주는 외에 아무것도 없었다. 유리문이 닫친 뒤에도 거울에 반사된 강렬한 광선은 꼬리를 길게 느려 침입하는 것이나 심미는 눈을 따악 감고 가만이 있었다.

남학생들은 이튿날도 사흗날도 그렇게 하기를 끊이지 않아서 낮엔 숫체 그쪽 문은 아주 닫아 봉하고 열어 놀 생각을 하지 않았다.

토요일이었다. 토요일이라도 테니쓰를 치느라고 다른 학생들보다 늦어야 들어오든 차순이가 그날은 제일 먼저 들어왔고 들어오자 이내 심미한테로 뛰여 올라왔다. 아직도 그가 돌아올 시간이 멀었거니만 알고 있든 심미는 너무 반가워서 꿈속 같았다.

"더운데 이 문은 왜 닫어 둘까."

차순은 들어서자마자 닫힌 문부터 열어 놓았다. 그러한즉 마치 문 열기를 기다리고나 있는 듯이 마즌편 E중학교 학생들은 "여어, 여어" 소리를 치며 쓰레받기를 두다린다, 빗자루를 흔든다 하는 외에 이와 동시에 햇볕에 반사되는 강렬한 광선의 기인 꼬리를 이쪽으로 또 뻐치기 시작하는 것이었다.

"이게 뭐야?"

차순은 눈이 부시어 한 손으로 가리우며 물어보았다.

"그러게 닫쳐 두는 거 안야."

"아니, 이게 뭐야? 어디서 색경들 가지구 하는 작난 아냐?"

차순은 광선을 피해 서며 말했다.

"그런데 대체 이게 어디서 이래?"

"저 건너 E중학교 것들이 그런대. 참 싫어 죽겠어."

"그래?"

차순은 눈부시는 광선을 마주 받으며 창문께로 가는 것이었다. 그러자 남학생들의 "여어, 여어" 소리와 양철 쓰레받기 두다리는 소리가 한데 얼려서 더 야단이며 거울은 요쪽조쪽 돌아돌아 가진 재주를 부리며 모양이었다.

심미는 누운 채로 그렇게 하는 것을 잘 알 수 있었다. 소리는 귀로 들을 수 있기 때문이고 광선은 눈으로 볼 수 있기 때문이었다.

"그 문을 닫쳐 버려요"

심미가 이렇게 말했으나 차순은 듣는지 마는지 응대가 없었다. 그래서 심미가 쳐다본즉 차순은 남학생들과 마주 서서 얼굴 조화라도 부리는 모양이었다. 심미는 차순의 뒷모습에서 그것을 읽어 알 수가 있었다.

강렬한 광선을 자꾸만 드레 뻐쳤다.

"문을 닫치래두 그래······."

"······."

"들었어? 닫쳐 버려요······."

"으응? 그래?"

그제사 댓구를 하는 것이나, 차순은 댓구만 할 뿐 아직 거기 서 있었다. 심미는 갑자기 골이 치밀었다. 강렬한 광선에 피곤을 느낀 탓도 있겠지만 차순이가 그렇게 하고 서 있는 꼴이 보기 싫었든 것이다. 자기도 모르는 새에 심미는 벌떡 일어나 차순이를 밀치며 유리문을 드르륵 닫쳐 버렸다. 어리둥절한 것은 차순이었다. 심미가 이렇게 자기 앞에서 골을 내는 것을 처음 보았을 뿐 아니라, 버들잎같이 간얄프고 애련하기만 한 심미가 찬바람이 쌩쌩 일도록 문을 닫칠 수 있다는 일이 이상했다.

차순이가 의자에 와 앉아서도 심미는 누비이불을 곡디까지 뒤집어쓰고 죽은 듯이 있었다. 차순은 한참 앉았다가, 그러면서도 닫친 문으로 마즌편 남학생들을 자꾸자꾸 내다보는 눈치이다가 자기 방으로 내려갔다.

심미는 차순이가 내려간 뒤에도 한참 그렇게 하고 있다가 얼굴을 내놓았다. 땀이 철철 흐르고 전신에선 김이 무룩무룩 났다. 아직도 마즌편에선 거울을 놀리고 있꼬ㅡ.

심미는 누운 채로 방 안에 기인 꼬리를 둘르며 뻔쩍이는 광선을 부시는 시선으로 쫓다가 이러나서 창문을 드르륵 열어 놓았다. 그리한즉 남학생들은 다시 또 "여어, 여어" 소리를 치며 좋와했다. 남학생들은 세 명쯤 있었다. 먼저는 오류인이 한데 덮쳐서 야단들이드니 셋이서 서루 거울을 빼앗으려고 하는 모양이었다. 그런데 그렇게 검어찍찍하든 학생들이 금시에 늠늠하고 깨끗해 뵈는 것은 어쩐 까닭일가? 더구나 이마가 넓고 억개가 떡 벌어진 학생은 황홀한 지경이 아닌가. 심미는 부시는 눈을 강가스럼이 떠 건너다 보았다. 눈을 강가스럼이 뜬 것은 반사되는 광선 때문만이 아니었 다. 심미는 반사광의 기인 꼬리와 같은 시선으로 오래도록 마즌편을 보고 있는데 차순이가 층계를 통통통 굴르며 또 .올라오는 눈치었다. 심미는 문을 얼른 드르륵 닫쳐 버리고 자리에 와 누었다.

"아까는 왜 그랬어?"

차순은 아무렇지도 않은 얼굴로 웃고 들어섰다.

"골치가 앞아서……."

심미는 거저 이쯤 대답해 두는 수밖게 없었다.

"인제 좀 괜찮아?"

"응."

"찬 수건 해다 줄까?"

"싫어."

"그럼 흡흡기 좀 쐬 줘?"

"싫어."

심미는 아무것도 싫었다. 차순이가 오는 때처럼 좋은 때가 없었것만 도 대체 심난한 것이 싫었다. 흡흡기 쐬는 것은 차순이 앞에 입을 쩌억 버리 고 하는 것이 부끄러워서 한 번도 해 달라지 않았지만, 물수건은 차순이가 해 주는 것을 끔찍이 바라지 않았든가. 물수건을 이마에 얹어 주는 때면 차순의 손이 얼굴에 부닷칠 뿐 아니라 그 몸 전체가 얼굴 위에 와 거반 닿 을 수 있는 것을 심미는 무척 즐거워했든 것이다.

"찹쌀모찌 사다 줄까?"

"싫어."

거저 심미는 차순이가 얼른 빨리 가 줬으면 싶은 마음밖게 없었다. 그랬 으면 자기는 다시 한 번 이마가 넓고 억개가 떡 벌어진 학생을 볼 것인데 하는 마음밖게 없었다.

차순은 이러한 심미의 마음을 전혀 몰르고, 어떻게 해서라도 좀더 심미 앞에 오래 있었으면 하는 마음이었다. 그래서 마즌편 남학생들의 거울 작난질을 싫것 보았으면 하는 마음이었다.

한참 동안 아무 말이 없었다. 마즌편 남학생들은 집에 돌아갔는지 잠잠하고 남쪽 창에 그늘 지은 나팔꽃들이 방안에 그림자를 길게 느러트리고 바람이 불면 한참씩 출넝대다가 그만두곤 했다. 차순은 바루 그 나팔꽃 그림자 서리운 한가운데 앉아 있었다. 심미는 나팔꽃 그림자가 어룽기고 있는 차순의 얼굴이 어떻게 보기 숭한지 몰랐다. 그것은 지난 봄, 낙화가 함박눈 퍼붓듯 막우 쏘다지는 하얀 속을 그 낙화와 같은 하얀 유니폼 자락을 나플나플 휘날리며 걸어오든 차순이가 아니었다. 또 며칠 전 어느 날 밤 달빛 속에 뽀오얗니 곱던 차순이도 아니었다. 시컴언 이즈러진 얼굴이었다. 나팔꽃이 바람에 출넝댈라치면 차순의 시껌엏고 이즈러진 얼굴은 꼭 윤동숙이와 흡사해도 보였다.

그날 밤 심미는 아무도 동무해 주기를 바라지 않았으며 밤이면 적적하다고 열어 놓든 사감 방과의 새윗 미다지도 닫쳐 줬으면 했다. 아무도 없고 거저 호젓한 속에서 이마가 넓고 억개가 떡 벌어진 남학생 생각만 하고 있었으면 싶었다.

이튿날도 일요일이어서 기숙사생들과 사감까지 외출하고 식모만 있는 텅 비인 기숙사에 심미는 호젓이 누어 역시 똑같은 생각을 하며 지났다. 다른 학생은 다 웃는데 이마가 넓고 억개가 떡 벌어진 학생은 웃지 않고 덤덤하든 것이 더 못 견디게 그리웠다. 심미는 왼종일 유리문을 열어 놓은 채 몇 차례를 마즌편 학생들이 덮쳐 섰든 곳을 건너다보곤 했으나 짙은 녹음에 쌔인 E중학교 교사(校舍)만이 나뭇잎 하나 까딱 않는 지리한 한낮 속에 거저 우뚝히 서 있을 뿐이었다.(4282년 12월)

―《문예》 제6호, 1950. 1.

봉황녀(鳳凰女)*

앞뒷산이 이마를 맞대다싶이 하여 한 칠 마장55) 가량 골자구니를 지으며 동쪽으로 내려 뻗은 것이 깜짝 정신을 차린 듯 산들은 서로 자리를 양보해 뒤로 물러앉으면서 평펴름이 평야를 이루워 주다가, 다시 한 번 더 바싹 정신을 차렸다는 듯 산들은 아주 더 썩 뒤로 뒤로 물러앉으면서 드디어 평야보다 몇 백 곱절 되는 바다를 전개시켜 주었다.

북쪽으로부터 시작된 그리 대수롭지 않은 내[江]가 골자구니와 평야와의 사이를 허리 잘라 놓았으니, 이 허리 잘린 내로 해서 아랫마을과 윗마을이 나뉘게 된 것이다. 즉 강 윗쪽 골자구니에 큼직큼직한 집들이 들앉아 있는 데를 윗마을이라 불르고 강 아랫쪽, 평야와 바다 변주리에 게딱지 같은 집들이 들앉은 데를 아랫마을이라 불렀다.

아랫마을엔 거개가 바다에 나가 고기를 낚든가 미역을 해서 생활해 가는 사람들이고, 나머지 이활 가량은 윗마을 지주들의 토지를 경작해 먹는 사람들이 살았다.

그래서 윗마을에선 이 아랫마을을 상것들이라 하여 상종하려 들지 않았다. 저이들의 배를 불려 주는 농작물과 해산물을 받아들이는 외엔 교섭이 없었다.

---

* 이 작품은 1954년 2년 「어느 산촌(山村)의 전설」이라는 제목으로 ≪협동≫ 42호에 재수록되었다.
55) 거리의 단위. 오 리나 십 리가 못 되는 거리.

어느 한번은 어쩌다가 그랬든지 노루 한 마리가 골자구니에 내려왔는데, 마을의 젊은이들은 이것을 잡아 볼 량으로 몽뎅이와 그 외의 적당한 무기(?)들을 가지고 "위어이 위어이" 노루를 몰았던 것이나, 몰리든 노루는 잡히기는 고사하고 내를 훌쩍 뛰어넘어 내 저쪽 아랫마을로 내려 달렸다. 젊은이들은 닭 쫓든 개 모양으로 내 저쪽 아랫마을을 내려다볼 뿐, 쫓아갈 생각은 아예 하지도 못하고 말뚝 같은 상투들만 흔들흔들 그냥 돌아섰다.

그러나 아랫마을 사람들은 그렇지 않았다. 몰려 내려온 노루가 넓은 평야에 이리 뛰고 저리 뛰고 하기를 한낮이 훨씬 지나서까지 하다가 끝내 그놈이 바다에 몰려 들어가고 만 것을 바다에 들어가서까지 잡아내여다 잡아서 술을 채려 진탕 먹은 일이 있었다.

아랫마을 사람들은 일도 많이 하려니와 먹고 놀기도 곳잘 했다. 고갯 넘어 '주재소' 순검이 오지 않을 눈치가 뵈는 한, 돼지요 개요 심하면 소까지도 저이들 손으로 때려누피기가 일수였다.

그것뿐만 아니라 윗마을에선 도저히 볼 수 없는 '치마 할량'이니 '송평집'이니 하는 타관에서 들어온 색주가 갈보들이 벌려 놓은 술집에서,

"산중에 귀물은 멀구 다래, 인간에 귀물은 큰아기 중등."
하고 이런 따위의 또는 이와 비슷한 노래들을 밤이 깊도록 불러 가며 흥겨워하기도 일수였다.

이렇게 아랫마을이 흥겨워 흥성한 대신 윗마을은 그렇지 못하고 6, 7월 한낮의 수탉 우름처럼 권태로울 뿐, 불러도 뫼아리조차 있을 듯싶지 않았다.

봉황녀(鳳凰女)는 이 권태로운 윗마을 이 참봉의 손녀딸로 태어났다.

이 참봉은 윗마을에서 웃뜸가는 지주이나 항상 불만인 것은 정 참판네보다 떠러지는 문벌이 속병같이 앞았다.

그는 마을에서 제일 양반인 정 참판 며느리와 자기 며느리가 같은 달에 태기가 있어 또한 똑같이 배가 불러 가는 것을 은근히 침 흘려 돈과 술을

미끼로 드디어 정 참판 며느리 뱃속에 들앉은 아이와 자기 며느리 뱃속에 들앉은 아이와의 뱃속 약혼을 정해 놓았든 것이다.

본래부터 정 참판이 이처럼 돈과 술에 녹아떨어질 만큼 천덕스런 인물은 아니었건만 시름시름 내려앉기 시작한 가산이 자기 대에 이르러선 말이 못되게 되었기 때문에 그리되었다.

이 참봉은 정 참판과 사돈을 정하든 날 너무 좋아서 정 참판이 돌아가자 바삐 집안 식구들에겐 물론, 이웃 장쇠 할아범을 불러다가 이 사실을 알려 주었다. 장쇠 할아범 입으로 왼 동리에 퍼지라고 해서 그랬다. 이 동리의 소문이란 소문은 장쇠 할아범 입으로 퍼진다는 것을 이 참봉은 잘 알고 있었다.

그날로 소문은 윗마을뿐 아니라 내 건너 아랫마을에까지 좌악 퍼졌다. 이 참봉은 이제는 자기네도 정 참판네에게 질 배 없는 양반이 되어가는 것이라고 만족해도 하고 점점 기우러져 가는 정 참판네보다 오히려 자기네가 더 호기를 뽑게 될 것이라고 좋아도 했다.

그러면서도 걱정은 정 참판의 며느리와 자기 며느리가 똑같이 아들이거나 딸을 낳으면 어쩔까 하는 것이었다.

이 참봉은 밤을 자고 난 아츰이면 마누라에게 무슨 꿈을 꾸지 못했느냐고 이렇게 먼저 물은 다음 또 마누라를 시켜 며느리에게 같은 말을 물어 보게 하는 것이었다. 또 그리고 자기도 행여 무슨 좋은 꿈이 꿰어지지 않나 하고 기다리기도 했다.

그러기를 오래 하다가 어느 날 밤, 이 참봉 자신이 꿈을 꿰었다. 늘 타곳에 가 있든 아들 창영이가 온단 기별도 없이 돌아왔으므로 모두 모여 기뻐들 하는 가운데 난데없는 새 한 마리가 훠얼훨 날아와서 새는 무슨 생각으로 그랬든지 여러 사람 머리 위를 한참 빙빙 배회하다가 아들 창영의 어깨 위에 날개를 옴추리는 것이었다.

주둥아리만 노랗고 몸둥이 전체가 짙은 녹색인데 주둥아리의 노란 부분이나 몸둥이 전체에서나 똑같이 황금빛을 내뿜는 새였다. 그 빛은 드리치는 아츰 햇발에 반사되어 때로는 칠색 무지개보다 황홀하고 찬란한 광채를 내쏘았다. 앉은 사람들은 모두 황홀 찬란하여 시선을 바루잡지 못하고 있는데

"아, 저게 무슨 새야?"

하고 참봉 마누라가 손으로 강렬한 광채를 막으며 소리를 쳤다. 마누라가 선창을 긋자 영감도 역시 부시는 눈에 손을 가린 채,

"그게 야야, 무슨 새냐? 창영아, 그게 무슨 새냐?"

고 물었다.

아들은 눈이 부셔 하는 양도 없이 또 어깨에 앉은 새를 돌쳐 보는 일도 없이 제법 자신 있게,

"봉황새올시다. 이 곱고 빛나는 날개를 보십시오."

하고 수월히 대답하며 즐거워하는 눈치였다.

"봉황새? 봉황새라? 야야, 틀림없는 봉황새냐? 봉황새가 틀림없지, 응. 야야!"

이 참봉은 물어 본다기보다 소리를 질렀다. 그는 꿈에서까지 이것은 며느리로 해서 꾸는 태몽인 것이라고 의식했기 때문이다. 마누라가 깨우지 않았드면 그는 더 많이 더 오래 소리를 질렀을 것이다.

꿈에서 깬 이 참봉은 마누라에게 꿈 이얘길 하며 며느리가 봉황새처럼 곱은 손녀딸을 낳을 것이라고 기뻐했음은 물론이고, 이튿날 날이 밝기를 기다려 — 체면상 식전 댓바람에 남의 집을 찾을 수는 없고 해서 — 아침을 지난 뒤에 해가 골자구니에 퍼지기를 기다려서 정 참판을 찾아갔다. 겨우 인사를 치루고 난 이 참봉은,

"정 참판께선 무슨 꿈이 없습디까."

하고 물었다.

"꿈이라니요?"

정 참판은 이 참봉의 묻는 말을 알아채지 못하는 체했다. 그러자 이 참

봉은 또 저것이 딴전을 부리는 것이라고 가슴이 철렁했으나 다시 자기를 가다듬어,

"아, 저 태몽을 꿰셨느냐 말씀이지요. 나는 간밤에 봉황새 봤거든. 봉황 새요. 인제 정 참판께서 손주만 보십시오. 그럼 내 손주 딸년을 손주며느리 로 갖어가실 게 아니십니까."

하고 정 참판의 오금을 박아 놓았다.

그제사 정 참판은 이 참봉의 하는 말뜻을 알아들은 것처럼 수염을 내려 씻으며,

"허어, 그 말이요? 난 또 웬 소린가 했드니…… 그야 딸일지 아들일지 인력으루 하는 노릇이요. 낳아 봐야 알지."

했다.

그렇지 않아도 며느리의 배가 불러올사록 가슴이 후두두해지는 정 참판 이었다.

'늙은 것이 망녕이야. 망하면 곱게 망하지, 그래 이 참봉네하구 사돈을 정하다니…… 제 놈들이 근자에 와서 돈이 있다구 대가리질하니 그렇지 제 놈들이 어디라구 사돈을 정한단 말인가. 어림두 없지, 없어……'

이렇게 뱃속 호통을 쳐 가며 돌이를 흔드는 정 참판이었다.

어찌 되었든 간에 그럭저럭 날이 가고 버꾸기가 울기 시작해서 며칠쯤 되든 어느 날, 먼저 정 참판의 며느리가 아들을 낳았다. 다시 이틀을 지나 서 또 참봉 며느리가 딸을 낳았다. 참봉은 두말없이 아이의 이름을 '봉황 녀'라 지었다. (정 참판의 손주 이름은 율섭이라 지었다.) 참봉은 뜻이 이루 워진 것이 못 견딜 지경이었으나 마음을 잔즐르면서 봉황녀가 낳서 삼칠일 되든 날 큰 잔채를 열어 봉황녀와 율섭의 약혼 피로를 했다. 정 참판은 꼼 짝없이 이 참봉네와 사돈 된 일을 어처구니없어 하면서도 술이 만취해 갈 마지막 판엔 이 참봉과 둘이서 "얼씨구나 좋구나"를 연발해 가며 춤까지 추었다.

어찌 됐든지 봉황녀는 곱게 자라 갔다. 대여섯 살이 되면서부터 그는 벌써 지붕 밑보다 하늘을 좋와하는 계집아이였다. 골자구니보다 넓은 평야를 좋와하고 언제나 묵묵히 이마를 맞대인 산보다 잠시도 가만 못 있어 출렁대는 푸른 바다를 좋와하는 계집아이였다.

그렇지만 봉황녀는 평야와 바다가 펼쳐져 있는 내 저쪽— 아랫마을엔 아무도 못 가는 데라고 들어왔다. 들어만 올 뿐 아니라 가는 사람을 본 일도 없었다.

그래서 봉황녀는 바다와 평야가 잘 뵈여지는 뒷산 마루턱에 올라가 아랫마을 보기를 잘했다. 말 잔등처럼 굽으러진 나무에 걸터앉으면 시야가 앞으도록 평야와 바다는 그득 차지는 것이었다.

삼용이가 업으러 오지만 않는다면 봉황녀는 밤이 어둡기까지 그렇게 앉아 있어도 시원할 상 싶지가 않았다. 삼용에게 업혀 집에 돌아가면 할아버지는 번번히,

"젓 년이 제 애빌 닮아서 밤낮 나돌아다니지……. 걱정이야……."

이러한 말로 꾸지람을 하곤 했다.

그런데 봉황녀는 제가 닮았다는 아버지가 기억에 없었다. 할아버지가 닮았다고 말할 때마다 그는 아버지가 그리웠다. 할머니 하는 말을 들으면 아버지는 봉황녀가 세 살 났을 때 집에 왔다가 이어 바람처럼 (할머니 말을 고대로 하면) 또 어디론가 가 버린 것이 오지 않는다고 했다. 그때 아버지는 정 참판네와 사돈 정한 일로 해서 할아버지와 왼 동리 이웃이 들썩 떠나가게 싸왔다고 했다. 목에 칼이 들어가는 한이 있드라도 아버지는 정 참판네와 사돈을 파해야 한다고 말했다는 것이다.

봉황녀는 할머니의 말을 들으면서 할아버지보다 아버지가 옳다고 생각되었다. 자기도 아버지와 마찬가지로 목에 칼이 들어오는 한이 있드라도 정 참판네 집에 시집가기가 싫었다. 밤낮 술에 곯아떠러져 있는 정 참판, 납촉56)같이 히여 밀깃밀깃한 정 참판의 아들 즉 율섭의 아버지도 싫었지

만 아버지를 닮아서 역시 납촉같이 히고 밀깃밀깃한 율섭이는 더 싫었다. 귀퉁이가 축 처진 입이며, 납촉같이 히기만 할 뿐 아니라 눌르면 무슨 물이라도 내솟을 듯한 둥둥 뜬 피부, 언제나 바지 허리춤에 손을 넣고 멀거니 서 있기를 잘하는 율섭이가 딱 질색이었다. 그래도 할아버지, 할머니는 율섭이가 오기만 하면 곡감을 준다, 깨강정을 준다, 야단이어서 더 질색이었다. 봉황녀는 율섭이만 보면 이마를 맞대고 묵묵히 앉아 있는 산을 보는 때와 같이 가슴이 꽉 맥혔다. 이래서 봉황녀는 산보다 바다를 즐기며 골자구니보다 평야를 좋와하는 버릇이 생겼는지 모르겠다.

봉황녀의 아버지 이창영은 봉황녀가 여덟 살 먹든 해 느진 가을에야 돌아왔었다. 양복에 모자에 구두를 신고 돌아왔었다. 전에도 그는 어디 갔다 오는 때마다 번번히 매무새가 달러지는 일이 있군 했지만 이렇게 양복에 모자에 구두까지 말짱 개혁하기는 처음이었다.

열여덟 살에 그는 처음으로 어디 가느란 말도 없이 집을 떠났다가 일 년 만에 돌아올 적에 올려 틀었든 상투를 깍거 버리는 동시에 관이며 망건이며 이러한 것들을 왼통 버서 버리고 돌아왔었다. 이 참봉은 이게 집안 망할 자식이 생겨났다고 들어오자마자 방맹이요 목침이요 하는 이런 끔찍한 것들로 매질을 시작했으며 참봉 마누라는 상투 잘른 일, 아들이 모진 매를 맞는 일, 남이 부끄러운 일 등등으로 초상 상주처럼 통곡을 하고 참봉 며느리는 남몰래 숨어서 눈물만 흘리고, 이웃 동리에선 구경으로 혹은 상투 잘른 불상사에 대한 위문으로 모여들고―이래서 집안은 꼭 초상난 것 같았다. 이웃 동리에선 이 참봉 아들이 타관에 가서 바람이 나 돌아왔다고 떠들석했으며 인제 영낙없이 이 참봉네는 내려질 것이라고들 뒷공론 질이었다.

이렇게 집안에서와 남들이야 어쩌건 말건 창영은 제 할대로 다 했다. 아

---

56) 밀랍으로 만든 초.

버지가 그렇게 무섭게 굴것만 아랫마을 강재선, 최용익, 허용 등과 어울려서 무엇을 하고 있었다.

창영은 강재선, 최용익, 허용 등과 어울려서 술을 먹는 것도 아니고 (종종 먹는 일도 있지만) 색주가 갈보 집에 가는 것도 아니었다. 그들은 어느 때나 국사를 논하고 민족을 얘기하는 일에 열중했다. 동리 이웃에서 바람이 났다고, 난봉이 났다고 쑤군대든 사람들 중에도 하나씩 둘씩 차츰차츰 이창영의 옳은 생각을 알아주게 되어 난봉꾼이요 바람쟁이라든 이창영을 개화생(開化生)이라 불르는 사람들도 있었다.

봉황녀는 이 개화생인 아버지가 끔찍이 좋았다.

난생 처음 보는 모자와 옷을 입고 신발을 신은 아버지가 히얀했다.

귀가 벌쭉한 관에 상투를 흔들흔들 척 느러진 바지가랭이를 질질 끄는 모양새만 보아 오든 봉황녀라 망건도 아무것도 없이 수월히 쓰고 벗고 하는 모자와, 입으면 착 들어붙는 양복, 걸으면 뚜걱뚜걱 꼭 고개 너머 주재소 순검 같은 신발이긴 하나 주재소 순검처럼 무섭지 않은 것이 이상했다.

봉황녀만 아니라 동리 이웃 사람들도 모두 히얀하고 이상하다고 했다. 구경꾼이 모여들었다. 상투를 잘르고 참봉 영감에게 얻어맞았대든 때만 못하지 않게 많은 사람들이 모여 왔다. 그러나 상투 자르던 때와는 오는 사람들의 태도가 달랐다. 상투 잘르든 때는 비웃고 비방하고 뒷공론질하고 욕하고 했으나 이번엔 히얀하고 이상한 감정 외에 부러워하는 마음까지도 있는 것이었다. (아주 늙은 축들은 그렇지도 않았지만.)

그 이유는 봉황녀 아버지가 이러한 모자와 옷과 신발을 자기만 쓰고 신고 입었을 뿐 아니라 그런 것들을 여러 벌 가져온 데 있었다. 이창영이와 함께 개화생이라 불리우는 강재선, 최용익, 허용 등에게도 가져왔지만 아래 윗마을 스므 살에서부터 스물다섯 먹은 청년들에게 입히고자 스므 벌이 넘는 양복과 신발, 모자 등을 가져왔다.

창영은 그것을 입히기 전에 먼저 아래 윗마을 청년들에게 상투와 머리태를 잘르게 했다. 그리고 복장을 시켜 데리고 2백 리를 더 가야 있다는 S읍으로 가는 것이었다. 한 번만 가는 것이 아니고 한 달에 한 번씩 갔다. 훈련 받으러 간다고 했다.

그렇게 갔다 오는 한편, 창영은 아랫마을 청소년소녀들과 윗마을 청소년소녀들을 모아 윗마을 구석에 썩 들앉은 서당 자리에 학교를 설립했다. 물론 봉황녀도 학교에 들었다. 율섭이도 들었다.

봉황녀와 율섭은 학교가 서기까지는 집에서 독훈장을 앉쳐 놓고 배웠다. (율섭은 저이 아버지한테 배우고.) 윗마을에서들은 아랫마을 청소년─ 더구나 남자, 여자를 한데 몰아넣었다고 일이 아니라고 불만불평인 축들이 있었으나 앞에 썩 나서서 항거하는 자는 없었다. 아들의 상투를 잘랐을 때만 해도 목침이요 방맹이요 하든 이 참봉조차 아들의 하는 양이 기가 막히긴 하지만 말을 못했다. 더구나 참봉은 정 참판네와 사돈 정한 일 까닭에 꼼짝 못하고 가만있었다.

주리를 틀어도 저 할 대로 하고야 마는 그놈의 자식이 또 봉황녀의 결혼은 아버지도 저도 상관 못한다고, 봉황녀 자유의사에 맽겨 둬야 한다고 이 따윗 소릴 하면 어쩌랴 싶어서 가만있었다.

정 참판은 정 참판대로 자기네는 점점 가세가 기우러져 가고 이 참봉네는 날이 갈사록 불 일 듯하는 탓도 있겠지만, 손자며느리가 될 봉황녀가 소담스레 자라 가는 것이 흐뭇해서 되도록이면 창영의 비위를 거스르지 않으려 들었든 것이다.

6, 7월 한낮 수탉 우름처럼 권태로울 뿐, 불러도 뫼아리조차 있을 듯싶지 않던 윗마을에 학교가 생기면서부터는 생기가 돌았다. 믁믁히 가만 앉아 있는 산들도 푸득푸득 웃는 것 같았다. 우쭐우쭐 춤추는 것 같았다.

학교에선 이제까지 훈장에게 배워 오든 천자문이니 명심보감이니 논어, 맹자, 주역 이런 것만이 아니고 "가갸거겨" 국문도 배우고, 그림도 배우고,

'1234'의 '아라비아' 숫자와 산술도 배우고, "하나 둘" 하는 체조도 했다. 또 창가도 배웠다.

선생은 봉황녀 아버지 창영이와 창영의 친구 강재선, 최용익, 허용 등과, 습자(習字)와 한문 선생만이 서당에 훈장으로 있던 김희창 영감이었다.

창가와 그림은 창영이가 가르치고 국문은 강재선, 산술은 최용익, 체조는 허용이가 가르쳤다.

봉황녀는 지루하게 혼자서 한문을 배우든 때보다 어떻게 재미있는지 몰랐다. 더구나 아버지가 가르치는 그림과 창가 시간은 날마다 있어도 좋을 것 같았다.

제일 처음 배운 노래가 학도가였다. 창가 시간엔 남자나 여자나 (여자래야 강재선 딸과 허용의 딸 그리고 봉황녀 셋뿐이었지만) 한데서 불렀다.

그 다음으로,

"간다 간다 나는 간다, 너를 두고 나는 간다."

라는 창가를 배웠다. 봉황녀 아버지 이창영은 이 창가를 배워 줄 땐 어쩐 일인지 울면서 불렀다. 아이들은 (아이 아범도 있고 말마금씩 큰 총각도 있고 상투가 달린 새신랑도 있었다) 영문도 몰르면서 따라 울었다. 나중엔 창가 부르는 것을 고만두고 "어엉" 소리를 내어 울기만 했다.

학생들이 왼통 울게 되니까, 봉황녀 아버지는 울음을 끊이고 학생들을 달래었다. 학생들은 좀체 듣지 않았다. 봉황녀도 끊이지 않았다(영문도 몰으면서). 그래서 봉황녀 아버지는, 이렇게 너무 울구 떠들면 고개 넘어 순검이 잡아간다고 일러 주었다.

<파랑새>라는 창가를 배우게 된 것도 그 무렵이었다. 봉황녀는 다른 노래보다 이 <파랑새>가 갑절 좋았다. 아버지는 이 <파랑새>라는 창가 속에 나오는 파랑새는 저어 멀리 더운 남쪽 나라에 있는 새라고 설명해 주었다. 봉황녀는 저도 몰르는 사이에 손을 번쩍 들며 (손드는 법을 배운 지 얼마 안 되어 좀체 들려 안 졌는데) 이러나서

"파랑새가 사는 남쪽 머언 나라는 왼통 보리밭 모양으로 파랗냐"고 물었다. 그때 마츰 활짝 열린 문으로 늠실늠실 물결치는 보리밭이 보였기 때문에 봉황녀는 이렇게 보리밭 모양으로 파랗냐고 물었든 것이다. 아버지는 봉황녀의 이 히안한 상상의 세계에 놀라하면서,

"그렇지 않다고, 여기나 거기나 마찬가지라"고 그저 이렇게 대답해 주었다. 그랬드니 봉황녀는 또다시, "파랑새가 사는 남쪽 나라 사람들은 허옇게 밀깃밀깃하지 않고 파랑새처럼 파랗고 예쁘냐"고도 물었다.

이것은 바른편으로 고개만 야깐 돌리면 이내 뵈여지는 율섭의 얼굴이 자꾸 뵈었기 때문에 물은 말이었다. 아버지는 영문을 몰르고 "그렇다"고 간단히 대답해 버렸다.

아버지는 딸의 묻는 말이 너무 귀엽고 신통하기 때문에 우슴이 터저 나와서 '그렇다'고 간단히 대답해 버렸든 것이다.

아버지 말을 고대로 믿은 봉황녀는 한숨을 가늘게 쉬었다. 그러고 나서 일부러 바른편으로 고개를 가만이 돌려 율섭을 엽눈질해 보았다. 물결치는 보리밭으로 해서 율섭의 얼굴은 푸름푸름이 얼룩저 있었다. 그의 벌리는지 안 벌리는지 모르게 창가 불르는 입은 어째 그리 너저분할까. 어째 그 옆에 나란히 앉아 불르는 최용익의 아들 창배처럼 입을 쩌억쩍 크게 벌리며 신이 나 하지 못할까.

봉황녀가 열살 먹든 여름에 학교가 폐쇄되었다. 학교가 설립되어 3년 동안을—창영이가 몇 달간씩 타관에 가 있는 동안만 그렇지 못하고 별일 없이 번창해 갔는데 창영, 강재선, 최용익, 허용 등과 또 그리고 양복을 입고 S읍에 훈련 받으러 갔다 왔다 하든 청년들이 고개 너머 주재소에 붙잡혀 갔다 오고 나이 먹은 학생들의 필기 책이 불에 태워진다 어쩐다 하고 나선 아주 문을 닫처 버렸다.

그 대신, 그 자리에 김희창 훈장을 다시 눌러앉혀 서당을 다시 세웠다.

학교가 폐쇄되자 창영 등은 이어 타관으로 가 버렸다. 창영 등이 떠난 뒤라 서당에선 윗마을 아이들만 배우게 되었다. 그리하여 다시 윗마을과 아랫마을 사이에 내가 경계선이 되어 내 이쪽에서 내 저쪽에 가는 사람을 볼 수 없었고 또한 내 저쪽에서 내 이쪽에 오는 사람도 있지 않았다.

그동안 내 윗쪽에서보다 내 아랫쪽에서 더 많이 살아온 봉황녀는 천지가 뒤바뀐 것 같아서 견딜 수 없었다. 서당에서 책을 펴 놓고 읽느라면 글자가 바로 뵈는 일이 없고, 그 글자 하나하나가 바위틈에서 창배와 같이 혹은 혼자서 주어 본 일이 있는 조개나 방게가 되어 책 위에 어물거리는 것이었다.

또 습자를 쓰더라도 길게 그어야 할 획을 짧게 긋든가 짧게 긋을 획을 한 발씩 길게 긋든가 하는 일이 일수였다. 한번은 맹(孟)을 쓰는데 위에 아들 자에 건너긋기를 길게 긋고 마지막 건너긋기 획을 짧게 그어 훈장에게 꽁지 빠진 수탉 같은 맹(孟) 자를 썼다고 매우 꾸지람을 들은 일이 있다. 정말이지 봉황녀는 훈장이 소리를 쳐 일깨워 주면 그때만 옷돌옷돌 놀랠 뿐으로, 길이 두 자 넓이 한자의 습자지 전체에 왼통 꽁지 빠진 수탉 같은 맹자를 써 놓았든 것이다.

이럭저럭 세월이 흘러 앞뒷 산에는 천지꽃이 가득 피어 있고, 거기 또 뻐꾸기가 울어 대는 봄이 왔었다. 어느 날 봉황녀는 서당에서 읽기 싫은 글을 소리쳐 읽고 있는데,

"봉황녀야! 이리 좀 나오너라."

하고 훈장이 불렀다. 봉황녀는 가슴이 섬뜩했다. 자기가 헛소리를 치고 있는 것을 눈치 챈 셈인가 부다고 알았다. 허둥허둥 이러서서 훈장 앞에 내려간 즉,

"주먹을 단단히 쥐고 저놈들 뺨따귀를 한 번씩 갈겨 줘라. 정신을 바싹 채리게……."

훈장은 흥분한 어조로 양쪽에 두 줄로 쭈욱 느려 앉은 사내아이들을 가

리키며 말했다.

봉황녀는 훈장의 말이 떨어지자마자 훈장이 시키는 대로 주먹을 단단히 쥔 다음 아랫목으로부터 시작했다. 아무 생각 없이 시작했든 것이다.

몇 번째였든지 모른다. 봉황녀는 어느 한 아이 앞에 이르자 이때까지 한 손으로만 쥐어박든 것을 저도 몰으는 새에 양쪽 주먹을 닥아 닥가 쥐고 앞에 앉은 아이의 뺨따귀를 정신없이 후려갈겼다. 맞는 아이는 두말할 것 없이 율섭이었다. 얼마를 후려갈기고 나서 그랬든지 봉황녀는 열린 문으로 쏜살같이 내달렸다. 바람은 달리는 봉황녀게로만 모여들었다. 머리카락이 죄다 일어섰다. 옷고름이 너풀거렸다. 치맛자락이 펄럭펄럭 소리를 쳤다. 그것은 마치 바람 부는 날 빨랫줄의 빨래처럼 세차게 펄럭거렸다.

그러면서 가는 줄도 모르게 간 곳이 바다였다. 가루막은 내를 건너야 가는 바다였다. 바다는 파도가 세어서 그런지 조개 줍는 사람도 방게 잡는 사람도 없었다. 창배도 없었다. 잠깐도 가만있지 않는 거센 물결이 있을 뿐이었다. 봉황녀는 금세 꽉 맥혔든 가슴이 툭 터지는 것 같았다. 그리고 아무도 없건만 심심치도 않았다. 한참은 거저 멍하니 드리치는 물결만 보고 있다가 봉황녀는 무슨 생각이 났든지 자작자작 바위들이 많이 있는—창배랑 조개도 줍고 방게잡이도 하든 쪽으로 발을 옮겼다. 물결은 거세어도 물은 밑바닥까지 들여다보이게 맑았다. 그런데서 방게가 바위틈에서 바위틈으로 기어 다니는 것도 보이고 조개도 말갛게 들여다보였다.

봉황녀는 무엇이나 다 잊어버리고 치마 아랫자락을 거둬 발을 벗고 바다 물에 들어섰다. 시원했다. 구리터분한 서당에서 싫은 글을 읽느라고 메슥메슥하든 기분도 사라져 버렸다. 밀깃밀깃하든 율섭의 생각도 잊어버렸다. 조개와 방게가 발에 와 닿고 밟히고 하는 것만이 즐거웠다. 그것을 치마 앞에 잡아넣는 것만이 재미났다. 조개보다 궤를 더 많이 주어 담았다. 조개보다 궤가 많아서가 아니라, 조개는 가만있는데 궤는 가만있지 않기 때문에 게를 주었다. 봉황녀는 가만있는 조개보다 가만 안 있는 궤가 좋았다.

어둑어둑해서 돌아온 봉황녀는 할아버지한테 호되게 걱정을 들었다. 할아버지는 낮에 장쇠 할아범에게서 봉황녀가 내 건너 아랫마을엘 가드란 말을 들었다. 거저 가만가만 얌전하게 걸어가는 것이 아니고 머리카락을 말총같이 일궈 세우고 쌔게 쌔게 달려가드라고 들었다.

할아버지는 너무 성이 나서 상투까지 떨렸다.

봉황녀는 아버지 있을 땐 그렇게 바다에 가도 몰르는 체하든 할아버지가 왜 저렇게 야단일까 하고 할아버지만 건너다보았다. 아닌 게 아니라 이 참봉은 아들이 떠나간 뒤에 다시 호기를 뽑을 뿐 아니라 정 참판네와의 내왕도 전과 같이 자주했다. 봉황녀를 사내들만 있는 서당에 다니게 한 것도 율섭이와 같이 다니게 하라는 정 참판의 말을 쫓느라고 해서 한 일이었다.

그날 밤, 봉황녀는 꿈을 꾸다가 소스라쳐 깨었다. 꿈에 율섭이가 히고 밀깃밀깃한 얼굴에 할아버지 상투보다 더 큰 상투를 틀어 올리고 여니 때보다 달르게 입도 크고 눈도 부리부리 기운이 세어 보였다.

그러한 율섭은 한참이나 뚤어지게 봉황녀를 노려보다가 한 발 내어 드디며,

"너 잉년아, 왜 너 내 뺨다귀를 갈겼어? 그렇게 앞으게 후려갈겼어?"

하는 이 말과 동시에 율섭은 봉황녀의 머리채를 찬찬히 감아쥐고 봉황녀가 자기를 때리든 뺨따귀보다 더 앞으게 때렸다.

앞으고 무섭고 봉황녀는 악을 악을 쓰며 율섭의 손에서 벗어난다는 것이 어머니와 둘이서 자든 이불 속에서 뛰어 일어나며 소리쳤든 것이다.

어머니가 끌어안으며,

"봉황녀야. 엄마 여기 있다. 엄마 여기 있는데 왜 그래. 어머니 여기 있잖니……?"

하고 달래어도 봉황녀는 어머니의 거울 걸어 놓은 벽 쪽을 횃등잔[57]이 되어 바라보며,

---

57) 놀라거나 앓아서 퀭하여진 눈을 비유적으로 이르는 말.

. "저기, 저기."

할 뿐이었다.

어머니는 봉황녀를 안은 채 일어나 거울을 삔겨 방바닥에 내려놓았다. 그래도 봉황녀는,

"저기, 저기, 율섭이 자식이……."

하고 가르켰다.

어머니는 이 소리에 가느다란 한숨을 쉬며 마음속으로 봉황녀 아버지가 어서 돌아와 줬으면 좋겠다고 생각했다. 그렇잖아도 봉황녀 어머니는 늘 남편이 집에 있었으면 좋겠다고 역이든 터였다.

이튿날 봉황녀는 서당에도 가지 않고 늘 잘 가는 뒷산 마루턱에 올라가서 굽으러진 나무를 타고 있었다. 바다를 보자는 것도 아니고 평야를 보자는 것도 아니었다.

그저 그렇게 가 앉아 있는 것이었다.

천지꽃은 가득 피어 있고 봉황녀가 앉인 산에서도 마즘편 산에서도 버꾸기는 성히 울어 대었다. 그렇다고 봉황녀는 천지꽃을 보는 것도 아니었다. 또 버꾸기의 우름을 듣는 것도 아니었다. 거저 그렇게 앉아 있었다.

얼마를 그렇게 앉아 있다가 내를 건너 이쪽으로 오는 황아[58] 장사를 보았다. 항아 장사는 언제나 아랫마을에 먼저 들렸다가 돌아가는 길에서야 윗마을에 들르는 것이었다. 아랫마을에선 무엇이나 많이 팔아 주는 때문이었다. 윗마을에선 기껏해야 달걀을 주고 성냥이나 실이나 이런 따위의 것을 바꾸는 정도였다.

봉황녀는 이 항아 장사가 오는 날이 늘 기다려졌다. 아버지가 있으면 고무 꽈리, 풀 가락지, 붕어사탕, 오리사탕 등을 사 주었고 아버지가 없드라

---

58) 여러 가지 자질구레한 일용 잡화. 끈목, 담배쌈지, 바늘, 실 따위.

도 할머니가 고무 꽈리쯤은 달걀과 바꿔 주었기 때문에 그가 오기만 하면 반가웠다.

그런데 그날은 도모지 반갑지가 않았다. 나무에 걸터앉은 채 항아 장사가 누구네 집에 들어가나 보고 있었다. 그러다가 그것도 실증이 나서 고만두고 거저 앉아 있었다. 항아 장사는 집집을 다 돌았든지 군소릴 홍얼홍얼 치드니 어느새 남쪽 산 비탈길을 걸어 올라가는 것이 아닌가. 길은 봉황녀네 집에서도 잘 뵈었다. 높은 산 중턱을 비탈지어 돌아간 길이기 때문에 어디서든지 잘 보였다. 윗마을 사람들이나 아랫마을 사람들이 먼 고장을 다녀오자면 의례 이 길을 걸어가고 오곤 했다. 봉황녀 아버지가 줄곳 타관에 갈 때에도 이 길을 걸어갔으며 돌아올 때도 이 길을 걸어왔든 것이다. 아래 윗마을 청년들이 양복을 입고 S읍에 갈 때에도 올 때에도 이 길로 오고 가곤 했다. 항아 장사는 이 길을 걸어가고 있었다.

이때까지 거저 가만 앉아 있기만 하던 봉황녀는 고개를 치겨들고 항아 장사의 뒤를 쫓았다.

눈으로 쫓았다. 황아 장사는 빨리 걷는 것도 아니었다. 여전히 군소리를 홍얼대는 양으로 느리게 걷고 있었다.

봉황녀는 나무에서 벌떡 이러났다. 그래서 항아 장사의 뒤를 쫓았다.

그는 아버지한테 <파랑새> 창가를 배워 불른 뒤로는 언제나 앞산 중턱을 비탈지어 돌아간 길을 걸어 고개고개 넘어가면 파랑새가 사는 보리밭처럼 파란 나라로 가질 것이라고 알았든 것이다. 그래서 봉황녀는 항아 장사의 뒤를 쫓으면서도 평소에 가졌든 그 생각을 하면서 쫓는 것이었다. 별루 바람도 없는데 머리카락이 휘날리고 옷고름 치맛자락이 흩날렸다. 산길이기 때문이었다.

천지꽃이 가득 피어 있는 앞뒷산에선 버꾸기가 자꾸 울고(4283. 2. 13)

— ≪백민≫ 6권2호, 1950. 3.

선을 보고*

오래된 고옥이나 방이 여럿이다. 안방, 건넌방, 뜰아랫방, 안사랑, 바깥사랑, 행랑방, 뒷채. 이리하여 방이 모두 열 하나다.

이 열 하나의 방에 모조리 셋군이 들었다. 한 살림에 방 하나씩 차지한 구차한 셋군들이었다. 봉희네와 승수네도 그 셋군들 속에 끼어 살고 있었다.

승수 네는 바깥채에 살며 어머니가 바느질품을 팔아 승수를 학교에 보내고, 봉희네는 건넌방에 살며 어머니가 바느질품을 팔아 봉희를 학교에 보내었다.

봉희 아버지는 봉희가 여섯 살 때 돌아가고, 승수 아버지는 승수가 한 살 먹든 해 아버지가 다른 여자를 얻어 타곳에 가 살고 있었다.

환경과 생활이 비슷한 까닭이었든지 봉희 어머니와 승수 어머니는 도모지 화합치 못했다. 한 집안에 변소를 같이 쓰고 수통물을 같이 사용하면서 피차에 웃는 얼굴로 대하는 때가 없었다. 웃는 얼굴은커녕 밤낮 속으론 앙물고 있었다. 봉희 어머니가 밀리도록 바느질품이 들어오면 승수 어머니가 샘이 나서 야단이고, 승수 어머니가 바느질품이 많으면 봉희 어머니가 골이 나서 못 견디었다.

---

* 이 작품은 창작집 『바람 속에서』(인간사, 1955)에 「맞선을 보던 날」로 개제되어 수록되었다. 일부 문장이 수정되었으나 내용은 동일하다.

봉회 어머니 말을 들으면 승수 어머니 바느질이란 시굴뜨기 바느질이고, 승수 어머니 말을 들으면 봉회 어머니는 기생 화류게 잡년들 옷이나 짓지 점잖은 옷은 지어 낼 수가 없다는 것이었다.

그것뿐만 아니라 승수 어머니는 봉회 어머니더러 게집년이 삶이 세어서 사내를 꺼꾸러트렸다고 하고, 봉회 어머니는 승수 어머니더러 게집년이 얼마나 못됐으면 사내한태 버림을 받았겠느냐고 이렇게 말하는 것이었다. 이러자니까 그냥 거저 지낼 수가 없었다. 때때로 둘 사이엔 폭풍이 일듯 싸움이 벌어지는 일이 있다.

가뜩이나 여러 셋군이 사는 집이라 그러잖아도 시끄럽기 짝이 없는데 싸움이 벌어지면 수십 명의 셋군들이 아이, 어른, 늙은이, 젊은이 할 것 없이 내몰렸다. 그러면 주인마누라는,

"아아니, 이 예펜네들 또 맞붙었나. 이런 성화라구 있나. 가뜩이나 싱그러서 못 살겠다는데 왜들 이러는 거야. 응? 왜들 이래. 내 오늘날 돈이 아쉬워 셋방을 놔먹긴 하지만 그래 내 앞에서들 이러기야. 왜 밤낮 으르릉거려. 그렇게 하려거던 떠나래두 그래. 아아니, 밤낮 으르릉거리질 말구 떠나래두 왜 못 떠나. 성가시고 싱그러워 죽겠는데. 어느 한쪽이 홀 떠남 되잖아. 밤낮 서루 앙 물구 으르렁거리질 말구 어서 떠나. 안 되겠어. 곁 사람까지 성가셔서 못살겠어."

이런 말을 좀 소리를 높여서 하곤 했다. 한 번만 하는 것이 아니라 싸움이 벌어질 때마다 이런 말을 좀 소리를 높여서 하곤 했다.

그러나 봉회 어머니나 승수 어머니나 주인마누라의 말을 들을 수가 없었다. 떠나라는 말을 몇 백 번 들었으나 떠날 생각을 못했다. 주인마누라의 말이 아니더라도 승수 어머니나 봉회 어머니는 이 집을 떠났으면 하는 생각이 간절했다. 떠났으면 봉회 어머니는 승수 어머니의 그 쫄쫄대는 꼴악사니를 안 볼 것이라는 생각이고, 또 승수 어머니 쪽에선 기생퇴물 같은 천덕스런 봉회 어머니 꼴악사니를 안 볼 것이라는 생각이 들었다.

그렇지만 떠나는 일이 마음과 같이 되지 않았다. 이사를 하자면 돈이 필요했다. 봉희 어머니나 승수 어머니는 쌀을 사고 숯을 사서 밥을 지어 먹는 일과 승수와 봉희의 학비 대는 일만 해도 쉽게 되지 않았다. 봉희나 승수는 월사금을 때때로 못 받쳐 학교에서 쫓겨 오는 일이 많았고 다른 애들이 다 사는 책이며 학용품을 못 사서는 울고불고 한 일이 한두 번이 아니었다.

그래서 떠나지는 못하고 한집 속에서 밤낮 사는 그들이었다. 어른이 그러자니까 아이들도 그러했다. 봉희는 어디서나— 변소에 가던 길이거나 학교에 가고오고 하는 때거나— 승수를 만나기만 하면 핼끗 흘겨보며 쫑알쫑알 입속으로 욕설을 퍼붓는 것이고 그러면 또 승수는 부화가 나서 견딜 수 없었다. 다른 아이도 아니고 봉희 게집애한테 그런 꼴을 당하기는 진정 부화가 났다. 승수는 방구리만큼 눈을 크게 부릅뜨고 "인년의 게집애가 죽으려구 그래?" 하면 또 봉희는, "죽긴 왜 죽어? 누가 쥑여?" 하고 달려들었다. 그러면 또 승수는 "내가 쥑이지 누가 쥑여" 했다. 그러면 봉희는 또 "어디 쥑여 봐. 죽나 보게" 했다.

그런대로 세월은 흘렀다. 흐르는 세월 속에 어른은 늙고 아이들은 자라갔다. 나무가 무럭무럭 자라가듯 그렇게 자라갔다.

그래서 봉희는 열아홉, 승수는 스물한 살. 하나는 여학교 육학년, 하나는 대학에 입학했다.

몸이 자라가니 마음도 자라갔다. 승수와 봉희는 어느 틈에 서루 미워하는 버릇을 버렸든 것이다.

정말 어느 틈에 봉희는 승수를 핼끗 흘겨보는 버릇을 안 했던 것이고 승수 또한 어느 틈에 방구리만큼 눈을 크게 부릅뜨고 봉희를 쥑여 버리겠다는 말을 하지 않게 됐던 것이다.

자라 가는 아이들의 버릇은 이렇게 좋아가는데 늙어가는 어룬들의 버릇은 어째서 곤처 안 지는지 모르겠다.

어느 날 또 수통물 앞에서 어머니들이 한 덩어리가 되었다. 어째서 그렇게 됐는지 그것은 알 수 없었다. 그날이 바루 일요일이어서 승수 봉희가 집에 있고 또 대부분의 셋방 식구들이 집에 있어서 마당엔 왼통 사람의 성을 쌓다싶이 되어 있었다.

그런 속으로 봉희가 먼저 한 덩어리가 되어 꿈틀거리는 어머니들을 갈라 놓려고 달려들었다.

그런데 봉희는 좀체 어머니들의 힘을 막아 낼 수가 없었다. 승수는 무슨 생각으로 가만있었든지 가만있다가 둘러싼 사람의 무리를 갈라붙치며 달려들었다. 아무 말 없이 거저 어머니들의 서로 잡은 굳은 손아귀를 끌러 놓았다. 그렇게 단단히 굳게 잡히고 잡았던 어머니들의 손아귀는 승수의 손으로 풀었다. 승수의 힘에는 어머니들이 문제가 아니었다.

봉희는 제가 힘을 다 했어도 도저히 어째 낼 수가 없던 어머니들을 수월히 풀어놓는 승수의 힘이 놀라웠다.

그래서 승수를 조용히 정다운 눈으로 쳐다보았다. 그렇게 수라장이 된 장소에서 그 언제나 승수를 핼끗 흘겨보던 그런 눈이 아니고 참 지극히 조용하고 정다운 눈으로 쳐다보았다.

그러니까 저쪽에서도 그런 눈으로 봉희를 보아 주었다. 봉희는 그렇게 조용하고 정다운 승수의 눈이건만 승수의 눈이 부디치자 주체할 수가 없어서 고개를 푹 숙려 버렸다. 승수는 숙려 버리는 봉희가 참 고아 보였다. 앞집 담장으로 바라 넘어 온 찔렛꽃 같이 보였다. 그것도 그냥 보통 때가 아니고 아침 이슬에 폭 젖어 있을 때거나 저녁 달빛을 받을 때같이 가련하게 고왔다. 승수는 숨이 꽉 막히며 어지러웠다.

그날부터 승수와 봉희는 서로 보고 싶어지는 버릇이 생겼다. 미워하던 버릇은 어느 틈에 없어졌는지 몰르게 없어졌어도 보고 싶은 버릇은 둘이다 처음이었다.

그 저녁엔 달이 밝아서 승수는 밤 늦께까지 앞집 담장으로 바라 넘어 온 찔레꽃을 내다보고 있었다. 낮에 보던 봉희는 꼭 그 꽃과 흡사했기 때문이었다.

봉희도 마찬가지였다. 그날 이후로 학교에 가서 공부를 하고 있자면 열린 창으로 내다뵈는 하늘이 승수의 눈길 같아서 가슴이 뜨거워지는 때가 많았다.

하늘뿐이 아니었다. 무엇이나 좋은 것을 보는 때거나 듣는 때면 꼭 언제나 승수가 그리워지는 것이었다. 녹음과 꽃과 이런 것이 왼통 승수가 있는 때문에 있어지는 것이라고 알았다. 한 번도 해 본 일이 없던 생각이었다.

그렇지만 이런 생각을 아무도 몰래 봉희는 혼자만 하고 있는 것이었다. 어머니들이 알든지 다른 사람들이 알면 큰일이 날 것만 같아서 그랬다.

'나는 어째서 하필 승수를 좋아하는 것일까. 이루지 못할 사랑을 왜 나는 혼자하고 있는 것일까. 만약 내가 승수를 좋아하는 눈치를 누가 채이게 되는 땐 나는 얼마나 나쁜 년이라고 욕을 얻어먹을까. 그리고 어머니는 나를 죽이려고 하실 것이다. 그러다가 자기 자신이 죽어 버리자고 하실 것이다. 안 될 말이다. 안 될 말이다. 무서운 일이다. 혼자 혀를 깨물며 참자. 참자. 어디로 가나 승수의 눈이 지레 밟혀서 견딜 수 없드라도 나는 혀를 깨물며 참아야 한다.'

이러한 생각을 가지고 있는 봉희여서 학교에 가는 때, 학교에서 돌아오는 때, 변소에 가는 때, 혹은 무슨 일로 승수네 방 앞을 지나게 되는 때면 ─그 방 앞을 지나는 일이 딱 질색이던 때보다─ 더 빨리 지나게 되었다. 혹 어쩌다가, 수통물께서 세수를 하다가, 또는 변소에 출입하다가, 승수의 모양이 힐끗 보이기만 해도 봉희는 무서운 거나 만난 듯이 후닥닥 방으로 뛰어 들어오곤 했다.

승수도 봉희만 못하지 않았다. 봉희나 마찬가지로, 자기가 봉희를 좋아한다는 걸 어머니가 알기만 하면 어머니는 목을 매어 죽든지 물에 빠져 죽는다고 (어머니는 승수에게 잘못이 있을 때 이렇게 위협하는 버릇이 있었다) 할 것이요, 그렇게 되느라면 그 집안에 사는 셋군들이 죄다 알게 될 것이요, 그렇게 되느라면 봉희 어머니도 알게 되어 점점 더 자기 어머니와 봉희 어머니 사이는 악화될 것이라고 알았기 때문이었다.

승수는 그것이 무서웠다. 싫었다. 또 다시 어머니와 봉희 어머니가 맞부디치는 일이 있어선 안 될 것이라고 알았다. 만약 또 그런 일이 있다면 그때 자기가 미치든지 어떻게 되든지 할 것 같았다.

그래서 승수도 봉희와 마조치는 일이 있드라도 뜨거운 시선을 퍼부을 뿐이지 말 한마디 건너어 보지를 못했다.

이러는 사이에 또 세월은 흘러서 일 년이 갔다.

봉희는 여학교를 나오고 승수는 이 학년이 되었다. 승수의 '하이카라' 머리도 제법 얼리게 됐지만, 교복을 벗고, 치마저고리를 어머니의 얌전한 솜씨로 지어 입은 봉희의 맵시는 눈부실 정도였다.

봉희는 졸업하자 어느 무역회사 사무원으로 다니고 있었다. 승수는 어느 날 그 회사로 봉희에게 편지를 보내었다.

편지에 봉희를 사랑한다고 썼다. 사랑을 하되 견딜 수 없도록 지독한 사랑을 한다고 썼다. 어디로 가든지 봉희의 얼굴만 지레 밟혀서 못 살겠노라고 썼다.

승수의 편지를 받은 봉희는 귀에서 '왜앵' 하는 소리가 나도록 정신이 얼떨떨했다. 그렇게 밤낮 보고 싶던 승수건만 무서웠다. 겁이 났다. 그렇지만 승수가 자기를 좋아한다는 것은 기뻤다. 자면서도 보고 싶고 밥을 먹으면서도 보고 싶고 걸으면서도 보고 싶고 사무를 보면서도 보고 싶던 승수가 아니더냐. 하늘을 보아도 생각나고 꽃을 보아도 생각나고 녹음을 보아도 생각나던 승수가 아니드냐.

승수의 편지는 한마디도 거짓말이 없는 것이다.

봉희는 하늘에 오를 듯이 편지를 들고 옥상으로 올라갔다. 열두 시 전이라 옥상엔 아무도 없었다. 한낮의 햇볕만이 쨍쨍 내려 쪼이고 있었다.

봉희는 편지를 다시 꺼내 읽었다. 정말이지, 승수의 편지엔 한마디의 거짓말도 없는 것이다. 어디를 가나 지레 밟히는 얼굴. 지나 보지 않은 사람이야 어떻게 알 수 있단 말인가.

편지를 열 번도 더 읽었을 때였다. 정오의 싸이렌이 "뚜우우" 불렀다. 봉희는 그것이 승수의 소리만 같아서 편지에서 얼굴을 들고 승수 학교가 있는 쪽을 바라다보았다. 오월이라 꽃은 없고 녹음이 푸르게 푸르러 세상을 덮고 있었다. 그런데 그 푸르른 잎들은 모두 고개를 들어 봉희에게 다가오는 것이 아닌가.

"봉희야, 봉희야. 축복 받은 봉희야"를 부르면서 다가오는 것이 아닌가.

여러 회사 사원들이 올라오지 않았드면 봉희는 자기를 향해 다가오는 푸르름과 함께 어떤 짓을 했을지 모른다. 점심시간이라 각 사의 사원들은 약속이나 한 듯 옥상으로 올라오고 있었다.

봉희는 올라오는 사람 틈틈 쭈루루 타고 내려, 자기 책상 앞에 와 앉았다.

사무실엔 또한 아무도 없었다.

급사까지 다른 방 급사를 찾아나갔다. 봉희는 편지를 썼다. 승수와 같은, 사랑을 한다는 말만 쓰지 않고, 사랑하면 뭘 하느냐고 했다. 왼통 세상이 떠나가도록 사랑한대도 할 수 없는 일이 아니냐고 했다. 우리가 사랑을 하게 되면 세상 사람들, 우리들 이웃 방에 사는 사람들은 얼마나 비웃으며, 우리들 어머니들은 얼마나 기가 맥혀 하겠느냐고 했다.

쓰긴 했지만, 봉희는 편지를 보내지 않았다. 소용없는 짓을 하면 뭘 하느냐는 것이 그의 생각이었다.

눈이 까암해서 봉희의 편지를 기다리던 승수는 봉희 회사를 며칠 뒤에 찾아갔다. 회사가 아니라 그 근방에 서서 봉희가 파해 나오는 것을 기다려 만났다.

"용서하십시오."

서로 미워하던 때의 욕해 본 뒤엔 처음 건니어 보는 말이었다. 이렇게 좋은 말은 그들이 세상에 나서 처음 건니어 보는 말인지도 모른다.

"아뇨."

봉희의 얼굴은 짜릿빛보다 붉었다.

한 10분은 말이 없이 걸었다. 어느 방향을 향해 걸어야 하는 것을 둘이 다 알고 있으므로 말이 필요치 않았다.

"편지를 받으셨어요?"

"네."

"그럼 왜 회답을 안 주십니까."

"회답을 하면 뭘 해요."

"어머니들이 용서 안 하실 텐데……."

이 말과 함께 봉희는 흐려진 시선을 승수에게 보내었다. 승수는 발을 우뚝 멈추면서 봉희의 시선을 받았다. 한참 그러다가 다시 걸었다.

그날은 다른 말이 없이 집에들 돌아왔다.

다음다음 번에 만났을 땐 그들은 그들의 가장 좋은 지혜를 짜내어 묘안을 꾸며 내었으니 그것은 오늘 일요일에 어머니들을 모시고 창경원에 가기로 한 것이었다. 그냥 놀러 가자면 어느 쪽 어머니든지 바쁜데 창경원이 다 뭐냐고 가자고 하지 않을 것이었다. 밤낮 바느질만 해서 살아야 하는 그 어머니들은 노는 일에 취미가 없었다.

그러므로 봉희나 승수는 똑같이 어머니들한테 거짓말을 했다.

자기와 결혼하자는 상대방이 창경원에 놀러올 터이니 어머니더러 가서 '선'을 보아 달라고 했다.

승수 어머니나 봉희 어머니나 둘이 다 똑같이 이 말에는 반갑지 않을 수 없었다. 봉희 어머니로 말하드래도 딸이 어서 좋은 배우자를 얻어 결혼을 하는 날이면 허지에 나앉는 한이 이 있드라도 숨이 활 나올 것 같았고, 승수 어머니 역시 부잣집 딸이나 며느리를 보아 남의 집구석에서 떠나고 싶던 참이었다.

두 마누라는 자기에게 있는 제일 값나가는 옷을 들쳐 입고 각기 자기 아들과 딸을 따라 창경원으로 갔다. 꽃은 지고 녹음이 그늘을 짙게 드리우고 있었다.

그늘 아래를 걸으며 봉희 어머니는 봉희 어머니대로 자기 사위 될 사람의 재산과 인물을 상상해 보는 것이었다.

"애야, 시부모가 있다지?"

봉희에게 물었다.

"네. 시어머니만……."

웃음이 나는 것을 참으며 봉희는 가늘게 대답했다.

"그래? 시아버지가 계심 더 좋겠다. 며느린 시아버지 사랑이라는데……. 그래, 재산은 얼마나 있다더냐?"

"어머닌 물은 걸 또 물으시어. 별루 없다구 그러잖았어요"

딸의 핀잔에 어머니는 주춤 풀이 꺾이면서도, "돈이 없이 에미모냥 고생이나 함 어쩌느냐" 고 걱정이 들었다.

한 삼십 분 먼저 와서 아들에게 이끌리어 식물원 근처를 걷고 있던 승수 어머니도,

"그래, 집 한 채쯤은 사줄 상 싶다냐? 넌 그런 더러운 생각일랑 말라고 하지만 집 없이 서름 받는 생각해 봐라. 그 년 건너방 년 따매 그 고통을 그리 받으면서두 돈이 없으니 밤낮 그 구석에 썩구 있잖니……."

어머니가 건넌방을 들추어내는 데는 승수도 가슴이 섬뜩했으나 그러나 승수는 아무렇지도 않은 채, "집은 인제 제가 사죠 집만 살 줄 압니까. 인제 어머닐 아주 호강시켜 드릴께 걱정 마세요" 했다.

이렇듯 어머니들은 그 아들과 딸의 배우자에 대한 욕망과 희망이 컸건

만, 식물원 근방 어느 수풀 아래서 '선'을 본 사위감, 며느릿감은 그들 어머니들의 실망의 대상밖에 아무것도 아니었다.

"이 자식아. 가자. 걸어라. 하필 그래…… 바느질 품팔이의 딸이야. 아이구 기가 맥혀……."하고 승수 어머니가 먼저 복새를 떨며 일어났다. 그러니까 봉희 어머니는 승수와 봉희를 정신없이 쳐다보다가, 딸의 뺨따귀를 서너 차례 후려갈기며 일어섰다. 그러고 나서 훌쩍훌쩍 울기까지 했다.

"내가 뼈골이 빠지게 벌어서 네 년을 공부시켰드니 오늘날 이 꼴이구나. 아이구, 하느님 맙시사……."

하고 허청허청 걷기 시작하는 것이었다.

저이들의 결합이 어머니들을 화합케 할 것이라고 믿고 한 일이 그리 안 되고 꾀한 것과는 전연 반대되는 결과를 가져 온 데 있어서 승수와 봉희는 우울하지 않을 수 없었다.

그러나 그렇다고 그들의 즐거운 사이가 끊어질 수는 없었다.

그러면 그럴수록 그들의 사랑은 자라만 갔다.

늙어 가는 사람들의 힘은 꺾일지언정 자라가는 아이들의 힘은, 사랑은 막아 낼 도리가 없는가 보다.

승수나 봉희는 오래지 않아 저이들의 힘으로 그릇된 어머니들의 마음을 바루잡을 수 있으리라는 신념을 가지고 있었다.

그러나 어머니들은 그렇지 않았다. 그렇잖아도 하루가 다르고 이틀이 다른데 창경원에 다녀 온 뒤로는 어째 그런지 눈물이 자꾸 흘러내리면서 바느질이 더 만만치 않았다. 괘씸하고 부아가 나는 마련을 해선 바느질이고 뭐고 다 팽개치고 말 생각이지만 그래도 자식의 일이라 승수 어머니나 봉희 어머니나 똑같이, 아들 딸의 사연을 남이 알세라 감춰가며 밤이나 낮이나 전과 같이 "돌돌돌 돌돌돌돌돌" 재봉틀을 돌리고 있는 것이었다.

—《부인경향》 1권6호, 1950. 6.

낙화(落花)

윤수(潤守)는 참 심술꾸러기였다. 봉미(鳳美)는 심술부리는 윤수를 볼 때마다

"저건 심술을 부리자구 생겨난나 부다."

고 여겨졌다.

그러면서도 놀자고 불르기는 언제나 윤수가 먼저 했다. 개구리 모양으로 한겨울 동안은 잠잠하다가 산 양지 바른쪽 천지꽃이 필 무렵이면 앞집에 사는 선옥이거나 뒷집에 사는 창배거나 둘 중에 하나를 불러 데리고 봉미 불르러 오곤 했다.

그래 불러 가지고 뒷산 양지발에 서 있는 팽자 나무 아래 가서 소꿉질을 하든지 공기를 줍든지 했다.

처음엔 언제나 제법 부드러운 윤수였다. 그러다가 인제 꽤 놀았구나 할 즈음에 이르러선 제 버릇을 들어내었다.

한번은 창배 선옥이 윤수 봉미 이렇게 넷이 소꿉질을 하고 있던 중 윤수는 어째서 그랬든지 갑자기 봉미와 창배에게 떡(흙떡)이며 김치(풀김치)며 밥(흙)을 마구 들려 씨웠다. 창배나 봉미 둘이 다 영문을 몰라 벙벙해 있는데, (선옥이도 영문을 아는 것은 아니지만) 윤수는 거저 씨익씨익거리며 들려 씨우다가 나중엔 땅의 흙을 파서 씨워주기까지 했다.

그렇게 실컷 하고 나서

"이자식 네까짓 게 뭐가 실랑이야."

하며 이번엔 창배에게만 올라 달려 밟고 차고 한참 하다가 또 어찌 생각한 일인지 뿌옇니 왼통 흙을 뒤집어써서서 말이 아닌 봉미 쪽엘 되쳐 돌아서며,

"이 계집애 저까진 자식이 네 서방이야……"

하고 봉미의 뺨을 찰싹찰싹 후려 갈기곤 산모롱이 비탈진 길을 내려 달리는 것이었다. 봉미가 울음을 터트릴가 싶어서 빨리빨리 달리는 것이었다.

그런데 한참 빨리빨리 내려 달리든 윤수는 봉미가 울지 않는 눈치면 산을 향해 삑 돌아서서

"누구누구는 새실랑이래. 누구누구는 새색씨래요."

하고 손가락을 괴상적게 만들어 봉미와 창배의 골을 올려주었다.

이 새실랑과 새색씨란 다른 사람이 정해준 것이 아니었다. 선옥이가 지은 것도 아니고 봉미나 윤수 자기들 자신이 정한 것도 아니었다. 윤수 제가 정해준 것이었다.

윤수는 제 자신이 실랑이 되고 싶었고 봉미로 하여금 또 제 색씨를 만들고도 싶었지만 창배보다 워낙 우람지고 클 뿐 아니라 나이가 한 살 더했다.

그래서 봉미 창배 선옥이 윤수 이렇게 넷이 소꿉질을 하게 되는 때면 으레 윤수가 시아버지 선옥이가 시어머니 창배가 실랑 며느리는 봉미가 되는 것이 가장 적당하다고 해서 한 일이었건만 소꿉질하는 도중 봉미와 창배가 실랑이요 색씨요 하며 좋아 지내는 꼴을 보아 낼 수가 없어서 저도 모르는 사이에 윤수는 심술이 나는 것이었다. 공기 주이 하는 때도 늘 이런 변이 일어나곤 했다. 봉미가 공기 돌을 던져 몇 개 더 줍는다든지 몇 개 더 주은 창배를 봉미가 칭찬을 한다든지 하게 되는 때면 제 버릇이 터지는 것이었다.

그것은 그들이 소꿉질이랑 공기 주이랑 다 그만두고 보통학교에 다니던
─봉미가 열두 살이고 윤수가 열세 살 되든 때였다. 그래서 윤수가 봉미를 불르러 오는 일도 물론 없던 때 일이었다.

　　그날은 마츰 봉미가 회충약을 먹고 학교에도 안 가고 아츰도 안 먹고 누어 있는데 어디서 오는 것인지 꽃 이파리가 미다지에 붙인 유리와 창호지에 와 부디치는 것이었다. 비소리보다 더 요란했다. 그것은 우박이 쏟아지는 듯 요란했다.

　　봉미는 누어 있다 못해서 미다지를 열었다.

　　"아직 떨어질 때가 안 됐다든데……."

　　이런 말을 입 속으로 중얼거리면서 꽃 이파리가 날려 오는 쪽을 보았다. 윤수네 저이 울타리 안에 서 있으면서 봉미 집 쪽에 더 많이 와 아지를 뻗쳐 준 살구 나무를 보았다는 말이다.

　　"어마나 어쩌나!"

　　봉미는 살구 나무를 보자마자 저도 모르는 사이에 이렇게 말이 나왔다.

　　윤수가 살구 나무에 올라 앉아 큰 몽뎅이를 들고 아지마다의 꽃을 두둘겨 떨어트리고 있는 것이 아닌가.

　　그것이 세게 부는 바람에 흩날려서 비보다 더 요란한 우박 소리로 미다지에 와 부디치는 것이었다.

　　봉미가 내다 보는 걸 알았든지 윤수는 몽뎅이에 더 힘을 넣어 살구 나무 아지아지를 두둘겨 대었다. 봉미는 옷싹해지는 마음을 어쩌는 수 없어 미다지를 얼른 닫고 자리에 와 누어 버렸다. 그런 뒤에도 꽃들은 얼마를 더 와서 부디쳤다.

　　봉미는 저도 모르는 사이에 또

　　"저걸 어쩜 좋아."

하고 소리를 쳤다.

　　"뭐가?"

하고 옆에 앉아 솜을 필우든 봉미 할머니가 물었다.

　　"윤수 자식이 살구 나무에 꽃을 죄다 두들겨 떨어트린대요"

했다.

그러니까 할머니는

"망한 녀석 우리가 살굴 먹을가봐 그러는 게지. 심술꾸러기 같은 녀석.
쯧 쯧 쯧."
했다.

그러나 봉미는 할머니 말씀이 맞는다고는 생각되지 않았다. 윤수는 그런
생각을 하고 (심술꾸러기긴 하지만) 꽃을 두둘겨 떨어트리는 것이 아니라
고 알았다.

그해 (살구가 아직 채 익지 않은) 한달 뒤에 봉미네는 서울로 이사를
했다.

이사할 때 윤수가 정거장까지 짐이랑 날러다 주고 그리고 봉미네 식구가
탄 기차가 움즉이니까 윤수는 참 이즈러진 얼굴을 하고 있는 것을 봉미는
보았다. 기차가 좀 멀어졌을 땐 윤수의 눈에 눈물이 걸성 한 것 같음을 봉
미는 보았다.

이듬해 봄 봉미는 윤수가 서울에 입학시험 치루러 왔다는 이애길 아버지
한테서 들었다. 그와 동시에 윤수가 학교에 입학되면 그 아버지와 같이 봉
미네 집에 놀러 오기로 했다는 이애기도 들었다.

봉미는 부디 윤수가 입학되어서 저이 집에 빨리 와 주었으면 좋겠다고
기다렸다.

봉미의 뜻이 이루워지느라고 그랬든지 닷새 후에 과연 윤수는 그 아버지
와 같이 봉미 집에 왔다. 봉미도 반가웠지만 심술꾸러기라고 제일 미워
하던 할머니까지도 반가워 눈물이 났다.

윤수는 그새 자라서 키도 크고 아주 점잖아지고 말소리도 웅얼웅얼 어른
티가 났다. 봉미는 속으로

"저렇게 점잖아졌으니 심술두 인제 안 부리겠지."

했다.

아버지들이랑 할머니 어머니는 고향 소식에 흥겨워하는데 윤수는 정말 (봉미가 추측한 대로) 점잖니 앉아 가끔 봉미와 서루 잠깐씩 건너다 보곤 수집은 미소를 띠었다.

그날밤 늦게사 윤수네가 돌아간 뒤 봉미는 자리에 누었으나 어쩐지 자는 둥 마는 둥하다가 꿈을 꾸었다.

─윤수가 살구 나무에서 꽃을 두들겨 대는 꿈이었다. 꽃나무는 윤수 저 이집 울타리 안에 서 있기보다 봉미네 울타리 안에 더 많이 와 가지를 뻗혀 준 시골집 살구 나무가 아니고 서울집─즉 봉미네가 살고 있는 집 뜰 아래 서 있는 벚나무였다.

아침에 일어난 봉미는 일어나자마자 문을 열어 뜰 아래 벚나무를 내려다 보았다. 어제까지도 그렇지 않드니 어느새 낙화(落花)가 되어 나무 밑뿐 아니라 왼 마당이 눈이 온 것처럼 하야졌다.

봉미는 꿈 생각을 하면서

"윤수는 아직두 심술꾸러긴 가봐. 저렇게 꽃을 죄다 지워 버렸으니……."

봉미는 마당에 하얗게 깔린 낙화가 어쩐지 윤수의 작난만 같이 여겨졌다.

─≪여학생≫, 1950. 6.

한무숙 ●●●

한무숙(1918~1993)

- 1936년 부산고등여자학교 졸업
- 1942년 「燈ぉ持つ女등불드는 여인」이 ≪신시대≫에 당선되어 등단, 1948년 『역사는 흐른다』가 ≪국제신보≫ 장편소설 모집에 당선
- 주요 경력 ─ 자유문학상 수상(1957), 제5회 신사임당상 수상(1973), 한국여류문학인회 회장(1980), 대한민국 문화훈장(1986), 대한민국 문학상(1986), 한국소설가협회 상임대표위원(1990), 대한민국 예술원상(1991)
- 대표작 ─ 「정의사」(1948), 「내일 없는 사람들」(1949), 「파편」(1951), 「허물어진 환상」(1953), 「감정이 있는 심연」(1957), 『빛의 계단』(1960), 「우리 사이 모든 것이」(1971), 「생인손」(1981) 등 다수

●●●

람푸

그는 불행하게도 뷔너쓰의 손길이 미치지 못한 처녀였다.

수수만년을 두고 주야로 끊임없이, 만물을 창조해 내려온 조화신(造化神)의 쉴 새 없는 부즈런에 짜증을 낸 갸으른 미신(美神)이, 그 향기로운 장미의 자리 속에 나릿하게 몸을 쉬이고 있을 때 생을 받게 된 숙명을 지고 났던 것이다.

어려서부터 한마디의 찬사도 받지 못하고 자라난 옥란(玉蘭)은 혼기에 들었으나 도무지 길녀59)이 터지지 않았다.

홀어머니 손에 자라나 용모의 미추가 문제가 되지 않을 만한 배경도 뛰어난 재주도 없었기 때문에, 사춘기를 맞아 모밀꽃만치나마 피든 시절도 어언간 지나고 어느덧 삼십을 바라보게 되었다.

한약방을 하던 아버지가 남긴 약간의 재산과 알뜰한 어머니의 규모로 어느 사립학교를 마친 후 사범 강습과를 나와 교원 생활을 한 지 십년이 가깝다.

스물여덟이라는 나이보다 훨신 겉늙어 보이는 바짝 말른 중키에, 검누런 윤택 없는 피부겉기는 하나 드문드문 난 속눈섭 때문에 어리석게 보이는 약간 불거진 커다란 눈, 툭 솟은 광대뼈, 중턱 뼈가 불룩 튀어나온 너무나 큰 코, 벗어진 넓은 이마에 숱 없는 머리를 아무렇게나 쓰다듬어 올리고,

---

59) 결혼하기 좋다고 하는 해나 나이.

언제나 똑같은 본새의 흰 부라우스와 곤색 스카트를 입었다기보다 허리에 걸친 쑥스러운 차림새─우람하고도 겉마르고 생기 없는 로양(老孃)의 서글픔을 그녀는 지니고 다녔다.

사범학교에 다닐 때부터 아버지 생전에 약국 단골이든 중매쟁이 아주머니가 부산히 돌아다녀 혼처를 뚫어 대었으나, 선을 보고 돌아갈 때는 누구나 고개를 흔들고 걸음을 빨리하여 골목길을 나간 뒤에 "그 코허구 이마! 아유, 너무 거시여!"란 한마디에 끝이 났다.

어머니 하나, 딸 하나의 외로운 환경에서 어머니로서는 그것이 더욱 가슴 아픈 일이었으나 딸은 아주 결혼을 단념하고 아동 교육에만 몰두하는 것 같았다. 사실 결혼만이 인생의 전부는 아니지 않은가? 그러나 옥란은 그 우람하고도 무신경해 보이는 외모 속에 누구보다도 연약하고 몽상적이고 예리한 감수성을 지니고 있었다.

안개같이 자욱한 봄비가 소리 없이 뜰 앞의 붉은 석류꽃을 축이는 아침이라든가, 깊은 가을밤에 먼 곳에서 들려오는 다디미 소리를 들을 때에는 까닭 없이 가슴이 설레어 한숨을 지었고, 그것이 저윽이 마음의 금선(琴線)[60]을 흔들어 주기 때문에 죽엄으로 끝이 되는 연애소설을 눈물을 흘리며 탐독하였다.

좋은 선생님이라고 학부형들의 호평을 샀으나 그의 아동에 대한 사랑에는 때때로 얼룩이 젖다.

친구가 결혼을 했다던가 아이를 낳단 소문을 들으면 어쩐지 자기 애인이나 빼앗긴 것 같은 질투와 분노가 가슴을 욱쥐었고, 간혹 그들의 이혼이나 실연을 알게 되면 무한 동정을 하면서도 어딘지 잔인한 쾌감을 느끼곤 하였다. 십 년 가까운 긴 세월을 한결같은 차림새로 다녔기 때문에, 그 흰 부라우스와 곤색 스카트는 마치 동물의 털처럼 그것을 떠난 그녀는 상상도

---

60) 예민하게 느낄 수 있는 마음결.

못할 만치 거이 그녀의 몸의 한 부분이 되다시피 했으나, 그의 마음은 언제나 가벼웁고 아름다운 긴 치마와 똑 따듯이 지은 예쁘단 저고리를 입은 맵시 있는 매무새에 동경이 컸다.

자기 직업을 성스럽다고 느껴 본 일이 없는 것과 마찬가지로 자기의 쑥스러운 차림새를 긍정해 본 일이 없었으므로, 우아한 곡선이 구비 흐른 긴 치마를 입고 애달프도록 정서적인 고은 맵시로 꿈꾸듯이 애인의 얄은 사랑의 속사김에 귀를 기울이는 위치에 자기를 놓고 싶었다.

그토록 그녀는 찬사와 사랑에 굶주리고 있었던 것이다. 그러므로 그의 미덕으로 꼽히는 겸허, 소박, 근면, 친절이라고 일컫는 성격과 습성은 그녀에게는 자신 없는 자의 비굴과 활기 없는 타성에 지나지 않았다.

한마디로 말하여 그녀는 항상 비참한 자기비하 속에서 동경에 불행한 늙은 처녀였다.

어느 날 저녁, 그는 책상 앞에서 람프의 등피를 닦고 있었다. '휴훅' 입김을 뿜어 얇은 유리 등피를 골고로 닦은 뒤 그녀는 불을 달렸다. '퍼럭' 하고 심지에 옮아 붙은 불꽃은 잠시 거문 연기를 뿜으며 좁은 등피 속에서 두어 번 설렌 뒤 차차 빛을 간직하여 화안하게 방 안을 비치기 시작했다.

바루 그때,

"우편이오."

하는 소리와 함께 보지 못하던 조그만 유달리 새까만 우편 배달부가 뜰 안으로 들어와 하이얀 양봉투 하나를 디려밀고 살아젓다.

'또 복남이헌테 편지로군.'

그는 겉장도 잘 보지 않고 자기 책상과 가즈러니 놓인 복남이 책상 위에 그 봉투를 놓으려 하였다.

최복남이는 작년 가을에 사범학교를 나온 젊은 여교원으로, 집이 시골이기 때문에 옥란의 집에 하숙하고 있는 아름다운 처녀였다. 그녀에게는 혹은 시골 오빠한테서, 혹은 친구한테서, 또 미지의 사람한테서ㅡ. 어쨋든 옥란의 집에 오는 편지는 거의 그녀에게 오는 거라고 하리만치 편지가 많이 왔다.

그러나 옥란이 그 편지를 무심이 책상 위에 던저 놓고 일어서며 문득 겉장을 보니, 분명히 달필한 서체로 '백옥란 씨 옥안'이라고 씨워 있지 않은가?

"누구한테서 왔을까?"

그녀는 얼른 봉투를 뒤집어 보았다.

'돈암동 ××번지 K생 올림'

"누굴까?"

그녀는 저윽이 의아해하면서 봉투를 뜯었다.

편지는 줄 없는 하얀 편찬지에 그리 가늘지 않은 펜으로 흘려 씨워져 있었다. 옥란은 람프를 잡아다가 읽기 시작했다.

오− 옥란! 어찌하여 그대는 하필 옥란이었든가? 그 철학적인 잎새 그늘에서 고고하게 고귀하게 싸늘한 미소를 먹음은 옥란!

장미의 정렬도 백합의 청순도 국화의 정절도 그대의 그 차가운 아름다움과 고귀 앞에서는 빛을 잃으리. 그러하거늘 아름다운 여인이여! 태고의 김이 서린 이끼 푸른 바위 그늘에, 호올로 숭고한 명상에는 잠기되 그 그윽한 향기는 뿜지 말지어다.

외람한 속인이 함부로 꺾을가 두려워!

옥란 씨! 옥란 씨를 애인으로 택한 것은 나 스스로의 자랑입니다. 애인을 태양으로 우러러 겨누는 나라도 있다 합니다만 너무나 현란하여 그리움보다도 현란함이 더할 것이오. 장미나 카네이숀은 아름답되 깊음이 없습니다. 옥란 씨? 당신은 너무나 '옥란(玉蘭)'입니다. 감히 가까이하기 어려운 고귀 속에 고고한 긍지를 지키고 계십니다.

그러나 문향천리(聞香千里)라고, 그 그윽한 향기를 아낌없이 베프시는 데 용기를 얻어 감히 이 조심 없는 글월을 올리는 바입니다.

신이 사람을 창조하시되 남자와 여자의 두 가지로 하시고 두 사람을 합해서 하나로 되라 하셨습니다. 그러므로 사람이 서로 이성을 그리는 것은 곧 본연이 아니오리까?

허구많은 꽃 중에서 하필 싸늘한 란을 취한 것도 한 가지 숙명이려니와 그 향기로운 몸을 싸늘하도록 깨끗하게 간직하는 높은 절개가 가시를 품고 화려히 웃는 장미보다 더욱 그립습니다.

옥란 씨! 당신과 합함으로서 완성과 광영을 보리라고 원하는 것은 너무나 버릇없는 자의 엉뚱한 소원이오리까?

옥란 씨! 당신은 한 사나이를 불행하게도 또 행복하게도 할 수 있는 운명의 여신이십니다.

이 가련하고 무력한 사람은 기대와 기우(杞憂)로 떨면서 그대의 미소를 갈망하며 붓을 놓는 바입니다.

×월 ××일 밤 K생

난생 처음 받는 사랑의 편지였다.

옥란의 심장은 소리가 들리도록 뛰었다. 입술은 바짝 타고 눈이 아롱거려 글씨가 춤을 추었다. 손이 떨리고 현기가 나서 몸을 가누기가 힘들었다.

그러나 문득 그녀는 형용할 수 없는 모욕을 느꼈다.

'필연코 누가 나를 조롱한 게로구나!'

움움한 분노가 치밀어 올라온다. 그는 편지를 내동댕이질치고 독서를 하량으로 책장에서 책을 한 권 뽑아 들었다.

두어 장 내리 읽었으나 머리는 빈 채로 한 구절도 이해할 수가 없다. 그 편지의 문구가 무슨 뜨거운 붉은 나비처럼 머릿속에서 번쩍번쩍하며 날아다녔다. 그녀는 책을 덮어 치우고 공상에 잠겼다.

'왜 나라고 이런 편지를 받아서 않 될 리가 있을까? 내가 일찌기 이런 편지 한 장을 못 받은 것은 그 편지 사연대로 내가 너무나 가까이 하기 어려운 여자였었기 때문이라고 할 수 있을지도 아닌가?'

그는 점점 이런 생각이 들기 시작했다.

옥란은 방 안을 휘둘러보았다.

벽에 걸린 미레-의 <안젤라스의 종>의 사진들, 석고로 만든 마리아의 흉상, 못에 걸린 자기의 흰 부라우스와 친구 집에 간 복남이가 걸고 간 자주빛 치마, 그리고 조고만 책장과 빨갛게 칠한 경대, 책상 위에는 채점하다 둔 아동들의 서투른 그림들, 파란 유리 화병 속에서 반 시들어 가는 코스모스 꽃-, 여교원의 방다운 정돈된 가난한 방이다.

그러나 옥란의 눈에는 그것이 다른 때와는 다르게 정다웁고 그윽해 보였다.

그녀는 경대 앞에 가서 거울을 드려다보았다. 이윽고 적지 않은 놀라움을 느꼈다.

일찌기 없든 광채가 그녀의 눈에 깃드리고 뜨거운 홍조가 검누런 피부를 물들이고 무표정한 입술에는 있으락말락한 미소가 떠돌았다.

람프는 무슨 신비한 광경이나 비치듯 깜박도 않고 고요히 타고 있다.

그는 일어서서 반침을 열고 괴짝 속에서 어머니가 혼수로 꾸며 놓은 하얀 긴 치마와 저고리를 꺼내어 꿈속에서 하는 것 같은 들뜬 동작으로 그것을 입고 다시 체경에 비치어 보았다.

홀홀한 비단 치마는 허리에서부터 아름다운 곡선을 그려 흘러 사뿐히 앉은 무릎 밑으로 서리서리 감돌아 감기었다.

옥란은 황홀한 마음으로 자기가 무슨 마법에 걸린 것이 아닐가 의심해 본다. 그녀는 고요히 타고 있는 람프를 바라보았다.

필연코 모든 수수꺼끼는 그 람프에서 난 것만 같았다.

그것은 <아라비안나이트>의 그 이상한 람프가 아닐까? 그 보지 못하든 조고만 새까만 우편 배달부는 필연코 그 람프의 넋이 아니었든가?

그리고 자기는 자기도 의식치 못하는 가운데 무엇을-사랑을 기원하며 람프를 닦고 있었든 것이 아닐까?

옥란은 모든 것이 꿈속만 같고 숨만 크게 쉬어도 그만 모든 것이 신기루같이 사라질 것 같은 애석함과 두려움으로 사지에서 힘이 탈진해 감을 어찌할 수 없었다.

이튿날 아침 그는 일어나자마자 어제 저녁에 채워 두었던 책상 서랍을 두려움과 기대로 가슴을 조이며 조심스럽게 열었다.

어제 저녁 일이 꿈이 아니었든 증거로 하얀 봉투 속에서 그 편지는 나타났다.

옥란은 그날부터 세상에서 누구보다도 행복한 처녀가 되었다.

대체 그가 누구일까. 그녀는 K를 머릿자로 가진 성을 더듬어 보았다.

'강(姜), 김(金), 고(高), 구(具).'

꽤 범위가 넓다.

김씨라면, 그리고 나를 아는 사람이라면 한 학교에 다니는 도화 선생인 김상옥 씨가 아닐까? 동양화를 하는 그는 란을 사랑할 것이다. 그러나 그는 도학자니깐 그런 열정적인 연애편지를 쓸 리가 없고!

그러면 명랑한 체조 선생 김현진 씨? 아니 그는 씩씩한 운동가다. 사랑하면 대담하게 프로포-즈할 것이지 되남스럽게 K생이니 무어니 할 리가 없다.

그러면 1학년 담임인 김동오 씨?

천만에. 밤낮 '아가야 나와 놀아'만 부르는 그 뚱뚱한 늙은 어린애가 난의 정서를 이해할 리 만무하고.

김씨 외에서 찾는다면 혹 자기가 도서 구입을 맡고 있느니만큼 접촉이 잦은 젊은 서점 주인 구정민 씨?

그러나 그에게는 아내가 있었다.

그러면 언제나 우울한 대학 병원 의무실에 근무하는 젊은 의사 강용섭 씨?

그러나 그는 니히리스트니깐 마치 동백나무를 산다과(山茶科)에 속하는 식물로 취급하듯이 사람도 포유류에 속하는 동물에 불과하다고 생각하는 사람이라 연애편지가 아랑곳 있을 리 없다.

그럴듯한 사람은 그 밖에도 몇 사람 있었으나 모두 조금씩 촛점이 어긋났다.

편지의 문구로 미루어 보아

첫째, '그 사람'은 미혼일 것이다. 애인과 합함으로써 완성을 하겠다는 사연이 있으니깐.

둘째로 '그 사람'은 가장 취미가 고상하고 심지가 깊을 것이다. 왜냐하면 보통 청년같이 화려한 장미에는 애정을 느끼지 않고 고고한 란을 사랑한다 하니.

셋째, 그는 자기에게 절대적인 열정과 사랑을 가지고 있을 것이다. 기대와 기우로 떨면서 고대한다고?

그만하면 모든 조건을 못가졌다 할지라도 이상의 남편이라고 할 수 있을 것이다.

대체 누구일까? 그 미지의 사람은 불원[61] 신비의 장막을 페치고 옥란의 눈앞에 나타날 것이다. 그러면ー.

'그들은' 조고만 집을 가질 것이다. 아주 아담하고 깨끗하고 평화스럽고 사랑에 넘친 가정을, 온후하고 의젓한 남편과 근면하고 상냥하고 명랑한 아내인 자기는 그녀가 사랑하는 2학년 급장인 성무형 같은 머리 좋고 귀염성스러운 아들을 또 가지게 되겠지ー. 그들은 부즈런히 일하고 마음껏 쉬고 평화스럽게 인생 항로를 가게 될 것이다. 옥란의 공상은 한없이 즐겁게 퍼져 갔다.

아무렇든 사랑하는 사람이 있는 것은 아름다운 일이었다.

하늘은 더욱 푸르고 바람은 향기롭고 새들의 지저귐도 행복을 노래하는 것 같았다.

---

61) 오래지 않아서.

그녀는 비로소 그 흰 부라우스와 곤색 스카트를 벗었다.

밤이면 복남이가 잠든 것을 기달려 얼굴을 맛사—지한 뒤 '그이'한테 인사를 보내고 자리에 들었다.

몹시 부끄럽고 겸염쩍은 일이었으나 분과 연지로 엷은 화장을 하고 미용원에 가서 난생처음 파마넨트도 하였다.

이리하여 그녀는 그 누구를 위하여 조곰이라도 더 아름답게 되려고 노력하고 그 편지의 문구대로 의식적으로 고귀하고 고고하고 싸늘한 아름다움을 간직하려고 애쓰며 다음에 또 올 것을 고대하고 날을 보냈다. 일주일이 지났다. 아무 일도 없이—. 또 일주일이 지났다. 역시 아무것도 오지 않았다. 한 달이 가고 또 한 달이 지났다.

옥란은 차차 또 모든 것이 다— 그 마법의 람프의 작난이 아니었던가 하는 생각이 들기 시작했다.

자기에서 행복을 갖다 준 그 마법의 람프는 자기도 몰으는 사이에 험살궂은 악한이 가짜 람프와 슬적 바꾸어 놓은 것이 아닐까 하는 생각이—.

어느 날 밤, 옥란과 복남이는 어쩐지 둘이 다 잠을 이루지 못했다.

바깥은 바람이 불고 찬비도 뿌렸으나 방안은 훈훈하고 안온하고 사람 그리운 밤이다.

자리에 들었든 복남이가 이불을 제치고 일어나 앉드니,

"당최 잠이 와야지."

하며 성냥을 더듬어 람프에 불을 달렸다.

좁은 등피 속에 자옥하게 서렸던 김이 차차 사라져 방 안이 환해지자 복남이는 말없이 불꽃을 듸려다보다가 문득,

"언니 난 약혼했어요" 한다.

"응, 그래?"

옥란은 불빛에 비최인 아름다운 젊은 동무의 꽃 같은 얼굴을 물끄레미 쳐다봤다.

잠시 침묵이 흘렀다. 복남은 무엇을 생각했는지 갑자기 웃기 시작했다. 이윽고 그는 미안하다는 듯이,

"아니야, 문득 생각이 나서 그랬어. 글쎄 그이가 그러는구료. 복남이란 이름은 너무 산문적이라구. 무슨 까닭인지 첨엔 내 이름이 옥란이라구 그러는 줄만 알았대."

그녀는 불을 드려다보며 말하다가 친구의 대꾸가 없는 것을 보고 고개를 돌렸다.

"언니 잠이 들었수?"

옥란은 대답이 없고 고요히 잠이 든 모양이다.

이튿날 옥란은 반침 속에 쑤셔 박았던 그 흰 부라우스와 곤색 스카트를 꺼내 입고 학교에 나갔다.

다시는 운명의 장난거리는 안 되리라고 굳은 결심을 하면서.

―≪민성≫ 제39호(5권10호), 1949. 10.

내일(來日) 없는 사람들

"왜 그렇게 울어요?"

날카로운 메누리의 소리다.

"글세 말이다. 암만 해도 안 긑이는구나. 젖이나 좀 물려 보렴."

지친 소리로 시어머니는 말하고 달래다 못한 조막만한 어린애를 안고 안방으로 들어간다.

"할머닌 구찮으시면 젖멕이래셔. 속상해!"

메누리는 속으로 쫑알거리며 붙이든 봉투지 뭉치를 밀어 놓고,

"기집애두 왜 그렇게 삼하대!⁶²⁾ 에미가 뭐, 자식만 끼구 앉어 있을 팔자나 되는 줄 아니?"

바락 소리를 질으며 잡어낚우듯이 어린애를 빼앗아 안는다. 그 바람에 아직 백날도 못된 아희는 놀라서 가슴에 모았든 두 손으로 활개를 치며 찌르는 소리를 한다.

"애, 닷칠라."

그래도 시어머니는 나무럴 용기가 나지 않어 그저 염려스러운 듯이 얼굴만 흐린다.

"배급 날이 모랜데 넬꺼진 붙여 버려야죠. 그래, 아희허구 씨름만 험 뭐가 돼요!"

---

62) 어린아이의 성질이 순하지 않고 사나움.

메누리는 울쌍을 하면서 야윈 가슴을 열어 젖꼭지를 물린다. 겨우 스무 두어서넛 되여 보이는 곱살스러운 애젼한 얼굴이나 말하는 것을 보면 꽤 가스러서 나희 삼십 가까운 모양이다.

젖이 부족해선지 오낙 아희가 삼해선지, 어린애는 좀처럼 끝이지 않는데 "찌―" 하고 대문이 열리드니,

"엄마……. 경훈인 엿 먹어―"

하고 대여섯 살 되는 흙강아지가 된 아희 놈이 미거스럽게[63] 콧소리를 하며 들어온다.

젊은 어머니는 아들을 흘깃 보자 더 한층 성미가 일어난다.

"경훈이가 엿 먹으니 어쨌단 말야!"

"흥, 나두 엿―"

아희는 고개를 외로 꼬우고 이마 넘어로 어머니를 쳐다본다.

"요 녀석, 너꺼지 날 못 살게 구냐?"

어머니는 발작적으로 옆에 놓인 풀통을 들어 동댕이를 친다. 풀통은 퇴돌에서 느른하게 잠이 든 누렁이 등 위에 털석 떠러저 풀은 개 잔등이에 쏟아지고 빈 깡통은 요란하게 뎅그랑거리며 굴러 내렸다.

할머니는 재빨리 뛰어 내려가서 통을 주서, 놀라서 "깨강깨강" 하는 개를 붙들어 눌르고 통에 눌어붙은 풀을 긁어 담으며,

"얘, 어린 걸 갖이구 뭘 그리니."

하고 역성을 한다. 그제야 어머니의 지나친 야단에 눈만 휘둥그레서 엿 생각도 잊어버리고 섰던 영경이는 못생기게 "이―ㅇ" 하고 울기 시작한다.

거넌방에서 낮잠이 들었든 세 살 난, 아우 본 기집 아희가 이 소동에 선잠이 깨어 킹킹거린다.

"그것 봐라. 니가 울어서 영숙이가 깼구나."

---

63) 철이 없고 사리에 어두움.

할머니가 손자를 나므러고 거넌방에 드러가 보니 영숙이는 요 바닥에 헝덩근히 오줌을 싸고 누어 있다.

"에그머니, 이건 또 무슨 망녕이야!" 하는 할머니 소리에,

"왜 그래요? 또 오줌 쌌지요?"

메누리는 아희를 안은 채 발딱 일어서서 한달음으로 거넌방으로 가 드려다보드니 킹킹거리고 있는 아희 볼기짝을 보기 좋게 냅다 붓친다.

"그래, 요년아. 그렇게 뉘일라구 애를 써두 안 누드니 또 싸구 말었지! 에미 잡어 먹을 년 같으니—"

"와—" 하고 아이가 우니 품속의 간난이가 "까르르" 한다. 마당에 비켜슨 큰놈은 여전히 칭얼칭얼 졸고 있고.

"아이구, 지긋지긋해!"

젊은 어머니는 성미에 못 이겨 쌔근쌔근하며 가까이 있는 오줌 싼 기집애에다 분푸리를 한다.

살이 없느니만큼 손대가 맵다. 새파랗게 질린 어린것을 할머니는 얼른 무리처 업고 뒤도 안 도라보고 밖앝으로 나가 버린다.

요지음은 거의 날마다 나는 소동이었으나 할머니는 번번이 거북하고 민망스럽고 고까운 생각이 들었다.

메누리가 시어머니를 갖이구 못 먹겠다고 하는 것은 아니나, 어린것들 단속하는 것이 도가 넘어 자곡지심으로,

'사리는 맑은 기집이닛간 차마 날보군 못 그러고 어린 것들헌테 안가품을 허는 거지.'

그런 생각이 들어 메누리가 괫심하다니보다 자기 신세가 서글펐다. 그래도 영감이 살아 있을 때는 유세도 부려 보았지만 요즘은 공연히 풀이 죽어 설은 생각만 든다.

할머니로서 무엇보다도 안타가운 것은 아들 내외가 결코 불측한 자식들은 아니라는 점이다.

전기 회사에 다니는 아들은 요샛 사람으로는 퍽 조신하고 얌전하고 효성스러운 청년이고 메누리는 바지런하고 사리 맑고 경우 밝고 알뜰하고 또 손끝이 야물다.

어른 셋, 아희 셋이라면 많은 식구는 아니나 조석에서 빨래, 푸지,64) 바누질까지 혼자 맡어 하려면 쉬운 일은 아니다. 그 외에 그는 어려운 살림의 봇탬으로 봉투를 맡어다 붙였다.

시어머니 뒤도 항상 깨끗하게 거두어, 시어머니 부려 먹는 것을 떡 먹듯 아는 요즘 신녀성과는 다르다.

그러나 요즘 살림이란 것은 살을 깎어 내는 반비례로 성미는 기르기가 쉽다.

시어머니는 메누리 본 지 일 년 후부터 손자 말 노릇하기 시작하야 이날까지 등 뷔는 날이 없다. 그럼으로,

"할머닌 애기만 봐주시믄 되닛간—"

하고 일이라기보다 노란이라는 듯이 하는 소리들이 좀 불만스럽다.

아희 보기가 티도 안 나면서 어지간히 골 빠지는 일이 아니기 때문이다.

"내가 아휠 안 봐줘 봐. 제 아무리 날구 뛴댓자 싸 뭉게게 되지!"

자기도 가족으로서 불가결한 존재의 하나라는 것을 주장하고 싶었다.

그러나 왼일인지 할머니는 날이 갈수록 자꾸 물 우에 기름 돌 듯 겉으로만 도는 것 같았다. 외로웠다.

영경 할머니는 집에서 거북한 일이 있으면 어린애를 없고 종로 뒷골목에서 구멍가게를 내고 있는 친정 형에게 하소연을 하러 간다.

서울이라는 조화를 무시한 도시 중에서도 그 정도가 극심한 종로—철근 콩크리—트의 고층 건물이 근대문화를 자랑하듯 억개를 뻗히고 서 있나 하

---

64) '푸새'의 잘못. 옷 따위에 풀을 먹이는 일.

면 수도 서울의 심장지, 번화가 종로 큰길가에 쓰러져 가는 옛 점포가 어엿하게 전을 버리고 있다. 간판만 보아도 가지각색으로 영어로 가로쓴 초현대적인 것이 있나 하면 ××상전(床廛)이라고 쓴 회고 취미도 있다.

더구나 한거름만 그 뒤로 발을 옮기고 보면 소위 서울의 암흑가라고 불리는 환락장에 섞여 납작한 구식 시정이 너무나 낡고 초라는 하나마 옛 정서를 간직하고 있는 것이다. 그렇다고 이 낡은 시정이 현대하고 등지고 있나 하면 대단한 그릇이고 수도 서울의 굵은 한 혈맥으로 현대 도시의 호흡을 하고 있는 것이다.

영경 할머니의 형, 성 참봉 부인이 이 뒷골목에 구멍가게를 내게 된 것은 해방 후부터다.

그 고장에서 여관을 내고 있든 먼 척분 되는 사람이 해방 후 여관업을 고만두고 다른 장사를 하게 되었을 때 밖앝채를 성 참봉 부인에게 빌려주어 거기다가 조고만 가게를 채린 것이다.

길을 걸으면 발뿌리에 채이도록 늘어만 가는 서울 거리의 구멍가게―그러나 장소가 장소인 만큼 두 식구 호구는 되었다.

영경 할머니가 불만과 심난한 마음을 잔뜩 안고 형의 집 가게에 들어스니 늘 가게에 앉어 있는 참봉 부인은 출타중인지 보이지 않고 성 참봉이 방에 앉어 있다가 늙은 처제를 보자 얼른 장지문을 닫고 "에헴" 하고 기침을 하며,

"여보 마누라, 손님 오신 모양이오."
한다.

"누구세요?"
하며 삼간 방을 미다지로 가른 웃방에서 참봉 부인의 소리가 난다.

"나요. 영경 할미요. 언니, 무얼 허슈?"
하며 영경 할머니가 방으로 들어가니 돗배기를 쓰고 영감 마고자를 짚고 있든 참봉 부인이 이마 위에다 돗배기를 올리고 눈을 치뜨며,

"난 또 누구라구. 오늘은 어째 견마자비가 없니?"

하고 웃는다. 견마자비라는 것은 할머니가 일상 손녀를 업고 손자를 앞세우고 다니기 때문에 참봉 부인이 짖은 영경이 별명이다.

슬그러운 형과 달라 곁말 하나 쓸 줄 몰으는 아우는 그 말에는 대꾸도 않고,

"늙은이가 무슨 바누질이야!"

"허, 그 애가ー 늙은 것두 설은데 바누질두 못 하래니?"

하고 허허 웃고,

"그래, 어린 건 젖 잘 먹니?"

"왼걸."

"아니, 백날두 안 됐는데 그거 큰일이구나."

영경 할머니는 씹어 뱉듯이,

"에미 성미가 그 따위니 젖인들 불을 수 있답딧가?"

"자식들허구 어듸 어멈는 게 있니?"

참봉 부인은 오히려 조카메누리를 동정하는 빛이다.

"허리 앞으지. 좀 네려 노렴"

하는 형의 말에 아우가 띄를 끌으려 하는데

"여보세요"

하는 젊은 남자의 소리가 난다. 가게에 누가 온 모양이다. 그러자 "여보" 하는 성 참봉의 담 걸린 소리가 들렸다.

참봉 부인은 바눌을 쪽에 꼽고 "네" 하고 일어선다.

마누라가 가용이나 바누질을 할 때만 가게에 앉아 있는 성 참봉은 긴 장죽을 물고 푹 꺼진 눈을 거슴츠레하게 뜨고 골목을 흘겨보다가는 가끔 버선 바닥을 쓰다듬는 이외에는 할 일 없이 우두커니 앉아만 있는데 장사를 시작한 지 그럭저럭 사년 가까이 되건만 여지것 파는 물건 값을 몰은다.

검버섯이 꺼뭇꺼뭇 난 허여멀건 점잔한 얼굴은 손이 가게 앞에서 발을

멈추어도 무표정한 채로 있다.

"이거 얼마에요?"

물건을 가르치며 값을 물으면 물고 있던 장죽을 혀끝으로 내밀고,

"여보."

하고 천천히 마누라를 불온다.

할머니가 김을 굽다가라도 재빨리 나와 보지 않으면 그 손은 이내 놓치고 마는 것이다. 그래도 단골 손들은 곧잘 온다. 가격이 뻔한 것은 물어보지도 않고 사 가지고 가고 값을 몰으는 것이 있으면 할머니가 나올 때까지 기달린다.

성 참봉은 장안 갑부 성 판서의 아들로 태어나 장안의 기생들은 모조리 내뜰의 꽃으로 알든 일대의 탕아―지금 낙탁65)하여 뒷골목에서 손바닥만 한 가게를 직히고는 있으나마 허여멀건 신수에는 여전히 귀태가 흐른다.

충천하는 권세와 뛰어난 미모로 요란한 백화 속에서 거드려 놀든 호랑나비 한 마리― 그러나 화무십일홍이니 청춘도 천량66)도 매양이 아니었든 것이다.

참봉 부인은 스물한 살 때 첫 시앗을 보았을 때 노심으로 무섭게 살이 빠졌었다. 그러나 그 후 남편의 방탕이 심해 갈수록 몸이 나기 시작하야 남들은 청승살67)이라 하였지만 이내 뚱뚱한 몸집이다.

남편이라고 받은 것은 분노와 원한과 고통뿐이요 자식 하나 낳지 못해 어머니로서의 행복조차 맛보지 못했지만 그가 늙고 병든 몸을 이끌고 아내 앞으로 돌아왔을 때 거역할 힘이 없었다.

조강지처의 서글픈 긍지―동고(同苦)는 하되 동낙(同樂)은 아니하려 드는 것이 아닐까?

---

65) 세력이나 살림이 줄어들어 보잘것없이 됨.
66) 개인 살림살이의 재산.
67) 팔자 사나운 노인이 어울리지 않게 찐 살.

가게에 나갔든 참봉 부인은 물건을 팔고 들어오는 길에 연시 대여섯 개를 가지고 와서,

"잘 물렀다. 먹어 봐라."

하고 권한다. 아우는,

"올 때마다 뭐."

하면서도 손은 이내 윤이 짜르르 흐르는 발간 감으로 간다.

어쩌다 친정부치가 찾어올 때마다 아무리 대립을 하고 싶어도 안타까운 마음으로 메누리의 처분만 바라는 자기의 비해 얼마나 자유로운 형의 처지냐!

그러나 영경 할머니는 형과 막상 상대하고 보면 하소연하려고 마음먹고 왔든 말이 나오지 않었다.

너그럽고 시원스러운 형을 보면 자기가 더욱 오종종하고 고조조한 늙은 이로 생각이 들어 기가 질렸다.

가게에서 또 인기척이 난다. 이윽고 명낭하고 높은 여자 음성이 들려왔다.

성 참봉은 이번엔 마누라를 부르지 않고 담이 걸린 답답한 목소리로 무어라고 말하고 쿨룩어리며 웃기까지 한다.

참봉 부인은 혼자말로

"응, 라주 마마가 왔구믄—"

하고,

"어서 들오슈—"

앉은 채 소리를 친다.

"그래, 그동안 평안들 허우?"

젊은 여자같이 맑고 밝은 음성으로 떠드러 대며 오동통하게 살이 찐 복스러운 자그마한 노파가 들어온다. 참봉 부인이 역시 앉은 채,

"그래, 별고 없었수?"

하고 인사를 하니,

"외—ㄴ 차에 사람두 어찌 그렇게두 많은지. 옷이 똥쑤세미가 됐네."

하고 딴소리를 한다. 참봉 부인이 웃으며,

"그것 참 좋은 것 해 입으셨소 그려."

하고 노파의 두루마기를 가르치니 노파는 소매 끝을 잡고 팔을 벌려 보이며,

"이것 말이유? 안주 댁 기숙 할머니가 전에 영감 입으시든 거라구 준 건대 좀은 좀 집었지만 사려면 이만 원짜린 된대."

"그거야 어느 양반이 입으시든 거라구 납부겠우" 하고 참봉 부인—

깃 동정이 대문짝만하고 화장68)은 손등을 덮고 기리는 치마 길이와 거운 같았으나 노파는,

"영감이 워낙 체소허셔서 내게 꼭 맞는구료."

하고 자기 몸을 네려 훑어본다.

"안주 댁은 무고들 허슈? 하두 간 제가 오래라 통 소식을 몰으지만."

"아아, 그 댁이야 사시춘풍이지. 요샌 둘째아들 색싯감 선보러 댕기느라구 야단이지."

"둘재래니? 기열이 말이유?"

"기열이는 셋재지. 그 애는 미국을 간다나. 그런데 미국을 가려면 여비만 백만 원이래."

"아우, 끔직해라."

"그럼, 엄청나지."

라주 마마는 자기 돈이나 되는 것처럼 신이 난다.

한바탕 떠드러 대구 난 후 아무 말 없이 감만 먹고 있든 영경 할머니를 보고,

"아우님이셨지?"

---

68) 저고리의 깃고대 중심에서 소매 끝까지의 길이.

하고 참봉 부인을 쳐다본다. 그제야 영경 할머니는,

"네. 그동안 안녕하셨어요?"

하며 인사를 한다.

친정부처라는 것은 수사돈[69] 떨거지가 언제나 좀 거북하다. 공연히 가벼운 반감과 위압을 느낀다. 더구나 영경 할머니는 이 재재하는[70] 형의 쇠숙모가 싫다. 안면이 있건만 먼저는 인사를 하지 않는다.

"손녀따님이세요?"

"네."

"아주 엡부게 생겼는데. 근데 애기 아버진 뭘 허시죠?"

"회사에 댄겨요."

"월급 생활이시구먼. 요새 월급만 갖이구 살기 참 어렵지."

라주 마마는 혼자말같이 중얼거리고 영경 할머니의 주제를 훑어본다. 영경 할머니는 그 꼴이 밉살맞다. 모욕을 느낀 것이다.

'흥, 남의 첩년 노릇 해 놓구 건방지게 남을 깔보긴—'

슬며시 꼴이 났다. 그러나 속으로는 '나주 마마를 만날 줄 알았으면 새 명지 저고리를 입고 왔을 껄' 하고 후회가 된다.

미국 가는 여비가 백만 원이나 든다는 둥 이만 원짜리 두루매기라는 둥 다 어려운 자기더러 드러보라고 하는 소리 같았다. 그러나 영경 할머니는 마음속으로 항상 라주 마마를 자기보다 한층 밑길을 가는 사람으로 취급하고 있기 때문에 그가 늘어놓는 수다가 모두 아니꼽다. 한자리에 앉아도 쌔이지 않으니 거북하다. 그는,

"영숙아 가자!"

하며 어린것을 두루쳐 업는다. 형은 붓들어도 듣지 않으닛간 아무 말 없이

---

69) 사위 쪽의 사돈.
70) 좀 수다스럽게 재잘거리어 어지러움.

한쪽으로 축 느려트린 포대기 자락을 곳처 업혀 준다.

영경 할머니는 뿌르르 나와 집으로 돌아가며 몇 번이나 중얼거렸다.

"아니꼬운 년 같으니!"

라주 마마는 성 참봉이 끝의 삼촌이 라주골을 살 때 얻은 소실이다. 귀염성스러운 미인으로 소시에는 세력이 땅땅했으나 영감의 사후 물려받은 조고만 집은 대개 사글세를 논 아랫방에게 맡겨 놓고 소생도 없는 외로운 몸을 이 집 저 집 떠돌아다녔다.

바지런하고 재고 손끝이 야물어 문중에서 아쉬운 일이 있으면 으레히 라주 마마를 불은다. 라주 마마는 그것이 자랑이다.

밴덕스럽고 수다스러운 것이 숭이나 단순하고 순진하야 추어주면 공치사를 해 가며 무리한 일까지 하려 든다.

라주 마마는 어느 집 일이라도 몰으는 일이 없다. 그는 이것도 또 자랑이다.

어느 집에 유하고 있는 동안에 그 집에서 무슨 사건이 나면 일주일 내로 그 뉴—스는 알만한 집에는 냄김없이 퍼져 버린다. 따라서 나주 마마는 문중의 요주의 인물이기도 하다. 그러나 본인은 그런 줄은 꿈에도 몰으고 참견 않 하는 일이 없다.

그러면서 좃금만 눈치가 달으면 피침한 일에도 노염을 탄다. 젊은 사람들은 그것이 또 우수워 곳잘 놀려 먹는다.

안주댁은 성 참봉의 둘재 삼촌, 나주 마마의 둘재 시숙의 집이다. 문중에서 제일 형세가 산 집인데 라주 마마는 이 집 출입이 잦다.

장난꾸레기 종손들은 심심하면 이 서증조모를 놀려 먹는다.

"마마 할머니, 왜 파리가 쇠잔등에 앉는 줄 알우?"

"……."

라주 마마는 아무리 생각해도 좋은 대꾸가 나오지 않는다.

"할머니두 그걸 몰우. 아 그렇지 않우? 소가 파리 잔등이에 앉을 수 없으닛간 파리가 쇠 잔등이에 앉는 게지."

하고 실없이 웃는다. 그제야 라주 마마는 놀림을 받은 줄 알고 뾰르통해진다.

안주댁에서 새 메누리를 봤을 때 오는 사람마다 생면을 식혔는데 라주 마마가 왔을 때는 시부모가 무심히 절을 않 식힌 일이 있다. 아무리 서(庶)라도 그 집 밥을 먹은 지 오십년― 행렬도 두대나 아래라 라주 마마는 이 소위가 퍽 섭섭했다. 항상 오면 묵어가는 노인이 오자마자 "난 가요" 하고 뾰르르 가 버린 이유를 나중에야 짐작한 가인들은 박장대소들을 했든 것이다.

상냥하고 공손한 안주댁 메누리는 그 후부터는 라주 마마를 볼 적마다 식히지 않건만 꼭꼭 절을 한다. 풀리기도 잘하는 라주 마마는 그것이 고맙고 깁벘다.

"새댁 버선 길 것 있으면 내놓게."

하고 자청하야 버선 뒤는 다 대다시피 한다.

참봉 부인하고는 동갑인데다가 소시부터 정이 들어 한 달에 두어 번식은 꼭 찾아온다. 그럼으로 참봉 부인은 구멍가게를 낸 후로는 이 잘사는 사촌 시동생의 집에를 갈 새가 없으나 그의 입으로 그 집안일을 환―하게 안다. 라주 마마는 올 때마다 이런 것도 얻고 저런 것도 얻었다고 자랑을 하고 간다. 안주댁 같은 부호가에서 그처럼 자기를 소중히 안다는 것이 떳떳했든 것이다.

영경 할머니가 가 버린 후 참봉 부인이 "두루매기 벗구 앉구료"

하니까,

"아니, 오늘은 곧 가야 된다우. 그런데 영감 마고자요?"

하며 쪼그려 앉은 채 바누질거리를 뒤저거린다. 이윽고 그는 갑작히 소리를 질렀다.

"이 사람이ㅡ, 왼 동 하나가 뒤집혔어."

"뭐요?"

참봉 부인이 깜짝 놀라 들어 보니 라주 마마 말대로 마고자 동 하나가 뒤집혀 달려졌다. 라주 마마는 혀를 척척 차며,

"그 솜씨두 늙었구료. 어쩔 수 없는 거야! 그런데 요즘은 도무지 귀에서 소리가 나서 탈이야. 모두들 가며 너두 가자구 재촉을 허는 가봐."

하고 머리를 설레설레 흔들며 이러슨다.

귀에서 소리가 나면 동갑네가 죽었다는 통지라고 굳게 믿고 있는 그다.

라주 마마가 간 후 참봉 부인은 어쩐지 심난해서 가게에서 영감이,

"여보! 여보 마누라."

하고 불으는 소리가 들려도 다른 때같이 뛰어나가기가 싫었다.

원체 훤칠하고 씩씩하고 솜씨가 좋와 소박떼기로 돌든 소시부터 남에게 없으름을 받은 일도, 점잔찮게 노염을 탄 일도, 청성스럽게 신세타령을 한 일도 없이 굳세게 살어온 그였으나 마고자 동을 한쪽 뒤집어 붙인 것을, 그것도 남에게 일깨워서 비로서 안 일이 퍽이나 심난했다.

솜씨 좋고 칠칠한 성 판서 메누리로 시아버지 조복을 꾸민 그ㅡ이틀 동안에 흉배의 쌍학을 거린 듯 놓은 그ㅡ.

그리고 보면 교전비를 몇식이나 앞세우고 사인교71)로 출입을 하든 몸이 뒤골목 구멍가게 할머니로 샛파랗게 젊은 놈들에게 변변치 않은 담배 한 곽을 팔어도 '진짜'니 '가짜'니 신갱이하는 꼴을 보고, 십원짜리 성냥 한 갑을 팔려도 고맙다고 치사를 하는 지금이 서글펐다.

옷감의 안팎을 분별 못 하도록 늙은 눈을 찌프리고 바누질을 하지 않으면 안 되는 신세가 심난했다.

참봉 부인은 눈시울이 뜨거워졌다.

71) 앞뒤에 각각 두 사람씩 모두 네 사람이 메는 가마.

뒤골목에는 어둠이 큰길보다 빨리 찾아온다.

안집 식모가 저녁을 지어 놓고 주인집 아희들을 불으러 나가며,

"할머니, 컴컴헌 방에서 뭘 하세요? 저녁두 안 지으시구."

하고 소리를 친다.

참봉 부인은 눈물을 썻고 이러섰다.

칠십년을 기계같이 가볍게 놀리든 일신이 오늘따라 힘에 겨운 짐같이 천근 같었다.

―≪신천지≫ 제41호(4권10호), 1949. 11.

수국*

"아이 미안해. 오래 기다렸구먼⋯⋯."

인사치레가 아니고 진정 미안해 하면서 명희는 바쁘다. 연방 식모에게,

"순이 어머니, 고기허구 생선은 따루따루 소쿠리에 담구, 야채는 다듬어 씻어 두세요 아, 그 빵가룬 쏟아지지 않게 유리 항아리에 옮기구."
하고 분부를 내린 후 새하얀 옥양목 적삼으로 갈아입고 정순이와 마주앉으며 획 숨을 내뿜는다.

"글쎄, 새우가 없어서 한참 헤매느라구."
하며 상기된 얼굴을 귀엽게 찌푸린다.

정순이는 문득 '귀여운 부인!' ― 이런 생각이 든다. 언제나 명랑하고 아름답고 남편에게 충실한 아내!

"아 참, 이 댁 주인 양반 새우 프라이를 젤 좋아허셨지. 아무렇든 현부인이야. 호호⋯⋯."웃고, "수국이 탐스럽군" 하며 뜰에 시선을 옮긴다.

"그럼, 우리 집 자랑인데."

명희는 못에 걸렸던 행주치마를 날씬한 허리에 두르며,

"십 년 공들인 게 아뉴."
하며 친구의 얼굴을 돌아본다.

---

* ≪희망≫(1949. 12)에 발표되었으나 원본을 찾을 수 없어 『한무숙문학전집 6』(을유문화사, 1992) 수록본을 입력하였다.

"십 년?"

"그럼 오늘이 결혼 십 주년 기념일이니깐 꼭 십 년이지."

"벌써 그렇게 됐던가? 그런데 명횐 여지껏 그때 그 모습이야. 귀여운 젊은 아내!"

하며 어깨를 안는 것을 가볍게 피하고,

"실없는 소리를……."

소녀처럼 얼굴을 붉힌다. 마음속을 지나는 약간에 움직임이라도 비쳐내듯 얇고 민감한 피부다.

"허지만 신혼부부가 가정을 가지고 처음 사 온 꽃이 수국이라니."

"나쁠 거야 있수?"

"수국의 '꽃말씀' 알지?"

"오, 변심이라구."

"응."

"꽃빛이 변하기 때문에 그런 뜻을 붙였는지는 몰라두 난 그렇게 생각 안해요. 그 넓고 점잖은 잎사귀, 많은 꽃봉들이 모여 탐스러운 송이송이를 이루고 구름같이 피어오르는 아름다움, 미묘한 색조― 그리 화려치는 않으나마 여름이 가도록 꾸준히 화단을 지켜 주지 않우? 충실한 주부같이."

"글쎄."

"색조의 변화는 필연적인 과정이지 경박한 변심은 아닌 것 같아."

식모가 수돗가에서 소리를 지른다.

"애기 어머니, 다 씻었는뎁시요"

"반빗간[72]에다 갖다 놓우. 우리두 그리루 갈 테니."

큰소리로 대답하고 벽에 걸린 시계를 쳐다보니 아직 열한 시다.

"일곱 시에 모이게 했으니 시간은 넉넉해."

---

72) 집에서 반찬을 만드는 곳.

"누구누구 청했지?"

"××서장 김정목 씨 부처, 소아과 박사 유희국 씨 부처, 포목상 심태훈 씨 부처, 중학교 교사 장명식 씨 부처. 모두 혁이 아빠 고향 국민학교 동창생들이야."

"모두들 오실까."

"그럼. 우리가 동창생들 중에서 제일 나중에 결혼을 했다우. 그때 서울에 있던 친구들이 모여서 우릴 축하해 줬었지."

"감개가 무량하겠네. 그래, 오늘 모이기루 된 분들이 그때 그분들야?"

"응. 그런데 유희국 씨만은 그때 그 부인허구 이혼허구 작년에 새루 결혼했대."

"애기 어머니, 푸성귀 씻어 갖다 놨시유."

또 식모가 소리를 친다. 두 사람은 반빗간으로 내려갔다.

명희의 메뉴는 다채로웠다. 각색 재료를 색깔을 맞추어 꽃같이 담은 신선로, 도미를 통으로 찌고 각색 고명을 얹은 생선찜, 가리찜,[73] 새우 그라탕, 탕수육은 더운 요리고 찬요리로는 파란 레타스[74]를 깔고 담은 사라다, 편육, 제육, 족편이 있었다. 실과에는 제비꽃빛 컷글라스에 어울리는 크림빛 수밀도, 눈같이 흰 접시에는 피처럼 빨간 양딸기 ― 초여름 밤같이 신선하고 달큼한 칼피스[75] ― 새하얀 식탁보를 덮은 식탁은 몇 개나 켠 촛불 아래서 얼마나 아름답고 다정스럽게 손님들의 식욕을 만족시킬 것일까.

명희는 진정으로 행복스러운 것이다.

그녀에겐 자기를 사랑하는 성공한 남편이 있었다. 묵직하고 든든하고 사업에는 날완[76]이나 인간적으로는 온후한 남편, 그리고 그들에게는 귀여운

---

73) '갈비찜'의 일본식 표현.
74) 양상추.
75) 우유를 가열·살균하고 냉각·발효한 뒤 당액(糖液) 칼슘을 넣어 만든 음료수.
76) 매서운 수완.

자녀가 있는 것이다. 장남인 여덟 살 나는 혁이는 담임교사의 말을 따르면 과학적 소질이 풍부하다. 무엇이든 소홀히 보는 일이 없고 질문이 많고 연구심이 깊었다. 여섯 살 되는 딸 이나는 꼭 인형같이 귀여운 계집아이로 장래의 미인이 약속되어 있었고, 음성이 은방울을 흔들 듯 곱고 아름답다. 꼬마둥이 심술쟁이 진이는 귀여운 폭군이다.

밤늦게 돌아오는 남편에게 명희는 너무나 보고가 많다. 오늘은 혁이가 산수에 백점을 받았다는 둥, 진이가 '나쁘다'라는 말을 '바쁘다'라고 했다는 둥, 지나가던 화가가 이나를 보고 모델로 빌려 달랬다는 둥 화제가 많은 것이다.

남편은 옷을 벗으며 빙그레하기도 하고 소리를 내어 웃기도 한다. 이런 것으로 해서 그들은 행복하였다.

남편 강민호는 꽤 규모가 큰 제분 회사의 사장으로 물질적으로도 그들은 불만이 없었다. 결혼 후 십년이 되건만 그들에겐 일찍이 권태기라는 기간이 없었다. 건설과 행복에의 의지가 공동의 이해와 의욕 아래서 굳게 그들을 결합시켰던 것이다.

사랑과 결혼에 대한 꿈이 남 못지않았건만 실상에 있어서는 명희는 결국 '인형의 결혼'을 한 것이었다. 사랑도 없고 상대에 대한 견해도 없이 ― 그저 부모의 딸자식으로서 그들의 영을 거스를 용기가 없었기 때문에 눈을 감고 자신을 운명에 맡겼던 것이다.

남편은 무엇으로 사회적으로 상당한 지위에 있던 장인에게 촉망을 받았는지 이해하기 어렵도록 평범한 일개의 가난한 청년이었다.

결혼 당시 명희가 제일 크게 느낀 환멸은 남편의 무신경한 태도였다. 그는 너무나 거칠었다. 여자가 가슴속 깊이 간직하고 있는 감정의 섬세를 이해할 수가 없었기 때문에 그녀의 마음의 금선[77]을 울려 줄 수가 없었다.

---

77) 예민하게 느낄 수 있는 마음결.

너무나 행위에만 중점을 두어서 몽상적인 아내의 꿈을 깨뜨려 갔다.

명희는 주저앉고 자기를 불행한 아내로 자처했고 그 불행한 아내라는 이름에 달고도 쓰라린 자위를 가졌던 것이다.

결혼 후 석 달쯤 지난 어느 날이었다. 그녀는 남편이 벗어버린 양복에 솔질을 하고 있었다. 소탈한 남편은 주머니마다 무엇이든 집어넣는 버릇이 있어서 양복 모양을 흉하게 만들어, 이것도 아내의 눈에 거슬리는 한 가지가 되어 있었는데 주머니에서 나온 신문지 쪽지가 너무 많기에 명희가 무심히 그것을 펼쳐 보니 그저 휴지로만 알았던 그 신문지 쪽지가 모두 위병의 약 광고였었던 것이다.

명희는 무엇으로 얻어맞은 것 같은 충동을 느꼈다. 위병 약 광고— 그는 오랫동안 위병으로 신음하는 어머니를 위하여 신문에 나는 광고에까지도 마음을 쓰고 있었던 것이다.

여지껏 무신경하고 무뚝뚝하고 이기주의자로만 알던 남편의 가슴에 그러한 극진한 효성과 섬세한 주의심이 깃들고 있었을 줄이야 생각조차 하지 못했던 일이었다.

명희는 부끄러웠다. 여지껏 남들이

"색시는 이쁘구 신랑은 거세구."

하는 소리에 얕은 여자의 소견으로 부지중 자기가 무슨 희생이나 된 듯이 생각해 오지 않았던가.

그날 밤, 명희는 남편의 품속에서 비로소 행복을 느꼈던 것이다.

가난한 살림에 쪼들리면서도 그들은 평온했고 몇 번이나 거듭하는 실패에 거의 절망하다가도 또 희망을 가졌다. 인생이란 조물주의 장난일지도 모르나 각자에 있어서는 단 한 번 허락된 실험이 아니겠는가. 참담게 싸우고 살아서 삶을 극복하고 싶었다. 비록 자기들이 목적하는 바가 생활의 안정이란 가장 비근하고 오죽잖은 사소한 것이라 할지라도, 거기에 도달함으로써 삶의 보람을 갖고 싶었다.

그들의 길은 결코 순조롭지 못하였으나 언제나 남편의 그늘에는 가냘프나마 아내의 정성과 노력과 사랑이 있었고, 아내에게는 무엇보다도 큰 남편에의 미더움이 있었다.

지금 사회적으로 성공자라고 불리는 남편을 가진 아내는 자신의 행복이 너무나 커서 문득 두려운 생각조차 드는 것이다.

사실 취미 있게 훌륭하게 꾸민 깨끗하고 번뜻한 집에서 부부가 서로 존경과 이해 속에서 귀여운 자녀들의 성장을 즐기며 산다는 것은 확실히 인생의 낙의 하나라고 할 수 있을 것이다. 이윽고 그들은 아직 젊었다. 따라서 희망도 컸다.

"아니 그릇은 언제 이렇게 사 모았어."

찬장 문을 열어 본 정순이는 눈을 크게 뜬다. 그녀는 여학교 시대부터 친동생같이 사랑해 온 명희의 점점 늘어 가는 살림이 대견한 것이다. 질투하기에는 너무나 상대가 천진난만하였고, 시기하기로는 너무나 그녀를 사랑하였기 때문이다.

실상 일정 말기 한창 어려운 전쟁 중에 냄비 하나, 풍로 하나, 공기 몇 개로 시작한 그들의 살림에 아내로서 얼마나 애를 태우며 그 기명78)들을 장만해 왔던 것인가. 무심한 그 그릇의 하나하나에 알뜰한 아내의 땀과 정성이 맺어 있는 것이다. 커피 차종 하나, 수프 접시 하나, 컷글라스 하나에도 그녀에게 속삭이는 추억이 어려 있었다.

그러므로 그녀는 그 기명들을 사랑했다.

"어쩌다 깨뜨리는 일이 있으면 내 살이나 깬 것처럼 정말 육체적 고통을 느낀다우."

하고 명희는 웃었다.

---

78) 살림살이에 쓰는 그릇을 통틀어 이르는 말.

정순이는 능란하게 놀리는 명희의 칼질하는 손을 보고 얼굴에 비하여 퍽 늙고 억센 손이라고 새삼스럽게 느끼는 것이다. 명희는 무엇을 생각했는지 갑자기 혼자 웃다가,

"언니 나 얘기 하나 할게. 태평양 전쟁 중에 오늘 오실 손님들이 우리 집에 모인 일이 있어."

하며 말을 이었다.

"등화관제를 할 때 아뉴? 방공막을 치구 전등을 검정 헝겊으로 가리구 무슨 비밀회의나 하는 것처럼 모여 앉아 술을 마셨어. 난 심부름을 해 가며 안방에서 편물을 허구 있었지. 그런데 어디선지 누린내가 나는 것 같아 두리두리 살펴보니깐 건넌방에 연기가 자욱하지 않겠수. 웬일인가 허구 건너가 보니까 글쎄 전등을 가린 검정 헝겊에 불이 붙어 타오르고 있는구료. 야단이 났지. 모두들 어쩔 줄을 모르구 '와아' 떠들구 쳐다보구만 있는데, 혁이 아빠가 타오르는 코드를 잡아 빼서 뜰에다 던져 불은 잡았지만 주석은 왼통 수라장이 되어 버렸지. 내가 건너가서 술상을 치우고 촛불을 켜 놓구 다시 놀게 되었는데 김정목 씨가 하는 말이,

'이 사람 전등을 가리는 것은 방공 방화가 목적인데 이런 일이 나게 하면 어떡허나.'

그러나 심태훈 씨가,

'그러나 요즘같이 천을 구허기 어려운 세상에 참 안됐는데.'

허구 헝겊 탄 것을 딱해 하는구먼. 뒤이어 유회국 씨가,

'부인 놀라셨지요'

허구 나를 돌아보는데 장명식 씨가

'모두들 왜 이 야단들이야. 어서 자 잔이나 비우게.'

하면서 술을 따르는구료."

명희는 호호 웃고,

"난 나중에 그 말을 생각허구 사람이란 무의식중에 하는 말에 가장 자기

를 잘 표현허는 것이라구 감탄했다우."

"유희국 씨란 이가 부인과 이혼했다는 소아과 박사지?"

"응, 참 이상해요. 그인 페미니스트구 부인을 무척 사랑했었는데."

"그래두 이유가 있었는 게지."

"부인두 우리 보기엔 훌륭한 분이었었는데."

"꼭 무슨 결점이 있어서만 그런 불행한 결과를 맺게 되는 건 아니니깐. 부부간의 파탄이란 단순히 마음이 변한 것만으로도 일어날 수 있는 것이니깐."

하고 정순이는 한숨을 쉰다. 추월이라는 기생과 곡절이 있는 것을 뻔히 알면서 그 남편의 아내로서 그의 지배를 받고 있는 자기를 생각할 때, 자기 자신까지 더러워진 듯한 굴욕감에 몸이 떨리는 것이다. 그 불순한 환경에서 뛰어나오려고 거듭거듭 생각해 보는 것이나, 안타깝게도 문제는 용기가 아니고 힘이었다. 남편의 보호를 벗어난 자기를 냉정하게 검토해 보면 생활 능력이 전무한 일개의 연약한 여자에 지나지 않았다. 그뿐더러 자식들을 생각하면 자기와 남편 사이에 건네진 것이 비록 썩은 줄이라 할지라도 아주 끊어 버릴 수는 없는 일이었다.

"아내란 위치가 그렇게두 불안허구 무력한 것이라면 누가 결혼을 허겠수?"

명희는 계란을 풀던 손을 멈추고 친구의 얼굴을 쳐다본다.

"허지만 그것이 사실이니 어떡해!"

정순이는 씹어 뱉듯이 말하고,

"이명옥이 알지? 열렬한 연애결혼을 한. 걔가 요즘 이혼했대."

"명옥이가? 설마."

"나두 처음엔 깜짝 놀랐어."

"믿어지지 않는데."

"그러니깐 기가 맥히지. 원래 남자란 마음이 엉뚱한데다가 요즘 세상엔 여자와 접촉하는 기회가 너무 많단 말야."

"왜 그렇게 모든 것을 악의로만 해석허려 들우."

"그야 명희 같은 아내를 가진 남편은 절대로 탈선할 염려는 없지만 여자란 누구를 막론허구 본질적으로 유혹하는 존재라구 난 생각해."

"너무 과언이 아닐까."

"왜! 진리지 뭐. 내 자신두 그런 일이 있거든. 여자란 남자를 유혹함으로써 잔인한 쾌감을 느끼는 거야."

"그럴까?"

"그럼. 내가 젊었을 때 어머니 마음에 꼭 드는 신랑감이 있었는데, 내겐 이미 리혜 아빠란 사람이 있어서 결혼할 의사는 추호만치도 없었어. 그래두 맞선이라두 보라구 허는 바람에 못 이기는 체허구 따라갔는데, 난 그때 아주 공들여서 곱게 화장을 허구 갔댔어."

"언니두."

"저쪽에선 내가 마음에 들어서 야단이 났었지."

"호호."

정순이는 웃지 않고 공연히 파 껍질만 필요 이상으로 마구 벗겨 버린다. 그때 자기가 조롱을 하다시피 한 그 사람, 우연한 기회에서 알게 된 그 사람의 누이의 입에서 자기 자신이 아직도 그 사람의 가슴에 살아 있는 것을 알고부터 그녀는 괴로운 것이다. 남편의 사랑을 지니지 못하고 일개 기생에게 그를 빼앗긴 비참한 아내인 자기가 한 남자의 가슴에 영원의 여성으로 살아 있다는 것은 너무나 빈퉁그러진 운명의 장난이었다. 실로 영원한 사랑이란 이별만이 가질 수 있는 아름다움이 아니겠는가.

정순이는 눈시울이 뜨거워졌다.

"어머니, 어머니."

하고 혁이와 이나가 뛰어들어 왔다. 아이 보는 계집애 등에서 진이는,

"엄마, 엄마."

하고 팔을 내두른다.

명희는 수밀도를 하나씩 아이들에게 나누어 주고 진이 이마에는 입까지 맞춘다.

귀여운 애기들— 그녀의 입가에는 장난꾸러기 소녀 같은 미소가 떠도는 것이다.

저녁에 여럿이 모였을 때 개회사 대신 '홈 스위트 홈'을 남편과 자기와 혁이 이나가 합창할 계획이었다. 흉허물 없는 친구들 앞에서 즐거운 가정을 피력하는 것이 부끄러운 일은 아닐 것 같았다. 음치인 남편에게 이 곡을 가르치느라고 얼마나 웃고 애를 썼던 것인가. 그녀는 저절로 웃음이 터져 나왔다.

"뎅 뎅 뎅—"

대청 벽에 걸린 묵직한 시계가 점잖게 여섯 시를 쳤다.

찬요리들은 다들 깔끔하게 접시에 담기고, 뜨거운 요리는 각기 냄비 속에서 김을 올리며 손님을 기다리고만 있었다.

명희는 아이들을 불러들여 법석을 하며 세수를 시키고 새 옷을 갈아입힌 후, 자기도 소쇄하고 곱게 단장을 하였다.

연지도 여느 때보다 짙게 칠하고 눈썹도 또렷하게 길게 그리고 입술의 루주도 진하게 발랐다. 옷은 크림빛 레이스 치마저고리를 입게 하고 손가락에는 옷빛에 어울리도록 아레키 산드리아 자수정 반지를 꼈다. 윤이 자르르 흐르는 머리에는 자색 리라를 꽂았다.

"참 예뻐. 마악 결혼식이 끝난 신부같이 청신허구 아름다워."

감탄하듯이 말하는 정순이 쪽으로 명희는 거울 속에서 웃어 보이고 자기도 자신에게 만족을 느꼈다.

그들은 응접실로 들어갔다.

활짝 열어제친 창으로 초여름의 향기로운 바람이 달콤한 아카시아와 라이락 꽃향기를 품고 불어와서 새까만 피아노 위에 놓인 고려청자에 꽂힌

백장미 꽃잎을 소리 없이 떨어뜨린다.

책상 위에 아틀라스가 지구를 지고 있는 형용을 한 시계는 십분 전 일곱 시를 가리키고 있다.

"지리리—"

전화가 온다. 명희는 수화기를 들었다.

"네, 네, 네, 당신이에요? 왜? 아이 어떡허나. 네, 네, 그럼 될 수 있는 대로 빨리 오세요."

수화기를 놓은 명희의 얼굴에 그늘이 지나간다.

"혁이 아빠한테서지. 왜 늦으시겠대?"

"응. 급한 일이 생겨서 좀 늦겠대."

"하필 오늘!"

"헐 수 없지."

리—.

이번에는 현관 전령 소리다. 그는 뛰어나갔다.

"어서 오십시오."

제 일착은 유희국 씨다.

"안녕하십니까."

부드러운 싸는 듯하는 음성이다. 남편보다 엄청나게 젊은 부인은 생긋 웃고 고개만 숙인다.

"진이는 요즘 건강하지요?"

"네. 선생님 덕택으루."

소아과 의사라 명희는 남편의 친구라기보다 아이들의 주치의로서 유희 국 씨하고는 가까운 사이다.

"아직 아무두 안 왔구먼요."

소파에 걸터앉으며 추사의 액자에 시선을 던진다. 유희국 씨는 의사의 입장에서 명희 같은 어머니를 환영한다. 자녀의 건강에 세심한 주의를 하는 젊은 어머니―.

시계 바늘이 꼭 일곱 시를 지시했을 때 또 현관의 전령이 울렸다.

현관으로 뛰어나간 명희를 보고,

"일곱 시 정각이지요."

장명식 씨는 손목시계를 들여다보면서 자못 빼긴다. 옆에서 부인이,

"시간 엄수는 문화인의 상식인데 새삼스레 뽐낼 게 어딨어요?"

하고 톡 쏘아 모두 "아하하……" 웃었다.

광대뼈가 나오고 눈등이 뽀소소해서 미인은 아니나 명랑하고 농담 잘하고 부지런한 재미있는 부인이다. 장명식 씨는 주인이 좀 늦겠다는 말을 듣고,

"그런 데가 어딨어. 주인이 없다니."

하며 올라와서 유 박사와 한훤79) 수작이 길었다. 그는 무척 이야기를 좋아하고 또 무엇이든 잘 알아서 화제가 많았다.

그는 페니실린이 어떻게 우연한 기회에 발견되었는가를 의학박사 유희국 씨에게 누누이 설명하고, 한국 의사들도 모르모트 연구로만 학위를 획득하려 하지 말고 좀 더 자연계에 숨어 있는 그런 신비에 눈을 떠야만 될 것이라고 역설하는 것이었다.

유희국 씨는 의사다운 정결한 길다란 손가락을 깍지낀 채 입가에 쓴웃음을 지으며 친구의 역설에 귀를 기울이고만 있었다.

"저이 좀 보세요. 아니, 부처님께 연볼 가르치는 격이지."

장명식 씨 부인이 명희를 꾹 찌르며 웃는데, 새침한 유 박사 부인까지 따라 웃었다.

일곱 시도 삼십 분이나 지났을 때, 또 전령이 울리고 수염이 하나도 없는 뚱뚱한 심태훈 씨가 모시 진솔 두루마기에 옥색 대님을 치고, 남치마에

---

79) 날씨의 춥고 더움을 말하는 인사.

반회장 은색 저고리를 받쳐 입고 석류잠을 꽂은 단정한 부인하고 같이 들어섰다.

심태훈 씨는 누구의 말이든지,

"그렇지, 그렇지."

하고 찬동하고 너털웃음을 치는 것이 버릇이었다.

부인들 중에는 장명식 씨 부인 외에는 모두 말수가 적은 데다가 공단 같은 머릿결에 자주 단기를 물려서 단정히 쪽을 찐 심 부인과 굽실굽실 지진 머리를 틀지도 않고 어깨 위에 풀어 헤친 젊은 유 박사 부인과 소탈한 차림새의 중학 교사 부인은 남자들같이 어울려 놀 수가 없었다.

여덟 시가 다 되었는데도 주인과 객 한 사람이 오지를 않아 여러 사람들의 얼굴에 지루해 하는 빛이 떠돌기 시작하는데, 요란한 자동차 소리와 함께 문 앞에서 차가 머물려 전령이 높이 울렸다.

명희가 나가 보니 호위 경관에 두루말려 ××서장 김정목 씨가 유연한 태도로 거수를 한다.

"늦었지요? 아무렇든 바쁘셔서 간신히 몸을 빼시느라구."

잔주름이 잡힌 얼굴에 짙은 화장을 한 서장 부인이 남편 옆에 착 붙어서며 가스러진 태도로 변명이라기보다 무슨 은혜나 베푸는 듯한 어조로 인사를 한다.

객들이 다 모이고 보니 명희는 남편이 아직 돌아오지 않은 것이 더욱 민망스러웠다.

장명식 씨는 몇 번이나 시계를 들여다보고 큰소리로 주인을 책하고, 유 박사는 말없이 잠잠히 앉아 있고, 김 서장 부인은,

"간신히 시간을 만드셨는데."

하고 남편이 푸대접이나 받는 것처럼 불만해 했다.

정순이는 여덟 시가 되자 아이들이 기다린다고 가 버리고, <홈 스위트 홈>을 합창하려고 나들이옷을 입고 기다리고 있던 혁이와 이나는 앉은 채

꼬박꼬박 졸고 있었다. 명희의 마음은 점점 무거워졌다. 사실 지금 남편이 곧 돌아온다 할지라도 <스위트 홈>을 부를 흥은 이미 없었다.

낮에 그처럼 정다운 마음으로 기다리던 손들은 막상 만나고 보니 모두 싸늘한 남들이었다.

가스러진 서장 부인은 천해 보이도록 거만한 남편의 비위를 맞추고, 교원 부인은 남의 앞에서도 예사로 남편에게 핀잔을 놓아 보기가 눈 거슬렸다. 고전적인 심 부인은 너무나 남편과는 딴 세상에 사는 것 같고, 어린 유박사 부인은 남편의 장난감 같은 느낌을 준다.

사람과 사람의 맞부딪침이 그들에게는 없는 것 같았다.

그녀는 남편이 그리워졌다.

여덟 시 십 분이 되었다. 좌중의 공기는 점점 이상해 갔다. 그때 문전에서 자동차 클랙션 소리가 났다.

명희는 용수철에 튕겨지기나 한 것처럼 현관을 박차고 문밖으로 뛰어나갔다.

남편이 들어올 때까지 기다리고 있을 수가 없도록 안타깝고 초조하여 사람이 보든 말든 그 가슴에 몸을 던지고 싶었던 것이다.

꽃향기가 찬 듯한 아름다운 밤이었다. 명희는 자동차에서 내리는 남편 옆으로 가서 그의 팔에 매달렸다.

"왜 이렇게 늦으셨어요? 네."

그러나 남편은 애운성 있게 말하고 자기를 쳐다보는 아내에게는 대답이 없고 "좀 내려와 놀다 가지" 한다.

"아이, 그만두겠어요."

미태를 머금은 젊은 여성의 소리다.

"왜 알지. 내 비서 원재옥 양……."

남편이 명희를 돌아보고 말하니깐 차 안의 여성은 그제서야,

"안녕하셨어요."

하고 허리를 구부렸다.

　명희는 갑자기 혀가 굳어진 것 같아 대뜸은 인사말조차 나오지를 않았으나, 차 안의 여성의 짙게 화장한 얼굴이 뛰어나게 아름다운 것만은 한눈에 알아챌 수가 있었다.

　순간 그녀는 자기가 선 대지가 갈라지는 것 같은 공포를 느꼈다.

　"왜, 좀 놀구 가지."

하는 부드러운 남자의 말에

　"그만두겠어요."

하고 여자는 한사코 거절하는 것이다.

　"그럼 내일 나두 일찍 나갈 테지만 ××건 박씨에게 전화해 두구 명씨가 오면 기다려 달라구 해요."

　남편은, 아내는 이해할 수 없는 요건을 분부하고 차 문을 닫아 준다. 명희가 먼저 집으로 들어가려고 하는데, 남편은 무엇을 생각했는지 움직이기 시작한 차를 멈추게 하고 문에 매달려 낮은 음성으로 무어라고 속삭였다.

　회색 소프트를 쓴 그 옆모양이, 구부린 긴 다리가, 손으로 괴인 턱이 모두 명희에게는

　"나는 당신을 사랑해요."

하는 것만 같았다. 차중의 여성은 내리깔았던 눈을 반짝 뜨고 생긋이 웃는다. 아리따운 입술이 약간 움직였다. 명희의 귀에 그녀의 소리 없는 음성이 들리는 것이다.

　"저두요!" 하는 소리가―.

　명희는 눈앞이 캄캄해졌다. 심장이 터져서 혈액이 홍수같이 일시에 쏟아져 흐르는 것이다.

　차가 떠나자 남편은 돌아서서 열쩍은 듯이 아내에게 씩 웃어 보이고 달음질쳐서 아내보다 먼저 집으로 뛰어 들어갔다.

　명희는 전신의 힘이 탈진해서 몸을 가누기가 힘들었다. 더 한층 떠들썩

해진 응접실의 웃음소리를 자기와는 아무 관계도 없는 세계의 일같이 정신 없이 들으며 현관 앞 어둠 속에 서 있는데,

"여보, 여보."

하고 자기를 찾는 남편의 소리가 차츰 커 갔다. 명희는 부르르 떨었다.

"이래서는 안 된다."

그녀는 이를 악물고 안으로 들어갔다. 여지없이 유린된 불행한 아내의 간신히 남은 최후의 힘─ 아내의 자존심이, 가련한 허영심이 그녀를 부축 했던 것이다. 그녀는 무엇보다도 자기들의 결혼기념일을 축하코자 모인 사 람들에게 자기가 버림받은 아내일지도 모른다는 것을 알리기가 싫었다.

그녀는 식사 준비를 하다가 나온 듯한 태도로 부드러운 미소를 띄우며 응접실로 들어갔다.

남편은 안락의자 등에 기대서서 무어라고 말하고 웃었다. 웃으면 덧니가 드러나 건장한 몸집에 뜻하지 않는 애교를 보이는 남편의 얼굴이다.

명희는 십년을 동거해 온 남편을 처음 보는 사람 같은 서투름으로 쳐다 보았다. 그는 오늘따라 더욱 듬직하고 점잖고 훌륭해 보였다. 넓은 어깨, 알맞게 살이 붙은 둥그런 몸집, 쭉 곧은 긴 다리, 능란한 담화─ 삼십대 한 창인 남자의 풍격을 모조리 구비하고 있는 것 같았다. 완만하게 생긴 얼굴 도 오히려 남성적인 인상을 준다.

명희는 이제서야 어울려진 좌중에서 무서운 고행을 하는 것같이 전력을 기울여 손들을 접대하고 있었다. 머릿속이 확확 타올라 무엇이 무엇인지 분별할 수가 없는데 팽팽하게 당겨진 실같이 신경이 긴장되어 손끝만 대어 도 탁 끊어질 것 같았다.

이것이 질투란 것인가. 그녀는 일찍이 이 맹렬한 감정을 맛본 일이 없었 던 것이다.

객들이 흩어지자 남편은 곧 자리에 들었다.

명희는 아직껏 뛰는 가슴을 안고 경대 앞에 앉아 있는 것이다.

오늘 모인 사람들 중에서도 제일 행복한 한 쌍인 자기들이 아니었던가. 아내가 바치는 것은 아무리 큰 것이라도 무가치한 법인가. 남편을 위하여 청춘도 아름다움도 서슴지 않고 바친 아내에 대한 보수가 이러한 것인가. 품성의 아름다움이 그렇게도 힘이 없고 악마적인 외관의 미뿐이 모든 미덕을 물리치도록 강한 것인가.

질투란 애정의 자극제라 하지만 적어도 자기들만은 자극이 필요하도록 침체된 습관뿐인 부부 생활을 해 왔다고 생각할 수는 없는 것이다.

차 안의 그 젊은 여성 — 남자의 마음을 끌고도 남음이 있는 자기에게서는 이미 사라진 그 매력 — 아내인 자기가 모르는 남편의 일을 알고 거기 협조하는 그 여성 — 그리고 보면 자기는 남편에 있어서는 그의 행복을 방해하는 증오할 수밖에 없는 존재에 지나지 않는 것이 아닌가.

언젠가 시골서 못생기고 주책없고 툇퉁 맞은 박 첨지 큰마누라가 그 흉측한 얼굴에 얼쑹덜쑹하게 분을 바르고, 민첩하고 체체하고 아리따운 시앗을 강짜해서 사람들을 웃기는 광대들의 익살맞은 무대를 본 일이 있다. 첩이 남의 적시를 받으면서 절대적인 매력을 가진 것이라면 박 첨지 큰마누라 즉 큰마누라란, 사람들의 민소(憫笑)밖에 받을 수 없는 우습고도 쑥스러운 존재에 지나지 않는 것이 아닌가. 그렇다면 너무나 남자란 잔인한 악마가 아닌가.

설사 남편이 이성을 잃기까지는 아니하여 표면적 파탄은 모면한다 할지라도, 다른 여성의 환상을 안고 자기에게 팔을 내미는 남편을 용납하기로는 그녀는 너무나 결백한 것이다. 그렇다고 귀여운 진이를 혁이를 이나를 두고 집을 나갈 용기는 없었다.

일루의 희망은 모든 것이 다 자기의 오해가 그려 낸 악몽에 지나지 않기를 바라는 마음이었다. 그러나 자동차를 떠나보낸 후 자기에게 보인 남편의 그 얼굴 — 열쩍은 그 웃음 — 언제 증오로 변할지 모르는 남편의 양심이 보인 복잡한 표정이었다.

가슴이 터질 듯했다. 순간 아내로서의 긍지도 어머니로의 기쁨도 자랑도 귀찮았다.

그녀는 일어서서 창을 열었다. 물 같은 달빛이 마당에 가득 찼는데 구름 같은 수국 송이가 달빛을 안고 창백하게 웃고 있었다.

—『한무숙문학전집 6』, 을유문화사, 1992.

삼층장

십통 삼반장 윤수 할머니는 아침을 먹고 나면 거운 일과처럼 날마다 동네 일순[80]을 한다.

말할 적마다 눈을 스르르 내려 감는 것과 한쪽 입귀를 처뜨리는 버릇이 있어 사람됨이 무척 변덕스러워 보였으나 남의 일에도 자기 일과 같은 관심과 열성과 적극성을 가지고 있었기 때문에 반장으로서는 만점이었다.

그러기에 일제시대부터 무려 십년 동안을 그의 말을 빌리면 '동네 심부름'을 하고 있는 것이다.

소위 대동아전쟁 때는 솔선하여 '몸뻬'를 입고 초하루, 보름, 소위 대조봉대 일에는 빠짐없이 신사참배를 한 그였으니 당시 '애국 노파'로서 표창장은 물론 신문에 사진까지 났던 것이다.

해방이 되자 그는 열심한 예수교도가 되었다. 주일이 되면 비가 오나 눈이 오나 성경과 찬송가집을 넣은 동그란 뿔 장식이 달린 큼지막한 주머니를 든 할머니의 뚱뚱한 몸집이 교회 돌층계를 쉬엄쉬엄 허더거리며 올라갔다.

날마다 신문을 읽어 젊은 사람 상대로 '카로리-'니 '삐다민'이니 하고 떠드는 할머니가 동리 젊은 어머니의 의논을 도맡아 보다시피 하고 젊은이에 대한 이해가 깊었음에도 불구하고 며느리를 본 지 두 달 만에 얌전한 양자 내외를 내쫓은 것은 그가 열심한 크리스챤인 동시에 춘추 고사를 빠

---

80) 일정한 순서나 경로를 한 번 돎.

짐없이 지낸다는 것과 마찬가지로 한 수수꺼끼라 아니할 수 없다.

무엇에든 적극적이며 친절하면서도 괴벽스럽고 애증이 극단이기 때문에 그리 신통치도 아니하나 괄세도 못할 존재로 동네 사람들은 아침마다 있는 그의 회순을 고마워하는 체한다.

요즘은 더구나 국채 때문에 성화를 받고 있는 것이다.

반장 할머니는 뒷뚱뒷뚱하면서 마즌짝 큰 대문 집으로 들어가 문깐방부터 들여다본다.

"안녕허슈?"

반장 할머니가 문을 빠근히 열고 소리를 치니 냉김이 휘ㅡㄱ 도는 캄캄한 방에 낡은 모번단 이불을 덮고 누웠던 영감이 쿨룩어리며 슬며시 벽 쪽으로 돌아눕고 턱을 괴고 앉아 생각에 잠겼던 마누라가,

"오셨어요?"

하고 얼굴을 든다. 깨끗이 늙은 조용한 노파다. 반장 할머니는 터림을 꺼ㅡㄱ 하고,

"오늘은 좀 어떠슈?"

하고 영감 쪽을 흘깃 쳐다본다.

"네 그저ㅡ."

마누라는 말끝을 흐렸다.

"부증에는 육기가 대경이요. 채소를 잡숴야지. 그리구 참 질갱이가 좋답디다. 나물을 뭇처 먹기두 허구 찜질두 허면 퍽 좋다든데."

"네."

"한 번 해 보슈."

반장 할머니는 곡진이 일러준 후 팔짱을 끼고 중문 안으로 들어갔다.

문깐방 마누라는 '육기가 대경'이라는 소리에 쓴웃음을 지었다. 목에 풀칠할 겨를조차 없는데 병에 해가 되도록 육기를 어찌하랴. 실상 그럴 수만 있다면 당장에 병세가 악화하는 한이 있드라도 흐드러지게 양념한 육회장

국에 화로 전에서 연방 구어 가며 너비아니를 실컷 먹여 봤으면 싶었다.

간반 가량 되는 방 웃묵 구석에 부치다 둔 성냥곽이며 본 바닥이 보이지 않을 만큼 땜을 한 장판이며 툇마루도 없는 방문 아래 벗어 논 코 기운 검정 고무신에는 가난이 뼈아프게 깃드리고 있었으나 방 한구석에 맨 줄에 걸린 영감 마고자는 몇 번 물에 들어가기는 했을망정 꺾을 수 없는 양단이요 '인바네스'[81] 역시 몹시 날기는 했으나 수달피 깃이 달린 극상의 낙타다.

이것들은 이 조용한 늙은 부부의 서글픈 전락의 과정을 말하듯이 날고 해여진 채 부빈 영면을 상징하고 있는 것이다.

이 문깐방을 채 영감 내외가 얻어 온 것은 약 일년 전인데, 안주인의 말을 들으면 깨끗한 노파가 소녀처럼 수접어하며 방을 얻으러 왔기에 세를 논 것인데 이사를 온 것을 보니 영감이 반송장이 다 된 병객이라 인정상 내쫓을 수도 없는 일이고, 불행이나 하면 어쩌나하고 왼새끼를 꼬고[82] 있다는 것이다.

실상 남의 집 문깐방에 세를 들고는 있으나 이 부부에는 어딘지 귀태가 흘렀고 말씨든 행동이든 단정하고 막된 데가 없는 데서 미루어 그 전에는 무척 행세를 하든 사람들이라는 것은 의심할 여지가 없었다.

더구나 그 누추한 세방에는 너무도 어울리지 않는 세간—역시 몹시 헐기는 했으나 찬란하게 자개를 놓은 삼층장은 그들의 전신(前身)을 말하고도 남음이 있었다.

안채로 들어간 반장 할머니는 대청이 빈 것을 보고,

"아무도 안 기신가?"

하고 혼잣말처럼 중얼거리니 안방 문이 열리며,

"할머니세요?"

---

81) 소매 대신에 망토가 달린 남자용 외투.
82) 일이 꼬여 어떻게 될지 몰라 애를 태움.

안주인이 머리를 빗다가 얼굴을 내민다.

"들어오세요."

"뭘 들어갈 거야 있수?"

하며 할머니는 대청에 턱 걸터앉는다.

"문깐방 영감, 큰일이드군."

"글쎄요. 참 큰일이세요."

안주인은 눈살을 찌프리며,

"글세, 의논헐 말씀두 있구 허니 좀 들어오세요."

"무슨 말이유?"

하고 할머니는 끙 하며 엉덩이를 들고 일어서 절뚝어리며 방 안으로 들어

가 앉는다.

안주인은 머리를 빗겨 내리며 거울 안의 할머니에게 상을 찡그려 보이며,

"할머니두 아시다시피 문깐방 노인네 말이에요. 글쎄 땅이 있댔자 양식

두 못해다 먹는 데다 학교 다니는 애들은 날마다 돈 안 달랄 때가 없구 씀

씀이는 많구 견딜 수가 없어서 그 방을 내놨드니 저 지경이니 어떻거믄 좋

아요?"

하고 하소연이다.

"그 참 딱한 사정이지."

"그렇다구 앞다리두 잡지 못한 사람을 박절하게 나가라구두 헐 수 없구."

"아ー무렴."

"혹시나 불행험 어떡허지요?"

"뭘 그렇기야 헐라구. 그런데 세나 잘 내나?"

"윈걸요. 다섯 달이나 밀렸지요."

"허ー, 그것 참. 쯧쯧."

할머니는 혀를 치고,

"방세는 내야지."

"그러닛깐 속이 상해 죽겠지요. 그래 이번에 나온 국채두 말이에요. 어디 무뎈이 돈이 있어요? 그 방세만 받으면 즉시 돈을 치를 텐데 어디 차마 말이 나와야죠."

"아닌 게 아니라 그거 어서 좀 빨리 바추. 거운 다들 바쳤는데 이만한 집을 지니구 안 바치는 건 수치야."

하고 할머니는 왜밀[83]로 찰단 밀어 붙인 히끗히끗 쉰 머리를 설레설레 흔든다.

안주인은 공연한 말을 꺼낸 것이 후회가 되었으나 미안스러운 듯이,

"글세, 저두 그 때문에 송구스러워서."

한다.

할머니는 눈을 스르르 내려뜨고 곁눈질로 안주인의 빗치는 손을 흘겨보다가

"그럼 오늘이라두 방세만 받으면 즉시 국채 대금을 낼 수 있단 말이지."

하고 오금을 박았다.

"그야 뭐."

"그럼 어디 내가 거들어 보겠수."

할머니는 한쪽 팔을 집고 무거운 듯이 몸을 이르켜 중문을 나섰다. 문간 방 앞에 와서,

"뭘을 허슈?"

하고 소리를 치니 바시시 문이 열리며 마누라가 초췌한 얼굴을 내민다.

"성냥곽이구먼요?"

"네."

마누라는 나쁜 짓이나 들킨 듯이 얼굴을 붉힌다.

"그거 참 고생이시구료. 영감만 건강허셔두 날 건데. 근데 신설동에 경

---

83) 향료를 섞어서 만든 밀기름.

상두 의원이라든가 퍽 부증 잘 고치는 사람이 있답디다. 거기나 한 번 가 보슈."

"네. 고맙습니다."

"약값이 좀 호되다지만 돈으루 사람 살 수야 있수? 내 조카 놈이 그 집을 잘 아니 오늘이라두 가 보슈."

"네— 그렇지만—."

"뭘 사양허실 것 없어요. 이웃사촌이라니요."

문간방 마누라의 얼굴은 점점 빨개져서 울상이 된다.

"네, 고맙습니다만."

반장 할머니는 그제야 알았다는 듯이,

"아, 돈 때문에 그러슈?"

마누라는 더욱 빨개져서 무릎 위의 성냥곽을 치우는 시늉을 한다.

"뭘 그러슈. 저 자개장만 해두 몇 장 갈 텐데. 나중에 또 장만허드라두 지금은 결단을 내려야지. 사람이 살구 마련이 안유?"

"글쎄요."

"내가 어디 후허게 흥정부쳐 보리다."

"고맙습니다."

반장의 뚱뚱한 몸집이 요란하게 문짝에 부디치며 나가자 문간방 마누라는 풀없이 앉아 물끄러미 삼층장을 바라보았다.

그의 시야가 차차로 흐려져서 자개의 무지갯빛이 춤을 추기 시작한다. 이윽고 눈물 줄기가 야위고 주름진 그 뺨을 소리 없이 흘러내렸다.

그 삼층장은 남은 최후의 세간이었다. 자개가 많이 빠진 것을 트집으로 너무나 어굴하게 값을 불러 팔지 않고 있었던 것이다. 그러나 병든 영감과 고달픈 살림에 시달리는 막다른 골목 판에 그것을 지닌들 얼마나 지닐 것이랴?

아아, 소유권이란 그다지도 허무한 것인가? 모든 인간의 욕망 중에서도 가장 강렬하고 절실한 것이 소유욕이 아니었던가?

그의 가슴에는 지나간 세월이 주마등같이 떠오르는 것이었다.

서북잠[84])에 다홍 단기, 곱게 지은 이마도 부끄럽던 새댁 시절부터 의젓한 말뚝잠[85])에 검 자주 단기로 조촐하게 중년이 될 때까지 기거하든 그 솟을대문 집—.

알뜰하고 규모 있는 주부로서 충실히 집을 직혀 장독 뚜껑 하나까지에도 그의 부드러운 마음씨가 미치지 않은 것이 없었건만, 그 수다한 세간을 길들이고 가꾸고 또 장만하는 것이 그의 취미고 정열이고 기쁨이였던 것이다.

남은 단 한 개의 세간인 그 삼층장도 지금은 행방도 몰으는 불효의 아들이 아직 귀여운 재롱등이로 작란이 한창일 때 장둘이로 때려서 자개가 빠졌을 때는 사실 자기 살이 깨어진 것 같은 아픔을 느꼈었다.

사십 가까워서 얻어 금이야 옥이야 길른 아들이 이십 전부터 외도에 눈을 떠서, 아버지의 호령도 어머니의 눈물도 귓전으로 듣고 놀아나, 드디어는 유치장 출입까지 하게 되니 입으로는 죽일 놈 살릴 놈 하나 딸도 없는 외아들이고 보니 뒷바라지도 아니할 수 없어 한 번이 두 번 되고 두 번이 열 번 되어 어느듯 집도 넘어가고 땅도 넘어가고 만 것이다.

마누라가 그처럼 애끼고 가꾸든 세간들도 차차로 하나식 둘식 남의 손으로 넘어가 버렸다.

약값으로 없어지고 쌀값으로 변하고 시탄[86])요로 또 사소한 일용품으로 사라졌다.

병고가, 궁박이, 불화가 그들의 손에서 살뜰히 가꾼 그것들을 빼앗아 간 것이다.

그럼으로 이 궁상스러운 세방에 자리를 잘못 잡기나 한 것처럼 어울리지

---

84) '섭옥잠'으로도 짐작됨. 대가리에 구멍을 뚫어 여러 가지 모양을 새긴 옥비녀.
85) 금붙이로 만든 비녀의 하나. 길이는 7㎝ 정도로 조금 납작하고 양쪽이 모가 지고 끝이 점점 가늘어져 뾰족하며 대가리에 수복이나 용 따위의 무늬가 새겨져 있다.
86) 땔나무와 숯, 또는 석탄 따위를 이르는 말.

않은 삼층장은 마누라에 있어서는 단순한 세간 이상의 것이었다.

거기에는 여러 가지 추억이 어리어 있을 뿐 아니고 이토록 낙탁은 하였을망정 아직도 귀접스러운[87] 짓은 할 수 없는 꿀끌한[88] 그의 긍지를 간신히 지탱하고 있는 최후의 바침이었다.

그러나 그것마저 이제는 아니 내여 놓을 수 없었다. 방세가 다섯 달치에 만 원, 약국에 셈할 것이 역시 만여 원인데, 잘살 때부터 당골로 지내든 터이라 재촉은 아니 하나 고지식한 마누라는 기가 죽어 약도 마음대로 지으러 갈 수가 없었다. 호구지책으로 성냥곽을 맡어 붙였으나 그것으로는 두 식구 쌀값도 못 되었다. 그 삼층장을 팔었댔자 그것이 무슨 자본이 되는 것이 아니지만 그렇다고 안 팔 수가 없었다.

마누라는 행주치마 끈으로 눈물을 씻고 누어 있는 영감 쪽을 살펴보았다.

신장병으로 뚱뚱이 부은 영감은 마누라를 보고는 있으나 그 누르둥둥한 얼굴은 무표정한 체다.

마누라는 갑자기 가슴이 콱 맥히는 것 같은 안타가움을 어찌할 수 없었다. 엄격한 가장으로서 온 집안사람들의 길을 못 펴게 하든 그 시절의 무섭든 남편의 호령이 그리웠다.

"내가 싸게 흥정 붙여 줄 테니 이런 기회에 장만허우. 그야 좀 헐기는 했지만 워낙에 화류가 특등인데다 장식이 요새 꺼에 델 께 아냐. 취색이나 허면 십만 원은 훨신 넘어갈 걸!"

반장 할머니의 말에 준이 엄마는 물고기 낚시 물듯 덤벅 댑볐다.

"그렇지 않어두 이북서 와서 어디 장이 있어요? 아쉬워서 장만허려구 별르든 차에요."

---

87) 사람됨이 천하고 비루하여 품격이 없음.
88) 마음이 맑고 바르고 깨끗하다.

"그럼 꼭 좋구면."

"우선 좀 봤으면 좋겠어요."

준이 엄마는 말없이 앉아 있든 경식이 엄마를 돌아보며

"경식이 엄마도 가봅시다."

"내가 가서 뭘 해요."

예뿌장하게 생긴 경식이 엄마가 사양하는 것을 준이 엄마는 호들감스럽게 서들어 세 사람은 큰 대문 집으로 몰려갔다. 준이 엄마는 준이를 업고 날마다 경식이네에 말을 가서 얌전한 경식이 엄마를 괴롭힐 때가 많았다.

대문 밖에서 풍노에 불을 피고 있던 마누라는 그들을 보자 짐작이 갔는지 얼굴이 확 달았다. 사실 돈이 급해서 반장의 처사가 고맙지 않을 배도 아니나 막상 당하고 보니 가슴이 철렁하였다.

"이 댁이 장을 사겠다니 어떻거시료?"

반장이 단도직입으로 말을 부쳤다.

"글세요."

"시절이 이러니 작자가 나스기가 어려울 거요."

"……."

"하옇든 좀 뵈어나 주세요."

준이 엄마가 매여달리듯 말을 하자,

"그럼 들어가 보세요."

문깐방 마누라는 힘없이 대답을 한다.

준이 엄마는 마누라보다 먼저 대문 안으로 들어서서, 미닫이에 손을 댔다. 경식 엄마가 딱한 듯이,

"준이 엄마!"

하고 치마자락을 꺼렸으나 그는 이내 문을 열고 방 안으로 들어갔다.

영감은 자는지 눈을 감은 채 가뿐 듯이 숨을 쉬고 있는데 준이 엄마는 손꾸락으로 장을 삿삿이 만져 보며,

"아—니, 이렇게 허러 것인 줄은 몰랐어요"

하고 떠들어 댄다. 마누라는 무안한 듯이 얼굴을 숙였다. 밖에 서 있든 경식이 엄마가 보다 못해,

"준이 엄마 그만 나오셔."

하고 말하자 반장 할머니가 신을 신고, 준이 엄마도 마지못해 밖으로 나왔다.

"그냥은 너무 허러 쓸 수 없고 다시 취색을 허럼 배보다 배꼽이 더 크겠어요"

대문 밖으로 나가자 준이 엄마가 입을 삐쭉하며 말하였다.

"그야 이 할머니두 그 요량 몰으실까?"

하는 반장의 말에 문깐방 마누라는 고개를 숙인 채,

"그럼 얼마면?"

"두 장 반."

준이 엄마가 딱 단정을 내렸다.

"두 장 반이라니 이만오천 원이란 말슴이요?"

"네."

"고물상두 삼만 원 봤어요"

문깐방 마누라의 음성은 약간 떨렸다.

"그럼 얼마면 내노신댔어요?"

준이 엄마는 그의 얼굴을 똑바로 쳐다봤다.

"글세, 고물상에 내는 것보담은 좀."

"아유, 그럼 난 못 사겠어요"

하고 준이 엄마는 고개를 흔들며 돌아슨다.

반장 할머니가,

"여보 좀 기달류. 어디 말이 끝이 났수? 젊은이는 저렇게 급해서 탈이란 말야."

하고 혀를 차고 눈을 한 번 스르르 감었다 뜬다.

"마나님두 여기 파나 저기 파나 마창가질 것 같음 한 동내사람한태 파시는 게 날꺼구, 준이 엄마두 어차피 장만하려면 취색을 헌다 허드라두 딴데보담 싸니 석 장으루 손을 치슈."

언제나 슬금한 반장의 말솜씨다.

준이 엄마는 고개를 기우리고 턱에 손을 대고 마누라는 잠잠이 말이 없다. 반장은 둘의 태도를 승낙으로 해석하고,

"아무렇든 잘 됐수. 준이 엄마는 없든 세간이 생겨 좋구, 마나님은 어떻거든 영감님 병두 고치구 밀렸든 셈두 허게 되니 시원허실 께구. 허……."

하고 호탕하게 웃어 제쳤다.

준이 엄마가 경식이 엄마하고 나간 후 뒤에 떨어진 반장은 듣는 사람도 없는데 귓속말처럼 음성을 나추어,

"사실 흥정 잘 허신 줄 아슈. 옆에서 보니 형편없이 헐었습니다."

이렇게 속삭어리고 젊은 사람 뒤를 뒷뚱뒷뚱 좇아갔다.

그날 밤, 준이네 집에서 내외 싸움이 벌어졌다. 똑같이 지은 집 장사집 앞뒤집에 살고 보니 옆집 된장찌게 끓른 냄새까지 맡는 형편이라 경식이네 집에서는 싫어도 그 소리를 듣지 않을 수 없었다.

대학 병원에 다니는 경식이 아버지가 병원에서 돌아와 늦은 저녁상을 막 받었을 때는 옆집 싸움은 '클라이막쓰'에 다달았는지 준이 엄마 소리가 질자배기 깨지는 소리로부터 돼지 목 따는 소리로 변하였다.

남편의 소리는 조금도 들리지 않았으나 여편네 악쓰는 소리로 경식이 엄마는 싸움의 원인이 무엇인가를 이내 짐작하였다.

경식이 아버지는 수저를 멈추고,

"응, 또 옆집에선 왼 야단들이야?"

하고 눈이 둥그레진다.

"아마 준이 아버지가 삼층장을 못 사게 해서 준이 엄마가 바가질 긁었나

봐요."

"삼층장이라니?"

경식이 아버지는 더욱 눈을 크게 뜬다.

경식이 엄마가 문깐방 마누라의 사정이랑 준이 엄마가 값까지 정한 것이랑 대강 주서 말하니 경식이 아버지는,

"남의 불행에ㅡ"

하고 얼굴을 흐렸다.

"참, 그래요. 어찌나 사정이 딱한지."

아내도 어깨를 처뜨리며 가늘게 한숨을 지었을 때 또 옆집에서,

"아야, 아야. 죽여, 어서 죽여. 아야……."

하는 준이 엄마의 비명 소리와 찢어지는 듯한 준이 우름소리ㅡ

"아이 좀 가서 말려요"

경식이 엄마는 송구스러워 안절부절을 못 한다. 경식이 아버지는 밥을 먹다 말고 밖으로 나갔다.

준이네 집 대문 앞에는 사람이 까맣게 모여 있었다. 반장 할머니는 물론 제일 먼저 출동하여 얼굴이 붉애 가지고 굳게 걸린 문을 흔들며,

"여보, 이 문이나 좀 열우."

하고 소리를 지르고 있었다.

준이네에서는 적어도 한 달에 한 번씩은 이 야단이 나는데 싸울 때는 준이 아버지가 훌렁 옷을 벗고 날쳤기 때문에 망측해서 아랫방에 세를 들고 있는 과부는 차마 나가 말릴 수가 없었고 문을 굳게 닫었으므로 준이 아버지와 자별히 지내는 경식이 아버지도 반장 할머니도 들어가서 말릴 수가 없었다.

준이 아버지는 대학도 나오고 사람도 여자같이 얌전한데 이럴 때만은 아마 다른 사람 같이 되어 버리는 것 같았다.

싸움은 꽤 오래 계속되나 남자의 음성은 씩씩어리는 숨소리 외에는 한마

디도 아니 들리고 엿편네의 발악 소리만 들리는 것이 보통이고 대개 남편이 아무 말 없이 방으로 들어가 누어 버리고 아내의 넋두리로 끝이 났다.

이날도 남편이 불도 안 땐 건넌방으로 들어가자 아랫방 과부가 대문을 열었으나 준이 아버지가 아주 새촘한 얌전한 사람으로 돌아가 버리니 말리러 간 사람 쪽이 도로혀 겸언쩍어 문 열라고 흔들든 반장까지 발길을 돌렸다.

그 후로는 큰 대문집 안주인은 매일 아침마다 반장이 와도 요즘은 발명[89]도 아니 했다. 마치 국채 대금을 못 바치는 것은 할머니의 책임이라는 듯이.

그러나 전기 값이나 신문 값을 낼 쩍마다 집금인을 돌려세우고는 문깐방에 들리도록 큰소리로,

"젠장, 화증이 나서 죽겠어. 내가 받을 것은 통 못 받는데 내가 낼 것은 성화같이 받어 가거든."

하고 문을 탁 닫고 들어가곤 한다. 문깐방 마누라는 그럴 때마다 기가 죽어 앞마당에 있는 물도 뜨러 가기가 어려워 한참 되는 한데 우물까지 가기도 하였다.

안주인은 문깐방 약 대리는 냄새에 짜증을 내고 아마 못 들일 사람을 들여서 운수가 맥혔나 보다고 한탄이었다. 한번은 노골로,

"방세도 못 내면서 우리네보다도 세간 사치는 허구 싶어 헙디다."

하고 큰소리로 빈정거리기도 하고 고개를 설레설레 흔들며,

"인젠 방세구 뭐구 다 구찮으니 나가나 줬으면 좋겠어요"

하기도 하였다. 이러고 보니 그 삼층장은 마누라의 무거운 짐이 되고 그 컴컴 문깐방은 바눌방석이었다.

반 내에서 제일 돈을 흔전이 쓰는 준이 엄마가 자빠져 버리니 반장도 한 반 안에서는 그럴 상 싶은 사람이 생각나지 않어 교회 교인들 집에 일삼아 댄기기까지 하였으나 도모지 작자가 나스지 않았다.

---

89) 죄나 잘못이 없음을 말하여 밝힘. 또는 그리하여 발뺌하려 함.

어느 일요일 날 밤, 경식이네 내외가 영화 구경을 갔다 오다가 큰 대문
집 앞을 지나려 할 때 가까운 교회에서 종소리가 들려 왔다.

그들은 까닭 없이 발을 멈추었다. 문깐방 들창에 불빛이 빛었다. 남편은
문득 생각이 난 듯이,

"아, 이 방에 있는 노인네구먼."

"네, 아주 참 딱해요. 요즘은 아마 약두 잘 못 쓰나 봐요."

아내는 잠깐 말을 끊었다가 남편의 얼굴을 처다보았다.

"네? 당신 좀 들어가서 봐 주세요."

그 음성에는 어딘지 사람을 움즈기는 무엇이 있었다. 남편은 대답 대신
큰 대문집 앞으로 가서 조심스럽게 문을 두들겼다.

큰 대문집 문깐방에서 꽤 이슥해서 집으로 돌아가 그들은 비여 두어서
싸늘해진 방에 자리를 깔고 누웠으나 어쩐지 잠을 이루지 못했다.

경식이 아버지는 부시시 일어나드니 부스럭부스럭 호주머니를 뒤저 담배
를 꺼내 불을 부처 물었다. 한참을 잠자코 담배만 빨다가 밑도 끝도 없이,

"그 삼층장 우리가 사지."

한다. 아내가 놀라며,

"뭐라구요?"

하고 되물으니 그는 담배를 재떨이에 부벼 끄고,

"아니, 나는 의사니깐—의사란 남의 괴로움을 없애 주는 것—아주 없애
지는 못하드라도 적어도 더러는 주어야 되거든. 나는 오늘 그 노인들을 보구
깨달았어. 사람의 괴로움이란 육체에서만 오는 것이 아닌 것이리라고"

그의 얼굴은 엄숙하고 음성은 정중하였다.

"내게 푼푼이 모아둔 돈이 그만큼 있소. 끌끌한 그들이 까닭 없이 남의
신세를 지지는 아니헐 테니 그걸 사기로 합시다. 당신도 소개 통에 세간을
없애 얼만큼 아쉬었을 것이니."

어느듯 자리에서 이러나 남편 옆에 가 앉았던 경식이 엄마는,

"당신 마음이 그러시다면 나도 하나 허구 싶은 말이 있어요."
하며 얼굴을 들었다.

"저 뜰아래 방 말이에요. 그 방을 놀릴 필요가 있을가요?"

그는 무척 힘이나 드는 것처럼 떠듬떠듬 말하고 눈물이 피―ㅇ 돌았다.

눈물을 먹음은 아내의 얼굴은 불빛 아래서 오늘따라 더욱 아름다웠다. 남편은 그의 어깨를 툭툭 치고 "허허……" 웃었으나 자기도 눈시울이 뜨거워지는 것을 느꼈다.

이삼일 후 반장 할머니는 두툼한 돈뭉치를 보에 싸 들고 양양자득[90]하여 문깐방 문을 두들겼다. 경식이 엄마는 가지를 않았으나 준이 엄마가 재빠르게 알고 장을 실어 내는 것까지 참견을 하였다.

그는 한동안 동네를 돌아다니며,

"의사라두 여보, 개업헌 것두 아니구 큰 병원에 월급쟁이루 댄기는데 어디서 그런 큰돈이 났겠어요. 참 용허긴 해."
하고 의미심심하게 눈을 흘겨 뜨고,

"글세, 요즘은 큰 병원에 되레 좋은 약이 없답디다. 막들 해 먹는대요."
암암리에 경식이네를 꼬집었다.

큰 대문집 안주인은 문깐방 노인네가 경식이네 아랫방으로 옮겨 간 후 경식이 엄마 보기가 겸연쩍었으나 반장 할머니는 요즘 자기 반 내 국채를 완전히 소화식혀 한시름 잊었다.

그는 근근 또 '애국 할머니'로써 당국의 표창이 있으리라는 풍설이 돈다.(4283년 4월 1일)

― ≪혜성≫ 1권3호, 1950. 5.

---

90) 뜻을 이루어 뽐내며 꺼드럭거림. 또는 그런 태도.

정의사(鄭醫師)

순천에서 하동으로 통하는 이등가도를 누렇게 칠한 대형 뻐스가 몬지를 이르키며 동쪽으로 달리고 있었다.

바른쪽으로 섬진강을 낀 평야는 가도 가도 강열한 배추꽃의 노란빛과 봄바람에 물결치는 보리밭의 연둣빛뿐이다.

오후의 햇빛을 담북 먹음은 섬진강 줄기는 강 건너 대밭 그림자를 어린 채 은알이나 뿌린 듯이 빤작거리며 구비 흐르고 있다.

꾀꼬리 날개빛으로 무성한 대밭 넘어로, 지이산[智異山] 산줄기의 험준한 산봉우리들이 검은 푸른빛으로부터 엷은 보라색으로 첩첩이 솟아 끝은 자욱한 하늘에 흐려져 있었다.

평탄한 넓은 평야 곳곳에는 마을이 있어 그 옆을 지날 때에는 헌칠하게 자란 백양나무와 꽃이 만발한 살구나무로 에워싸인 돌담을 둘러싼 농가에서 한가로운 닭의 우름소리가 들리기도 하고 버들피리를 불든 소년이 맨발로 자동차 뒤를 쫓아오기도 하였다.

개나리봇짐을 진 늙수그레한 농부와 구김살투성인 분홍치마를 잘 여미지 못하고 쑥스럽게 중동띠를 띤 젊은 여인이 술병을 안고 걸어가다가 뒤에서 들리는 자동차 소리에 발을 멈추고 손을 들었다. 그러나 검정 안경을 쓴 전수는 손짓 하나 아니하고 냉연이 차를 달린다. 입을 버리고 차 뒤를 목송하는 그들 머리 위에서 종달새가 재재거렸다.

차는 어느 마을에 들어가 'OO뻐스 정유장'이라고 쓴 나무 간판이 붙은 초가집 앞에서 머므렀다.

차표를 사는 사람이 열을 짓고 있는 옆에는 뽀얗게 몬지를 쓴 과자랑 시들은 사과랑 오징어 사이다 나부랭이를 버려놓고 한복 위에 양복 조끼를 입은 대머리 영감이 차표와 가게 물건을 동시에 팔고 있었다.

차에서 내린 운전수는 그 집으로 드러가드니 줄줄 새는 물통에 물을 긷고 나왔다. 운전수와 조수가 본롑을 열고 라지에터—에 물을 붓고 있는데 누룽둥둥한 머리로 커다란 쪽을 진 시골 부인네가 두 손에 잔득 보따리를 들고 차표를 입에 물고 차 위로 올라섰다.

"여보, 여보! 뭐요 뭐야!"

맨 뒤에 앉았든 대뼈가 툭 불그러진 중년 남자가 엉거주춤하게 상반신을 이르키고 퉁명스럽게 호통을 한다.

"예? 저는 읍내꺼증 가요."

"안 돼요, 안 돼! 얼핀 내리소"

"아, 이게 읍내 가는 차가 아닌교?"

"잔소리 말고 얼핀 내리래리께로."

중년 남자가 소리를 더 높이는데 작업이 끝난 운전수가 돌아오드니, 말도 듣지 않고 우왁스럽게 시골 부인네를 끄러내리고 운전대에 올라앉았다.

차는 또 달리기 시작했다. 한참 동안은 자동차 엔징 소리뿐, 차 안에는 침묵이 흘렀다.

아까 시골 부인을 호통하던 그 중년 남자는 두 손으로 깍지를 꼈다가, 무릎을 안어 보았다가, 코구멍을 팠다가 종시 편편치 않은 모양이다. 그러나 얼굴은 만족과 영광으로 상기되어 웅숭그리고 앉은 채, 앞에 앉은 뚱뚱한 신사 쪽에 전 주의력을 집중시키고 있다. 마치 주인의 명령을 기다리는 충견같이.

"H읍까진 아직 멀었나?"

앞에 앉은 뚱뚱한 신사가 고개를 돌리키며 점잖게 묻는다.

"네, 아직 삼십 리 가량 남았습니다. 지리허시죠?"

광대뼈 나온 남자가 비굴하게 선웃음을 치며 대답했다.

"아니, 우리네 속진에 시달리든 몸에는 마치 선경에나 온 것 같아. 저게 무슨 나무지?"

하고 그는 왼손 편 마을 뒤 나즈막한 언덕을 유연히 가르쳤다.

"글세요."

광대뼈 나온 남자는 자기도 몰으는지 뒷머리를 긁고 옆에 앉은 누렇게 결은 와이샤쓰에 조고만 뽀ー넥타이를 맨 친구에게,

"면장님, 무슨 나무죠?"

하고 묻는다. 면장은 긴장과 너무 오랜 침묵 끝이라 성대에 이상을 이르켜 "동백나무요" 한다는 것이 "똥배나무요"라고 들렸다. 그 옆에서 역시 여태 껏 말이 없든 쾅에 닉카복카를 입은 중년 신사가,

"여기는 동백골입니다. 동백기름으로 유명하지요."

하고 표준어로 다시 설명하였다.

면장은 무슨 큰 실책이나 한 것처럼 얼굴이 벌개지고 닉카복카 신사 H 군 군수는 자기 자신에 만족하여 몸을 흔들어 고쳐 앉았다.

세 사람의 얼굴은 하나같이 비굴한 충성과 귀빈을 뫼신 영광과 까닭 몰 으는 압박감으로 긴장하고 있었다. 그러나 모ー든 명사들과 마찬가지로 이 신사도 명의와 찬양과 비굴에는 젖어 있었다. 따라서 이 평범한 시골 인사 들의 최대한의 경의도 그다지 개의되지 않는다. 이러한 자기의 대한 자신 이 ― 말하자면 뱃장이 그를 크게 하고 있는 것이다.

차 안에는 또 침묵이 흘렀다.

담즙질인 뚱뚱한 신사는 어느듯 넓다란 가슴에 턱을 파묻고 잠이 들고 그 옆에는 소쇄한 엷은 회색 봄 외투에 검은 쏘호트를 쓴 결곡한 초로의 신사가 약간 꾸부정한 몸을 상아 손재비가 달린 단장에 의지하며 말없이 차창에 시선을 던지고 있다.

뚱뚱한 신사는 재계의 중진인 동시에 정계에서도 중심인물의 한 사람 ××당의 신명호 씨고 옆에 앉은 신사는 도규계(刀圭界)의 제 일인자 ××의과 대학 학장 이필진 박사였다.

그들은 H읍에서 양조장을 경영하는 신명호 씨의 사촌 신경호 씨—그 광대뼈 나온 남자의 어머니의 회갑에 초대를 받아 H읍에 온 길에 그곳에서 멀지 않은 화엄사와 쌍계사 구경을 갔다 오는 길이었다.

신명호 씨가 그 다사한 틈을 타서 천릿길을 무릅쓰고 숙모의 회갑에 참석한 것은 일직 어머니를 잃고 그 숙모의 양육을 받은 일이 있다 할지라도 미상불 한 토막 미담이라 아니할 수 없다.

그와 막연한 이 박사는 혈압이 높은 친우의 건강도 염려되었거니와 고찰의 봄을 탐승하자는 데 마음이 껄려 신씨와 동행한 것이었다.

맨 앞자리에 앉은 비서는 이런 시골에 비공식으로 온 이상 자기 정력을 허비할 필요는 없다고 생각하였는지 매사에 냉연하고 무관심한 태도를 보이고 있었다.

차가 지이산 중의 한 본지에 자리 잡은 H읍에 도착하였을 때는 저물기 쉬운 산기슭에는 황혼이 스며들고 있었다. 삼방은 산이고 남쪽만이 터져 넓은 들판이 버러지고 첩첩이 둘러싼 산모퉁이를 도는 자동차길이 단속적으로 허옇게 보이고 있었다.

들 가운데를 흐르는 강에서는 수증기가 오르기 시작하고 안개의 띠를 띤 산들은 낮보다 가까워 보였다.

자동차는 장터 네 거리 양조장 앞에서 머므렀다.

이 박사가 마악, 그 큰 키를 꾸부려 차에서 내렸을 때 낡은 까만 가방을 들고 옆을 지나가던 짝달막한 대머리 남자가 문뜩 발길을 멈추었다. 이윽고 그는 무엇을 생각해 내려는 듯이 이 박사 쪽을 응시하였다.

남은 사람들이 자동차에서 쏟아져 나왔다. 군수를 보자 그 남자는,

"야, 영감, 어딜 갔다 오슈?"

하고 소리를 쳤다.

"아, 정 선생, 왕진 갔다 오시는 길이구료."

군수는 이렇게 말한 후

"서울 손님들을 모시구 쌍계사에 갔다 오는 길이요"

하고 그 옆에 가까이 와서 음성을 나추어

"××당의 신민호 씨"

하고 속사거렸다. 그러나 정 선생은 고개만 꺼덕였을 뿐 신씨는 주목하지 않고, 이 박사 쪽만 보다가 눈으로

"저희는?"

하고 되물었다.

"×× 의과 대학 학장이라나. 의학 박사랍디다."

정 의사는 그 말을 듣자 이 박사 쪽으로 뚜벅뚜벅 거러가,

"실렙니다만 이필진 씨가 아니세요?" 하고 허리를 굽힌다.

이 박사는 이런 시골에서 낯서른 사람에게 자기 이름을 듣는 것이 뜻밖이라, 언제든지 심의한 일에 부드쳤을 때의 버릇으로 미간에 주름을 잡었다.

"네, 이필진입니다만……."

정 의사의 얼굴은 반가움과 놀라움으로 환―해졌다.

"잊어버리셨습니까? 나는 정병모요."

그는 큰소리로 외치고 이 박사의 손을 덥석 쥐었다.

그러나 이 박사는 아무리 고개를 기우려도 그런 이름이 기억에 없었다. 그는 미간에 주름쌀을 점점 깊이 잡으며,

"글세요. 기억이 안 나는데."

정 의사는 무안한 듯이 손을 노았다.

이 박사는 너무 몹시 쥐여 자죽이 난 손을 뒤로 돌려 뒷짐을 진다.

"의학 전문 동창 정병모."

실망한 정 의사는 혼자말처럼 힘없이 중얼거리고 "실례했습니다" 하고

발길을 돌렸다.

뚱뚱하게 살이 찐 정 의사는 몸을 빨딱 자빠트리고 헤엄이나 치듯이 어기적어기적 걸어갔다. 한쪽 발을 약간 저는 것같이 신발을 찍찍 끄는 그 거름걸이를 보자, 잔뜩 눈쌀을 찌프리고 그 뒷모양을 노려보던 이 박사는 불현듯,

"앗, 정 딸딸보!" 하고 외쳤다.

그는 놀라는 사람들을 뒤에 두고 "정군! 정군!" 하고 소리치며 긴 다리로 성큼성큼 정 의사의 뒤를 쫓았다.

정 의사는 뒤쫓아 온 이 박사를 보자 일순 얼굴이 핼쑥해지드더니 이내 확 달았다.

"아, 역시!"

그는 상대편의 너무나 훌륭한 풍채에 눌려 '군'이라 그러나 '선생'이라 그러나 잠시 망설이다가,

"역시 이 선생이셨군!" 하고 만면에 웃음을 띠었다.

"참 실례했어요. 건망증도 이만허면 고맹에 들었단 말야. 정군을 몰라보다니."

말할 수 없는 신경질인 이 박사로서는 한껏 한 농담이다.

"뭘 홍안의 미소년이 대머리로 변했으니 알아보는 쪽이 이상한 일이지. 하……."

정 의사는 유쾌한 듯이 껄껄 웃었다.

"여기서 개업허구 있소?"

"아……."

"언제부터?"

"그럭저럭 삼십 년 되지. 곰이 필 때가 됐소"

히끗히끗하게 쉰 머리에 키가 큰 구부정한 이 박사와 훌덕 버서진 대머리 정 의사의 짝달막한 뚱뚱한 몸집이 기묘한 대조를 자아내며 큰길에서

자동차도 잘 안 들어갈 만한 골목으로 빠졌다.

"그리 지장 없으면 우리 집으로 갑시다. 우리 삼십 년 만에 마음껏 구정을 풀게."

정 의사가 이렇게 말하자 이 박사도 서슴지 않고,

"동행들이 기다리겠지만 뭘 괜찮어…… 오늘은 둘이서 회고담이나 허구 지내지" 한다. 두 사람은 거름을 빨리하여 '정병모 병원'이라고 쓰인 나무 간판이 붙은 집으로 들어갔다.

병원은 순 조선식 구옥이었다. 대청에 진찰실을 꾸미고 바른손 편 큰방이 정 의사의 거실이고 왼손 편 작은방이 약국으로 씌워 있었다.

앞마당에는 축을 싸서 화단을 만들고 꽃을 단 나무 그늘 곳곳에 괴석들이 놓여 있었다. 큰방 창 가까이 한 그루의 늙은 매화나무에 꽃이 구름 같이 피어 있다.

두 사람은 분합문이 활작 열린 대청에 올라가 바른편 큰 온돌방으로 들어갔다.

"나 잠간 안에 들어갔다 오겠소"

하고 정 의사가 자리를 비킨 후 이 박사는 대청으로 나가 옛 친구의 진찰실을 돌아보았다.

옛날에는 하얗게 칠했을 유리장 속에 그리 많지 않은 구식 의구들이 진열되고 벽컨에는 버서진 검정 가죽으로 싼 딱딱한 침대가 놓여 있었다.

벽에는 찌들은 혈액 순환도와 시력 글자표가 걸렸고, 좀 구멍투성이의 파란 라사 쪼각을 압정으로 눌러 덮은 책상 위에는 진찰일지, 처방전, 의학서, 여러가지 약품을 넣은 조그만 병들이 올망졸망 놓였고 그 앞에는 한편으로 기우러진 회전의자 그 옆에 나즈막한 조그만 테—블 위에는 약솜 통이랑 맥키가 버서진 주사기 케—스가 너저분하게 늘어져 있었다.

크레졸을 담은 대야는 사기가 터져서 녹슬은 쇠가 보이고, 옆에 걸린 수건은 이 박사가 부지중 상을 찡그렸을 만큼 때가 묻어 있었다.

이 살풍경하고 초라한 진찰실을 일견하자, 이 박사의 얼굴은 민소(憫笑)로, 찌그러졌다. 우월할 자리에 있는 자가 가지는 싸늘한 모멸감이 이 명의의 머리에서 보잘것없는 시골 의사의 존재를 완전히 멸시해 버렸다.

　정 의사가 손수 람프를 들고 나왔다. 그의 붉언 얼굴에는 땀방울이 매치고 입은 반가움과 기쁨에 닫히지를 않았다. 이제 이 박사는 그를 '의사'라고는 생각할 수 없었다. 조야하고 둔한 일개의 촌부자(村夫子), 그에게 준 구우(舊友)의 인상은 이 위를 나오지 않았다.

　이 박사는 아까 정 의사 뒤를 쫓았을 때 번개같이 자기 머리를 스친 생각, 즉 자기의 눈부신 공적과 명성을 자긍하고 싶었던 것을 생각하고 쓴웃음을 지었다. 이 사람 좋은 미련한 시골 의사에게 일순이나마 그런 마음을 가진 것이 부당한 일이나 되는 것 같아 우수웠다. 그의 가슴에는 학생 시대가 선─히 떠올랐다. 아까 이 박사가 그의 성명을 듣고도 기억이 나지 않았을 만큼 별명으로만 통하던 정 땅딸보─ 정병모는 수재답지 않은 수재였다.

　'이마에 사색의 낙인을 한' 수재 '타잎'에서는 너무나 먼 외모를 가진─너무나 혈색이 좋고 너무나 명랑하고 키는 답답하게 작은 데다 둔할 만큼 살이 뚱뚱히 찐 청년이었다.

　이 히극적인 외모에다, 말은 뻣뻣한 경상도 사투리 그대로였다.

　그러나 어려서부터 수재로 자타가 공인해 온 문벌 높은 가문의 자제인 이필진은 아무리 노력하여도 그를 능가할 수가 없었던 것이다. 자존심을 깎인 그는 정병모를 땅딸보 땅딸보 하며 멸시하였으나 시험시에도 평시와 같이 초조하는 기색이 없는 그의 초연한 태도에 압박을 느껴 조발된 경쟁심으로 더욱 공부에 골몰하였다.

　가난한 시골 청년인 정병모는 졸업 후 여러 교수들이 간절히 연구 계속을 권하였으나 집안 형편으로 사절하고 시골로 내려가 개업을 했던 것이다.

　섬세하고 침울한 이필진은 연구실에 남아서 연구를 하다가 독일로 유학을 하게 되었다.

　꾸준한 노력과 굳은 의지와 명석한 두뇌로 독일 교수들에게까지 찬탄을 아끼지 않게 한 이 박사는 메쓰를 들던 그 모습부터가 숭엄해 보이도록 신묘하였다.

　명성과 실력이 구비됨에 따라 의학교 시대에 경쟁 상대자인 정병모의 존재는 너무나 사소하고 빈약하여 어느덧 그의 기억에서 사라지고 말았던 것이다.

　우리 도규계의 권위 이필진 박사가 그 냉철하고 고매한 성격에도 불구하고 일순간이나마 자기를 자랑하고 싶은 충동을 가진 것은 잠재하였던 그예전의 의학생 시대의 경쟁심이 반사적으로 머리를 든 까닭이리라.

　그러나 그 옛날에 수석을 다투던 상대자가 이토록 변비한 곳에서 개업한 지 근 삼십 년이 되는데 똑똑한 집 하나를 못 지니고 그토록 탁월한 두뇌를 자극 없는 일상생활과 불결한 시골 환자와 교양 없는 인사들과의 교우로 흐리게 했을 생각을 하니 그는 마치 자기가 쓰러뜨린 희생자를 보는 격투자 같은 괴로움을 어찌할 수 없었다.

　정 의사는 문갑 위에 람프를 놓고 손바닥을 부비며

　"혹자기아삼십년(或者欺我三十年)이라드니 이렇게 하고 삼십 년이 지났구려"

하고 허허 웃었다. 이 박사는 그 웃음소리가 말하는 감개를 뼈아프게 느꼈다.

　"참 당신이 그때 즉시 시굴루 떠났을 때 여러 교수들이 애석해 하던 것이 어저께 같소. 아까운 사람을……"

　이 박사는 가슴이 맥히는 것 같아 말을 이을 수가 없었다. 삼십 년 전에는 편협한 자존심이 결단코 입 밖에 못 내게 하든 이 말을 이렇게 진실하게 말한 자신의 성장이 너무나 늦었던 것을 깨닫자 참괴에 몸 둘 바를 몰랐다. 한 눈이 찌그러진, 머리를 박박 깎은 소년이 조심스럽게 술상을 들고 나왔다. 상 위에는 집에서 빚은 듯한 찹살 약주에 급제의 안주 짠지 술 안오징어가 놓여 있었다.

이 박사는 자기의 출현이 이 집에 분주한 소동을 이르키지나 않았을가 하고 마음이 무거웠다.

정 의사는 잔이 넘도록 가득 술을 치고,

"아아, 얼마나 많은 숙제가 인간에 대하여 던져져 있는지! 십 만 명의 하나 백만 명의 하나인 천재가 나타나 그 숙제를 하나만이라도 해결할 때 문화는 한 번에 이십 년 삼십 년에 진보를 보게 되니 그는 인류의 은인이 아니고 무엇이리오. 선생은 그 백만 명의 하나인 분이시구료."

하는 것이었다. 그 어조에는 순결한 감격과 찬양이 깃드려 아첨은 틧끌만치도 느껴지지 않았다.

이 박사는 평소에 못하는 술이었건만 그 잔을 한숨에 비우고

"너무 과한 말씀이오. 그러나 나 변변치 못한 노력에 대한 진실한 보수를 오늘 처음 받는 것 같소" 하였다.

정 의사는

"나도 내 나름으로 한 가지 숙제를 맡어 보려고 했을 때가 있었는데" 하고 한숨을 쉬었다.

"당신이야말로 천재가 아니었었소?"

"천만에. 보시다싶이 나는 일개의 촌 의사에 지나지 않소 그러나 이 세상에 생을 받은 이상, 무엇이든 넘기고 가고 싶은 욕망을 버리지 못했던 것이오."

정 의사는 말을 끊고 일어나 문갑 속을 뒤지드니 헌 수지뭉치를 꺼내 왔다.

"이것이 내가 개업한 당시에 환자일진대, 이 처방을 좀 보슈. 삼세의 여아의 폐염인데 해열제로 에티-ㄹ 탄산 키니-네 3.2 그람, 기침에 사리벨 시랖 10그람, 캄플 주사, 산소 흡입, 그리고 온습포- 나는 이 내 최초의 환자 때문에 이 주일 동안 잠을 자지 않았소 이주일 후 그 환자가 머리를 들었을 땐 내가 병이 날 지경이였었거던. 그런데 요즘은 페니씨링만 가지면 그만이 아니요? 얼마나 신기한 일이오."

정 의사는 유쾌한 듯이 껄껄 웃었다. 이윽고 그는,

"그러나 과학은 무한하고 신비한 미지수요. 어떤 탁월한 두뇌가 어떤 축복된 순간에 새로운 발견을 했다고 그것으로 끝난 것은 아니고 다만 기지의 사실에도 한 가지가 추가된 따름이리오. 선생의 건투를 기대하겠소."

이렇게도 말하였다. 명의로서의 이 박사에게 일즉이 이런 말을 한 사람은 없었다.

약간 이즈러진 달이 떠올라 방 안에까지 달빛이 찼다. 앞뜰의 매화 향기가 훈훈히 코를 스친다. 이 박사는 두어 잔 술에 창백한 얼굴이 더욱 창백해지고 오한이 났다. 정 의사는 독작으로 한참 마시다가,

"허, 요즘 새로 온 공의는 기관지만 나타나도 페니씨링을 써. 환자의 부담도 생각해야지" 하고 혼잣말 같이 중얼거렸다.

"그럼 이 시골 공의 자리도 못 차지했단 말인가?"

이 박사는 문득 신씨 일행 환영 연회 석상에 모인 지방 유지들 틈에 정의사의 얼굴이 보이지 않았든 것이 생각났다.

의학계의 기린아로 국외에까지 그 이름이 떨쳤을런지도 몰으는 이 수재가 이 산 가운데 파묻힌 벽지의 유지조차 못 되었든가?

"그러나 페니씨링이 만능이 아닌 이상 폐렴에 기니-네를 쓴 삼십 년 전의 우리를 비웃는지 지금 의학도들의 현재 치료법이 또, 남의 실소를 살시대가 오지 않을 것이라고 누가 단언하겠소?"

정 의사는 말을 끊었다가,

"그것이 진보요. 발전이요" 하였다. 안 살림채에서 아이들 떠드는 소리가 그 방까지 들렸다.

"자녀가 여러신 모양이군."

"칠 팔 남매 두었소."

"호, 다복자시군. 아마 동기분두 많으셨지?"

"팔 남매에 내가 장남이오."

그 일곱 아우들 때문에 부득히 수업을 저버린 그였든 것이다.

이 박사의 마음은 점점 어두워졌다. 그러나 정 의사의 붉하한 얼굴은 우둔에 가까울 만큼 만족스럽게 보이고 불우의 천재란 비장한 그림자는 찾을레야 찾을 수 없었다.

안에서 애꾸눈 소년이 저녁상을 들고 나왔다. 이 박사는 식욕이 없었으나 자기가 서뿔리 명성을 지니고 있느니만큼 그 소박한 만찬에 손을 아니델 수가 없었다.

그는 정 의사와 같이 걸어올 때 헐은 그의 구두가 뽀얗게 몬지를 쓰고 있던 것이 또 문득 생각났다. 그의 눈앞에는 젊은 공의에게 환자를 빼앗기고 배부른 공의가 거절한 먼 곳 환자 집에 뚜벅뚜벅 도보로 왕진을 가는 그의 초라한 모습이 선―하게 떠올랐다.

"정 선생."

밖에서 불으는 소리가 들리드니 한 청년이 뜰 안으로 들어왔다.

"회사 집에서 서울서 오신 손님 모셔오라는데요."

"응? 뭐 벌써?" 하면서 정 의사는 회중에서 구식 일본제 시계를 꺼내 본다. 열한 시였다.

"열한 시. 너무 오래 폐를 끼쳤나 보오" 하고 이 박사는 일어섰다. 그는 잠간 망사리다가 구우의 손을 꼭 쥐고 무슨 어려운 말이나 하는 것처럼 얼굴을 붉히며,

"참으로 참으로 오늘은 유쾌했소. 오늘의 기념으로 드리니 보실 적마다 내 생각을 해 주오"

하고 조끼에서 서서제(瑞西制) 순 금시계를 끌러 그의 손에 쥐어주었다. 정 의사는 그 말을 이해 못한 듯이 한동안 이 박사의 얼굴만 쳐다보다가 고개를 세게 흔들고 시계를 내어 밀며,

"오, 별 말씀을. 오늘의 감명은 물질 이상이오. 선생의 우정은 영원히 내 가슴에―."

그의 얼굴은 울음이 섞인 웃음으로 찌그러졌다.

"언제 떠나시죠?"

배웅을 나가며 정 의사가 묻는다.

"내일 오후 두 시."

"그럼 내일 또 봅시다."

정 의사는 큰길까지 나와 중천에 뜬 달빛 아래 자기 그림자를 밟으며 가는 꾸부정한 이 박사의 뒷모습을 언제까지나 바라보고 있었다.

이튿날 오후 한 시. 신씨 일행의 출발 시간이 촉박해 왔다.

신씨는 관용한 명사로서 석별의 정을 표시하는 여러 사람들에게 균등하게 인사를 하고 두툼한 손으로 악수까지 바꾸었다.

그러나 그의 머리에는 그들 중의 한 사람의 얼굴도 이름도 기억되지 않았던 것이다.

이 박사는 벌서부터 누구를 기다리는지 몇 번이나 시계를 꺼내 보다가 마침내는 안절부절을 못하고 문 밖에까지 나가 사방을 휘돌아 보기도 하였다.

그는 정 의사를 기다리고 있었던 것이다. 이 박사는 험한 표정을 짓고 집안으로 들어가 다시는 시계를 보지 않았다. 그의 가슴을 또 싸늘한 모멸감이 차지했던 것이다.

"아직 자고 있는 거지. 어저께 밤에 너무 술을 마시더라. 아주 나태한 술고래가 되었구먼!"

이제 그는 구우의 불우와 궁박이 모도 그 자신이 뿌린 씨만 같았다.

자동차 소리가 났다. 그들이 자동차를 타려고 양조장 집을 나갔을 때였다.

뚱뚱한 정 의사가 큰소리로, "이 선생! 이 선생!" 하고 외치며 굴르다싶이 달려오는 것이 보였다.

이 박사는 마종을 하듯이 두어 거름을 옮겨 그를 기다렸다.

달려온 정 의사의 가슴은 파도처럼 오르내리고 넥타이는 허뜨러지고 조끔 남은 머리는 땀으로 귀 뒤에 찰각 붙어 있었다.

그의 얼굴에는 그의 특징인 명랑한 빛이 없고 운 것처럼 눈등이 부어 있었다. 그는 숨이 차서 채 말을 못하고 허덕거리다가 "아아, 정말 못 만나구 떠나는 줄 알았어" 하고 한숨을 쉬었다.

"왕진을 갔었다오. 그런데 환자는 때를 놓쳐 그만 불행……."

그는 말끝을 못 마쳤다. 굵다란 눈물이 주루룩 뺨을 굴려 내렸다. 그는 부끄러운 듯이 눈물을 씻고,

"웃어 주시오. 나는 삼십 년이나 의사 생활을 하여 헤아릴 수 없도록 죽음을 보았건만 아직도 사람의 죽음에 냉연할 수가 없소" 하고 찌그러진 얼굴로 억지로 웃는 것이었다.

순간 이 박사는 등골을 싸늘한 무엇이 번개 같이 달려 내렸다.

"어서 오르십시오."

누구인지 가까이 와서 재촉을 한다. 이 박사는 말없이 정 의사의 손을 힘차게 붙든 후 차에 올랐다.

"평안히―."

"평안히―."

정 의사는 손을 든 채 화석한 듯이 서 있다. 차가 움직이기 시작했다.

이 박사는 눈을 감고 의사 생활 삼십 년에 여지껏 죽음을 냉연히 보지 못하고 눈물을 흘리는 정 의사를 생각하자 죽음이란 신비하고도 엄숙한 사실을 어디까지나 영업적 무관심으로만 보아 온 자기 자신을 돌아보지 않을 수 없었다.

그는 창밖으로 머리를 내밀고 뒤를 돌아보았다.

정 의사의 모습은 점점 멀어지고 있었다. 그러나 이 박사의 가슴에는 그의 그림자가 점점 커져서 자기를 덮는 것만 같았다.

―≪문예≫ 제11호(2권6호), 1950. 6.

관상사 송명운(觀相師 宋明雲)*

무더운 장마 날씨에 여윗볕이 비낀 날이었다.

북악산 밑 난곡(蘭谷)은 바위틈을 흐르는 물소리가 맑았다. 비에 산뜻하
게 씻긴 나뭇가지에 볕을 그리던 새소리가 청명하였다.

영창을 열고 무료히 앉아서 무심이 새소리에 귀를 기울이던 관상사 송명
운의 입에서 부지무식 중에 "나무 관세음보살—" 염불이 흘러나왔다.

"관세음보살, 관세음보살—."

그는 이렇게 외이며 한마디가 끝날 적마다 무엇을 받는 듯이 입에 대었
던 손을 떼여 옆에 놓인 담배 그릇에 담듯이 쏘다 버리는 것이었다. 마치
그 관세음보살이란 무형의 말을 받어 담배 그릇에 싸 담으려는 듯이.

물소리와 새소리 그리고 실성한 사람같이 염불을 그릇에 받어 모으는 오
십 객의 사나히—.

우루루— 멀리서 천동을 했다.

약 삼십 여 년 전의 일이었다. 계룡산 보도사에 정국대사라는 고승이 있

---

* 이 작품은 『한무숙 문학전집 6』(을유문화사, 1992)에 실린 「부적(附籍)」과 동일작이다. 전집
및 한무숙 문학관 연보에 따르면, 「부적」은 1948년 10월 창작된 후 같은 해에 《문예》에
발표되었다. 그러나 《문예》는 1949년 5월에 창간되었으며, 이후 이 작품을 수록한 일도
없다. 「부적」은 「관상사 송명운」으로 개제되어 《문학》 제2호(1950. 6)에 발표되었는데,
이 기록은 전집뿐 아니라 문학관 연보에서도 누락되어 있다. 여기서는 발표지 미상인 「부
적」 대신 《문학》 수록의 「관상사 송명운」을 입력했다.

었다.

경기도 용인 사람으로 불문(佛門)은 선산대사의 문중이었다. 권문세가의 자손으로서 일찍부터 유탕[91]에 몸을 허러 왔는데, 스물한 살 때 깨닫는 바 있어 기세(棄世)하고 입산하여 칠 년을 산중 동혈 속에서 선정(禪定)[92]하였으나 대오(大悟)[93]에 이르지 못하고 팔도를 유랑하다가 하로 저녁 북망산에서 젊은 여인의 끔찍스럽게 미란[94]한 시체를 보고 이른바 부정관(不淨觀)[95]이란 수도를 하였던 것이다.

수도 삼년에 마침내 대오하여 그 도력이 신통하였다.

종장(鐘匠)의 아들로 태어나 팔도 사찰을 그 아버지를 따라 떠돌아다니던 명운이가 대사를 본 것은 그의 열다섯 살 때고 대사는 보도암 벽에 걸린 유마(維摩)[96]상 같이 백수가 늘어진 칠십 노인이었다.

어느 날, 보도사에 재를 올리러 온 사람이 있었다. 개불탕[97] 내 뫼시고 사승이 연을 메어 돌리는 근래에 없는 큰 재였었다.

재가는 서산의 한씨 문중이라 하는데 재에 참례한 사람이 칠십여 명이고 제물도 풍성풍성하고 모든 것이 흔전한[98] 품이 어지간한 대가가 아닌 듯했다.

상제는 기품이 늠름한 사십 전후의 대장부로, 종시 경건한 치성을 드려 슬픔 중에도 그 어버이의 명복을 비는 정성이 두터워 보였다.

---

91) 기분 내키는 대로 마음껏 음탕하게 놂.
92) <불교> 오바라밀의 하나. 한마음으로 사물을 생각하여 마음이 하나의 경지에 정지하여 흐트러짐이 없음을 이르는 말.
93) <불교> 번뇌에서 벗어나 진리를 깨달음.
94) 썩거나 헐어서 문드러짐.
95) <불교> 인간의 몸이 더러운 것을 깨달아 탐욕을 없애는 관법.
96) 석가의 재가(在家) 제자로서 속가에서 보살 행업을 닦았다. 대승 불교의 경전인 유마경의 주인공으로, 수행이 대단했다고 함.
97) <불교> '괘불탱(掛佛幀)'의 잘못. 그림으로 그려서 걸어 놓은 부처의 모습.
98) 생활이 넉넉하여 아쉬움이 없음.

그가 닷새 기도를 마치고 하산한 후 정국대사는 혼잣말같이,

"안형(眼形) 삼백(三白)이요 이고청색(耳高青色)하니 필시 적지괴수(賊之魁首)이리라. 비두응취(鼻頭凝聚)하니 심리 불리하고 인당(印堂)⁹⁹⁾ 흑색하고 산근(山根) 중지되니 필유횡사(必有橫死)이니라."

이렇게 중얼거렸다.

소년 명운은 눈이 둥그래졌다.

그토록 점잖고 그토록 풍격이 높아 보이고 부유한 그 상제를 '적지괴수'라는 대사의 말이 너무나 놀라웠다.

그러나 그의 경탄은 그것에 끝이지 않았다.

수삭 후 삼남 일대를 어지럽게 하던 대도의 괴수 김병도가 포촉되어 효수를 당했다는 소문이 산중에까지 들렸는데, 이 김병도가 즉 그 큰 재를 올린 상제였던 것이 알리어졌다.

명운이는 영특하고 야심적인 소년이었다. 대사를 스승으로 모셔 관상의 오의(奧義)¹⁰⁰⁾를 극하고 싶었다.

백인백양으로 다 색다르게 타고난 사람의 상의 비밀을 알고 싶었다.

그러나 그가 상서를 배우고 싶다 하였을 때 대사는,

"길을 닦고 닦어 마침내 무아무상의 경지에 이르렀을 때 비로서 마음의 거울이 삼라만상의 참모습을 비칠 따름이지 관상학이란 별다른 것이 아니니라."

하고 타일렀던 것이다

명운은 굴치 않았다. 괴로우리만큼 대사의 곁을 떠나지 않고 민첩하게 시중을 들기도 하였다.

매일 사시(巳時)에 원당(願堂)¹⁰¹⁾에서 있는 관음(觀音) 정근에도 빠지지

---

99) 관상에서, 양쪽 눈썹 사이를 이르는 말.
100) 어떤 사물이나 현상이 지니고 있는 깊은 뜻.
101) 죽은 사람의 명복을 빌던 법당.

않고 하로 네 번의 좌선에도 반듯이 참선하였다. 이리하여 그는 지극히 자연스럽게 수업의 길로 들어가게 되었다.

보도암에서도 한 오 리 가량 떠러진 칠성당 조고마한 방 한 간이 그의 수도실이었다. 대사는 명운이에게 둥구미[102] 하나를 주며,

"나무관세음보살을 외어 이 둥구미가 무거워질 때까지 담어라."

하였다. 너무 황당한 말이어서 어안이 벙벙한 명운이에게 그는 이어 말하기를,

"이 닫힌 문을 뚫고 큰 황소 머리가 불쑥 나타날 때까지 관세음보살을 염하고 황소 머리가 보이고 둥구미가 무거워지거든 이 문을 열고 나오지 그 전에 나오면 큰 벌이 있을 것이니 명심하여라."

하고 손수 문을 닫고 나갔다.

그날부터 열 두어 살 되는 상재[103] 아희가 하로 두 번식 밥을 날라 오고 대소변의 처리 같은 시중을 들고는 돌아갔다.

그가 날라다 주는 아침에 죽 한 그릇, 밤에 삼 홉 밥에 산채 한 보시기. 이것이 그의 목숨을 이어가는 오직 한 가지의 의지였다.

성장 시의 한창인 식욕에 이 제한된 식사량은 일종의 고문이었고 건강한 신체에 금지된 운동은 거세와도 같았다.

입으로 관세음을 외이며 그의 마음은 자유로운 외계를 꿈꾸고 만복을 그리었다. 무엇보다도 견딜 수 없는 것이 고독이었다. 이로 두 번식 시계처럼 오는 상재 아희는 벙어린지 명운이가 말을 부쳐도 입을 담은 채 눈썹 하나 까닥이지 아니하였다.

바람 소리와 짐승 소리밖에 들리지 않는 심심한 산중에 단지 혼자— 때로는 호랑이가 벌건 불떵이 같은 눈을 번쩍거리며 창문을 앞발로 두들기기

---

102) 짚으로 둥글고 울이 깊게 결어 만든 그릇으로, 주로 곡식이나 채소 따위를 담는 데에 씀.
103) '상좌(上佐)'의 잘못. 불도를 닦는 사람.

도 하였다.

그는 하로에 몇 번식이나 둥구미를 들어 보았다. 그러나 둥구미는 언제나 둥구미 제 무게를 지니고 있을 따름이지 조금도 중량이 더하지는 않았다. '혹시나 황소 머리가?' 하며 창문을 흘겨보나 그는 이내 실망할 밖에 없었다.

하로는 참으로 견딜 수 없어 수도를 저바릴 결심으로 창을 열고 뛰어나가려 하였으나 오랜 유거(幽居)에 그의 힘이 빠졌는지 또 무슨 알지 못할 주문으로 그 문이 봉해졌음인지 창은 도모지 열리지를 아니하였다. 그 고뇌에서 버서나기 위하여 자결을 생각한 일도 있으나 역시 이루지를 못했다. 사람이란 각 이가 자유의지를 가지고 행동한다 할지라도 결국 알지 못할 숙명의 틀 안을 매암돌 뿐이지 그것을 버서나지 못하는 것이 아닐까? 심심산중에 단지 혼자― 그 공포와 고독과 적막이 뼈까지 스며들어 그의 이성을 빼아서 가려 하였다.

어느 날, 그는 실로 오랜만에 사람의 소리를 들었다. 그 소리는 땅 속에서나 울려 나오는 것 같이 낮고 음음한 음성이었으나 역시 그리운 사람의 소리임에는 틀림없었다. 그는 큰소리로 외쳤다.

"거 누구슈?"

대답이 없다. 그는 거듭,

"거 누구슈?"

하였으나 역시 대답이 없다. 그는 몇 번이나 부르짖었다. 그러나 대답을 들을 수는 없었다.

그는 비틀거리며 이러나 창문을 차며 고함을 지르기 시작했다.

한참을 허두없이 날뛰다 마침내 지쳐서 쓰러졌을 때 그는 또 그 음성을 들었다. 점점 허터저 가는 이성을 가다듬어 진정을 하고 보니 그 음성은 자기 자신의 소리였다.

그는 전신이 오싹해짐을 느꼈다.

"내가 미치려는구나!"

이제는 진실로 무서운 사실— '발광'이 자기를 노리고 있는 것이었다. 그는 그와 싸울 자신이 없었다. 몸도 지치고 마음도 꺼지고 환경은 애초부터 자기의 적이었다.

그의 입에서 불현듯,

"관세음보살"

의 다섯 마디가 흘러나왔다. 뜨거운 눈물이 야윈 뺨을 주루루 흘러내렸다.

"관세음보살, 관세음보살—."

그의 마음은 차차 갈어앉기 시작했다. 무슨 알지 못할 부드러운 손길이 자기 마음을 쓰다듬어 자기를 지극히 안전한 곳으로 이끌어 가는 것 같았다.

그 후 밥을 나르는 상재 아희는 몇 번이고 먼저 갔다 놓은 밥이 그대로 남어 있는 것을 보았다.

그는 넋 잃은 사람같이 먹는 것도 잊어버릴 때가 많고 상재 아희의 존재도 눈에 들지 않은 것 같았다.

"관세음보살, 관세음보살—"

일심으로 외이며 둥구미 속에 그 말을 담는 것이었다.

이리하여 이 무아무상의 경치 속에서 칠성당 앞 느티나무는 네 번째 싹이 텄다. 명운이는 "관세음보살"의 다섯 마디 외에는 사람의 말을 잃었다.

어느 날 그는 이상한 충동을 느껴 눈을 들고 창문을 바라보았다. 오오! 정녕 황소 머리가— 큰 황소 머리가 불쑥 나타나 그 어리석은 커다란 눈을 다정스럽게 껌벅거리고 있지 않은가? 그는 두근거리는 가슴을 간신히 진정시키고 둥구미를 들어 보았다. 그러나 그 둥구미는 엄청난 중량을 가져 쇠약한 그의 힘으로는 들어 올릴 수가 없었다.

대사는 이 세상 사람으로는 보이지 않는 초췌한 얼굴에 황홀한 법열(法

悅)104)에 취한 듯한 표정을 짓고 있는 제자에게 담담하게 그의 수행을 치하한 후,

"사주불여상(四柱不如相)이요 상불여심(相不如心)이니라. 만상이 불여심상(萬相不如心像)이니 부디 삿된105) 마음을 삼가라. 너 조고만 수도에 만심하여 혹 신선지도(神仙之道)를 탐한다면 반듯이 사도(邪道)106)에 들 것이다."
하고 간곡히 타일렀다.

관상사 송명운이의 이름은 경향에 널리 알리어졌다.

희망을 가지고 세상에 나가려는 사람은 자기 전도에 대한 계시를 받기 위하여 명운이를 찾았고, 세파에 시달린 사람은 자기 고초가 언제나 끝나는 것인가를 알고 다소나마 희망과 위로를 받기 위하여 그를 찾았다. 큰일을 도모하는 사람은 그 성부를 점치기 위해서 찾았고, 어린 아들의 전도를 짐작하고저 아들을 데리고 찾는 어버이들도 있었다.

아모 불평 없이 부귀를 누리는 사람들도 혹시나 불의의 변이 가로막고 있지나 않을까 하는 기우로서 그를 찾았고, 아무런 희망도 바랄 수 없는 막다른 골목에 몰린 사람들은 단순히 눈물을 흘리러만 오기도 하였다.

간혹 실없는 건달패들이 농쪼로 덤비다가 관상사의 날카로운 통찰력에 혀를 내두른 일도 있었고, 권문세가에서 초빙을 받는 일도 비일비재였다.

공포와 신비는 언제나 불가해한 사태에서만 오는 것이어서 모든 비밀을 탐지하는 능력을 가진 듯한 송명운이의 눈은 그런 사람들에게 위포107)를 주었다.

자기에게 자신을 가진 자나 못 가진 자나 우매한 사람이나 교양 있는 사

---

104) 설법을 듣고 진리를 깨달아 마음속에 일어나는 기쁨.
105) 보기에 하는 행동이 바르지 못하고 나쁘다.
106) 올바르지 못한 길이나 사악한 도리.
107) 위엄과 두려움을 아울러 이르는 말.

람이나 하나같이 그의 움쑥 드러간 침침한 눈이 넌즛이 자기를 쏘아볼 때 까닭 모르는 전율을 느끼는 것이었다.

오랜 세월을 관상으로 보낸 명운이도 상학(相學)[108]의 오의를 획득했는 지는 스스로 알 수 없었다.

스승의 말대로 상학이란 독립된 학문이 있는 것이 아니고 도를 닦음으로 서 무아무상 경에 이르렀을 때 비로서 그 눈이 정파리(淨玻璃)[109]의 거울이 되는 것이매 그 거울을 항상 흐리지 않도록 하려면 끊임없이 수도가 있어 야 할 것이다.

그러나 명운은 고덕한 도사(道士)는 못 될지라도 영특한 지사(智士)이기 는 하였다.

마치 명의가 진지한 연구를 거듭한 후 임상을 거쳐 비로소 명의의 명실 을 가추듯이 그는 오랜 세월에 스스로 체득한 경험에서 비저낸 개념과 어 느듯 몸에 붙은 일종의 독심술, 그리고 교묘한 유도법(誘導法)과 날카로운 통찰력으로 독특한 관상의 일가를 이루었던 것이다.

원래 관상이란 황당한 장난일지도 몰은다. 그러나 세상에는 인지(人智)로 촌탁할 수 없는 불가해한 것이 수다히 있는 것이고 그러한 것은 으례히 신 비성과 동시에 약간의 황당성도 가지고 있는 것이 아닐까? 물론 현저한 확 증이 있는 것은 아니나 명운이는 다소의 회의를 품은 채 역시 만심(慢心)이 라 하리만큼 움직이지 않은 념을 가지고 있었다. 사십 가까워 젊은 과부를 아내로 맞아 늦게 얻는 아들이 금년 아홉 살, 이곳 난곡에 거처를 정한 지 이미 십년이 넘었건만 오늘따라 물소리와 새소리가 유달리 청명하다.

"관세음보살, 관세음보살―."

그는 눈을 감고 이렇게 외이며 무의식중에 기계적으로 그 말을 받아

---

108) 사람의 얼굴이나 몸에 나타난 특징을 보고 그 사람의 운명을 알아내는 일을 연구하는 학문. 관상학, 골상학, 수상학 따위.
109) 깨끗하고 맑은 파리(유리).

담았다. 실로 몇 십 년 만에 뜻하지 않고 그 무아무상의 경지를 찾았던 것이다.

"관세음보살, 관세음보살―."

문득 그의 심안(心眼)에 비취는 거림자가 있다.

눈을 뜨고 보니 활작 열어제친 방문 앞에 큰 갓에 흰 도포를 입은 오십 전후의 사나히가 두 사람 서 있는 것이다. 명운은 그 중의 한 사람― 작달 만한 오종종하게 늙은 손의 모습에 '귀인의 상'을 보았다. 아니, 느꼈다.

그는 자기도 몰으는 사이에 몸을 이르켜 허리를 굽히며,

"황송하옵니다. 대감! 누추한 곳에 이렇게 손소―"

하고 공손히 손들을 맞아드렸다.

그의 말은 확실이 객들을 놀라게 하였다. 명운이가 무턱대고 '대감'이라고 불은 사람은 동행자에 비하면 그 풍채나 외모가 훨신 떠러진 인물이었다. 그럼으로 그들의 마음은,

"미상불110)!!"

하는 경탄과 기대로 약간의 위압조차 느꼈던 것이다.

두 사람을 상좌로 인도한 명운은 웃묵에 꿀어앉아 객들의 얼굴을 살폈다. '대감'은 자기도 관상사를 쏘아보며 무릎에 얹었던 손을 들고,

'어떻소?'

하듯이 몸을 약간 앞으로 내밀었다.

명운은 스르르 내려 감았던 눈을 뜨고 정중히 입을 열었다.

"관형찰색(觀形察色)하오니, 옥당(玉堂)청수, 이백명윤(耳白明潤)하오시니 출장입상(出將入相)이요, 천정(天庭)방원(方遠)하옵시고 옥당 명윤하오시니 보국충성(輔國忠誠)하오 시리다. 비두(鼻頭) 절통(絶通)하오니 필유귀인(必有貴人)이사옵고 비외(鼻外)현담(懸膽)하오시니 재백(財帛) 풍족하오십니다."

___

110) 아닌 게 아니라 과연.

'대감'은 넌즛이 고개를 꺼덕이고 동행한 자의 얼굴에 감탄의 빛이 감돌았다. 명운은 말을 이었다.

"간문사침(間門似針)하시니 처방액사(妻房縊死)요 괘관이방(掛冠二房)이로소이다. 와잠미난문(臥蠶眉亂紋)하오시니 정전보수(庭前寶水) 침수하옵고, 인중파죽(人中破竹)하시니 만득귀자(晚得貴子)하오십니다."

명운은 입을 다물고 귀인의 말을 기다렸다.

귀인은 한참을 덤덤히 앉아 있다가 더 들을 필요는 없다는 듯이 이러나 복채도 놓지 않고 가 버렸다.

그의 얼굴에는 감탄보다도 오히려 사람의 비밀을 그토록 신묘하게 튀겨 내는 관상사의 요사함에 대한 막역한 혐오의 빛이 서리어 있었다.

재빨리 귀인의 심정을 짐작한 명운은 속으로 빙그레 웃었다.

객들이 떠나자 하늘이 다시 흐려지고 또 비가 뿌리기 시작했다.

"나무관세음―."

그러나 그 말은 이내 입 속에서 꺼져 버렸다. 조금 전의 그 거울 같은 심경은 다시 고개 들기 시작한 '만심(慢心)'으로 흐려져 갔다.

삼 일 후 오정 지나 재동 정보국 댁에서라 하고 사인교가 명운이 집에 대였다. 대감 영으로 즉시 그 교군으로 오라는 것이었다.

명운이는 그가 지난날의 그 귀인임을 의심치 않았다.

한참을 흔들려 간 후 교군은 어느 서슬 대문 안으로 들어갔다. 줄행낭[111] 앞에서 멎인 교군 속에서 나온 명운이는 하인에게 인도되어 큰사랑 댓돌 앞에서 대령하였다.

지난날 그 귀인을 따라왔던 자가 누마루에 나타나 그를 방으로 인도했다.

방안에는 그 귀인― 정보국이 두어 명의 낯선 사람들과 술상을 받고 있

---

111) 대문의 좌우로 죽 벌여 있는 종의 방.

었다. 명운이를 보자 정보국은 다정하게 웃어 보이며,

"우중에 오래서 미안하오. 자 우선 술부터 한잔 하구료"

하고 관상사에게 억지로 잔을 쥐어 주고 손수 가득히 술을 쳤다.

명운이는 고개를 돌리고 술을 마신 후 가만히 잔을 자기 앞에 놓고 은근히 그 자리에 앉은 사람들을 찰색하였다.

주인대감과 마주앉은 사람은 관골(觀骨)이 노골하고 간문이 난문하여 과운(科運)이 없고 처방이 좋지 못했으나 와잠미가 명윤하여 다자다손의 상이고, 모로 앉은 사람은 비두가 절통하여 귀인의 상이었으나 수상(守上)이 난문하여 족척(族戚)의 화가 많은 상이었다.

미리부터 명운이의 소문을 듣고 온 듯한 손들이 관상을 청함으로 명운이가 찰색한 대로 말하였드니 좌중에 감탄 아니하는 사람이 없었다.

주인대감은 기색이 매우 좋았다. 체소한 몸집에 어디서 그런 음성이 나오나 의심되리만큼 우렁찬 소리로 웃고 떠들고,

"이리 오너라!"

하고 하인을 불렀다. 상노가 뛰어와 댓똘 아래 웅크리고 대령하니 그는,

"너 안악에 들어가 도련님 모셔오너라."

하고 분부를 내렸다.

한참 후 상노가 아홉 살 가량 되는 귀염성스러운 소년을 앞세우고 나왔다.

정보국은 몸소 이러나 아들의 손을 부뜨러 앉히고 귀여워 못 견디겠다는 듯이 그 조고만 손을 만지며,

"내가 만득귀자할 상이란 말이 과연 맞소. 내 단 하나의 혈육이오. 어디 관상 좀 해주."

하였다.

소년은 맑은 눈을 크게 뜨고 관상자의 음울한 얼굴을 무서운 듯이 건너보았다. 소년의 얼굴을 살펴보던 명운은 얼굴을 흐린 채 좀처럼 입을 열라

들지 않았다. 일각, 이각— 침울한 공기가 떠돌기 시작한다. 정보국은 안타까운 듯이,

"왜 내 아들의 상이 좋지 못하단 말이오? 그래두 헐 수 없지. 하옇든 말이나 좀 해 보우."

그 음성에는 심려가 가득 차 있었다.

관상사는 허리를 굽히고,

"아니올시다. 오히려 승어부(勝於父)의 상으로 체(體)는 학체(鶴體)요 귀인의 체옵고 순치자색하니 필유귀인이옵니다. 그러나—"

"그러나?"

"글세올시다. 워낙 우매하와 소인도 잘 알 수는 없아오나 스승의 말슴에 인당 흑색하고 산근(山根) 난문하면 필유횡사라 하온 적이 있습니다. 지금 애기를 찰색하오니 늙은 눈이 흐려 그러하온지 그런 조심이 뵈옵기에—"

"무어?"

정보국은 부지중 주먹을 쥐고 상반신을 이르켰다. 인신(人臣)을 극하는 보국(輔國)의 몸으로서 일개 관상사의 말을 그토록 믿은 것은 아니나 세 번 상처에 전후취 소생이 십여 남매가 넘었건만 내려 참척(慘慽)을 보아 남은 혈육은 오직 그 어린 아들 하나뿐이고 보니 데인 가슴에 선뜻 아니할 수 없었던 것이다.

"이 애 얼굴에 흉조가 보인다고?"

"……."

명운은 대답 없이 덤덤히 앉아 있다. 그 침묵이 먼저 한 말에 더욱 무게를 주었다. 정보국의 눈에는 관상사의 그 음울한 모습부터가 무슨 흉조를 띠고 있는 것 같았다.

불길한 침묵이 흘렀다. 정보국의 얼굴은 상심과 절망으로 핼식해지고 금시라도 실신할 사람 같이 창백해 갔다.

일전에 난곡을 찾았던 그 풍채 좋은 자가,

"대감! 한갓 천한 관상사의 말에 무얼 그리 상심하십니까?"

하며 대수롭지 않다는 듯이 말하고 고개를 돌려,

"방자한 자 같으니."

하고 명운이를 꾸지졌다.

관상사는 눈섭 하나 꺼덕이지 않고 초상같이 앉아 있다.

관골이 나온 손이,

"여보, 속담에 '선치방 후약'이란 말이 있지 않소. 정연 애기의 상에 흉조가 보인다면 명관으로 이름난 사람이니 방법이 전혀 없지는 않을 것 아니요?"

하고 의논조로 말을 부쳤다.

또 침묵이 흘렀다. 명운이는 한참 후에야 무거운 입을 열었다.

"글세올시다. 폐흉취결하는 법이 있기는 하오나 그 성부는 스스로 몰으겠습니다."

이 말이 떨어지자 정보국의 얼굴은 지옥에서 부처를 만난 듯 회색과 희망과 애원의 빛으로 가득 찼다.

그는 와락 덤비듯이,

"여보, 참말 결초보은하겠소. 몇 사람 살리는 셈치고 예방을 좀 해주."

평소의 위엄과 모든 허세를 버린 오직 애절한 어버이의 사랑을 부르지즘이었다.

명운이는 말없이 고개를 숙였다가 한참 후에 얼굴을 들고,

"그러면 내일 미시(未時) 경에 애기를 소인의 집으로 보내십시오."

하였다.

"대솔하인 없이 말인가?"

"그것은 예방에 아모 관련이 없아오니 임의로 하옵시오."

관상사가 돌아간 후 정보국은 초조한 하로밤을 밝히고 심복의 하인에게 아들을 난곡까지 인도하게 하였다. 소년을 사인교에 타게 하고 교군 앞뒤

에 하인이 호위를 하여 일행은 난곡으로 향했다.

　괴상한 날씨였다. 비는 오지 않았다. 무거운 시커먼 구름이 내려 덮어 천지가 캄캄하고 때 아닌 음산한 바람까지 불었다.

　기다리고 있던 관상사는 이상한 향내가 나는 방에서 소년과 단 둘이 앉아 긴 주문을 읽은 후 부적 한 장을 소년의 왼손에 쥐어 주며,

　"이 부적을 꼭 쥐고 가시다가 누구이든 제일 먼저 만나는 사람에게 주시오. 액은 그 사람에게 옮겨 가서 도련님은 그 액을 면하시리다"

하고 간곡히 일러 주며 하인들에게는 그 부적을 다른 사람에게 전할 때까지는 소년 옆에 가지 않도록 주의하였다.

　소년이 관상사의 집을 나가자 천지를 뒤흔드는 듯한 우레 소리가 울리고 굵다란 비가 쏟아지기 시작했다.

　젊은 아내가 안방에서 건너와,

　"만득이를 이모 집에 보냈는데 이 비를 맞지나 않는지—"

하고 걱정스러운 듯이 미간을 흐렸다.

　만득이는 늦게 얻은 아들이라고 그렇게 부르는 그의 단지 하나의 자식이었다. 금보다도 은보다도 아니 자기 생명보다도 귀한 아들이었다.

　만득이— 보국 대감의 은총을 받게 된 아비를 가진 만득이는 상인(常人)의 자식으로는 걷기 편한 앞길이 마련되어 있지 않은가?

　아들은 무엇을 시킬까 아직 생각해 본 일도 없이 그저 충실하기만 바라던 그는 정보국에게 은의를 입히게 된 오늘에야 비로서 아들의 장래에 생각이 미쳤던 것이다.

　비는 세차게 한 줄기 한 후 이슬비로 변했다. 그때,

　"아버지—"

　싸리문 밖에서 높은 소년의 음성이 들렸다. 언제나 집에 돌아올 때면 어머니를 불으지 않고 아버지를 불으며 들어오는 것이 만득이의 버릇이었다.

　명운이는 앉은 채 고개를 내어 빼고,

"오냐, 만득이냐? 비 맞았지?"

하며 아들을 맞으려 하였다. 순간, 그는 눈을 크게 뜨고 손에 들었던 곰방대를 떠러뜨렸다.

만득이의 얼굴─ 그의 눈은 후백이 무광하고 순지 창백하고 인당이 난문하여─ 확실히 사상(死相)이었다.

"으......."

명운은 무엇이라고 말을 하려 하였으나 발음되지 않았다.

무심한 아들은 자랑이나 하듯이 그 아버지 옆으로 가서,

"아버지 참 이상한 아희두 다 있어요. 글쎄 내가 마악 골자기를 올러오려니깐 나만한 애가 이걸 너 가지라구 쥐여 주구 가겠지요."

하고 손에 쥐었던 종잇조각을 펼쳐 보였다. 관상사는 보지 않아도 그것이 무엇인가는 이내 짐작하였다.

만득이는 그날 낮에 이모 집에서 따먹은 풋살구가 관격112) 되어 몹시 고통하다가 사흘 되던 날 세상을 떠났다.

관상사 송명운은 자기 손으로 그 무덤을 판 격이 되었다. 물론 그것은 불행한 우연일지도 모른다.

그러나 아들의 주검의 자리에서 그는 스승의 허탈한 모습이 노기를 띠고 자기를 응시하는 것을 본 것 같았다.

인생만사가 모도 인과응보요 자업자득이어늘 고쳐 잡고 바로 놓는 수작은 헛된 것이기도 하거니와 반듯이 사도(邪道)이니라 하던 스승의 타이름이 귀를 스치는 것이었다.

이 길을 잡어들어 일생을 받치고 그 오의를 극하고저 한 그는 아들의 주검으로서 자기 넘원을 이루고 '신통력'이랄가 그런 능력에 대한 자신을 가

---

112) 먹은 음식이 갑자기 체하여 가슴 속이 막히고 위로는 계속 토하며 아래로는 대소변이 통하지 않는 위급한 증상.

지게 되었을지도 몰은다.

　그러나 그의 마음에는 그러한 자족보다도 보다 깊이 겸허한 참괴가 자리 잡어, 만심과 사념(邪念)과 궤계(詭計)에 대한 벌인 듯도 한 아들의 주검에 깊이 고개를 숙일 따름이었다.

　난곡 관상사 송명운이의 이름은 그 아들의 주검 후 더욱 신화적인 울림을 가졌으나 그 후 아모도 그를 본 사람은 없었다.

─《문학》 제23호, 1950. 6.

화심이

　명철이가 서류 일 건을 가지고 미리부터 저당 수속을 하고 있던 은행에 나간 후 화심이는 하이얀 레-스 잇을 시츤 원앙새 무늬의 궁수 벼개에 가붓한 누비 천의를 덮고 도로 누어버렸다.

　호박색으로 짜르르 길이 든 방에는 자개장이 쫙 들여 놓였고, 경대 앞에는 잘 때 떼어 논 금강석과 루비를 박은 값진 팔지가 얹혀 있었다. 탁자 위에는 사치스러운 미술품들이 놓였고 문갑 위에는 고려청자에 백모란이 한 떨기, 어항에서 금붕어가 세 마리 꼬리를 하르랑거리며 놀고 있다.

　자개 틀에 박힌 두꺼운 체경이 한 쌍 걸린 아래에 놓인 조각한 화류113) 화대114) 위의 화사한 향노에서는 그윽한 향내가 은은히 퍼지고 있다. 향수를 쓰지 않고 향갑을 차고 손을 맞을 때는 향노에 향을 피우는 것이 화심이의 취미였다.

　머리맡에는 지난밤의 비밀을 엿보이듯 물이 반쯤 남은 자리끼 그릇이랑 담배꽁초가 쌓인 재떨이랑 양즙 대접, 과일 접시, 휴지 같은 것이 어지럽게 널려져 있고 화심이 자신은 남 생고사 치마를 스르르 두르고 파란 비추 단추를 물린 하이얀 옥양목 적삼을 입고 머리 위에 얹은 뽀얀 손에는 커다란 금강석 반지를 끼고 있었다.

---

113) 붉은빛을 띠며, 결이 곱고 몹시 단단하여 건축·가구·미술품 따위의 고급 재료로 많이 씀.
114) 화분 따위를 올려놓는 받침.

그의 머리는 흐터지고 눈가는 푸르스름하고 핼쓱한 얼굴은 앓고 난 것처럼 누르스름했다.

이 사치스러운 주위와 어지럽게 널려진 방안과 나릿한 주인의 모습은 모두가 그의 신분을 웅변으로 말하고 있었다.

장안 화류계에서 첫 손꼬락 꼽히는 염화심이—. 파주 지주로 일제시대부터 다액 납세자의 한 사람인 김동운에게 사깟을 씌우고 전주 갑부 남충식, 개성직물공사 사장 백현섭이 모모 무역업자들을 손아귀에 넣고 그의 일빈일소에 일희일우를 하게끔 하던 그 염화심이가 요즘 바람이 났다.

정월 보름날이었다.

10시 가까워 문란해진 주석에 외잡한 농이 던져지고 주육에 광란한 사나이의 추태가 아무런 꺼리낌 없이 벌어지는데, 말석에 자리잡은 삼십 전후의 청년이 몹시 어색한 듯이 난처한 표정으로 시계만 보고 있는 것이 화심이의 눈을 끌었다.

넙적스럼한 얼굴에 우뚝한 콧대, 툭 불그러진 눈 두껍고 큰 입—한마디로 말하면 몹시 쑥스럽고 생채 없는 외모를 가진 사람이었으나 그 쑥스럽고 데면데면한 것이 오히려 그런 자리에서는 이채를 띄우는 것이다.

청년의 이름은 정명철, ××무역회사 경리과 차장이라고 들었다.

풍채로나 지위로나 보잘것없는 그에게 그날 밤 지나치게 호의를 보인 화심이는 그에게 마음이 끌렸다기보다 너무나 치근치근하게 구는 사장과 그가 초대한 요로의 사람들의 거만한 태도에 대한 반감에서였다. 또 어언간 습성이 되어 버린 직업적 잔인성으로 그 수집은 청년을 희롱하는 데 만족을 느꼈던 것이다.

그러나 정명철이가 자기에게 도모지 자신을 가지지 못한 것은 다행한 일이었다. 그 자리에서 돌아설 때 이미 화심이의 머리에서는 정명철의 존재가 완전히 사라져 있었기 때문이다.

그 후 근 보름이 지난 어느 일요일 오후이다. 곱게 단장을 한 그가 어느

자리에 불려가는 자동차에서 텅 비인 머리로 무심히 창밖을 내다보고 있는데 문득 보도를 이쪽으로 걸어오는 남녀가 눈에 띠었다. 남자는 외투와 방한모로 단단히 싼 어린아이를 안고 아내는 기저귀 가방을 들고 서로 무엇이라고 정답게 속살거리며 걸어오는 것이었다.

평화스럽고 아름다운 광경이다. 순간 화심이의 얼굴에는 험한 표정이 나타났다. 일반적으로 창녀들이 단란한 가정을 볼 때 느끼는, 자기에게는 영원히 닫힌 락원을 엿본 것 같은 선망보다도 저주에 가까운 거센 감정에 휩쓸렸던 것이다.

그들의 거리는 점점 가까워왔다. 검은 쏘후트를 쓴 덩그렇게 키가 큰 그 남자를 보자 화심이는 어데선지 본 듯한 그의 얼굴을 자기가 접촉한 수다한 남자들의 기억 속에서 더듬어 보았다.

자동차가 그들 옆을 지날 때 남편은 고개를 개웃하며 자기를 쳐다보고 무엇이라고 말하는 아내를 내려다보며 빙그레 웃었다.

순간 화심이는 보름날 밤의 그 쑥스러운 정명철이를 보았다. 화심의 날카로운 눈초리는 또 명철의 아내를 한눈으로 훑터보고 그가 뛰어난 미모의 여성인 것을 알았다. 무엇보다도 화심이의 시기심과 적개심을 자극한 것은 아름다운 그의 얼굴과 날신한 몸 전체가 사랑과 행복과 현숙으로 그런 표현이 허락된다면 천사와 같이 순화되어 있는 점이었다.

화심이는 무엇을 생각했는지 운전수에게,

"잠간만 세워 주."

하고 차를 머물게 하였다. 이윽고 아름다운 얼굴에 요염한 미소를 띠우며 독침을 잔뜩 안고 그들 부부 옆으로 다가갔다.

"명철 씨! 명철 씨!"

애운성 있게 부르는 젊은 여자의 음성에 그들은 일시에 놀라서 뒤를 돌아본다.

"아이, 저예요. 화심이예요. 그날 밤엔 참 여러 가지로 폐를 끼쳤어요.

언제 또 오시죠? 오늘? 낼?"

화심이는 약간 꼬운 몸에 탯거리를 먹음고,

"그럼 꼭 기달리고 있겠어요. 네?"

하고 방그레 웃으며 허리를 굽히고 아연해서 서 있는 그들을 남기고 자동차에 올랐다.

그의 눈은 잔인한 쾌감으로 이글이글 불탔다. 그는 그 어여쁜 아내의 평화스러운 가슴에 독침을 준 것을 확신한 것이다.

그런 종류의 독침이란 맞은 당시엔 그저 따끔한 바늘 끝에 지나지 않으나 시(時)가 갈수록 그 상처가 점점 커져서 드디어는 무서운 독종이 되어 수술이 필요하게쯤 되는 법이다.

물론 화심이도 악마가 아닌 이상 끔찍한 흉심을 품도록 명철의 아내를 증오하고 적대할 이유는 없었다.

다만 남편의 사랑과 자신의 현숙으로서 그토록 평화스럽고 행복한 여인네에 비하여 자기 자신의 불안하고 추잡하고 죄악에 찬 경우가 몹시 억울한 것 같았던 것이다. 자기도 오빠가 폐병으로 죽지만 않았더라면, 아버지가 중풍으로 폐인이 되지 않았더라면, 가냘픈 자기에게 매여 달린 어린 동생들만 없었더라면 남에게 경애를 받는 현숙한 아내가 될 수 있었지 않았던가?

기생이요 요부요, 허나 그것이 과연 자기만의 죄로 돌려보낼 것인가? 여러 모로 짓밟힌 자의 음울한 복수심이 남의 행복을 괴란해 보고 싶은 뜨거운 유혹을 불러일으킨 것이다.

서뿔리 남의 질시를 받을 만한 미모를 가졌기 때문에 죄 없는 명철의 아내는 까닭 없는 안가품을 받게 되어 큰 시련을 겪지 않을 수 없었다.

염화심이는 여지껏 노린 미끼를 놓친 적이 없었다.

정명철이가 아무리 그 아내를 사랑했다 하더라도 세정에 어둡고 또 용모에나 수완에나 자신을 가진 일이 없느니만큼 그의 유혹에서 벗어날 수 없었던 것은 짐작할 수 있는 일이다.

그런데 화심이 자신도 뜻하지 않았던 일이 생겼다. 다름이 아니라 여지
껏 사랑을 몰랐던 그가 정명철의 박눌(朴訥)하고[115] 진실한 성격에 반해 버
린 것이다.

지위도 재산도 없는 무명의 일 청년에게 정신을 잃는다는 것―이것은
기생으로서 확실히 어리석은 일이었다.

그러나 그는 동무들의 조소도 손들의 성화도 욕심 많은 어머니의 짜증도
개의치 않고 고집이라 할 수밖에 없는 명철이에 대한 정열을 버리지 못했다.

명철이가 오지 않는 날에는 그의 아내의 아름다운 얼굴이 눈앞에 선―
히 떠올라 질투가 가슴을 칫씹었다.

화심이는 남자가 벗어 놓고 간 자리옷을 끌어당겨 그리운 그의 체취에
취한 듯 눈을 감았다.

"뎅, 뎅, 뎅."

시계가 11시를 쳤다. 그때 밖에서,

"아씨, 손님이 오셨어요."

하는 식모의 소리가 들렸다.

"뭐, 손님?"

"네. 첨 보는 안손님예요."

"어디서 오셨답디까?"

"돈암동서 오셨다나요."

화심이는 무슨 예감이나 받은 것처럼 정신이 번쩍 났다. 그는 벌떡 일어
나 장지문을 바시시 열고 음성을 죽이며,

"아주 예쁘장스러운 염집 부인넵디까?"

"네. 아주 곱다란 젊은이예요."

이력이 찬 식모는 자기도 목소리를 쑥 낮춘다. 화심이의 얼굴은 확 달았다.

---

115) 됨됨이가 수수하고 말이 없음.

"없다구 그리지―."

"아이 어떻거나⋯⋯. 전 또. 그럼 지금이라두 핑겔 맨들어 보낼까요?"

화심이는 입술을 꼭 깨물고 한참 말이 없다. 이윽고 그는 결심한 듯이 얼굴을 들고,

"거넌방에 모셔 드리우."

하고 부리낳게 경대 앞으로 가서 무장을 하기 시작했다.

익숙한 솜씨로 삽시간에 거울 안에는 화려한 한 떨기 꽃이 만족한 듯이 방긋이 웃었다.

그는 일어서서 떨리는 손으로 장문을 열고 자주 수닌 치마에 미색 수 저고리를 꺼내 입고 하이얀 진솔 보선을 신고 경대 앞에 가 서서 맵시를 보고 저윽이 자기 자신에 만족을 느꼈다. 이제는 가슴도 가라앉고 손도 떨리지 않았다. 그는 새침한 표정을 짓고 거넌방으로 건너갔다.

고개를 숙이고 앉아 있던 손은 문 열리는 소리를 듣자 송곳으로 찔리기나 한 것처럼 몸을 움쭉 하고 얼굴을 들었다. 짐작한 바와 같이 언젠가 본 그 정명철의 아내였다. 그는 한참을 절망과 공포에 오똑 서 있는 요염한 화심이의 얼굴을 말없이 응시하였다.

그들은 마치 먼저 입을 여는 것이 패배를 의미하는 것이라고 생각이나 한 것처럼 한참은 쌍방이 다 잠잠히 말이 없었다.

하얗게 소복을 한 명철의 아내의 우수를 머금은 얼굴은 창백하고 전에 볼 때보다 약간 야윈 것이 처염하였다.

그러나 명철의 아내의 시야에서는 화심이의 모습은 점점 흐려지고 눈앞에서 오색의 무수한 동그래미가 춤을 추기 시작했다. 그는 현기를 참으려고 눈을 감았다.

화심이는 잔혹한 눈초리로 그의 분식 없는 창백한 얼굴을 쏘아보다가 그가 있는 힘을 모아 도로 눈을 떴을 때 억양 없는 냉담한 어조로 비로서 입을 열었다.

"내가 주인인데 무슨 일루 오셨는지?"

"난 정명철의 아내에요"

하고 손은 한마디 한마디를 애써 발음하였다. 창백한 얼굴에 핏기가 돌았다.

"네?"

화심이는 이내 무표정하게 대답한다. 손은 그 태도에 질린 듯이 또 말문이 막혔다.

절망과 분노와 굴욕의 눈물을 참는 애석한 노력을 화심이는 그의 떨리는 가냘픈 어깨와 꼭 깍지를 낀 손에 준 힘으로 짐작할 수 있었다.

그 여인의 고민과 절망을 보라! 화심이가 최초에 목적한 바는 이로서 완전히 이루어진 것이다.

그러나 이미 명철에 대한 사랑은 장난이 아니다. 그는 약해지려는 마음을 고쳐 잡았다.

숨이 막힌 듯한 침묵이 흘렀다. 드디어 명철의 아내는 고개를 들었다. 종이쪽같이 창백한 얼굴에 긴 속눈썹을 가진 눈이 푸른 광채를 내고 있다. 그는 가질 수 있는 최대한의 힘을 낸 것이다.

"주인은 어딜 갔어요?"

그는 차분한 태도로 단도직입으로 물었다.

"주인이라뇨? 누구 말씀이지요?"

화심이가 시치미를 딱 떼려 하는 것을 명철의 아내는 덮어 놓고 재차 물었다.

"어디 간지 모르세요?"

"대체 무슨 말씀인지?"

하고 얼버무리는 화심이를 명철의 아내는 똑바로 쏘아보다가 아무런 의혹도 추궁도 용서치 않는 단호한 어조로,

"당신두 여자라면 또 진실루 그이를 사랑한다면 같이 서둘러 주세요"

"……?"

"그저께 저녁에 시굴서 전보가 왔어요. 시어머님께서 뇌일혈루 쓰러지셨

다구. 그런데 서울엔 친척두 없구 친한 사람두 없구, 댁이 어딘지두 모르구. 회사에두 요즘은 통 안 나온대구."

그는 잠간 말을 끊었다가,

"주인은 독자예요. 여지껏 효자로 소문이 났지요. 나는 미친 듯이 그이를 찾으러 돌아다녔어요. 시간은 자꾸 가서 오늘이 벌써 사흘째 ― 어저께 밤에 또 위독허시다구 전보가 왔어요."

"나를 그처럼 사랑허시던 어머님의 종신두 못 하나 허구 나는 몸을 태웠어요. 혼자 떠날까 했지만 그러면 여태껏 건실한 효자로 내려오던 주인의 체면이 무엇이 되겠어요. 또, 어른께서들은 얼마나 굇씸해 허시구 근심들 허시겠어요?"

"……."

"물론 어른께서들은 나 혼자만이라두 안 내려온다구 허시겠죠. 그렇지만 나는 그이의 아내예요. 걱정을 듣더라두 그이를 찾어서 동행허구 남편이 출장에서 돌아오는 것을 기다려 같이 왔다구 여쭙겠어요."

"……."

"아아, 당신은 얼마나 무서운 독을 내게 뿜으셨는지 ―."

명철의 아내는 한숨을 쉬고,

"내가 혼자 내려가서 아버님께 여사여사한 사정으루 사랑에서는 못 왔습니다구 여쭈면, 그 완고하신 어른이 노발대발 야단이 나서서 나 혼자 힘으로는 너무나 참혹허게 겨운 문제인 당신과의 관계두 해결책을 강구해 주실 지두 모르지요."

"……."

"그렇지만 지금은 나만 정성 없는 자부가 되어 어쨋던 그이와 늦게라두 동행해서 간다면, 출장은 공무니 헐 수 없다구 덮어주셔서 어른의 마음두 편허시구 주인두 면목이 설 게 아니예요?"

"……."

화심이의 고개는 점점 수그러졌다.

"네, 당신두 여자지요 또 남의 자손이지요? 그이를 위하여 좀 서둘러 주세요"

"네."

한마디도 말이 없던 화심이는 비로소 입을 열어 가만한 목소리로 나직이 대답하였다. 이윽고 그는 소리를 쳐서 계집애를 불러 무어라고 분부를 내린 후 겸허한 미소를 띠우며,

"부인……. 안심허시구 가서서 행장을 차리세요. 곧 사랑양반이 댁으로 돌아가실 테니. 그리구— 그리구 다시는 이 집에 오시질 않으실 테니."

"네?"

"부인! 한 가지 청이 있습니다. 결단코 사랑 양반께 오늘 부인이 저의 집에 오신 것을 말씀 마십시오. 그리구—"

그는 말을 끊고 고개를 숙였다. 이윽고 가는 목소리로,

"그리구 저를 용서해 주세요"

하고 고개를 들었을 때 그는 상대편의 뺨을 소리 없이 흐르는 눈물을 보았다. 그의 전신을 커다란 감동이 휩쓸었다. 그의 눈에는 그 청소한 부인의 순결한 감격의 눈물이 마치 자기에 대한 신(神)의 사면(赦免)과 같이 숭고하고 황송하였던 것이다.

그날 저녁, 남쪽으로 달리는 기차 안에 명철이 부부가 나란히 앉아 있었다. 남편의 미간에는 깊은 주름이 잡히고 눈은 컴컴하고 입은 비통하게 다물어진 채 말이 없고 아내는 간간히 가늘게 한숨을 지으며 남편의 눈치를 살작 살피곤 하였다. 기다리다 못해서 시골서 데리러 올라온 사람은 부모상이라 망극해 하는 것은 무리없는 일이라고 자기도 언짢아했다.

같은 시간에 염화심이는 모처럼 만에 나간 주석에서 정신을 잃도록 술이 취해 귀여운 주정까지 부려 그것을 자기에 대한 아양이라고 해석한 무역업자 장병목이의 간장을 녹였다.

—《부인경향》 1권6호, 1950. 6.

풍속·욕망·성찰
― 해방기 여성 단편소설의 문학사적 의의 ―

권성우(숙명여대 한국어문학부 교수)

1. 『해방기 여성 단편소설』 발간의 문학사적 의의

해방직후(1945. 8. 15)부터 한국전쟁(1950. 6. 25)에 이르는 문제적인 역사적 정황 속에서 당대의 여성작가들은 어떠한 고민을 했으며, 당시 현실에 어떠한 방식으로 대응했는가? 그들은 이른바 해방공간이라는 긴박한 역사철학적 정국에 한 사람의 소설가로서 어떠한 소설미학과 내면풍경을 보여주었는가? 이러한 문학적 질문에 대답하기 위한 소중한 참고가 되는 자료집이 바로 이번에 간행된 『해방기 여성 단편소설 I, II』(역락, 2011)이다. 해방직후부터 한국전쟁 직전에 발표된 여성작가들의 단편소설을 집대성한 이 자료집은 기왕의 여성문학 연구에서 공백지대로 남아 있었던 해방직후 여성단편소설들을 구체적으로 탐색하고 일람하는 데 커다란 도움을 제공해준다.

이러한 학문적 의의 외에도, 이 두 권의 자료집은 강신재의 「백조의 호수」(≪여학생≫, 1950. 3), 임옥인의 「여인행로」(≪주간서울≫ 66호, 1949. 12),

장덕조의 「곤비」(≪국도신문≫, 1949. 8. 8~8. 15), 「어떤 이혼소」(≪주간서울≫ 52호, 1949. 9), 최정희의 「아기별」(≪국도신문≫, 1949. 9. 4~9. 12), 「낙화」(≪여학생≫, 1950. 6), 한무숙의 「화심이」(≪부인경향≫ 6호, 1950. 6) 등의 새로운 자료를 발굴하여, 기왕의 해방직후 소설사 연구에 새로운 빛을 던지고 있다는 점에서도 충분히 주목할 만한 가치가 있다.

『해방기 여성 단편소설 Ⅱ』에는 임옥인, 장덕조, 조경희, 지하련, 최정희, 한무숙의 단편소설 47편이 수록되어 있다. 이 글은 『해방기 여성 단편소설 Ⅱ』에 수록된 주요작품들에 대한 리뷰를 통해, 그 소설사적 의의를 탐구하는 일환으로 씌어진다.

2. 해방 직후와 일제말의 풍속사

해방―격렬한 좌우익 투쟁―남북한 각기 단독정부 수립과 분단의 고착화―한국전쟁 발발에 이르는 역동적인 5년 사이에 전개되었던 역사가 지금의 한반도를 규정지은 가장 중요한 역사적 변수라고 할 수 있을 것이다. 당시의 역사가 남긴 생채기와 상처는 우리 사회에서 아직도 제대로 아물지 않았다고 표현할 수 있을 만큼 해방직후 5년의 역사는 파란만장 그 자체라 할 수 있다. 이러한 격동기의 현실을 체험한 문인들은 역설적인 의미에서, 그 역사라는 괴물과 마주쳐 얻은 상처를 질료로 하여 평화적인 시기보다 월등 문제적인 작품을 쓰는 경우가 많다. 이런 이유로 이 글이 먼저 주목하고자 하는 것은 당시에 발표된 여성작가들의 단편소설들이 해방직후의 역사적 정황이라는 시대적 환경을 어떠한 방식으로 반영하고 있는가 하는 점이다.

『해방기 여성 단편소설 Ⅱ』에 수록된 몇몇 소설들에서는 당시 정국에 대한 예민한 인식과 성찰의 풍경이 드러나 있다. 가령 "지도자에게 대한 턱없는 비난, 좌우 양익의 갈등, 동지로 알았던 사람들 사이의 중상, 정권욕, 생활난에 허덕이는 민생 문제"(장덕조, 「함성」)라는 표현이나 "정치적 혼란, 좌우익의 난폭·격렬한 항쟁, 군정의 탄압, 이 모든 것은 몽상가의 일면을 가진 종섭씨로 하여금 정치라는 것에 대한 환멸을 느끼게 했다."(장덕조, 「창공」)라는 대목을 통해 당시의 급박한 정치적 현실과 혼란을 상기할 수 있겠다. 아울러 이러한 혼란스러운 정국과 연관하여 「창공」의 주인공 종섭의 다음과 같은 자탄, 즉 "오랜 시일을 다만 혁명가가 되려고, 정치가가 되려고, 건강도 환희도 때로는 모두 도덕까지 희생하고 살아온 과거의 생애가 더욱 우습고 후회스러웠다."는 메시지는 해방 이후 목도할 수 있었던 가치관의 갈등과 이념적 혼란의 와중에서 정치에 대한 '환멸'에 빠진 한 의병대 출신 노혁명가의 착잡한 내면을 실감 있게 그리고 있다. 그런가 하면, 임옥인의 「나그네」에서 "괜찮습니다. 난 인제 정말 살아갈 수 있을 것 같습니다. 세상은 모다 순리로만 사는 것이 아니라는 것을 깨달았기 때문이에요."라고 말하는 주인공 '철'의 고백은 해방직후 한국사회의 혼란을 온몸으로 느낀 자의 착잡한 육성이 오롯이 담겨 있다.

물론 해방직후에 발표된 여성작가들의 단편소설 중에서 당시의 정국이나 정치적 풍경이 구체적으로 묘사된 작품은 극소수에 한정된다. 이 점과 연관하여 해방 이후에 전개된 격동기의 현실을 정면으로 담은 여성작가의 작품이 거의 없다는 점도 주목해야 할 사실일 것이다. 차라리 이 시대의 여성단편소설들을 통해 우리가 한층 자주 확인할 수 있는 것은 해방직후 및 일제말의 습속과 풍속이다. 예를 들어 "해방 전에 철원으로 소개(疏開)해 내려가는 통에 가회동에 있던 큰 기와집 한 채를 헐값으로 처분하고"(임옥인, 「무(無)에의 호소」)라는 묘사를 통해 우리는 태평양전쟁 때 미군의 폭격 위협으로 인해 대도시 경성을 떠날 수밖에 없던 정황을 미루어 짐작할 수 있다. 그런가 하면 "이 양옥수수라는 것은 미국서 들어오는 것으로 서울시민에게 배급해 주는 것이라 하였다. 배급품이 어디서 어떻게 들어오는지 알 수 없으나, 어쨌든 서울 시장에서 한 말에 일백 칠, 팔십 원에 매매되어, 우리 이웃 사람들도 사다 먹었다."(최정희, 「풍류 잽히는 마을」)는 구절에서는 당시 미국의 식량이 남한에 원조되던 풍습을 인상적으로 엿볼 수 있다. 또한 최정희의 「우

물 치는 풍경」을 비롯한 몇 편의 소설에서는 해방직후의 평범한 소작농민들
이 마주한 빈곤한 참상을 생생하게 묘사하고 있다. 가령 다음 대목을 보자.

> 그들은 초근목피가 일상 식용물입니다. 봄바람이 불어서 산야에 눈이 녹고 파
> 릇파릇 움이 돋아나기 시작하면 아주머니도 어머니도 할머니도 딸도 색시도 모
> 다 바구니를 들고 큰 보재기를 허리에 띠고 나물 캐러 나섭니다. (…중략…) 그
> 렇게 하다가 추수를 해서 얼마의 타작을 하게 되면 얼마 동안은 타작한 것으로
> 먹습니다. 그것은 지극히 짧은 시일입니다. 그러다가 아주 겨울이 되어 버리고
> 말면―먼 산에 하얀 눈만이 좌악 덮이고 말면 그때에는 나무껍질을 해 들입니
> 다. 나무껍질과 푸성귀 말린 것과 등겨와 혹시 얻어 보는 술찌검이―이것이 그
> 들의 겨울 목숨을 이어 가는 것들입니다.
>
> ―최정희, 「우물 치는 풍경」

위의 예문을 통해, 해방직후의 우리사회에서 대다수의 소작민을 비롯한
평범한 농민들이 얼마나 헐벗고 신산(辛酸)한 삶을 영위하였는가 하는 점을
여실히 목도할 수 있는 것이다.

이 자료집에 수록된 소설들의 역사적 배경과 연관하여 문제적인 사실은
『해방기 여성 단편소설』에 수록된 상당수의 소설들이 일제말의 역사적 정황
과 풍속을 형상화하고 있다는 점이다. 이와 같은 현상은 한 편의 소설작품이
탄생하기 위해서는 당대를 되새김질할 시간적 여유와 객관적 거리감이 필요
하다는 사실에서 말미암았을 터이다. 구체적인 예를 들어보자. 장덕조의 「함
성」은 일제말기의 '정신대' 및 '징용' 문제를 파헤친 문제작이다.

가난한 빈농 춘삼의 딸 점순은 제비뽑기 끝에 정신대에 선발되어 일본으
로 끌려갈 수밖에 없는 운명에 처하게 되는데, "징용 피해 달아나는 녀석들
경치는 것두 못 봤는가."는 대목이나 "공출, 보국대, 징용, 감금, 나날이 심해
가는 그 면면한 원한을 그들은 생각한다. 해방 전의 조선은 휘발유였다. 인
화하는 사람만 있으면 누구나 비상한 힘으로 폭발할 것이었다."는 구절은 당
시 식민지조선사회의 젊은 여성이 마주칠 수밖에 없었던 문제를 첨예하게

보여준다.

이 자료집에 수록된 소설들을 풍속사의 입장에서 독해하는 것도 대단히 의미 있는 독법일 것이다. 예컨대, "기계 교정(機械校正)을 보던 종이를 둘둘 말아 들고 가로세로 줄이 죽죽 비낀 무명 사무복을 걸친 채 인쇄 공장에서 길에 나섰다."(임옥인, 「꽃과 오이와 딸기」)는 대목을 통해서는 당시 '기계 교정'이 이미 이루어지고 있었다는 점을 알 수 있다. 그리고 임옥인의 「이슬과 같이」에는 해방직후 소련군과 일본군이 분쟁하는 장면이 구체적으로 드러나 있는데, 이를 통해 해방직후 소련군과 일본군의 미묘한 관계를 확인할 수 있다. 또한 같은 작가의 「오빠」라는 작품을 통해서 당시 진보적 지식인들에게 마르크스의 『자본론』이 널리 읽혔다는 사실을 감지할 수 있다.

해방직후에 서울 명동은 어떠한 공간이었을까? "아이들이 입원을 하고 있는 그 가톨릭 교회의 부속 병원은 서울에서도 가장 번화한 명동 골목을 지나야 한다."(장덕조, 「저회(低徊)」)에서 볼 수 있듯이 해방 직후에도 명동은 당시 가장 번화한 지역이었다. 이 대목을 통해 명동은 세간에 알려진 대로 1960년대가 아니라, 이미 해방직후부터 서울의 가장 번화했던 장소임을 인식할 수 있다. 그리고 최정희의 「봉수와 그 가족」, 「풍류 잽히는 마을」, 「우물 치는 풍경」 등의 작품을 통해서는 당시의 가장 민감한 현안이었던 토지개혁(개량)과 연관된 풍속사적 사실을 탐문할 수 있다. 앞으로 해방직후에 발표된 소설들이 지니고 있는 풍속사적 의미를 고찰하기 위해서는 작품 한 편, 한 편에 대한 세밀한 징후적 독해가 필요할 것이다.

3. 일상성의 승리와 욕망의 진실

한국현대사에서 해방직후부터 한국전쟁에 이르는 시기만큼 치열한 격동기는 달리 없을 것이다. 이 시기에 많은 사람들은 이전과는 완전히 다른 세상의 꿈을 꾸기도 했고, 때로는 새로운 서구민주주의에 대한 환상과 소망을 지니곤 했었다. 그 과정에서 수많은 갈등과 혼란, 학살, 죽음, 사상적 대결이 존재했다. 그러나 이러한 격동기의 현실 속에서도 당대의 소설가들은 인간 욕망의 근본적인 풍경이나 일상의 진실에 대해 꾸준히 묘사했다. 아무리 문제적인 역사적 정황 속에서도, 사랑을 갈구하는 인간의 욕망, 다른 사람보다 더 인정받고 싶은 사람의 욕망, 우리 가족이 건강하고 잘되기를 소망하는 인간의 끈질긴 욕망은 근본적으로 변함없는 것이다.

아내의 부정을 의심하는 일상적 욕망의 일그러짐의 와중에 "때마침 멀리 역 쪽에서, 조국의 해방을 부르짖는 만세 소리가 들려왔다."(임옥인, 「팔월(八月)」)는 대목처럼 일제 말의 곤핍한 정황과 해방의 사회적 의미는 견고한 일상의 풍경 속에 녹아들어 있었던 것이다. 대다수의 민중과 서민, 지식인들에게 해방은 의식적으로 전취된 것이 아니라, 그저 떠밀리듯 급작스럽게 다가왔던 것이다. 해방의 정치적 연원과 그 맥락을 탐구하는 것이 사회과학이나 역사학이라면 해방이라는 거대한 사건 뒤에 존재하는 인간의 개별적인 욕망과 그늘, 상처에 대해서 미적으로 형상화하는 것이 문학일 것이다.

최정희의 「봄」과 한무숙의 「람푸」는 연애와 결혼에 대한 갈망을 보여주는 여주인공을 등장시키고 있다. 이 두 편의 소설은 해방직후라는 격동기의 현실 속에서도 인간의 마음에 항상적으로 존재하는 연애에 대한 갈망을 문학적으로 표현한 문제작이다.

최정희의 「봄」은 기숙사에 함께 거주하는 동성친구 및 이웃 남학생들을 향한 연애감정을 섬세하게 묘사한 소설이라는 점에서 당시의 지평에서 보자면 독특한 문학적 향기를 지니고 있다. 차순의 매력에 빠진 심미가 차순을 기다리는 대목, 그리고 심미가 "이마가 넓고 어깨가 떡 벌어진" 남학생을 욕망하는 대목은 해방직후라는 극적인 역사적 정황 속에서도 인간적 매력과 육체적 아름다움을 향한 욕구는 변함없이 존재한다는 서늘한 진실을 인상적으로 환기시키고 있다. 한무숙의 「람푸」는 연애편지가 잘못 전해진 에피소드를 통해 멋진 연애상대를 갈구하는 노처녀 옥란의 내면을 핍진하게 묘사하고 있다. 여기서 주목해야 할 사실은 이러한 작품들에서 해방직후라는 격동기 현실의 단편적인 자취나 편린조차도 찾을 수 없다는 점이다. 새로운 국가 만들기를 향한 저 위대하면서도 폭력적인 계몽의 역사가 진행되던 바로 그 순간에도 누구는 "이마가 넓고 어깨가 딱 벌어진" 남학생을 간절하게 욕망하기도 했을 터이다. 그게 세상의 모습이고 인간의 복합적 진실이다.

남편의 아리따운 젊은 비서를 둘러싼 질투의 감정을 소설화한 한무숙의 「수국」에서 주인공 명희는 "품성의 아름다움이 이렇게도 힘이 없고 악마적인 외관의 미뿐이 모든 미덕을 물리치도록 강한 것인가"라는 치명적인 질문을 던지고 있는데, 이러한 물음은 육체의 매력과 인성의 미덕 사이에 존재하는 심연과도 같은 간극을 효과적으로 형상화하고 있다. 태평양전쟁으로 인한 등화관제를 실시하는 순간에도 인간의 질투와 사랑에 대한 욕망은 변함없이 존재한다. 명희의 고민은 바로 이 시대의 평범한 사람들이 지닐법한 가장 보편적인 테마가 아닌가.

이처럼 최정희, 한무숙의 몇몇 소설들은 해방직후라는 정황을 전혀 느끼지 못할 만큼 인간이 마주한 보편적인 욕망이나 연애감정, 질투심, 이성에 대한 동경 등에 대해서 문학적으로 형상화하고 있는데, 이는 정치적이나 역사적 소재보다 인간의 욕망과 풍속에 더 각별한 관심을 기울이는 여성작가들의 특징과 연관된다고 하겠다.

4. 진보적 지식인의 진지한 자기 성찰

지하련은 임화의 두 번째 부인으로서 식민지시대에 촉망받던 여성소설가이다. 그녀의 인생은 임화의 비극적인 인생행로와 포개지면서 역시 비극으로 마감되었지만, 1946년 7월 ≪문학≫ 지에 발표된 「도정」은 해방직후에 발표된 소설 중에서 가장 주목할 만한 수작이자 문제작이라고 할 수 있다. 지하련은 이 소설을 통해, 식민지시대의 진보적 운동과 삶에 대한 근본적인 성찰을 단행하고 있다. 이를테면 아래의 예문을 보자.

"난 너무 오랫동안을 나만을 위해 살아왔어. 숨어 다니고 감옥엘 가고 그것
다 꼭 바로 말하면 날 위해서였거든. 이십 대엔 스스로 절 어떤 비범한 특수 인
간으로 설정하고 싶어서였고……. 삼십 대에 와서는 모든 신망을 한 몸에 모은
가장 양심적인 인간으로 자처하여 싶어서였고 그러다가 그만 이젠 제 구멍에
빠져 헤어나질 못 허는 시늉이거든."

— 지하련, 「도정(道程)」

자신의 감옥행이 결국 인정에 대한 욕망에서 자유롭지 않다고 토로하는
이 대목은 해방이후의 자기비판의 문제에 결부되면서 대단히 중요한 지성사
적 맥락을 지니고 있다. 「도정」의 주인공이 이처럼 자신의 지난날 포즈에 대
해 겸허하게 비판할 수 있는 것은 그야말로 '해방'이라는 완전히 새로운 환
경이 주체의 근본적 갱신을 가능하게 만들었기 때문일 것이다. 아래의 예문
에서 그 점을 구체적으로 확인할 수 있다.

조금 후 두 사람은 신길정서 서울로 나가는 전차에 올랐다. '공산당'으로 가
는 길이었다. 생각하면 일찍이 그 청춘과 더불어 '당'의 이름을 배울 때, 그것은
실로 엄숙한 두려운 것이었다. (…중략…) 그는 소년처럼 부푸는 가슴 위에 일찍
이 '당'의 이름 아래 넘어진 몇 사람의 친구를 안은 채, 이런 일도 있는가고 이
렇게 백주 장안 네거리에서 '당'을 들고 외우 뛰고 모로 뛰어도 아무도 잡아 가
지 않고 아무도 죽이지 않는 이런 세상도 있는가고, 사람이든 기생이든 나무토
막이든 무엇이든 잡고 팔이 널치가 나도록 흔들며 큰소리로 외쳐 묻고 싶은 충
동을 순간 그는 어찌할 수가 없었다.

— 지하련, 「도정(道程)」

위의 예문에서 주인공은 새롭게 주어진 이념적 자유를 벅찬 마음으로 받
아들이면서 동시에 그 새로운 자유는 엄숙한 역사적 희생으로 비로소 가능
한 것이었음을 분명하게 인식하고 있다. 아울러 여기서 주목해야 할 사실은
이 소설의 주인공 석재가 당시 '당'을 너무 기회주의적으로 이용하는 것으로
보이는 '기철'과 같은 사람들에 대한 불신과 염증의 마음을 드러내고 있다는

점이다. 예를 들어 "어제까지 고루 거각에서 별별 짓을 다 하던 사람도 오늘이 말 한마디만 쓰고 손을 잡고 보면 그만 피차간 '일등 공산주의자'가 되고 마는 판이니"라는 석재의 독백은 당시 좌우 양쪽에서 극심하게 발호하던 기회주의적 행태에 대한 예리한 비판이라고 할 수 있다.

「도정」의 마지막 대목에서 주인공 석재는 "나는 나의 방식으로 나의 '소시민'과 싸우자! 싸움이 끝나는 날 나는 죽고, 나는 다시 탄생할 것이다. 나는 지금 영등포로 간다. 그렇다! 나의 묘지가 이곳이라면 나의 고향도 이곳이 될 것이다……"라고 독백하고 있는데, 이 구절은 이른바 이념, 좀 더 구체적으로는 '공산당'에 대한 두려움과 불신을 극복하고, 아울러 자신의 소부르주아 근성을 철저하게 반성하면서 새로운 투쟁에 나선 해방직후 진보적 지식인의 비장한 내면을 인상적으로 보여주고 있다.

당겨 말하자면 해방직후, 새로운 의지로 공산당을 정립하는 과정에서 과거의 당원이자 소부르주아 지식인에게 나타날 수 있는 기대와 설렘, 두려움과 불신이라는 양가적 내면을 탁월하게 묘사했다는 점에서, 그리고 새로운 이념적 자유를 자신의 한계에 대한 가열한 성찰과 기회주의에 대한 단호한 비판으로 승화시키고 있다는 점에서 「도정」이 지닌 소설사적 의미를 적극적으로 부여할 수 있을 것이다.

「도정」은 불같았던 계몽주의시대를 통과한 연후에 모든 것이 해체되고 욕망의 진실만 남은 2000년대 이후의 우리 지식인문화에 대한 성찰로도 수용될 수 있을 만큼 현재적 의미를 담보하고 있다. 그래서 "가장 무서움을 잘 타는 사람이 가장 용기 있는 사람이 될 수도 있다는 역설이 나올 수도 있지 않은가"라고 언급하는 「도정」의 주인공의 독백은 지금 이 시대에도 통용되는 서늘한 진실이 아닐 수 없다. 해방직후에 발표된 여성소설은 지하련의 「도정」을 통해 한 정점에 도달한다고 말할 수 있으리라.

5. 간행, 그 이후

새로운 자료집의 간행은 궁극적으로 새로운 문학사적 시선의 확보로 이어
져야 한다. 지금까지 살펴온 것처럼 『해방기 여성 단편소설』은 여러 가지 면
에서 소중한 자료적 가치를 지니고 있다. 이 책에 수록된 해방직후 여성 소
설은 그 극적인 역사적 정황에 대한 반영과 더불어 인간의 욕망과 이념의 간
극을 가장 극대화시켜 형상화하거나 그 이념을 추동한 욕망에 대한 정직한
자기 성찰을 보여준 사례로 주목받아 마땅하다. 이 책의 간행이 해방직후 여
성문학 연구에 새로운 빛을 던지는 소중한 계기가 될 수 있기를 소망한다.

편자 소개

   구명숙   숙명여자대학교 한국어문학부 교수
   이병순   숙명여자대학교 한국어문화연구소 책임연구원
   김진희   숙명여자대학교 한국어문화연구소 책임연구원
   엄미옥   숙명여자대학교 한국어문화연구소 책임연구원

한국 여성문학 자료집 ❸

해방기 여성 단편소설 Ⅱ

초판 인쇄 2011년 3월 23일
초판 발행 2011년 3월 30일

편　자 구명숙 이병순 김진희 엄미옥
펴낸이 이대현
편　집 권분옥 이소희 박선주

펴낸곳 도서출판 역락
주　소 서울시 서초구 반포 4동 577-25 문창빌딩 2층
전　화 02-3409-2058, 02-3409-2060
팩　스 02-3409-2059
등　록 1999년 4월 19일 제303-2002-000014호
e-mail youkrack@hanmail.net

정 가 50,000원
ISBN 978-89-5556-904-9 94810
　　　 978-89-5556-901-8(전3권)

*잘못된 책은 바꿔 드립니다.